Astrid Fritz

## *Die Räuberbraut*

*Historischer Roman*

Rowohlt Taschenbuch Verlag

2. Auflage August 2018
Veröffentlicht im Rowohlt Taschenbuch Verlag,
Reinbek bei Hamburg, August 2018
Copyright © 2017 by Rowohlt Verlag GmbH,
Reinbek bei Hamburg
Umschlaggestaltung any.way, Barbara Hanke / Cordula Schmidt
Umschlagabbildungen akg-images / Erich Lessing;
Musée des Beaux-Arts, Valenciennes, France /
Bridgeman Images; Lebrecht Music & Arts 2 / Lebrecht;
Stephen Mulcahey / Arcangel
Satz aus der Adobe Garamond Pro, InDesign, bei
Pinkuin Satz und Datentechnik, Berlin
Druck und Bindung CPI books GmbH, Leck, Germany
ISBN 978 3 499 29052 7

Das für dieses Buch verwendete Papier ist FSC®-zertifiziert.

*Die Räuberbraut*

*Zu Weyerbach bei Oberstein,
Ende Mai 1844*

*Wieder einmal füllte sich die Schankstube zum Abend hin, bis jeder Platz besetzt war. Das milde, sonnige Wetter, das nun schon seit Ende April fortdauerte, bescherte Emil Fritsch einen steten Strom an Gästen, die auf dem Weg durchs Nahetal bei ihm das Mittagessen einnahmen oder des Abends zum Übernachten abstiegen. Erst recht, seitdem sich herumgesprochen hatte, dass hier die Witwe Blasius bediente, besser bekannt als die Braut des Schinderhannes. Da nahmen selbst die Vornehmeren unter den Reisenden hin, dass die Mahlzeiten eher fade als fett und schmackhaft daherkamen und die Schlafkammern mehr als einfach ausgestattet waren.*

*Trotz ihres stattlichen Alters von bald dreiundsechzig Jahren war Juliana Blasius noch immer eine rüstige, behände Person, die großen Wert auf reinliche Kleidung und Körperpflege legte. So hätte man bei ihr niemals schwarze Ränder unter den Fingernägeln entdeckt oder Flecken auf der Schürze. Das ergraute, noch immer dichte und wellige Haar wurde jeden Morgen sorgfältig gekämmt und hochgesteckt, außer Haus trug sie eine hübsche Haube, das bunte Band unter dem Kinn zu einer Schleife gebunden, und an Sonntagen legte sie sich ihre Smaragdkette um den Hals. Ihr schmales Gesicht war nahezu faltenlos, der Blick noch nicht vom Alter getrübt, und sie besaß fast noch all ihre Zähne. Nur unter ihren tiefgrünen Augen lagen zumeist dunkle Schatten.*

*Juliana sprach für gewöhnlich nicht viel. Im Dorf galt sie als eher wortkarg und ein wenig sonderbar. Aber waren die Gäste erst einmal versorgt, ließ sie sich gern ein Schnäpschen oder einen Becher süßen Rotweins spendieren, um sich dann an die Tische zu setzen und aus ihrer Jugendzeit an der Seite des legendären Räuberhauptmanns zu erzählen – der schönsten Zeit ihres Lebens, wie sie nicht müde wurde zu betonen.*

*«Wenn das so weitergeht mit dem Andrang», Emil reichte ihr vier gutgefüllte Henkelkrüge, «dann muss ich über dem Stall noch Schlafstuben einbauen lassen.»*

*Sie nickte. «Zuvor zahlst mir einen besseren Lohn aus. Zwanzig Kreuzer in der Woche mehr.»*

*«Du bist wohl nicht bei Trost! Sei froh, dass du bei mir arbeiten kannst. In deinem Alter findest nirgends nix mehr.»*

*«Ha! Drüben in Oberstein nehmen die mich mit Handkuss, da kommen noch viel mehr Reisende durch als in unserm armseligen Weyerbach. – Denk drüber nach, Emil. Ohne mich machst du auch kein Geschäft.»*

*Damit wandte sie dem jungen Wirt, dessen Vater sie schon gekannt hatte, den Rücken zu und brachte die Krüge zu dem vollbesetzten Tisch am Fenster.*

*«Wohl bekomm's.»*

*«Die Runde geht an mich.» Der Dicke, seiner Kleidung nach ein Fuhrmann, lächelte sie erwartungsfroh an. «Und jetzt setzen Sie sich noch ein wenig zu uns, gute Frau, und erzählen Sie uns aus alten Zeiten.»*

*Er rutschte auf die Bank seines Sitznachbarn und klopfte auf den frei gewordenen Stuhl.*

*«Die Juliana redet nid mit trockener Kehle», grinste sein Nebensitzer, ein Korbflechter namens Herrmann. «Da musst schon noch mal was bestellen.»*

*«Alsdann, Frau Juliana – gönnen Sie sich einen guten Tropfen und schreiben's auf meine Rechnung.»*

*Nachdem sie sich von Emil ein Krüglein seines teuren Selbstgebrannten hatte geben lassen, kehrte Juliana an den Tisch zurück. Nebenan, am kleinen Katzentisch bei der Tür, saß noch immer das junge Paar, das sich einen Teller Bratkartoffeln hatte bringen lassen und sogleich bezahlt hatte. Jetzt waren ihre Teller leer.*

*«Darf's denn noch was sein?», fragte sie die beiden im Vorbeigehen.*

*Die junge Frau schüttelte den Kopf und wandte den Blick ab, während ihr Begleiter schützend den Arm um ihre Schulter legte.*

*«Danke, aber wir müssen noch nach Oberstein zurück.»*

*Schulterzuckend setzte sich Juliana zu den Männern zurück. Aus dem Augenwinkel sah sie, wie das Paar miteinander flüsterte. Das Mädchen war dunkel wie Julianas Lieblingsschwester Margret in jungen Jahren, wenngleich um einiges zierlicher, und ebenso schön. Schon zuvor hatte sie sich bei der Arbeit von den beiden beobachtet gefühlt. Daran war sie zwar gewöhnt, indessen wurde sie in aller Regel von den Leuten binnen kurzem angesprochen. Diese zwei aber hatten bis auf die Bestellung kein einziges Wort mit ihr gewechselt.*

*«Nun, ihr Männer – was wollt ihr hören?», fragte sie in die Runde und nahm einen ersten tiefen Schluck. Der Branntwein rann warm ihre Kehle hinunter und gab ihr sofort ein wohliges Gefühl im Kopf und in der Magengegend.*

*Der dicke Fuhrmann rieb sich die Nase. «Wie war er denn so, dein Schinderhannes? Hat er dich gut behandelt, wo er doch so erbarmungslos gegen seine Opfer war?»*

*«Er war der beste Mann, den sich eine Frau wünschen kann.» Sie nahm einen zweiten und dritten Schluck. Damit kehrten die schönen Bilder zurück, die sie seit Jahrzehnten in ihrem Herzen bewahrte. Und die sie sich von niemandem würde nehmen lassen. «Er hatte mehr Achtung vor Frauen als die meisten von euch.»*

*Kaum hatte sie zu sprechen begonnen, spürte sie wieder die Blicke der jungen Frau. Juliana war nahe dran, das Paar zu sich an den Tisch zu bitten, doch etwas hielt sie zurück.*

*«Aber der Schinderhannes hatte Blut an den Händen», beharrte der Fuhrmann. «Wie erträgt man das tagein, tagaus als Weib?»*

*«Die Zeiten waren erbarmungslos nach den Franzosenkriegen. Der Schinderhannes hat die Armen und Wehrlosen immer geschont.»*

*Herrmann nickte ihr zu. «Erzähl mal die lustige Geschichte von der Bäuerin und ihrem Korb voll Eiern.»*

*Das tat Juliana nur allzu gerne. Allmählich kam sie in Fahrt, beantwortete bereitwillig die Fragen der Männer nach Raubzügen, nach Verstecken, nach Verfolgungen durch die Gendarmen. Nur auf eine Frage würde sie niemals Antwort geben: auf die Frage nach dem allzu jähen Ende ihrer großen Liebe.*

*Als sie erneut zum Nachbartisch blickte, war das junge Paar verschwunden.*

## Kapitel 1

*(Zu Ostern im Jahre 1800)*

«*Kein Feuer, keine Kohle – kann brennen so heiß – als heimliche Liebe – von der niemand nichts weiß ...*», sangen die drei Schwestern lauthals, wobei Juliana wie immer im Ton etwas danebenlag.

«He, Hannikel!» Der Wirtssohn vom Wickenhof packte sie bei den Hüften und zog sie an sich. «Sag deinem Julchen, sie soll endlich ihr Maul halten und lieber mit mir tanzen!»

Juliana ließ ihre Fiedel sinken.

«Pfoten weg!»

Mit kräftigem Schwung trat sie dem Kerl auf den Fuß. Puterrot lief das Gesicht des Burschen an.

«Au! Du kleines Biest! Wart nur!»

Doch Juliana hatte sich längst seinem Griff entwunden und drehte ihm noch eine lange Nase, bevor sie sich sicherheitshalber in die Nähe ihres Vaters an den Nebentisch flüchtete. Johann Nikolaus Blasius, genannt Hannikel, warf ihr einen bösen Blick zu, während der halbe Tanzsaal schallend zu lachen begann. Noch lauter als zuvor setzte Juliana ihren Gesang fort: «*Setze du mir einen Spiegel – ins Herze hinein – damit du kannst sehen – wie so treu ich es mein.*»

Nach einer kurzen Atempause folgte ein derbes Trinklied, wobei die Gäste im Takt ihre Bierkrüge auf die Tischplatten krachen ließen, dann endlich gab der alte Pächter des Wickenhofs ihnen das Handzeichen, sich eine Pause zu gönnen.

Sie verstauten Fiedeln und Tamburin in ihrem zerschlissenen Tragsack und gingen hinaus auf den Vorplatz.

Juliana streckte ihr Gesicht der Nachmittagssonne entgegen. Es war der erste milde Frühlingstag, den das heutige Osterfest ihnen beschert hatte, und aus den umliegenden Dörfern und Gehöften waren die Gäste nach dem Kirchgang in Scharen herbeigeströmt. Drinnen war es inzwischen brechend voll, wie immer, wenn es irgendwo etwas zu feiern gab, mit Tanz und ausgiebigem Besäufnis. Erst recht, wenn der Hannikel als Musikant und Bänkelsänger aufspielte, wurde er doch stets von zwei oder drei seiner Töchter begleitet.

Dass sie allesamt schmucke Mädchen darstellten, wurde ihnen immer wieder gesagt. Vor allem Margret, dunkel wie eine Welsche und nach Kathrin die zweitälteste der vier Blasius-Töchter, begeisterte die Mannsbilder in ihrer drallen Rundlichkeit und ihrer offenherzigen Art. Sich selbst fand Juliana nicht besonders hübsch, auch wenn ihr Vater ihr immer sagte, ihre allzu helle Haut schimmere wie Porzellan. Nase und Wangen waren mit Sommersprossen betupft, die in der warmen Jahreszeit deutlicher wurden. Und ihr langes, gewelltes Haar war von ärgerlichem Rotblond. Kathrin hingegen, die Älteste, hätte durchaus eine Schönheit sein können, würde sie nicht ewig diese sauertöpfische Miene vor sich hertragen und sich bewegen, als hätte sie die ganze Last der Welt zu schultern. Nun ja, dass sie nach nur knapp einjähriger Ehe mit dem alten Gemeindeförster von Sien schon wieder Witwe war, und das mit gerade einmal Mitte zwanzig, war kein schönes Los, aber es gab wahrhaftig Schlimmeres. Was Kathrin dabei wohl am allermeisten bedauerte, war, dass sie mit dem Tod des Försters auch das schöne Forsthaus hatte verlassen und nach Weyerbach zurückkehren müssen. Letzteres bedauerte allerdings auch Juliana, war doch Kathrin in ihrer Übellaunigkeit manchmal schier nicht zu ertragen.

Ein Stoß in die Seite ließ sie auffahren.

«Spinnst eigentlich, so pampig zu werden?» Die grauen Augen des Vaters blitzten sie zornig an. «Das is immerhin der Sohn vom Pächter, der mit dir tanzen wollt.»

«Stimmt.» Ihre Schwester Margret grinste breit. «Führst dich manchmal auf wie eine genierliche Jungfer aus feinem Hause.»

«Soll ich singen und Fiedel spielen oder mit den Kerlen herumpoussieren? Dann kann ich ja gleich als Dirne gehen», gab Juliana trotzig zurück und duckte sich unwillkürlich, als der Vater den Arm hob.

Doch er ließ die Hand wieder sinken und brummte nur noch unwillig vor sich hin, da die Magd ihm jetzt einen Krug Bier und eine Platte mit Bratwurstscheiben und Brot herausbrachte.

Eigentlich war ihr Vater ein stiller, verschlossener Mensch, regelrecht maulfaul sogar, indessen konnte er von jetzt auf gleich in Harnisch geraten. Die Schläge dieses kräftigen, untersetzten Mannes taten weh, das hatte Juliana mehr als einmal zu spüren bekommen. Einzig Marie, die Jüngste, verschonte er mit seinen Wutanfällen, war sie doch der auserkorene Liebling der Mutter.

«He, und was is mit uns?» Kathrin hielt die Magd, die sich bereits wieder abgewandt hatte, am Schürzenzipfel fest. «Kriegen wir etwa nix?»

«Die Wurst is für alle, und Bier könnt ihr euch gefälligst selber holen.»

«Da hört sich doch alles auf ... Dumme Kuh!»

«Ich jedenfalls hab jetzt Durst.» Juliana nahm Margret beim Arm. «Komm!»

Zusammen eilten sie zurück in den Tanzsaal, der sich in einer umgebauten Scheune befand. Bis zum Ausschank war es ein rechter Spießrutenlauf durch die Menschenmenge und zwischen den vollbesetzten Bänken hindurch. Etliche Leute waren schon jetzt sturzbetrunken. Scherzhaft versperrte man ihnen den Weg, rief ihnen freche Komplimente zu, die eine oder andre Männerpratze landete an Hintern oder Busen. Juliana tat so, als bemerke sie es nicht. Sobald man nämlich einen von denen beachtete, wurde es nur noch schlimmer. Margret indessen, die vor ihr ging, wiegte sich kokett in der Hüfte, den Kopf stolz erhoben, ein Lächeln auf dem rosigen Gesicht. Dabei war ihr Blick stets in dieselbe Richtung gewandt. Dort am Tisch nahe dem Tanzboden saß ein schlanker, gutgewachsener junger Mann, den sie schon beim Musizieren immer wieder angelacht hatte.

Kein Wunder, befand Juliana. Bereits aus der Ferne wirkte er zwischen seinen grobschlächtigen Zechkumpanen wie ein edles Reitpferd unter Ackergäulen, was vor allem seiner aufrechten Haltung und seiner Kleidung geschuldet war, die nicht aus grobem Leinen wie bei seinen Tischgenossen, sondern aus feinem Tuch geschneidert war. Unter dem blauen zweireihigen Frack nach englischer Art, mit breitem, halboffenem Kragen und blitzblanken Knöpfen, trug er eine rote Weste, aus deren Ausschnitt sich ein schwarzes Seidenhalstuch mit roten Streifen bauschte. Schließlich war da noch der runde schwarze Hut, den vorn eine achteckige goldene Schnalle zierte. Was ihn indessen von einem bürgerlichen jungen Herrn unterschied, war seine Haartracht. Das dunkelbraune Haar war lang und nach hinten zu einem Zopf gekämmt. Dazu schmückte er sich wie ein Seemann oder Soldat mit kleinen goldenen Ohrringen.

Jetzt, wo sie näher kamen, lupfte er seinen Hut und grüßte

mit unbefangenem Lächeln in ihre Richtung. Er war so um die zwanzig, in Margrets Alter also, und Juliana musste zugeben, dass er für ein Mannsbild ausnehmend gut aussah. Sein Gesicht war eher länglich – oder oval, wie die Franzosen sagten –, mit einer geraden, nicht zu großen Nase, vollen roten Lippen und gesunden Zähnen. Seine Augen waren von leuchtendem, tiefem Blau.

Viele hier kannte Juliana vom Sehen, ihn und seine Gefährten indessen nicht. Wer immer dieser Fremde sein mochte – ihre Schwester Margret schien hin und weg zu sein. Und das, wo sie daheim in Weyerbach ihren Joseph sitzen hatte, den Sohn des Dorfschmieds, der nur darauf wartete, endlich von Amts wegen seinen Heiratskonsens zu erhalten. Was Joseph nicht wusste, war, dass es Margret mit der Treue nicht allzu genau nahm.

Nachdem sie sich endlich bis zum Ausschank in der Scheune durchgekämpft hatten, zwickte Margret sie in die Seite: «Sag bloß – hätt dir denn der Jungwirt gar nid gefallen? Stell dir nur mal vor, der tät dich als Braut nehmen. So 'nen schönen Hof, wie der hat, mit Ausschank und Tanzsaal!»

«Bloß weil der mit mir tanzen wollt, will der mich noch lang nicht zur Frau. Außerdem, diesen Kamuffel tät ich eh nicht haben wollen.»

Margret lachte. «Bist halt gar zu wählerisch.»

«Was man von dir nid grad sagen kann», mischte sich Kathrin, die sie eingeholt hatte, missmutig ein. Den barfüßigen, schmutzigen Knaben, der beim Zapfen aushalf, herrschte sie an, er solle ihnen endlich drei Krüge Bier herüberschieben. «Aber blitzschnell und voll bis oben hin!»

Dann wandte sie sich an Juliana.

«Ich sag's dir: Wenn's wegen der Sach mit dem Jungwirt Ärger gibt, bist du dran.»

«Ach was.» Juliana nahm einen kräftigen Schluck. Das kühle Bier tat gut nach dem vielen Singen. «Bis heut Abend ist das eh vergessen.»

Noch vor wenigen Jahren hätte ihr die Drohung der Ältesten Angst gemacht, aber jetzt ließ sie sich nichts mehr sagen von ihr.

«Was ist?» Sie deutete auf Kathrins Bierkrug. «Willst nicht zum Vater zurück? Dann kannst mit ihm ungestört herziehen über mich und Margret. Ich bleib jedenfalls hier, bis wir weiterspielen.»

«Ich auch.» Margret kehrte ihnen den Rücken zu. Schnurstracks stolzierte sie auf den Tisch mit dem gutgekleideten Fremden zu, und Juliana folgte ihr. Prompt sprach der Bursche sie an.

«Ihr schönen Fräulein, setzt euch her zu uns, bis es mit der Musik weitergeht.» Er schenkte ihnen ein gewinnendes Lächeln.

«Warum sollten wir?», fragte Juliana schnippisch. «Woanders gibt's auch nette Mannsbilder.»

«Sieh da! Auf den Mund gefallen bist du nicht.»

Margret warf ihr einen warnenden Blick zu. Was so viel heißen sollte wie: Der gehört mir! Dann setzte sie sich neben den Fremden, der bereitwillig zur Seite gerutscht war, auf die Bank. Mit großem Hallo wurde sie von den anderen am Tisch – dem Äußeren nach eher raubeinige Gesellen – begrüßt.

Keine allzu reizvolle Gesellschaft, befand Juliana. Doch um nichts in der Welt hätte sie sich jetzt von Margret wegschicken lassen. Sie war nämlich neugierig geworden auf den Kerl im blauen Frack.

«Wie heißt du?», fragte sie ihn ganz unverblümt.

«Wer will das wissen?», gab der mit einem Augenzwinkern zurück.

«Juliana Blasius, Sängerin und Fiedelspielerin.»

Da lachte der andere auf. «Die Fiedel spielst du wunderbar, aber das Singen solltest du lieber lassen. Da hat der Wirtssohn vorhin schon recht gehabt.»

Er hatte eine sanfte, leicht heisere Stimme.

«Trotzdem lass ich mich nicht von jedem anlangen», sagte Juliana trotzig

«Auch wahr. Hat mir gefallen, wie du dem den Marsch geblasen hast. Alsdann, ich bin der Hannes Bückler. Los, Seibert, mach Platz und lass das Julchen hersitzen.»

Bückler? Hannes Bückler? Irgendwo hatte sie den Namen schon mal gehört.

«Willst du Wurzeln schlagen?», fragte der, der Seibert hieß, und klopfte neben sich auf die Bank. In seinem schwarzen Backenbart glänzte noch das Bratwurstfett. «Oder willst doch lieber mit deinem Alten dein Bier trinken?»

Ohne ihm einen Blick zu gönnen, quetschte sie sich zwischen ihn und seine Kumpane. Damit saß sie Hannes und der Schwester genau gegenüber. Die strahlte in die Runde, nahm ihren Bierkrug und stieß mit Hannes an.

«Zum Wohlsein! Ich bin die Margret Blasius, die Schwester von dem Plagegeist da.»

«Zum Wohlsein! Auf diesen herrlichen Ostertag an eurer Seite. Und auf den Tag meiner Wiedergeburt.»

«Wieso Wiedergeburt?» Fragend starrte Juliana ihn an.

«Das erzähl ich dir vielleicht ein andermal.» Er stieß auch mit ihr auf Gesundheit, Wohlsein und Reichtum an.

Margret verzog das Gesicht. Dass Juliana mit am Tisch saß, ging ihr nun doch gegen den Strich, das war ihr deutlich anzusehen. Dabei wollte Juliana nur herausfinden, wer dieser Mensch war – danach würde sie ihrer Schwester schon das Feld überlassen.

«Der Name Hannes Bückler sagt mir was. Muss man dich kennen?», sagte sie, und die Bagage am Tisch begann schallend zu lachen.

«Ja, ja», spottete Seibert, «wer den ganzen Tag singt und die Fiedel kratzt, der bekommt auch nix mit von der Welt. Unser Freund Hannes ist nämlich berühmt in der Gegend. Nicht wahr, Dallheimer?»

Der vierschrötige blonde Kerl mit der großen Hakennase neben ihm nickte bedächtig. «Vielleicht ja besser bekannt unter dem Namen Johannes Durchdenwald. Oder auch Schinderhannes.»

«Ach herrje!», entfuhr es Margret, und sie starrte ihren Sitznachbarn mit weit aufgerissenen Augen an. «Ich hab's gewusst, ich hab's gewusst ... Hab ich dich doch mal auf einer Kirchweih gesehn, in Schneppenbach oder Griebelschied war's. Da ging's rum wie ein Lauffeuer, dass das der Schinderhannes auf dem Tanzboden wär.»

Augenblicklich fuhr Juliana ein leichter Schauer über den Rücken. Sie erinnerte sich noch genau, wie es im Winter überall auf den Dörfern die Runde gemacht hatte, dass bei Waldböckelheim am helllichten Tage eine vornehme Reisekutsche überfallen worden sei, mit vier steinreichen Kaufleuten drin! Der junge Schinderhannes mit seinen Komplizen sei das gewesen und die Opfer hätten sich vor Angst in die Hosen gemacht. Die sagenhafte Summe von fünfhundert Gulden hätten die Räuber erbeutet und dazu wertvolle Ware zuhauf. Und im letzten Monat dann hatte man von weiteren Raubüberfällen gehört, alle nicht allzu weit von ihrem Heimatdorf entfernt.

Was man diesem Schinderhannes nicht alles nachsagte! Es hieß, er führe Krieg gegen Reiche, Juden und gegen die verhassten Franzosen – der gemeine Mann aber habe nichts von ihm zu befürchten. Obendrein sei er ein Zauberer, könne an zwei Orten gleichzeitig sein und sich dann wiederum unsichtbar machen, um den Gendarmen zu entkommen. Andere behaupteten, dass er seine Häscher zu bannen vermochte, sodass sie sich nicht mehr rühren noch auf ihn schießen konnten. Kein Verlies der Welt sei sicher genug, ihn zu halten, schneller als jeder Gaukler wechsle er die Kostümierung und halte damit seine Verfolger zum Narren.

Und jetzt sollte dieser sagenumwobene Räuber hier vor ihnen sitzen, in Fleisch und Blut? Ungerührt und ohne Furcht vor Entdeckung oder Verrat?

Nein, Juliana mochte es nicht glauben. Bestimmt trieben der Fremde und seine Gefährten nur einen Scherz mit ihnen. Andererseits – warum glotzte jetzt alle Welt zu ihnen herüber?

Derweil hatte sich Margret enger an den Hannes gedrückt, und schon legte er ihr den Arm um die Schultern. Nachdem sie ihm etwas ins Ohr geflüstert hatte, lachte er leise und zog sie an sich. Ja, so kannte Juliana es von ihrer Schwester: Sie schaffte es immer wieder, allen Männern den Kopf zu verdrehen. Doch im Gegensatz zu ihren sonstigen Kerlen hatte dieser hier nichts Grobes. Mit verschmitztem Lächeln ging er auf Margrets Tändeleien ein, scherzte und lachte mit ihr, vergaß aber auch nicht, immer wieder das Wort an Juliana zu richten. Im Übrigen sprach er eine weitaus feinere Sprache als seine Tischgenossen.

«Ist's denn nicht unvorsichtig und gefährlich», fragte Juliana ihn schließlich, «sich mitten unters Volk zu mischen, wenn einen die Gendarmen suchen?»

Er lachte.

«Im Gegenteil. Hier bin ich so sicher wie in Abrahams Schoß.»

«Und warum haben wir vorhin auf den Tag deiner Wiedergeburt angestoßen?»

«Das hast dir also gemerkt?» Seine Augen blitzten auf.

«Ja. Warum also?»

«Weil ich gestern den Häschern grad noch so entkommen bin, deshalb. Nur leider ...» Sein Blick wurde plötzlich düster, und er ließ Margret los. Auch Dallheimer und Seibert schwiegen jetzt.

«Was ist mit dir?», fragte Margret.

«Ein guter Freund, der Carl Benzel – ihn haben sie geschnappt. Gestern in aller Früh war's, auf dem Eigner Hof, wo wir Nachtlager genommen hatten. Ich konnte mich losreißen von den Gendarmen und grad noch so entkommen, im letzten Augenblick. Hab ein Fenster zerschlagen und bin hinausgesprungen ...»

Seibert nickte ihm aufmunternd zu. «Der Scheele-Carl is nid dumm, der wird schon noch die Fliege machen.»

«Und wenn nicht? Ein strenges Verhör übersteht der nicht, mit seinen ewigen Gewissensqualen ... Den ganzen Tag hat der doch in seiner Bibel und im Gesangbuch gelesen, ist sonntags sogar zum Abendmahl in die Kirche. Er wollt eigentlich immer ein rechtschaffener Kerl bleiben», der Schinderhannes blickte in die Runde, «und ist doch immer wieder bei mir gestrandet. Da hätt es besser mich erwischt, ich wüsst mir wenigstens zu helfen ...»

Seine Stimme erstarb, und seine Augen füllten sich wahrhaftig mit Tränen.

Margret nahm seine Hand und drückte sie fest, während Juliana hin- und hergerissen war zwischen Mitleid und Empörung: Wie konnte dieser Mensch hier fröhlich feiern, wo ihm gestern erst so schlimme Dinge widerfahren waren?

«Doch nid *du* hast ihn zum Klauen gebracht», polterte Dallheimer los, «sondern die Dirnen, die er fürstlich aushalten wollt!»

Mit einem tiefen Seufzer gab Hannes sich einen Ruck: «Genug davon. Habt ihr Hunger, ihr Fräulein?»

Entweder war er ein begnadeter Possenspieler, dachte sich Juliana, oder tatsächlich der berühmte Räuber.

Sie schüttelte den Kopf, während ihre Schwester nickte.

«Alsdann, Seibert – hol uns noch eine Platte mit Speck und Würsten. Und der Bauer soll endlich von seinem Selbstgebrannten rausrücken, sein verwässertes Bier ist schier ungenießbar.»

Im Gegensatz zu den anderen Gästen musste Seibert nicht lang anstehen und kehrte bald mit einer gut beladenen Wurstplatte und seiner gefüllten Feldflasche zurück. Hannes war mittlerweile wieder so fröhlich wie zuvor.

«Lasst's euch schmecken!»

Er öffnete die Flasche und hielt sie Margret an die Lippen. Erwartungsvoll nahm sie einen tiefen Schluck, um sofort keuchend nach Luft zu schnappen.

«Sackerment! Das brennt ja wie Höllenfeuer.»

Alle lachten, auch Juliana. Als Hannes ihr die Flasche über den Tisch reichte, gab sie sie an ihre Sitznachbarn weiter und griff stattdessen nach einer knusprigen Specksaite.

«Schnaps macht dumm im Kopf.»

«Habt ihr gehört, ihr andern?», rief Hannes. «Recht hat sie, das Julchen. Ich hab schon manch guten Mann erlebt, der sich am Ende um den Verstand gesoffen hat.»

Jetzt erst fiel ihr auf, dass er sich im Gegensatz zu den anderen, die bereits mehrere Krüge Bier geleert hatten, mit dem Zechen zurückhielt. Überhaupt verhielt er sich viel besonnener als all die Schreihälse rundum, war liebenswürdig und höflich und wirkte blitzgescheit. Mit einem Mal wusste sie, an wen er sie erinnerte: an ihren großen Bruder Christian, der die Familie viel zu früh verlassen hatte.

Margret drückte sich an ihn. «Ein Schlückchen Schnaps darfst mir trotzdem noch mal geben.»

Juliana warf ihr einen mahnenden Blick zu. Immerhin mussten sie noch bis Sonnenuntergang musizieren und danach eine gute Stunde nach Hause marschieren. Da spürte sie eine Hand auf ihrem rechten Knie, die langsam den Oberschenkel hinaufwanderte. Seibert neben ihr kaute auf einem Wurstzipfel, grinste und stierte sie dabei frech aus seinen kleinen rabenschwarzen Äuglein an

«Lass das!», fauchte sie und schlug seine Hand weg.

Im nächsten Augenblick legte Dallheimer seinen Arm um sie: «Hast recht. Der Seibert hat nämlich die Krätze.»

«Und du stinkst aus dem Maul!»

«Sag bloß, Julchen», mischte sich Hannes ein. «Gefallen dir meine beiden Freunde etwa nicht?»

«Nein, keiner von beiden.»

Da schlug er mit der flachen Hand auf den Tisch. «So lasst sie gefälligst in Ruh!»

«Schon recht, Capitaine», murrte Dallheimer. «Dann gib wenigstens noch mal von dem Fusel her.»

Fordernd streckte er den Arm aus. In diesem Moment trat der Junge vom Ausschank zu Hannes und flüsterte ihm etwas zu. Hannes runzelte die Stirn und reichte ihm eine Münze.

«Schade, die Greiferei ist im Anmarsch.» Er zog seinen ledernen Ranzen unter der Bank hervor und erhob sich. «Nach dem, was gestern war, machen wir uns lieber aus dem Staub.»

«So ein Schund!» Auch Dallheimer war aufgesprungen. «Vielleicht hätt ich ja doch noch bei dir landen können.» Er verabreichte Julchen einen fast schon galanten Handkuss.

«So bleibt doch noch», protestierte ein feister Kerl, der sich immer wieder in die Gespräche gemischt hatte. «Mit denen werden wir schon fertig.»

«Nichts da – auf ein andermal.» Hannes schob ihm einige Silbermünzen zu. «Damit bezahlst unsere und eure Zeche.»

Dann gab er Margret einen Kuss, reichte Juliana quer über den Tisch die Hand – er hatte einen festen, warmen Händedruck – und verschwand mitsamt Dallheimer und Seibert in Richtung der kleinen Tür hinter dem Tanzboden.

Durch das weit geöffnete Scheunentor näherten sich nun auch schon zwei Mannsbilder, an ihren engen weißen Hosen und dem Zweispitz auf dem Kopf unschwer als Gendarmen zu erkennen. Der eine war hier aus der Gegend, wie schnell herauszuhören war, der andere ein Franzos – von den Welschen fanden sich jetzt immer häufiger welche in den Brigaden. Die beiden fragten rundum nach Name und Herkunft, den einen oder andern auch nach seinen Papieren. Dann ließen sie sich vom Wickenhof-Pächter einen Krug Bier spendieren. Kaum waren sie wieder ihrer Wege gegangen, ging rundum ein Raunen los: «Diese Armleuchter kriegen den Hannes doch nie!» – «Und wenn sie ihn mal erwischen, lacht der ihnen gradwegs ins Gesicht.» – «Genau! Lupft den Hut vor der Streife und grüßt freundlich. Weil er sich nämlich verwandelt hat und die Bleedköpp ihn gar nid erst erkennen tun.»

Spätestens jetzt hatte Juliana keine Zweifel mehr, dass sie wahrhaftig dem Schinderhannes und seinen Leuten begegnet war.

## Kapitel 2

Auf dem nächtlichen Heimweg durch die Hügel und Täler des Nahelands schweigen sie – Kathrin und der Vater, weil sie verärgert waren, Margret, weil sie mit beseligtem Lächeln vor sich hin träumte, und Juliana, weil sie wieder einmal Schuld an allem gewesen sein sollte.

Am Ende hatten sie nämlich tatsächlich weniger Lohn als vereinbart erhalten, weil sich der Wirtssohn, als es ans Zahlen ging, mit einer wahren Schimpftirade beschwert hatte.

«Das Luder hat mich attackiert! Mich zum Affen gemacht, das Luder ...», hatte er gelallt und war dabei ins Schwanken geraten.

Immerhin hatte ihr Vater Juliana verteidigt, mit den Worten, dass seine Töchter anständige Mädchen seien, dann aber doch nur noch müde die Schultern gezuckt und die Handvoll Kreuzer entgegengenommen. Dafür hatte Kathrin, kaum lag der Wickenhof hinter ihnen, ein umso lauteres Donnerwetter auf sie niederprasseln lassen: «Wie strohdumm bist du eigentlich? Dir wird dein Hochmut schon noch vergehen ...» und so fort, bis Juliana sich die Ohren zugehalten hatte.

Längst war die Nacht hereingebrochen, kalt, sternenklar und dunkel, da der Mond nur als hauchdünne Sichel am Himmel stand. Zum Glück kannte der Vater rechts und links der Nahe jede Wegkreuzung, jeden Bachlauf, jede Scheune. Seit Juliana sich erinnern konnte, zog sie mit ihm und ihren Schwestern als Bänkelsängerin und Geigenspielerin in der Heimatregion übers Land. Was bedeutete: Bei Wind und Wetter stundenlang marschieren, um auf einer Kirchweih, bei einem Bauernfest oder in einer Dorfschenke gegen kargen Lohn und Imbiss aufzuspielen, sich dabei von Männern begrabschen und deren Weibern angiften zu lassen, nur um hinterher dem Zorn der Mutter (manchmal auch des Vaters) ausgesetzt zu sein, wenn sie wieder einmal nicht genug Geld heimgebracht hatten.

Was den Zuhörern ein leichtes und lustiges Handwerk scheinen mochte – sie selbst fand es kein bisschen vergnüglich.

Aber ihr Vater, der Hannikel aus Weyerbach, hatte nichts andres gelernt, und wenn er nicht musizierte, verdingte er sich als Taglöhner. Als sie und ihre vier Geschwister noch klein waren, waren sie oft genug auf Almosen angewiesen gewesen, doch inzwischen besaßen sie wenigstens eine Kuh und hatten ein Feldstück zum Gemüseanbau gepachtet. Trotzdem – es war ein elendes Leben, und was blieb ihnen als Mädchen anderes, als auf die Heirat zu hoffen, mit einem halbwegs anständigen Kerl? Ihr großer Bruder, der Christian, hatte recht daran getan, schon als junger Bursche abzuhauen und sich dem Militär anzudienen. Die Mutter war hierüber schier rasend geworden, hatte tage- und nächtelang geheult und gejammert: «Mein einziger Junge! Mein einziger Sohn!», inzwischen aber prahlte sie damit, dass er Offizier bei den Kaiserlichen sei – dabei hatten sie nie wieder von ihm gehört!

In dem schwarzen Waldstück vor ihnen raschelte es laut, und Juliana stolperte vor Schreck über eine Wurzel. Aber es war bloß ein Sprung Rehe, der ihren Weg kreuzte. Bislang war es nur selten wirklich gefährlich geworden auf den nächtlichen Wanderungen. Jeder von ihnen hatte einen Stock zur Hand, der Vater auch einen scharfgeschliffenen Dolch im Gürtel. Wer ihnen dumm kam – andere Nachtschwärmer oder Betrunkene auf dem Heimweg –, den hatten sie noch stets gemeinsam mit lauten Drohungen und Flüchen in die Flucht geschlagen. Doch heute beschlich Juliana erstmals ein mulmiges Gefühl. Sie malte sich aus, wie es sich anfühlen mochte, von bewaffneten Räubern überfallen und ausgeraubt zu werden und dabei um sein Leben zu fürchten. In der Einsamkeit des nächtlichen Waldes hätten sie keinerlei Hilfe zu erwarten. Nun, zumindest vom Schinderhannes hatten Leute wie sie nichts zu befürchten. Und jetzt schon gleich dreimal nicht, wo sie seine Bekanntschaft gemacht hatten.

«An was denkst du?», flüsterte Margret, die mittlerweile neben ihr ging.

«An nichts», flunkerte sie.

«Ich muss immerzu an den Schinderhannes denken», fuhr die Schwester fort. «Jeder kennt und fürchtet ihn, vom Hunsrück bis an die Nahe. Und uns lädt er an seinen Tisch und bewirtet uns – ist das nicht unglaublich?»

«Hör ich den Namen Schinderhannes?» Der Vater verpasste ihr eine Kopfnuss. «Nie wieder, verstanden? Schlimm genug, dass der euch törichte Mädchen an den Tisch gelockt hat. Einer wie der landet am Strick, da nutzt es ihm gar nix, dass er mit dem Teufel im Bunde is!»

Nach einer guten Stunde Fußmarsch hatten sie ihr Heimatdorf Weyerbach erreicht, das bis zum Einmarsch der Franzosen noch zur Markgrafschaft Baden gehört hatte. Eingebettet in einem bewaldeten Seitental der Nahe, reihten sich rechts und links des Schnorrenbachs zwei Dutzend einfacher Bauern- und Handwerkerhäuser. Wirtshaus, Kirche und Pfarrhaus lagen zu dieser späten Stunde dunkel und still, nur der trübe Lichtschein hinter einigen Fensterscheiben zeigte an, dass noch nicht alle Bewohner schliefen. Müde überquerten sie den Bach und stapften die von Schnee und Winterregen noch immer aufgeweichte Dorfstraße hinauf, hinter einem Bretterzaun schlug aufgeregt ein Hund an.

Dort, wo die armseligsten Häuschen standen – geduckte graue Katen mit Strohdächern, in denen die Leute zur Miete wohnten –, hatten sie ihr Domizil. Genau wie ihre Nachbarn hatten sie damals, als die Leibeigenschaft aufgehoben worden war, kein Geld gehabt, um Haus und Hof in Besitz zu nehmen.

Hinter dem winzigen Fenster zur Straße hinaus flackerte eine Kerze. Der Vater schob den Riegel zum Stall zurück, der ihren einzigen wertvollen Besitz, eine magere Milchkuh und eine Schar Hühner, beherbergte, und grummelte etwas vor sich hin. Wahrscheinlich hatte er genau wie Juliana gehofft, dass Mariechen und die Mutter schon zu Bett gegangen waren.

Sie klopften sich im Dunkeln den Dreck von den Schuhen, als die Tür ins Hausinnere auch schon aufgerissen wurde. Im schwachen Lichtschein des Durchgangs zur Stube, die Küche und Wohnraum zugleich war, stand Mariechen, die jüngste der Schwestern.

«Lasst ihr euch auch endlich blicken?» Sie stemmte die Arme in die Seite. «Der Mutter geht's gar nicht gut.»

Ihrer Mutter ging es niemals gut. Ständig wurde sie von Zipperlein geplagt. Mal war es der Rücken, mal die steifen Gelenke, dann wieder konnte sie nächtelang nicht schlafen, weil ihr schwindelte oder der Kopf schmerzte.

Eilig streifte sich der Vater Rock und Schuhe ab und schlüpfte in seine löchrigen Filzpantoffel, um nur ja keinen Dreck hineinzutragen. Dabei war das vergebliche Liebesmüh, so verlottert und schmutzig, wie es überall war. Eigentlich oblag ja Marie die Haushaltung, und sie musste aus diesem Grund auch nur selten mit ihnen hinaus. Aber wenn sie mal nicht zwischendurch mehr recht als schlecht kochte oder die ewig leidende Mutter bediente, faulenzte sie nur den ganzen Tag. Mariechen mit ihrer blonden Lockenpracht und dem niedlichen Gesichtchen fühlte sich schlichtweg als was Bessres. Sie takelte sich auf wie eine aus der Stadt, wenn sie ins nahe Oberstein auf den Markt ging, und lamentierte genau wie die Mutter beständig darüber, wie übel sie es getroffen hätten mit ihrem kümmerlichen Dasein in diesem elenden Bauerndorf. Sie war zwar erst vierzehn, träumte aber jetzt schon von einem Leben an der Seite eines Amtmannes drüben in Oberstein oder Kirn.

Unter der niedrigen Decke hing noch der Geruch nach dem Sonntagsessen, Kohl mit gesottenen Schweinsfüßen, und so eilte Margret schnurstracks zur Feuerstelle unter dem offenen, rußgeschwärzten Kamin und kratzte die letzten Reste aus dem Topf. Unschlüssig blieb Juliana mitten im Raum stehen. Auf dem einzigen Lehnstuhl neben dem Tisch thronte die Mutter, dick und mit verquollenem Gesicht, in Nachtrock und Schlafhaube, über die ausgestreckten Beine eine Decke gebreitet. Ihre zusammengekniffenen Lippen verrieten nichts Gutes.

Nur mit viel Mühe vermochte sich Juliana vorzustellen, dass ihre Mutter einst eine sehr schöne Frau gewesen sein sollte, ganz ähnlich wie Marie mit goldblonden Locken, hellblauen Augen und rosigem Herzchenmund. Jetzt waren Leib und Gesicht aufgedunsen, das schüttere Haar hing ihr grau und strähnig aus der Haube heraus, und bei jeder schnelleren Bewegung ächzte sie auf, laut jammernd, dass der Gliederschwamm von Tag zu Tag schlimmer werde.

«Was ist mir dir, Katharina Luisa?», fragte der Vater und strich ihr über die Hand. Wie immer, wenn er unsicher war, nannte er sie bei ihrem vollen Namen.

«Das fragst du? Seit Tagen bin ich verstopft, und heut, am heiligen Ostersonntag, hab ich sogar den Bader kommen lassen müssen. Aber das Klistier hat rein gar nix geholfen, der Aderlass erst recht nix, und dann hab ich mich von dem Quacksalber auch noch anraunzen lassen müssen, weil ich ihm nicht genug Geld hab zahlen können. Ach, es ist alles so eine Last», sie fuhr sich über die Augen, und ihr Tonfall wechselte von lautem Schelten ins Weinerliche, «keiner kümmert sich um mich außer dem Mariechen. Manchmal denk ich, am liebsten tät ich sterben wollen.»

«Luise! Das darfst du nicht sagen!»

«Nein? Wer lässt mich denn tagaus, tagein allein? Hättest

halt ein anständiges Handwerk gelernt und tätest im Dorf arbeiten, dann hättest auch einen Ruf, und wir wären wer hier im Flecken und hätten Geld für den Bader und was Gutes im Kochtopf und müssten nicht in halben Lumpen rumrennen ...»

Unter ihrem Wortschwall zog der Vater sichtlich den Kopf ein. Julianas Blick fiel auf das Spinnrad in der Ecke: Würden Marie und ihre Mutter wie all die andern Frauen im Dorf nach der Hausarbeit spinnen oder weben, könnten sie sich allemal ein besseres Leben leisten!

«Aber ich racker mich doch ab für uns alle», verteidigte sich der Vater. «Siehst du das nicht?»

«Ach ja? Ihr tingelt mit eurer Katzenmusik über die Dörfer und schlagt euch dabei den Ranzen voll. Das nennst du Arbeit?» Ihre Stimme wurde schrill. «Wie viel hast denn heut heimgebracht? Oder habt ihr die Hälfte unterwegs versoffen?»

«Gar nichts haben wir versoffen.» Er band den Beutel von seinem Gürtel los und warf ihn, nur noch mühsam beherrscht, auf den Tisch. «Aber gar so großzügig hat sich der Pächter vom Wickenhof nicht gezeigt.»

«Wie viel?» Kurz und schneidend kam die Frage.

«Zwei Dutzend Kreuzer.»

«Das soll alles sein? Das reicht ja nicht mal für ein Sechspfünder Schwarzbrot oder ein Simri Grumbeeren!»

Kathrin, die im Türrahmen stehen geblieben war, zeigte auf Juliana.

«Die Juliana ist auf den Sohn vom Wickenhof-Pächter losgegangen. Deshalb gab's so wenig.»

«Was redest du da für einen Mist!» Juliana wurde wütend. «Bin ihm nur auf den Fuß getreten, als er frech wurde.»

Ehe sie sich's versah, war die Mutter aufgesprungen.

«Da hast du deinen Lohn!»

Sie holte aus und schlug Juliana mit ihrer fleischigen Hand mitten ins Gesicht. Dann noch einmal und ein drittes Mal.

Fassungslos starrte Juliana ihre Mutter an. So fest hatte sie schon lange nicht mehr zugeschlagen. Und Marie grinste auch noch dazu.

«Geschieht dir recht», murmelte Kathrin. «Ich geh jetzt jedenfalls schlafen.»

Damit verschwand sie in Richtung Stall, über dem sie ihre winzige Schlafkammer hatte. Auch Margret schickte sich an, die Stube zu verlassen.

«Wo willst du hin?»

«Zu Joseph.»

«Spinnst du? Noch seid ihr nicht verheiratet.»

«Das ist mir gleich. Außer dich und den Pfaffen stört das keinen hier im Dorf.»

Sie riss die Haustür zur Straße auf und ließ sie scheppernd hinter sich ins Schloss fallen.

«Womit hab ich das alles nur verdient, ich armes, krankes Weib?», keifte die Mutter, um sich dann schluchzend darüber auszulassen, wie schlecht sie es mit diesem Mann und diesen missratenen Kindern getroffen habe.

Stumm, mit gekrümmtem Rücken, ließ der Vater die Vorwürfe über sich ergehen. Im flackernden Licht der Kerze sah er plötzlich uralt aus.

Juliana ballte die Fäuste. Sie hatte es satt, so unendlich satt! Es musste doch noch ein anderes Leben geben, dort draußen in der Welt.

## Kapitel 3

Dass sich Margret, wenn sie unterwegs waren, den Kerlen an den Hals warf, war für Juliana nichts Neues – ihr selbst waren diese plumpen Tändeleien meist zu dumm. Bloß dass sie in solchen Momenten ganz und gar Luft war für die Schwester, verletzte sie manchmal. Sie hing nämlich an Margret mehr als an jedem anderen Menschen.

Als sie noch Kinder waren, hatten sie gegen die Mutter und die nicht weniger tyrannische Kathrin zusammengehalten wie Pech und Schwefel. Später dann, als sie ihre kleinen Streifzüge, wie sie es nannten, unternahmen, erst recht. So hatte Margret ihr beigebracht, wie man den Opferstock in der Kirche mittels einer Leimrute plünderte, indem man sie oben durch den Schlitz schob, bis ein oder zwei Münzen dran kleben blieben, und sie dann ganz, ganz vorsichtig wieder herauszog. Noch weitaus mehr zu holen gab es an hohen Feiertagen, wenn es gedrängt voll wurde beim Gottesdienst und die Menschen sich besonders festlich ausstaffierten. Sobald die Erwachsenen, ihre Hüte unterm Arm und die Hände gefaltet, sich in Andacht ihren Gebeten hingaben, war die Gelegenheit gekommen: Unbemerkt lösten sie im Halbdunkel des Kirchenschiffs bei den Männern die Schnallen von den Schuhen oder Hüten, bei den Weibern die silbernen Nadeln aus dem Haar oder zogen Schnupftücher aus Rocktaschen. Sie taten das so geschickt, dass niemand etwas bemerkte, und freuten sich hinterher tagelang über die Beute, die sie in ihrer Dachkammer unter einem Dielenbrett versteckt hielten. Heute wussten sie, dass das alles weitgehend wertloser Tand war, doch damals hatten sie sich unermesslich reich gefühlt. Einmal war es Margret sogar gelungen, einer wohlhabenden Bauersfrau das in Silber gefasste Holzkreuz vom Rosenkranz zu schneiden, den sie achtlos vom Arm hatte herabhängen lassen. Mit diesem Kreuz waren sie am nächsten Tag zum Kleinkrämer Ely nach Bärenbach gewandert. Auf dessen misstrauisches Nachfragen hin hatten sie, ohne rot zu werden, erklärt, das Kreuz sei im Staub vor dem Kirchenportal gelegen, und hierfür schließlich sagenhafte fünfzehn Kreuzer erlöst.

Ein böses Ende fanden diese Art Unternehmungen, nachdem sie im Kramladen der Witwe Pfeiffer in Oberstein erwischt worden waren. Das war kurz vor der Franzosenzeit gewesen, Juliana mochte damals etwa zehn oder elf Jahre alt gewesen sein, ihre Schwester so um die dreizehn. An jenem Frühlingsnachmittag waren sie dem lautstarken Gezänk ihrer Eltern entflohen und die Nahe aufwärts bis nach Oberstein gewandert. Das Tal wurde hier schmal und felsig, regelrecht eingezwängt lag das Städtchen mit seinen spitzgiebeligen Häusern zwischen dem Fluss und den steilen Hängen, überragt von der Felsenkirche, dem Alten und dem Neuen Schloss.

Nachdem sie ein Weilchen die Hauptstraße auf und ab flaniert waren, hatte die Schwester den Einfall gehabt, den Kramladen hinter der Achatschleife aufzusuchen. Ein solches Geschäft gab es in ihrem Dorf selbstredend nicht, und so hatte Juliana sofort begeistert zugestimmt. Für ihre zwei Kreuzer in der Rocktasche mochte sie ein paar bunte Murmeln oder ein hübsches Haarband erstehen.

«Dein Geld lass stecken, Julchen. Du machst einfach, was ich dir sag. Verstanden?»

Da hatte sie nur noch aufgeregt nicken können.

Die Ladenglocke begann beim Öffnen der Tür zu schellen, und die alte, hagere Witwe sah von einem eng bedruckten Blatt Papier auf. Nur mit großer Mühe entzifferte Juliana, die nicht mal zwei Jahre lang die Pfarrschule besucht hatte, das in großen Lettern gesetzte Wort *Anzeiger*.

«Einen schönen Gruß von unserer Muhme, der Frau vom Forstgehilfen Hampit aus Nahbollenbach.» Margret deutete einen artigen Knicks an. «Wir sollen den Einkauf für sie machen.»

«Warum kommt die dann nid selber?»

«Weil sich die arme Frau den Fuß verstaucht hat und humpeln tut.»

«Aha.»

Neugierig blickte sich Juliana um. Was es hier nicht alles zu kaufen gab! Bis unter die Decke reichten die Regale mit den ausgelegten Waren, manches war auch in beschrifteten Schubladen verborgen. In hohen Gläsern gab es die von ihr begehrten Murmeln sowie glänzende Hut- und Gürtelschnallen, in offenen Säckchen allerlei Trockenfrüchte, dazu Ballen von Stoffen und breiten Spitzenbändern, Seile jeglicher Dicke und Stärke, Werkzeuge für Haus und Garten, bunt bemaltes Holzspielzeug, sogar Essgeschirr und wunderschöne Kaffeetassen aus emailliertem Blech. In einer flachen Holzkiste lagen in Fächern sortiert Knöpfe, Zwirne, Nadeln, kleine Schnallen, schmale Borten und Bänder.

Margret hatte derweil ihren Korb, ohne den sie nie das Haus verließ, auf der Theke abgestellt.

«Eine kleine Schere braucht die Muhme und zwei Ellen von den Spitzenbändern dort.»

«Die Schere für Papier oder Stoff?»

«Fürs Papier, bittschön!»

Hatte die Pfeiffer-Witwe beim Eintreten noch reichlich griesgrämig dreingeschaut, so wurde sie durch Margrets Höflichkeiten fast schon freundlich. Neben der Spitze und der Schere wanderten noch zwei Paar Wollsocken in den Einkaufskorb, ein Päckchen Zichorienkaffee, ein dünner Strick und zwei rote Haarbänder. Juliana hätte gerne von den Murmeln gehabt, hielt aber wohlweislich den Mund, da Hampits Weib wohl kaum Spielzeug gekauft hätte. Aber wenigstens ließ ihre Schwester sich noch getrocknete Apfelringe und Dörrpflaumen abwiegen. Wie sie mit all diesen Schätzen aus dem Laden verschwinden sollten, war Juliana allerdings ein Rätsel.

«Habt vielen Dank, Gevatterin», Margret nestelte in ihrer Rocktasche, «das wär's schon.»

«Das macht dann ...»

Die Pfeifferin kritzelte mit zusammengekniffenen Augen auf einer Schiefertafel herum.

«O verzeiht! Fast hätt ich's vergessen. Eine gute Seife braucht die Muhme noch.»

Juliana starrte ihre Schwester verdutzt an. Dann aber verstand sie. Seifen und Laugen waren nämlich ganz oben gelagert, und so zog die Alte eine Leiter aus der Ecke und schob sie an besagte Stelle. Erstaunlich behände kletterte sie die Sprossen hinauf.

«Lauf!», zischte Margret.

Juliana war zuerst bei der Tür, riss sie auf – und prallte gegen eine Männerbrust.

«So eilig, ihr Mädchen?»

«Halt sie fest, Heinrich!», rief es von der Leiter herab.

Margret wollte sich mit ihrem Korb unterm Arm vorbeidrängeln, doch dieser Heinrich war nicht allein, sondern mit zwei kräftigen Kumpanen unterwegs.

Das Ende vom Lied: Unter dem Hohngelächter der Menschentraube, die sich vor dem Kramladen gebildet hatte, wurden sie dem Obersteiner Bettelvogt übergeben, der sie, mit leerem Korb und gebundenen Händen, die ganzen eineinhalb Stunden zurück nach Weyerbach brachte und dem Vater «zur gütigen Bestrafung» übergab. Die Prügel fielen denn auch so heftig aus, dass sie beide nur auf dem Bauch einschlafen konnten in jener Nacht.

«Hast gehört, was der Vater gesagt hat?», flüsterte Juliana so leise, dass es Kathrin, die mit ihnen das Bett teilte, nicht hören konnte. «Nicht für den Diebstahl wären die Schläge, sondern weil wir uns so kreuzdumm angestellt hätten und erwischt worden sind! Jetzt hätt er die Schande vor allen Leut.»

«Recht hat er – du hättest draußen Schmiere stehen sollen.» Margret unterdrückte ein schmerzvolles Stöhnen. «Stell dir bloß vor: Wenn wir Jungs wären, dann hätt man uns ausgepeitscht und ins Loch gesteckt. Eins schwör ich dir, Julchen: Ich heirate mal einen, der so reich ist, dass man erst gar nicht klauen muss, um was Schönes zu haben.»

An diese Geschichte musste Juliana so manches Mal denken, als sie die nächsten Tage unterwegs waren, um mit Fiedeln und Tamburin im Gepäck die Wirtshäuser zwischen Oberstein und Kirn abzuklappern.

Das mit dem Heiraten war leider gar nicht so einfach. Dazu brauchte es nämlich eine Genehmigung der Behörden, und hierfür musste der Bräutigam nachweisen, dass er in der Lage war, eine Familie zu versorgen. Zwar war Margret mit ihren zwanzig Jahren bereits mündig, doch ihr Joseph, immerhin Sohn des Dorfschmieds, musste erst sein fünfundzwanzigstes Jahr abwarten. Zudem war er noch immer Knecht seines Vaters und vermochte somit keinen «genügenden Nahrungsstand», wie es hieß, zu gewährleisten. Bei Leuten wie ihnen, besitzlosen Taglöhnern und übers Land ziehendem Volk, war die Gemeinde besonders streng, wollte man doch liederlichem Lebenswandel vorbeugen. Und so war jedes Heiratsgesuch ein demütigender Bittgang zur Bürgermeisterei im zwei Stunden entfernten Sien. Was zur Folge hatte, dass nicht nur in ihrem

Dorf zahllose Winkelehen geführt und uneheliche Bälger geboren wurden. Für ihre älteste Schwester Kathrin schien es besonders bitter, dass sie nach dem Tod ihres angetrauten Försters keinen geeigneten Heiratskandidaten mehr fand.

Was Margret betraf, so hatte Juliana stets den Eindruck gehabt, dass sie auf etwas Besseres aus war als auf ihren zugegebenermaßen etwas tumben Bräutigam Joseph. Seit jenem Ostersonntag auf dem Wickenhof allerdings hielt sich ihre Schwester auffallend zurück mit ihrem leichtsinnigen Herumpoussieren – ja, sie verhielt sich geradezu barsch und abweisend, wenn sich ihr ein Mannsbild auch nur näherte. Stattdessen schweifte ihr Blick in jeder Schenke, bei jedem Familienfest unruhig über die anwesenden Gäste, und des Abends, wenn sie mal unter sich waren, fiel bei ihren Gesprächen nur noch ein einziger Name: Hannes Bückler.

«Hast gesehen, wie er mich immer angeguckt hat? Und zweimal hat er mich geküsst, einmal sogar mitten auf den Mund! Der Hannes ist so ganz anders als die andern Burschen …», ging es in einem fort.

Einmal, als sie bei einer Taufe in Hennweiler aufspielten, hatten sie beide geglaubt, ihn unter den Feiernden entdeckt zu haben, und Margret hatte beim Singen und Tamburinschlagen fürchterlich gepatzt. Bis sie ihr Lied zu Ende gebracht hatten, war der vermeintliche Schinderhannes indessen verschwunden gewesen. Auf dem endlos weiten Nachhauseweg dann hatte Juliana sie beiseitegenommen und gefragt:

«Bist du etwa verliebt in den Hannes?»

Da war sie rot geworden: «Ja, der tät mir schon gefallen.»

«Aber er ist ein Räuber!»

«Na und? Allemal besser als ein Steuereintreiber oder Gemeindediener, der uns arme Leut nur ausnimmt und piesackt.»

Hierüber dachte Juliana viel nach in diesen Tagen. Manch

einer fürchtete den Schinderhannes, die meisten einfachen Leute aber bewunderten ihn – vor allem die Weibsbilder! Es hieß, in jedem Dorf hätte er eine sitzen.

Seit jener Begegnung zu Ostern nämlich hielt auch Juliana die Ohren weit offen, während sie übers Land zogen. Die ganze Gegend um Rhaunen, Kirn und Baumholder machte der Schinderhannes mit seinen Leuten unsicher und drehte dabei der französischen Obrigkeit eine lange Nase. So hörte Juliana von einem Raubüberfall am helllichten Tage auf der Landstraße nahe Lauterecken, von Schutzgelderpressung der jüdischen Gemeinde in Hundsbach und schließlich, Ende April, von einem Raubüberfall am Hachenfels, ganz nahe ihrem Heimatdorf. Dort seien der reiche Metzger Mathias und ein Jude aus Sobernheim von vier Räubern angegriffen und ihres ganzen Geldes beraubt worden, nachdem man des Metzgers Hund mit zwei Schüssen niedergestreckt hatte. Letzteres fand Juliana grausam, denn sie mochte Tiere gern.

Was die Überfälle selbst betraf, da war sie ganz ein Kind ihrer Zeit. Wie alle hier neidete sie den jüdischen Viehhändlern, Krämern und Geldverleihern, die es so zahlreich in der Gegend gab, ihren Wohlstand, und mit dem Hass auf die Franzosen war sie groß geworden. Nur vage konnte sie sich an die Zeit erinnern, als die Leute noch «Büttel» statt «Gendarm» oder «Schultheiß» statt «Maire» gesagt hatten, so lange währte die Franzosenzeit nun schon. Wohl aber hatte sie noch die Bilder vor Augen, wie sie sich voller Angst vor den Soldaten versteckt, sich in den Scheunen unterm Stroh vergraben oder sich in Kellerlöcher gezwängt hatten, wenn wieder einmal die Trommeln ertönten. Mal waren es die Kaiserlichen, mal die französischen Revolutionstruppen gewesen, die über ihre Dörfer herfielen wie eine Heuschreckenplage und Felder und Vorräte plünderten, Obstbäume und Weinstöcke zerschlugen,

Häuser in Brand setzten. Ein Menschenleben galt den Soldaten beider Lager wenig, wer sich ihnen entgegenstellte, wurde gequält und gemeuchelt, junge wie alte Frauen wurden geschändet. Juliana vermutete, dass auch ihrer ältesten Schwester so etwas angetan worden war, gesprochen wurde indessen in ihrer Familie nie darüber.

So war die Gegend zwischen Mosel, Nahe und Saar über etliche Jahre in raschem Wechsel von französischem und deutschem Militär besetzt und wieder geräumt worden. Am Ende gingen die Revolutionstruppen des Frankenreichs als Sieger hervor: Die alten Feudalherren und ihre Verwalter waren zwar vertrieben, dafür weite Landstriche verwüstet, das Holz aus ihren schönen Wäldern geplündert, die öffentliche Ordnung zusammengebrochen. Die neuen Herren waren nicht in der Lage, Ruhe zu schaffen, und die große Zeit der Räuber, Gauner und Diebe ebenso wie die der marodierenden Söldner setzte ein.

Dass dieser Napoleon aus dem fernen Paris auch neue Gesetze proklamierte, dass fortan alle Menschen vor dem Gesetz gleich sein sollten, dass Adel und Klerus entmachtet, Leibeigenschaft und Zehnt abgeschafft waren – all das hatte eher die Bürger in den Städten begeistert. Dem Landvolk klangen die schönen Worte «Freiheit, Gleichheit, Brüderlichkeit» hohl in den Ohren angesichts ihrer zerstörten Dörfer und Felder. Denn noch immer hielt das Militär sich schadlos, indem es sich einquartierte und die Vorräte plünderte, Pferde, Fuhrwerke und Proviant mit sich nahm, auch noch beim ärmsten Bauern Tür- und Fenstersteuer einforderte und junge, kräftige Knechte und Bauernsöhne für den Kriegsdienst einzog, da sich die verheerenden Feldzüge des Erbfeinds rechtsrheinisch fortsetzten.

Kein Wunder, dass einer wie Schinderhannes als «Franzosenfresser» gefeiert wurde, als jemand, der es wagte, der neuen Obrigkeit die Stirn zu bieten. Jeder Pferdediebstahl beim Militär, jede Plünderung von französischen Proviantwagen wurde in den Wirtshäusern mit Beifall bedacht.

Was die Juden betraf, die bald schon die vollen Bürgerrechte zugesprochen bekamen und überall ihre Synagogen, jüdischen Schulen und Friedhöfe errichten durften, so wurde die Feindseligkeit gegen sie nur noch größer. Weil sie nämlich durch den Handel mit dem Militär zum einen nur noch reicher wurden, zum anderen nicht zum Kriegsdienst eingezogen werden durften. Und so war man sich unter dem Landvolk einig, dass es keine große Sünde sein konnte, einen reichen Juden zu verhöhnen oder zu misshandeln.

Dies alles wusste Juliana aus den Erzählungen der Alten. Inzwischen mühten sich die Besatzer, eine Verwaltung nach französischem Muster einzurichten, wurden Büttel und Gerichtsdiener von einer Bajonette schwingenden Gendarmerie abgelöst, war Französisch sogar Amtssprache geworden, was indessen unter den deutschen Amtsherren und Gendarmen kaum einer richtig verstand, geschweige denn zu sprechen vermochte. Und bald schon sollte nur noch in Franken und Centimen bezahlt werden dürfen statt in Gulden und Kreuzern. Denn sie waren nun Teil des Feindeslandes, Teil der Französischen Republik, ob sie wollten oder nicht.

## Kapitel 4

Gut zwei Wochen nach Ostern waren Juliana und Margret vor einem heftigen Streit mit Kathrin und der Mutter ins Weyerbacher Wirtshaus geflohen. Die Reisezeit hatte begonnen, und die düstere, rauchgeschwängerte Schankstube füllte sich zu dieser frühen Abendstunde rasch.

«Mir steht's bis oben hin», schimpfte Margret, nachdem ihnen das Schankmädchen einen Krug billigen Viez und zwei Becher hingestellt hatte. «Immer dieses Keifen und Jammern daheim.»

Juliana nickte und nahm einen tiefen Schluck von dem essigsauren Apfelwein. «Das Beste wär, wir täten weggehen. Weißt was? Wir suchen uns eine Anstellung als Magd in Oberstein oder Kreuznach.»

«Das ist viel zu nah an zu Haus. Nein, wir gehen in eine große Stadt wie Mainz oder Frankfurt.»

Juliana wusste nicht einmal, wo diese Städte lagen. Über den Hunsrück und das Nahetal hinaus war sie nie gekommen. Dennoch gefiel ihr diese Vorstellung: zusammen mit Margret irgendwo in der Ferne neu anfangen. Dann würden die Eltern schon sehen, was sie an ihnen gehabt hatten. Und Marie und Kathrin erst recht.

In diesem Augenblick trat Jakob Fritsch, der behäbige alte Wirt, mit einem Fremden im Schlepptau an ihren Tisch.

«Das sind die beiden – aber lass bloß die Finger von denen», sagte er dem Mann und zwinkerte dabei Juliana und Margret zu. «Die Mädels vom Hannikel stehn nämlich unter meinem Schutz.»

Dann wandte er sich um und kehrte zum Ausschank zurück.

Der Mann, der sie neugierig musterte, war einiges älter als sie, etwa um die dreißig, von großer, aufrechter Statur und im grünen Rock mit roten Aufschlägen wie ein Waldhüter gekleidet. Sein auffallend lockiges Haar hatte er aus der Stirn zurückgekämmt, die hellen Augen standen ein wenig froschartig hervor. Juliana war, als hätte sie ihn schon mal gesehen auf ihren Dorffesten und Kirchweihen.

So fragte denn auch Margret ohne Umschweife: «Ist Er nicht der Husaren-Philipp?»

«Ganz recht.» Er grinste. «Philipp Klein, Feldschütz aus Dickesbach. Du und ich, wir haben mal zusammen getanzt, bei einer Hochzeit in Bruschied.»

Margret lachte los. «Und du bist mir dabei ganz schön auf die Füß getreten, jetzt weiß ich's wieder.»

Unwillkürlich rollte Juliana mit den Augen. Schon wieder suchte irgendein Mannsbild, dem Margret mal den Kopf verdreht hatte, sie in Weyerbach auf.

Hastig trank sie ihren Becher aus und erhob sich. «Dann lass ich euch mal allein.»

Der Feldschütz hielt sie am Arm fest. «Nein, warte. Du musst das Julchen sein, nicht wahr?»

«Warum willst du das wissen?»

«Ich sag's euch draußen, hier sind zu viele Ohren. Kommt.»

Tatsächlich hatten sich ihnen schon etliche Gesichter neugierig zugewandt.

Fragend sah Juliana ihre Schwester an. Die nickte Philipp Klein zu: «Geh schon mal vor, will erst noch austrinken.»

Nachdem der Feldschütz verschwunden war, flüsterte Juliana ihr zu: «Was will der Kerl bloß von uns?»

«Lassen wir uns halt überraschen. Jedenfalls ist der Husaren-Philipp ganz in Ordnung, mein ich. Der führt nix Böses im Schilde.» Margret blickte an sich herab. «Hätt ich mich heut bloß ein bisschen netter angezogen.»

Genau wie Juliana trug sie ihr Arbeitskleid mit dem ausgeblichenen Rock, dem grün-schwarzen Mieder und der wollenen Weste darüber. Ihre helle Leinenschürze wies tatsächlich ein paar hässliche Flecken auf.

«Ist doch wurscht.» Juliana ging Richtung Tür und nahm ihre Mäntel vom Haken. «Jetzt trink aus und komm.»

Die Neugier war in ihr erwacht. Vielleicht suchte der Feldschütz ja für einen Hof in Dickesbach zwei Mägde? Sie hätte recht gern auf einem Hof mit viel Viehzeug gearbeitet, während es Margret eher in die Stadt zog.

«Warum heißt der eigentlich Husaren-Philipp?», fragte sie ihre Schwester beim Hinausgehen.

Die zuckte die Schultern. «Wahrscheinlich weil er mal bei den Husaren gedient hat. Jedenfalls haben seine Freunde ihn so genannt.»

Draußen begann es ganz allmählich zu dämmern, und sie hatten sich die Kapuzen ihrer Mäntel tief ins Gesicht gezogen, damit man sie nicht schon von weitem erkannte. Philipp Klein wartete auf sie am Hoftor zu den Stallungen, ein gedrungenes dunkles Pferd an der Hand.

«Ich dacht' schon, ihr hättet euch hinterrücks aus dem Staub gemacht.»

«Sehen wir so aus?» Margret stemmte die Arme in die Hüften. «Also, was willst du von uns? Bist du auf Brautschau oder suchst eine Magd für deinen Haushalt?»

«Keins von beiden.» Er senkte die Stimme. «Im Waldstück am Dollberg, beim Reidenbacher Hof, ist jemand, der mit euch reden will, weil er euch als Musikantinnen will.»

«Jetzt zum Abend sollen wir noch fort?»

«Pst, nicht so laut. Kommt ihr also mit? Ja oder nein.»

«Ja», entschied Margret ohne Zögern.

«Aber es wird schon bald dunkel», wandte Juliana ein. Das Ganze wurde ihr ein wenig unheimlich.

«Ich bring euch hierher zurück, wann immer ihr wollt. Versprochen.»

Da nickte auch Juliana. Eigentlich hatte dieser Husaren-Philipp ein freundliches, offenes Gesicht, er würde schon nicht gleich über sie beide herfallen. Und zu wehren wussten sie sich notfalls auch, mit Schlägen gegen die Nase, mit Tritten ins männliche Geschlecht.

«Dann los!» Der Feldschütz sah sich um. «Wie kommen wir halbwegs unbesehen aus dem Dorf?»

«Durch Jakobs Hof und hinten wieder raus und dann den Weg über den Knappenberg.»

Keine halbe Stunde später hatten sie den Dickesbach überquert und tauchten in den finsteren Wald am Dollberg ein, weit abseits der Straße auf das Dorf Dickesbach zu. Hier unter den Bäumen war es schon so gut wie dunkel, und Juliana griff nach der Hand ihrer Schwester. Auf ihre Fragen, wer denn dort auf sie warte, hatte der Husaren-Philipp den ganzen Weg über hartnäckig geschwiegen, aber sie hatte längst einen ebenso ungeheuerlichen wie aufregenden Verdacht.

«Daheim wundern sie sich jetzt, dass wir nicht zum Abendessen kommen», kicherte Margret. «Grad recht.»

«Schau mal, da vorn.» Juliana ließ ihre Hand los. «Ein Lagerfeuer.»

Zwischen den Baumstämmen flackerten Lichtblitze, und gleich darauf roch und hörte man das Feuer auch schon. Juliana zuckte zusammen, als der Feldschütz plötzlich einen Eulenschrei ausstieß. Einen Atemzug später hallte der gleiche Ruf zurück.

«Wir werden erwartet», verkündete der Feldschütz fast feierlich, und Juliana schlug das Herz bis zum Hals.

Ihre Vorahnung hatte sie nicht getäuscht: Es war tatsächlich der Schinderhannes, der da auf der kleinen Lichtung im Schein des Lagerfeuers stand und in ihre Richtung blickte!

Heute sah er noch eleganter aus, gerade so wie ein vornehmer Herr aus der Stadt. Er trug einen nach oben schmaler werdenden Biberhut, einen zweireihigen Rock mit hohem

Kragen und breitem Revers in hellem Braun, dazu enge, innen mit Leder besetzte weiße Hosen zu hohen Stulpenstiefeln. Und er strahlte, als sie jetzt auf ihn zuliefen.

«Willkommen bei Johannes Durchdenwald!», rief er. «Ziemlich mutig von euch herzukommen.»

«Willkommen beim Schinderhannes!», kam es nun auch aus den rauen Kehlen der anderen Männer. Sie hockten um das Feuer herum, auf dem ein Ferkel am Spieß briet. Die einzige Frau in der Runde schlug ein Tamburin und sang leise dazu.

Beherzt trat Margret auf Hannes Bückler zu: «Mut braucht's zu anderen Sachen, nicht um einen Schinderhannes zu besuchen.»

Sprach's und drückte ihm einen Kuss auf die Wange. Sofort klatschten dessen Gefährten johlend Beifall.

«So habt ihr's also gewusst?», fragte Hannes belustigt.

«Aber ja. Hab schon drauf gewartet, dass wir uns wiedersehen.»

Da lachte er laut auf und winkte Juliana heran.

«Komm her, Julchen. Sollst auch einen Kuss haben.»

«Danke, aber das braucht es nicht. Du willst uns als Musikantinnen? Dann hätt ich gern meine Fiedel, aber die liegt zu Haus.»

Margret schüttelte den Kopf. «Nach Haus geh ich nimmer.»

«Müsst ihr auch nicht.» Er bückte sich und zog aus einem Schnappsack, der außen mit allerlei Gerätschaften behängt war, eine nagelneue Fiedel heraus. Das Holz glänzte golden im Feuerschein.

«Wie wär's damit?»

Überrascht nahm Juliana Bogen und Instrument entgegen, strich vorsichtig über die Saiten, stimmte die Töne richtig ein und begann die ersten Takte eines Tanzlieds zu spielen, wobei Hannes sie aufmerksam beobachtete. Sie ließ Fiedel und Bogen wieder sinken. Ein solch schönes Instrument hatte sie wahrhaftig noch nie in den Händen gehalten.

«Schenkst du mir die Fiedel, wenn wir heut Abend für euch spielen?»

«Ich schenke sie dir, wenn ihr bei uns bleibt. Ich brauche gute Musikantinnen, und besser als in diesem Kaff Weyerbach habt ihr's bei mir allemal.»

«Wie? Für immer?» Verdutzt starrte sie ihn an.

Wieder lachte er. «Für immer ist die Ewigkeit, und die gibt's nur im Jenseits. Ich meine, solang es euch bei uns gefällt. Und ich hab noch was für euch.»

Er kramte wieder in dem Reisesack, holte zwei verschiedenfarbige Stoffbeutelchen hervor und reichte sie an Margret und Juliana weiter.

«Macht auf!»

Juliana stockte der Atem, als sie die Halskette herauszog. Sie schimmerte golden und besaß einen Anhänger, in den ein tropfenförmiger, leuchtend grüner Stein eingefasst war. Die von Margret war mit glitzernden roten Steinchen durchsetzt.

«Ist das ... echtes Gold?», stieß Juliana hervor.

«Das will ich meinen. Und die roten Steine sind Rubine, der grüne ist ein Smaragd. Der hat genau die Farbe deiner Augen.»

Sie gab ihm die Kette zurück. «Ich lass mich nicht kaufen.»

«Wer spricht denn davon? Das ist euer Lohn fürs Musizieren.»

«Und wofür noch?» Misstrauisch musterte sie erst ihn, dann die Männer, die ihnen jetzt mucksmäuschenstill zuhörten.

Verärgert stieß ihre Schwester sie in die Seite. «Jetzt hör schon auf! Ich jedenfalls geh nicht mehr nach Haus zurück. Weder heut Abend noch morgen.»

Margret legte sich die Kette um den Hals und kehrte Hannes den Rücken zu.

«Machst du mir den Verschluss zu?»

«Aber gern.»

Vorsichtig strich er Margret das Haar zur Seite und hakte die Schließe ein. Margret holte hörbar Luft, drehte sich um und fiel ihm zum Dank um den Hals. Wieder klatschten alle Beifall.

«Jetzt du, Julchen.» Sein Blick wurde lauernd.

«Nein. Ich brauch keinen teuren Schmuck.»

Täuschte Juliana sich, oder flackerte Ärger in seinen Augen auf?

Schließlich sagte er: «Nun gut, kannst es dir ja noch überlegen.» Er verstaute die Kette im Beutel und legte alles wieder in den Schnappsack zurück. «Jetzt lasst uns trinken und tanzen, bis das Spanferkel fertig ist.»

## Kapitel 5

Es wurde ein ausgelassener Abend. Juliana spielte so begeistert wie nie zuvor auf dieser wunderbaren Fiedel, ihre Schwester schlug das Tamburin dazu, bis Hannes es ihr aus der Hand nahm und an Nele, jene andere Frau, zurückgab, um mit Margret zu tanzen. Und wie Hannes zu tanzen vermochte! Das hatte nichts von dem bärenhaften Gehopse der anderen Männer, vielmehr bewegte er sich geschmeidig und leicht, wie man es sonst nur von Frauen kannte. Es wurde viel gelacht und lauthals gesungen auf dieser einsamen Waldlichtung, der Wein schmeckte süß und stark, und Juliana kam sich vor wie in einem Traum.

Zumal Hannes' Kumpane sie beide mit Achtung behandelten, mit mehr Achtung jedenfalls als die Kerle im Dorf oder in Jakobs Schankstube. Dallheimer und Seibert kannten sie bereits vom Wickenhof, die vier anderen wurden ihnen als Blümling, Engers Carle, Wagner Niklas und Martin Schmitt, genannt der Unger, vorgestellt – Letzterer ein Deserteur aus Ungarn mit wildem Blick, vorstehender Oberlippe und tiefer Narbe auf der Wange. Die Nele, ein etwas dümmlich wirkendes hellblondes Mädchen, gehörte zum Husaren-Philipp, wie man recht schnell merkte, hing sie ihm doch ununterbrochen am Hals.

Was Juliana wunderte: Bis auf Dallheimer und Blümling waren die Männer alle deutlich älter als der Schinderhannes, und doch sahen sie ihn als ihren Wortführer an. Was sie erst recht erstaunte, war, dass der Husaren-Philipp ganz offensichtlich mit zur Bande gehörte. Schließlich galt ein Feld- und Waldschütz doch als rechte Hand der örtlichen Gendarmen, hatte für Recht und Ordnung zu sorgen und jeden verdächtigen Fremden sofort zu arretieren. Und der hier saß mittendrin in der Runde, feierte, tanzte und soff mit den Räubern, von denen er einen jeden ziemlich gut zu kennen schien.

Der fast volle Mond schimmerte durch die Bäume, als sich Husaren-Philipp schließlich dranmachte, mit seinem Hirschfänger das knusprig gebratene Spanferkel zu zerteilen. Bis auf Juliana und Hannes waren alle mehr oder minder betrunken, doch für die nächste halbe Stunde war nur noch genüssliches Schmatzen zu hören. Ab und an schnaubten die beiden Pferde, die am Rande der Lichtung angebunden waren.

Juliana nahm das Brot entgegen, das ihr Seibert reichte, brach sich einen Brocken ab und gab es an Nele weiter. Derweil rutschte der Schwarzbärtige näher an sie heran.

«Ein rassiges Weib, deine Schwester. Passt gut zu unserm Capitaine.»

«Mag sein.»

Das Feuer war allmählich niedergebrannt, und Juliana spürte, wie sie müde wurde. Ganz im Gegensatz zu Margret. Die hockte ihr schräg gegenüber, hingebungsvoll an Hannes' Schulter geschmiegt, und ließ sich von ihm abwechselnd mit Brot und Fleischbissen füttern. Zwischendurch stieß sie ihr herzhaftes, dunkles Lachen aus. Juliana wusste es: Ihre Schwester war mal wieder bis über beide Ohren verliebt.

«Mal sehn, wie lang das mit den zwei beiden halten tut», fuhr Seibert neben ihr fort. «Sein Liebchen, die Lange Catharine, haben sie erst kurz vor Ostern verhaftet, und schon hat er 'ne Neue! Unser Chef is nämlich 'n schlimmer Weiberheld.»

«Verhaftet?», fragte sie erschrocken.

«Ja doch. Auf dem Eigner Hof war das, drüben bei Hennweiler, den Tag vor Ostern.»

Sie horchte auf. «Als der Hannes aus dem Fenster gesprungen ist?»

«Genau. Da hatten nämlich der Hannes und der Scheele-Carl mit ihren Schicksen auf dem Eigner Hof übernachtet. Mit der Catharine und der schönen Amie eben.»

«Sind die Frauen immer noch im Gefängnis?»

«I wo! Sind längst freigelassen. Die Amie is wieder in Schneppenbach bei der Botz-Liesel, was ihre Mutter is, und die Catharine zieht jetzt mit dem Krug-Joseph auf dem Handel herum.»

«Und der Scheele-Carl?»

«Der sitzt noch immer in Coblenz im Loch.» Er grinste schief. «Bloß der Schinderhannes, der is mal wieder davongekommen. Das war schon früher so.»

Er reckte den Kopf.

«He, Capitaine! Erzähl mal unsern beiden Fräulein hier, wie du als junger Bursch dem Gerbermeister von Meisenheim sein Leder geklaut hast.»

«Wenn's sein muss», lachte Hannes. Sofort rutschte der Kreis enger zusammen.

«Das war ein Klacks, ein Kinderspiel im Nachhinein», begann er mit seiner angenehm weichen Stimme zu erzählen. «Im Winter war's und früh am Tag dunkel. Ich hab gewusst, wie schwerhörig der Alte war, und hab bloß draußen warten müssen, bis alle Lichter aus waren. Dem Hofhund hab ich ein gutes Stück Schweinespeck spendiert, dann den Fensterladen zur Werkstatt aufgehebelt, von drinnen den halben Teil der Ledervorräte rausgeschafft und alles wieder schön zugemacht. Am nächsten Tag dann hab ich dem Alten das Zeug wohlfeil verscherbelt. Was hat der sich gefreut über den guten Handel!»

Alles lachte, und Margret, die ganz offensichtlich Mühe hatte, die Worte noch klar herauszubringen, fragte: «Alsdann … hat der gar nid gemerkt … dass ihn jemand beklaut hat?»

«Bis dahin noch nicht. Aber in Meisenheim hab ich mich erst mal nicht mehr blicken lassen.»

«Jetzt noch das mit der Tuchfabrik in Birkenfeld», forderte Dallheimer ihn auf.

«Lasst gut sein – ich bin müde.»

«Bitte!» Margret nahm Hannes' Hand.

«Also gut.» Er gab ihr einen Kuss auf die Stirn. «Nur ein paar Wochen später war ich bei den Gebrüdern Stumm und hab getan, als wollt ich ein Tuch für einen Rock kaufen. Hab mich im Magazin gut umgeschaut und bin in der Nacht wiedergekommen. Hab dann gewartet, bis die Schildwache vorüber war, bin über eine Leiter ins Magazin eingestiegen, ganz ohne Mühe, weil der obere Laden nämlich halb offen stand.

Bloß hab ich dann zu meinem Schreck bemerkt, dass nebenan ein Licht brannte: Da stand doch tatsächlich ein Mann am Schreibpult! Ganz leise hab ich mir fünf Stücke Tuch über die Schulter gelegt, bin zur Leiter geschlichen, hab im offenen Laden gewartet, bis die Schildwache wieder vorüber war, und schon war ich draußen. Das Tuch hab ich bei einem Scherfenspieler, einem Hehler also, zu gutem Geld gemacht.»

«Ganz unser Schinderhannes.» Dallheimer schlug sich krachend auf die Schenkel. «Bloß geschnappt hat dich die Greiferei gleich drauf trotzdem!»

«Festgenommen aber nicht. Unterwegs zum Arresthaus hab ich nämlich drum gebeten, bei der ehrenwerten Witwe Dupré haltzumachen, weil ich dort noch meinen Mantel und mein Geld hätte. Die gute Frau hat die Gendarmen ins Gespräch verwickelt, und ich bin derweil im Nebenzimmer zum Fenster raus. Weg war ich, und die haben mich nicht mal davonlaufen sehen.»

Der Unger sprang auf die Beine und geriet dabei gefährlich ins Schwanken.

«Es lebe der neue Herrscher des Soonwalds!»

«Die Moselbande gibt's nicht mehr», grölten die anderen zurück, «weil alle Mann sind jetzt bei dir!»

Margret hatte die ganze Zeit über mit großen Augen an Hannes' Lippen gehangen, ihr Mund war vor Staunen auf- und zugeklappt, wie immer, wenn sie zu viel getrunken hatte. Juliana war von diesen Husarenstücken schon weniger beeindruckt, beschäftigte sie doch ganz plötzlich die Frage, wo sie beide heute übernachten würden. Hier in dieser trunkenen Gesellschaft, auf dem eiskalten Waldboden, ganz gewiss nicht. Aber dass sie zu so später Nachtstunde nicht mehr heimkehren konnten, ohne vom Vater eine Tracht Prügel zu ernten, war sonnenklar.

«Hast *du* eigentlich 'nen Bräutigam?» Seibert patschte ihr seine fleischige Hand aufs Knie.

«Geht dich das was an?», fragte sie zurück. Sie schob seine Hand weg, stand auf und eilte die paar Schritte zu Margret hinüber.

«Ich bin müde, und mir ist kalt. Was machen wir jetzt? Wo sollen wir hin?»

«Is mir gleich.» Margret kuschelte sich in Hannes' Armbeuge. «Bloß nid heim.»

Hannes nickte.

«Ich werd auch langsam müde.» Mit Dallheimers Hilfe zog er Margret in die Höhe. «Die Nacht wird kalt, das Feuer ist aus – auf geht's nach Dickesbach, ihr Leut.»

«Du wohnst in Dickesbach?», fragte Juliana erstaunt. Das war nicht allzu weit von ihrem Heimatdorf.

Hannes grinste. «Heut in Dickesbach, morgen in Griebelschied, übermorgen auf der Birkenmühle. Alsdann, was ist, Husaren-Philipp? Bist du bereit?»

«Ja, gehen wir.» Mit zusammengekniffenen Augen musterte der Feldschütz die Männer. «Eins sag ich euch, Kameruschen: Keinen Mucks, wenn wir im Dorf sind. Wer rumgrölt, kann sonst wo pennen, aber nicht bei mir.»

«Jetzt stell dich nicht so an, Kerl.» Dallheimer schlug ihm auf die Schulter. «Dickesbach ist kochem, oder etwa nicht?»

«Kochem?», wandte sich Juliana an Hannes.

«Kochem heißt, dass die Leut auf unsrer Seite stehen.»

Schwerfällig kam nun auch der Rest auf die Beine. Seibert wankte auf Juliana zu und glotzte sie mit seinen schwarzen Augen durchdringend an.

«Ich schlaf heut Nacht bei dir», lallte er.

«Halt's Maul, Seibert.» Hannes schob ihn weg und legte schützend den Arm um Juliana. «Ich denk mal, deine Schwester verfrachten wir besser aufs Pferd. Die ist nicht mehr gut zu Fuß, fürchte ich.»

«Dann ist das zweite Pferd deines?» Juliana kannte niemanden, der ein eigenes Reitpferd besaß.

«Sagen wir so: Seit gestern gehört es mir.»

Während Husaren-Philipp die Pferde losband, hoben die andern zu singen an:

> *Ein kesses Leben führen wir,*
> *Ein Leben voller Wonne,*
> *Bei Hollmusch Lein marschieren wir,*
> *Knackert ist unser Nachtquartier,*
> *Gallon ist unsre Sonne ...*

So ging es weiter, in nicht gerade wohltönendem Gesang, als sie auf die Landstraße zurückkehrten. Juliana verstand nur die Hälfte, wusste aber, dass diese fremdartigen Worte zur Gaunersprache, dem Rotwelsch, gehörten. Ein leichter Schauer fuhr ihr über den Rücken: Gehörten sie jetzt etwa dazu?

Vor ihr führte Husaren-Philipp sein Pferd mit einer schnarchenden Nele darauf, neben ihr marschierte Hannes, das zweite Pferd an der Hand. Margret, die mehr im Sattel hing als saß, stieß hin und wieder ein albernes Kichern aus.

Es dauerte nicht lange, bis vor ihnen die dunklen Umrisse der Häuser von Dickesbach auftauchten. Hannes hatte seinem Pferd inzwischen die Zügel über den Hals gelegt und hielt Margret bei der Hüfte fest, da sie im Sattel eingenickt war.

«Haben wir denn alle Platz beim Husaren-Philipp?», fragte Juliana ihn.

«Aber ja. Es gibt eine warme Stube mit Strohsäcken, dazu ein Heuboden überm Stall. Kannst es dir aussuchen.»

«Dann schon lieber die warme Stube.»

«Wenn du willst, schlaf ich auch neben dir.»

Sie schwieg. Es hätte sie sehr wohl beruhigt, den Schinderhannes neben sich zu wissen, inmitten dieser raubeinigen Gesellen. Aber sie wollte ihrer Schwester nicht in die Quere kommen. Dass man niemals mit dem Kerl der anderen anbändelte, war unter ihnen ausgemachte Sache.

Nach einem Moment des Schweigens fragte er: «Bereust du's, dass du mitgekommen bist?»

«Nicht wenn du mir den Seibert vom Hals hältst. Der ist einfach nur widerlich mit seinem ewig dreckigen Bart.»

«Versprochen. – Sag mal, du hast meine Geschichten am Lagerfeuer nicht grad berauschend gefunden, hab ich recht?»

Sie zuckte die Schultern. «Es wird so viel geredet über dich, auch bei uns im Dorf. Übrigens glaub ich, du kannst dich gar nicht unsichtbar machen – niemand kann das.»

Er lachte. «Hast ja recht. Aber ich bin einfach schneller als andere. Und geschickter. Vor mir kann ein Gendarm stehen, und ich erzähl ihm was über den Schinderhannes und lache ihm dabei ins Gesicht. Auch das ist Unsichtbarmachen, Julchen, und das vermag nur ich.»

## Kapitel 6

Die Straße von Wiesweyler nach Lauterecken, die sich durch das flache Glantal schlängelte, lag noch halb im Nebel an diesem frühen Morgen, als die Kutsche endlich die leichte Steigung heraufkam. Bis auf das leise Schnauben der Pferde war nichts zu hören.

Plötzlich zerriss ein Schuss die Stille, Pulverdampf stieg auf, und aus dem Gebüsch am Wegrand sprangen Hannes, Dallheimer und der lange Jörgott auf die Landstraße, direkt vor die beiden Kutschpferde. Erschrocken warfen die die Köpfe hoch, rollten mit den Augen, doch bevor sie losstieben konnten, hatten Dallheimer und Jörgott schon in die Zügel gegriffen.

«Heraus ihr Juden aus der Chaise!», brüllte Hannes und zielte mit der Pistole auf den Kutscher. «Oder ihr habt einen toten Mann auf dem Kutschbock.»

Der Postillion riss abwehrend die Arme in die Luft: «Habt Erbarmen!»

Da öffnete sich der Schlag, und drei zu Tode erschrockene Männer wankten heraus.

«Bittschön, lasst den armen Mann am Leben. Und uns auch. Wir geben euch alles, was wir haben.»

«Das will ich meinen.» Erneut schoss Hannes in die Luft, erneut fingen die Pferde aufgeregt zu tänzeln an. «Los, rüber zum Kutschbock und nicht von der Stelle gerührt!»

Er übergab Dallheimer die Pistole, kletterte auf die Chaise und begann, die dort aufgebundenen Koffer loszuschneiden. Mit lautem Poltern stürzten sie zu Boden, der erste sprang auf dabei.

«Wollen doch mal sehen, was ihr in Lauterecken so alles verhökern wolltet.»

Er stieß mit dem Stiefel gegen den offenen Koffer, Pakete kullerten heraus – mehr konnte Juliana von ihrer Warte hinter den Tannen nicht erkennen.

«Jörgott, komm her und hilf mir.»

Mit seinem Handbeil sprengte Hannes auch die beiden anderen Koffer auf, und Jörgott packte die Tragsäcke voll.

«Potztausend, was für Köstlichkeiten! Da wird das Julchen aber Augen machen.»

Juliana, die den Überfall aus ihrem Versteck heraus aufgeregt beobachtet hatte, durchfuhr es freudig bei Hannes'

Worten. Er dachte an *sie* beim Anblick der Beute! Doch schon im nächsten Augenblick fragte sie sich verwirrt: Warum gerade an sie? Warum nicht an Margret?

Nachdem die Männer alles, was sie brauchen konnten, eingesackt hatten, trat Hannes zu seinen Opfern.

«Wo habt ihr euer Geld? In der Schatulle lagen nur die paar lumpigen Kreuzer hier, und die könnt ihr behalten.»

Er warf ihnen die Münzen vor die Füße.

Der älteste Jude, ein weißbärtiger kleiner Mann, klaubte sie aus dem Staub und trat mutig einen Schritt vor: «Das ist, weil wir doch unsre Ware erst noch verkaufen müssen.»

«Und das soll'n wir euch glauben?» Dallheimer spuckte aus. «Man müsst euch allesamt die Hälse abschneiden.»

Hannes deutete auf den Jüngsten. «Dein blauer Rock gefällt mir. Zieh ihn aus.»

Jörgott, der nun auch eine Pistole in der Faust hielt, kam näher. «Ich nehm den Rock vom Alten, is auch ganz hübsch.»

«Ach nee, dann soll *ich* also den von dem Dicken nehmen?», maulte Dallheimer in gespielter Entrüstung. Dann brüllte er plötzlich los: «Ausziehen, aber ruck, zuck!»

Juliana zuckte zusammen, als er dem dicklichen, untersetzten Mann ganz unvermittelt die Faust ins Gesicht schlug. Sofort schoss dem armen Mann das Blut aus der Nase.

«Halt gefälligst die Hand davor», schnauzte Dallheimer ihn an. «Sonst wird mein schöner Rock dreckig.»

Kurz darauf standen die drei Krämer zitternd nur noch in Hemd und Weste vor ihnen, und Jörgott trieb sie mit seiner Pistole zurück in die Kutsche. Kaum waren sie darin verschwunden, versetzte Dallheimer einem der Pferde einen derben Stockschlag in die Flanke, die Tiere preschten in vollem Galopp los, sodass der Postillion sich mit beiden Händen am Kutschbock festhalten musste.

«Eine gute Reise noch!», brüllte Hannes ihnen hinterher, und alle drei prusteten sie los vor Lachen. Ohne Eile hievten sie sich ihre Ranzen auf den Rücken, während die Kutsche in einer Staubwolke hinter der nächsten Biegung verschwand.

Verunsichert streckte Juliana ihre vom Warten steif gewordenen Glieder. Sollte sie sich zu erkennen geben? Sie hätte zusammen mit Margret auf dem Hof des Ackermanns Peter Schneider, eine gute Stunde Fußmarsch von hier, auf die Männer warten sollen, bis sie von ihrem Raubzug zurück waren, aber Juliana war ihnen im Morgengrauen heimlich gefolgt. Einmal wenigstens hatte sie Zeuge eines solchen Straßenraubs sein wollen.

«Still! Was war das?»

Hannes, der nur wenige Schritte vor ihr am Wegesrand stand, lauschte. Julianas Herz klopfte schneller – sie war, als sie ihr Gewicht verlagert hatte, auf einen Zweig getreten, der hörbar geknackt hatte. Rasch lud Hannes seine Waffe nach und richtete den Lauf in ihre Richtung.

«Heraus, du Strolch, oder ich schieß dir ein Loch ins Hirn.»

Sie holte tief Luft: «Ich bin's, die Juliana!»

Als sie aus dem Gebüsch hinter den Baumstämmen hervortrat, ließ er verblüfft die Pistole sinken. Vor Anspannung zitternd, kletterte sie die Böschung hinunter.

«Potztausendsackerment», polterte er los. «Was machst *du* hier?»

Sie wollte schon zu einer Erklärung ansetzen, als Dallheimers Gesicht dunkelrot anlief.

«Bist du noch ganz bei Trost? Hättest alles verderben können, du dummes Weib!»

«Hab ich aber nicht.» Sie warf Dallheimer einen nicht minder wütenden Blick zu. «Oder habt ihr mich etwa gehört, als ihr auf der andern Seite gewartet habt.»

«Trotzdem.» Hannes schüttelte den Kopf. Seine blauen Augen flackerten. «Was, wenn ich scharf geschossen hätte? Was, wenn du in die Schusslinie geraten wärst? Du hättest tot sein können!»

Den letzten Satz hatte er fast herausgeschrien.

«Genau!» Jörgott rückte seinen Ranzen zurecht. «Weiber haben bei uns nix zu suchen, wenn wir auf 'nen Strauß ziehen, kapiert? Und jetzt hauen wir lieber ab, bevor die Streife auftaucht.»

Sie schlugen den schmalen Waldweg ein, den sie auch hergekommen waren, und Juliana folgte ihnen wortlos.

Was Hannes ihr gesagt hatte, hatte sie erschreckt. Die Gefahr einer Schießerei hatte sie nicht bedacht. Hätte sie ihn besser vorher fragen sollen? Nein, er hätte ihr niemals erlaubt, sie zu begleiten. So gut hatte sie ihn schon kennengelernt in den vergangenen Tagen: Dass sie und ihre Schwester unter seinem Schutz standen, nahm er mehr als ernst, hatte er ihnen unterwegs doch immer wieder eingebläut, wie sie sich bei einer Kontrolle zu verhalten hatten, was sie sagen durften und was nicht, wie sie sich vor der Obrigkeit dumm und ehrlich zugleich stellen sollten, um nur ja einen rechtschaffenen Eindruck zu vermitteln …

War es tatsächlich erst drei Tage her, seit sie von Weyerbach fortgegangen waren? Ihr kam es vor wie Wochen. Nach jener Nacht beim Husaren-Philipp, die Juliana auf dem Strohsack neben einer trunkenen Margret und einem umso wachsameren Hannes verbracht hatte, hatte sie zunächst bis weit in den Morgen hinein geschlafen. Erwacht war sie von einem lautstarken Wortwechsel zwischen Hannes und Seibert.

«Ich warne dich», hatte Hannes mit kaum unterdrückter Wut gefaucht. «Wenn du das Julchen noch mal anlangst, schneid ich dir die Kehle durch.»

Undeutlich glaubte Juliana sich zu erinnern, wie ihr jemand im Halbschlaf an den Busen gefasst hatte, bevor sie von lautem Poltern und wütenden Stimmen vollends wach geworden war. Sie öffnete die Augen: Hannes und Seibert standen mit geballten Fäusten vor dem Tisch, wo Nele und die anderen Männer ungerührt ihren Brei in sich hineinlöffelten.

«Du hast mir gar nix zu sagen, Bückler. Dir gehört die Margret und keine sonst.»

«Halt's Maul! Pack deine Sachen und geh mir aus den Augen für heut.»

«Arschloch», fluchte Seibert, schnappte sich seinen Ranzen aus der Stubenecke und ließ krachend die Haustür hinter sich ins Schloss fallen. Davon erwachte Margret. Verschlafen schlug sie neben Juliana ihre Decke zurück.

«Wo bin ich?»

«In Dickesbach», erwiderte Juliana. «Beim Husaren-Philipp in der Stube.»

«O Gott, wie mir der Schädel brummt.»

«Das kommt davon, wenn man zu viel säuft ...»

«Hör bloß auf. Du schwatzt schon daher wie unsere Kathrin.»

Sie strich sich das dunkle Haar aus dem Gesicht und richtete sich mit einem leisen Stöhnen auf. «Guten Morgen, ihr Leut. Sagt bloß – esst ihr etwa ohne uns zu Morgen?»

Da lachte Hannes auch schon wieder. «Ihr wart ja nicht wach zu kriegen. Aber wir haben euch was übrig gelassen, keine Sorge.»

Juliana sah sich um. Durch das einzige Fenster der Stube ließen Sonnenstrahlen den Staub in der Luft glitzern und verkündeten einen weiteren warmen Frühlingstag. Erleichtert stellte sie fest, dass Seibert verschwunden war. *Er* war es also gewesen, der sie angegrabscht hatte.

Eilig rappelte sie sich von ihrem Strohsack auf und zog ihre Schwester auf die Beine. Sie waren beide nur im Unterkleid, und Juliana spürte die Blicke der Männer.

«Wo sind unsere Sachen?»

«Da hinten auf der Kiste», erwiderte Hannes, ohne den Blick von ihr abzuwenden. «Ordentlich zusammengefaltet.»

Rasch kleideten sie sich an, wobei Margret ihr ins Ohr flüsterte: «Ich könnt wetten, dass der Hannes heut Nacht neben mir lag. Vielleicht war da ja was zwischen uns.»

«Blödsinn. Du warst viel zu betrunken. Jetzt komm, ich hab Hunger.»

Auf dem Tisch stand ein Topf Milchbrei. Während sie zu Morgen aßen, packten die Männer ihre Taschen.

«Habt ihr's eilig?», fragte Margret mit vollem Mund.

«Wie man's nimmt.» Hannes steckte sich zwei Pistolen in den Gürtel. Am Vorabend hatte er noch keine getragen. «Ich will euch einen guten alten Freund vorstellen, und bis dorthin ist's ein weiter Weg.»

«Außerdem haben wir unterwegs so einiges vor.» Dallheimer grinste, wobei seine Hakennase noch länger wurde. «Was ist – kommt ihr mit, oder sollen wir euch nicht doch lieber wieder nach Haus bringen?»

Margret sprang von der Bank auf und schlang Hannes die Arme um den Hals.

«Willst du denn, dass ich mit dir komme?»

«Ja, ich tät mich freuen.» Er küsste sie ein wenig abwesend auf die Wange.

«Was ist mit Seibert?», fragte Juliana.

«Den hättest wohl gerne los?» Hannes zwinkerte ihr zu. «Ich schätze, der taucht wieder auf, wenn er sich beruhigt hat. Bis jetzt ist mir noch keiner untreu geworden. Aber keine Angst, der langt dich nie wieder an.»

Durchdringend musterte er sie.

«Bleibst du trotzdem bei uns?»

Nach kurzem Zögern nickte sie. Hauptsache weg aus ihrem engen Elternhaus, ihrem armseligen Dorf. Da war ein Leben in Freiheit allemal besser, auch wenn es noch so abenteuerlich war.

Als sie jetzt nach einem eiligen Marsch aus dem Wald traten, lag unter ihnen das Dörfchen Langweiler in der Morgensonne. Peter Schneiders Hof, wo sie die letzten beiden Nächte verbracht hatten, befand sich an einem Hang auf der anderen Seite, und zur Vorsicht umrundeten sie das Dörfchen in einem weitläufigen Bogen.

Schneider, ein älterer, schwatzhafter Mann, war nicht nur Bauer, sondern auch Hehler und Baldoberer. Offenbar kannte der Schinderhannes ihn gut, denn ihm hatte er sein gestohlenes Pferd zum Verkauf bringen wollen, von ihm hatte er auch den Hinweis bekommen, dass heute großer Markt in Lauterecken sei und dass die Hebräer aus Offenbach am Glan dort regelmäßig ihren Handel tätigten. An der Straße nach Lauterecken gebe es genug Waldstücke, hatte Schneider versichert, um gefahrlos deren Kutsche zu überfallen.

Allein in diesen drei Tagen hatte Juliana gemerkt, wie schnell Hannes seine Absichten änderte. Beim Abmarsch in Dickesbach hatte es noch geheißen, man wolle seinen guten Freund Johann Leyendecker besuchen, und bis Lauschied, wo Leyendecker offenbar als Flick- und Störschuster arbeitete, war es gerade einmal ein halber Tagesmarsch. Doch kaum waren sie aus dem Dorf heraus, hatte Hannes die entgegengesetzte Richtung eingeschlagen: Ein kleiner Umweg nur über Mittelbollenbach, wo derzeit ein Kumpan von ihm wohne, nämlich Johann Georg Pick, auch langer Jörgott genannt. Der baumlange junge Kerl hatte sich ihnen denn auch umgehend angeschlossen und den Hannes angestachelt, mal wieder etwas Großes zu unternehmen. So waren sie hier in Langweiler gelandet, und Peter Schneider hatte, wie erhofft, mit einer handfesten Empfehlung aufwarten können.

Zu Julianas Erstaunen war nur Dallheimer zu diesem Streifzug nach Langweiler mitgekommen: Der junge Blümling hatte sein Mädchen im nahen Kirn besuchen wollen, Engers und Wagner ihr Heimatdorf Sonnschied, aus dem auch Dallheimer stammte, Seibert wiederum, der wohl immer noch sauer war, hatte sich nach Liebshausen aufgemacht, um dort seine Familie und einige alte Komplizen der früheren Moselbande zu treffen. Hannes hatte ihr daraufhin erklärt, dass sich eine gute Räuberkompanie dadurch auszeichne, eben nicht im großen Schwarm durch die Lande zu ziehen, sondern sich mal aufzuteilen, mal neu zusammenzufügen.

«Wir sind ein loser Haufe, und selten bleibt einer länger am selben Ort.»

«Wie weißt du dann aber, wo deine Freunde stecken?», hatte sie ihn gefragt.

«Ganz einfach: Wer von uns weiterzieht, der lässt in der letzten kochemer Bayes, wie wir die Diebsherbergen nennen, eine Nachricht zurück. So sind wir alle wie über Fäden verbunden, ohne dass die Obrigkeit es weiß. Und glaub mir: Wir haben überall unsre Diebsherbergen, manche Dörfer wie Sonnschied, Schneppenbach oder Bruschied sind die reinsten Räubernester!»

Unterwegs hatte sie ihn auch gefragt, warum man ihn Schinderhannes nannte, und er hatte ihr erzählt, dass sein Vater ein Abdecker gewesen sei und sein Großvater ein Henker.

«Ich selbst hab mich als junger Knecht auch ein paar Monate in diesem Handwerk versucht, aber dann bin ich auf den

Diebstahl gekommen, das schien mir bedeutend einfacher. Und gewinnbringender.»

«Und warum Johannes Durchdenwald?»

«Klingt doch gut, oder? Ein Einfall von meinem Freund Leyendecker.» Dabei hatte er auf seinen Büchsensack gedeutet, in dessen Leder die Initialen JHDDW eingestanzt waren. «Den hat er für mich beim Sattler machen lassen. Du wirst ihn mögen, den Leyendecker.»

Erstaunlicherweise hatte Hannes in diesen Tagen immer wieder ihre Nähe gesucht, obwohl er doch mit Margret zusammen war. Umso mehr verletzte es sie nun, dass er seit dem Überfall kein Wort mehr mit ihr gewechselt hatte. Wie ein Hündchen trottete sie den drei Männern hinterher, man strafte sie mit Missachtung. Die ersten Zweifel stiegen in ihr auf, ob ihr Entschluss richtig gewesen war. Margret hatte es da einfacher – sie war in den Schinderhannes bis über beide Ohren verliebt, hatte nur noch Augen für ihn, hatte die letzten beiden Nächte sogar mit ihm im Heuschober übernachtet, weit abseits der andern. War Juliana nicht längst das fünfte Rad am Wagen? Für die Räuber zu nichts zu gebrauchen, für die eigene Schwester nur noch Luft.

Hinter einer Reihe von Pappeln zeichnete sich das durchhängende Dach von Schneiders Gehöft ab, und sie blieb stehen. Sollte sie weiterhin bei der Bande bleiben, dann nur, wenn sie auch eine Aufgabe bekäme. Sie wollte nicht länger den halben Tag verschlafen, um dann die Männer stundenlang von ihren Plänen schwatzen zu hören, bis sie zum Abend halb trunken waren und nach Musik verlangten. Nein – da hätte sie gleich bei Kathrin und dem Vater bleiben können.

Auch Hannes war stehen geblieben und hatte sich zu ihr umgedreht. Er musterte sie, bis er schließlich fast ein wenig verlegen sagte:

«Tut mir leid, dass ich dich so bös angefahren hab. Aber du hast mir einen heillosen Schreck eingejagt, wie du da aus dem Gebüsch gekommen bist. Was hätte dir alles passieren können!» Seine Stimme wurde sanfter. «Versprich mir, dass du so was nie mehr machst. Ich muss mich auf meine Leute verlassen können. Und wenn ich einem sage, er soll da oder dort warten, dann muss er das auch tun. Auch du, wenn du zu uns gehören willst.»

«Ich versprech's», murmelte sie und zwang sich, seinem Blick standzuhalten. Plötzlich spürte sie, wie es in ihr nagte, dass Margret auch des Nachts an der Seite dieses Mannes war.

«He, ihr zwei!», rief Jörgott. «Wollt ihr Wurzeln schlagen, oder was?»

In diesem Augenblick kam Margret den Weg heruntergerannt.

«Himmel, Juliana – da bist du ja! Hab dich überall gesucht!» Ihr verdutzter Blick wanderte von einem zum andern. «Warst du etwa mit dabei?»

«Sie ist uns heimlich nach», entgegnete Hannes und legte Margret den Arm um die Schultern. «Gehen wir ins Haus, mich drückt der schwere Ranzen gehörig auf den Rücken. Du wirst dich freuen über unsere Beute, da bin ich mir sicher.»

## Kapitel 7

Die Frauen staunten nicht schlecht, als Hannes vor ihren Augen Päckchen um Päckchen auf den Stubentisch legte: Etliche Pfund an sündhaft teurem Rohrzucker, echtem spanischen Cacao und Bohnenkaffee hatten sie erbeutet, dazu Baumwollzeug und Leinen.

«Wie gut, dass Juden keine Waffen tragen dürfen», sagte Dallheimer. «Damit wird's uns wunderbar leichtgemacht.»

Eigentlich ganz schön feige, lag es Juliana auf der Zunge zu sagen, wenn man dem anderen dann ungestraft die Faust ins Gesicht schlagen kann. Aber sie zog es vor zu schweigen.

Das sonst so mürrische Gesicht von Schneiders Weib hatte sich inzwischen aufgehellt.

«Da setz ich doch gleich mal ein Töpfchen Wasser auf», frohlockte sie, «und dann gibt's heiße Chocolade und Kaffee wie bei den feinen Herrschaften.»

Der Bauer nickte. «Tu das. Und den großen Kessel auch. Der Knecht soll zwei Hühner schlachten, zur Feier des Tages.»

Aufmerksam beobachtete Juliana, wie das Aufteilen der Beute vor sich ging. Peter Schneider erhielt einen Drittteil von allem, Hannes ebenso, den Rest teilten sich Jörgott und Dallheimer. Die Kleider ihrer Opfer hatten die Räuber für sich behalten und zu ihren Sachen gesteckt, noch bevor sie den Bauern in die Stube gebeten hatten.

Schneider wirkte trotz der wertvollen Ware auf dem Tisch nicht ganz zufrieden. «Was ist mit Gold und Silber? Hatten die kein Geld dabei?»

Hannes schüttelte den Kopf. «Wir haben nichts gefunden. Vielleicht war es irgendwo in der Kutsche versteckt, aber wir hatten nicht genug Zeit, hätte ja jeden Moment eine Streife vorbeikommen können. – Jetzt sei schon zufrieden, Schneider. Schließlich kriegst du unsern Anteil ja in Kommission zum Verschachern, da wirst du einen guten Reibach mit machen. Was hast du heut früh eigentlich beim Viehhändler für mein Pferd bekommen?»

«Zehn Louisdor.»

«Alsdann – sind nochmals fünf für dich. Beklag dich also nicht.»

«Warum die Hälfte und nicht ein Drittteil wie bei der Beute?», fragte Juliana dazwischen.

Erstaunt sah Hannes sie an. Dann grinste er. «He, du bist ja eine richtige Krämerin. Also, gib acht: Ein Baldoberer kriegt den dritten Teil der Beute, als Lohn für seinen guten Hinweis, der Hehler aber die Hälfte, weil er beim Verscherbeln das Risiko trägt, dass die Ware als Diebesgut entlarvt werden könnte. So halten wir Räuber das seit ewigen Zeiten.»

«Dann ist unser Wirt also Kundschafter und Hehler in einem und macht ein Riesengeschäft», entgegnete sie.

Schneider betrachtete sie misstrauisch. «So soll's sein, Weib. Deshalb ist mir ja der Schinderhannes Tag und Nacht willkommen.»

Innerlich schüttelte sie den Kopf. Dass einer, der keinen Finger rührte, so reich entlohnt wurde, empfand sie als ungerecht.

«Und warum», wandte sie sich wieder an Hannes, «verkaufst du die Beute nicht einfach selbst?»

Er lachte auf. «Willst du mich im Kittchen sehen? Wir können schließlich nicht nach einem Überfall zum nächsten Markt oder Kramladen marschieren und das Zeug verkaufen. Stattdessen müssen wir morgen vor Sonnenaufgang von hier verschwinden.»

«Hättest noch dein Pferd», mischte sich nun auch Margret ein, «dann könnten wir die Beute draufpacken und mitnehmen!»

«Und von der nächsten Streife erwischt werden», erwiderte er und blinzelte ihr spöttisch zu.

Da schlug Dallheimer mit der Faust auf den Tisch. «Müssen wir jetzt schon mit Weibern herumpalavern, was wir tun sollen? Ich schlag vor, der Hannes wird jetzt handelseinig mit unserm Wirt, und danach wollen wir essen und feiern.»

Derweil hatte die Bauersfrau in der angrenzenden Küche Kaffee gemahlen und brühte ihn auf. Sofort zog ein köstlicher Duft durch die muffige Stube. Während Hannes mit Schneider vor einem Blatt Papier saß und Zahlen um Zahlen notierte, um sie wieder durchzustreichen und neu zu setzen – wobei manch aufgebrachtes Wort von beiden Seiten fiel –, machten sich Juliana und Margret in der Küche an die Vorbereitung des Essens, da Schneiders Frau im Stall beim Ausmisten war. Sie nahmen die gerupften Hühner aus und zerteilten sie, putzten frisches Gartengemüse und schälten Kartoffeln. Dazu hatten sie jede einen Becher zuckersüßen schwarzen Kaffees neben sich stehen.

«So lässt sich's aushalten», sagte Margret und leckte sich die Lippen. «Was haben wir für ein Glück.»

«Das stimmt. Und auf die fette Hühnersuppe freu ich mich auch schon.»

«Sag mal, Juliana, hast du den Überfall wirklich beobachtet?»

«Ja, aus einem Versteck heraus.» Juliana senkte die Stimme in Anbetracht der offenen Küchentür. «Anfangs hatte ich Angst um Hannes, aber am Ende haben mir die Juden fast ein bisschen leidgetan.»

«Das braucht es nicht. Die haben daheim wahrscheinlich Truhen voll Schmuck und Silber, was macht's da schon, wenn die Ware von einem Markttag weg ist.»

«Aber Dallheimer hat den einen blutig geschlagen.»

«Na und? Das wird seinen Grund gehabt haben.»

Unwillig schüttelte Juliana den Kopf. «Nein, der hat einfach zugeschlagen. Ganz anders der Hannes: Der hat den Männern sogar ihre paar Kreuzer zurückgegeben.»

«Kann's sein, du magst den Dallheimer nicht?»

«Nicht besonders ...»

«Mir gefällt er. Er ist groß und stark und weiß, was er will. Wenn ich nicht schon den Hannes hätt, tät ich den auch nehmen wollen.»

Auf diesen letzten Satz hin schwieg Juliana. Schließlich flüsterte sie: «In der Nacht ... im Heu ... was macht ihr da?»

«Ja, was wohl, Schwesterherz? Ratespiele sind's nicht ... Das heißt, letzte Nacht ist er gleich eingeschlafen, so müd war er da.»

Zum späten Mittag saßen sie mit den Bauersleuten, deren Sohn Jacob, der etwa vierzehn Jahre zählte, und dem Knecht am großen Tisch und ließen sich die Hühnersuppe, in der dicke Fleischstücke und Fettaugen schwammen, schmecken. Gesüßter Wein machte die Runde, Tabak und Pfeifen wurden ausgepackt, bis dichter Qualm unter der niedrigen Holzdecke stand, und Dallheimer wie Jörgott brüsteten sich mit ihren Räubergeschichten.

«Weißt noch, Hannes, wie uns am Hahnenbach mal 'ne Rotte Soldaten stellen wollte?» Jörgott beugte sich zu den Bauern vor. «Da hätt's kein Entkommen gegeben, die Bajonette waren schon aufgepflanzt! Aber der Hannes hat nur den Arm gehoben, einen Spruch gesagt, und schon standen die Mistkerle starr wie Salzsäulen. Mit einem lustigen Lied auf den Lippen sind wir einfach weiter, und unterwegs ist uns ein junger Handwerksbursch entgegengekommen, dem hat der Hannes gesagt, dass er alsbald ein paar Maulaffen herumstehen sehen würde. Denen sollte er jedem 'ne kräftige Ohrfeige verpassen, damit sie wieder zu sich kommen. – Zu gern hätt ich das noch mit angesehen!»

Jacob und seine Mutter bekamen große Augen, und Juliana ahnte schon, dass nun all die anderen Geschichten folgen würden, eine unglaublicher als die andere.

Doch Hannes winkte ab. «Lass gut sein. Ich hätt jetzt gern ein bisschen Musik.»

Rasch holten sie Tamburin und Fidel, während die Männer Tisch und Bänke zur Seite rückten und Jacob die Krüge mit Wein auffüllte.

Sie hatten noch keine halbe Stunde musiziert, als Hannes Juliana die Fiedel aus der Hand nahm und an Jacob weiterreichte.

«Soweit ich mich erinnere, spielst du die Fiedel ganz leidlich», sagte er zu dem Jungen. «Und das Tamburin kann auch der Jörgott schlagen – ich hab jetzt nämlich Lust, mit den Mädchen zu tanzen.»

Schneider schüttelte den Kopf. «Wir müssen zum Vieh raus, und der Jacob soll mit dem Knecht aufs Feld.»

Frech grinste Hannes ihn an. «Heut muss der Knecht allein aufs Feld. Und morgen früh bist uns wieder los, da kannst du's dann halten, wie du willst.»

Zu widersprechen wagte Schneider nicht, und so verließ er mit Weib und Knecht die Stube, wenn auch mit äußerst grimmiger Miene.

Dafür strahlte sein Junge umso mehr und spielte die Fiedel gar nicht mal schlecht, als Hannes Margret zum Tanz aufforderte. Juliana hatte das Pech, mit Dallheimer zu tanzen, der wie ein Rammbock um sie herumsprang, ihr dabei mehrfach auf die Füße trat und mit seinen großen Händen reichlich grob zupackte.

Nach dem dritten Tanz schließlich flüsterte Hannes ihrer Schwester etwas ins Ohr, drückte ihr einen Kuss auf den Mund und schob Dallheimer zur Seite.

«Der nächste Tanz gehört mir, Julchen. Dann kann die Margret diesem Plumpsack von Dallheimer mal zeigen, wie man sich richtig bewegt.»

Juliana verschränkte die Arme. «Wenn ich aber gar nicht mit dir tanzen will?»

«Jetzt komm schon – bitte!»

Sein Blick wurde weich. Sie gab nach, als er fast scheu nach ihren Händen griff und sich im Takt der Musik mit ihr zu drehen begann. Tanzen vermochte er wirklich besser als jedes andere Mannsbild, und doch war ihr, als würde sie etwas Unrechtes tun. Immer wieder ging ihr Blick zur Schwester, aber die strahlte mit Dallheimer um die Wette.

Irgendwann zog Hannes sie an sich heran und flüsterte ihr ins Ohr: «Morgen, wenn wir von hier weg sind, kriegt jede von euch einen Louisdor von mir.»

«Einen Goldtaler? Warum das?» Nie zuvor hatte sie eine solch wertvolle Münze in der Hand gehalten, geschweige denn besessen. «Erst der Schmuck, jetzt das Gold ...»

«Einfach so. Ihr sollt auch was von unseren Unternehmungen haben.»

Sein rechter Arm lag warm um ihre Taille.

«Aber dann bleiben dir ja nur noch drei Louisdor für dein Pferd.»

Er lachte. «Gut aufgepasst. Aber nicht vom Pferd ist's. Du hast doch die schönen Röcke gesehen, die wir diesen Krämerseelen abgenommen haben. Darin waren, wie erwartet, Goldmünzen eingenäht. Insgesamt neun Louisdor. Aber kein Wort davon zu Peter Schneider, hörst du?»

Seine Erklärung versetzte ihr einen kleinen Stich. Nicht etwa weil damit der Bauer hintergangen worden war, sondern weil Hannes' Großzügigkeit, den Hebräern wenigstens ihr Kleingeld zu lassen, nur ein Spiel gewesen war. Dann aber sagte sie sich, dass diese Kaufleute, wie man gemeinhin wusste, einen bei jedem Handel übers Ohr hauten, und so beschloss sie, sich über ihr unerwartetes Geschenk zu freuen.

Im steten Wechsel tanzte Hannes nun mit ihr und Margret, zwischendurch erholten sie sich bei einem Krug Wein, schwatzten dabei lautstark durcheinander. Juliana merkte, wie ihr der Alkohol allmählich wohlig zu Kopf stieg. So ging das, bis die Dunkelheit anbrach und die Bauersleut mit dem Knecht in die Stube zurückkehrten. Da war denn auch Hannes reichlich betrunken – zum ersten Mal, seitdem sie mit ihm herumzogen.

Ganz ruhig war er plötzlich geworden, und nachdem sie noch ein wenig Brot und Käse zu Abend gegessen hatten, klatschte er in die Hände.

«Wir müssen morgen vor Sonnenaufgang los, also macht nicht mehr allzu lang.»

Dann bat er Jacob, ihm seine Decke aus dem Heuschober zu holen und richtete sich ein Strohlager unter der Stiege zu den Dachkammern. Kaum hatte er sich in seine Decke eingewickelt, schien er auch schon eingeschlafen zu sein.

«Alsdann, Margret – kommst mit mir in den Stall?», fragte Dallheimer mit schwerer Zunge und grinste breit.

«Hol dich der Teufel, Dallheimer! Ich schlaf bei meiner Schwester auf der Stubenbank.»

So enttäuscht Margret wirkte, so erleichtert war Juliana. Wäre Hannes auch heute wieder mit ihrer Schwester im Heu verschwunden – es hätte sie geschmerzt. Mit einem Mal wusste sie, dass Hannes ihr gefiel, und fragte sich, wie das noch weitergehen sollte.

## Kapitel 8

Ein wenig bange wurde es Juliana nun doch auf dem Weg nach Lauschied, auch wenn es nur ein Marsch von gut drei Stunden sein sollte. Denn allmählich wurde es hell, und bald würde die Sonne über die Hügel steigen. Nicht um unbemerkt aus Langweiler wegzukommen, hatten sie sich noch im Stockdunkeln auf den Weg gemacht, sondern weil sie auf der Landstraße, die sie zunächst eingeschlagen hatten, keiner Streife begegnen wollten. Das Dumme war nämlich, dass ihre Papiere als Bänkelsängerinnen, die sie stets in der Rocktasche bei sich trugen, nur für den Kanton Grumbach galten, und den hatten sie mit dem Pfarrdorf Cappeln verlassen. Wer ohne gültigen Pass unterwegs war, der machte sich verdächtig und durfte eingesperrt werden. So war das nicht erst, seitdem die Franzosen die Macht übernommen hatten, bloß gab es neuerdings weitaus mehr Kontrollen.

«Leyendecker besorgt euch neue Papiere», hatte Hannes ihnen beim Abmarsch angekündigt. «Er hat gute Beziehungen zur Mairie von Meisenheim.»

Jetzt, wo es Tag wurde, beruhigte das Juliana allerdings wenig. Sie schritt mit Hannes und dem langen Jörgott vorneweg, der mit seiner geladenen Pistole herumfuchtelte, als wolle er sich gleich in den nächsten Überfall stürzen. Da endlich nahm Hannes sie ihm weg.

«Bist du närrisch? Wenn sich ein Schuss löst, haben wir gleich die Gendarmen auf dem Hals.»

Jörgott verzog ärgerlich sein pockennarbiges Gesicht. «Was ziehn wir auch mit diesen Weibern durch die Lande? Nix als Ärger wird das geben.»

«Dann hau doch ab, wenn's dir nicht passt.»

«Ist ja schon recht. Guck lieber, dass der Dallheimer nid

mit deiner Schickse abhaut. Und jetzt gib mir meinen Luppert zurück.»

Gleichzeitig mit Hannes wandte sich Juliana um: Der Abstand zu Dallheimer und Margret war immer größer geworden, man hörte die beiden miteinander scherzen und kichern. Sie blieben stehen. Als die beiden zu ihnen aufgeschlossen hatten, hielt Dallheimer Margret frech grinsend bei der Hand.

«Los jetzt, weiter!» war alles, was Hannes dazu sagte. Dann gab er Jörgott seine Pistole zurück.

Juliana war verwirrt.

«Nehmen wir lieber den Waldweg, der dort vorn abzweigt», hörte sie ihn sagen. «Und macht nicht solch einen Krach, wenn wir unterwegs sind.»

Möglichst geräuschlos zogen sie quer durch den Wald weiter. Für diesmal gingen Dallheimer und Hannes voraus, sie und Margret blieben in der Mitte, Jörgott hielt sich dicht hinter ihnen. Juliana hätte die Schwester gerne gefragt, was da zwischen ihr und Dallheimer war, aber da die Männer schwiegen, hielt auch sie den Mund. Und gab lieber acht, dass ihr keine Zweige ins Gesicht schlugen. Wie Hannes mitten im Unterholz, ohne zu zögern, seinen Weg fand, obwohl sich die Sonne hinter dichte graue Wolken geschoben hatte, war ihr ein Rätsel. Er schien die ganze Gegend vom Hunsrück bis zum Glan wie seine Westentasche zu kennen.

Sie selbst war noch nie so weit südlich der Nahe gekommen. Die Landschaft hier war viel weitläufiger, die Erde auf den Feldern rot, die Häuser aus hellem Bruchstein statt aus grauem Schiefer wie bei ihr daheim. Immer wieder schlugen sie sich zur Sicherheit in die zahlreichen kleinen Waldstücke, hügelauf, hügelab, und umgingen die Ansiedlungen in großem Bogen. Als sie am Ende wieder auf eine geschotterte Landstraße gelangten, hielt Hannes inne.

«Obacht vor den Gendarmen – das ist die Straße nach Meisenheim. Wenn's brenzlig wird, schlagen wir uns sofort ins Gebüsch.»

«Ist's denn noch weit?», fragte Juliana.

«Nein, das Dorf dort am Hang ist schon Lauschied. Und Lauschied selbst ist kochem.»

In diesem Augenblick hörten sie Stimmen und sprangen allesamt zurück in den dichten Wald. Es war aber kein Streifkommando von Gendarmen, sondern eine Kolonne junger französischer Infanterie-Soldaten in gestreiften Schweizerhosen und mit Tschako auf dem Kopf. Lauthals singend in ihrer weichen, fremden Sprache, marschierten sie an ihnen vorüber.

«Verdammtes Franzosenpack», fluchte Jörgott, nachdem die Männer hinter der nächsten Wegbiegung verschwunden waren. «Man sollte denen den Hals umdrehen.»

«Warum seid ihr eigentlich so feindselig gegen die Französischen?», fragte sie Hannes, als sie sich zurück auf die Straße wagten. «Jetzt, wo doch Frieden ist.»

Der lachte bitter. «Ja, ja, ich weiß – die Segnungen der Freiheit haben die uns angeblich gebracht. Aber mehr zu essen hat deshalb keiner im Topf. Und wo wir früher nach altem Recht fischen, jagen oder Feuerholz holen durften, gehört jetzt alles dem Großbauern oder dem Jud.»

«Trotzdem. Seither gibt's keine Grundherren mehr und keine Leibeigenschaft und keine Pfaffen, die uns mit dem Höllenfeuer Angst machen und den Zehnten eintreiben …»

«Mag sein. Aber du vergisst eins: Freiheit macht nicht satt. Die Armen bleiben arm, die Schmarotzer und Spekulanten werden immer reicher. Wer nämlich mit den Franzosen ins Geschäft kommt, der sahnt ab. Denen kannst du alles verhökern, und zwar gleich in Massen: Tuche, Leder, Waffen, ja ganze Getreideernten.»

Dagegen vermochte sie nichts zu sagen.

«Wie lange bleiben wir bei deinem Freund?», fragte sie.

«Schwer zu sagen. Hoffen wir, dass er überhaupt daheim ist und nicht auf der Stör mit seinem Handwerk.»

Unbehelligt erreichten sie kurz darauf das an einem Hügel liegende Dorf. Es war nur wenig größer als Julianas Heimatdorf, aber ebenso ärmlich. Dafür hatte man von hier einen guten Überblick über die Straßen ringsum – kein Wunder, dass sich Hannes und seine Männer in Lauschied sicher fühlten. Und jeder, der ihnen begegnete, grüßte sie freundlich.

Aus einem kleinen Steinhaus kurz vor der Kirche drang ein Klopfen. Läden und Haustür standen weit offen.

Hannes Miene hellte sich auf.

«Da ist ja einer eifrig am Malochen.»

Er stürmte hinein. Als Juliana über die Schwelle der Werkstatt trat, fand sie die beiden in inniger Umarmung neben der Schusterbank stehen.

«Hannes, alter Galgenvogel!» Leyendecker ließ den Freund los. «Dass du endlich mal vorbeischaust. Seitdem ihr auf Hundsbach zu auf einen Strauß gezogen seid, hast dich nicht mehr hier blicken lassen. Dachte schon, du hättest mich vergessen.»

«Hast ja recht, Leyendecker. Wird Zeit, dass wir wieder mal was gemeinsam unternehmen.»

Der Schuster war ein drahtiger Bursche und etwas kleiner als Hannes, hatte kurzes lockiges Haar von dunklem Blond und ein bartloses, sehr jungenhaftes Gesicht, obschon er wohl um einige Jahre älter war als Hannes. Juliana fand ihn fürs Erste recht angenehm.

Jetzt wandte er sich ihr und Margret zu. «Und was hast du da für zwei bildschöne Fräulein mitgebracht?»

«Das sind Margret und Juliana Blasius aus Weyerbach.

Die eine kann so wunderbar singen, wie die andere die Fiedel spielt. Den Dallheimer kennst ja, und das hier ist der lange Jörgott aus Mittelbollenbach.»

Leyendecker band sich den Arbeitsschurz ab und schüttelte den Männern die Hand, bevor er bei Juliana und Margret mit schelmischem Lächeln einen Handkuss andeutete.

«Enchanté!», rief er dabei jedes Mal wie ein vornehmer Franzos. Dann drehte er sich zu Hannes um.

«Sagt, ihr habt euch nicht rein zufällig vorher in der Gegend von Lauterecken rumgetrieben?»

Dallheimer brach in schallendes Gelächter aus. «Du hast's erfasst. Das waren *wir* gestern früh, das mit den Offenbacher Juden.»

«Dachte ich mir's gleich. Es heißt, ein Dutzend Räuber wären aus dem Gebüsch gesprungen, hätten wild um sich geschossen und dabei die Kutschpferde erlegt ... Jetzt mach ich jede Wette, dass nur ihr drei die Hände im Spiel hattet. Und den Rössern kein Haar gekrümmt habt.»

So schnell also hatte sich der Überfall in der Gegend herumgesprochen, dachte sich Juliana und fragte sich, ob Hannes nun in Gefahr schwebte.

Der machte allerdings nicht den Eindruck von Furcht, im Gegenteil: In seinen Augen blitzte der Stolz.

«Stimmt fast. Wir drei waren's und Julchen obendrein, im Gebüsch versteckt. Weil sie dabei sein wollte.»

Ungläubig starrte der Schuster sie an. «Respekt!»

«Von wegen. Übers Knie legen hätt man sie sollen.» Hannes zwinkerte Juliana zu. Dann zog er je einen Beutel mit Kaffee, Zucker und Cacao aus dem Sack. «Hier, haben wir von der Beute mitgebracht. Den Rest verscherbelt der Schneider Peter aus Langweiler.»

«Dann hat der alte Griesgram das für euch baldobert? Ich

kann ihn ja gar nicht leiden, aber sei's drum. Habt ihr überhaupt schon zu Morgen gegessen?»

«Eben das wollten wir bei dir erledigen. Und wenn's dir nix ausmacht, ein, zwei Tage bleiben.»

«Da bitt ich drum. Und meine Magd soll gleich mal Wasser für Kaffee und heiße Chocolade aufsetzen.» Er riss die Tür zum Hof auf. «Komm rein, Marthe! Wir haben Besuch!»

Jetzt erst fiel Juliana auf, dass Leyendecker das linke Bein nachzog. Als sie ihm und den anderen auf der knarrenden Holztreppe nach oben folgte, sah sie, wie sich ihre Schwester bei Hannes unterhakte. Ganz als ob sie aller Welt zeigen wollte, dass sie zu ihm gehörte. Prompt ließ sich Dallheimer in der Stube auf der Bank neben Margret nieder, sodass sie den einen rechts, den andern links zum Sitznachbarn hatte. Das sah ihrer Schwester ähnlich: Gleich zwei Kerle auf einmal!

Unschlüssig blieb Juliana stehen. «Ich geh der Magd helfen.»

«Ach was, die Marthe kommt allein zurecht.» Leyendecker deutete auf den freien Platz neben Jörgott. «Jetzt setz dich schon her.»

Gleich darauf brachte er einen Krug Most mit einem Stapel Becher herauf und drückte sich etwas umständlich zu Juliana auf die Bank.

«Bist du gestürzt, weil du so humpelst?», fragte sie ihn freiheraus.

«Das kann man wohl sagen.» Er schenkte die Becher voll. «Als Bub vom Heuboden gefallen. Das Bein gebrochen und nie mehr recht zusammengewachsen. Zum Wandern auf die Nachbardörfer reicht's, zum Wegrennen aber nicht. So tauge ich rein gar nicht als Wegelagerer oder Pferdedieb. Hab ich recht, Hannes?»

«Das braucht's auch nicht, weil du nämlich zu Höherem

berufen bist, mit deinem blitzgescheiten Hirn.» Hannes hob den Becher. «Auf Johann Leyendecker, meinen Geheimsecretär und Generalstabschef!»

Sie tranken auf ihren Gastgeber.

«Was soll das sein, ein Generalstabschef?», fragte Margret und lehnte den Kopf an Hannes' Schulter.

«Einer wie Johann Leyendecker eben. Der die besten Einfälle hat und die Fäden in der Hand hält. Unser Schusterlein hat Beziehungen zu sämtlichen bestechlichen Amtsleuten im Departement, hat den Johannes Durchdenwald erfunden und so manch lustigen Schwank über mich in die Welt gesetzt. – Ohne dich, lieber Freund, wär ich nicht der Schinderhannes, von dem alle Welt spricht.»

«So ein Blödsinn.»

«Doch, doch, gewiss. Und sauber lesen und schreiben kann unser Freund wie kein andrer, sogar dichten und ganze Geschichten ausspinnen. Genau wie dieser Schwabe, der so einen Unsinn über uns Räuber geschrieben hat – wie heißt der noch gleich?»

«Schiller. Friedrich Schiller. Und es ist bei Gott nicht alles Unsinn, was der so geschrieben hat. Solltest halt auch mal ein Buch lesen. Schlau genug wärst du.»

Es wurde ein langes und ausgiebiges Morgenmahl, und dabei erfuhr Juliana auch, warum sich Hannes so gut auskannte zwischen Glan und Nahe: In dem Dörfchen Merzweiler, das sie noch in völliger Finsternis durchquert hatten, war sein Vater geboren und aufgewachsen, bevor er als junger Abdeckerknecht ins Rechtsrheinische übergewechselt hatte, dorthin war der Vater auch wieder mit Weib und Kindern zurückgekehrt, nachdem er vom kaiserlich-österreichischen Militär desertiert war. Und im benachbarten Cappeln war Hannes dann lutherisch konfirmiert worden und in die Pfarrstunde gegangen, wo er mit dem Katechismus Lesen und auch Schreiben gelernt hatte.

«Der alte Pfarrer war ganz begeistert von unserem Hannes», kicherte Leyendecker. «‹Aus dem wird mal ganz was Großes!›, hat er immer gesagt, wenn ich ihm damals als Geselle die Schuhe gemacht hab. Womit der Pfaff natürlich ganz und gar recht hatte.»

Er prostete Hannes mit seinem Kaffeebecher zu.

«Zu der Zeit hatten wir beide uns auch angefreundet, obwohl du mit deinen zwölf oder dreizehn Jahren noch ein halbes Kind warst. Dafür aufgeweckt für drei, und alle mochten dich in deiner lustigen Art.»

«Wie man's nimmt.» Hannes grinste breit. «Der Schneider Peter hat mir jedenfalls ordentlich den Hintern versohlt, als ich mich in seinem Keller mal heimlich mit Wein abgefüllt hatte.»

«Und jetzt frisst er dir aus der Hand!»

«Das will ich meinen.» Hannes wandte sich Juliana zu. «Übrigens fände ich's schön, wenn du meinen Vater mal kennenlernen würdest. Ich glaube, ihr beide würdet euch gut verstehen.»

Sie hätte den beiden noch stundenlang zuhören können, wie sie alte Erinnerungen austauschten. Die Gedanken an ihre eigene Familie, die dabei in ihr hochkamen, wischte sie entschlossen beiseite. Sie stellte sich den Hannes als kleinen, wieselflinken Buben vor, mit struppigem dunklem Haar, wie er allerlei Schabernack mit den Leuten trieb und ihm dennoch keiner böse sein konnte. Doch nachdem die letzten Stücke Käse und Wurst vertilgt waren, klatschte Leyendecker in die Hände.

«Genug gebabbelt – wir müssen los, wenn wir vor dem Mittagsläuten in Meisenheim sein wollen.»

«Holt ihr da unsere Papiere?», fragte Margret. Auf ihrem

Oberschenkel lag Dallheimers Hand, wie jeder am Tisch sehen konnte. Hannes zeigte hierüber keine Regung.

«Ja», erwiderte Leyendecker. «Aber das kann seine Zeit dauern.»

«Ihr Frauen bleibt derweil im Haus», bestimmte Hannes. «Ich lass euch Jörgott zum Schutz da, Dallheimer kommt mit uns.»

Der schüttelte den Kopf. «Bin schon genug rumgewandert für heut. Ich bleib bei den Mädchen.»

«Nein!»

Hannes Stimme klang hart, fast böse. Dann lächelte er auch schon wieder: «Sag mal, Leyendecker, hast du noch mein Jägergewand vom letzten Mal da?»

«Aber ja. – Marthe!»

Die Magd steckte ihren Kopf durch die halboffene Küchentür.

«Was?», fragte sie mürrisch.

«Hol aus der großen Truhe in der Schlafkammer das grüne Gewand.»

Man hörte sie die Stiege hinaufpoltern und oben über die knarrenden Dielenbretter schlurfen, während sich Hannes ungeniert bis aufs Unterhemd auszog.

«Gute Idee.» Leyendecker nickte ihm zu. «In Meisenheim könnt dich der eine oder andre französische Gendarm womöglich doch erkennen.»

Er nahm der eintretenden Magd die Kleider ab, klopfte den Staub aus dem Stoff und reichte Hannes erst Hose, dann Rock. Zuletzt nahm er einen mit Federn besetzten Hut vom Wandhaken und drückte ihn ihm aufs Haar. Ausgelassen begann Hannes in der Stube herumzuhüpfen und zu singen:

«Ein Jäger aus Kurpfalz, der reitet durch den grünen Wald, er schießt das Wild daher, gleich wie es ihm gefällt.»

«Juja! Juja!», fielen sie alle zusammen in den Kehrreim ein, «Gar lustig ist die Jägerei …»

Bei der dritten Strophe mit den Worten «Er traf ein Mägdlein an, und das war achtzehn Jahr …» sprang er auf Juliana zu und zog sie von der Bank. Ihr wurde ganz schwindelig, so ausgelassen drehte er sie im Kreis. Margret warf ihr böse Blicke zu.

Kein Vaterunser später waren die drei Männer zum Haus hinaus. Jörgott streckte sich auf der Stubenbank aus und begann binnen kurzem zu schnarchen.

«Ein schöner Aufpasser!», knurrte Margret gereizt.

«Was ist jetzt zwischen dir und dem Dallheimer?», fragte Juliana leise.

«Was soll da sein?»

«So, wie ihr miteinander herummacht, wird der Hannes dich nicht mehr wollen.»

«Na und? Lass mir doch den Spaß. Außerdem glotzt der Hannes eh nur dauernd dich an.»

## Kapitel 9

Die Männer blieben den ganzen Tag fort. Aus lauter Langeweile hatte Juliana der Magd am Brunnen im Hof bei der großen Wäsche geholfen, während Margret derweil Werkstatt, Stube und Küche aufräumte und ausfegte. Hernach setzten sie sich, entgegen Hannes' Anweisung, vors Haus in die Frühsommersonne, um das Dorftreiben zu beobachten. Über Hannes und Dallheimer verloren sie beide kein Wort mehr.

Aus der Küche drang schon der Duft von gebratenen Würsten fürs Abendessen, als Margret Jörgott weckte.

«Los, steh auf. Sonst kannst heut Nacht nicht schlafen.»

Jörgott blinzelte sie an, dann streckte er seine langen Glieder. «Gibt's etwa schon wieder zu fressen? Auch recht ...»

Dann packte er Margret beim Arm.

«Was willst eigentlich mit'm Dallheimer? Der ist viel zu alt für dich. Nimm lieber mich.»

«Bist du noch bei Trost? Ich gehör zum Schinderhannes.»

Dabei warf sie einen Seitenblick auf Juliana, die dabei war, Teller und Becher auf dem Tisch zu verteilen.

Jörgott lachte. «Das glaub ich nid mehr.»

Von draußen wurden Männerstimmen laut. Es waren Hannes, Dallheimer und Leyendecker. Gut gelaunt und ein wenig angetrunken kamen sie die Stiege heraufgepoltert.

«Jetzt habt ihr freies Geleit», strahlte Hannes und legte ein Bündel Papiere auf den Tisch. «Et voilà! Gute Reisepässe für die Kantone Meisenheim, Obermoschel, Bacharach und Simmern. Einmal für Madame Juliana Ofenloch, einmal für Madame Margarethe Pfannkuch. Beide ihres Zeichens Jahrmarktkrämerinnen.»

«Pfannkuch? Ofenloch? Was soll jetzt das?», riefen Juliana und Margret durcheinander.

Dallheimer schlug sich vor Vergnügen auf die Schenkel. «Das ist auf Leyendeckers Mist gewachsen.»

Auch Hannes lachte. «Klingt doch wunderbar. Und ihr braucht dringend einen neuen Namen. Schließlich müssen die Gendarmen ja nicht wissen, dass ihr die Hannikel-Töchter seid.»

«Ich hätt lieber ein neues Kleid», maulte Margret. «Hab nicht ein einziges Stück zum Wechseln dabei.»

«Auch daran haben wir gedacht.» Er teilte ihnen die Pässe zu. «Morgen ist Markt in Meisenheim, da könnt ihr euch neu einkleiden.»

Und das als Juliana Ofenloch, dachte Juliana grimmig. Was für kreuzblöde Namen! Aber immerhin schien Hannes ernsthaft daran gelegen, dass sie bei der Bande blieben, denn die Pässe hatten sicher ein kleines Vermögen gekostet.

Ohne weiter einen Blick darauf zu werfen, steckte sie ihre Papiere in die unter der Schürze angenähte Tasche. Eine solche «Fuhre» besaßen fast alle fahrenden Frauen für ihre Wertsachen – zum einen um Beutelschneidern zuvorzukommen, zum anderen konnte man darin auch unbemerkt Diebesgut verschwinden lassen.

Leyendecker schnupperte in Richtung Küche.

«Was riecht das lecker! Hab einen mordsmäßigen Kohldampf. Ich hol schon mal den Wein herauf.»

Beim Essen besprachen sie sich über die weiteren Vorhaben. Zunächst wollten die Männer nach Otzweiler, zwei Wegstunden im Westen, wo Hannes einen Hehler für Feuerwaffen kannte. Zwei Pistolen sollte nämlich künftig jeder von ihnen am Gürtel tragen, mit einem ausreichenden Vorrat an Patronen. Es war schnell herauszuhören, dass Hannes etwas Größeres plante. Als Ziel ihrer weiteren Reise, zu der sie in drei, vier Tagen aufbrechen wollten, gab er Liebshausen auf der anderen Seite des Soonwalds an. Dort wollte er eine größere Kompanie um sich scharen.

«Zum Straßenraub reichen zwei, drei Mann, aber da hängt's auch vom Zufall ab, was rausspringt. Meist doch nur ein bisschen Moos oder Waren, die wir dem Scherfenspieler überlassen gegen wenig Gewinn.»

Leyendecker nickte zustimmend. «Obendrein ist's gefährlich. Du weißt nie, wer dich beobachtet, und hinter der nächsten Kurve lauert dann die Greiferei.»

«Eben. Und drum denk ich, sollten wir's künftig anders angehen. Und zwar was wirklich Lukratives anstellen. Schließlich haben wir jetzt zwei Frauen dabei, denen wir was bieten wollen. Hin und wieder einen richtig großen Bruch machen, bei reichen Spekulanten und Juden, wie es die Niederländer mit dem großen Picard uns vormachen. Das reicht dann für einen ganzen Monat zum Leben.»

«Die Niederländer sind doch selber alles Juden», brummte Dallheimer, dessen Augen vom Alkohol gerötet waren. «Die berauben nicht ihresgleichen.»

«Darum geht's doch jetzt gar nicht. Jedenfalls machen die ihre Einbrüche mitten in der Nacht, alles bis aufs kleinste vorbereitet, und dafür braucht es einiges an Leuten. Also, was ist, Leyendecker? Kommst du mit uns?»

Der trank bedächtig seinen Becher aus, bevor er antwortete: «Der Weg durch den Soonwald ist mir zu beschwerlich. Außerdem mag ich die Bagage von der alten Moselbande nicht besonders. Leute wie Zughetto, Hassinger oder der Rote Fink, die meucheln und brandschatzen und haben auch noch ihren Spaß dabei.»

«Dann lass ich die draußen!»

«Trotzdem kannst mich nicht überreden. Ich fahr demnächst mit einem Händler nach Veitsrodt, deinen Vater besuchen. Dort findest mich dann. Und ich bring dir das Geld vom Schneider Peter mit – wehe ihm, er haut dich übers Ohr mit dem Verscherfen deiner Beute.»

«Ist Liebshausen denn so weit?», unterbrach Margret die beiden.

«Für einen hinkenden Schuster schon», erwiderte Hannes. «In einem Tagesmarsch ist das kaum zu schaffen, aber oben im Wald gibt's eine kocheme Schenke, dort können wir übernachten.»

«Wollte nicht auch der Seibert nach Liebshausen?», fragte Juliana.

Hannes nickte. «Den und einen Haufen anderer Kameraden hoff ich dort zu treffen.»

«Na wunderbar!», schnaubte sie.

Dallheimer schlug ihm krachend auf die Schulter. «Den Seibert solltest besser ein für alle Mal zum Teufel jagen. Wo der dir doch immer deine Schicksen ausspannen will.»

Hannes zuckte nur mit den Schultern, und Dallheimers Blick wurde plötzlich lauernd.

«Was, wenn ich deine Margret heut Nacht zu mir ins Nest nehm? Haust mir dann auch die Nase platt wie damals dem Seibert wegen der Elise?»

Ganz deutlich war die Missstimmung zwischen den beiden Männern zu spüren. Für einen Moment befürchtete Juliana, Hannes würde von der Bank aufspringen und auf seinen Herausforderer losgehen, doch dann entspannten sich seine Züge. Sein Blick wurde kalt.

«Mach, was du willst», sagte er leise.

Zornig funkelte Margret ihn an. «Dann willst mich also loswerden? Rutscht mir doch alle den Buckel runter.»

Sie schenkte sich Wein nach und stürzte ihn in einem Zug hinunter. Der Abend schien verdorben.

Da erhob sich Hannes.

«Kommst du mit hinaus?», fragte er Juliana. «Ich brauch frische Luft.»

Sie zögerte einen Moment. Dann holte sie ihren Umhang und folgte ihm nach draußen.

Die Nacht war bereits hereingebrochen, über dem Dorf funkelten die Sterne. Still und verlassen lag die Gasse vor ihnen, nur aus der Wirtschaft schräg gegenüber drang Gelächter durchs offene Fenster.

«Gehen wir ein Stück», schlug Hannes vor.

Sie hatten die Schusterwerkstatt kaum ein paar Schritte

hinter sich gelassen, als Juliana sich nicht länger zurückhalten konnte.

«Stört es dich gar nicht, wenn Margret sich so an deinen Freund Dallheimer hängt?», fragte sie.

«Nein», kam prompt die Antwort. Täuschte sie sich, oder lächelte er dabei?

«Aber ihr beide seid doch zusammen?»

«Nicht mehr.»

Überrascht blieb Juliana stehen. Sie waren vor der Kirche angelangt, und sie wollte eben nachfragen, ob Margret dies auch so sah, als eine freundliche Stimme rief: «Bist du das, Hannes Bückler?»

Im Schein einer Laterne erkannte sie einen dicken Mann in geistlichem Gewand vor dem Kirchenportal, der einen Schlüsselbund in der Hand hielt.

«Ja, ich bin's, Herr Pfarrer. Grüß Gott.»

«Grüß Gott, mein Junge. Dann bist auch mal wieder im Lande? Wie geht's dem Vater, der Mutter in Veitsrodt?»

«Ich hoffe, gut. Im Sommer will ich sie besuchen.»

«Dann grüße sie schön von mir.»

«Mach ich, Herr Pfarrer. Eine gesegnete Nachtruhe noch.»

Hannes nahm Juliana beim Arm und zog sie eilig weiter, um die Kirchhofmauer herum die Straße bergwärts, bis sie die letzten Häuser hinter sich gelassen hatten. Unter einer mächtigen Linde machte er halt. Von hier hatte man einen freien Blick über die Hügel und Wälder, die sich schwarz gegen den Nachthimmel abzeichneten.

«Schön ist es hier», sagte Juliana. Es machte sie plötzlich unsicher, mit Hannes allein zu sein.

«Find ich auch. Hier hat mir der Leyendecker als Junge beigebracht, wie man mit Steinschleudern auf Vögel schießt. Immer ein Stück vorausdenken, wohin die Viecher davonflattern könnten, hat er mir gesagt. So halt ich's noch heut.»

Dann schwieg er. Ihren Arm hatte er losgelassen.

«Weiß der Pfarrer, womit du dein Brot verdienst?», fragte sie.

«Ich denke schon.»

«Und wenn er dich nun an die Obrigkeit verrät?»

«Nie im Leben. Dazu steht er zu gut mit dem Leyendecker.» Er lehnte sich gegen den Stamm der Linde. «Sag ganz ehrlich, Julchen: Bist du wirklich gern von daheim weg oder nur deiner Schwester zuliebe?»

Verdutzt sah sie ihn an. Genau dasselbe hatte sie sich in den letzten Tagen auch öfter gefragt.

«Mein Leben hat mir schon längst nicht mehr gefallen», antwortete sie nach kurzem Nachdenken. «So oft hatte ich mir vorgenommen davonzulaufen, aber ich war immer zu feig gewesen. Weil ich doch gar nicht gewusst hätt, wohin ich hätt gehen sollen.»

«Und jetzt weißt du es?»

«Ja.»

Er trat einen Schritt auf sie zu. «Ich wollte von Anfang an nur dich.»

Sie glaubte, sich verhört zu haben. «Mich? Aber warum hast du dann überhaupt meine Schwester in den Wald gelockt?»

«Weil ich eigentlich dich wollte, Julchen! Nur dich! Aber wärst du gekommen, hätt ich dich allein eingeladen? Nein, gewiss nicht.»

Sie spürte, wie ihr Herz einen Sprung machte. «Warum … warum gerade ich?»

«Du bist anders, das hab ich schon auf dem Wickenhof gemerkt. Weißt du, Julchen – alle bewundern mich, ich ertrag's manchmal schier nicht mehr. Die Leut glauben mir alles, was ich sage, selbst wenn ich ihnen einen Bären aufbinde. Du aber fragst nach, hast deinen eigenen Kopf.»

In diesem Augenblick wusste sie, dass sie sich in Hannes verliebt hatte.

«Ich möchte, dass du bei mir bleibst.» Er zog sie in seine Arme. «Für immer.»

Sie wollte etwas sagen, doch da verschloss er ihren Mund mit seinen Lippen und küsste sie so zärtlich, wie sie nie zuvor von einem Mann geküsst worden war.

## Kapitel 10

Am nächsten Morgen erwachte Juliana von einem sachten Streicheln an ihrer Wange. Sie schlug die Augen auf und blickte in Hannes' strahlendes Gesicht. Er roch nach Morgenfrische und Walderde.

«Hast du gut geschlafen?»

Er kauerte sich neben sie auf den Strohsack, den Leyendecker ihr unter das Fenster gelegt hatte, und nahm ihre Hand.

«Ja, das hab ich.»

Tief und traumlos hatte sie geschlafen, und es brauchte einen Moment, bis ihr wieder einfiel, was am Vorabend geschehen war. Nach ihrem Kuss unter der Linde waren sie eng umschlungen zurückgeschlendert, und vor dem Haus hatte sich Hannes zu ihrer großen Verwunderung verabschiedet. Er wolle allein sein, sich im Wald ein Nachtlager suchen. So war sie in Leyendeckers Stube zurückgekehrt, wo ihre Schwester wenig später mit Dallheimer an der Hand die Stiege zu den Dachkammern hinauf verschwunden war, ohne auch nur mit einem Wort nach Hannes zu fragen.

Unwillkürlich blickte sie sich jetzt nach Margret um. Doch die Stube war leer bis auf Jörgott, der schnarchend auf der Eckbank lag. Aus der Küche drang das Klappern von Töpfen, über ihr knarzten Dielenbretter unter schweren Schritten.

«Und du? Hast du nicht gefroren draußen?», fragte sie zurück.

«Hab schon in kälteren Nächten im Wald geschlafen. Man merkt, dass bald der Sommer kommt.»

Aus seiner Geldkatze im Gürtel zog er die Kette mit dem Smaragd-Anhänger.

«Wirst du den Schmuck jetzt tragen?» Seine tiefblauen Augen blickten sie bittend an.

Sie nickte, dann schüttelte sie den Kopf und lachte. «Aber nicht heute Morgen – ich will doch mit Margret auf den Markt, Kleider kaufen. Weißt ja selbst, was sich da an Beutelschneidern und Dieben herumtreibt.»

«Ich komm mit euch.»

«Nein, so was machen Weiber besser unter sich. Ihr wollt doch Pistolen besorgen.»

«Hast recht.»

Er küsste sie auf den Mund. Da polterte Leyendecker die Stiege herunter.

«He, alter Freund! Wo hast denn gesteckt die ganze Nacht?» Er wandte sich an Juliana. «Das hat er schon als Bub gemacht. Kaum hat's draußen nicht mehr Stein und Bein gefroren, hat er sich eine Decke geschnappt und im Freien übernachtet.»

Hannes grinste. Dann fragte er: «Wo ist Margret?»

«Ich denke, noch oben. Dallheimer hat sie in Marthes Dachkammer abgeschleppt.» Er runzelte die Stirn. «Gehört die jetzt zu dir oder zu Dallheimer?»

«Zu mir gehört das Julchen.»

Plötzlich zog er sie in die Höhe und umfasste sie, barfuß

und im langen Hemd, wie sie war, um mit ihr durch die Stube zu tanzen. Dabei sang er lauthals:

«Johannes Durchdenwald und Julchen Ofenloch, die haben sich ... die haben sich ... gefunden schließlich doch.»

Jörgott fuhr erschrocken von der Bank auf, Marthe streckte ihren Kopf zur Stube herein, und Hannes hielt endlich inne, um zu rufen: «Dass ihr's nur alle wisst: Das Julchen und ich gehören zusammen. Auf immer.»

Leyendecker schlug ihm auf die Schulter. «Meinen Glückwunsch. Können wir dann endlich zu Morgen essen?»

Der feine Duft von Speck und Eiern aus der Pfanne lockte auch Margret und Dallheimer aus dem Bett. Verschlafen tappten die beiden die schmale Stiege herunter.

«Was macht ihr am frühen Morgen für einen Krach?», knurrte Margret. Beim Anblick ihrer Schwester, die eng neben Hannes am Tisch saß, versteinerte sich ihre Miene. Und während des Essens sprach sie kein Wort. Als die Männer schließlich aufbrachen, um sich in Otzweiler ihre Pistolen zu beschaffen, verschwand Margret in der Küche.

Juliana ging ihr nach. «Wollten wir nicht auch los? Auf den Markt?»

«Ich werd Marthe heut beim Hausputz helfen. Kannst ja allein gehen. Außerdem will ich mir meinen Louisdor aufheben.»

Sie klang verärgert.

«Jetzt komm schon.» Juliana fasste sie am Arm. «Meinetwegen kannst dir dein Geld auch sparen, mein Louisdor reicht für uns beide. Oder willst du ewig in dem alten Kleid da rumrennen?»

Missmutig zuckte Margret die Schultern.

«Bitte! Ich hab auch einen wunderbaren Einfall, was wir auf dem Markt machen.»

Fast widerwillig zog Margret dann schließlich doch Schuhe und Mantel an. Draußen auf der Gasse blieb sie stehen.

«Dich wird er auch bald fallenlassen.» Ihr Tonfall wurde gehässig. «Der Hannes ist nämlich ein elender Weiberheld, frag nur mal die andern hier.»

Sie mussten früher als geplant zu ihrer Reise aufbrechen. Eigentlich hatten sie am nächsten Tag zu einer Tauffeier im nahen Lettweiler gewollt, und für den Abend darauf hatte der Schuster das halbe Dorf zu sich eingeladen. Indessen kam etwas Unerwartetes dazwischen.

Nachdem Juliana und ihre Schwester am späten Mittag vom Markt in Meisenheim zurückgekehrt waren und ihre hübschen Röcke aus bedrucktem Kattun nebst weißen Chemisen, neuen Leinenschürzen und seidenen Halstüchern vorführten, klopfte es an die Tür. Es war ein Scherenschleifer auf der Walz, den Leyendecker ohne Umschweife in die Stube bat.

«Setz dich, Nagel, und trink einen Becher mit uns. Zu schleifen hab ich heut aber nix.»

Nagel winkte ab. Mit misstrauischem Blick auf die Frauen sagte er: «Bin wegen was andrem da.»

«Kannst offen reden, die Mädchen gehören zu uns.»

«Alsdann», er nahm das Felleisen vom Rücken und setzte sich neben den Schuster auf die Bank, ohne die anderen zu beachten. «Einen Gruß vom Müllerjakob aus Lettweiler soll ich dir sagen und dich warnen. Besser, du kommst mit deinen Freunden nid zum Tauffest. Im ganzen Kanton Obermoschel werden Brigaden aufgestellt, um den Schinderhannes zu fassen. Weil man nämlich glaubt, dass er in Lettweiler Quartier beziehen will. Schätze, da wird ein ganzes Kommando an Gendarmen zur Taufe anmarschieren.» Er warf einen scheelen Blick auf Hannes und fuhr fort: «Ich mein, falls mich die

Gendarmen fragen – ich hab den Schinderhannes nirgends gesehen, weiß auch nicht, wo er sich rumtreibt. Ich brabbel schon nix.»

Juliana erschrak gewaltig über diese Nachricht, Hannes indessen nickte in aller Ruhe.

«Und was wirft man diesem Schinderhannes vor?», fragte er den Scherenschleifer mit gespieltem Ernst.

«Nun ja, üble Straßenräuberei, zweimal schon in kurzer Zeit.»

Hannes pfiff durch die Zähne. «Zweimal also. Wann und wo?»

«Vorgestern war's wohl 'ne Juden-Kutsch auf der Straß zwischen Wiesweyler und Lauterecken und gestern dann an der Nahe, bei Niederhausen. Da waren's Viehhändler vom Kreuznacher Markt, die gesagt hätten, dass sich der Capitaine der Räuber Schinderhannes genannt hätt. Und Lettweiler liegt halt grad in der Mitte.»

«Kluge Köpfe, diese Räuberjäger. Dann wird der Schinderhannes wohl tatsächlich in Lettweiler stecken.»

«So wird's sein», murmelte Nagel. «Muss jetzt weiter.»

Hannes brachte ihn zur Tür und steckte ihm eine Münze zu.

«Dank dir, Nagel.»

«Nix für ungut.»

Damit machte sich der Scherenschleifer auch schon wieder auf den Weg.

Verunsichert blickte Juliana in die Runde. «Ich dachte, ihr wärt gestern auf der Mairie von Meisenheim gewesen?»

«Waren wir auch», grinste Hannes. «Da will sich einer mit fremden Federn schmücken.»

«Dann gehen wir also nicht auf die Taufe morgen», stellte Margret enttäuscht fest.

Hannes nickte. «Ja, es ist jammerschad drum – zu diesem

Fest wären eure schönen neuen Gewänder und der Schmuck grad passend gewesen.»

Dennoch schien er sich keine großen Sorgen zu machen.

Juliana dafür umso mehr. «Sind wir hier denn sicher?»

«Vorerst schon, weil Lauschied kochem ist. Das Gute ist doch: Jeder Kanton kocht sein eigenes Süppchen, grad so wie früher all die kleinen Herrschaften hier in der Gegend. Da musst einfach nur über den Glan oder die Nahe oder den Rhein hüpfen, und schon hast du deinen Frieden. Es ist, als ob die Gendarmen an Seilen an ihrem Kanton angeleint wären ...»

Er lachte, doch Leyendecker war ernst geworden.

«Trotzdem solltet ihr vorsichtig sein», sagte er bedächtig. «Wenn die dich drüben nirgends finden, könnt der Friedensrichter von Meisenheim auf den Einfall kommen, auch hier Brigaden aufzustellen.»

«Sagt bloß, das macht euch Bammel», mischte sich Dallheimer ein. «Von den Gendarmen sind doch eh die meisten Deutsche, und für eine Handvoll Kreuzer sind die blind, taub und stumm in einem.»

Leyendecker wiegte den Kopf. «Trotzdem. Besser, ihr verschwindet morgen früh von hier, ehe euch der Boden unter den Füßen heiß wird. Unter einigen Räuberjägern ist Lauschied genauso bekannt wie Lettweiler.»

Bedrückt packte Juliana die neuen Kleidungsstücke in den ledernen Ranzen, den Leyendecker ihnen spendiert hatte. Sie wäre liebend gern noch ein paar Tage im Haus des Schusters geblieben. Vom Tisch her hörte sie Leyendecker auf Hannes einreden.

«Wenn du mich fragst: Lass das sein mit den Einbrüchen. Ich weiß was Besseres. Als ich um Ostern einen Engpass hatte, hab ich dem Scholem Meyer aus Argenschwang – du kennst ihn auch – ein hübsches Brieflein aufgesetzt und ihn ganz freundlich binnen einer Woche um hundertfünfzig Gulden gebeten. Ansonsten würd ich ihm meinen Kamerad Schinderhannes vorbeischicken und dann wär er seines Lebens nicht mehr sicher.»

«Du Spaßvogel! Das hast du getan? In *meinem* Namen?»

«Ich war so frei, lieber Freund. Achtzig Gulden hat der Jude mir Tage später gebracht, mehr hätte er nicht zusammenkratzen können. Da hab ich ihm noch mal zwanzig erlassen und ihm eine ordentliche Quittung ausgestellt. Denk mal drüber nach – kein Aufwand, und du riskierst nicht deine Haut. Grad jetzt, wo du …»

Seine Stimme ging in ein Flüstern über, doch Juliana glaubte, ihren Namen herauszuhören. Sie folgte ihrer Schwester in die Küche, um beim Vorbereiten des Abendessens zu helfen.

«Bist du noch böse wegen Hannes und mir?», fragte sie.

Margret zuckte die Schultern. «Wirst schon sehen, was du davon hast.»

Doch trotz der barschen Worte klang ihr Tonfall einigermaßen versöhnlich.

Schon gleich nach Sonnenaufgang waren sie Richtung Norden aufgebrochen. Es war ein überaus herzlicher Abschied gewesen.

«Versprich mir, dass du über meinen Vorschlag nachdenkst», hatte Leyendecker am Ende gesagt und Hannes ein zweites Mal umarmt. «Und grüß den Carl Benzel von mir, falls du ihn in Liebshausen triffst. Er soll mal wieder vorbeischauen.»

Die Erwähnung von Benzels Name hatte dazu geführt, dass Hannes den ganzen Weg über kaum ein Wort sprach. Dabei hatten Juliana und er eine so wunderbare Nacht verbracht, waren erstmals die ganze Zeit über beisammen gewesen. Auf dem Strohsack unter dem Stubenfenster, eng umschlungen. Mehr als zärtliche Küsse hatte Juliana aber nicht zugelassen, da Jörgott im selben Raum geschlafen hatte. Und anders hätte sie es fürs Erste auch gar nicht gewollt. Umso mehr hatte sie Hannes' warmen Körper neben sich genossen, die sanften Berührungen seiner Hände, die liebevollen Worte, die er ihr beim Einschlafen zugeflüstert hatte.

Als sie jetzt am Fährhaus darauf warteten, über die Nahe gesetzt zu werden, fasste sich Juliana ein Herz.

«Dann ist der Scheele-Carl also ein wirklich guter Freund von dir?»

«Mein bester, außer dem Leyendecker.» Seine Stimme wurde rau. «Dass er jetzt im Kittchen sitzt, ist allein meine Schuld.»

«Aber warum *deine* Schuld?»

«Ich hätt ihm helfen sollen, anstatt feige zu fliehen. Jetzt wird er wahrscheinlich am Galgen enden – oder unterm Fallbeil, wie's bei den Franzosen Brauch ist ...»

Seine Stimme erstarb.

«Was hättest schon gegen eine Brigade bewaffneter Gendarmen ausrichten können?»

«Aber es war doch nur einer, der Adam! Nur der Adam, verstehst du?» Seine Hände krampften sich an ihren Schultern fest. «Der ist grad mal so groß wie du!»

Dallheimer trat zu ihnen. «Geht's wieder um den Scheele-Carl? Jetzt hör schon auf, Hannes – der wird ein Schlupfloch finden und die Flatter machen. Der ist ein kluger Kopf.»

Hannes ließ sie los. «Das glaub ich nicht! Allein schafft der's nicht.»

«Dann tu was, aber hör endlich auf zu jammern. Nimmst dir halt ein paar Mann in Liebshausen und wanderst weiter nach Coblenz. Oder noch besser: Nimmst das Julchen mit.

Als Weib kommt sie rein in den Knast, das muss ich *dir* ja nicht weiter erklären.»

Fragend wanderte Julianas Blick zwischen den beiden hin und her.

«Und was macht ein Weib dann im Gefängnis?»

«Na, den Gefangenen besuchen natürlich», erwiderte Dallheimer, «als seine heulende, todtraurige Beischläferin. Um ihm Trost und was zu essen zu bringen und ihn hernach herzhaft zu küssen und zu umarmen.»

«Das versteh ich nicht», sagte Juliana.

«Beim Umarmen kannst du unbemerkt ein Kassiwer mit geheimen Anweisungen übergeben oder nützliches Gerät wie Feile, Nagel und Draht. Damit lassen sich Holzdielen oder der Mörtel zwischen Steinen bearbeiten. Oder Schlösser aufbrechen.»

Hannes schüttelte den Kopf. «Der Carl kann so was nicht.»

«Dann müsst man ihm halt ordentlich Zaster ins Kittchen schmuggeln, damit er die Wärter bestechen kann. Bei meinem Vater hat das damals geklappt.»

Auch wenn Juliana bei dieser Vorstellung alles andere als wohl war, sagte sie: «Ich würd's versuchen.»

Hannes starrte sie an.

«Ist das dein Ernst?»

«Ja. Für dich und deinen Freund würd ich's tun.»

Da zog Hannes sie in seine Arme und küsste sie vor aller Augen zärtlich auf den Mund.

Nachdem sie über die Nahe gesetzt hatten, wurde es wärmer, trotz der frühen Stunde. Zum Glück würden sie bald schon den Soonwald erreichen, der Schutz und Schatten zugleich bot. Da es Sonntag war, begegneten sie kaum einer Menschenseele.

Hannes war wieder ganz der Alte. Er trieb seine Scherze

mit den Kumpanen, erzählte lustige Schwänke aus der Kindheit oder hüpfte ausgelassen über die Steine eines Bachbetts. Irgendwann hangelte er sich eine Eiche hinauf. Dort hockte er rittlings auf einem breiten Ast, zog ein röhrenförmiges, glänzendes Ding aus seiner Jagdtasche und setzte es vors Auge.

«Jetzt kann ich bis Liebshausen sehen!», rief er.

«Dann siehst bestimmt den Seifert beim Saufen und Huren», entgegnete Jörgott.

Hannes wandte das Rohr in dessen Richtung: «Nein, aber dafür einen gewaltigen Hornochsen!»

«Na warte!»

Juliana und Margret prusteten los vor Lachen, als Jörgott unter die Eiche rannte und so lange an Hannes' Beinen zerrte, bis der herunterplumpste. Sie rauften auf dem Boden um das Rohr, bis Hannes es seinem Gefährten überließ.

«Alsdann, guck durch. Bevor das Ding kapores geht.»

Neugierig kam Juliana näher, während sich Jörgott mit dem Rohr vor dem linken Auge im Kreise drehte.

«Ich seh gar nix!»

«Weil du's falsch herum hältst, du Esel!»

Hannes nahm es ihm weg und reichte es Juliana.

«Mit einer Hand hältst du es fest, mit der andern kannst du vorne drehen, bis du scharf siehst.»

Es gelang ihr, das runde Bild scharf zu stellen. Ein Jägerstand, den sie zuvor in der Ferne am Waldrand hatte stehen sehen, erhob sich plötzlich unmittelbar vor ihr, jedes Brett, jedes Astloch darin war zum Greifen nah. Eine Amsel flog auf das Geländer und putzte sich das Gefieder. Sie traute ihren Augen nicht.

«Das ist die reinste Zauberei!»

Margret stieß sie in die Seite. «Lass mich mal.»

Sie übergab es ihrer Schwester.

«Ist das … ein Fernrohr?», fragte sie Hannes.

Der nickte. «Jawohl. Auch Perspectiv genannt. Hab es beim Flinten-Schorsch in Otzweiler erstanden. So ein gutes hatte ich noch nie. – Kommt, gehen wir auf den Hügel da vorn. Dann zeig ich euch, wozu ich das brauchen kann.»

Sie kletterten auf die Kuppe eines Hügels, der zur anderen Seite steil abfiel. Dort schlängelte sich eine Straße entlang.

Breitbeinig stellte sich Hannes vor sie. «Ich sehe einen Bach mit einer Mühle bei der Straße, weiter hinten Häuser. Das muss Thalböckelheim sein. – Ja, was haben wir denn da? Ein Häuflein Betteljuden kommt des Wegs. Ach was – ein ganzer Haufe!»

«Sind Gendarmen dabei?», fragte Dallheimer.

«Nein, nur zwei Bauern laufen mit. Los, machen wir uns einen Spaß. Jörgott, du sicherst das Ganze auf dem Felsvorsprung dort am Abhang, Dallheimer, du gehst links hinunter und empfängst sie auf der Straße. Ihr Frauen bleibt hier.»

Schon war er nach rechts hinter dichten Sträuchern verschwunden. Margret nahm Juliana beim Arm.

«Gehen wir dem Dallheimer nach. Will sehen, was die vorhaben.»

In gehörigem Abstand folgten sie ihm auf einem Trampelpfad, der gemächlich abwärtsführte bis zu einer Wegkreuzung – dort mündete die Straße von Thalböckelheim auf den Weg, den sie hergekommen waren. Und dort wartete Dallheimer vor einer Engstelle zwischen Steilhang und Bachlauf, der hier recht wildes Wasser führte.

Juliana, die Hannes' Warnung noch gut im Ohr hatte, hielt ihre Schwester bei einem Haselgebüsch auf.

«Bleiben wir hier und halten Abstand. Nicht dass einer von denen schießt.»

Sie kauerten sich ins Gras und warteten. Durch die Stille

drang allmählich leises Stimmengewirr. Dann schob sich ein Trupp von gut drei Dutzend Männern durch den Engpass, die allermeisten der zerlumpten Kleidung und der Kopfbedeckung nach arme Betteljuden.

«Halt, ihr Judenvolk!», donnerte Dallheimer und trat ihnen mit gespanntem Hahn entgegen. Von dem Felsvorsprung am Hang krachten zwei Schüsse: Der lange Jörgott hatte mit seinen neuen Pistolen beidhändig in die Luft geschossen.

Zu Tode erschrocken, drängten sich die Bettler zusammen, nur die beiden Bauern blieben stehen.

«Was soll das?», fragte der eine. «Mir sinn alles arme Leut und haben nix!»

Juliana spürte Mitleid aufsteigen. Hannes würde diesen zerlumpten Haufen doch hoffentlich ziehen lassen?

«Das wollen wir erst mal sehen», entgegnete Dallheimer. «Ob ihr davonkommt, wird allein der Schinderhannes entscheiden.»

Ein Alter mit langem weißem Bart fuchtelte mit den Armen: «Schnell, zurück mit euch!»

Eilends machten die ersten kehrt, als ihnen Hannes auch schon entgegentrat, die Jagdbüchse locker im Arm.

«Habt ihr's etwa eilig an unserm heiligen Sonntag?», rief er vergnügt. «In Dreierreihen aufgestellt, allez, en marche!»

Während sich die Männer mühten, in Reih und Glied zu stehen, drückte Hannes dem Alten mit dem weißen Bart doch tatsächlich seine Flinte in die Hand.

«Wie heißt du?», fragte er ihn.

«Jacob Borich von Meisenheim», stotterte der.

«Und warum bibberst so? Sag bloß, dir ist kalt.»

Der Weißbärtige schwieg.

«Gib acht, Jacob: Du sorgst dafür, dass keiner abhaut. Aber sei vorsichtig, die Büchse ist geladen.»

Mann für Mann durchsuchte er die Taschen, und wo er etwas fand, steckte er es in seinen Büchsensack.

«Wenn der Alte ihn nun erschießt?», flüsterte Juliana.

«Hannes wird schon wissen, was er tut.»

Sie schraken zusammen, als Hannes laut zu lachen begann. «Das ist ja mal 'ne magere Ausbeute. Habt ihr euer Gold etwa im Hintern stecken?»

Einer der Bauern trat mit erhobenen Händen vor: «Wenn ich dir verrate, wo das Gold versteckt ist – lässt mich dann laufen?»

«Versprochen. Wo also?»

«In den Schuhen.»

«Alsdann: Ihr Ackersleut geht eurer Wege, sonst schieße ich euch in die Rippen – ihr Juden bleibt stehen, wir wollen Rechnung miteinander halten.»

Das ließen sich die Bauern nicht zweimal sagen und rannten los.

Hannes grinste. «Nun denn – alle Schuhe und Stiefel runter und dem Schinderhannes vor die Füße geworfen. Und falls ihr davonlaufen wollt, brennt euch der Alte ein Loch in den Pelz. Stimmt's, Jacob?»

Der stand vor Schreck zur Salzsäule erstarrt, während die anderen sich beeilten, dem Befehl nachzukommen. Vor Hannes türmte sich alsbald ein großer Haufen alten, schmutzigen Leders. Zuletzt zog auch der Weißbärtige seine klobigen Schuhe aus, nachdem er Hannes die Flinte zurückgegeben hatte.

Zu Julianas Verblüffung steckte Dallheimer seine Pistole zurück in den Gürtel, trat zu Hannes, während Jörgott von seinem Felsen glitt, und alle drei warfen sie mit vollen Händen das Schuhwerk durcheinander.

«Jetzt dürft ihr eurer Wege gehen», rief Hannes den verstörten Männern zu und zog sich mit Dallheimer und Jörgott an den Straßenrand zurück. Unter großem Gelächter beobachteten die drei, wie die Männer nach ihren Schuhen suchten und alsbald in Streit gerieten: Der eine wollte auf einmal Stiefel gehabt haben statt seiner Latschen, der andere neue Schuhe statt seiner geflickten. Es hagelte Kopfnüsse und Schläge, und wer ein gutes Paar erwischt hatte, nahm die Beine in die Hand.

Da wandte Hannes den Kopf in Julianas Richtung und rief: «Ihr könnt heraus aus dem Versteck, der Überfall ist vorbei!»

«Der hat seine Augen überall», bemerkte Juliana kopfschüttelnd, bevor sie sich zu ihren Gefährten gesellten.

«Wie konntest du dem alten Mann nur deine Jagdbüchse überlassen?», fragte sie Hannes vorwurfsvoll. «Der hätte euch doch alle erschießen können!»

«Eben nicht.» Er grinste breit. «Mit meiner alten Flinte weiß nur ich umzugehen. Nicht mal der Dallheimer könnt damit schießen.»

Als sie ihre Wanderung fortsetzten, amüsierten sie sich noch lange Zeit über diese «Stiefelschlacht», und auch Juliana lachte mit. War den Juden und Bauern doch kein Haar gekrümmt worden.

## Kapitel 11

Zusehends einsam und unwirtlich wurde es im dichten Wald, oftmals war gar kein Weg mehr zu erkennen. Für den Fall, dass die Betteljuden diesen Vorfall der Obrigkeit melden und man ihnen obendrein glauben würde, hatte Hannes nämlich entschieden, fürs Erste nur schmale Nebenpfade zu nutzen. Juliana war inzwischen heilfroh, dass die Männer so gut bewaffnet waren, wobei sie weniger Furcht vor anderen Räuberbanden hatte als vielmehr vor Bären und Wölfen.

Als mit fortgeschrittener Stunde die Wärme selbst unter dem Schattendach der Bäume immer drückender wurde, was ganz und gar ungewöhnlich war für Ende Mai, beschloss Hannes, eine längere Mittagsrast einzulegen. An einem breiten Bach erfrischten sie sich und füllten ihre Wasservorräte auf. Da zerrte sich Hannes unvermittelt und ganz ohne Scham die Kleider vom Leib und rannte ins Wasser. In einer Vertiefung hinter aufgestautem Holz warf er sich auf den Rücken und versank bis zum Hals in den kalten Fluten, laut prustend um sich schlagend.

«Kommt rein, ihr Feiglinge», rief er den anderen zu, die sich am Ufer niedergelassen hatten.

«Da weiß ich was Besseres», gab Dallheimer zurück, zog Margret an sich und ließ sich mit ihr ins weiche Gras sinken. Ungeniert hielten sie sich eng umschlungen und küssten sich.

Das erstaunte Juliana nun doch. Ihre Schwester schien Hannes kein bisschen nachzutrauern. Aber sie war auch erleichtert. Schließlich hatte sie sich nie im Leben glücklicher gefühlt als an der Seite von Hannes. Jetzt kam er die Uferböschung heraufgeklettert.

«Herrlich war das!»

Auf seinem schlanken und dennoch muskulösen Körper glitzerten Wasserperlen. Splitterfasernackt war er und wunderschön!

Mit einem Aufschrei wehrte sie ihn ab, als er sich plötzlich pitschnass auf sie stürzte.

«Geh weg – das ist eiskalt!»

Eilig reichte sie ihm seinen Umhang, und er wickelte sich grinsend darin ein.

«Jetzt hätt ich so rechten Kohldampf auf Eierpfannkuchen mit Butter und Honig.»

Juliana lachte. «Und wo kriegen wir die her?»

«Hier am Gräfenbach gibt's etliche Mühlen, wo wir uns bewirten lassen können – suchen wir uns eine aus.»

«Aber erst nach meinem Mittagsschlaf», brummte Jörgott neben ihnen und streckte alle viere von sich.

Sie lehnte sich an Hannes' Schulter. Sein nasses Haar kitzelte ihre Wange.

«Was habt ihr bei den armen Leuten eigentlich erbeutet?»

«Nur das hier.» Er griff nach seiner Tasche und zog Tabaksbeutel, Pfeife, einen schmalen Ledergurt und ein zerknittertes Seidentuch heraus. Während er sich die Pfeife stopfte, fuhr er fort: «Die paar Kreuzer, die sie bei sich hatten, hab ich den armen Seelen gelassen. Tja, Julchen, so wird's wohl manches Mal sein – keine Beute, kein Silber, kein Gold. Und du wirst an meiner Seite darben müssen.»

Sie schüttelte den Kopf. «Das glaub ich dir nicht! Und wenn schon – Margret und ich können grad so zum Unterhalt beitragen wie ihr.»

«Wenn ich aber gar nicht will, dass ihr für fremde Leut musiziert?»

Margret befreite sich aus Dallheimers Umarmung und stützte sich auf die Ellbogen: «Los, Juliana, jetzt zeig's ihm schon!»

Juliana warf ihrer Schwester einen wütenden Blick zu. Sie hatten ausgemacht, dass sie den Männern nichts von ihrem kleinen Schatz verraten würden. Weil sie ihn nämlich als Notgroschen aufheben wollten.

Hannes umfasste ihr Kinn und sah sie eindringlich an. «Was sollst du mir zeigen?»

«Nun ja ... Wir waren doch auf dem Markt, die Margret

und ich. Und nach dem Kleiderkauf sind wir eben so herumgeschlendert, mitten hinein ins Gedränge. Unter all den Mägden und Hausfrauen fällt unsereins ja nicht weiter auf. Und so haben wir halt die eine oder andre Gelegenheit beim Schopf gepackt ...»

Unter seinem Blick wurde ihr zunehmend unwohl.

«Jedenfalls wollten wir dir das geben, wenn ihr mal über länger keine Beute gemacht hättet.»

Sie griff in die Fuhre ihrer Schürze, zog ein zusammengeknotetes Taschentuch heraus und leerte allerlei Münzen auf das Seidentuch, das noch immer im Gras lag. Margret hatte sich erhoben und tat es ihr gleich. So fanden sich denn eine gute Handvoll Kreuzer und französische Sols auf dem Tuch, vier Gulden, sogar ein wertvoller Karolin und zwei dieser Franken, die neuerdings immer häufiger im Handel auftauchten.

«Und das hier», als Letztes zog sie ein Klappmesser aus der Schürzentasche, «hab ich von der Auslage eines Messerschmieds stibitzt. Ich wollt's dir in Liebshausen schenken. Als Überraschung.»

Da Hannes schwieg, fuhr sie verunsichert fort: «Ich schwör's dir: Margret und ich wollten das nicht für uns behalten.»

Ihre Schwester nickte heftig. «Niemals! So, wie's Juliana sagt, war's ausgemacht. Ehrlich!»

Er warf die gestopfte Pfeife zurück in die Tasche, stand auf und kleidete sich an.

«Ihr hättet es mir gleich sagen sollen. Ein Blümling oder Jörgott hätte dafür eine gehörige Abreibung verdient.» Seine Stimme war mehr als kühl. «Aber darum geht's mir nicht. Hör zu, Julchen: Ich gehör nicht zu den Ganoven, die im Wirtshaus saufen und Karten spielen, während ihre Frauen auf den Märkten aufs Schottenfellen und Beutelschneiden aus sind. Und dabei womöglich erwischt werden. *Ich* bin der Ernährer, der unser Auskommen sichert – ich allein. Verstehst du das? Tut das nie wieder!»

Sie nickte. Wie dumm war sie gewesen zu glauben, Hannes würde sich freuen. Dabei waren sie und ihre Schwester so stolz auf ihre Ausbeute gewesen.

«Gehen wir weiter.» Er bohrte Jörgott die Fußspitze in die Hosennaht. «Ich will jetzt was Anständiges essen und trinken.»

Auch nach dem Mittagsmahl in einer Mühle am Gräfenbach besserte sich Hannes' Laune nicht. Zumal die Müllersfrau ihnen nichts als sauren Birnenviez und fade Mehlsuppe mit Grumbeeren vorgesetzt hatte.

«Und wenn du zehnmal der Schinderhannes bist und mir hernach den roten Gockel aufs Dach setzt – was andres hab ich nicht», hatte sie gesagt, als Dallheimer ihr den ersten Schluck Viez auf den Tisch gespuckt hatte. Daraufhin hatte Jörgott dreimal in die Decke geschossen, doch Schlimmeres war der guten Frau, die Juliana mehr als wagemutig fand, nicht geschehen. Allerdings hatte sie auch nicht einen Kreuzer erhalten für die Verköstigung von immerhin fünf Gästen.

«Jetzt freu ich mich ganz saumäßig auf die Thiergartenhütte», brummte Jörgott, nachdem sie hinterher den Bach entlangwanderten. «Da gibt's wenigstens anständiges Bier.»

Hannes schwieg noch immer, und Juliana nahm seine Hand.

«Wir wollten dir nicht in die Quere kommen», begann sie. Immerhin ließ er seine Hand in ihrer liegen, und das machte ihr Mut weiterzusprechen.

«Ich bin's halt nicht gewohnt, so gar nichts zu tun. Das mit den Hehlern zum Beispiel ... Wenn Margret und ich die Beute verhökern würden, dann bleibt unserer Gruppe alles. Wir könnten als Gänglerinnen auf die Märkte ziehen, grad so wie die Juliana Ofenloch, die ich jetzt bin. Oder auch von Haus zu Haus. Und dabei schon mal ausbaldobern, ob's reiche Leute sind und sich ein Einbruch lohnt.»

Sie blieb stehen und sah ihn erwartungsvoll an.

Da zog er sie an sich und küsste sie. «Ich will doch nur nicht, dass dir was geschieht!»

«Ich pass schon auf mich auf. Was meinst du also?»

«Ich will drüber nachdenken», gab er zögernd zur Antwort.

Wenig später verließen sie den Fußweg am Bach und schlugen sich linksseitig in die Büsche. Zu ihrer Rechten war der Wald nämlich über eine weite Fläche hinweg kahl geschlagen, und hinter armseligen Katen erhoben sich riesige gemauerte Öfen, aus denen Rauch quoll.

«Die Gräfenbacher Erzhütte ist nicht kochem», erklärte Hannes. «Wenn wir da durchlaufen, landen wir gradwegs im Kittchen.»

Der Weg durchs Unterholz war mühsam. Mal stolperte Juliana über eine Baumwurzel, mal peitschte ein Tannenzweig ihr Gesicht, dürres Geäst zerkratzte ihr die Fußknöchel. Immer wieder wandte sich Hannes, der vor ihr marschierte, um und reichte ihr helfend die Hand.

Nachdem sie ihrem Gefühl nach gehörig im Kreis gelaufen waren, stießen sie endlich wieder auf einen Weg.

«Geschafft!», rief Hannes. «Ab jetzt wird's ein Sonntagsspaziergang.»

Und wirklich führte der als Straße befestigte Weg gemächlich bergan, bis sich zu ihrer Linken abermals eine gewaltige Kahlfläche ausbreitete. Zwischen Kohlenmeilern und Glashüttentürmen weideten Schafe, Arbeiter beluden Maultierkarren und Handwagen. Die Nachmittagssonne stand als milchige Scheibe an einem verschleierten Himmel. Juliana lief schon wieder der Schweiß über den Rücken, denn seit der Rast am

Bach hatte sie von Margret den Ranzen mit ihrer beider Kleider und Habseligkeiten übernommen. Urplötzlich musste sie an zu Hause und an ihren Vater denken, verscheuchte den Gedanken aber ebenso schnell, wie er gekommen war.

Hannes blieb stehen.

«Was gäb ich drum, wenn unser Kamerusch Alt-Schwarzpeter noch in den Glashütten wohnen würde! Dann könnten wir ihn unterhaken und zur Thiergartenhütte mitnehmen. Das wär ein Spaß heut Abend.»

Auch Dallheimer wischte sich den Schweiß von der Stirn. «Vielleicht wissen die im Thiergarten ja, ob der Alte noch immer im Odenwald steckt. Ich denk halt, hierher wird er wegen der Sache von vor zwei Jahren gewiss nimmer zurückkehren. Und auch du solltest trotz allem vorsichtig sein.»

Jörgott reckte den Hals. «Du meinst, wegen dem erschlagenen Viehhändler, diesem Seligmann aus Seibersbach?»

Hannes warf ihm einen wütenden Blick zu. «Was weißt du schon davon, du Grünschnabel! Kennst den Alt-Schwarzpeter ja nicht mal.»

«Ich mein ja nur … tät ihn auch gern kennenlernen», murmelte Jörgott.

Juliana war neugierig geworden. Von dem berüchtigten Räuberfürsten Peter Petri, genannt Alt-Schwarzpeter, hatte sie schon als Kind gehört.

«Kennt ihr euch gut?», fragte sie Hannes.

«Das will ich meinen. Er war einer meiner Lehrmeister.»

«Und was war das mit dem toten Seligmann?»

«Nichts weiter.» Hannes biss sich auf die Lippen.

«Warst du dabei?», fragte sie beklommen, aber Hannes schwieg.

«Ein Unglück, eine dumme Sache», mischte sich Dallheimer ein. «Das war halt ganz hier in der Nähe.»

Sie wagte nicht, weiter nachzufragen, doch die Vorstellung, Hannes könne mit einem Mord zu tun haben, versetzte ihr einen Stich.

In diesem Augenblick tauchten vor ihnen drei Reiter in der Wegbiegung auf.

«Verdammt! Eine Streife!», zischte Jörgott, und Juliana blickte sich erschrocken nach einem Schlupfwinkel um. Doch zurück zum Waldrand war es zu weit. Ohnehin schienen Hannes und Dallheimer nicht sonderlich beeindruckt von den anrückenden Gendarmen.

«Jetzt mach dir mal nicht in die Hose, Kerl.» Hannes stieß Jörgott in die Seite. Dann drehte er sich zu den Frauen um. «Nur Mut, ihr wisst ja jetzt, wer ihr seid. Die Damen Ofenloch und Pfannkuch! Und auch wir andern haben gute Papiere. Für jeden Zweck was dabei. Alsdann – zügig losmarschiert!»

Er und Dallheimer schritten so beherzt aus, dass sie kaum nachkamen, und pfiffen dabei eine lustige Melodie. Auf Höhe der Reiter lupften sie mit freundlichem Gruß ihre Hüte und waren schon fast vorbei, als eine barsche Stimme vom Sattel herab donnerte: «Halt! Arrêtez!»

Juliana schlug das Herz bis zum Hals, während sich Schinderhannes mit strahlendem Lächeln dem Anführer zuwandte.

«Bonjour, Monsieur le Brigadier!»

«Wer ihr seid und wohin?», kam es in holprigem Deutsch zurück.

Da begann Hannes, der noch immer sein grünes Jägergewand trug, weitschweifig und in unbekümmertem Tonfall zu erzählen, dass er selbst, seines Zeichens Gemeindeförster von Castellaun, auf dem Heimweg sei, nachdem er seinen Collegen von Meisenheim zwei ganze Wochen gegen die Wilderei im dortigen Kanton unterstützt und dabei seinen guten alten Freund und Vetter Peter Dahlem getroffen habe, Studiosus der

Philosophie zu Marburg, nebst dessen kleinem Bruder Gottfried, mit denen er sich zum Zwecke einer bequemeren und sichereren Reise zusammengeschlossen habe. Auf der Fähre zu Staudernheim nun sei man diesen beiden braven Jahrmarktkrämerinnen begegnet und habe ihnen aus eben genannten Gründen das Geleit angeboten. Schließlich seien sie selbst gut bewaffnet, die beiden Fräulein aber gänzlich ungeschützt.

Dem Anführer der Brigade war deutlich anzusehen, dass er nicht einmal die Hälfte all dessen verstand, und selbst Juliana schwirrte der Kopf. Die beiden anderen Gendarmen hingegen waren Deutsche, wie ihr Flüstern untereinander verriet.

Als Hannes nun auch noch die genaueren Verwandtschaftsverhältnisse zwischen sich und seinen beiden Vettern erläutern wollte, unterbrach ihn der Franzose ungeduldig:

«Les papiers, citoyen!»

«Die Papiere – aber ja, selbstverständlich.»

Fast gleichzeitig zogen Juliana und Margret ihre Reisepässe aus der Rocktasche, doch die Gendarmen beachteten sie gar nicht. Umso aufmerksamer studierten sie reihum die Geleitbriefe der Männer und immer wieder deren Gesichter. Jörgott grinste dümmlich, Dallheimer hatte eine blasierte Miene aufgesetzt, und Hannes lächelte. Derweil nestelte er die Geldbörse von seinem Gürtel.

«Ihr Herren, seht hier unsere Reisekasse – sie ist ausreichend gefüllt. Nur damit ihr wisst, dass ihr es nicht mit Bettel- und Vagantengesindel zu tun habt.»

«Lasst gut sein», beschied ihn der ältere der beiden Deutschen. «Wie heimatlose Strolche seht ihr mir nicht aus.»

Unwillkürlich blickte Juliana an sich herunter. Zum Glück hatten ihre Schwester und sie für die Reise ihre neuen Kleider angelegt. Hannes, der sein Portemonnaie wieder festband, lächelte ihr zu. Doch unter seinen Wangenknochen zuckte es angespannt, denn noch immer kreisen die Papiere in den Händen der Gendarmen.

Schließlich fragte der Jüngere seinen Anführer: «Les bagages? Contrôle?»

Prompt zog Hannes seinen Schnappsack vom Rücken. «Oh, Ihr mögt gerne unser Gepäck kontrollieren – alles drin, was unsereins für eine mehrtägige Reise braucht. Bis auf Bettzeug natürlich, da wir in Gasthöfen nächtigen.»

Der Brigadier schüttelte den Kopf, sammelte die Papiere ein und gab sie Hannes kurz darauf zurück.

«Tout est en ordre. Bon voyage, citoyen.»

«Eine Frage noch, Monsieur le Brigadier: Wir haben gehört, dass sich hier der berüchtigte Räuberhauptmann Schinderhannes herumtreibt! Droht uns denn Gefahr?»

«Non!», war die knappe Antwort, dann gab er seinem Ross die Sporen und trabte davon. Seine beiden Kameraden folgten ihm, wobei sich der Jüngere noch einmal zu ihnen umdrehte.

«Es heißt, sie hätten ihn und seine Spießgesellen geschnappt», rief er, «unten an der Nahe. Wurde auch Zeit! Gute Reise.»

Sie blickten der Streife nach, bis sie auf dem Gelände der Glashütten verschwunden war.

Übermütig schlug Hannes seinen Kumpanen auf die Schulter: «Habt ihr das gehört? Was für ein Glück, dass dieser Rotzlöffel Schinderhannes endlich hinter Gittern ist! So braucht ihr auch keine Angst mehr zu haben im dunklen Tann, ihr schönen Fräulein Ofenloch und Pfannkuch!»

Sie brachen in Lachen aus und setzten ihren Weg fort.

«Kein Wunder, dass die gegen uns Ganoven nix ausrichten.» Dallheimer wischte sich die Augen trocken. «Das war die erste Streife seit Wochen, und noch dazu dumm wie Bohnenstroh.»

«Gut, dass du dein Maul gehalten hast», grinste Hannes.

«Sonst hätten selbst die gemerkt, dass du noch nie eine Universität von innen gesehen hast.»

«Was ist das auch für ein saublöder Einfall von dem Leyendecker, mich in den Papieren als Student auszugeben.»

«Dafür kannst aber auch mit zwei Pistolen durch die Gegend laufen. Als Handwerker oder Hausierer täten sie die dir um die Ohren schlagen.»

Juliana hakte sich bei ihm unter. «Ich bin jedenfalls froh, dass sie weg sind. Ein bisschen bang war mir schon.»

«Ach, Julchen – an der Seite vom Schinderhannes brauchst du keine Angst haben.»

Sein Blick ging zum Himmel.

«Beeilen wir uns lieber, das Wetter wird nicht ewig halten.»

Tatsächlich war aus der Ferne Donnergrollen zu hören, und Juliana zuckte zusammen. Seitdem sie als Kind miterlebt hatte, wie im Nachbarshaus ein Blitzschlag den Stall in Brand gesetzt hatte und dabei zwei Kühe unter grausigem Brüllen verbrannt waren, fürchtete sie sich vor Gewitter.

Sie schritten zügig aus, als über ihnen auch schon die Baumwipfel zu rauschen begannen. Die riesigen Fichten und Buchen warfen gespenstische Schatten, die ersten Blitze erhellten das dämmerhafte Zwielicht. Sie hatten das Straßenkreuz auf der Passhöhe fast erreicht, da erhob sich ein Sturmwind, der in den Ohren brauste und ihnen dicke Regentropfen ins Gesicht peitschte.

«Rennen wir!», schrie Hannes ihr zu. «Da vorne ist es schon.»

Hand in Hand liefen sie los. Dunkel zeichneten sich die Umrisse der Herberge hinter der Regenwand ab, ein langgestrecktes Fachwerkhaus mit Stallungen und Remise mitten in der Einsamkeit des Waldes. Trotz der kurzen Entfernung wurden sie tropfnass, bis sie den überdachten Eingang erreichten. Vom Stall nebenan hörte man Pferde angstvoll wiehern, der nächste Donnerschlag ließ den Boden unter den Füßen erzittern.

«Glück gehabt!»

Hannes strahlte, und Juliana dachte sich, dass er wohl immer Glück hatte.

Noch im Vorraum schüttelten sie ihre nassen Mäntel aus, hängten sie an einen freien Haken und betraten den geräumigen Schankraum. Dem Mannsvolk nach, das sich hier gesammelt hatte, gehörte die Thiergartenhütte zu jenen Spelunken, in denen es als junge Frau nicht eben Freude machte zu musizieren, wie Juliana aus Erfahrung wusste. Die Mehrzahl der Gäste waren grobe, einfache Kerle, von denen die meisten schon jetzt ziemlich betrunken wirkten. Tabakqualm stand unter der niedrigen Balkendecke, dessen beißender Geruch sich mit dem von altem Bratfett und Branntwein vermischte. Dazu war es so laut, dass man Sturm und Donner nicht mehr hörte, und binnen kurzem brechend voll. Bis auf das Schankmädchen waren weit und breit keine Frauen zu sehen.

«Hier finden wir nie einen Sitzplatz», flüsterte Margret Juliana zu, nachdem Hannes sich schon mal zum Ausschank vorgedrängt hatte. Von dort wurden allenthalben Rufe laut: «Seht nur, der Bückler!» – «Der Schinderhannes ist da!»

Ein rotbärtiger Riese mit speckiger Schürze und hochgekrempelten Ärmeln schob sich auf sie zu und legte den Arm um Dallheimers Schulter.

«Dallheimer, alter Grobian – bist immer noch auf freiem Fuß?»

«Das will ich meinen, Hüttenwirt.»

«Da habt ihr's ja grad noch hergeschafft, bei diesem Scheißwetter!» Aus kleinen Schweinsäuglein musterte er Juliana und ihre Schwester. «Die schönen Frauen – gehören die etwa zu dir?»

«Die dunkle, die Margret», erwiderte Dallheimer und blinzelte stolz. «Das Julchen ist dem Hannes seine. Und der da», er knuffte Jörgott in die Seite, «ist der lange Jörgott aus Mittelbollenbach.»

«Alsdann, setzt euren Arsch in Bewegung. Hab euch den Stammplatz frei geräumt.»

«Na hoffentlich.»

Sie folgten dem Wirt, der ihnen den Weg durch die Menge bahnte, bis zu einem runden Tisch nahe der Theke. Dort saß bereits Hannes, umringt von neugierigen Gesichtern.

«Jetzt macht schon Platz, ihr Plagegeister», rief er, und die Männer wichen zurück, nicht ohne Juliana und Margret unverhohlen anzuglotzen. Nur zwei blieben am Tisch sitzen: ein Junge, der höchstens achtzehn zählte, und ein gut zehn Jahre älterer. Mit ihren leicht schräg geschnittenen Augen, dem fliehenden Kinn und dem langen hellblonden Zopf waren die beiden dem Aussehen nach ganz unverkennbar Brüder.

«Das sind die Arnold-Brüder, gute Kumpane von mir», stellte Hannes sie vor. «Philipp, genannt der Adler, weil er so gute Augen hat, und der Hanjörg, Messerschmied drüben in Argenthal.»

«Da tritt mich doch ein Pferd!» Dallheimer ließ sich neben dem Jüngeren auf den Stuhl sinken. «Was treibst *du* hier? Hattest dich nicht zur Nordfrankenlegion gemeldet?»

«Bin desertiert», grinste der Adler. «Lass mich nicht weiter kujonieren von den Franzosendeppen. Eher klau ich denen die Pferde unterm Hintern weg.»

«So ist's recht!» Die Gäste rundum applaudierten. «Nieder mit dem Frankenreich! Nieder mit dem Franzosenpack!»

Die Rufe pflanzten sich durch den Schankraum fort.

«Und deshalb», Hannes klopfte dem jungen Adler auf die Schulter, «kommt er morgen auch mit uns nach Liebshausen. Haben das eben gerade abgemacht.»

«Gut so! Das müssen wir feiern.» Dallheimer winkte das Schankmädchen heran. «Rosina, bring uns 'ne Runde Schnaps vor dem Essen, aber schnell!»

Das Unwetter war weitergezogen, die Nacht hereingebrochen, und allmählich leerte sich die Wirtsstube. Auch Adlers älterer Bruder hatte sich auf den Heimweg nach Argenthal gemacht. Wer noch geblieben war, war sturzbetrunken. Bis auf Hannes und Juliana.

Sie spürte die Müdigkeit in allen Knochen und fragte sich, wo sie hier wohl ein Plätzchen zum Schlafen finden mochten. Ruhiger war es nämlich nicht geworden, ein lauthals gegröltes Trinklied folgte dem nächsten.

Das Schankmädchen Rosina brachte zwei große Krüge Bier.

«Letzte Runde», verkündete sie und setzte sich zu ihnen an den Tisch. Sie war nicht mehr die Jüngste, hatte aber ein hübsches rundes Gesicht. Dass sie Hannes schon den ganzen Abend angeschmachtet hatte, war Juliana nicht entgangen.

Jetzt musterte Rosina ihn mit blitzenden Augen.

«Müd siehst aus, Hannes. Kannst heut Nacht wieder bei mir in der Kammer schlafen. Tät mich freuen.»

Dabei grinste sie auch noch frech.

Juliana wollte ihr schon eine gepfefferte Bemerkung entgegenschleudern, als Hannes ihr zuvorkam.

«Da wirst lang warten können, Rosina. Hab für Julchen und mich schon die Schlafkammer über der Küche reserviert. Alsdann – gute Nacht allerseits.»

Er erhob sich, ließ sich vom Wirt ein Licht geben und führte Juliana an der Hand hinaus, die Stiege hinauf in ein winziges Zimmer, das von einem breiten Bett fast ausgefüllt war – einem richtigen Bett, mit Daunendecke und zwei weichen Kopfkissen!

«Darauf freu ich mich schon den ganzen Abend», flüsterte er ihr ins Ohr, küsste sie und löschte das Licht. Durch die Ritzen der Fensterläden sah man es draußen lautlos wetterleuchten.

In dieser Nacht gab Juliana seinem sanften Drängen zum ersten Mal nach, und zum ersten Mal in ihrem Leben genoss sie es mit Leib und Seele, bei einem Mann zu liegen. Mit Hannes war es so ganz anders, ein zärtliches, behutsames Spiel zunächst, das in ihr schließlich eine Leidenschaft entfachte, die sie niemals für möglich gehalten hätte.

Nachdem sich ihr Atem beruhigt hatte, zog er sie an seine Brust.

«Du sollst es immer gut haben bei mir», sagte er feierlich. «Ich versprech dir: Noch diesen Sommer werden wir auf einem Schloss wohnen, und wir werden für immer und ewig zusammenbleiben. – Willst du das?»

«Ja, Hannes. Und ob ich das will!»

*Zu Weyerbach bei Oberstein,
Ende Mai 1844*

*An manchen Tagen half Juliana schon zu Mittag in der Weyerbacher Schankstube aus. Und trank dann auch gerne das eine oder andere Gläschen Wein. Nur so ließen sich die Schatten ihrer nächtlichen Träume vertreiben, die sie seit einiger Zeit heimsuchten. Auch vergangene Nacht hatte sie wieder Albträume von brennenden Strohdächern gehabt, von vor Angst kreischenden Frauen und Kindern, von Schießereien im nächtlichen Wald.*

«*Siehst aus wie der Tod*», *bemerkte Emil, als sie sich die Schürze umband. Die Schankstube begann sich allmählich mit Wandersleuten zu füllen, die sich für ihren weiteren Weg stärken wollten.*

«*Fühl mich heut nicht wohl*», *erwiderte sie. Fast dankbar nahm sie den Becher Rotwein entgegen, den Emil ihr reichte.* «*Was ist? Hast du über meinen Lohn nachgedacht?*»

*Der Wirt stieß einen übertriebenen Seufzer aus.* «*Zehn Kreuzer die Woche obendrauf. Mehr wäre mein Ruin.*»

«*Fünfzehn.*»

«*Einverstanden.*»

*Er hielt ihr die Hand hin, und sie schlug ein.*

«*Und nun mach hin. Der feine Herr dort hinten wartet auf seinen Krug Bier, und das Mittagessen ist auch gleich fertig.*»

*Sie warf einen Blick auf den schnauzbärtigen Fremden mittleren Alters, der sich beim Kachelofen niedergelassen hatte und die Beine weit von sich streckte. Mit* «*feiner Herr*» *hatte Emil nicht* übertrieben. *Unter dunklem Frack und weinroter Weste lugte ein weißes Hemd mit hohem gestärktem Kragen hervor, die Stiefeletten unter der gestreiften, modisch engen Hose glänzten blank gewienert. Seinen Zylinder hatte er vor sich auf den Tisch gelegt, die Hände steckten in Lederhandschuhen. So einer reiste nicht zu Fuß, sondern in der Kalesche.*

*Die Erfahrung hatte sie gelehrt, dass gerade die vornehmsten Reisenden am begierigsten waren auf pikante oder blutrünstige Einzelheiten aus ihrem Räuberleben – und gerade danach stand ihr heute gar nicht der Sinn. Dennoch zwang sie sich, freundlich zu bleiben.*

«Ihr Bier, mein Herr. Und das Mittagessen wäre denn auch gleich so weit.»

*Er schüttelte den Kopf mit dem spärlichen Haarwuchs.*

«Ich bleibe nicht zum Essen.» *Seine kleinen hellen Augen musterten sie scharf.* «Juliana Blasius?»

«Ja, die bin ich.»

«Dann setzen Sie sich für einen Augenblick zu mir.»

*Sein Tonfall ließ keine Widerrede zu, und so nahm sie ihm gegenüber Platz. Hinter ihr schwang die Tür auf, und ein ganzer Pulk Männer polterte herein.* «Das ist sie», *hörte sie sie raunen.*

*Der Herr räusperte sich.* «Mein Name ist Nikolaus August Becker, öffentlicher Ankläger am Landgericht Saarbrücken.»

*Sie erschrak. Weniger darüber, dass er ein Gerichtsherr war als über seinen Namen.*

«Ich bin der Sohn eines Mannes, der Ihnen wohlbekannt sein dürfte», *fuhr er fort und nahm einen kräftigen Schluck Bier.* «Ihnen wahrscheinlich besser bekannt als mir, denn mein Vater starb bei einem Reitunfall nicht weit von hier, als ich noch ein kleines Kind war.»

*O Gott – der Fremde war der Sohn des Friedensrichters Johann Nikolaus Becker! Einer jener Männer, die es sich zur Le-*

*bensaufgabe gemacht hatten, die Schinderhannesbande dingfest zu machen. Plötzlich sah Juliana wieder das Gefängnis und den Gerichtssaal zu Mainz vor sich, spürte die lähmende Angst von damals mit jeder Faser ihrer Muskeln, hatte die lauernden Gesichter der Herren Richter vor Augen, die sich in ihrer Erinnerung zu höhnischen Fratzen verzogen ...*

*Ihr schwindelte.*

*«Gestatten, dass wir uns dazusetzen?», hörte sie einen der eingetretenen Männer lautstark fragen.*

*«Nicht jetzt», winkte Becker herrisch ab.*

*«He, he – in Emils Stube darf sich jeder hinhocken, wo er will.» Der vierschrötige Mann wurde ärgerlich. «Und auf die Juliana hat schon gar keiner Sonderrechte.»*

*Juliana drehte sich zu ihm um. «Der Herr ist vom Gericht.»*

*«Na und? Soll'n wir deshalb auf die Knie fallen, oder was?»*

*«Gebt einfach Ruhe. Ich komm hernach zu euch.»*

*Murrend zogen sich die Männer in Richtung Theke zurück. Da erst entdeckte Juliana die dunkelhaarige junge Frau vom Vorabend, die mit den neuen Gästen hereingekommen sein musste. Wieder saß sie an dem kleinen Tisch bei der Tür, für diesmal allerdings ohne ihren Begleiter. Verunsichert nickte Juliana ihr zu. Sie spürte: Das war kein guter Tag heute.*

*Derweil hatte Becker ausgetrunken. «Ich will Sie nicht länger von der Arbeit abhalten, Juliana Blasius. Nur ein Wort noch: Lassen Sie das!»*

*«Was?»*

*«Sie wissen genau, was ich meine.» Sein Arm beschrieb einen Bogen in Richtung der zahlreichen Gäste, die misstrauisch herüberstarrten. «All diesen Leuten hier schwärmen Sie von Ihrer verabscheuungswürdigen Räuberzeit vor, stellen Ihren einstigen Gefährten Johannes Bückler gar als großen Volkshelden und Rebellen dar – dabei war er nichts als ein kaltblütiger Verbrecher.»*

*«Das ist nicht wahr»*, presste sie hervor. *Sie wusste genau, dass die junge Frau nebenan jedem Wort lauschte.*

*Er packte sie beim Handgelenk. «Ich sage es Ihnen ein einziges Mal im Guten: Hören Sie auf, öffentlich diese Lügengeschichten zu Markte zu tragen. Sonst müssen die Behörden unserer Rheinprovinz gegen Sie einschreiten. Gegen Sie wie auch gegen Emil Fritsch, dem sehr schnell die Konzession für sein Gasthaus entzogen werden könnte.»*

*«Lassen Sie mich los!»*

*Becker gab ihre Hand frei. Ohne ein weiteres Wort legte er ein paar Münzen auf den Tisch, nahm Spazierstock und Zylinder und verließ die Schankstube.*

*Wütend ballte sie die Hände zu Fäusten. Auch wenn dies eine offene Drohung war: Ihre Erinnerungen an die Zeit mit Hannes konnte ihr niemand verbieten!*

*Als sie sich erhob, geriet sie ins Schwanken. Aus einer plötzlichen Regung heraus trat sie zu der jungen Frau an den Tisch.*

*«Wie heißt du?»*

*«Rebecca. Rebecca Mangold», erwiderte diese leise. Sie war noch so jung – im selben Alter wie sie selbst damals, als sie mit dem Schinderhannes losgezogen war.*

*«Und was tust du hier?»*

*«Ich bin auf der Durchreise ...» Rebecca stockte. Dann fuhr sie fort, ohne den Blick von Juliana abzuwenden: «Ich hatte von Ihnen gehört und wollte Sie sehen.»*

*«Na, dann schau mich nur genau an. Eine alte Frau bin ich, zu nichts mehr nütze!» Juliana lachte bitter. «Wie alt bist du, Rebecca? Neunzehn, zwanzig? Siehst du, ich war genauso jung wie du, als ich auf meine große Liebe traf. Auf die einzige Liebe meines Lebens.» Sie musste sich an der Tischkante festhalten. «Der junge Mann von gestern Abend – gehört er zu dir? Liebt ihr beide euch? So haltet einander nur gut fest!»*

*Rebecca starrte sie aus großen Augen an. Für einen Moment sah es aus, als wollte sie etwas sagen. Doch dann stand sie unvermittelt von ihrem Stuhl auf und rannte hinaus.*

## Kapitel 12

*Im Sommer des Jahres 1800*

Als der Wald sich lichtete und die Häuser von Veitsrodt näher rückten, klopfte Julianas Herz schneller. Heute nun sollte sie den alten Bückler, Hannes' Vater, kennenlernen, der sich in diesem Dorf am Rande des Hunsrücks als Taglöhner und Feldschütz verdingte. Dass Hannes dieses Zusammentreffen mit seiner Familie so unsagbar wichtig war, nahm Juliana als Zeichen der Verbundenheit – und dies obwohl sie noch gar nicht lange ein Paar waren! Manchmal kam es ihr vor, als würden sie sich schon ewig kennen, und dann wieder, als flöge ihnen die Zeit davon, als müsse sie die Stunden mit ihm festhalten.

Langweilig wurde es an seiner Seite weiß Gott nicht, so viel Aufregendes erlebte sie, so viel Neues erfuhr sie. Beispielsweise lernte sie das geheimnisvoll klingende Rotwelsch der Gauner und Fahrenden kennen, in dem man sich bei Gefahr, auf Raubzügen oder auch in Gefangenschaft austauschte, ohne von den Wittischen, den Nichteingeweihten also, verstanden zu werden. Inzwischen kannte sie die zahllosen Umschreibungen für Geld, wusste, dass mit Sore das Diebesgut, mit Kober der Wirt oder mit Kapphans der Verräter gemeint war, dass es für jede Art von Diebstahl, Raub oder Betrug einen eigenen Begriff gab. Sie lernte die Zinken lesen, die an Hauswänden, Türen oder Bäumen aufgemalt oder in den Boden geritzt waren und dem Kundigen verrieten, wo etwas zu holen war, wo ein bissiger Hund wachte oder wo nur wehrlose Frauen wohnten. Ging es querfeldein, achtete sie wie die andern auf Wegzeichen, die in die Bäume geschnitten waren, und unterwegs auf der Straße galt es, denjenigen, der einem begegnete, genau ins Visier zu nehmen: Man selbst schloss das Auge, das auf Seiten des Fremden lag, und schielte mit dem anderen über die Nasenwurzel zu ihm hinüber. Tat der andere dasselbe, so handelte es sich um einen Genossen, und man kam mit ihm ins Gespräch. Ähnlich verfuhr man im Wirtshaus, wenn Unbekannte mit am Tisch saßen. Unmerklich formte man die Hand zu einem Halbmond, was hieß: Bist du einer von uns? Wenn sie unterwegs Rast machten, um sich von Bauersleuten oder Müllern verköstigen zu lassen, übte sie mit Hannes die Klopfzeichen, mit denen sich Gefangene durch die Zellenwände hindurch verständigen konnten.

Noch etwas anderes brachte Hannes ihr bei: dass nämlich unter den Räubern und ihren Verbündeten der Zusammenhalt oberstes Gebot war. Würde einer von ihnen geschnappt, täten die anderen alles dafür, ihn wieder rauszuhauen – umgekehrt verließ man sich darauf, dass der Kamerad einen nicht verriet im Verhör und hierfür sogar Schläge und Tortur überstand. «Immer alles abstreiten» waren seine beschwörenden Worte, «lügen, dass sich die Balken biegen, falsche Fährten legen, dich selbst als wen andern ausgeben, die Genossen als Fremde oder Zufallsbekanntschaft hinstellen. Keiner verrät den andern, und wenn doch, hat das für den Spitzbuben üble Folgen. Der große Picard etwa, der schießt so einen gradwegs über den Haufen.»

Da hatte sie ihn so verschreckt angeschaut, dass Hannes zu lachen begann: «Bei meinen Leuten gibt's keine Verräter, das kannst du mir glauben.»

Für Übungszwecke trug Hannes ein ausgebautes Türschloss

und mehrere Kettenschlösser bei sich. Den jungen Philipp Arnold, genannt der Adler, der sie nun begleitete, hielt er immer wieder dazu an, deren Mechanik zu studieren, bis Adler es schließlich schaffte, mittels Nagel und gebogenem Draht die Schlösser aufspringen zu lassen oder mit Hilfe einer Glasscherbe ein Kettenglied zu durchtrennen. Den übereifrigen Burschen mit dem blonden Zopf, der sich bei Hannes einschmeichelte wie ein bettelnder Hund, mochte Juliana nicht besonders, doch bei seinen Übungen hatte sie ihm jedes Mal gebannt zugesehen. Als sie indessen selbst versuchte, ein Schloss zu öffnen, hatte sie bald aufgegeben: Stets war ihr das Metallstück im entscheidenden Moment aus den Fingern gerutscht. Dafür bedrängte sie Hannes wieder und wieder, ihr das Schießen beizubringen – so lange, bis er endlich nachgab. Auf einsamen Waldstücken übte sie mit einer seiner neuen Pistolen und stellte sich nicht einmal dumm an, nachdem er ihr etwas umständlich den Mechanismus erklärt hatte.

Seit jenem Gewitter im Soonwald waren die Tage trocken und warm geblieben. Obwohl das frühsommerliche Wetter es erlaubt hätte, mussten sie niemals im Freien oder in einsamen Scheunen und Schafställen schlafen. Hannes kannte in der Gegend genügend Diebswirte und Hehler, in deren Häusern oder Schenken sie unterkamen. In der Thiergartenhütte hatte Juliana erstmals gesehen, was eine gute Räuberherberge ausmachte: Eine getarnte Falltür in der Küche führte zu einer verborgenen Kammer, für den Fall, dass ein Kommando Gendarmen hereinplatzte. Auch im Sonnschieder Gasthaus hatte sie ein solches Geheimzimmer gesehen.

Überhaupt war es ein sorgloses Wandern an Hannes' Seite. Sie besaßen ihre guten Pässe, dazu ausreichend Geld, im Gürtel um den Leib gebunden und im Rocksaum eingenäht, sie trugen saubere Kleidung und ordentliche Lederranzen auf dem Rücken, mit Zwieback und Feldflaschen für den Hunger zwischendurch. Nein, mit dem fahrenden Volk oder Bettlergesindel, das über die Landstraßen zog und sein gesamtes Hab und Gut im Karren hinter sich herschleifte, hatten sie weiß Gott nichts gemein. Obendrein hatte Hannes ein Gespür dafür, auf welchen Kreuzungen Streifen lauern mochten, auf welchen nicht, und so begegneten sie höchst selten mal einem Gendarmen oder Feldschütz. Ohnehin schien Hannes vor nichts und niemandem Angst zu haben, höhnte in aller Öffentlichkeit über die Franzosen, machte sich über deren Sprache und Gebräuche lustig. Nur in einem war er übervorsichtig: Größere Orte und Bürgermeistereien waren zu meiden, da die dortigen Friedensrichter mit ihren Handlangern als ebenso blindwütige wie unbestechliche Räuberjäger galten.

Deswegen hatten sie einmal sogar die Nacht hindurch wandern müssen, und zwar gleich nach ihrem Aufenthalt in Liebshausen – da waren sie am nördlichen Rande des Soonwalds westwärts gelaufen, um Simmern zu umgehen, wo Hannes ein halbes Jahr im Turm gesessen hatte. Diese Stunden im finsteren Wald, wo die nächtliche Stille immer wieder von knackenden Zweigen, von Eulenrufen oder dem Schnauben wilder Tiere unterbrochen wurde, hatten in Juliana ihre alten Ängste vor Kobolden und Wiedergängern aufleben lassen. Trotzdem war sie froh gewesen, Liebshausen hinter sich zu lassen. Am Ende war es dort nämlich, nach einem fröhlichen Auftakt, noch reichlich unerfreulich geworden.

Keine zwei Stunden hatten sie von der Thiergartenhütte bis in dieses Räubernest gebraucht, das als Wiege der alten Moselbande galt. Unterwegs war ihnen ein älterer Kaufmann in seiner Chaise begegnet, der das Pech hatte, unbegleitet und unbewaffnet zu sein. Nachdem Adler und Jörgott sein zierliches Pferdchen angehalten hatten, bat Hannes den Händler ausgesucht höflich um ein wenig Reisegeld, woraufhin ihm der gute Mann ohne Aufhebens fünf Louisdors aushändigte. Zwei davon behielt Hannes für sich, die übrigen drei wanderten in die Hände der Kumpane.

«Das war mal ein leichtes Spiel», staunte der junge Adler, und Hannes lachte.

«Manchmal kommt man mit Höflichkeit weiter als mit Pulverdampf.»

Der graue Schiefer der Häuser glänzte noch vom nächtlichen Gewitterregen, als sie sodann dem Schultes von Liebshausen einen Besuch abstatteten. Dass dieser schon etwas ältere, gediegen wirkende Mann ein Hehler und formidabler Pferdedieb sein sollte, wie Hannes ihr zugesteckt hatte, erstaunte Juliana nun doch. Nach einer herzlichen Begrüßung wurde warmer Zuckerwein mit frischem Butterbrot aufgetischt, und ihr Gastgeber erkundigte sich nach den weiteren Plänen der Männer.

«Ist Seibert noch im Ort?», fragte Hannes.

Der Schultes nickte. «Er lässt sich von seiner Familie durchfüttern und wartet drauf, bis sein Busenfreund Zughetto aus Ürzig zurückkommt.»

«Das ist gut. Die könnt ich nämlich beide gut brauchen. Vorausgesetzt, der Seibert ist nicht mehr beleidigt mit mir.» Hannes zwinkerte Juliana zu. «Was ist mit den andern? Mit Hassinger und dem Roten Fink?»

«Die haben sich auf dem Hof bei Johann Caspar einquartiert.»

«Auch recht. Der liegt abgelegen genug, damit wir uns dort alle ungestört treffen können. Und Platz genug zum Schlafen hat der Caspar in seiner Scheune auch.»

«Kannst mit den Frauen aber auch hier bleiben, Hannes. Ich nehm dich gern als Gast.»

«Lass nur.» Hannes schlug ihm auf die Schulter. «Ich weiß doch, dass dein Weib nicht gut zu sprechen ist auf mich.»

Tatsächlich hatte sich die Frau des Schultes, nachdem sie mit feindseliger Miene den Imbiss serviert hatte, nicht mehr in der Stube blicken lassen. Insofern war Juliana froh, hier nicht nächtigen zu müssen.

«Nun gut.» Der Schultes schien ebenfalls erleichtert. «Vielleicht schau ich heut Abend mal bei euch vorbei.»

«Tu das. Wir werden ein Fest geben. Die beiden schönen Fräulein hier sind nämlich begnadete Musikantinnen.» Hannes erhob sich. «Dann wollen wir mal den Seibert abholen gehen.»

«Der ist heut früh rüber nach Rheinböllen, weil dort Markttag ist.»

Vom nahen Kirchturm her schlug es zu Mittag. Hannes lächelte.

«Und eben jetzt geht der Markt dort zu Ende. Jörgott, weißt du, wo der Johann Caspar seinen Hof hat?»

«Natürlich, war ja schon dort.»

«Dann bring die Frauen dorthin. Dallheimer und ich nehmen den jungen Adler in unsere Mitte und schauen mal, was auf der Landstraße nach Rheinböllen zu holen ist.»

«Wir kommen mit!», beschied Juliana.

«Nein. Das mit den Betteljuden neulich war ein lustiger Spaß, und das mit dem Kaufmann von eben ein Kinderspiel. Bei einem richtigen Straßenraub aber will ich euch nicht dabeihaben.»

«Manchmal hab ich ein bisschen Angst um den Dallheimer. So wie jetzt grad», sagte Margret, als sie hinter Jörgott den schmalen Weg auf die Hügelkuppe einschlugen, wo Johann Caspars Hof etwas abseits des Dorfes lag. Bei der letzten Straßenkreuzung hatten sie sich von den anderen getrennt. «Du etwa nicht um deinen Hannes?»

Juliana schüttelte den Kopf. «Dem passiert schon nix.»

«Und wenn sie doch mal geschnappt werden?»

«Der Hannes hat immer Feile, Nagel und Geld im Rocksaum eingenäht, für den Fall der Fälle.»

«Ich weiß. Der Dallheimer auch. Aber wenn ihm das nun nix nützt?»

«Beim Hannes weiß ich, dass er damit umzugehen weiß. Er sagt, er kriegt jedes Schloss damit auf, und das glaub ich ihm auch.»

Jörgott, der ein ganzes Stück voraus war, drehte sich zu ihnen um. «Jetzt trödelt doch nicht so, verdammt noch mal.»

«Sag bloß, du hast schon wieder Hunger», rief Juliana ihm zu, doch Jörgott gab keine Antwort. Der Kerl war schlecht gelaunt, weil er nicht auf den Raubzug hatte mitdürfen.

Vor dem Wohnhaus des Gehöfts lungerten zwei Männer in der Sonne herum und rauchten Tabak. Als sie näher kamen, kniffen die beiden misstrauisch die Augen zusammen. Der Jüngere hatte brandrotes Haar, das ihm ungekämmt in alle Richtungen wegstand, eine stumpfe Nase und aufgeworfene Lippen, der andere eine kräftige Statur und ein grimmiges Gesicht mit vorstehendem Unterkiefer. Das mussten der Rote Fink und Hassinger sein.

Juliana schauderte. Sie hatte noch Leyendeckers Worte im Ohr: *Leute wie Zughetto, Hassinger oder der Rote Fink, die meucheln und brandschatzen und haben auch noch ihren Spaß dabei.*

«Wen schleppst du da an?», fragte der Rotschopf missmutig, ohne Jörgott zu begrüßen.

«Juliana und Margret. Die gehör'n zum Dallheimer und zum Schinderhannes.»

«Und wo steckt der große Johannes Durchdenwald?», kam es von dem Älteren in spöttischem Tonfall. Er trat einen Schritt vor und musterte die Frauen neugierig. Vor allem Margret schien ihm zu gefallen, denn er zwinkerte ihr zu und grinste breit.

«Beim Raubzug auf Rheinböllen zu», erwiderte Jörgott.

In diesem Augenblick trat ein Mann in klobigen, dreckverspritzten Stiefeln aus dem Stall und blinzelte gegen die Sonne.

«Jörgott? Bist du das?»

«Ja, wer sonst? Und der Schinderhannes kommt später auch noch. Mit dem Dallheimer und dem jungen Adler.»

«Dass euch der Hagel erschlag – wollt ihr euch auch noch hier breitmachen? Erst der Hassinger und der Rote Fink, jetzt auch noch ihr. Das letzte Mal hab ich meine sämtlichen Hühner und ein Schwein schlachten müssen, um euch alle durchzufüttern! Meinetwegen kann mich der Schinderhannes totschießen – ich will euch nicht. Verschwindet!»

«Jetzt reg dich nid so auf.» Jörgott kramte in seiner Jackentasche und zog eine Goldmünze heraus. «Den Louisdor soll ich dir vom Hannes geben. Für deine Auslagen.»

«Oho! Da wirft aber einer mit Kies um sich», höhnte Hassinger. «Da muss es euch Fräulein ja richtig gut ergehen bei unserm Hannes.»

«Das tut es auch», gab Juliana schnippisch zur Antwort und fasste Margret beim Arm. «Komm. Lassen wir diese griesgrämigen Mannsbilder unter sich.»

Sie hatte neben dem Haus ein Obstgärtlein entdeckt mit einer Bank im Schatten eines Birnbaums. Dorthin zogen sie sich zurück. Nicht weit von ihnen kniete eine junge Frau zwischen zwei Reihen von Buschbohnen und häufelte Erde an die Pflanzen.

Sie hob den Kopf, als sie sich auf der Bank niederließen.

«Bei uns wird nid gefaulenzt», knurrte sie.

«Uns ist aber grad danach», entgegnete Margret frech. «Bist du die Magd?»

Die junge Frau nickte. «Ich bin die Else.»

«Also, liebe Else», fuhr Margret fort, «wir gehören zum Schinderhannes, und der hat für uns als Gäste mehr als großzügig bezahlt.»

«Der Schinderhannes?» Ein Leuchten ging über Elses Gesicht. Sie war zwar nicht ausnehmend schön, hatte aber ein nettes Lächeln, das ihr zwei lustige Grübchen in die Wangen zauberte.

«Du kennst ihn?», fragte Juliana.

«Von früher, ja. Da war er mal für längere Zeit hier in Liebshausen. Und jeden Samstag kam er zum Tanz ins Wirtshaus.»

Sie errötete und sah zur Seite. «War da was zwischen euch?», fragte Juliana geradeheraus.

«Nein, nein, um Gottes willen. Bloß meine Schwester war verliebt in ihn, so richtig. Aber er hatte ja ein Mädchen in Schneppenbach ...»

«Aha.» Juliana runzelte die Stirn.

Sie machte jede Wette, dass nicht die Schwester, sondern Else selbst in Hannes verliebt gewesen war. Aber das konnte ihr schließlich egal sein. Sie schloss die Augen und streckte wohlig die Beine von sich. Es war schön, einmal so richtig faul herumzusitzen. Als sie eben dabei war wegzudösen, stieß Margret sie in die Seite.

«Komm, helfen wir dem armen Tropf bei der Gartenarbeit.»

So hackten sie die Erde zwischen den Pflanzreihen auf, die bei der Wärme schon auszutrocknen drohte, und rissen dabei gleich das Unkraut mit heraus. Zwei Stunden später hatte Juliana genug.

«Mir tut schon das Kreuz weh.»

Sie ließ die Hacke fallen, als vom Hof her Männerstimmen zu hören waren.

«Das ist der Schinderhannes», stieß Else hervor und rieb sich aufgeregt die Hände am Schürzensaum sauber. «Bleibt ihr eigentlich länger hier?»

«Das weiß man nie beim Hannes», erwiderte Juliana und schlenderte zum Gartentor.

An Hannes' Seite kam ihnen Seibert entgegen. Seinen schwarzen Backenbart hatte er abrasiert und sah dadurch um einiges jünger und ansehnlicher aus. Überschwänglich umarmte er die Frauen.

Juliana schob ihn von sich weg. «Pfui Teufel – du stinkst nach Schnaps!»

«Hoho! Hast ja jetzt ganz schön Oberwasser, wo du dem Schinderhannes seine Braut bist.» Er zog seine Feldflasche heraus und hielt sie ihr hin. «Komm, Julchen, schließen wir Frieden. Und feiern wir unsre gute Beute.»

«Übertreib nicht.» Hannes nahm ihm die Schnapsflasche weg. «Drei silberne Uhren und sieben preußische Taler – ein Vermögen ist das nicht grad.»

Innerlich schüttelte Juliana den Kopf. In ihrer Familie hatte man gelernt, mit jedem einzelnen Pfennig zu rechnen – wie unter Hannes und seinesgleichen indessen über Reichtümer gesprochen wurde, als sei das alles nur ein Mückenschiss, erstaunte sie noch immer aufs Neue.

Am Nachmittag schleppten die Männer Tische und Bänke in den Hof und entfachten auf der ummauerten Herdstelle beim Backhaus ein Feuer. Schon gleich nach ihrer Ankunft hatte Caspars Knecht ein Ferkel geschlachtet, gebrüht und ausgeweidet; alsbald würde es sich auf dem Spieß über der Glut drehen. Bis zum Einbruch der Dämmerung schließlich traf halb Liebshausen ein, sogar der Dorfbüttel mit seinem Weib, und der Schultes persönlich hatte ein Fass Wein mitgebracht. Nur Peter Zughetto fehlte noch – der wurde für den nächsten Tag zurückerwartet, und daher verschob Hannes seine Lagebesprechung erst einmal.

«Heut wollen wir nur feiern und tanzen», verkündete er, nachdem Bier- und Weinfass angestochen waren. Dann überreichte er den Schwestern Fiedel und Tamburin, zwei Burschen aus dem Dorf hatten ihre Flöten mitgebracht. Die beiden verstanden sich aufs Spielen, und Juliana hatte großen Spaß beim gemeinsamen Musizieren. Bald hielt es keinen mehr auf den Bänken, es wurde lautstark mitgesungen und geklatscht, an den Tisch kehrte man nur zurück, um den Durst zu stillen. Hannes tanzte mal mit Caspars Weib, mal mit der Magd Else oder einem der Mädchen aus dem Dorf, dann wieder hüpfte er wie ein junger Geißbock um Juliana herum, bis sie lachend aus dem Takt geriet. Ihre Schwester hingegen musste sich mehr und mehr gegen Hassinger erwehren, der ihr beim Tamburinschlagen gehörig auf die Pelle rückte – so lange, bis Dallheimer ihm gänzlich unvermittelt eine blutige Nase schlug und Hassinger, unter dem Gelächter der andern, vorerst außer Gefecht gesetzt war.

Als sich ein großer runder Mond über die Baumwipfel des nahen Waldes schob, bemerkte Juliana, dass Else nun schon das dritte Mal hintereinander mit Hannes tanzte. Und das auch noch hingebungsvoll und unverschämt eng an ihn gedrückt.

Mitten im Lied ließ Juliana die Fiedel sinken.

«Jetzt reicht's!» Aufgebracht riss sie die Magd von Hannes weg. «Lass bloß den Hannes in Ruh! Sonst geht's dir wie dem Hassinger.»

Zum Glück verkündete in diesem Moment der Hausherr, dass das Ferkel gar sei, geradeso wie die Kartoffeln in der Glut.

Womöglich hätte Juliana sonst ihre Drohung noch wahr gemacht.

Hannes nahm sie beiseite.

«Warum bist du so wütend? Das hatte doch nichts zu bedeuten.»

«Dass sich dir dieses Frauenzimmer an den Hals wirft, während ich auch noch die Fiedel dazu spiele? O nein, nicht mit mir!»

«Jetzt hör schon auf, Julchen.» Seine Miene wurde ärgerlich. «Ich kann tanzen, mit wem ich will.»

«Ja, das kannst du! Aber dann brauchst du mich auch nicht mehr.»

Sie drückte ihm die Fidel in die Hand und rannte zum Obstgarten davon, wo sie sich auf die Bank sinken ließ und tief Luft holte. Zum ersten Mal hatte sich ein solch gewaltiger Missklang zwischen ihnen eingeschlichen. Aber was musste Hannes schließlich auch mit anderen Weibern herumtändeln, jetzt, wo er mit ihr zusammen war? Andererseits – es war nur ein Tanz gewesen, nichts weiter …

«Ist es gestattet, schöne Frau?»

Sie schrak auf. Nach einer galanten Verbeugung nahm Hannes neben ihr Platz.

«Siehst du den Mond dort oben?» Er streichelte ihre Hand. «Der lacht uns beide aus. Weil wir nämlich dumm sind, alle beide.»

Ihr Groll war sofort verflogen.

«Das stimmt.» Sie schmiegte sich an ihn. «Weiß auch nicht, was in mich gefahren ist. Was geht mich schließlich diese Else an.»

Sie musste plötzlich kichern.

«Sie hat erzählt, ihre Schwester wär einstmals in dich verliebt gewesen», fuhr sie fort.

Jetzt lachte auch Hannes. «Die Else hat gar keine Schwester. Nur drei Brüder.»

«Dieser Lügenbeutel! Ist also selber in dich verliebt ... Wenn du alle so gut kennst, dann hast du längere Zeit hier gewohnt?»

Er nickte.

«Vor gut drei Jahren hatte mich der Rote Fink hergebracht, als ich mich mal nach einem Einbruch im Hochwald verstecken musste. Was hab ich den Burschen damals angebettelt, mich nach Liebshausen mitzunehmen! Ich war ja nur ein kleiner, nichtsnutziger Dieb damals, ein Anfänger, und ich wollte unbedingt die berüchtigte Bande von Philipp Mosebach kennenlernen – Gott hab ihn selig.»

«Ist der tot?», fragte Juliana erschrocken.

«Wegen einem läppischen Diebstahl haben die Franzosen ihn guillotiniert! In Coblenz war das, erst letzten Dezember.» Er schluckte und schien gegen die Tränen anzukämpfen. «Mosebach war ein ganz Großer – auf den ersten Blick vielleicht ein hochnäsiger Stutzer aus angesehener Familie, aber er hatte Bildung und Verstand wie sonst nur noch der Leyendecker. Und vor allem Rückgrat! Im Verhör hatte er alles gestanden, dabei aber keinen einzigen seiner Kameraden verraten. Es heißt, er wär im Takt der Trommel zum Fallbeil marschiert, in seinen besten Kleidern, und hätt das Messer mit großer Kälte betrachtet, bevor er sich zum Sterben niederlegte.»

Juliana war zusammengezuckt. Solche Geschichten mochte sie nicht.

«Erzähl mir lieber von dir», bat sie.

«Was soll ich da erzählen? Der Mosebach war mein Lehrmeister. *Er* hat mir beigebracht, wie man einen Raubzug richtig vorbereitet, wo man die Beute sicher loswird und in welchen Schlupfwinkeln man niemals gefunden wird. Vor allem der Pferdediebstahl brachte Gewinn, weil wegen der Beschlagnahmungen durch die Franzosen überall großer Pferdemangel herrschte.» Er lächelte schon wieder. «Wir haben so viele Pferde geklaut, dass man damit eine ganze Reiterschwadron hätte ausrüsten können!»

Vom Hof dröhnte ausgelassenes Gelächter herüber. Sie schwiegen eine Weile und betrachteten die Sterne am Himmel.

«Warum bist du eigentlich Räuber geworden?», fragte sie. «Ich meine, du hättest ja auch was andres als Abdecker machen können. Zum Beispiel auf den Handel ziehen. Das könnt ich mir gut für dich vorstellen.»

«Aber so was Ähnliches bin ich ja jetzt.» Er grinste. «Ewig auf Wanderschaft, und verhökern tu ich auch so allerlei.»

Sein Gesicht wurde wieder ernst. Er erhob sich, drehte ihr den Rücken zu und zog sich das Hemd über den Kopf.

«Siehst du die Narben zwischen meinen Schulterblättern? Die am Rücken und Hintern sind ganz gut verheilt, aber die hier oben werden bleiben.»

Im Mondlicht schimmerten deutlich drei helle Striemen zwischen seinen Schultern. Seltsam, dass sie die bei ihren Umarmungen niemals bemerkt hatte.

Er ließ das Hemd herunter und setzte sich wieder neben sie.

«Fünfundzwanzig Stockhiebe hatte mir der Bettelvogt von Kirn damals verabreicht, auf dem Marktplatz, bäuchlings auf den Prügelbock geschnallt. Nur wegen ein paar Kalbsfellen, die ich mir als junger Abdeckerknecht genommen hab, weil sie mir nämlich nach altem Brauch zugestanden hätten. Ich sag dir, Julchen, so was macht etwas mit einem. Vor aller Augen blutig geprügelt zu werden und dabei zu brüllen vor Schmerz, auch wenn man's tapfer aushalten will – das ist demütigend. Erst recht, wenn man sich unschuldig glaubt. Am meisten hat das innerlich geschmerzt. Wenn das der Lohn für ehrliche Arbeit gewesen sein soll – wozu braucht's dann die ehrliche Arbeit?»

Sie griff nach seiner Hand.

«Und das hat dich dann zum Dieb gemacht», murmelte sie. Sie konnte ihn in diesem Moment nur allzu gut verstehen.

Er nickte. «Zum kleinen, einfältigen Dieb zunächst. Aber dann hatte ich die Männer von der Moselbande kennengelernt und auch den berüchtigten Alt-Schwarzpeter. Und wurde einer von ihnen. Aber zu dem, der ich heute bin, hat mich erst die Kerkerhaft in Simmern gemacht.»

«Erzählst du mir davon?»

Da sprach er zum ersten Mal über jene schlimme Zeit im vergangenen Jahr, als er ganze sechs Monate im alten Wehrturm zu Simmern hatte darben müssen, immer in der Ungewissheit, ob man ihn nach dem Prozess wegen zweier Morde, die er nicht begangen hatte, hinrichten würde. Zur Nacht sei er sogar in Ketten gelegen, drunten im Verlies, einem zwanzig Fuß tiefen, finsteren, unterirdischen Loch unter der Gefängnisstube, in das man durch eine Luke am Seil hinabgelassen wurde und wo die Luft so schwer und feucht war, dass man kaum atmen konnte. Bei gutem Betragen indessen wurde man vom Wärter, der im Turm lebte, tagsüber für ein paar Stunden nach oben gezogen, in die kleine beheizte Stube, wo die weniger gefährlichen Gefangenen saßen.

«Glaub mir, Julchen, ich war nahe dran, den Verstand zu verlieren. Doch irgendwann, nach etlichen Wochen, hatte ich mir den Wärter zum Freund gemacht und durfte ab und an hinauf. Und die Ketten hat er mir auch abgemacht. Dann endlich nahte die Rettung: Eine gute Freundin kam mich besuchen, brachte mir ein Milchbrötchen mit, in dem ein Klappmesser verborgen war. Fortan war ich, sobald ich oben saß und der alte Wärter mich allein ließ, damit beschäftigt, eines der Bretter in der Wand zu zersägen und die Schnitte mit gekautem Brotteig zu verdecken. Weil diese Wand nämlich zur Küche des Wärters ging und die wiederum ein Fenster hatte, wie ich wusste.»

Eines Tages nun sei ein alter Kumpan von ihm eingesperrt worden, in die obere Stube. Der habe ihn, als sein Werk vollendet war, des Nachts aus dem Loch gezogen, durch das lose Brett habe er in die Küche schlüpfen und das Eisengitter des Fensters aus der Verankerung zerren können.

«Was ich nicht bedacht hatte: dass sich das Küchenfenster drei Mann hoch über dem Graben der Stadtmauer befand, sodass ich mir beim Sprung hinaus den Unterschenkel gebrochen hab. Kannst dir meine Schmerzen gar nicht vorstellen, als ich in dieser Nacht bis in den Berghauser Wald gekrochen bin, auf den Knien, mit Hopfenstangen unter den Achseln. Drei Nächte war ich wie ein elender Krüppel unterwegs gewesen, tags hatte ich mich in den Wäldern versteckt und versucht zu schlafen. Bis ich endlich mit blutigen Knien und Achselhöhlen beim Engers Carle in Sonnschied ankam. Der hatte mich dann auf ein Pferd gesetzt und zu meinem alten Schindermeister nach Bärenbach gebracht, der mir das Bein wieder richten konnte und die Wunden versorgte. Und der gute Engers hat mich hernach gesund gepflegt.»

Juliana liefen die Tränen über die Wangen, und Hannes wischte sie ihr zärtlich ab.

«Ich lass mich niemals unterkriegen. Und bei meinem Sprung aus dem Turm hab ich mir geschworen, dass mich kein Gendarm mehr zu fassen bekommt.»

Das beruhigte sie keineswegs. Je mehr sie von ihm wusste, desto mehr Angst hatte sie nun doch um ihn.

# Kapitel 13

Nachdem am späten Vormittag auch der letzte der Räuber seinen Rausch ausgeschlafen hatte, versammelten sie sich in der Scheune. Peter Zughetto war gegen Mittag zu ihnen gestoßen, und Juliana merkte sehr schnell, dass dieser Landkrämer und Pferdedieb den Schinderhannes mitnichten als seinen Capitaine anerkannte. Auf Hannes' ersten Vorschlag hin, gemeinsam nach Coblenz zu marschieren, um dort den inhaftierten Carl Benzel zu befreien, lachte Zughetto nur.

«Dafür rühr ich keinen Finger. Das Kittchen dort ist ein baufälliger Schuppen, und wenn der Scheele-Carl da nicht allein rausfindet, ist er grad selbst schuld. Von uns haben das jedenfalls schon etliche geschafft!»

Bis auf Dallheimer stimmten ihm alle zu – keiner wollte hierfür einen Zweitagesmarsch auf sich nehmen, und so gab Hannes recht schnell, wie Juliana fand, klein bei.

«Alsdann, Männer», fuhr Hannes fort, «reden wir über mein eigentliches Vorhaben. Wir sollten weg von Straßenräuberei und Pferdediebstahl, weil da zu viel dem Zufall geschuldet ist. Bei den reichen Landjuden zu Hause ist weitaus mehr zu holen. Ich schlag vor, wir nehmen Quartier auf der Schmidtburg, weil rund ums Hahnenbachtal etliche stinkreiche Hebräer leben.»

Schon unterbrach ihn Zughetto: «Und dann stürmen wir mitten ins Dorf, klopfen beim Juden an und rufen: Heraus mit dem Gold, oder du bist tot? Bückler, du hast den Verstand verloren.»

«Hab ich nicht. Und ja – wir stürmen mitten ins Dorf, bei Dunkelheit und mit viel Lärm und Geschrei. Wir müssen nur zahlreich genug sein. Und dabei französisch parlieren und die Marseillaise lauthals singen. Weil dann nämlich alle glauben, wir wären marodierende Franzosen. Mit dem Rammbaum hauen wir die Tür in Stücke, die Bewohner werden gefesselt, und wir brechen in aller Ruhe die Truhen und Schränke auf. Weil die Leut aus dem Dorf nämlich gehörig Bammel vor uns haben, und für einen Juden riskiert eh keiner Kopf und Kragen.»

«Du bist ja nicht ganz bei Trost – französisch parlieren und die Marseillaise singen!», höhnte der Rote Fink. Und Hassinger setzte nach: «Am besten nehmen wir noch Lichter und Fackeln mit, damit man uns nur recht gut sieht.»

«Ihr Kleingeister! Ihr habt ja keinen Schimmer! Gerade so machen es die Niederländer unter dem großen Picard.»

Doch Zughetto verzog nur das Gesicht. «Ein Kassne-Malochen also! Weißt was, Johannes Durchdenwald? So langsam wirst du größenwahnsinnig!»

So ging es den ganzen restlichen Tag hin und her, und je mehr Bier die Männer getrunken hatten, desto lautstarker stritten sie. Am Ende brachen Dallheimer und Hassinger eine handfeste Rauferei vom Zaun, wälzten sich ineinander verkeilt auf dem Boden der Scheune, bis Juliana und Margret dazwischengingen.

Längst stand Hannes der Zorn ins Gesicht geschrieben. Doch seine Stimme war ruhig, als er jetzt beschwichtigend die Arme hob.

«Mir scheint, unser Zughetto will die alte Moselbande wiederauferstehen lassen, mit ihm selbst als Anführer. Wisst ihr was? Wer das genauso sieht und für gut befindet, der soll mir aus den Augen, und zwar auf der Stelle!»

«Nichts lieber als das», rief Zughetto, trank seinen Bierkrug leer und schleuderte ihn in die Ecke. «Wer zu mir gehören will, der soll sich zeigen.»

Sofort waren Hassinger und der Rote Fink an seiner Seite, nach einigem Zögern auch der lange Jörgott sowie Seibert.

Enttäuscht starrte Hannes Seibert an. «Von dir hätt ich das nicht gedacht.»

Der zuckte die Schultern, wandte den Blick ab und folgte den anderen. Draußen vor dem Scheunentor drehte sich Zughetto nochmals um: «Ein guter Rat, Schinderhannes – du solltest besser nicht in unserm Revier wildern.»

«Du willst mir drohen? Lächerlich.»

Kaum waren sie unter sich, verkündete Hannes, dass sie Liebshausen noch am selben Abend verlassen und über Nacht den Kanton Simmern durchqueren würden. Dann verschwand er, zog sich bis zum Abmarsch in den nahen Wald zurück, wollte nicht einmal Juliana bei sich haben. Die Abtrünnigkeit seiner alten Kumpane schien ihn tief getroffen zu haben. Als aber Seibert, kurz bevor sie aufbrachen, wieder zu ihnen zurückkehrte, hellte sich seine Miene auf.

«Gehen wir!»

So waren sie denn in Richtung Hahnenbachtal losmarschiert – ein viel kleineres Häuflein, als Hannes es sich erhofft hatte: Neben den beiden Frauen waren da nur noch Dallheimer, Seibert und der junge Adler. Nach ihrer Nachtwanderung hatten sie sich bei einem Dorfschmied unterwegs ein paar Stunden Schlaf gegönnt und sich verköstigen lassen, bevor es weiterging, auf den Lützelsoon zu. Hier kannte Juliana sich wieder aus. Durch so manchen Hohlweg, wo in dicken Schichten der Schiefer aus dem Waldboden brach und den Weg mit seinen grauen Splittern bedeckte, war sie schon mit ihrem Vater gegangen. Hier oben auf den Dörfern waren die Leute arm, ernährten sich mühsam von Flachs- und Hanfanbau oder verdingten sich in Bergwerken. Viel Geld war da beim Musizieren nie hereingekommen.

Dann hatten sie das tief eingeschnittene Hahnenbachtal durchquert, gleich unterhalb der halb verfallenen Schmidtburg, und Hannes hatte den Arm um sie gelegt und lachend hinaufgezeigt: «Das ist unser Schloss, Prinzessin. Dort oben werden wir bald schon den Sommer verbringen.»

In Sonnschied schließlich, einem Dorf von gerade mal einem Dutzend Feuerstellen, hatte Dallheimers Vater, selbst ein Kochemer, sie in herzlicher Gastfreundschaft beherbergt und bewirtet. Dort hatten sie auch Carl Engers und Niklas Wagner wiedergetroffen, denen Juliana in ihrer ersten Nacht mit Hannes' Leuten begegnet war. Einige Tage später war sie dann mit Hannes aufgebrochen, um wie geplant dessen Eltern zu besuchen. Mit Dallheimer, Margret und den anderen würde man sich spätestens zum ersten Vollmond im Juli wieder treffen, oben auf der Schmidtburg, um den ersten großen Einbruch zu planen – wo, das wollte Hannes bis dahin ausbaldobert haben.

Diese Stunden allein mit Hannes hatte Juliana mehr als alles andere genossen. Die warme Mittagszeit hatten sie am schattigen Ufer eines Bachs verbracht, wo sie sich erfrischt, gebadet und anschließend im weichen Gras geliebt hatten. Hand in Hand waren sie schließlich weitergewandert, ohne jede Eile, und sie hatte ihn ausgefragt nach seinen Eltern, seinen Geschwistern, seiner Kindheit im Tross der kaiserlich-österreichischen Truppen.

«So richtig erinnern kann ich mich nimmer, nur an das tagelange Marschieren, kreuz und quer durch Mähren, und dann wieder an laute, überfüllte Garnisonsstädte. Es wurde viel gestritten unter den Soldaten, viel gerauft, gesoffen und gehurt. Es war ein raues Leben, Julchen, das kannst mir glauben. Mein Vater war meist nur nachts bei uns, und bei einer Gefechtsübung hatte er mal einen Schuss in den Arm abbekommen und geblutet wie ein angestochenes Schwein. Meine Mutter war schon damals immer wieder guter Hoffnung und später auch noch, aber trotzdem haben von uns sieben Kindern nur drei überlebt: Mein jüngerer Bruder Joseph, meine kleine Schwester Maria Catharina und ich natürlich.» Dann hatte er abgewinkt. «Erzähl lieber was von dir. Was war zum Beispiel dein größter Wunsch als Kind?»

Unter solcherlei Gesprächen waren sie viel zu rasch in Veitsrodt angekommen. Dabei hätte Juliana sich gewünscht, es möge immer so sein – allein mit Hannes, ohne die ganze Bande, durch die Lande ziehen. Als Krämer, mit einem Pferdchen und einem Planwagen von Markt zu Markt, mit einem eigenen Häuschen als Rückzugsort. Andererseits wäre Hannes dann nicht derselbe gewesen, nicht dieser verwegene, wagemutige Mann, den sie nicht nur liebte, sondern auch bewunderte.

Eine alte Frau, die vor ihnen die Dorfstraße überquerte, winkte und rief ihnen einen Gruß zu. Plötzlich blieb er stehen.

«Dort links ist es. Das letzte Haus zum Waldrand hin.» Er wies auf eine schäbige Hütte – fast noch schäbiger als ihr eigenes Zuhause. «Erschrick nicht, Julchen. Meine Mutter ist manchmal ein bisschen schroff, aber sie meint es nicht so.»

«Schlimmer als meine kann sie nicht sein. Und wie ist dein Vater?»

«Mal so, mal so. Wenn er das Reißen in den Gliedern hat, wird er ganz still. Wenn ihm der Wein schmeckt, wird er lustig und tanzt auf dem Tisch.»

«Ist er eigentlich auch ein ... ein Dieb oder so was?»

«Ein Ganove?» Hannes lachte verhalten. «Der doch nicht, auch wenn er mir schon mal das eine oder andre Beutestück verscherbelt hat. Dann ist schon eher meine Mutter eine von uns. In Miehlen im Hintertaunus, wo ich geboren bin, da hatte sie öfter mal Holz aus dem Wald geschafft oder Leinwand von der Bleiche geklaut. Deshalb mussten sie von dort auch eines Tages abhauen und sind bei den kaiserlichen Truppen gelandet. – Alsdann, gehen wir.»

Die Begegnung mit Hannes' Mutter war leider mehr als unerfreulich. Nach einer warmherzigen Begrüßung durch den alten Bückler, der bei einem Krug Viez in der niedrigen Stube hockte, suchten sie die Mutter im Hühnerstall auf. Ihr erster Satz war: «Schleppst du schon wieder 'ne Neue an?»

«Mutter!»

«Ist doch wahr! Und das neue Kleid und das Seidentuch hat sie wahrscheinlich auch von dir.»

«Freust du dich denn gar nicht, dass ich da bin?»

«Nicht über die da. Wärst lieber allein gekommen.»

Damit wandte sie sich ab und streute über der gackernden Hühnerschar das Futter aus. Juliana hielt sich die Nase zu ob des Gestanks und eilte hinaus in den kleinen Innenhof.

«Hier bleib ich nicht, Hannes!»

«Jetzt komm schon. Ich hab doch gesagt, sie meint es nicht so.» Er zog sie in die Arme. «Ist ja auch nur für ein paar Tage. Dann ziehen wir auf die Schmidtburg.»

Aber es wurde nicht besser. Auch für den Rest des Abends blieb die hagere, hochgewachsene Frau ihr gegenüber wortkarg und abweisend. Die erst sechsjährige Maria Catharina, ein hübsches, aufgewecktes Kind, war nicht minder schweigsam beim gemeinsamen Abendbrot, nachdem die Mutter ihr den Mund verboten hatte. Stattdessen begnügte sich die Kleine damit, den fremden Gast immer wieder neugierig zu betrachten. Allein der Vater suchte das Gespräch mit Juliana, fragte nach, wie sie und Hannes sich kennengelernt hatten, erkundigte sich auch nach ihrem Vater, dem Hannikel, den er von einem Dorffest her flüchtig kannte, erzählte ihr von seinem zweiten Sohn Joseph, der sich drüben in Göttschied als Bauernknecht verdingte. Der alte Bückler musste einst ein gutaussehendes Mannsbild gewesen sein, geradewegs wie Hannes, kam jetzt aber reichlich krumm und abgearbeitet daher.

«Wie lang wollt ihr bleiben?», fragte er, nachdem sich sein Weib grußlos zum Schlafen zurückgezogen hatte.

«Ich denke, bis Leyendecker hier eintrifft. Er hat gesagt, dass er euch besuchen kommen will.»

Der alte Mann strahlte. «Das ist schön!» Dann wandte er sich an Juliana. «Weißt, der Leyendecker ist mir damals so recht ans Herz gewachsen, fast wie ein eigener Sohn.»

Hannes schenkte ihm von dem Branntwein aus seiner Feldflasche nach.

«Ich hoff ja, dass er mir einen guten Batzen von meinem letzten Handel mitbringt, Vater. Damit auch ihr was davon habt. Kommt ihr denn hin mit dem Geld?»

«Ach, Junge – die Pacht fürs Haus ist schon wieder erhöht worden, und du weißt ja: An manchen Tagen kann ich mich kaum rühren mit meinen Schmerzen in den Gliedern. Aber zum Glück ist deine Mutter eine fleißige Frau und strickt und spinnt, wann immer sie Zeit findet.» Seine knotige Hand packte Hannes am Arm. «Kannst für diesmal nicht ein bissel länger bleiben? Dein Bruder tät sich freuen.»

Juliana blickte Hannes beschwörend an, und zu ihrer Erleichterung schüttelte er den Kopf.

«Wir wollen den Sommer auf der Schmidtburg verbringen. Außerdem – so, wie sich die Mutter aufführt, hätt die Juliana keine Freud hier im Haus.»

Sein Vater seufzte.

«Ja, die Mutter hängt halt schon arg an dir. Ich glaub fast, keine wär ihr gut genug für dich. Aber vielleicht tät sie sich ja an deine Braut gewöhnen.» Er wandte sich wieder Juliana zu.

«Morgen ist Sonntag, da kommt dem Hannes sein Bruder her. Wirst sehen, da ist mein Weib dann wie umgewandelt. Die Anna ist immer so glücklich, wenn sie ihre beiden Söhne um sich hat!»

Indessen verlief der Sonntag zunächst genauso unerfreulich, auch wenn Joseph ein recht netter Kerl war. Vom Aussehen her kam er eher nach der Mutter, so hager und hochgeschossen war er mit seinen gerade einmal fünfzehn Jahren. Die freundliche, sanfte, mitunter etwas begriffsstutzige Art hatte er indessen vom Vater. Dass Anna Bückler im Haus die Zügel in der Hand hielt, merkte Juliana schon bald. Bei den Tischgesprächen führte sie das Wort, fuhr ihrem Ehegefährten ebenso über den Mund wie dem jüngeren Sohn, nur den Hannes schien sie fast zu vergöttern. Und Juliana war weiterhin Luft für sie.

Zur Feier des Tages hatte man alles aufgetischt, was die Vorratskammer und der kleine Gemüsegarten hergaben, dazu hatte Juliana ein Huhn schlachten müssen, es ausnehmen und rupfen. Den ganzen Vormittag über hatte sie wie eine Magd geschuftet, war von Anna Bückler mit herrischen Worten mehrfach mit den Wassereimern zum Brunnen geschickt worden, hatte gemeinsam mit der kleinen Maria Catharina bergeweise Gemüse geputzt und anschließend die Tischplatte schrubben müssen, bis sie wieder glänzte. Derweil hatten sich die Männer im Wirtshaus mit Freunden auf einen Schoppen Apfelwein getroffen und kehrten erst zurück, als das Essen auf dem Tisch stand.

Kein Wort des Dankes hatte Juliana für ihre Mithilfe erfahren, und als sie schließlich nach beendeter Mahlzeit wiederum in die Küche geschickt wurde, richtete sich ihr Groll auch gegen Hannes. Sie schwor sich, noch den morgigen Tag abzuwarten, um dann zu ihrer Schwester nach Sonnschied zurückzuwandern. Wenn es sein musste, auch allein.

Sie war eben dabei, die schmutzigen Töpfe und Pfannen mit Sand auszuscheuern, als Hannes in die Küche stürmte.

«Warum sitzt du nicht bei uns?»

«Was glaubst *du*, warum?», gab sie bissig zurück. «Zum Spaß mach ich das nicht. Und wenn ich damit fertig bin, soll ich den Boden wischen. Befehl deiner Mutter.»

Hannes nahm sie bei der Hand und zog sie zurück in die Stube, wo seine Mutter schwatzend am Tisch saß.

«Lass das!», schnauzte er sie an. «Juliana ist meine Braut und nicht deine Hausmagd!»

Ihre Augen wurden groß vor Erstaunen, dann kniff sie die Lippen zusammen und zog die Mundwinkel nach unten.

Fortan richtete Anna Bückler gar nicht mehr das Wort an Juliana. Dafür kümmerte sich der alte Bückler umso rührender um sie. Er schenkte ihr Wein nach, kaum dass ihr Becher halb leer war, hakte sich, als sie am Nachmittag einen Spaziergang durchs Dorf unternahmen, bei ihr unter, machte ihr abends beim Würfelspiel, wo er schon reichlich angetrunken war, Komplimente über ihr Aussehen und ihre nette Art.

«Vater!» Halb scherzhaft, halb ernst drohte Hannes ihm mit dem Finger. «Willst mir mein Julchen ausspannen, oder was?»

«Das tät ich sofort, wenn ich zwanzig Jahr jünger wär. Dein Julchen gefällt mir, und ich tät mich freuen, wenn ihr zwei beieinanderbleibt.»

Woraufhin ihm sein Weib einen bitterbösen Blick zuwarf.

In diesem Augenblick erhob sich Joseph. Er schwankte ein wenig.

«'s ist spät, ich sollte zurück.»

Hannes und Juliana begleiteten ihn. Nach Göttschied war es eine gute Stunde Fußmarsch, und obwohl das Wetter umgeschlagen hatte, mit kühlem Wind und leichtem Regen, war Juliana froh, für einige Zeit aus dem Haus zu sein.

In der Auffahrt zu dem alten Gutshof, wo Joseph als Knecht arbeitete, verabschiedeten sie sich von dem Jungen.

«Hör mal, Hannes.» Joseph trat von einem Bein aufs andere. «Ich hab's satt, diese Maloche gegen 'nen Hungerlohn. Könntest mich nicht brauchen bei deinen Raubzügen? Ich kann gut klettern, bin flink im Laufen …»

«Bist du jetzt übergeschnappt?», unterbrach Hannes ihn. «Du bleibst brav bei deiner ehrlichen Arbeit, hörst du? Es langt, wenn einer in der Familie mit einem Bein im Kittchen steht.»

Dann zog er ihn in die Arme.

«Vielleicht bin ich ja nächsten Sonntag noch hier, dann sehen wir uns wieder.»

Auf dem Rückweg begann es stärker zu regnen, und sie beschleunigten ihren Schritt.

«War das dein Ernst, dass wir noch eine ganze Woche hierbleiben?», fragte Juliana, mühsam ihren Ärger unterdrückend.

«Nun ja, dieser Abend war doch schon mal ganz nett.»

«Für dich vielleicht. Ich find's furchtbar mit deiner Mutter.»

«Ach was. Sie wird sich an dich gewöhnen und du dich an sie. Und wenn Leyendecker erst mal hier ist, ziehen wir auch bald schon weiter.»

## Kapitel 14

*I*mmerhin hatten sie des Nachts eine Schlafkammer für sich allein, wenn auch nur durch eine dünne Bretterwand von Hannes' Eltern getrennt. Und zum Glück traf schon am nächsten Nachmittag Leyendecker ein.

«Ach du meine Güte!», scherzte er, nachdem er Juliana als Letzte begrüßt und dabei voller Freude umarmt hatte. «Du hältst es ja immer noch bei diesem Kerl aus. Ich hätte dich für gescheiter gehalten.»

Hannes ballte die Fäuste. «Wart nur, du Canaille!»

In einer blitzschnellen Bewegung nahm er den Freund in den Schwitzkasten und riss ihn zu Boden, wo sich die beiden wie zehnjährige Knaben auf den staubigen Holzdielen wälzten. Obwohl Leyendecker kleiner und schmächtiger war als Hannes, behielt er zunächst die Oberhand, bald aber prustete er los: «Ich geb auf! Gnade, Johannes Durchdenwald!»

Alle brachen in Lachen aus, bis auf die alte Bücklerin.

«Jetzt schau nicht so grimmig, Bücklerin.» Leyendecker humpelte betont mühsam zu seinem Ranzen und zog einen Lederbeutel heraus. «Das hier wird auch deine Augen zum Leuchten bringen.»

Er knotete den Beutel auf und leerte eine Handvoll Silber- und Goldmünzen auf den Tisch.

Hannes stieß einen anerkennenden Pfiff aus. «Sackerment! Da hat der Schneider Peter sich für diesmal nicht lumpen lassen mit dem Verscherbeln meiner Sore.»

«Na ja, ein wenig nachhelfen musste ich schon. Jedenfalls bist jetzt um elf Louisdor, vier Karolinen und fünfundzwanzig Silbergulden reicher! Und das hier», er zog eine silberne Schnupftabaksdose aus seiner Rocktasche, «ist mein ganz persönliches Geschenk an dich. Schau mal, was ich hab eingravieren lassen.»

Mühsam entzifferte Juliana den Namen *Johannes Durchdenwald*. Sie sah, wie Hannes vor Rührung die Augen feucht wurden.

«Danke, alter Freund!» Er zählte einen Teil der Münzen ab und schob sie seinem Vater hin. «Das ist für euch.»

«Das kann ich nicht annehmen, mein Junge.»

«Kannst du wohl. Dem Joseph bring ich zum Abschied auch noch was vorbei, damit er nicht auf dumme Gedanken kommt. Und jetzt lassen wir uns aus dem Wirtshaus ein Fässchen mit richtig gutem Nahewein bringen und feiern unser Wiedersehen.»

In den nächsten Tagen tüftelten die Freunde so manche Vorhaben aus, verwarfen sie wieder, entwickelten neue. Zumeist ging es dabei um Schutzgelder und Erpressung – welches hierbei die besten Strategien seien oder wer in der Gegend ein lohnenswertes Ziel abgebe. Fast hatte Juliana den Eindruck, dass Leyendecker mit seinem Feuereifer Hannes über die Enttäuschung von Liebshausen hinweghelfen wollte. Eine solch enge Freundschaft zwischen Männern hatte Juliana nie zuvor erlebt. Am Abend zuvor hatte sie Hannes vor dem Einschlafen noch gefragt, warum Leyendecker ihm mit dieser Silberdose ein solch wertvolles Geschenk gemacht habe, und hatte zur Antwort bekommen: «Ich glaube, weil er zu schätzen weiß, wie sehr ich ihm vertraue. So würde ich ihn niemals fragen, ob er sich von dem Beutegeld aus Langweiler was abgezweigt hat.»

Nur einmal waren die zwei fast aneinandergeraten. Da Anna Bückler mit einem Korb fertiggestrickter Strümpfe unterwegs zu ihrem Verleger in Oberstein war, hatte Juliana notgedrungen das Kochen übernommen. Durch die nur angelehnte Tür zur Stube hörte sie Leyendecker in beschwörendem Tonfall sagen: «Ich bitt dich um unserer Freundschaft willen: Schlag dir das mit den nächtlichen Einbrüchen aus dem Kopf! Dazu brauchst einen Haufen Männer, und die hast am Ende nicht mehr unter Kontrolle.»

«Und ob ich meine Leute unter Kontrolle hab!», brauste

Hannes auf. «Ein schöner Freund bist du, wenn du mir das nicht zutraust. Ich will dir was sagen: Bloß weil du als hinkender Schuster nicht mitmachen kannst, willst du mir jetzt meine Pläne madig machen und meine Leute obendrein. Pfui Teufel!»

Das war gemein, fand Juliana. Sie hörte, wie er die Stiege nach unten polterte, dann fiel die Haustür ins Schloss. Sie wollte ihm nach, doch Leyendecker hielt sie am Arm fest.

«Lass nur, der kriegt sich schon wieder ein.»

Er behielt recht. Rechtzeitig zum Essen war Hannes wieder zurück und entschuldigte sich bei seinem Freund. Bis zum Abend waren sich die beiden wieder einig und schmiedeten den nächsten Plan.

«Weißt du was?» Leyendecker legte Hannes den Arm um die Schulter. «Unser Leitspruch sollte sein: Klotzen, nicht Kleckern! Nicht irgendeinem kleinen Landkrämer oder Viehhändler bietest du deinen Schutz an, sondern dem ehrenwerten Bürger Johann Ferdinand Stumm zu Aspach.»

«Du meinst den Stumm von den Gebrüdern Stumm?», fragte Hannes. Dann nickte er anerkennend. «Nicht schlecht!»

Juliana schenkte Wein nach. Nachdem die alten Bücklers zu Bett gegangen waren, saßen sie nur noch zu dritt in der Stube.

«Wer sind die Gebrüder Stumm?», fragte sie.

«Erinnerst du dich an die Gräfenbacher Hütte?» Hannes nahm einen tiefen Schluck. «Die Erzhütte im Soonwald?»

«Wo wir uns in die Büsche schlagen mussten?»

«Genau. Und drüben in Aspach betreiben die ebenfalls ein Werk. Das heißt, wohnen tut dort nur der eine, der jüngste der Brüder.»

«Dann sind das richtig reiche Leute?»

Leyendecker lachte laut auf. «Darauf kannst einen lassen.

Alsdann, schreiben wir gleich mal ein feines Brieflein an den Bürger Stumm. Gibt's Tinte und Papier im Haus?»

Hannes schüttelte den Kopf. «Wozu, wenn hier keiner lesen und schreiben kann?»

«Das dachte ich mir schon.» Leyendecker stand auf und schlurfte zu seinem Reisesack. «Und hab deshalb mein Schreibzeug mitgebracht. Was denkst du, Hannes? Sind zehn kurpfälzische Karolinen fürs Erste genug?»

Juliana blieb der Mund offen stehen. Zehn Karolinen! Das waren dreißig Goldgulden, über dreihundert Silbergulden – ein Vermögen!

«Zwölf Karolinen!», beschied Hannes, und sein Freund legte los.

Voller Bewunderung beobachte Juliana, wie die Feder in Leyendeckers Hand schwungvoll über den hellen Papierbogen zog und dort Wort um Wort in rotbrauner Farbe hinterließ, nur unterbrochen vom Eintauchen ins Tintenfass. Am Ende streute Leyendecker noch feinen Sand über das Papier.

Zufrieden lehnte er sich zurück. «Fertig.»

«Kannst du mir das beibringen?»

«Was? Das Schreiben? Das kann dein Hannes auch.»

Der wehrte ab. «Die Buchstaben hinzukritzeln vermag ich schon, aber die Worte kunstvoll setzen, das Dichten – das kann nur unser Leyendecker. Oder dieser ach so berühmte Friedrich Schiller. Aber jetzt lies schon vor.»

Leyendecker räusperte sich, hielt den Brief ins Licht und begann mit gekünstelter Stimme:

*Gruß und Bruderliebe dem Bürger Stumm!*
*Mit diesem Brief will ich ihn wissen lassen, dass wir ihm*
*zwölf Karolinen abfordern. Der Grund bestehet darinnen,*
*dass wir in einer Not stecken, und so gehe er allein und*

*ohne Begleitung mit unserem Boten zur Bastensägmühle, mit obiger Geldsumme versehen, wo er auf mich treffen werde morgen am Nachmittag. Sofern er unserer Bitte entsprechen tut und darum kein Geschrei macht, so wird ihm kein Schaden an seinem Leib sein und auch sonst nichts in den Weg gelegt werden. Dies wird ihm von uns garantiert sein. So verbleibe ich als sein getreuer Freund,*
*Johannes Durchdenwald.*

«Schreib noch drunter: Falls du aber öffentlich Geschrei machst, will ich dir das Haus voll Kerle setzen, die aussehn wie die Teufel!»

«Bist du noch bei Trost? Mit Leuten wie dem Stumm muss man höflich reden.»

«Also gut. Und was soll das für ein Bote sein, von dem du da schreibst?»

«Als Johannes Durchdenwald, Herrscher des Soonwalds, brauchst du natürlich einen Unterhändler. Jetzt schau mich nicht so an – ich bin's nicht, ich humpel keine Stunde zu Fuß bis Aspach.»

«Wär ja noch schöner! Nein, ich wüsst schon einen – den Messerschmied Jacob Stein. Der schuldet mir und meinem Vater noch einen Gefallen.»

«Gut. Dann soll dieser Jacob gleich morgen das Brieflein an Stumm überbringen, und übermorgen holst du dir die Mäuse ab. Und noch was: Wenn der gute Mann schon für seinen Schutz bezahlt, dann will er dafür auch was in Händen halten.» Leyendecker griff nach dem Stapel französischer Spielkarten, der auf dem Tisch lag, und zog einen Treff-König heraus. «Den verwandeln wir in eine Sicherheitskarte, die du ihm als Gegenwert überreichst.»

«Kerl! Was machst du da mit meinen Spielkarten?»

Leyendecker hatte seine Feder ins Tintenfass getaucht und damit begonnen, den oberen weißen Rand der Karte mit Zinken vollzumalen.

«Kauf dir neue. Die hier sind jetzt bares Gold wert.» Ungerührt beschrieb er auch den unteren Rand. «Die Zinken oben sind für unsere Leute, und hier unten noch mal in Deutsch für Stumm: *Dem Vorzeiger dieses Passes wird Schutz gewährt, d. 30. Juno 1800.* Jetzt unterschreibst noch quer über die Karte.»

Hannes nahm die Feder entgegen. «Du bist ein Genie, Leyendecker!»

«Ist nicht auf meinem Mist gewachsen.» Er grinste. «So macht es Rinaldo Rinaldini, der größte Räuberhauptmann Italiens. Hab ich in 'nem Buch von einem gewissen Vulpius gelesen – auch der ist ein Dichter, der uns Räuber hoch schätzt.»

Tatsächlich brachte Hannes zwei Tage später zwölf Karolinen aus Aspach zurück. Er strahlte über das ganze Gesicht, als er am späten Nachmittag in die Stube trat und Juliana ausgelassen mit seinem gefüllten Portemonnaie vor der Nase herumwedelte.

«Ein wahrhaft lohnender Geschäftszweig! Zwei Stunden Fußmarsch und schon zwölf goldene Riesen verdient.»

Juliana hätte sich gern mit ihm gefreut, aber sie hatte sich eben gerade mit seiner Mutter gestritten, zum zweiten Mal schon an diesem Tag. Wiederum wegen Nichtigkeiten wie Schuhen, die im Wege standen, oder Geschirr, das Juliana nicht gleich weggeräumt hatte. Wenn sie eines wusste, dann, dass es mit diesem Weib niemals besser werden würde. Und noch etwas bedrückte sie: Hier, in dieser fremden Familie, nur zwei gute Stunden Fußmarsch von zu Hause entfernt, begann sie so etwas wie Heimweh zu verspüren, sehnte sich plötzlich nach ihrem Vater und ihren Geschwistern. Vor allem plagte sie das schlechte Gewissen: Auch wenn sie und Margret keine Kinder mehr waren – ihr armer Vater würde sich große Sorgen machen, wahrscheinlich Tag für Tag mehr.

Mühsam zwang sie sich zu einem Lächeln. «Dann gab es keine Schwierigkeiten?»

«Überhaupt nicht. Ich hab den Jacob Stein und den Stumm am Waldrand bei der Mühle erwartet, mit geladener Pistole, und der arme Kerl hat sich fast ins Hemd gemacht vor Schiss. Für die Sicherheitskarte war er dann richtig dankbar. Aber was ist mit dir? Du siehst so traurig aus.»

«Es ist nichts. Ich hab nur dran gedacht, dass ich … dass meine Familie vielleicht wissen sollte, wo ich bin.»

Hannes nickte. «Daran hab ich auch schon gedacht. Schau, wir beide wollen doch zusammenbleiben, und meine Familie kennst du jetzt. Da solltest du mich doch umgekehrt auch deiner Familie vorstellen, meinst du nicht?»

Es tat gut, diese Worte von Hannes zu hören, zeigten sie ihr doch, dass er es wirklich ernst meinte. Trotzdem schüttelte sie den Kopf. Sie wusste, dass ihr Vater vom Räuber Schinderhannes nicht allzu viel hielt.

«Lieber würde ich ihnen eine Nachricht schicken. Dass es mir und Margret gutgeht und dass sie sich nicht sorgen sollen.»

«Meinetwegen. Dann soll Leyendecker halt einen Brief schreiben, und wir schicken jemanden damit in euer Dorf. Einverstanden?»

«Ja, das wäre gut. Am besten ins Wirtshaus von Jakob Fritsch.»

«Das soll der Leyendecker gleich heut Abend erledigen. Wo steckt er eigentlich?»

«Er ist mit deinem Vater ins Dorf gegangen. Und deine Mutter ist im Hof, am Waschtrog.»

«Ach Julchen, du hast dich mit ihr gestritten. Stimmt's?»

Sie nickte. Da zog er eine Goldmünze aus dem Beutel, drückte sie ihr in die Hand und küsste sie zärtlich auf den Mund.

«Näh dir den Karolin heut noch in den Saum deines Kleids. Aber kein Wort zu niemandem, auch nicht zu deiner Schwester.»

«Wieso zu meiner Schwester?»

Er grinste. «Weil wir morgen aufbrechen.»

«Zur Schmidtburg?» Ihr Herz tat einen Freudensprung.

«Ja, Prinzessin. Morgen beziehen wir unser Schloss.»

## Kapitel 15

Hoch über einer Schleife des Hahnenbachtals, in einem wilden, einsamen und malerisch schönen Landstrich, erhob sich die einstige Landesburg der Kurfürsten von Trier. Die weitläufige Burganlage erstreckte sich über einen Bergsporn, der nach Norden, Westen und Süden steil abfiel. Sicher vor Verfolgern war man hier oben ganz gewiss, ansonsten stellte sich die Schmidtburg als eine einzige Ruinenlandschaft dar: hier ein zerfallener Turm, dort die Grundmauern einstiger Burgmannenhäuser, über denen pfeilschnelle Schwalben ihre Flugübungen machten, und dazwischen steinige, vom Regen ausgewaschene Pfade.

Juliana, vom Aufstieg noch ziemlich außer Atem, hielt vor dem halb verfallenen Haupttor inne. Durch den Torbogen hindurch konnte sie zwischen den Mauerresten einige windschiefe, verlassene Bretterverschläge ausmachen.

«Und wo sollen wir wohnen?», fragte sie enttäuscht. «Hier

ist doch alles zerschlagen und zerstört. Oder meinst du etwa die Bretterbuden dahinten?»

«Du wirst noch staunen», grinste Hannes. Er führte ein Pferd am Halfter, das er unterwegs von einer Weide gestohlen hatte, und so hatten sie dem gutmütigen Tier immerhin ihr Gepäck aufbinden können für den steilen Weg vom Hahnenbachtal herauf.

«Siehst du die Treppe dort?» Er deutete auf ein Band schmaler, ausgetretener Stufen zu seiner Rechten, die zwischen Felsen und löchrigen Mauern zur Oberburg führten. «Da geht's direktemang zu unserem Schloss.»

Leyendecker nahm ihm den Pferdestrick aus der Hand. «Ich lauf dann mal außen herum und bring das Pferd in den Stall. Bis später.»

Er verschwand im Schatten des Torbaus. Plötzlich musste Juliana lachen. «Stall … Schloss … hier in diesen Trümmern! Du willst mich doch veralbern, Hannes!»

«Nein, wirst sehen. Jetzt komm schon.»

Der obere Burghof war beherrscht von einem riesigen Palas, dem Wohnsitz der einstigen Burgherren. Seine Außenmauern reckten sich in den zartblauen Himmel, mit leeren Fensteröffnungen und Buschwerk in den Mauerspalten, nach oben hin völlig verfallen.

«Dahinein setz ich keinen Fuß», murmelte sie, aber zu ihrer Erleichterung gab es noch das Fachwerkhaus direkt gegenüber. Man sah sofort, dass hier bis vor kurzem jemand gelebt hatte. Das oberste Stockwerk wie auch das halbe Dach waren zwar zerstört, doch die Räume über dem Steinsockel schienen unversehrt zu sein, das Buntglas der Fenster war nur an wenigen Stellen zerbrochen.

Hannes wies auf den Türsturz des Eingangsportals, wo das Wappen von Kurtrier prangte.

«Der Palas ist schon vor hundert Jahren zerschossen worden», erklärte er. «Deshalb haben die Kurtrierer Amtmänner hier drüben gehaust. Jedenfalls bis vor ein paar Jahren, bis die Franzosen bei uns eingefallen sind. Seither steht das alles leer, und seither komm ich hin und wieder mit meinen Leuten her. Vor allem im Sommer ist es herrlich hier oben. – Hast du Durst?»

Ohne ihre Antwort abzuwarten, rannte Hannes zu einer Zisterne, die in erstaunlich ordentlichem Zustand war, und kurbelte einen gefüllten Eimer herauf.

Sie erfrischte sich Gesicht und Nacken mit dem kalten Wasser, dann nahm sie einen vorsichtigen Schluck von der Schöpfkelle. Es schmeckte ein wenig muffig, löschte aber den Durst.

«Und wie kommt man dahinein?» Sie wies auf die mit Brettern vernagelte Tür des Amtshauses.

«Durch die Backstube. Da gibt's einen Nebeneingang.»

Den großen, gemauerten Ofen im ehemaligen Backhaus hatte jemand wieder instand gesetzt.

«Hier kannst du für uns Brot backen», lachte Hannes. Seitdem sie auf der Burg angekommen waren, strahlte er in einem fort. «Jetzt gib acht, hinter der Tür sind ein paar zerbrochene Stufen, und es ist ziemlich düster.»

Mit einem Draht öffnete er das Vorhängeschloss, knarrend schwang das schmale Türchen auf. Vorsichtig tastete sich Juliana den stockfinsteren Gang entlang, dann wurde es lichter, und sie befanden sich in einer Art Diele, wo allerlei Gerätschaften und Werkzeuge verstaut waren. Über eine steinerne Wendeltreppe folgte sie Hannes nach oben.

«Et voilà, Prinzessin! Unser Rittersaal!»

Jetzt staunte Juliana wirklich. Durch einen Rundbogen betraten sie den riesigen Raum, dessen hohe Decke von kunstvoll geschnitzten und bemalten Holzbalken getragen wurde. Auch an den Wänden, wo rundum mit Kissen besetzte Bänke zum Ausruhen einluden, waren Reste von Wandmalereien zu erkennen. Mitten im Raum stand ein Eichenholztisch, an dem gut zwei Dutzend Gäste Platz gefunden hätten, der Boden war mit roten und schwarzen Ziegeln zu hübschen Mustern gefliest. All das wurde von der Abendsonne, die durch die Fenster schien, in ein warmes Licht getaucht.

«Wunderschön», murmelte sie und küsste Hannes zärtlich. Da kam auch schon mit lautem Gepolter Leyendecker die Treppe herauf.

«Vielleicht holt ihr jetzt mal das restliche Gepäck aus dem Stall.» Er ließ seinen Ranzen und einen der Proviantsäcke zu Boden gleiten. «Poussieren könnt ihr später noch.»

Das Gelände war noch viel weitläufiger, als Juliana erwartet hatte. Im Grunde bestand die Schmidtburg aus zwei Festungsanlagen, der oberen und der unteren Burg. Nach Norden zu schloss sich sogar noch ein weiterer, tiefer liegender Hof an, der mit einer großen Scheune und einem Dreschplatz besetzt war – auch er verlassen und verwahrlost.

Gerade als sie die Oberburg über eine breite steinerne Rampe hinter sich gelassen hatten, sahen sie am Haupttor einen Schatten vorbeihuschen. Hannes blieb stehen und stieß einen Eulenruf aus, der zweifach beantwortet wurde. Zwei dürre, zerlumpte Gestalten traten aus dem Dunkel des Torbogens und kamen mit freudigem Winken auf sie zu.

«Willkommen, Hannes! Hoch lebe der Schinderhannes!»

«Wer seid ihr?»

«Kennst uns denn nimmer? Bin der Georg und das mein kleiner Bruder Franz.»

«Sieh an, die jungen Taglöhner aus Schneppenbach. Ihr

habt aber schnell spitzgekriegt, dass wir wieder mal auf der Burg sind.»

Während der Jüngere, der vielleicht zwölf, dreizehn Jahre zählte, Juliana ungeniert anstarrte, feixte der Ältere stolz: «Ha ja! War'n im Wald, Holz holen. Erst han mir denkt, ihr wäret Franzosen, wegen dem Ross, aber dann hab ich dich erkannt. Kannst uns brauchen? Als Wächter gegen die Gendarmen? Mir schlafen auch in den Hütten und stör'n euch nid.»

«Bestens!» Spöttisch stieß Hannes ihn in die Rippen. «Mit euch als Wächter sind wir wahrlich sicher. Also gut, lasst euch vom Leyendecker zwei Decken geben und Brot und Wein fürs Abendessen. Im Stall müsste noch genug Stroh für eure Hütte liegen.»

«Ist das da deine Frau?», fragte der Jüngere schüchtern. Er war erbärmlich mager, und Juliana durchfuhr eine Woge des Mitleids.

«Die neue Schlossherrin», gab Hannes in gespieltem Ernst zurück. «Und bald schon meine Frau.»

Sie warteten ab, bis die beiden verschwunden waren, dann holten sie aus dem Stall ihre beiden Tragsäcke und den zweiten Proviantbeutel. Zusammen mit den Taglöhnern, dachte Juliana besorgt, würde ihnen der Mundvorrat höchstens drei Tage reichen.

«Was, wenn das nun Verräter sind?», fragte sie. «Wahrscheinlich hätten die frech unser Gepäck geklaut, wenn wir nicht vorbeigekommen wären?»

Hannes lachte. «In Schneppenbach gibt's keine Verräter. Genauso wenig», mit einer weit ausholenden Gebärde drehte er sich im Kreis, «wie in all den andern Käffern hier auf der Höhe oder unten in den Mühlen am Bach. Aber in einem hast du recht: Diebe sind die zwei allemal, gradso wie ich in dem Alter. Wären wir Wanderer, hätten die uns ganz sicher beklaut.»

«Dann war's ziemlich unvorsichtig, das Gepäck allein zu lassen. Zum Glück sind wir ihnen rechtzeitig begegnet.»
«Ach Julchen, du weißt doch: Ich hab immer Glück.»

Noch bis in die Dämmerung hinein führte er sie durch jeden Winkel der Festung, zeigte ihr, von wo aus man die Zufahrtswege zur Burg am besten beobachten konnte, brachte sie in geheime Gänge, in die man sich im Notfall zurückziehen konnte, ja offenbarte ihr sogar, in welchem der Keller auf der Unterburg er seine Beute zu verstecken pflegte. So voller Stolz tat er dies, als sei er selbst der Burgherr in Person. Am Ende schöpften sie aus der unteren Zisterne noch einmal Wasser für das Pferd, das zufrieden an einem Haufen frischgeschnittenen Grases herumzupfte. Als sie auf den oberen Burghof zurückkehrten, flackerte dort bereits ein Feuer, über der Ruine des alten kurfürstlichen Schlosses stieg das Halbrund des Mondes auf.

Sie setzten sich zu Leyendecker auf eine Bank und ließen sich Rotwein einschenken. Wie eine ordentliche Hausfrau hatte er über einen flachen Stein ein Tuch gelegt und dort Käse, Räucherwurst und Brot ausgebreitet.

«Du hast recht», sagte Juliana, nachdem sie ihren Hunger und Durst gestillt hatte, und lehnte sich an Hannes' Schulter. «Jetzt im Sommer ist es herrlich hier oben.»

«Ich wusste, dass es dir gefällt.» Er legte den Arm um sie. «Schade nur, dass wir nicht allein sind.»

Leyendecker prostete ihm zu. «Wirklich schade für euch Täubchen. Und ich schätze, wenn sich das rumspricht mit dem Schinderhannes auf der Burg, dann haben wir bald ein ganzes Heer von Helfern hier oben. Andrerseits», er zwinkerte Juliana zu, «gibt's hier wahrlich genug lauschige Plätzchen zum Alleinsein.»

Eine Zeitlang war nur noch das Knacken des Feuers zu hören und hin und wieder Käuzchenrufe aus den Wäldern rundum. Der Himmel war ganz nah mit seinen zahllosen Sternen und einem Mond, der im Umfang schon sichtlich zunahm. Spätestens zu Vollmond würde die ganze Schar hier einfallen, dabei hätte Juliana es den Sommer über gut und gerne allein mit Hannes ausgehalten.

«Was meinst du», fragte sie ihn leise, «wann werden die aus Sonnschied hier wohl eintreffen?»

«In vier, fünf Tagen, denke ich. Dallheimer wollte im Dorf noch bei der Heuernte helfen, und die hat gerade erst angefangen.»

«Ich finde», warf Leyendecker ein, «wir könnten noch was allein auf die Beine stellen, bis die ganze Meute hier ist.»

«Alsdann, was ist dein Plan?»

«Drüben in Hottenbach, was grad mal zwei Stunden Fußmarsch von hier ist, sitzt eine große und reiche jüdische Gemeinde.»

«Ich weiß. Hab auch schon dran gedacht. Wo das mit dem Stumm so glatt gelaufen ist.»

«Ebendrum. Und in Hottenbach hast du nicht nur einen Einzigen zum Schutzgeldauspressen, sondern gleich zwei Dutzend Familien.»

«Wie viel können wir da rausholen?»

«Ich würd es für den Anfang nicht zu hoch ansetzen – vier, fünf Karolinen für jede Familie. Dafür Schutz für Haus und Hof den ganzen Sommer lang.»

Hannes schüttelte den Kopf. «Sechs Karolinen.»

Leyendecker runzelte die Stirn. «Wie du meinst. Gleich morgen früh setz ich einen Brief auf, den soll der Schneppenbacher Georg in die neue Synagog von Hottenbach bringen. Traust du dem Jungen?»

«Ja. Er wird unser Quartier nicht verraten.»

«Gut. Auf jeden Fall werden wir denen in Hottenbach drohen, dass wir zwanzig Mann beisammenhaben und allen Juden den roten Gockel aufs Dach setzen, falls einer quatscht. Das gesamte Geld soll der Rabbiner übermorgen bis fünf Uhr zur Birkenmühle bringen, wo wir auf ihn warten.»

Hannes grinste. «Und wehe, es fehlt was.»

«Die armen Juden», entfuhr es Juliana.

«Nix da, arme Juden», gab Hannes ruhig zurück. «Sechs Karolinen, das ist für die ein Mückenschiss, wo die im Keller ihr Silber horten. Sag mal, Julchen, hättest du Lust, mit mir und dem Gaul morgen rüber nach Bruschied zu wandern? Ich will dort Zaumzeug und Sattel kaufen. Und auf dem Rückweg machen wir Rast in der Birkenmühle und sagen dem Gerber Peter Bescheid wegen übermorgen.»

«Aber nur wenn ich dann den steilen Weg zur Burg reiten darf.»

«Meinetwegen.» Er küsste sie auf die Wange.

Ein kühler Wind kam auf, und allmählich wurde sie müde.

«Wo schlafen wir? Im Rittersaal?»

«Viel besser: in der Schlosskapelle im Himmelbett.»

Verdutzt sah sie ihn an. «Du machst einen Spaß.»

«Aber nein. Im Amtshaus haben der Leyendecker und ich mal ein zerbrochenes Himmelbett mit roten Samtvorhängen gefunden, das wir wieder gerichtet haben. Ein Bett wie für ein Königspaar! Und deshalb haben wir's rüber in die Hauskapelle vom Palas geschafft. Die gibt's nämlich noch, fast unzerstört.»

«Die Kapelle ist ein Schlafraum?»

«Und was für ein prachtvoller! Das Bett steht mitten unter dem Kreuzgewölbe, der Altar dient als Tisch, mit dem alten Chorgestühl dran, und über allem wacht ein mannshoher Sankt Georg.»

«Das glaub ich erst, wenn ich's gesehen habe.»

## Kapitel 16

«Sie kommen!»

Mit seinem Perspectiv bewaffnet, stand Hannes auf einer kleinen Plattform des verfallenen Dachstocks und lehnte sich gegen das Gebälk. Von hier oben hatte man einen besonders guten Blick auf das Hahnenbachtal und die Zugänge zur Burg.

Vorsichtig kletterte Juliana die Leiter zu ihm hinauf.

«Lass sehen.»

Er reichte ihr das Fernrohr, doch es dauerte seine Zeit, bis sie zwischen all den grünen Baumkronen überhaupt etwas entdeckte. Als Erstes erfasste der runde Ausschnitt dieses Zauberinstruments ein Pferd, auf dem eine dunkelhaarige Frau kauerte – Margret! Dann konnte sie Dallheimer ausmachen, der neben ihr ein Packpferd am Zügel führte, hinter den beiden Seibert mit dem jungen Adler und als Letzte schließlich Engers und Wagner aus Sonnschied.

Sie gab Hannes das Fernrohr zurück. Die ruhigen Tage waren also endgültig vorbei. Eine Woche hatte sie Seite an Seite mit Hannes in ihrem neuen Domizil verbracht und viele Stunden nur zu zweit. Waren ausgelassen wie Kinder in die Rolle adliger Burgherren geschlüpft, mit dem gutmütigen Leyendecker als Lakaien, wobei Hannes ihr gezeigt hatte, wie man sich schminkt, Puder auflegt, ein Spitzentuch vornehm in den Fingern hält. Zwischendurch hatte er mit ihr Lesen und Schreiben geübt, an abseitsgelegenen, schattigen Stellen der Burg, während sich Leyendecker mit allerlei Reparaturen nützlich machte, Gras fürs Pferd schnitt oder einfach nur faul in einem Buch las. Zusammen mit Hannes hatte sie lange Streifzüge durch die Umgebung unternommen, sie hatten im Hahnenbach gebadet, sich in der freien Natur geliebt, waren auf den Dörfern bei seinen Bekannten eingekehrt. Und immer hatten sie viel Spaß gehabt miteinander. Einmal, zwischen Bruschied und Schneppenbach, hatte Hannes einen vorbeireitenden Pfaffen gefoppt, indem er einen Krüppel mimte, der hilflos und jammernd am Boden lag, während sich Juliana auf sein Geheiß hinter einem Gebüsch verbarg. Kaum war der gute Mann vom Pferd gestiegen, war Hannes aufgesprungen, hatte sich aufs Pferd geschwungen und war mit einem lauten «Gruß vom Schinderhannes, Hochwürden!» davongesprescht. Anschließend waren sie mit dem hübschen Schimmel zur Burg zurückgeritten, hatten das Tier dort aber wieder freigelassen. Ein andermal hatte Hannes sich noch großzügiger gezeigt. Sie waren im Bundenbacher Gasthaus eingekehrt, als sie Zeuge wurden, wie der Wirt einen Bettler vor die Tür setzen wollte. Da hatte Hannes dem Wirt eine Handvoll Kreuzer zugesteckt und gesagt: «Heute soll der Bettelmann speisen wie ein König.»

Am Vortag indessen war Hannes' gute Stimmung in Missmut umgeschlagen: Die Hottenbacher Juden hatten nicht sämtlich ihr Schutzgeld in voller Höhe beglichen, einige hatten um Minderung des Betrags gefleht, doch Hannes war hart geblieben und hatte ihnen lediglich einen Aufschub von drei Tagen gewährt. Leyendecker hatte ihn gescholten, dass er gar zu hoch eingestiegen sei, und tatsächlich waren bei dem gestrigen Treffen mit dem Rabbiner noch drei Familien einen Karolin schuldig geblieben. Und ein Familienoberhaupt hatte sich schlichtweg geweigert, überhaupt einen Pfennig für Schutz und Schirm herauszurücken. Außer sich war Hannes auf die Burg zurückgekehrt.

«Der verdammte Jud wird sich wundern! Bald hab ich hier eine Gesellschaft von fünfzehn Mann aufgestellt, und dann Gnade ihm Gott!»

Juliana konnte sich denken, dass es mit der Ankunft der

anderen von Stund an nur noch um den großen Rachefeldzug gehen würde. Für beschauliche Spaziergänge, für Mußestunden an stillen Ecken der Burg würde vorerst wohl keine Zeit mehr bleiben.

Hannes stupste sie in die Seite. «Du siehst nicht grad erfreut aus.»

In diesem Augenblick hörte sie vom Haupttor her ein herzhaftes dunkles Lachen. Es war das Lachen ihrer Schwester.

«Doch, ich freu mich. Vor allem auf Margret.»

Und das war sogar die Wahrheit.

Besagter Hottenbacher Jude hieß Wolff Wiener und war ein steinreicher Tuchhändler. Von nichts anderem war mehr die Rede als davon, wie man ihm seine tollkühne Weigerung heimzahlen solle. Und darüber gab es manch hitzköpfige Streitereien, aus denen sich Margret und Juliana tunlichst heraushielten. Die einen, allen voran Engers und Wagner, sprachen sich nämlich dafür aus, ihn auf dem Weg zum Markt zu überfallen, die anderen folgten Hannes' Vorschlag und wollten ganz nach Art des großen Picard des Nachts in großer Horde in sein Haus einbrechen.

«Dieser Bruch wird uns weit über den Hunsrück hinaus berühmt machen», waren Hannes' Worte. «Und sämtliche Juden und Spekulanten in diesem ganzen, von den Drecksfranzosen besetzten Land werden vor Angst zittern, wenn sie nur den Namen *Schinderhannes* hören!»

Als Engers und Wagner daraufhin reichlich beleidigt wieder nach Sonnschied abzogen, kam es zum nächsten Streitpunkt: Zu fünft waren sie entschieden zu wenige für einen solchen nächtlichen Überfall, also mussten weitere Kameraden her. Welche, da hatte jeder der Männer seine eigene Meinung.

Juliana hatte das Ganze bald schon satt und zog sich in die Schlosskapelle oder auf die Unterburg zurück, um dem trunkenen Geschrei zu entgehen. Dabei fragte sie sich, warum sich Hannes auf diese Dispute überhaupt einließ, anstatt mit der Faust auf den Tisch zu hauen und selbst zu bestimmen, wie vorgegangen werden sollte. Hatte er doch keine so große Macht über diesen Haufen?

Wenn sie wenigstens etwas mit Margret hätte anfangen können, wo sie sich doch so sehr über das Wiedersehen gefreut hatte.

«Komm, lass uns woanders hingehen und würfeln oder Karten spielen», hatte sie ihr schon am ersten gemeinsamen Abend vorgeschlagen. Kurz zuvor hatten sie noch zusammen musiziert, doch niemand hatte getanzt oder mitgesungen, geschweige denn zugehört. Woraufhin Juliana ihre Fiedel wieder eingepackt hatte.

«Nein, keine Lust», war Margrets Antwort gewesen. «Ich bleib lieber bei den Männern.»

Auch die nächsten Tage klebte sie förmlich an Dallheimers Seite, und zwar umso mehr, je weniger sich der um sie kümmerte. Zu ihrer Bestürzung bemerkte Juliana, wie sehr sich ihre Schwester in dieser kurzen Zeit verändert hatte: Sie, die sich bislang niemals von einem Kerl das Heft hatte aus der Hand nehmen lassen, ließ sich von Dallheimer herumkommandieren wie eine Sklavin: «Geh frisches Wasser holen!» – «Warum backst du kein Brot, statt hier herumzusitzen?» – «Unser Weinkrug ist leer.» So ging es in einem fort.

Am dritten Tag, an dem Landregen eingesetzt hatte, kam es schließlich im Rittersaal zu einem hässlichen Streit. Der junge Adler, der ohnehin nichts vertrug, hatte sich nach dem Abendessen im Suff neben Margret gesetzt und machte ihr unentwegt schöne Augen. Dallheimer war anzusehen, wie sehr ihm das missfiel. Inzwischen war auch Margret nicht mehr ganz nüchtern und schien an den unbeholfenen Tändeleien des Jungen ihren Spaß zu haben.

Als die Rede darauf kam, zur Unterstützung des Vorhabens eine paar junge Diebe aus Weiden herzuholen, da die sich in ihrem Nachbardorf Hottenbach bestens auskannten, beschied Hannes: «Wir schicken den Adler nach Weiden, gleich morgen früh.»

«Soll mir ... eine Ehre sein ...», lallte Adler. «Und die schöne Margret ... nehm ich mit.»

Sprach's und drückte ihr einen Kuss auf die Wange. Wie von einer Biene gestochen schnellte Dallheimer in die Höhe, holte aus und versetzte Margret eine schallende Ohrfeige.

«Das hast du davon», schrie er sie an, «mich hier vor allen zum Hahnrei zu machen!»

Mit weit aufgerissenen Augen, die Wange flammend rot, starrte Margret ihn an, dann legte sie den Kopf auf die Tischplatte und begann zu heulen.

Auch Juliana war aufgesprungen. «Bist du noch bei Verstand? Warum schlägst du *sie* und nicht den Adler? Der poussiert schließlich mit Margret herum und nicht umgekehrt.»

«Halt's Maul.»

«Dann sag *du* was», wandte sie sich hilfesuchend an Hannes. «Du hast's doch auch gesehen!»

Der zuckte die Achseln. «Das geht mich nix an. Und dich auch nicht.»

Aufgebracht ging sie um den Tisch herum und packte die Schwester beim Arm.

«Gehen wir. Du kannst heut Nacht bei mir schlafen.»

Zu ihrer Verblüffung schüttelte Margret den Kopf.

«Dallheimer hat schon recht», murmelte sie. Verlegen wischte sie sich die Tränen fort und rückte von Adler ab.

«Wenn du mich noch einmal anlangst», herrschte sie ihn an, «dann hau ich dir mein Messer in die Rippen.»

Juliana blieb der Mund offen stehen. Erst recht, als Margret Dallheimers Hand nahm und sich an ihn drückte. «Es tut mir leid. Ehrlich. Bitte sei wieder gut mit mir.»

«Machen wir weiter.» Dallheimer schüttelte ihre Hand ab. «Dann schicken wir also den Adler morgen nach Weiden. Was ist mit Leuten von hier aus der Gegend? Es wäre nicht schlecht, wenn ...»

Aufgebracht kehrte Juliana der Runde den Rücken und rannte durch den strömenden Regen hinüber zur Schlosskapelle. Warum ließ ihre Schwester sich das gefallen? Hatte sie denn gar keinen Stolz mehr?

Sie wünschte sich die Tage ohne diese ganze Bande zurück, der es ganz offensichtlich allmählich langweilig wurde. Seit ihrer Ankunft hatten die Männer die Schmidtburg nur verlassen, um in den umliegenden Dörfern neuen Proviant, Schnaps und Wein herbeizuschaffen. Ansonsten lungerten sie hier herum, denn um Brennholz und die inzwischen drei Rösser kümmerten sich die Taglöhner Georg, Franz und deren Freunde. Nirgendwo hatte man mehr seine Ruhe, mit jedem Tag wurde mehr gesoffen, und selbst Hannes war bis zum Abend nicht mehr nüchtern. Wenn er nachts zu ihr ins Bett kam, stank er nach Branntwein, sodass sie sich von ihm abwendete.

Vielleicht hatte Letzteres aber auch gar nichts damit zu tun, dass sie keine Lust auf einen betrunkenen Mann im Bett hatte. Er war manchmal so anders, so künstlich, und je mehr Menschen sich um ihn scharten, desto fremder wurde er ihr. Allzu ruhig und allzu überlegen wirkte er dann, ganz kühl in seiner Freundlichkeit, und wenn er das Wort ergriff, in aufrechter Haltung, den Kopf erhoben, tat er das, als ob er auf einer Bühne stünde. War er indessen allein mit ihr, war alles gut: Dann konnte er ausgelassen sein wie ein kleines Kind, auch zärtlich und warmherzig, wie sie es bei Mannsbildern nie zuvor erlebt hatte. Ihr schien es, als hätte Hannes zwei Seelen in sich, und das verunsicherte sie. Eines aber wusste sie: Würde er sie jemals so behandeln wie Dallheimer ihre Schwester – sie würde ihm umgehend den Rücken kehren.

Tagelang untätig auf der Burg herumzulungern war nichts für die Männer, das zeigte der Vorfall am nächsten Morgen, der Juliana einen gehörigen Schrecken einjagte.

Noch bevor sich Adler auf den Weg nach Weiden machte, hatte der junge Taglöhner Georg vom Haupttor her einen Warnpfiff ertönen lassen. Sofort waren alle Mann auf den Beinen, sammelten sich, mit Pistolen und Jagdbüchsen bewaffnet, im Nieselregen am Tor. Auch Juliana und ihre Schwester waren dem Pfiff gefolgt.

«Was ist los?», fragte Hannes den Jungen.

«Die Brigade von Kirn ist im Anmarsch!»

Hannes setzte das Fernrohr vors Auge.

«Von wegen Brigade – das sind grad mal zwei Mann», sagte er schließlich.

«Na los!» Dallheimer drückte Georg seine zweite Pistole in die Hand. «Zeigen wir's der Greiferei. Was ist, Hannes? Willst du dir den Feez etwa entgehen lassen?»

Hannes tauschte einen Blick mit Leyendecker, der warnend den Kopf schüttelte, dann reichte er Juliana das Fernglas und stürmte los, gefolgt von den andern.

«Diese Hornochsen», fluchte Leyendecker und humpelte hinterher, den steinigen Weg hinab.

«He, ihr Deppen von Kirn, stellt euch dem Kampf!», hörte man Dallheimer brüllen, als auch schon die ersten Schüsse knallten und Pulverdampf zwischen den Bäumen aufstieg.

«Wenn die sich nun gegenseitig totschießen», stieß Margret hervor.

Juliana hielt erschrocken den Atem an.

Indessen kehrte die Bande schneller als gedacht zurück. Leyendecker war als erster am Tor, mit finsterer Miene, während das Gelächter der anderen weithin zu hören war.

«Habt ihr euch völlig das Hirn weggesoffen?», schnauzte er in Hannes' Richtung. «Spätestens jetzt wissen die Gendarmen, dass wir auf der Schmidtburg unser Quartier haben.»

Der spuckte aus. «Ach was. Die von Kirn sind rechte Holzköpfe und Hosenscheißer obendrein. Die glauben jetzt, dass sich hier ein ganzes Regiment eingenistet hat.»

Doch in seinem Blick flackerte Unsicherheit auf.

«Alsdann, Kameruschen», fuhr er fort, «sobald wir genug Leute beisammenhaben, schlagen wir los gegen den Jud in Hottenbach. Und für morgen Nachmittag lade ich zu einem großen Räuberball in Griebelschied! Die Zeche geht allein auf mich.»

Damit erntete er großen Beifall. Er beauftragte Georg, beim Wirt Adam Kessler die große Stube reservieren zu lassen.

«Und gib ruhig all unseren kochemer Freunden Bescheid. Es soll ein rauschendes Fest werden.»

Dann flüsterte er ihm noch etwas ins Ohr und drückte ihm ein paar Münzen in die Hand.

«Sollen wir dort musizieren?», fragte Margret. Sie schien sich mit Dallheimer vollkommen ausgesöhnt zu haben, hing sie doch wieder wie eine Klette an seiner Seite.

«Nein, das braucht's nicht. Es werden Musikanten da sein, damit wir», er stieß Dallheimer in die Seite, «den ganzen Abend mit unseren Mädels tanzen können.»

## Kapitel 17

«Wo bleiben denn nun deine Bänkelsänger?», fragte Leyendecker, nachdem sie sich die erste Runde Rotwein genehmigt hatten und auf die Platten mit Sauerkraut und Bratwürsten warteten. Sie hatten keine zwei Stunden hierher gebraucht, und auf halbem Wege in Sonnschied hatten sie sogar Wagner und Engers überreden können mitzukommen.

Die große Gaststube von Adam Kessler füllte sich mehr und mehr, und sie würden wohl draußen im Hof tanzen müssen. Zum Glück hatte der Himmel sich wieder aufgeklart, und so hatten sich nicht nur Griebelschieder eingefunden, sondern auch eine ganze Menge Neugieriger aus den umliegenden Dörfern, junge Burschen vor allem, aber auch einige leichtfertige Weiber. Wie schon auf der Schmidtburg hatten sich etliche Freiwillige angedient, Wache zu halten, um im Fall des Falles vor anrückenden Gendarmen zu warnen. Auch die Ganoven aus Weiden waren inzwischen eingetroffen, ein junger Müller namens Denig, der Knecht Gerhard, der Taglöhner Rüb sowie der Messerschmied Jacob Stein. Bis auf Stein, der sich als Bote bei der Erpressung des Bürgers Stumm bewährt hatte, kannte selbst Hannes die Neuen nur flüchtig.

Juliana dachte kopfschüttelnd daran, dass diese Zeche ein Vermögen kosten würde. Aber sie war glücklich. Sie wollte an diesem Abend mit Hannes feiern, und wenn es gar zu spät würde in der Nacht, hatte der Wirt ihnen bereits eine kleine Kammer angeboten. Einzig dass Margret sich von Dallheimer allzu eilfertig hatte nötigen lassen, das Tamburin zu schlagen und zu singen, bis die Musikanten eintreffen würden, widerstrebte ihr. Ihre Schwester tat schlichtweg alles, was dieser Kerl ihr befahl. Aber sie wollte sich in deren Angelegenheiten nicht mehr einmischen.

Gerade als das Essen aufgetischt wurde, kam einer ihrer jungen Wächter herein mit der Nachricht, dass draußen am Stall ein Jude stehe und mit dem Schinderhannes sprechen wolle.

«Wenn er was von mir will, soll er herkommen.»

«Er traut sich aber nicht rein.»

Widerstrebend erhob sich Hannes und mit ihm Leyendecker.

«Wart, ich komm mit. Vielleicht ist's ja eine Falle. Ist deine Pistole geladen?»

«Was glaubst du denn?»

Wenig später kehrten die beiden zurück. Hannes grinste.

«Das lob ich mir! Die Weyerbacher Juden suchen meinen Schutz! Sind von ganz allein auf diesen Gedanken gekommen, und eine Anzahlung haben sie auch schon geleistet.»

«Na dann – bestell gleich mal die nächste Runde für alle», rief Dallheimer.

«Die Weyerbacher Juden?», fragte Juliana. Bei dem Gedanken wurde ihr unwohl, kannte sie doch jeden Einzelnen der kleinen jüdischen Gemeinde ihres Heimatdorfes.

Hannes nickte.

«Sag ich doch. Vernünftige Leut sind das. Und die Musikanten sind auch endlich eingetroffen.» Er grinste noch breiter. «He, Margret, Feierabend. Kannst den Schellenring fallen lassen.»

Von draußen setzten die Klänge einer Fiedel ein, begleitet von einer Guitarre, als die Tür auch schon aufschwang.

Juliana traute ihren Augen nicht: Herein traten ihre älteste Schwester Kathrin, ihr Vater und, mit der Guitarre vor der Brust, ein bärtiges Mannsbild um die dreißig, das sie nicht kannte. Auch Margret saß da wie zur Salzsäule erstarrt.

«Na, ist das nicht eine schöne Überraschung?», strahlte Hannes. «Auf, ihr Leute, der Tanz ist eröffnet!»

Er zog Juliana mit sich in den Hof hinaus, gefolgt von einer ganzen Meute Tanzlustiger. Auch Dallheimer hielt Margret im Arm, bald drehten sich alle in einem schnellen Ländler.

«Hast du das gewusst?», zischte Margret ihr zu, und Juliana verneinte. Die Schwester wirkte ebenso verunsichert wie sie selbst. Sie suchte den Blick des Vaters, doch der wich ihr aus, schien ganz in sein Spiel auf der Fiedel vertieft zu sein. Mit Kathrin, die das Tamburin schlug, war es nicht besser. Sie hielt sich dicht an den Guitarrenspieler, der ihr immer wieder ein beseligtes Lächeln zuwarf, bis Juliana verstand: Die beiden waren verlobt! Überhaupt wirkte ihre Schwester verändert: Sie trug eine neues, buntes Kleid, hatte farbige Bänder in ihre Zöpfe geflochten und bewegte sich zum Takt der Musik in einer Anmut, die man bei ihrer hageren Gestalt niemals erwartet hätte.

«Warum hast du mir nichts gesagt?», fragte Juliana Hannes vorwurfsvoll.

«Weil's eine Überraschung werden sollte. Hab mir halt gedacht, dass ihr euch alle mal wiedersehen solltet. Mensch, Julchen, so freu dich doch – eine Familie sollte zusammenhalten.»

Tief im Innern freute sie sich auch, vor allem über das Wiedersehen mit ihrem Vater. Aber dass er weder sie noch Margret beachtete, schmerzte.

So wartete sie mit zunehmender Beklommenheit die erste Tanzpause ab, nahm ihre Schwester beim Arm, und gemeinsam traten sie an den kleinen Tisch, an dem die Bänkelsänger bewirtet wurden.

«Guten Abend, Vater. Grüß dich, Kathrin.»

Die beiden starrten sie wortlos an. Als Erstes räusperte sich der Vater.

«So, so. Dann stimmt es also.»

«Was?», fragte Juliana, obwohl sie die Antwort wusste.

«Dass ihr beide mit der Schinderhannesbande umherzieht. Hab's erst nicht glauben wollen, aber gestern taucht dieser Bursche bei uns auf, mit dem Auftrag, beim Bückler seinem Räuberball aufzuspielen.»

«Ich ... ich bin froh, dass ihr gekommen seid», sagte Juliana.

«Wir wären nicht gekommen», erwiderte der Vater barsch. «Wollt aber sehen, ob das Gerücht wahr ist.»

Er musterte sie beide. Schließlich nickte er.

«Juliana also mit diesem Ganovenhauptmann, Margret mit dem plumpen blonden Riesen. Na wunderbar!»

«Der heißt Peter Dallheimer», erwiderte Margret, «und er ist ein guter Mann.»

Für diesen Moment schien ihr alter Trotz zurückzukehren, und sie wandte sich mit vorgerecktem Kinn an Kathrin.

«Immerhin habt ihr schnell Ersatz für uns gefunden – und dazu noch so einen feschen Kerl! Hätt ich nie und nimmer gedacht.»

«Halt bloß dein freches Mundwerk. Das ist Adam Bossmann, mein Bräutigam.»

Wie um dieses Aussage zu bekräftigen, legte Bossmann Kathrin den Arm um die Schulter. Wahrscheinlich sollten ihre Worte harsch klingen, aber Katharina strahlte dabei so sehr, dass Juliana lächeln musste. Wie hübsch ihre älteste Schwester mit einem Mal aussah!

«Das freut mich für dich», sagte sie leise. Dann wandte sie sich an den Vater. «Wie geht's der Mutter und dem Mariechen?»

«Wie soll's denen schon gehen? Außerdem hat euch das früher auch nicht gekümmert.»

«Dann bist du uns noch immer bös?»

Statt einer Antwort stopfte er sich den letzten Wurstzipfel

in den Mund, spülte mit einem kräftigen Schluck Bier nach und erhob sich. Doch Juliana wollte nicht lockerlassen.

«Hast du unsern Brief aus Veitsrodt denn nicht bekommen?», fragte sie leise.

«Doch, hab ihn aber gar nicht erst gelesen. – Weiter geht's! Immerhin bezahlt uns der Schinderhannes fürstlich. Und euch zwei», er warf seinen Töchtern einen abschätzigen Blick zu, «ja wohl auch, wie man an eurem aufgedonnerten Äußeren erkennt.»

Juliana sah ihnen nach, wie sie nach draußen in den Hof verschwanden.

«Jetzt hab ich gar keine Lust mehr zu tanzen», sagte sie leise zu ihrer Schwester.

Die Begegnung hatte Juliana traurig gestimmt, und ihr erster Ärger auf Hannes hätte sich wohl zur Wut gesteigert, hätte der Vater ihr nicht bei der zweiten Tanzrunde plötzlich zugelächelt – wenn auch für Außenstehende kaum sichtbar. Ihr fiel ein Stein vom Herzen. Erst recht, als er nach einigen Liedern die Fiedel von der Schulter nahm und sie beiseitezog.

«Behandelt er dich wenigstens gut?»

«Ja, Vater. Wir lieben uns.»

«Was ist mit deiner Schwester?»

Sie zögerte. «Das musst du sie selbst fragen.»

Er nickte nur und setzte sein Spiel fort. Schon war Hannes wieder bei ihr und zog sie in seine Arme.

«Siehst du, Julchen – es war doch gut, dass er gekommen ist!»

Sie überlegte kurz. «Vielleicht», murmelte sie.

Es wurde fürwahr ein rauschendes Fest. Erst recht, als sich bei Einbruch der Dämmerung ein unerwarteter Gast in das Wirtshaus von Adam Kessler verirrte. Zunächst betrat ein hochgewachsener Mann in blitzsauberem Lakaiengewand, mit schwarzem Haar und schwarzem Schnauzbart, die Stube, und sofort klebten aller Blicke an ihm.

Kessler eilte ihm entgegen.

«Was gibt's, Fremder? Suchst du wen?»

Es wurde still im Raum.

«Wahrscheinlich den großen Räuberhauptmann Schinderhannes», grölte jemand, und ein anderer: «Halt's Maul. Will hören, wer das is.»

Der Mann deutete eine Verbeugung an. «Unser Kutscher hat sich verfahren. Wir sind auf der Reise von Paris nach Mayence und suchen nun einen kommoden Gasthof zum Übernachten.»

Er sprach ein tadelloses Deutsch mit einem leichten französischen Beiklang. Bei seinen letzten Worten brachen die meisten in Lachen aus.

«Wenn du die Gesellschaft von Flöhen und Ratten magst», rief ihm Dallheimer zu, «dann hast du's beim Kessler ganz gewiss kommod.»

Hannes trat vor den Fremden hin, und sofort wurde es wieder mucksmäuschenstill.

«Von Paris nach Mainz, sagen Sie? Das ist fürwahr eine weite Reise.»

Der Mann nickte. Ihm war anzusehen, wie unwohl er sich in dieser Gesellschaft fühlte

«Nun, da seid ihr gehörig vom Weg abgekommen – die Straße nach Mainz führt durch Kirn, eine kleine Stunde östlich von hier, und dort gibt's auch zwei große Gasthäuser. Ich kann eurem Kutscher gerne den Weg dorthin erklären.»

«Das wäre recht hilfreich, junger Mann.»

«Aber zuvor sagen Sie mir doch: Wer ist wir?»

«Meine Herrin Cäcilie Vestris und ihre Zofe.»

Was für ein seltsamer Name, dachte sich Juliana noch, als sich auch schon Leyendecker und Dallheimer dazugesellt hatten.

«Sie scherzen!», sagte Leyendecker. «Etwa Cäcilie Vestris, die berühmte Tänzerin aus Paris?»

«Ebendiese», antwortete der Diener stolz. «Und sie ist in den Erthaler Hof zu Mayence eingeladen, vom Generalcommissaire höchstpersönlich.»

«Worauf warten wir noch, Hannes? Wir sollten der Dame schnellstens aus ihrer misslichen Lage helfen.»

Sie nahmen den Mann in ihre Mitte und schickten sich an, die Stube zu verlassen. Als die Ersten ihnen nachgehen wollten, drehte sich Hannes in der Tür um.

«Ihr bleibt hier. Das ist ein Befehl!»

Juliana zuckte zusammen. Wollten die drei im Ernst eine wehrlose Frau ausrauben? Dass dieser geschniegelte Lakai kein ernstzunehmender Beschützer war, erkannte man auf den ersten Blick.

«Was haben die vor?», fragte sie Seibert, der sich breitbeinig und wichtigtuerisch neben die Tür gepflanzt hatte.

«Geht's dich was an?», kam es ruppig zurück. Augenscheinlich fuchste es ihn, dass man ihn nicht mitgenommen hatte. Indessen dauerte es nur wenige Minuten, bis die Tür wieder aufgerissen wurde und eine seltsame Prozession hereinmarschierte: vorweg Dallheimer, die Pistole im Rücken des Kutschers, dann Leyendecker, der seinerseits den Lakaien in Schach hielt, gefolgt von einem schreckensbleichen dicklichen Mädchen, offenbar die Zofe, und schließlich Hannes mit strahlendem Lächeln.

An seinem Arm führte er galant wie ein Ritter die schönste und gepflegteste Frau, die Juliana je gesehen hatte. Sie war von aufrechter und sehr schlanker Gestalt, ihr schmales, ebenmäßiges Gesicht hatte die Farbe von Porzellan, auf dem zu künstlichen Locken gedrehten schwarzen Haar saß ein kleiner, flacher Strohhut. Vor allem aber stach ihr fremdartiges Gewand ins Auge, das wohl nach der neuesten Pariser Mode geschneidert war: ein tief ausgeschnittenes helles Kleid aus weichem, fließendem Stoff, an den Rändern mit blauem Seidenband verziert, darüber eine ebensolche kurze Jacke. Und ihre zierlichen Füße steckten in rosenfarbenen Halbschuhen aus Seide!

Furchtlos, ja fast schon verächtlich blickten ihre großen dunklen Augen unter den gezupften Brauen in die Runde. Hannes ließ ihren Arm los, klatschte in die Hände und rief: «Liebe Freunde und Kameruschen, ich bin hocherfreut, dass wir noch *vor* dem Mainzer Generalkommissar das Vergnügen haben, die weltberühmte Pariser Tanzkünstlerin Madame Cäcilie Vestris, zu empfangen.»

Er verneigte sich vor ihr fast bis zum Boden, was Juliana einigermaßen lächerlich fand. Dann gab er ihrem Vater einen Wink, und der setzte die Fiedel an.

«Und nun bitte ich Sie demütigst, Madame, diesem erlauchten Publikum eine Probe Ihrer Kunst zu geben!»

«Non!», kam es prompt, bevor die Musikanten auch nur den ersten Ton spielen konnten.

«O verzeiht – wie unhöflich von mir! Einen Ehrengast um einen Gefallen zu bitten, ohne ihm zuvor eine Erfrischung angeboten zu haben. Und hernach sind Sie und Ihre Begleiter selbstverständlich zu einer stärkenden Mahlzeit eingeladen, bevor ich Ihrem Kutscher den Weg nach Kirn erkläre.»

Juliana wunderte sich immer mehr über Hannes. Wie gestelzt er auf einmal daherreden konnte! Es versetzte ihr einen Stich, als er die Tänzerin erneut beim Arm nahm, überaus vorsichtig, als sei sie zerbrechlich, und zu seinem Stammtisch führte. Dort saßen inzwischen auch der Schultes von Griebelschied und einige Amtspersonen aus der Umgebung.

Der Schultes sprang so hastig vom Stuhl, dass der nach hinten wegkippte, und küsste der Dame die Hand. «Sie gestatten: Friedrich Eisenhuth, Schultes dieses bescheidenen Dorfes.»

Die Amtmänner taten es ihm nach, mit übertrieben ehrerbietigem Buckeln. Die Miene der Tänzerin wurde nur noch eisiger.

Inzwischen hatte Adam Kessler einen großen Krug Wein, drei Becher und einen seiner wertvollen Römer aus grünem Waldglas herbeigeschafft. Der Dame, die keine Anstalten machte, sich zu setzen, schenkte er zuerst ein.

«Bittschön!» Er reichte ihr das Glas. «Von meinem besten Roten!»

Juliana fiel auf, dass diese Cäcilie sogar seidene Handschuhe trug – was musste sie erst für Reichtümer in ihrem Gepäck haben!

Den Wein rührte sie nicht an.

«Was ist, Bürgerin – mögen Sie nicht einmal kosten?», fragte Hannes und zwinkerte ihr zu. «Unser Nahewein kann sich durchaus mit den französischen Rebsäften messen. Ach, ich verstehe: Sie fürchten, man könnte Ihnen ein Schlafpulver zugemischt haben.»

Er schenkte sich einen der Becher voll, trank ihn in einem Zug leer und grinste schelmisch.

«Falls Sie also in mir den Halunken und Ganoven sehen, so hat sich dieser hiermit selbst außer Gefecht gesetzt.»

Wider Erwarten begann sie zu lächeln, ganz fein, in einer Andeutung nur, und Juliana durchfuhr der glühende Dolch der Eifersucht. Derweil hatte der Wirt auch Cäcilies Begleitern von dem Wein eingeschenkt, die sich, anders als ihre Herrin, nicht zweimal bitten ließen.

«Selbstredend», schwatzte Hannes weiter, «werden wir Sie für Ihre Kunst angemessen entlohnen – ich bitte Sie demütigst: eine kleine Kostprobe nur! Sie ahnen nicht, was für ein Vergnügen Sie all diesen einfachen Menschen machen würden, die doch sonst kaum hinter ihrem Misthaufen hervorkommen. Bitte, Madame – im Namen der Freiheit, Gleichheit und Brüderlichkeit!»

Sacht legte er ihr seine Hand auf den Arm, und sie ließ ihn gewähren.

«Jetzt, Hannikel, spiel! Etwas Schönes, Getragenes.»

Die Musik setzte ein. So anrührend spielten Bossmann und ihr Vater, dass Juliana die Tränen kamen. Erst recht, als sich Cäcilie voller Liebreiz und Grazie zu bewegen begann. Rasch wichen alle zurück, um ihr in der Mitte der Gaststube eine Bühne zu bieten. Im Takt der Musik drehte und wiegte sich die Künstlerin in einer Biegsamkeit, die an die Bewegungen einer Schlange erinnerte, sprang mehrmals federleicht in die Höhe, landete auf den Zehenspitzen, kreiste erst langsam, dann schneller und schneller um sich selbst, bis einem nur vom Zusehen schwindelig wurde.

Die Künstlerin schien vollkommen vergessen zu haben, wo sie sich befand. Juliana war sich sicher: Vor Fürsten und Königen hätte sie nicht anders getanzt als vor all diesen trunkenen Ganoven und Tagedieben, Dirnen und Vagabunden, die sie mit offenen Mäulern anglotzten.

Als der letzte Akkord verhallte, erstarrte der Leib der Tänzerin in einer eleganten, ausladenden Bewegung, bis sie sich entspannte und am Ende sogar verbeugte.

Nach einem Augenblick der Stille brach ein unbeschreiblicher Jubel los, begleitet von stampfenden Füßen und Applaus.

«Weitermachen! Weitermachen!», tönte es allenthalben,

doch ihre Lippen formten ein kaum hörbares «Non!», und sie kehrte an den Tisch zurück.

«Wunderbar! Ganz entzückend!», riefen die Amtmänner und warfen ihr Handküsse durch die Luft zu, während die Tänzerin nur Augen für Hannes hatte. Und er für sie. Schweigend sahen sie sich an, Hannes' fast flehender Blick schien zu sagen: «Tanze noch einmal für mich!»

Julianas Herz klopfte schneller. Wenn diese Frau tatsächlich weitertanzen sollte, dann würde Juliana den Räuberball verlassen. Dann nämlich wäre es eine Darbietung ganz allein für Hannes gewesen.

Stattdessen streckte Cäcilie nach einigem Zögern die Hand aus: «Mon salaire, Monsieur Schinderhannes!»

Hannes nickte, sein Lächeln wurde traurig. Er zählte ihr fünf Louisdor in die offene Hand – ein mehr als großzügiger Lohn.

«Ich bitte Sie, Madame, mir diesen kleinen Scherz nicht mehr übelzunehmen. Sie haben mir und meinen Freunden ein kostbares Geschenk gemacht.» Er schloss ihre Hand über den Goldstücken und verbeugte sich. «Ein noch größeres Geschenk würden Sie mir machen, wenn Sie nun mit uns speisen würden.»

Da begann die Tänzerin schallend zu lachen. Sie winkte ihre Begleiter heran, und auf ein Zeichen von Hannes steckten Dallheimer und Leyendecker ihre Pistolen weg.

«Adieu, mon capitaine!», sagte sie, zu Hannes gewandt, und wurde wieder ernst.

«Schade, sehr schade, Madame. Dann nehmen Sie wenigstens dies», er zog eine seiner unterzeichneten Sicherheitskarten aus der Rocktasche, «als Andenken an mich und zum sicheren Geleit.»

Ohne einen Blick darauf zu werfen, gab sie die Karte an

den Kutscher weiter. Der fragte: «Wie geht's denn nun nach Kirn?»

«Rechter Hand die Straße hinab bis zu einer alten Eiche, dann wiederum rechts, und eine gute halbe Stunde später seid ihr schon in Kirn. – Warten Sie, ich bringe Sie noch zur Tür!»

Er eilte voraus, um Cäcilie den Weg zu bahnen, stieß die Tür auf, und schon waren die Gäste draußen verschwunden.

«Und richten Sie dem Mainzer Generalkommissär die besten Grüße vom Schinderhannes aus», rief er hinterher.

Eine Weile noch blieb er in der offenen Tür stehen, dann wandte er sich um.

«Wo bleibt die Musik? Will etwa niemand mehr singen und tanzen?»

Bis weit nach Mitternacht dauerte das Fest. In der Stube wurde gezecht und gewürfelt, im Hof ausgelassen getanzt. Von den jungen Mädchen hatte so manch eine versucht, die Künste der Tänzerin nachzuahmen, was schallendes Gelächter erntete, und immer wieder aufs Neue schlug jemand Hannes auf die Schulter, als Anerkennung für dieses Bravourstück, das er sich geleistet hatte. Juliana indessen war verstimmt, erst recht, als er sich, da sie sich zu tanzen weigerte, kurzerhand eine andere holte.

Doch schon beim nächsten Lied kehrte er zu ihr zurück.

«Jetzt komm schon, Julchen. Dieses Trampel ist mir ständig auf die Füße getreten – mit dir ist es einfach am schönsten.»

«Aber wohl doch nicht so schön, wie es mit dieser Madame aus Paris gewesen wäre», entgegnete sie schnippisch

Er zog sie an sich.

«Weißt du, was ich glaub, Julchen? Cäcilie kann nur allein tanzen. Ganz für sich allein. Und ja, sie ist wunderschön, wie aus einer Märchenwelt. Aber sie ist unnahbar, ganz weit weg für uns gemeine Menschen. Verstehst du, was ich meine?»

Ja, sie glaubte zu verstehen.

«Aber du», fuhr er fort, «du bist echt. So richtig aus Fleisch und Blut.»

Sie ließen fortan keinen Tanz mehr aus, bis Hannes sie schließlich in eine stille Ecke des Hinterhofs führte, die nicht von Fackeln erhellt wurde, und sie küsste.

«Ich möchte, dass wir bald heiraten, oben auf der Burg, in unserer Schlosskapelle. Und wenn du willst, schnappen wir uns einen Pfarrer, damit er uns segnet. Willst du, Julchen? Ich meine, mich heiraten? Ich sag das nicht nur so daher – ich will es wirklich und ganz bald. Du auch?»

«Du lässt mich ja gar nicht zu Wort kommen», lachte sie. «Außerdem: Wir beide bekommen niemals einen Heiratskonsens.»

«Was schert uns das? Der Mond und die Sterne sollen unsre Zeugen sein, dazu unsere Freunde und ein besoffener Pfaffe. Gleich nach dem Überfall in Hottenbach heiraten wir, ja?»

«Ja!» Sie legte ihm die Arme um den Hals und küsste ihn zärtlich zurück.

Nach einer Weile erst merkten sie, dass die Musik verstummt war. Rufe wurden laut: «He, Hannikel, weiterspielen!» – «Bleibst wohl noch hier!»

Da stand die kräftige, untersetzte Gestalt ihres Vaters auch schon vor ihnen.

«Wir gehen, Bückler. Gib mir den Lohn.»

«Gleich. Hab meine Jagdtasche hinter der Theke. Wartet hier, bin sofort wieder da.»

Er verschwand, und der Vater machte einen unbeholfenen Versuch, sie zu umarmen.

«Auf Wiedersehen, Juliana. Pass auf dich auf.»

«Auf Wiedersehen, Vater. – Soll ich euch denn mal besuchen?»

Er trat einen Schritt zurück. «Du allein, ja. Aber den Bückler will ich nicht im Haus haben.»

Juliana biss sich auf die Lippen. «Warum sagst du so was?»

Der Vater schluckte. «Weil er dich ins Verderben zieht. Und weil ich Angst um dich hab.»

«Mir ging's noch nie so gut wie jetzt.»

In diesem Augenblick kehrte Hannes zurück, mit einem gutgefüllten Stoffbeutel in der Hand.

«Zähl nach – es ist mehr, als wir ausgemacht haben.»

Der Vater winkte ab. Ohne ein weiteres Wort nahm er den Lohn entgegen und stapfte davon.

«Was hat er dir gesagt, dass du so traurig guckst?», fragte Hannes sie.

«Nichts. Gar nichts. Hör zu, Hannes: Ich komme mit zu diesem Wolff Wiener. Und wenn's nur dafür ist, dass ich beim Überfall Wache stehe.»

## Kapitel 18

Stein und Julchen bleiben mit der Handkarre im Gehölz, von dort könnt ihr auch die Landstraße beobachten. Adler und Rüb stehen Schmiere am Haus, Leyendecker sichert vor der Kirche, damit nur ja niemand die Glocke läutet. Dallheimer, Denig und Gerhard stürmen mit mir das Haus.»

«Und wo liegt der Rammbock?», fragte Rüb, ein blutjunger Bursche, der jetzt nervös die Finger knetete.

«Potzblitz, hörst du nicht zu? In dem Wäldchen, wo Stein und Julchen warten. Das hab ich doch grad erst gesagt.»

Zu neunt hatten sie sich in der Weidener Mühle versammelt, nur einen Katzensprung vom Nachbarort Hottenbach entfernt, und Hannes gab die letzten Anweisungen. Auf dem Weg von der Schmidtburg hierher, quer durch Wald und Felder, hatten sie die Strecke mit Geheimzeichen markiert, damit auch jeder, falls die Gruppe zersprengt würde, in der Nacht wieder schnellstmöglich zur Burg zurückfinden würde, die immerhin zwei Wegstunden entfernt lag. Zu Julianas Erstaunen hatten die Männer unterwegs kräftig gezecht, und Hannes hatte sie gewähren lassen. Dabei hatten sie wahrhaftig die Marseillaise geprobt, hatten in lautstarken Missklängen ihr «Allons enfants de la Patrie ...» in die einbrechende Dunkelheit geschmettert. Hannes und Dallheimer hatten sich dann kurz vor der Mühle von ihnen abgesetzt, um das Haus von Wolff Wiener zu inspizieren, waren vor einer halben Stunde wieder zu ihnen gestoßen und hatten den anderen bis ins Kleinste die Lage von Haus und Garten, von Ein- und Ausgängen, von Straßen und Nachbarhäusern geschildert. Der dortige Nachtwächter, der die Stunden abrief, sei ein alter Graubart, mit einem lächerlichen Spieß bewaffnet. «Adler, Leyendecker – ihr schnappt ihn euch, wenn er euch quer kommt. Aber nur fesseln und knebeln, keine Blutrunst.» Dann hatte er an diejenigen, die mit ihm ins Haus sollten, die Bündel mit Wachslichter verteilt und ein letztes Mal die Branntweinflasche herumgehen lassen.

Juliana spürte, wie ihr die Anspannung die Brust eng werden ließ. Trotzdem bereute sie ihren Entschluss nicht, hatte sie doch lange genug mit Hannes gerungen, bis der endlich eingewilligt hatte. Er hatte wohl eingesehen, dass sie für diesmal stur bleiben würde. Die Männer waren alles andere als begeistert gewesen, ein Weib mit auf den Raubzug zu nehmen, und Margret hatte sie für völlig übergeschnappt erklärt. Zusammen mit Seibert, der sich am Vortag den Fuß verstaucht hatte, und ihren Bewachern aus dem Dorf war sie auf der Burg zurückgeblieben und lag jetzt wahrscheinlich schon tief schlafend auf ihrem Strohlager.

Nein, sie hätte nicht mit der Schwester tauschen mögen, weil sie ohnehin kein Auge zugetan hätte in dieser Nacht.

Hannes' Blick blieb an ihr hängen.

«Du kannst immer noch hier in der Mühle bleiben, und ich hole dich hinterher ab», sagte er.

«Nein, ich komme mit euch.»

Täuschte sie sich, oder blitzte Stolz in seinen Augen auf?

«Gut. Du bekommst eine Pistole von mir, und wenn's je brenzlig wird, schießt du in die Luft und nimmst die Beine in die Hand. Versprochen?»

«Mir geschieht schon nichts.»

Er runzelte die Stirn.

«Hab ein Aug auf sie», wandte er sich an Jacob Stein. Dann deutete er auf den Kanonenofen in der Ecke. «Du und ihr andern aus Weiden, ihr schwärzt euch noch Stirn und Wangen mit Kohle.»

«Warum nur wir und die andern nicht?», fragte Rüb.

«Weil die Hottenbacher euch kennen, du Kürbiskopf. Wenn du willst, dass die dich morgen schon ums Eck bringen, kannst es aber auch bleibenlassen.»

Er begann, in der kleinen Stube auf und ab zu marschieren.

«Sind alle Waffen geladen und überprüft?», fragte er dabei. «Habt ihr genug zum Nachladen dabei?» – «Habt ihr die Stricke?» – «Seid ihr alsdann zum Abmarsch bereit?»

Die Jüngeren erwiderten jede seiner Fragen, vor allem Letztere, mit einem begeisterten «Jawohl, Capitaine!». Dallheimer, Leyendecker und Jacob Stein hingegen nickten nur. Am Ende bohrte Hannes dem jungen Rüb seinen Zeigefinger in die Brust:

«Wie heißt die Parole zum Alarm?»

«Ähm – Schiller!»

Juliana sah, wie Leyendecker von einem Ohr zum andern grinste. Die Losung war natürlich von ihm.

«Und die zum Rückzug?»

«Ähm, warte, gleich hab ich's – Friedrich, nein: Karl Moor!»

«Glück gehabt. Ich hätt dich sonst gradwegs heimgeschickt. Dann auf nach Hottenbach, Kameruschen. Zeigen wir dem Jud, was das Stündlein geschlagen hat!»

Hannes hatte den Zeitpunkt gut gewählt. Der Himmel war wolkenverhangen, kein Mondlicht erhellte die Straße, dennoch würde die Nacht trocken bleiben. Juliana wusste inzwischen: Helle Sommernächte waren zu meiden, ebenso Schneefall oder starker Regen.

Schweigend, die Halstücher bis über die Nase, die Hüte tief ins Gesicht geschoben – auch Juliana trug einen runden Männerhut –, erreichten sie bald schon Hottenbach. Still und verschlafen scharten sich die Häuser um Kirche, Mairie und Dorfanger. Das stattliche Haus des Tuchhändlers lag am Dorfrand an der Landstraße, wo sie sich ein letztes Mal in einem nahen Wäldchen sammelten.

«Oben brennt noch ein Licht», flüsterte Hannes. «Dallheimer, du holst die Herrschaften gleich als Erstes herunter.»

Dann hoben Dallheimer, Denig und Gerhard den mächtigen Balken aus dem hohen Gras, der gut zehn Schuh lang und einen Schuh dick war.

«Los geht's!»

Hannes marschierte vorweg, das Brecheisen, das ihn als Commandant auszeichnete, in der Linken, die Pistole in der Rechten. Bald waren die Männer nur noch als dunkle Schatten erkennbar, mit dem Balken zwischen sich sahen sie aus wie ein Lindwurm. Kaum im Dorf angelangt, brüllte Hannes los:

«Allez, Camarades! Formez-vous! Rangez-vous! En avant! Marchons!»

Wie Rasende lärmten die Räuber plötzlich! Die einen brüllten und fluchten in französischen Sprachbrocken, die andern grölten die Marseillaise, zwischendurch fielen immer wieder Schüsse. Juliana hielt den Atem an. Von ihrer Warte aus konnte man von Wieners Anwesen nur das Buschwerk des Gartens und das Hausdach sehen, die Räuber selbst waren von der Dunkelheit verschluckt. Doch zu hören waren sie wahrscheinlich bis hinüber nach Weiden, so lautstark war ihr Getöse. Im Geiste sah sie schon die Bürgerwehr oder die Gendarmen anrücken, indessen deutete nichts auf einen Tumult oder Kampf hin.

Für einen kurzen Moment wurde es ruhig, dann hörte sie, wie etwas gegen die Tür schlug. Mit seiner kräftigen Stimme rief Hannes: «Der Schinderhannes ist da und will dich abfangen. Mach auf, Wolff Wiener!»

Nur einen Atemzug später krachte es schon, Holz splitterte, Schreie ertönten – Angstschreie wie auch das Gebrüll der Räuber in ihrem falschen Französisch. Wieder knallten Schüsse, und plötzlich hielt Juliana nichts mehr an ihrem Platz. Geduckt, den Griff der schweren Waffe fest in beiden Händen, rannte sie los.

«Verdammtes Weib, bleib hier!», fluchte Jacob Stein hinter ihr her, doch da war sie schon an der Seitenfront des Hauses angelangt. Hinter den Fensterscheiben flackerten Lichter auf, bis das ganze Erdgeschoss von den an die Wände geklebten Wachskerzen erleuchtet war. Und das beängstigende Brüllen und Schreien nahm kein Ende.

Sie stellte sich auf die Zehenspitzen, um hineinsehen zu können. Die Angstrufe, die allmählich in Wimmern übergingen, mussten aus dem Nebenzimmer kommen, denn in dem großen, wohl als Laden und Lager dienenden Raum waren nur Hannes und der Müllerknecht Gerhard zugange: Hannes, als Chef der Gesellschaft, brach die Schränke und Truhen auf, während der Knecht das Erbeutete wieselflink in Decken und Säcken verstaute. Dabei schrien sie sich unablässig etwas in ihrer Gaunersprache zu, und zwar so laut, dass es im ganzen Haus zu hören war. Mit einem Mal blickte Hannes in Richtung Fenster und stutzte – rasch duckte sie sich weg und wechselte zum nächsten Fenster.

Von dort hatte sie Einblick in eine Art Bureau mit Schreibtisch und Stehpult, wohin man die Bewohner verfrachtet hatte. Auf dem Boden lagen ein Mann im mittleren Alter und eine etwas jüngere Frau, beide an Händen und Füßen gefesselt, und gerade trat Dallheimer, eine Weinflasche in der Hand, dem wehrlosen Mann mit voller Wucht in die Leiste. Der krümmte sich stöhnend zusammen.

«Wirst du wohl singen, du Bastard? Wo ist das Gold?»

Im diesem Moment trat Denig mit seinem geschwärzten Gesicht durch eine schmale Tür. Er schob einen klapprigen Greis vor sich her, dem er sein Messer an die Kehle hielt. Der arme Mann vermochte sich kaum auf den Beinen halten, sein Nachthemd hatte er vor Angst eingenässt.

«Der hier wollt die Fliege machen.»

Denig warf ihn zu Boden und bearbeitete ihn mit Tritten, obwohl er sich gar nicht mehr rührte. Wahrscheinlich war er längst ohnmächtig geworden. Von nebenan hörte man, wie jemand mit einem Beil das Mobiliar zerschlug.

«Verschont meinen Vater!», flehte die Frau. «Wir wollen euch doch alles geben.»

«Das Gold!», schrie Dallheimer unablässig. «Her mit dem Gold!»

Juliana, die sich mit beiden Händen am äußeren Fenstersims festkrallte, hätte sich am liebsten die Ohren zugehalten, zumal sich jetzt noch ein schrilles Wimmern wie von einem Tier dreinmischte. Da erst entdeckte sie zwischen Schreibtisch und Fenster eine Wiege, aus dem sich verzweifelte Ärmchen in die Luft reckten. Auch Dallheimer und Denig hielten kurz inne.

Herrje, ein Kleinkind! Ihr blieb die Luft weg. Wenn sie wenigstens das Kind und den Alten verschonten! Doch Denig hatte schon ausgeholt und mit der flachen Hand zweimal in die Wiege geschlagen. Das Wimmern erstarb. Dieser Dreckskerl – hatte er es totgeschlagen? Sie begann am ganzen Leib zu zittern, aber das sollte noch nicht das Ende sein. Plötzlich schnellte unter dem Schreibtisch ein Knabe hervor, ein dunkelhaariges, schmales Kerlchen von höchstens acht Jahren, und stürzte sich auf Denig. Das Kreischen der Frau gellte durch den Raum, während Denig den Knaben zu packen versuchte. Der aber schlug um sich, kratzte und biss wie eine Wildkatze.

«Lass das Kind!», schrie die Frau, als Denig ihn schließlich bei den Haaren gepackt hatte, um ihm sogleich mit der Faust erst in den Magen, dann zweimal ins Gesicht zu schlagen. Der Junge geriet ins Taumeln, schwankte gegen den Fenstersims. Sein fast mädchenhaft zartes Gesicht war Juliana mehrere Atemzüge lang zum Greifen nah, die aufgerissenen schwarzen Augen starrten sie an, Blut rann aus der Nase und aus einer klaffenden Wunde an der Schläfe. Dann rutschte der Knabe weg und verschwand aus ihrem Blickfeld.

Juliana liefen die Tränen über die Wangen. Warum diese unschuldigen, hilflosen Kinder? Nun stürmte auch noch Hannes herein, mit finsterem Blick, und war in drei großen Schritten bei der Wiege. Ihr stockte der Atem, als er sich hinunterbeugte und hineinfasste. Was hatte er vor? Unwillkürlich kniff sie die Augen zu.

Als sie sie wieder öffnete, hielt er das Kleine auf dem Arm. Dessen nackte Ärmchen und Beinchen ruderten eifrig hin und her, und auf Hannes' Gesicht lag ein Lächeln.

«Ihm fehlt nichts», rief er und legte das Kind vorsichtig zurück in die Wiege. «Aber das kann sich schnell ändern.»

Mit voller Wucht trat er dem am Boden liegenden Wiener in die Seite. Der stöhnte auf.

«Ich zähl bis drei, dann machst du das Maul auf, sonst …»

Er zielte auf Wieners Kopf, hob den Lauf der Pistole geringfügig an und schoss knapp über ihn hinweg in die Dielen.

«Der nächste Schuss geht gegen die Kinder.»

Das war mehr, als Juliana ertragen konnte. Sie stieß sich von der Hauswand ab, schaffte es bis zum nächsten Gebüsch und übergab sich dort in heftigen Krämpfen. Kalter Schweiß stand ihr auf der Stirn. Mühsam raffte sie sich wieder auf und stolperte durch den Garten. Inzwischen war das halbe Dorf auf den Beinen, nur einen Steinwurf vom Hauseingang der Wieners entfernt hatte man sich versammelt, die meisten in Morgenmänteln, Schlafhauben und Pantoffeln. Aber keiner von ihnen rührte sich, da Adler und Denig ihnen immer wieder drohten: «Einen Schritt weiter, und ihr seid mausetot.»

Sie beeilte sich, in den Schutz des Wäldchens zurückzukommen, wo Jacob Stein sie mit einer Tirade an Flüchen empfing. Sie beachtete ihn nicht. Erschöpft ließ sie sich neben dem Handwagen ins Gras sinken und wartete. Die Schreie bei Wiener waren verstummt – entweder hatten die Räuber, was sie wollten, oder ihre Opfer waren alle tot.

Hannes hatte recht gehabt: Sie hätte gar nicht erst mitkommen dürfen.

Sie schrak zusammen, als der Lärm jäh wieder anschwoll.

Aber es waren nur die eigenen Leute mit ihrem vertrauten Grölen, dem falschen Franzosengesang und ein paar letzten Pistolenschüssen zum Abschied.

«Wehe, du sagst dem Hannes was», zischte sie dem Messerschmied zu. «Ich war nur mal eben austreten.»

Kaum waren die Männer wieder zu ihnen gestoßen, allesamt mit Beute gut bepackt, verstummten sie mit einem Schlag. Galt es doch jetzt, sich möglichst schnell und unbemerkt von Hottenbach fortzuschleichen, um nicht doch noch in einen Hinterhalt zu geraten. Sack für Sack landete auf dem Handwagen, bis Hannes den geflüsterten Befehl gab: «Ab ins Krachert!»

Über einen schmalen Pfad ging es durchs Unterholz. Die nächste halbe Stunde war kein Wort zu hören, nur die Handkarre ächzte und knarrte unter ihrem Gewicht. Mit Mühe hielt sich Juliana im Zaum. Es drängte sie zu erfahren, was mit den beiden Kindern geschehen war.

Als sie weit genug entfernt waren von Hottenbach, gab Hannes das Zeichen, dass man wieder frei reden durfte. Alberne Scherzworte flogen hin und her, manch einer brüstete sich mit seinen Erlebnissen.

«Was für ein feiges Volk! Die ganzen Leute standen vor uns wie die Ölgötzen», rief Adler vergnügt, «und haben sich schier in die Hosen gemacht!»

Dallheimer lachte. «Genau wie der Alte in der Schreibstube! Der hat sich von oben bis unten vollgepisst.»

So ging das in einem fort weiter, aber Juliana wollte das alles gar nicht hören. Sie bekam das Bild des verletzten, zu Tode erschrockenen Knaben nicht mehr aus dem Kopf. Erst als sie sich dem Hahnenbachtal näherten, stieß sie hervor:

«Da waren Kinder – ich hab Kinder schreien hören.»

Verdutzt sah Hannes sie an. «Ja, du hast recht. Und was willst du jetzt wissen?»

«Was habt ihr ihnen getan?»

Alle starrten sie an.

«Glaubst du etwa, wie vergreifen uns an Kindern?», erwiderte Hannes finster.

«Du nicht – aber vielleicht die andern.»

«Pah!» Denig spuckte aus. «Der kleine Mistkerl hat mich angegriffen, da hab ich ihm halt eine geknallt. Selber schuld.»

«Geknallt …», murmelte sie. Dann biss sie die Lippen zusammen. Sie wagte nicht zuzugeben, dass sie hinter dem Fenster gestanden hatte, zumal der Messerschmied bis jetzt wahrhaftig den Mund gehalten hatte.

Misstrauisch musterte Hannes sie.

«Was ist?», fragte er schließlich. «Bereust du es also?»

«Kinder prügeln, das ist feige und gemein. Sie können am wenigsten dafür, dass Wiener nicht zahlen wollte.»

«Was soll das? Danach hat Wiener schließlich verraten, wo er sein Gold und Silber versteckt hat. Kinder sind das beste Druckmittel.» Er zuckte die Achseln. «Ein Überfall ist kein Sonntagsspaziergang, wo man fragt: Einen schönen guten Tag, Herr Nachbar, täten Sie uns mal eben Ihr Vermögen überreichen?»

Dallheimer stieß ihn verärgert in die Seite. «Hab dir gleich gesagt, dass es Schwachsinn ist, ein Weib mitzuschleppen.»

«Halt dein Maul», fuhr Hannes ihn an. Dann fasste er Juliana bei den Schultern. «Hätte er halt von vornherein das Schutzgeld bezahlt. Das wird den andern Juden eine Warnung sein.»

Juliana gab sich einen Ruck. Sie wollte Hannes glauben, dass den Kindern nichts geschehen war.

Sie musste ihm einfach glauben.

Am Hahnenbach nahe der Reinhardtsmühle steckten sie die verbliebenen Lichter an und entluden die Karre sowie die

Schnappsäcke der Männer. Noch bevor es ans Verteilen ging, visitierte Hannes alle bis auf Dallheimer und Leyendecker, indem er ihnen Hose und Leibrock abklopfte.

«Sauber», murmelte er. Dann lobte er seine Kumpane für die gute Arbeit: «Zum nächsten Kassne-Malochen lade ich euch wieder ein. Alsdann: Zuerst kriegen die Neuen ihren Anteil.»

Unfassbar, was sie bei dem Tuchhändler alles erbeutet hatten! Da fanden sich kostbare Stoffe wie Seide und Brokat, zwei Garnituren Tafelsilber, drei silberne Taschenuhren, eine Uhr aus falschem Mannheimer Gold, ein vergoldetes Salzkännchen, dazu Schmuck, Bruchsilber, Gold- und Silbermünzen ... Selbst das, was nach der Aufteilung Hannes verblieb, war noch so reichlich, dass man davon ein halbes Jahr unbesorgt würde leben können.

«Jetzt hat die Familie alles verloren», entfuhr es ihr leise.

«Was redest du da?», schnaubte Hannes. «Wir nehmen diesen Wucherern nur das Blutgeld ab, das sie armen Leuten ungerecht abgezwungen haben.»

Die Komplizen aus Weiden verabschiedeten sich. Julianas Gefühl nach musste es schon weit nach Mitternacht sein, sie war hundemüde und sehnte sich nur noch nach ihrem weichen Bett. Doch als Adler nach der Deichsel der Handkarre griff, stellte sich ihm Leyendecker in den Weg.

«Wir sollten besser nicht auf die Schmidtburg zurück. Mag der feige Hottenbacher Bürgermeister auch davongerannt sein – die Franzosen werden uns nach dieser Sache erst recht im Visier haben.»

«Was redest du da?» Hannes schüttelte den Kopf. «Keiner von denen weiß, dass wir auf der Burg sind.»

«Bist du dir da sicher? Die Brigade von Kirn musstet ihr ja in eurer Dummheit ohne Not angreifen, die können jetzt eins und eins zusammenzählen. Und der Griebelschieder Räuberball hat sich rumgesprochen wie ein Lauffeuer. Da muss nur ein Einziger quatschen.»

«Ach was. Hier in der Gegend halten die Leut dicht.»

«Ich sag's dir als dein Freund, Hannes: Werd nicht leichtsinnig. Noch heute Nacht sollten wir das Quartier wechseln.»

Hannes schien unsicher zu werden. «Was schlägst du also vor?»

«Steigen wir auf dem Kallenfelser Hof ab. Bei Ludwig Rech vermutet uns niemand. Und der Kerl schuldet dir immer noch eine Stange Geld, wird uns also nicht abweisen können.»

«Spinnst du?», maulte Dallheimer. «Bis Kirn sind's fast noch mal zwei Wegstunden!»

Doch Hannes willigte in den Vorschlag ein.

«Und was ist mit Margret und Seibert, wenn's jetzt doch gefährlich wird auf der Burg?», fragte Juliana besorgt.

«Daran hab ich auch schon gedacht.» Hannes übernahm den Griff des Handwagens. «Adler, du gehst auf die Burg und weckst die beiden. Sie sollen nur das Nötigste packen und mit den Pferden zum Rech kommen. Beeilen wir uns, damit wir heut noch eine Mütze Schlaf bekommen.»

## Kapitel 19

Juliana fand es jammerschade, dass sie die malerische alte Burg mit ihrem Nachtlager in der Schlosskapelle hatten verlassen müssen. Nun gut, dafür durfte man sich bei Ludwig Rech sicher fühlen. Der Kallenfelser Hof lag an einem jähen Fels, eine viertel Wegstunde von Kirn entfernt, und bot eine treffliche Aussicht ins Hahnenbachtal. Hier oben hatten einst berüchtigte Raubritter ihr Schloss gehabt, unterhalb der Ruinen hatte Rech ein Wohnhaus mit Stallung gepachtet und betrieb neben Viehzucht auch Hehlerei für Leute wie Hannes. Damit hatte er sich einigen Wohlstand erwirtschaftet und genoss bei der Obrigkeit rundum einen guten Ruf. Schon aus diesem Grund würde man bei ihm die Bande des Schinderhannes wohl kaum vermuten.

Rech hatte ihnen zwei Stuben im oberen Stockwerk überlassen: Die kleinere bewohnten Juliana und Hannes, die größere Adler, Seibert, Dallheimer und Margret. Die ersten Tage setzten sie keinen Fuß außer Haus, da sie aus dem Fenster einige Male unten im Tal Brigaden vorbeireiten gesehen hatten. So versorgten Ludwig Rech und die Witwe Anna Maria Frey aus Hahnenbach, ein schmutziges altes Weib, sie mit Lebensmitteln und Nachrichten.

«Hier ist's so eng, ich komme mir vor wie eine Gefangene», klagte Juliana Hannes, als sie sich wegen Regenwetters aus dem kleinen ummauerten Hof in ihr Stübchen zurückgezogen hatten. Nebenan lärmten die anderen, die sich aus Kirn ein Fässchen Branntwein hatten bringen lassen.

«So wird es manches Mal sein, wenn du bei mir bleiben willst», entgegnete er. «Was glaubst du, wie oft ich mich in meinem Leben schon hab verstecken halten müssen. Aber gräm dich nicht: Wir bleiben nur ein, zwei Wochen, bis sich der Aufruhr um Wiener gelegt hat. Und außerdem hab ich bald schon eine Überraschung für dich!»

«Eine Überraschung?»

«Wenn ich's dir sag, ist's keine Überraschung mehr.»

«Bitte, Hannes, nur ein Wort! Dann kann ich mich schon im Voraus freuen.»

«Also gut. Über die alte Frey hab ich drei Schneider ausfindig gemacht, in Hahnenbach, auf dem Kallenfelser Hof und auf der Birkenmühle. Die haben jetzt die feinen Stoffe von Wiener und schneidern daraus unsere Hochzeitskleider!»

«Ist das wahr?» Ihr Herz schlug höher.

«Aber ja!» Er grinste. «Und jetzt komm, Prinzessin, gehen wir rüber zu den anderen.»

«Später», sagte sie und küsste ihn. Dann zog sie ihn an der Hand hinüber zu dem schmalen Bett.

Nach einigen Tagen schon siegte erneut Hannes' Übermut. Kein Brigadier, kein Friedensrichter ließ sich auf dem Kallenfelser Hof blicken, die Leute aus den Dörfern rundum hatten ganz offensichtlich Stillschweigen bewahrt. Herumgesprochen hatte es sich dort nämlich längst, wer beim Rech Quartier bezogen hatte, und bald gingen die jungen Burschen aus und ein auf dem Kallenfels, spielten Karten mit den Räubern, zechten mit ihnen oder kauften für sie in Kirn neue Munition. Und im nahen Griebelschied traf man sich eine Woche nach ihrer Ankunft erneut zum Feiern und Tanzen, wenn auch in kleinerer Gesellschaft.

Sie hatten ihre erste Runde Wein bereits getrunken, und die Stimmung begann ausgelassen zu werden, als der Wirt zu Hannes an den Tisch trat.

«Gib bloß acht, Hannes – der mit dem blonden Schnurrbart, der da eben reingekommen ist, ist ein Gendarmerieobrist aus Oberstein. Sein Pferd hat er draußen angebunden.»

Juliana erschrak, als sie das hörte. Verstohlen wandte sie den Kopf. Der Blonde, der sich am Fenster nahe der Tür niedergelassen hatte, trug keine Uniform. Wohl aber konnte er in seiner Schultertasche eine Pistole verborgen haben.

Hannes wirkte nicht sonderlich beunruhigt. «Danke, Kessler. Meinst du, da kommen noch mehr von der Sorte?»

«Wer weiß das schon. Vielleicht ist das der neue Kniff, dich zu greifen.»

«Lass uns lieber gehen», bat Juliana und erhob sich.

«Hast recht, Julchen. Kessler, gib unauffällig den andern Bescheid, wir machen uns schon mal auf den Heimweg.»

Er stand auf, fasste Juliana um die Taille und schlenderte mit ihr ohne Eile zur Tür, dicht an dem Brigadier vorbei.

«Wohl bekomm's, Herr Obrist», sagte er mit einem Lächeln. «Wenn Sie erlauben, würde ich mich gern zu Ihnen setzen. Am großen Tisch war's mir zu laut.»

Verblüfft starrte der Gendarm ihn an.

«Aber ja, selbstverständlich.»

«Ich bring nur eben mein Mädchen heim.»

Draußen vor dem Wirtshaus stand tatsächlich ein Pferd angebunden, ein hübscher Dunkelbrauner mit vier weißen Fesseln.

«Braver Kerl.» Hannes klopfte dem Tier den Hals, während er sein Messer aus der Gürteltasche zog.

«Was hast du vor?»

«Wirst du gleich merken. Stell dich so vor mich hin, dass man mich vom Fenster aus nicht sehen kann.»

Er hob das Sattelblatt an, steckte eine Hand zwischen Pferdeleib und Schnurengurt und begann mit der andern zu schneiden.

«An dem Sattel wird unser Räuberjäger nicht lange Freude haben. So, das sollte genügen, damit der Gurt reißt beim Aufsteigen.»

Dann trat er ans Fenster und klopfte gegen die Scheibe, bis der Brigadier sich zu ihm umdrehte.

«Falls du den Schinderhannes gesucht hast», rief er, «hier steht er vor dir!»

Mit Juliana an der Hand beeilte er sich, auf die andere Straßenseite zu kommen. Es dauerte kaum einen Atemzug, da stürzte der Obrist auch schon zur Tür heraus.

«Na warte, du Lump!», schrie er in ihre Richtung, band sein Pferd los und wollte sich aufschwingen. Er saß noch nicht im Sattel, als das Pferd lostrabte und er mitsamt Sattel zu Boden plumpste. Hannes begann schallend zu lachen.

«Komm, laufen wir durch den Wald.»

Sie rannten los. Mit einem Blick über die Schulter sahen sie noch, wie sich der Gefoppte aufrappelte und drohend die Faust schüttelte, während sein Ross erschrocken auf und davon galoppiert war.

«Wie konntest du so leichtsinnig sein!», tadelte Juliana, als sie wenig später ihren Schritt verlangsamten. Sie hatte Leyendeckers Warnung noch gut im Ohr, in jener Nacht, als sie das Quartier wechselten.

«Wieso? Das war doch ein Riesenspaß.»

«Aber die Gendarmen wissen jetzt, dass du hier bist.»

«Na und? Der Mann hat mich im Wirtshaus von Griebelschied gesehen, wo er mich ohnehin vermutet hat. Aber wo unser Unterschlupf ist, weiß nicht mal der Kessler.»

Im Habichtswald, zwischen dem Dörfchen Hahnenbach und dem Kallenfelser Hof, trafen sie auf einen der Schneider.

«Was für ein Zufall – der junge Herr Hannes! Zu eben Ihnen bin ich unterwegs, den neuen Anzug abliefern.»

Der kleine Mann nahm den prallen Stoffbeutel von der Schulter.

«Nicht Zufall – Glück ist's, Schneiderlein», erwiderte Hannes gut gelaunt. «So muss Er nicht bis Kallenfels marschieren, sondern kann das gute Stück gleich hier und jetzt übergeben.»

«Sehr gerne.»

Hannes nahm den Beutel entgegen und reichte dem Schneider zwei Gulden.

«Da hat Er auch seinen vereinbarten Lohn.»

Noch ehe sich der gute Mann verabschieden konnte, zog sich Hannes mitten auf dem Weg splitterfasernackt aus und rannte wie ein junger Hund hin und her. Dabei schlug er sich übermütig mit der Hand auf den blanken Hintern und rief: «Jetzt, ihr Gendarmen, kommt und holt euch den Schinderhannes!»

Dieser Anblick war dermaßen komisch, dass nun auch Juliana lauthals in Lachen ausbrach. Ebendas liebte sie an Hannes – dass er sich von einem Moment zum nächsten wie ein ausgelassener kleiner Junge gebärden konnte. Als er schließlich außer Atem stehen blieb, war der Schneider verschwunden.

«Der hat geglotzt, als hätte er einen aus dem Tollhaus vor sich», kicherte sie, während sich Hannes das neue Gewand überstreifte: ein grünes Jagdkostüm aus festem, glänzendem Stoff, dessen Rock mit Gold besetzt war.

Mit kindlichem Stolz drehte er sich vor ihr im Kreise.

«Wie schön du darin aussiehst», staunte sie. «Wie ein königlicher Jägermeister.»

«Nicht wahr? Das hat der Bursche wirklich formidabel hingekriegt. Aber wart erst mal ab, bis deine Kleider fertig sind. Damit hab ich nämlich gleich zwei Schneider beschäftigt.»

Juliana schwelgte im Glück: Nur einen Tag nach der Begegnung mit dem Schneider waren ihre Kleider auf den Kallenfelser Hof geliefert worden. Sie hatte in Ludwig Rechs Wohnstube warten müssen, bis Hannes alles hinaufgeschafft und ausgepackt hatte, dann war sie in die Schlafkammer gerufen worden.

«Mach die Augen zu!», rief er, während sie die Tür aufschob.

Sie hatte keinerlei Vorstellung davon, was Hannes in Auftrag gegeben hatte, doch als sie jetzt mitten im Raum stand und die Augen wieder aufschlug, glaubte sie zu träumen: Über dem Bett, der Truhe, dem Waschtisch und dem Stuhl davor – überall waren Kleidungsstücke ausgebreitet! Da lagen Hemden in blendendem, reinem Weiß mit zierlichen Spitzen an Manschette und Hals, Röcke aus seidig glattem, kühlem Stoff, in Himmelblau, blumigem Rosa, nächtlichem Violett, die Mieder mit Rüschen oder mit Goldborte besetzt, obendrein eine kurze Jacke in Lindgrün mit Silberknöpfen und ein pelzverbrämter dunkler Mantel mit Dreiviertelärmeln.

«Du kannst den Mund wieder zumachen», lachte Hannes.

«Ist das alles ... für mich?»

«Siehst du hier sonst noch eine Frau? Schau, die Schuhe hab ich auch für dich machen lassen. Hatte dazu extra deine alten Latschen ausgemessen.»

Er deutete auf zwei Paar gelackte Schuhe mit Absätzen und Schnallen, die vor dem Bett standen.

Sie schlug die Hände vors Gesicht. «Ich kann's nicht glauben.»

«So freu dich halt einfach. Und dein altes Kleid aus Weyerbach kannst jetzt endlich wegschmeißen. Oder meinetwegen der alten Frey schenken. Du hast ja noch das vom Meisenheimer Markt.»

Sie nickte, während ihre Hand über die edlen Stoffe streifte. «Was wohl meine Schwester sagt, wenn sie mich in diesen vornehmen Kleidern sieht? Ich glaube, sie wird ganz schön neidisch sein.»

«Ist das deine Angelegenheit? Wenn der Dallheimer nicht seinen Anteil immer gleich versaufen und verfressen würde, könnt er ihr auch was Schönes kaufen.»

«Da hast du recht.»

Sie fiel ihm um den Hals.

«Das alles ist so wunderschön!»

«Dann hab ich also deinen Geschmack getroffen. Weißt du was? Du ziehst jetzt alles einmal an, und dann entscheiden wir, was du übermorgen zur Hochzeit trägst.»

Sie glaubte, sich verhört zu haben.

«Übermorgen soll die Hochzeit sein?», flüsterte sie.

«Ja.» Er feixte fröhlich. «Es ist alles geregelt: Die alte Frey hat ihren Pfarrer überredet herzukommen, und Ludwig Rech weiß auch Bescheid. Er richtet seine Wohnstube her, damit wir alle Platz zum Feiern haben. Und zu deiner Familie nach Weyerbach hab ich einen Boten geschickt.»

«Johannes Bückler, willst du Juliana Blasius zu deiner ehelichen Gemahlin haben?»

Mit ungewohnter Feierlichkeit erwiderte Hannes: «Ja!»

«Juliana Blasius, willst du ... Johannes Bückler zu deinem ... ehelichen Gemahl haben?»

«Ja!»

Sie standen inmitten der erwartungsvollen Gästeschar, Hannes in seinem Jagdkostüm mit grünem Hut und Stulpenstiefeln, Juliana in ihrem dunklen veilchenfarbenen Kleid aus glänzender Seide und den schwarz gelackten Schnallenschuhen. Darüber trug sie das lindgrüne Jäckchen. Wenn sie an sich hinunterschaute, kam sie sich ganz fremd vor.

Der feiste Pfarrer schnaufte hörbar. Das Ganze schien ihn ziemlich anzustrengen. Vielleicht hatte er aber auch Angst – trugen doch bis auf Hannes alle Kumpane die Pistolen griffbereit im Gürtel.

«Nun gebt ... einander die Ringe.»

Mit klopfendem Herzen steckte sie Hannes den schlichten goldenen Ring auf den Finger, den er ihr kurz zuvor überreicht hatte. Als er ihr nun seinerseits den Ehering überstreifte, strahlte er sie erwartungsvoll an. Bis zu diesem Augenblick hatte sie das Schmuckstück nicht zu sehen bekommen, da es ihr Hochzeitsgeschenk sein sollte, und jetzt, beim Anblick dieser zierlichen, unermesslich wertvollen Goldschmiedearbeit, fuhr ihr regelrecht ein Schauer über den Rücken. Den Ring selbst bildeten zwei Arme, die sich die Hände reichten, im oberen Rund gingen sie in wundersame Drachen mit abgespreizten Flügeln über, die mit ihren Vorderläufen ein allerfeinst gearbeitetes sechsseitiges Türmchen trugen.

Der Pfarrer, dem inzwischen der Schweiß auf der Stirn stand, legte ihre rechten Hände ineinander.

«Was Gott zusammenfüget, soll kein Mensch scheiden.» Er holte tief Luft. «So spreche ich euch ... unter Gottes Segen ehelich zusammen ... im Namen des Vaters und des Sohnes ... und des Heiligen Geistes. Amen.»

Der arme Mann wirkte wahrhaft erschöpft. Was sicherlich auch daran lag, dass die Witwe Frey ihn bereits auf dem Weg hierher reichlich mit Rotwein versorgt hatte.

«Lasst uns beten.»

Sein Blick blieb an dem Kruzifix hängen, das Ludwig Rech noch in aller Eile auf dem Dachboden aufgestöbert und in die Stube gehängt hatte.

«Vater unser in dem Himmel, dein Name werde geheiliget ...»

Mehr oder weniger laut, so gut es jeder eben vermochte, fiel die Festgesellschaft in das Gebet mit ein. Außer Juliana und Margret schienen nur Leyendecker und die alte Witwe den genauen Wortlaut zu kennen. Hand in Hand mit Hannes sprach sie die letzten Verse voller Inbrunst:

«Denn dein ist das Reich und die Kraft und die Herrlichkeit in Ewigkeit. Amen.»

Vor Glück hätte sie zerspringen können. Jetzt waren sie

Mann und Frau, unzertrennlich und auf immer, und das auch noch vor Gott! Selbst wenn dies nach herrschendem Recht keine Gültigkeit haben mochte, weil eine Ehe nur von Amts wegen rechtmäßig war – ihr bedeutete es viel, vor dem Herrgott vermählt zu sein.

Der Pfarrer hob die Arme, wobei er ins Schwanken geriet:

«So wisset, dass euer Stand für Gott angenehm … und gesegnet ist …» Er stockte, und die alte Frey reichte ihm einen vollen Weinbecher, den er in einem Zug leertrank. «Denn also steht geschrieben: Gott schuf den Menschen ihm selbst zum Bilde, ja zum Bilde Gottes schuf er ihn … Er schuf sie als ein Männlein und Fräulein …»

«Bravo! Gut gemacht!», unterbrach ihn jemand und erntete Gelächter.

«… und Gott segnete sie und sprach zu ihnen … seid fruchtbar und mehret euch und füllet die Erden und machet sie euch untertan. So sollt ihr in Freuden ausziehen und im Frieden geleitet werden. Amen.»

«Das werden wir ganz sicher, Herr Pfarrer.» Hannes schlug ihm auf die Schulter. «Hinausziehen und uns die Gegend hier untertan machen.»

Dallheimer hob seinen Becher. «Und mit dem Fruchtbarsein und Mehren, da üben die beiden ja schon ordentlich.»

Alle lachten.

«Das Brautpaar lebe hoch!»

Fast fürsorglich schleppte Ludwig Rech den jetzt sichtlich betrunkenen Pfarrer zu Tisch und drückte ihn auf die Eckbank. «Gute Arbeit, Pfaffe. Dafür gibt's jetzt reichlich Speis und Trank.»

Während das Essen aufgetragen wurde, flüsterte Juliana Hannes zu: «Wo hast du bloß diesen Ring her? So was Schönes hab ich noch nie gesehen.»

«Aus dem geheimen Schatzkästlein, das Wiener unter den Dielen versteckt hatte. Das ist ein jüdischer Hochzeitsring – siehst du die Zeichen auf dem Dach des Türmchens? Die sind hebräisch und sprechen sich *masel tow*, was bedeutet: Viel Glück!»

«Wie das Massel aus eurer kochemen Sprache?»

«Ganz genau.»

«Und warum ist da dieses Häuschen auf dem Ring?»

«Weil die Juden immer unter einem Baldachin heiraten. Ich war mal bei so einer Hochzeit dabei, das war sehr lustig.»

In diesem Moment schwang die Stubentür auf, und neue Gäste traten ein. Durch den Tabakqualm hindurch dachte Juliana fürs Erste, es wäre ihr Vater, doch es war nur der alte Dallheimer mit den anderen Sonnschiedern.

Enttäuscht wandte sie sich wieder Hannes zu: «Hattest du nicht einen Boten nach Weyerbach geschickt?»

«Die kommen schon noch.»

Sie biss sich auf die Unterlippe. «Aber deine Familie ist auch rechtzeitig zur Trauung gekommen.»

Was so nicht ganz stimmte. Nur Hannes' Vater und seine Geschwister waren da – die Mutter hatte sich als unpässlich entschuldigen lassen. Falls Hannes dies kränkte, so zeigte er es jedenfalls nicht.

Auch während der üppigen Festmahlzeit erschien niemand aus Weyerbach. Der Pfarrer war inzwischen, den Kopf an Ludwig Rechs Schulter gelehnt, eingeschlummert und schrak nicht einmal auf, als einer der Sonnschieder die Fiedel anstimmte und Rech eine Guitarre zur Hand nahm. Tisch und Stühle wurden zur Seite gerückt, und Margret klatschte in die Hände: «Das Brautpaar soll tanzen!»

Von den anderen umringt und beklatscht, tanzten Juliana und Hannes im Dreivierteltakt ihren Hochzeitstanz. Beim nächsten Lied schnappte sich Hannes die Witwe Frey, und Juliana ließ sich vom alten Bückler auffordern, bis schließlich alle zu tanzen begannen.

Als die Musikanten ihre erste Pause einlegten, kletterte Hannes auf einen Stuhl.

«Mein Julchen ist die beste Frau, die einer haben kann», begann er. «Ich bin kein sehr kluger Mann, und der Leyendecker sagt immer, ich sollte meine Nase mehr in Bücher stecken als in den Bierkrug. Aber was dieser Schiller kann, kann ich auch, nämlich dichten! Zumindest hab ich's mal versucht.»

Leyendecker verdrehte die Augen, und einige begannen zu lachen, als Hannes zu deklamieren begann.

*«So schön es ist, ihr Freunde,*
*mit euch vereint zu sein,*
*zu stehlen und zu rauben,*
*zu kosten edlen Wein:*

*Die Liebe ist noch schöner*
*als Pulverdampf bei Nacht,*
*wenn man das richt'ge Mädchen*
*an seiner Seite hat.*

*Kein Wein auf dieser Erde*
*schmeckt süßer als ihr Kuss,*
*kein Schlemmen, kein Gelage,*
*erreicht diesen Genuss.*

*Es ist wie ew'ger Sommer,*
*mit Julchen eins zu sein,*
*ihr Leib wie Rosenblüten,*
*ihr Lachen Sonnenschein.*

*Ich kannte viele Mädchen,*
*doch keines war so schön,*
*und wer mir Julchen neidet,*
*den kann ich gut verstehn.»*

Längst war es totenstill im Raum geworden. Margret, der Witwe Frey und selbst etlichen der Männer waren die Augen feucht geworden, dann brachen alle in lautstarken Beifall aus. Nach einer Verbeugung sprang Hannes vom Stuhl.

Juliana wischte sich die Tränen aus dem Gesicht und fiel ihm um den Hals.

«Musik!», brüllte Dallheimer und zog seine Margret auf die Tanzfläche.

So tanzten und feierten sie bis weit in die Nacht. Immer wieder aufs Neue dachte Juliana bei sich, dass dies der bislang schönste Tag ihres Lebens war. Und doch gab es da einen Wermutstropfen: Ihr Vater war nicht gekommen.

## Kapitel 20

So gewaltsam Juliana den Einbruch im Haus der Familie Wiener in Erinnerung hatte und sosehr sie ihn am liebsten aus dem Gedächtnis gestrichen hätte, war an der Sache doch auch etwas Gutes: Jetzt erst recht suchten ganze Judengemeinden die Verhandlung mit Hannes, denn nur er als Chef könne sie vor den überall im Hunsrück zerstreuten Gaunern schützen. Vor allem aber hoffte man wohl, damit einem Überfall wie auf Wolff Wiener zu entgehen. Nach den Weyerbachern waren es die Merxheimer Juden, die für ihre Sicherheit gut bezahlten, dann die aus der Gegend von Sobernheim. Inzwischen allerdings ließ sich Hannes die Schutzsteuer, wie er es nannte, nicht mehr an abgelegene Orte wie Höhlen oder Mühlen bringen, sondern mitten ins Dorf.

«Wenn man bloß deinen Namen erwähnt, kommt denen schon das Zittern», sagte Leyendecker befriedigt. Sie saßen in der Wohnstube von Jacob Hexamer, dem Dorfschmied von Meddersheim, bei dem sie sich vor einer Woche einquartiert hatten. Und seit einer Woche hielt Hannes hier, stets sorgfältig gekleidet, für die Juden aus der Gegend Audienz wie ein Stadtoberhaupt. Nur mit dem Unterschied, dass er dabei ein geladenes Gewehr vor der Brust trug.

Juliana und ihre Schwester waren eben vom Einkauf zurückgekehrt und machten sich daran, in der Küche das Herdfeuer zu schüren. Hexamers Weib, das unpässlich im Bett lag, hatte es ausgehen lassen.

«Die ist so faul, dass es weh tut», zeterte Margret.

«Vielleicht ist sie ja wirklich krank.»

«Ach was. Die will sich nur von uns bedienen lassen, dieses Miststück. Das geht so, seitdem wir hier sind.» Wütend stocherte sie in der Glut.

Juliana runzelte die Stirn – sich wegen solch einer Kleinigkeit aufzuregen! Immer launenhafter wurde ihre Schwester. Seitdem sie mit Dallheimer zusammen war, hatte sie ihre so unbeschwerte, lustige Art fast völlig verloren. Erst letzte Nacht wieder hatten die beiden einen handfesten Streit ausgefochten, von dem Margret ein veilchenfarbenes Auge davongetragen hatte.

«Hast du dich wieder mit ihm versöhnt?», fragte Juliana leise, damit die Männer nebenan sie nicht hören konnten, und setzte einen Topf Wasser für die Mittagssuppe auf.

«Muss ich ja wohl», knurrte Margret.

Juliana schüttelte den Kopf. «Er behandelt dich wie ein

Stück Dreck. Warum jagst du ihn nicht endlich zum Teufel?»

«Ha! Du hast gut reden! Dein Hannes trägt dich schließlich auf Händen. Aber ich? Wo soll ich denn hin? Kannst mir das mal verraten?»

«Pst, nicht so laut.»

Beschwichtigend legte sie ihr die Hand auf den Arm. Da begann Margret zu weinen.

Eine Welle von Mitleid durchfuhr Juliana. Wenn ihre Schwester weinte, dann musste sie schon sehr verzweifelt sein.

«Komm her.» Sie schloss sie in die Arme.

In diesem Moment dröhnte aus der Stube Dallheimers Stimme: «He, ihr Tratschweiber, bringt uns einen Krug Bier, bis das Essen fertig ist!»

Juliana steckte den Kopf zur Küchentür hinaus. «Hol's dir doch selbst. Wir haben zu tun.»

Aber ihre Schwester war schon mit einem Krug die Kellertreppe hinunter verschwunden, den sie gleich darauf gut gefüllt in die Stube brachte. Und dort blieb sie auch.

Nachdem Juliana einen großen Berg an Gemüse geschnitten und ins kochende Wasser gegeben hatte, betrat sie die Stube, wo sie Margret auf Dallheimers Schoß sitzen sah, gedankenverloren auf den Becher in ihrer Hand starrend.

«Komm, Julchen, setzt dich auch her zu uns», forderte Hannes sie auf.

«Später. Wann kommt denn nun dieser Isaac Herz? Das Essen ist bald fertig.»

Den reichen Handelsmann aus Sobernheim hatte Hannes über einen Boten zur elften Stunde vorgeladen, und jetzt schlug die nahe Kirchturmuhr bereits zu Mittag.

«Vielleicht ist er unterwegs von irgendeinem selbsternannten Schinderhannes überfallen worden», kicherte Seibert.

Leyendecker, der am Fenster stand, rief: «Da kommt er! Nein, ich glaube es nicht – der Kerl wird von einer Leibwache begleitet!»

Sofort schnappten sich die Männer ihre Pistolen, und Hannes sprang auf, das Gewehr im Anschlag. Ohne nachzudenken, stellte sich Juliana neben ihn. Man hörte es im Treppenaufgang poltern, dann sprang die Tür auf, und Isaac Herz trat ein. Er wurde von zwei mit Jagdbüchsen bewaffneten Bauern begleitet.

«Hier bin ich, Herr Hannes», sagte der schmächtige Mann mit zittriger Stimme.

«Die Flinten auf den Boden!», brüllte Hannes, und die Bauern gehorchten sofort. Da begann er schallend zu lachen.

«Was für ein Hasenfuß du bist, dass du dich nicht ohne Wachmannschaft herwagst. Aber wie du siehst, hat dir das rein gar nix genutzt.»

«So war das nicht gemeint», stotterte Herz. «Sie wissen selbst, Herr Hannes, wie gefährlich die Straßen geworden sind.»

«Dann ist's recht. Nimm dir nur ausreichend Schutz, damit dir nicht die Birkenfelder oder die Moselbande den Tribut an mich wegschnappen. Hast du die ausgemachte Summe dabei?»

Ängstlich starrte Herz in Hannes' Gewehrmündung, dann hielt er Hannes einen Beutel hin.

«Sechs Kronentaler, wie vereinbart.»

«Schau nach, Julchen.»

Sie löste die Schnur, zählte sechs Silberstücke und nickte.

«Sehr schön.» Hannes reichte ihm drei Karten. «Hier hast du deine Sicherheitskarten – lass sie dir nicht klauen. Und nun: Adieu! Die Flinten bleiben hier.»

Ohne aufzumucken, machten die drei kehrt und verließen die Stube. In der Tür drehte sich der Hebräer noch einmal um.

«Entschuldigen Sie bitte vielmals meinen Auftritt – das war keinesfalls gegen Sie gerichtet.»

«Hinaus!»

Mit dem Fuß trat Hannes hinter ihnen die Tür zu, so heftig, dass der Rahmen erzitterte.

«Das war eine Provokation! Mit dieser lächerlichen Leibwache hier auftauchen ...»

«So reg dich nicht auf.» Leyendecker grinste. «Das läuft doch alles wie geschmiert.»

«Ein wenig zu geschmiert, nach meiner Meinung», knurrte Dallheimer. «Hätte nix gegen eine kleine Rauferei gehabt, anstatt hier tagein, tagaus nur blöd herumzulungern. Das zerrt ja an den Nerven.»

Hannes funkelte ihn böse an. «Und deshalb musst du deinem Mädchen auch das Auge blau hauen, was?»

«Jetzt streitet nicht rum», beschwichtigte Leyendecker. «Freut euch lieber, wie uns täglich der Kies ins Haus kullert.»

Seibert steckte seine Pistole wieder ein. «Wann kriegen wir eigentlich unsern Anteil?», fragte er Hannes, der sich wieder beruhigt hatte.

«Morgen oder übermorgen, wenn alle durch sind. Und dann geht's auf in Leyendeckers Heimat – dort gibt's Krämerjuden ohne Ende.»

Mit den letzten milden Herbsttagen ging der Sommer endgültig zu Ende, und die kühle, dunkle Jahreszeit brach an. Auch die vergangenen Wochen waren sie wieder viel herumgezogen, und so ganz allmählich keimte in Juliana die Sehnsucht nach einem festen Platz, nach Heim und Herd. Und nach Zweisamkeit mit Hannes, denn ob Leyendecker, Dallheimer oder auch Seibert – einer seiner engsten Gefährten war stets um ihn.

Ihr zuliebe hatte Hannes sich mit gewaltsamen nächtlichen

Einbrüchen zurückgehalten und stattdessen die Sache mit der Schutzsteuer noch ausgeweitet. Selbstredend war es wieder Leyendeckers Einfall gewesen, die Schutzbriefe nicht nur für Haus und Hof auszugeben, sondern als Passierscheine für unterwegs: Gegen einen Kronentaler wurde der Reisende nicht nur vom Schinderhannes selbst, sondern auch von seinen sämtlichen Komplizen verschont.

«Unser Ziel muss sein, dass ein jeder auf Wanderschaft einen solchen Freibrief bei sich trägt, grad so wie die Pässe für die Obrigkeit», hatte Leyendecker verkündet. «Dein Ruf im Hunsrück ist gewaltig genug, dass man uns die Dinger aus der Hand reißen wird.»

Er behielt recht, und sie kamen kaum hinterher mit dem Beschriften der Karten. Und hatten sie mal keine mehr vorrätig, wenn sie unterwegs waren, vergaben sie gegen einen Gulden ein Kennwort, das da lautete: «Laub rausch!»

Einige Male war Juliana mit dabei gewesen, wenn Hannes seine Freibriefe auf der Landstraße an den Mann brachte. Dabei ging er stets nach demselben Muster vor. Begegnete er unterwegs einem Kesselflicker oder Scherenschleifer, fragte er nach einem freundlichen Gruß:

«Hat Er keine Furcht vor dem Schinderhannes und seinen Leuten, wenn Er auf der Stör ist?»

«Und ob, junger Herr. Aber dagegen ist nun mal kein Kraut gewachsen.»

«Ich selbst bin der Schinderhannes!»

Der erschrockene Mann drückte ihm dann ohne Aufhebens den geforderten Kronentaler in die Hand, oder was er sonst an Bargeld dabeihatte, und wurde dafür gelobt: «Er ist ein braver Mann, der uns Räubern aus der Not geholfen hat. Am besten hol Er sich sein Geld von den Juden wieder.»

Als ein alter Wanderschneider einmal unter Tränen seine

letzten Kreuzer zusammenkratzte, hatte Juliana Hannes einen flehenden Blick zugeworfen, und mit den Worten: «Sei Er froh, dass ich heut meinen großzügigen Tag habe», übergab Hannes ihm dennoch den Freipass.

Juliana sah dem Alten nach, wie er eilig davonstapfte. «Ich bin froh, dass du nicht hart geblieben bist.»

Hannes grinste. «Ich nehm dich besser nicht mehr mit. Du verdirbst uns ja das Geschäft.»

«Im Ernst, Hannes: Ein Kronentaler ist für einen reichen Kaufmann ein Mückenschiss, aber für einen armen Wanderhandwerker ein halbes Vermögen.»

«Vielleicht hast du recht. An arme Leut sollten wir die Pässe für nur einen Gulden verkaufen.»

Bald schon kam Leyendecker zu Ohren, dass so manche Bedürftige ihre günstig erstandenen Sicherheitskarten für teureres Geld an reiche Händler weiterverkauften, und er war alles andere als erbaut davon: «So machst du dich zur Witzfigur.»

Doch Hannes war das gleichgültig. So oder so mangelte es ihnen in dieser Zeit nicht an Geld. Inzwischen hatten sie Unterschlupf auf dem Eigner Hof gefunden, einem einsamen Gehöft am Waldrand bei Hennweiler, und an manchen Tagen brausten die Herbststürme so gewaltig durch die Bäume, dass es einem bange werden konnte. Juliana verstand ohnehin nicht, warum es Hannes an diesen abgelegenen Ort gezogen hatte, wo hier doch damals sein bester Freund Carl Benzel verhaftet worden war und er selbst nur ums Haar hatte entkommen können. Bis sie erfuhr, dass das Dallheimers Einfall gewesen war. Der hatte gehofft, hier den berüchtigten Räuber Peter Petri aufzufinden, der jahrelang mit seiner Familie auf dem Eigner Hof gehaust hatte. Doch nicht einmal der Pächter des Hofs, mit dem die Männer gut bekannt waren, wusste, wo sich der Alt-Schwarzpeter versteckt hielt.

«Was wollte Dallheimer bloß von dem?», hatte sie Hannes gefragt und die mürrische Antwort bekommen: «Der sucht wohl einen Spießgesellen für seine Pläne, weil's ihm zu langweilig wird mit mir.»

Tatsächlich war Hannes seit dem Überfall auf Wolff Wiener nur zweimal auf Raub ausgezogen, auf Dallheimers Drängen hin, und beide Male war es gründlich misslungen: Weder hatten sie beim Viehhändler Löw noch bei dem reichen Bauern Heinrich Gottlob Beute machen können, hatten vielmehr fliehen müssen, weil immer mehr Dorfbewohner zu Hilfe geeilt waren. So war Hannes wieder dazu übergegangen, sich von den Hebräern Schutzgeld bringen zu lassen.

Wenige Tage nach Martini gerieten Dallheimer und Hannes in Streit. Es regnete nun schon den zweiten Tag in Strömen, und man konnte das Haus nicht verlassen, ohne bis auf die Haut nass zu werden. Bereits zu Mittag war Dallheimer betrunken, und als er von Margrets Gemüseeintopf kostete, spuckte er alles wieder aus.

«Schmeckt wie reingekotzt! Pfui Teufel!», lallte er.

Erschrocken starrte Margret ihn an.

«Aber ich hab's gekocht wie immer.»

Dallheimer schlug mit der Faust auf den Tisch. «Hab ich dir schon mal gesagt, dass du keine Ahnung vom Kochen hast? Ein Fraß ist das jedes Mal, das tät ich nicht mal meinem Hund hinschütten.»

Juliana platzte der Kragen.

«Hör auf, meine Schwester herunterzuputzen.»

Aus rot geränderten Augen glotzte er sie an. Dann stand er auf, schob seinen kräftigen Oberkörper über den Tisch und packte sie am Halstuch. «Von dir lass ich mir gar nix sagen, du elende Bänkelsängerin.»

Blitzschnell war Hannes von der Bank gesprungen und um

den Tisch gestürmt. Drohend baute er sich vor dem um einiges kräftigeren Dallheimer auf, allein sein eiskalter Blick ließ diesen zusammenzucken.

«Wage es nie wieder, Julchen anzufassen», zischte er. «Sonst brech ich dir alle Knochen.»

Eine ganze Weile herrschte angespanntes Schweigen.

«Du kannst mich mal am Arsch lecken, Johannes Durchdenwald», zischte Dallheimer. «Es wird mir zu blöd und zu fad bei euch. Weißt du, was du bist? Ein jämmerlicher Steuereintreiber, nichts weiter.»

«Dann hau doch ab, wenn's dir nicht passt.»

«Das mach ich auch, und zwar jetzt gleich. Margret, pack deine Sachen!»

Mit stampfendem Schritt verließ er die Stube und polterte die Treppe hinauf. Nach kurzem Zögern folgte ihm Margret.

«Tu's nicht!» Juliana hielt sie am Arm fest.

Sie schüttelte entmutigt den Kopf. «Hab ich denn eine Wahl?»

Keine halbe Stunde später verabschiedeten sich die Schwestern in der offenen Haustür unter Tränen. Noch immer prasselte draußen der Regen nieder.

«Leb wohl, kleine Schwester.» Margret zog sich ihre Kapuze über den Kopf.

«Pass bloß auf dich auf, Margret.»

Juliana blickte ihr nach, bis ihre Gestalt im nassen Grau dieses Novembertages verschwand. Tröstend legte Hannes ihr den Arm um die Schulter.

«Die werden schon wiederkommen, wirst sehen.»

## Kapitel 21

Schwarz glänzte vor ihnen das breite Band des Rheins unter den Nebelschwaden. Es war kurz vor Sonnenaufgang, und Juliana fröstelte trotz ihres pelzgefütterten Umhangs. Nie zuvor hatte sie den mächtigen Strom, der die Grenze des von den Franzosen besetzten Deutschlands bildete, überquert. Vor allem aber fürchtete sie, dass ihr speiübel werden könnte auf dem schwankenden Boot.

Den ganzen gestrigen Tag waren sie im strammen Schritt marschiert, quer durch den Soonwald und dann auf Bingen zu, bei eisigem Wind und Nieselregen, mit den schweren Schnappsäcken auf dem Rücken. Doch trotz ihrer Erschöpfung hatte sie die Nacht über, die sie im Fährhaus verbracht hatten, kaum geschlafen, hatte sich immer wieder gefragt, was wohl die nächsten Wochen und Monate auf sie zukommen würde. Auch Hannes war unruhig neben ihr gelegen, war sogar zweimal aufgestanden und nach draußen gegangen, weil er Schritte zu hören glaubte.

«Ich hab nachgedacht, über deinen Vorschlag damals mit dem Kramhandel», hatte Hannes ihr die Nacht zuvor in der verlassenen Köhlerhütte gesagt, wo sie vor ihren Verfolgern Zuflucht gesucht hatten. «Ich bringe dich ins Rechtsrheinische, zum Hasenmüller, dann suchen wir ein Häuschen zur Miete, kaufen Pferd und Wagen, und du ziehst damit als Juliana Ofenloch auf die Märkte. Ich werde dir Geld und Ware zuhauf bringen.»

«Ich will aber bei dir bleiben.»

«Du weißt, dass das zu gefährlich wird. Aber ich werde immer wieder für längere Zeit bei dir sein. Und jetzt den Winter über sowieso, bis wir für dich – für uns beide ein Dach über dem Kopf gefunden haben.»

Sie hatte ums Haar zu weinen begonnen in der stockfinsteren Hütte mitten im Wald – erst die Trennung von ihrer Schwester und jetzt das! Währenddessen waren Leyendecker und Seibert heftig in Streit darüber geraten, ob es Dallheimer gewesen war, der ihren Schlupfwinkel auf dem Eigner Hof an die Kirner Brigade verraten hatte. Hätte der Pächter sie nicht rechtzeitig gewarnt, sodass sie mit ihren Siebensachen durch Stall und Scheune hatten entkommen können – sie säßen jetzt alle vier im Gefängnis.

«Hört schon auf», war Hannes schließlich dazwischengegangen. «Der Dallheimer ist ein sturer Hitzkopf, aber ganz bestimmt kein Verräter! Mir jedenfalls wird fürs Erste der Boden zu heiß bei den Franzosen – wer also kommt mit ins Rechtsrheinische?»

Aber Leyendecker hatte den Winter bei sich zu Hause in Lauschied verbringen wollen, und Seibert hatte sie nur durch den Soonwald begleitet, um dann die Straße nach Liebshausen zu nehmen.

So waren sie jetzt nur noch zu zweit. Hannes trug wieder sein grünes Jägergewand, diesmal mit einer warmen Lodenjacke gegen Wind und Wetter. Wahrscheinlich hielt ihn jeder für einen Forstmann, seine beiden Pistolen waren unter der Jacke verborgen.

«Wir können los», rief der junge Schiffer und nahm bei der Seilwinde Platz. Hannes kannte ihn gut. Wie die meisten Fährleute war er ein waschechter Kochemer und setzte gegen einen entsprechenden Obolus auch Diebesgut über.

«Alsdann – auf nach Kurmainz!» Hannes bestieg den Kahn – ein flaches Boot, das von einem starken, im Fluss verankerten Seil gehalten und mit der Strömung zum anderen Ufer getrieben wurde. Jetzt beim Einsteigen schwankte es beängstigend. Juliana wurde flau im Magen.

Hannes streckte ihr die Arme entgegen. «Hast du Angst? Ich hab das schon etliche Male gemacht, und noch nie ist so ein Kahn gekentert.»

«Das ist es nicht», erwiderte sie, machte zwei unsichere Schritte und nahm rasch Platz. «Wie weit ist es noch bis zu dieser Hasenmühle?»

«Ohne Rast neun bis zehn Stunden Fußmarsch.»

«So weit?» Erschrocken sah sie ihn an.

«Na ja, auf der Landstraße könnten wir in eine Patrouille geraten, und wir haben noch keine gültigen Papiere. Deshalb nehmen wir den etwas mühsameren Weg quer durch den Taunus.»

Sie nickte. Sie hatte ganz vergessen, dass sie erst auf der Hasenmühle zu neuen Pässen kommen würden, über den Schwager des Hasenmüllers, der zugleich Schultheiß von Born war. Ihr wurde plötzlich wieder schwindelig.

«Julchen, was ist? Du siehst ganz blass aus.»

Verunsichert wandte sie das Gesicht ab. Jetzt endlich musste sie es ihm sagen.

«Ich schaff das schon.» Sie versuchte zu lächeln. «Aber da ist noch was anderes. Ich bekomme ein Kind.»

Hannes blieb der Mund offen stehen. Einen Atemzug lang glaubte Juliana, er wäre über ihre Worte entsetzt, doch dann riss er sie an sich, herzte und küsste sie, strich immer wieder über ihren Bauch und stammelte dabei:

«Es wird ein Mädchen, ganz sicher. Eine kleine Magdalena oder eine Eva. Oder noch besser: eine Maria Catharina, nach meiner Schwester. Ach, Julchen, du machst mich so glücklich!»

Während sie beschauliche und glückliche Wochen auf der Hasenmühle verlebten, hielt der Winter Einzug. Hannes, voller Glück über ihre Schwangerschaft, behütete und umsorgte sie in der ersten Zeit so übertrieben, dass sie sich wehren musste.

«Ich bin doch nicht krank, nur guter Hoffnung! Und das mit der Übelkeit geht wieder vorbei irgendwann.»

Dass Hannes auf der anderen Seite des Rheins inzwischen überall von den französischen Behörden gesucht wurde, hatte sie erst hier, an diesem verwunschenen Fleckchen Erde, erfahren. Die Hasenmühle lag abgeschieden im schmalen Dattenbachtal inmitten eines großen Waldgebiets und war im ganzen Taunus unter Eingeweihten als «kochemer Penne» bekannt. Da man in den deutschen Landen über die Gebietsgrenzen hinweg nicht verfolgt wurde, konnte man sich hier, wo der Dattenbach die Grenze zwischen zwei Herrschaften bildete, wahrlich sicher fühlen: Befand sich die Hasenmühle auf Kurmainzer Gebiet, so gehörte die benachbarte Fuchsmühle des Conrad Sparwasser, nur wenige Schritte südlich auf der anderen Bachseite, bereits zu Nassau. Und beide Herrschaften waren sich nicht sonderlich grün.

Hannes hatte ihr das gleich am Ankunftstag vorgeführt. An einer Stelle, wo das Bachbett zwar tief, aber schmal war, hatte er Anlauf genommen und war hinübergesprungen.

«Jetzt bin ich bei den Nassauern, Julchen», rief er ihr zu, «und alle Kurmainzer Gendarmen können mich mal am Arsch lecken!»

Er sprang zurück.

«Lebt wohl, ihr nassauischen Gendarmen! Und wer mir folgt, wird von meinem Landesherrn abgestraft.»

So hüpfte er übermütig hin und her, zwischen Kurmainz und dem Fürstentum Nassau, bis Juliana sich vor Lachen den Bauch hielt, erst recht, als Hannes am Ende mit einem Fuß an der Böschung abrutschte und im eisigen Wasser landete.

Ja, es waren schöne Tage. Der Hasenmüller Andreas Kowald, den Hannes aus früheren Zeiten kannte, verlangte keinen Mietzins für die geräumige Kammer im ersten Stock des Wohnhauses. Doch wenn sie etwas von ihm brauchten, bezahlte Hannes jedes Mal in barer Münze. Ansonsten führten sie ihre eigene Menage fast ganz für sich allein: Juliana wusch die Wäsche, kochte oder putzte, Hannes verrichtete die Einkäufe oder jagte in den fürstlichen Waldungen – so erfolgreich, dass auch noch für den Müller und dessen Familie etwas abfiel. Hin und wieder ließ er sich von Kowalds Buben im nahen Born Branntwein holen und lud den dortigen Schultheißen oder den benachbarten Fuchsmüller zum Umtrunk ein. Er selbst rührte kaum etwas an vom Schnaps, trank überhaupt noch weniger als sonst.

Für Juliana hätte es ewig so weitergehen können, auch wenn der Dezember sich erst stürmisch, dann sehr frostig gebärdete: An die Fenster ihrer Schlafkammer zauberte er Eisblumen, auf die Wiesen am Bachufer gefrorenen Raureif. In der kleinen, gemütlichen Wohnküche der Müllersleute, die durch eine Bretterwand von der Stube abgetrennt war, durfte man sich jederzeit am Herdfeuer aufwärmen, und Juliana mochte Anne Kowald, diese kräftige Person, die so gerne lachte und überall mit anpackte – ob in der Mühle, im Stall oder im Haushalt. Anna zechte wie ein Mann, war beim abendlichen Kartenspiel das größte Schlitzohr in der Runde, vor allem aber vermochte sie die Zukunft zu lesen – aus der Hand wie aus ihren altdeutschen Spielkarten.

Schon bald nach ihrer Ankunft hatte Juliana sie um diesen kleinen Gefallen gebeten, und die Müllerin hatte aufmerksam die Linien ihrer rechten Hand studiert.

«Du wirst sehr alt, älter als die meisten von uns. Und du wirst viele Kinder gebären.»

Juliana freute sich. «Und das Kleine im Bauch? Wird es gesund?»

Anne Kowald starrte lange auf ihre Hand, bis sie sagte: «Es wird gesund zur Welt kommen, mehr kann ich nicht sagen.»

Sie hätte gerne erfahren, ob auch Hannes ein langes Leben beschieden sein würde, doch der weigerte sich, sich aus der Hand lesen zu lassen.

«Das ist Hokuspokus! Außerdem will ich gar nicht wissen, ob ich schon morgen mausetot bin oder erst in hundert Jahren.»

Von Anne Kowald, der vielfachen Mutter, erhielt Juliana auch allerlei Ratschläge zu Schwangerschaft und Geburt: Körperliche Arbeit bis zum Schluss sei gesund, gegen Unpässlichkeiten helfe Salbei und Frauenmantel, und zwar inwendig wie äußerlich, bei den ersten Wehen dann müssten Türen und Fenster geschlossen bleiben, da Kälte und Zug die Gebärende krank mache. Und einige Wochen vor der Niederkunft solle sie unbedingt bei Vollmond einen Friedhof aufsuchen, dreimal über ein frisches Grab schreiten und dabei sprechen: «Dies soll mir helfen gegen das Übel der verzögerten Geburt, dies zum Zweiten gegen eine Missgeburt, dies zum Dritten gegen große Schmerzen.»

So vergingen die Tage und Wochen. Manchmal verschwanden Hannes und Kowald für einige Stunden in das nahe Born, wo der Burgbäcker in einer kleinen Schenke Wein ausschenkte, sich die jungen Leute zum Tanz einfanden und auch ein alter Kumpan von Hannes namens Rinkert anzutreffen war. Die örtlichen Gendarmen schienen den Schinderhannes nicht zu kennen, oder aber sie drückten beide Augen zu. Beim ersten Mal hatte Juliana ihn noch begleitet und sogar auf ihrer Fiedel gespielt, doch sie fand es dort zu voll, zu laut und auch zu dreckig.

Einmal, an einem eiskalten, sonnigen Tag, waren Hannes und Kowald bis Homburg gewandert, zwei gute Wegstunden entfernt, um sich dort im Roten Ochsen mit hiesigen Ganoven zu treffen. Genaueres hierüber wollte Juliana gar nicht wissen, aber offenbar hatten sie dort erfahren, dass sich der berühmte Räuberchef Picard mit einigen seiner Leute in der Gegend herumtrieb. Seither war Hannes von einer spürbaren Unruhe erfasst.

«Was hältst du davon, wenn wir den Picard einladen?», hörte Juliana ihn am nächsten Morgen zu Kowald sagen, während die beiden im Hof Mehlsäcke auf das Fuhrwerk luden. «Er war doch immer ein gern gesehener Gast in deiner Mühle. Und gut bezahlt hat er dich wohl auch jedes Mal.»

«Zum einen war er nur zweimal hier», Kowalds Stimme klang mürrisch, «zum andern bis *du* mir mit dem Julchen tausendmal lieber.»

Nur zwei Tage später indessen kauften die beiden in Heftrich zwei Schweine und kehrten in Begleitung des Metzgers zurück, der sich in der Scheune sogleich ans Schlachten machte. Die gellenden Schreie der Tiere schreckten Juliana im Waschhaus auf.

«Warum schlachtet ihr schon wieder?», fragte sie Anne erstaunt, die neben ihr am Waschbrett stand. «Habt ihr nicht die Vorratskammer voll für den Winter?»

Die Müllerin zog die Mundwinkel nach unten. Ihr ohnehin rosiges Gesicht war rot – vor Ärger oder vor Anstrengung.

«Haben wir wohl. Aber der König der Mitternacht wird erwartet.»

«Der König der Mitternacht?»

«So nennen sie den Picard von der Niederländer Bande, weil er immer sagt: ‹Kinder, wenn's Mitternacht ist, bin *ich* der König!› Ein schrecklicher Kerl, genau wie seine Genossen.»

Durch die offene Tür der Waschküche konnte man sehen, wie der Metzger mit Kowald und Hannes vor die Scheune trat. Alle drei trugen sie blutverschmierte Schürzen. Offenbar schien Hannes Tierblut nichts auszumachen – beim letzten Aderlass hingegen war er doch tatsächlich ohnmächtig geworden.

Juliana hielt mit dem Schrubben der Wäsche inne.

«Du kennst die Bande?», fragte sie Anne.

«Und ob. Im Frühjahr, ein paar Wochen vor Ostern, haben die hier gehaust. Die haben die halbe Mühle auf den Kopf gestellt. Damals war auch dein Hannes für ein paar Tage da, weil er Unterschlupf gesucht hatte. Ich sag dir: Das sind Kerle, die kennen keine Gnade.»

Juliana schwieg. Sie ahnte, was das zu bedeuten hatte. Dabei hatte sie darauf gehofft, Hannes würde sein Versprechen wahr machen und bald schon Pferd und Wagen kaufen, damit dieses geruhsame Leben weitergehen konnte. Nun gut – ein Diebstahl hier, eine Schutzgelderpressung da mussten schon sein, schließlich brauchte es ja Geld und Ware für ihren Kramhandel. Jetzt aber, wo der Name Picard gefallen war, dämmerte ihr, dass das ein Trugschluss war. Sie seufzte laut auf. Ja, Hannes würde weitermachen mit gewaltsamen nächtlichen Einbrüchen wie jenem in das Haus von Wolff Wiener. Und sie würde mehr und mehr in Angst um ihn leben müssen.

Unwillkürlich strich sie sich über den Bauch, an dem sie eine erste Rundung zu spüren glaubte.

«Ist dir nicht gut?», fragte die Müllerin.

«Nein, es ist nichts.»

«Wann sind deine Blutungen das erste Mal ausgeblieben?»

«Vor zwei Monaten.»

Anne lächelte. «Wirst sehen – dann ist das mit den Unpässlichkeiten bald vorbei.»

## Kapitel 22

Ganz herrschaftlich, in einer leichten Reisekutsche sowie hoch zu Ross, hielten die Niederländer am folgenden Sonnabend Einzug in die Hasenmühle.

Alle zusammen waren sie in den Hof gelaufen, um die Gäste zu empfangen. Hannes wirkte angespannt, als sich der Schlag der Kutsche beiderseits öffnete, zwei Männer heraussprangen und dann gemächlich auf sie zuschritten. Dem älteren hätte Juliana nicht allein im Dunkeln begegnen wollen, so verwegen sah der aus: Sein langes schwarzes Haar hing wild und unfrisiert vom Kopf, umrahmte ein bleiches Gesicht mit feurigen schwarzen Augen und einem struppigen, ungestutzten Backenbart. Der andere, der in Hannes' Alter war, wirkte dagegen fast knabenhaft, so schmächtig war er. Auch sein bartloses Gesicht mit der kleinen, ein wenig aufgeworfenen Nase war eher zart und mädchenhaft, das braune Haar hing strähnig herunter. Sein Blick aus den tiefen dunklen Augenhöhlen indessen hatte etwas Unberechenbares:. Jetzt verzog er die Lippen zu einem spöttischen Lächeln.

«Ist er das?», fragte er den Schwarzen und deutete auf Hannes.

Jedem andern hätte Hannes ob dieser Unverfrorenheit, über ihn in der dritten Person zu sprechen, die Faust gezeigt. Doch er blieb ruhig und streckte dem Älteren die Hand entgegen.

«Ich freu mich, dich wiederzusehen, Picard.»

«Ich mich auch, Schinderhannes! Wie ist's dir so ergangen, seitdem wir uns das letzte Mal getroffen haben?»

«Kann nicht klagen. Bin auf so manch lukrativen Strauß gezogen ...»

Der, der Picard hieß, lachte: «Das mit dem Wolff Wiener hat sich sogar bis Neuwied herumgezwitschert.»

Im Gegensatz zu seinem Äußeren war seine Sprache weich und melodiös. Ganz so, wie es Juliana von den Weyerbacher Juden kannte.

«Und ein Eheweib hab ich inzwischen auch.» Hannes zog Juliana zu sich heran. «Mein Julchen. Eine begnadete Bänkelsängerin.»

«Bei uns bleiben die Weiber zu Haus», brummte Picard. «An Heim und Herd mit den Kinderchen ...»

Der Jüngere grinste. «So verschieden ist die Welt. Bin übrigens der Fetzer.»

Die Überraschung war Hannes anzusehen. «Der Fetzer also! Noch ein Chef der Gesellschaft.»

Von Hannes wusste Juliana, dass es bei der Niederländer Bande, die ihren Hauptsitz in der Gegend um Neuwied hatte, gleich mehrere Anführer gab und dass ihre Genossen über ein halbes Dutzend deutscher Staaten verteilt waren. Obendrein suchte man sich für seine jeweiligen Vorhaben weitere erfahrene Helfer vor Ort zusammen. Einer davon würde Hannes sein, dessen war sie sich sicher.

Picard schlug ihm so derb auf die Schulter, dass Hannes ins Straucheln geriet. «Sogar einen dritten Capitaine haben wir dabei – den Bosbeck Jan, auch Bonnie oder Schifferchen genannt. Du solltest von ihm gehört haben.»

Der Reiter in vorderster Linie nickte ihnen gelangweilt zu. Er war hager, trug die blonden Haare zu einem Zopf oben am Schädel, hatte auffallend hellblaue Augen und gleich mehrere Ringe in beiden Ohren. Vor allem aber war er prächtig gekleidet, geradeso wie Hannes an manchen Tagen: Unter seinem offenen Umhang aus schwarzem Tuch erkannte Juliana eine hellblaue Reitweste mit goldenen Knöpfen, dazu trug er enge weiße Hosen in Kalbslederstiefeln und silberne Sporen. An seinem Sattel steckten gleich vier Pistolen sowie ein Säbel.

«Welche Ehre! Picard, Fetzer und Bosbeck auf einen Streich!» Hannes strahlte, die Anspannung fiel sichtlich von ihm ab. «Kommt rein, stärkt euch und wärmt euch auf. Die Buben kümmern sich um Kutsche und Pferd.»

«Die Kutsche lass mal noch draußen, die brauchen wir noch.»

Es war ein lautes Gepolter, bis jedermann in der Stube seinen Platz eingenommen hatte, und Juliana, Anne und die Magd hatten alle Hände voll zu tun, sie zu bewirten und eine erste Stärkung aufzutragen. Juliana war von Hannes' Gefährten einiges gewohnt, doch die hier führten sich noch ungehobelter auf, soffen wie die Löcher, grölten durchs Haus, warfen mit unflätigen Zoten um sich, wenn sie denn mal Deutsch sprachen und nicht Französisch, Flämisch oder kochemer Platt. Und den Abort im Hof benutzten sie auch nicht, sondern erleichterten sich gleich vor der Haustür. Bis auf Fetzer und Bosbeck waren die Männer jüdischen Glaubens und trugen so drollige Namen wie Leibchen Schloss, Waldmann, Kessel, Salomonchen, Schnuckel und Itzig Pollack. Frauen hatten sie keine dabei – die wurden zum frühen Abend aus Idstein mit der Kutsche geholt: feile Dirnen, die sich ihnen ungeniert an den Hals warfen.

Das war denn auch der Moment, wo sich Juliana mit ihrem Strickzeug zu Anne an den kleinen Küchentisch zurückzog.

«Kannst dir vorstellen», flüsterte die und schüttelte verächtlich den Kopf, «dass die meisten von denen daheim Weib und Kinder haben? Draußen treiben sie sich in Hurenhäusern rum oder bestellen sich die Dirnen her wie jetzt grad. Fressen unsere Vorräte leer und machen die Stube zum Schlachtfeld. Wenn die erst wieder weg sind, können wir tagelang putzen und aufräumen. Aber sagen darfst nix, sonst kriegst eins aufs Maul, sogar als Frau!»

«Hoffentlich sind sie bald wieder fort», murmelte Juliana. Und fügte im Stillen hinzu: ohne Hannes.

Der kam keine halbe Stunde später in die Küche gestürmt.

«Was treibst du hier? Warum sitzt du nicht bei uns in der Stube?»

Er wirkte angetrunken, das Haar hing ihm verschwitzt in die Stirn.

«Weil ich eh nur die Hälfte versteh, wenn sie durcheinanderschreien. Und überhaupt: Ich mag sie nicht, diese Leute.»

Er zwängte sich neben sie auf die Bank und zog sie an sich. Sein Atem stank nach Branntwein.

«Du sollst aber mit uns feiern, Julchen. Stell dir bloß vor: Picard hat mich eingeladen. Morgen Nacht wollen sie im Westerwald bei einem stinkreichen Pfaffen einbrechen. He, das ist eine große Ehre!»

Entgeistert machte sich Juliana los. «Bei einem Pfarrer? Wenn du da mitmachst, zieh ich nicht mehr mit dir herum! Einen Pfarrer foltern, bis er seine Verstecke verrät – das ist nicht dein Ernst.»

«Foltern? Was redest du für einen Schund?»

«Meinst du, ich weiß nicht, was ihr beim Wiener gemacht habt?»

Hannes kniff die Augen zusammen, auf seiner Stirn erschien eine steile Falte.

«Du kommst jetzt mit zu den andern!»

Sie sprang von der Bank auf und trat einen Schritt zurück.

«Nein! Und zwischen diese Huren hock ich mich schon gar nicht.»

Er ballte die Fäuste. Kurz glaubte sie, er wolle auf sie losgehen, doch dann zuckte er die Schultern, stand wortlos auf und ging nach nebenan, wo das Gelage immer derber wurde. Sie kämpfte gegen die Tränen an. Dass sie ihn verlassen würde, war eine leere Drohung gewesen, und Hannes wusste das auch. Sie würde ihm überallhin folgen, was immer er auch vorhatte.

Sie half Anne noch beim Abwasch, dann ging sie zu Bett. Dort lag sie die halbe Nacht wach und starrte in die Dunkelheit. Von unten drangen Lärm und Gelächter herauf, aus der Kammer nebenan hörte sie Liebesgestöhn. Sie fragte sich ein ums andere Mal, ob auch Hannes jetzt in den Armen einer Dirne lag, bis sie schließlich in unruhigen Schlaf fiel.

Als sie vom Morgenlicht erwachte, war der Platz neben ihr noch immer unberührt. Sie wartete, bis im Hof die ersten schlaftrunkenen Stimmen zu hören waren, dann stand sie widerwillig auf, kleidete sich an und ging hinunter in die Küche, wo es nach Zichorienkaffee duftete. Anne rührte am Herd in einem großen Topf Haferbrei.

«Hab kein Auge zugetan», schimpfte sie, während sie rührte und rührte. «Was bin ich froh, wenn die sich heut wieder vom Acker machen. Stell dir bloß vor: Die haben sogar unsre Schlafkammer zum Bordell gemacht!»

«Ich helf dir gleich die Stube aufräumen. Weiß du, wo Hannes steckt?»

«Wieso? War er nicht bei dir? In der Stube war er jedenfalls nicht. Da liegen nur drei Schnapsleichen mitten im Dreck. Die meisten haben wohl auf dem Heuboden übernachtet.»

Sie nahm den Topf vom Herd.

«Übrigens ist's gut, was du gestern zum Hannes gesagt hast. Gegen die Geistlichkeit zu freveln ist grad so, wie gegen Gott und die Kirche zu freveln. Aber das schert ja kaum noch wen, heutzutage.» Sie seufzte. «Außerdem sind diese Niederländer wahre Teufel. Beim letzten Überfall sollen sie einer Mutter den Säugling weggerissen haben. Haben den armen Wurm einfach bei den Füßen gepackt und gegen die Wand geschleudert!»

Entsetzt starrte Juliana sie an.

«Ich ... ich geh den Hannes suchen.»

Draußen im Hof standen zwei der Männer in der frostigen Kälte und schlugen ihr Wasser gegen die Scheunenwand ab. Deutlich stieg ihr der Gestank nach Urin und menschlichen Fäkalien in die Nase. Angewidert wartete sie, bis die Männer ihr Geschäft erledigt hatten, dann fragte sie nach Hannes.

Der Jüngere grinste. «Hat sich vergnügt mit blonde Hure, Chérie. Auf Dach mit Heu, ganze Nacht.»

Dabei schob er anzüglich das Becken hin und her.

Sie holte tief Luft und betrat den Stall, wo eine Leiter auf den Heuboden führte. Von dort hörte sie kichernde Weiberstimmen.

Sollte sie jetzt wirklich dort hinaufsteigen? Wut und Enttäuschung schnürten ihr die Kehle zu. Da vernahm sie leises Schnarchen. Es kam vom Strohlager hinter den angebundenen Pferden. Mit klopfendem Herzen schlich sie an den Tieren vorbei und fand Hannes zusammengekauert unter einer alten Decke. Er war allein, doch was hatte das schon zu bedeuten?

Ohne ihn zu wecken, kehrte sie ins Haus zurück und half Anne, die Überreste des nächtlichen Saufgelages wegzuschaffen. Nass aufwischen würden sie erst, wenn die Bande fort war, und so beschränkten sie sich darauf, zwischen den Schlafenden notdürftig auszukehren. Überall war Wein und Bier verschüttet, abgenagte Knochen lagen unter den Bänken, zwei Krüge und einige Teller waren zu Bruch gegangen.

«Der Hannes wird dir das ersetzen, ganz sicher», sagte Juliana angesichts der Bescherung.

Da trat Picard ein.

«Was brummt mir der Schädel! Aber meine Nase sagt mir: Es gibt gleich Kaffee.» Seine schwarzen Augen funkelten Juliana an. «Sieh da, das Julchen! Warum hast nicht mit uns gefeiert? Du hättest großen Spaß mit uns gehabt. Dein Hannes war erst mal reichlich sauer auf dich.»

Sie verschränkte die Arme. «Spaß hattet ihr wohl genug mit euren käuflichen Dirnen.»

Er lachte. «Oho! Und ich dachte immer, nur unsre jüdischen Weiber wären so verschämt. – Platz da, Itzig!»

Grob stieß er den schlaftrunkenen Mann, der sich auf der Eckbank ausgestreckt hatte, in die Seite.

«Übrigens freut's mich wirklich, dass dein Hannes uns heut begleitet. Für mich war er bislang ein hergelaufener Buschklepper aus dem Hunsrück, aber mittlerweile denk ich: Chapeau!»

Sie biss sich auf die Lippen. Ohne ein weiteres Wort brachte sie den Besen zurück in die Küche, ging hinauf in ihre Kammer und verriegelte sie von innen. Dann öffnete sie das Fenster und steckte die Nase hinaus. Der klare Winterhimmel der letzten Tage begann sich zuzuziehen. Es roch nach Schnee.

Vielleicht aus diesem Grunde ging der Aufbruch der Männer schneller vonstatten als erwartet. Am späteren Vormittag – sie hatte vor sich hin dösend auf dem Bett gelegen – hörte Juliana sie im Hof rumoren. Da das Fenster zur anderen Seite hinausging, blieb sie liegen. Sie hätte auch gar nicht mit ansehen wollen, wie Hannes in der Kalesche verschwand und vom Hof rollte.

Nachdem das letzte Hufgetrappel verhallt war, klopfte es gegen ihre Tür.

«Juliana?»

Es war Anne. Rasch öffnete sie ihr die Tür.

«Sie sind weg. Was igelst dich überhaupt hier ein?»

«Der Hannes …» Sie schluckte. «Der hat sich nicht mal verabschiedet von mir!»

«Warum sollte er? Er ist doch gar nicht mitgegangen.»

Sie glaubte, sich verhört zu haben. «Ist das wahr?»

«Wenn ich's doch sag. Aber jetzt ist er weg, hab ihn im Wald verschwinden sehen. Auf dem Weg nach Born, wahrscheinlich zum Burgwirt. Ich glaub mal, der trägt dir immer noch was nach.»

«Ha! *Ich* müsst ihm gram sein, nicht umgekehrt! Die ganze Nacht mit diesen Dirnen herumpoussieren. Und wahrscheinlich mehr noch …»

«Ach, Juliana. Eifersucht steht einem Weib gar nicht gut an. Schon gar nicht, wenn man so 'nen jungen, schmucken Burschen wie den Hannes an der Angel hat, den alle Frauenzimmer anschmachten. Ich meine: Ein Kind von Traurigkeit ist er nicht, hat viel gelacht und getanzt mit den Weibern, aber mehr? Das glaub ich nicht …»

«Du meinst, ich soll ihn fragen?»

«Bloß nicht! Was hat das schon zu bedeuten? Die Mannsbilder brauchen das halt. Außerdem glaub ich: Der Hannes hat dich wirklich gern. Sonst wär er ja mit in den Westerwald.»

«Vielleicht hast du recht. Wann hat er's den Niederländern gesagt, dass er nicht mitkommt?»

«Heut morgen, beim Frühstück. Da hat er zum Picard gesagt: ‹Nein, das ist nichts für mich. Gegen einen Pfaffen geh ich nicht. Grad so wenig wie ihr gegen einen Rabbiner. Erst recht nicht, wo Julchen und ich jetzt vor Gott getraut worden sind.›»

## Kapitel 23

*D*as Jahr ging zu Ende, mit reichlich Schnee und Eis. Auch das Mühlrad stand im Frost erstarrt und rührte sich nicht mehr. Die nahen Weiher waren zugefroren, und auf Kufen, die unter die Schuhe geschnallt wurden, ließ es sich herrlich über das Eis rutschen. Julianas Anfälle von Übelkeit, Erschöpfung und Gereiztheit hatten sich gelegt, und sie fühlte sich stark und unternehmungslustig wie lange nicht mehr.

Noch zwei ganze Tage hatte Hannes mit ihr geschmollt, dann hatte er sie am frühen Morgen mit einem Schneemann unter ihrem Fenster überrascht: einem Schneemann mit zwei üppigen Brüsten und einem kugelrunden Bauch!

«Das bist *du*, Prinzessin! Erkennst du dich?», hatte er lachend zu ihr heraufgerufen.

Am selben Morgen hatte er ihr vom Markt jene Schlittschuhe mitgebracht und sie später auf dem Eis immer wieder geherzt und geküsst. Ob er die Nacht im Stroh tatsächlich mit der blonden Hure verbracht hatte, würde sie wohl nie erfahren, wollte es aber auch nicht. Viel wichtiger war doch, dass Hannes sich nicht an dem Pfarrer versündigt hatte, und so wünschte sie sich, nie wieder einen von den Niederländern zu Gesicht zu bekommen.

Doch nach dem Jahreswechsel brach Tauwetter ein, und in der ersten Januarwoche tauchte Picard erneut auf der Hasenmühle auf. Für diesmal allerdings nur mit Müller, dem Daumen, der so hieß, weil ihm bei einem Schusswechsel der Daumen krumm geschossen worden war. Es wurden auch keine Huren aus Idstein geholt, und selbst das Gelage auf die Nacht hin hielt sich in Grenzen.

Juliana war gerade dabei, die Teller und die Essensreste einzusammeln, als sie Picard sagen hörte: «Kommen wir zur Sache. Wir haben was Großes vor, Hannes, und könnten ein paar Männer noch gut brauchen. Wenn du also Lust hast ...»

Hannes tat gänzlich unbeeindruckt. «Alsdann: Was habt ihr vor, wo und gegen wen?»

«Das wirst zeitig genug erfahren», sagte Picard zögernd.

«Aber zu deiner Beruhigung: Es geht nicht gegen eure Geistlichen.»

Hannes schüttelte den Kopf.

«Wenn ich mit meinen Leuten mitmachen soll, dann will ich es schon genau wissen.»

Daumen-Müller, ein mürrischer Mensch von Anfang dreißig, stieß Picard in die Seite und deutete unmissverständlich auf Juliana. Doch Hannes schüttelte den Kopf.

«Wir haben keine Geheimnisse voreinander. Komm, Julchen, setz dich her.»

Eine Zeitlang herrschte Schweigen am Tisch, bis Picard sich räusperte.

«Es geht um einen Raubüberfall auf die Kaiserliche Oberposthalterei von Thurn-und-Taxis. Die in Würges, an der Handelsstraße von Frankfurt nach Köln.»

Hannes stieß einen Pfiff aus. «Nicht schlecht. Die Station kenn ich, nur zwei gute Wegstunden von hier. Ich nehme an, du willst von der Hasenmühle aus operieren.»

«Richtig. Aber ich brauche gute Leute. Bist du also dabei?»

«Auf jeden Fall. Da ist sicher einiges zu holen.»

«Das will ich meinen. Bargeld in Massen, dazu Reisegepäck und andres wertvolles Zeug. Ich hab mich mal kundig gemacht: Die Posthalterei bietet Übernachtung und Verpflegung für zwei Dutzend Reisende, für sechs Postillione und einundzwanzig Pferde – da kommt ordentlich was zusammen!»

Jetzt begann es in Hannes' Augen doch zu leuchten. «Wie ist dein Plan?»

«Fünfzehn bis zwanzig Mann sollten wir schon sein – ich bringe zehn meiner besten. Dasselbe hoffe ich von dir. In genau einer Woche sammeln wir uns hier.»

«Und was wird meine Aufgabe sein?»

«Du sollst auf Schmier stehen – du weißt, das lass ich nur meine Veteranen machen. Ein Ehrenposten also.»

Anfangs schien Hannes Schwierigkeiten zu haben, hier im Rechtsrheinischen genügend zuverlässige Männer zu rekrutieren. Sein alter Kumpan Rinkert aus Born und ein gewisser Kanngießer-Henrich aus dem benachbarten Glashütten tauchten schon bald in der Mühle auf, doch danach war er immer wieder für längere Zeit unterwegs, oftmals vergeblich. Bis er endlich in der Gegend von Haßloch, einem Dörfchen südlich des Mains, gleich vier Männer ausfindig machen konnte: zwei junge Burschen namens Hannadam und Eckhard, den dickwanstigen Blum Wilhelm, der dem Alter nach Hannes' Vater hätte sein können, sowie dessen Halbbruder Christian Reinhard, von allen nur Schwarzer Jonas genannt. Indessen musste sich herumgesprochen haben, dass unter Schinderhannes und Picard ein großer Bruch geplant war, denn noch vor Picards Ankunft dienten sich drei weitere, reichlich zwielichtige Gestalten an, die Hannes nur flüchtig kannte: der Zahnfranz, dem zwei Schneidezähne fehlten, der baumlange Husarenfritz und der scheele Hannes, der einen steifen Hals und nur ein Auge hatte.

Eine wahrhaft illustre Gesellschaft hatte sich da nach und nach eingefunden, und so wurde in diesen Tagen um Born und Heftrich herum so einiges an Kleinvieh und Wäschestücken geklaut. Auch Hannes, der angesichts des bevorstehenden Ereignisses sichtlich aufblühte, wurde übermütig und stahl bei einem Spaziergang mit Rinkert dem Borner Pfarrer ein ausgenommenes Schwein vom Hof, während der Metzger beim Mittagessen saß. Auf den Abend hin lud dann Anne Kowald ihren Bruder, den Schultheiß von Born, mitsamt Schulmeister Henninger zur Metzelsuppe.

Angesichts dieses unerwarteten Festessens fragte sich Juliana wieder einmal, ob Hannes nicht allzu leichtfertig handelte. Auch dass er seine Männer, bis auf den Schwarzen Jonas, in der benachbarten Fuchsmühle untergebracht hatte, nur um Kowald nicht gegen sich aufzubringen, mochte nicht unbedingt klug sein: Der Fuchsmüller hatte sich nämlich zunächst geweigert, diese ganze Bande durchzufüttern, doch Hannes hatte ihm gedroht, andernfalls würde er sich den roten Gockel auf seine Mühle holen. So macht er ihn sich nicht grad zum Freund, dachte Juliana, war aber insgeheim heilfroh darüber, dass es bis zu Picards Ankunft angenehm ruhig zuging auf der Hasenmühle, obgleich sie Hannes kaum zu Gesicht bekam. Und wenn, dann in Begleitung des Schwarzen Jonas.

Dieser Mann, dem sie nie zuvor begegnet war, rief in ihr vom ersten Moment an zutiefst zwiespältige Gefühle hervor. Er war ein wenig älter als Hannes, auch größer und kräftiger, mit glattem, zurückgekämmtem dunklem Haar, halbem Backenbart und ewig dunklen Bartstoppeln. Obwohl sein Gesicht auch jetzt im Winter von der Sonne gebräunt schien, hatte es nichts Bäuerisches, im Gegenteil: Nase, Mund und Augen waren klar und ausdrucksstark geformt. In den Augen einer Frau war er ein schöner, stattlicher Mann, und doch war da etwas Kaltes, Grausames in seinem Blick, in seinem leicht spöttischen Lächeln. Schon auf dem Weg zur Rheinfähre hatte Hannes ihr von ihm erzählt – dass er ganz wunderbar die Guitarre spiele, zum Schein mit Fayencen und Porzellan handle und dabei einer der berüchtigsten Räuber vom Taunus bis zum Odenwald sei. «Ihm sollte ich besser nicht in die Quere kommen», hatte er ihr gesagt. «Der hat mir schon mal im Streit den Arm gebrochen.»

Umso mehr wunderte es Juliana, dass die beiden nun ein

Herz und eine Seele schienen. Doch besser hatte man so einen zum Freund als zum Widersacher.

Die vom Schneematsch aufgeweichten Wege waren allmählich abgetrocknet, und nachmittags traf denn auch Picard ein. Er brachte außer dem Daumen-Müller sechs weitere Männer mit, darunter Itzig Pollack, Meyerfuchs und Schnuckel vom letzten Mal. Ein gewisser Leyser Afrom hatte die Posthalterei genauestens ausbaldobert. Um ihn und Picard versammelten sich die Männer gegen Abend in Kowalds Wohnstube. Der Hasenmüller mit seinen Buben, sein Mahlknecht und Anne wurden hinausgeschickt. Juliana durfte bleiben.

Nachdem Leyser Afrom die Lage der Station auf einem Bogen Papier skizziert und die Örtlichkeiten penibel genau erklärt hatte, legte Picard seinen Plan dar und teilte den Männern ihre Aufgaben zu. Murren und Widerrede fegte er mit Donnerstimme beiseite. Juliana erfuhr, dass man den Rammbaum erst kurz vor Würges fällen wolle, um alsdann mit großem Geschrei und in französischer Sprache das Haus zu stürmen, dass von Pistolenschüssen fleißig Gebrauch zu machen sei und so fort. Haargenau auf diese Weise war auch Hannes damals bei Wolff Wiener vorgegangen, er stand dem großen Picard also in nichts nach. Und nun musste er widerspruchslos Anweisungen entgegennehmen.

Innerlich empörte sich Juliana. Zumal Hannes die Mehrzahl der Männer aufgestellt hatte und eigentlich den Capitaine hätte geben müssen. Sie hatte genug gehört, ging zu Anne in die Küche, goss sich den restlichen Kaffee ein und wartete mit klopfendem Herzen auf den Abmarsch der Männer. Doch nichts geschah.

Da steckte Hannes den Kopf zur Tür herein.

«Der Mond scheint zu hell, wir müssen noch eine Nacht abwarten.»

«Dann können wir jetzt ebenso gut zu Bett gehen», erwiderte sie.

Er lachte, nickte und zog sie an der Hand die Stiege hinauf in ihre Kammer.

In dieser Nacht liebten sie sich so sanft und zärtlich wie schon lange nicht mehr.

«Jetzt weiß ich's», sagte er, als sie Arm in Arm auf dem Bett lagen und den Stimmen von unten lauschten. «Unser Mädchen soll Eva Juliana heißen!»

«Einverstanden.» Sie küsste ihn auf die Wange. «Ach Hannes, wenn ich an morgen denk, wird mir's ganz bang. Hast du denn gar keine Angst, dass man auf dich schießen könnte? Oder dass sie dich schnappen und ins Verlies werfen?»

«Wenn ich Angst hätte, dann hätt ich Schinderknecht bleiben müssen.»

«Versprichst du mir, dass du vorsichtig bist? Nicht nur wegen mir – auch um unser Evchen willen.»

«Ich versprech's. Du wirst mich quicklebendig zurückhaben nach dem Postraub.»

Am nächsten Abend war der Himmel bedeckt, und die Männer verließen gegen zehn Uhr die Mühle, alle mit Gewehren oder Pistolen bewaffnet. Dazu hatten sie ausreichend Branntwein, Wachslichter und Leinensäcke dabei, einige trugen Äxte oder Brecheisen.

Juliana sah ihnen nach, mit zugeschnürter Kehle. Es war ausgemacht, dass sie nach der Rückkehr alle miteinander die Hasenmühle verlassen würden, noch vor Sonnenaufgang. Juliana hatte ihre beiden Schnappsäcke bereits gepackt, von Anne hatte sie noch eine kräftige Wegzehrung erhalten.

«Bist du dann wach, damit wir uns verabschieden können?», fragte sie die Müllerin, die neben ihr stand.

«Ganz sicher. Wenn diese Horde hier einfällt, weckt das sogar Stocktaube auf. – Jetzt geh schlafen, das kann noch etliche Stunden dauern.»

Angezogen lag Juliana auf dem Bett, doch die plötzliche Stille auf dem Hof ließ sie erst recht nicht einschlafen. In der Ferne hörte sie den Hofhund bellen, der wohl wieder im Wald herumstreunte, dann das durchdringende Geschrei kämpfender Katzen. Irgendwann musste sie doch eingenickt sein, denn sie schrak auf von lauten Rufen. Noch immer war es stockdunkel. Im ersten Moment dachte sie, ein Streifkommando hätte das Haus umstellt, doch dann erkannte sie Picards und Hannes' Stimmen. Erleichtert sprang sie aus dem Bett und rannte nach unten in die Eingangsdiele, wo sich im Licht zweier Fackeln die ganze Meute drängte, in hörbar guter Stimmung und sichtlich angetrunken.

«Dem Himmel sei Dank!», rief sie und fiel Hannes um den Hals. Er roch nach der Feuchtigkeit des Waldes.

Derweil polterten die anderen in die Stube.

«Kowald, beweg deinen Arsch aus dem Bett», brüllte Picard durchs Haus. «Wir wolln noch einen saufen mit dir, bevor du uns los bist.»

Die Beute war rasch aufgeteilt. Das Weißzeug, in einem riesigen Mehlsack verstaut, wurde an einen jungen Hehler verhökert, den sie unterwegs aus dem Schlaf geholt und mitgebracht hatten, der Hasenmüller bekam die nagelneue Flinte des Posthalters, Hannes erhielt als Anteil eine goldene Uhr und acht große Taler. Der Schwarze Jonas indessen fluchte: «Wären wir nicht von den verdammten Dörflern attackiert worden, hätten wir das Zehnfache rausholen können! Stattdessen haben wir jetzt das ganze verdammte Silbergeschirr, das man nicht zerstückeln kann, sondern erst verkaufen muss.»

Gutmütig erklärte sich Kowald bereit, den Verkauf zu übernehmen. «Ihr könnt euch auf mich verlassen. Picard soll mir aufschreiben, was jeder von euch kriegt, und das holt ihr euch irgendwann. Und jetzt verschwindet besser, der Pitter von der Fuchsmühle wird sein Maul nicht halten, wenn die Gendarmen ihn ausquetschen.»

Hannes stieß ihn in die Seite. «Gib's zu, du Geizhals – du willst bloß dein zweites Weinfass nicht aufmachen.»

Nachdem der letzte Becher ausgetrunken war, trennten sie sich: Picard und Daumen-Müller wollten einen sicheren Schlupfwinkel im Spessart aufsuchen, die anderen Niederländer einen am Rhein, Hannes' Leute brachen ins Kurmainzische Haßloch auf. Juliana und Hannes hatten sich als Erste auf den Weg gemacht, zusammen mit Rinkert und dem Schwarzen Jonas. Ihr Ziel war die Ölmühle in den Wäldern um die Festung Königstein, zwei Stunden Fußmarsch von hier.

Unter Tränen hatten Juliana und Anne voneinander Abschied genommen, wussten sie doch nicht, ob sie sich jemals wiedersehen würden. Die Nacht war feuchtkalt, als sie auf schmalen Feld- und Waldwegen das nahe Born umrundeten und schließlich auf die Straße nach Königstein stießen. Die Männer wirkten wieder vollkommen nüchtern, Hannes drängte ein ums andere Mal zur Eile. Zu Recht: Auf der Chaussee vor ihnen waren plötzlich Stimmen zu hören. Gerade noch rechtzeitig konnten sie sich mit ihren vollbepackten Schnappsäcken im Dickicht verbergen. Eine Streife von zwei Reitern und einem halben Dutzend Fußsoldaten zog als dunkler Schatten an ihnen vorbei. Der Überfall von Würges musste in den umliegenden Ämtern also schon bekannt geworden sein!

«Wir teilen uns auf: Ein Trupp zum Burgwirt, der andere zur Fuchsmühle und zur Hasenmühle», hörten sie den Anführer befehlen. «Das Raubgesindel kriegen wir!»

«Soll'n wir nicht lieber auf Verstärkung aus Königstein warten? Die Bande soll hundert Mann stark sein!»

Plötzlich knackte es neben Juliana im Gehölz, und ein kleines dunkles Tier schoss davon.

«Was war das?» Das Streifkommando war stehen geblieben. «Alle Mann in den Wald!»

*Das ist das Ende!*, schoss es Juliana durch den Kopf. Sie spürte den Druck von Hannes' Arm auf ihrer Schulter, sah, wie die drei neben ihr geduckt und so geräuschlos als möglich Schritt vor Schritt setzten. Sie tat es ihnen nach, obwohl sie sich wie gelähmt fühlte. Ein Albtraum war das, denn wieder knackte es, diesmal unter ihren Füßen.

«Dahinten ist wer!»

Doch sie hatten bereits einen schmalen Pfad erreicht, und Rinkert rannte los. Ihr fiel ein, dass der Borner sich hier auskannte, schöpfte neuen Mut, als schon der erste Schuss krachte. Sie rannten, so schnell sie konnten, durchquerten ein Bachbett, wo Juliana auf der Uferböschung ausglitt und der Länge nach stürzte, sich von Hannes aufhelfen ließ, um weiterzustürmen.

«Mir nach», zischte Rinkert ihnen zu. Indessen hätte er gar nicht zu flüstern brauchen, denn ihre Verfolger machten nun einen Lärm wie ein ganzes Regiment. Auf einmal liefen sie geradewegs auf eine schwarze Felswand zu, in Julianas Augen eine Sackgasse, eine tödliche Falle. Vor dem Fels warf Rinkert sich zu Boden, rammte mit den Stiefeln gegen etwas feucht Glänzendes, und sie hörte Holz splittern.

«Zu Boden, das Gepäck runter und rein mit euch!»

Juliana gehorchte und rutschte hinter Rinkert mit den Füßen voran in einen nur schulterbreiten Felsspalt, der gerade so hoch war, dass sie noch ihren Reisesack hinterherziehen konnte. Auf glitschiger Erde rutschte sie abwärts, bis sie mit den Knien unsanft auf Felsboden aufschlug. Sie rappelte sich auf, gab den Weg frei, da schon im nächsten Augenblick erst Hannes, dann der Schwarze Jonas durch den Höhleneingang glitten.

«Hier entlang», hörte sie Rinkert flüstern, und sie folgte seiner Stimme. Um sie herum war nichts als Schwärze, es roch modrig und ein wenig nach Aas, aber immerhin konnte man wieder aufrecht stehen. Von draußen näherten sich die Stimmen, zwei, drei Schüsse knallten noch durch die Nacht, wütende Flüche, dann wurde es ruhig.

Juliana spürte, wie ihr die Hände, die sie um den Gurt ihres Gepäcks gekrallt hatte, zu zittern begannen.

«Alles ist gut», sprach Hannes beruhigend auf sie ein.

Der Schwarze Jonas schnaubte. «Hätten die jetzt Hunde dabei, wären wir geliefert.»

«Das zeigt mal wieder, wie dumm die deutschen Gendarmen sind, wenn sie auf Räuberjagd gehen. Habt ihr's gehört? Hundert Mann stark sollen wir gewesen sein!»

Jemand schlug mit Stahl und Feuerstein Funken in die Dunkelheit, bis ein Zunderstück zu glimmen begann. Rinkert entfachte ein Wachslicht und hielt es in die Höhe: Der schmale, niedrige Gang, den sie gekommen waren, verbreitete sich hier zu einer Art Halle, die etwa zwei Mann hoch war. Von oben tropfte es, die Felswände glänzten vor Nässe.

«Was ist das hier?», fragte sie ihn.

«Ein alter Bergwerksstollen. Gibt es einige hier am Silberbach.»

«Müssen wir hier etwa über Nacht bleiben?»

Hannes, der ihre Hand genommen hatte, lachte. Er schien kein bisschen verschreckt nach dieser Verfolgungsjagd. «Ich für meinen Teil möchte lieber beim Ölmüller auf 'nem weichen Strohsack schlafen. Warten wir ab, ob's draußen ruhig bleibt, dann brechen wir auf.»

Der Ausstieg aus dem Loch war weitaus mühsamer als der Einstieg, und als sie endlich wieder am Bachufer standen, schmerzten Juliana Arme und Knie, ihr Reisekleid war verdreckt, die Schuhe klatschnass. Zum Glück lagen ihre kostbaren Gewänder gut verstaut im Ledersack.

Fortan mieden sie jede Straße. Rinkert führte sie sicher auf schmalen Nebenwegen zu jener Ölmühle, einem heruntergekommenen Anwesen, das sie noch vor Morgengrauen erreichten. Der Müller, in Nachthemd und Schlafhaube, ließ sie erst ein, nachdem der Schwarze Jonas ihm gedroht hatte, den Hofhund und sämtliche Fenster zu zerschießen. Der Mahlknecht überließ Juliana und Hannes widerwillig seine winzige Kammer, während die beiden anderen die Stube vorzogen, wo sie sich noch Brot und Wein kredenzen ließen.

Als Juliana endlich mit Hannes allein war, ließ sie sich erschöpft aufs Bett fallen. Die Wäsche verströmte Altmännergeruch, und so zog sie es vor, ihre verschmutzten Kleider anzubehalten. Mit einem Mal musste sie an ihre Schwester denken: Wie es ihr wohl erging an der Seite von Dallheimer?

«Wie lang bleiben wir in diesem Loch?», fragte sie leise.

«Ein paar Tage nur, bis sich die Lage beruhigt hat.»

«Und dann?»

«Der Schwarze Jonas hat vorgeschlagen, zu ihm nach Haus zu gehen, nach Klein-Rohrheim am Rhein. Da ist auch sein Weib, die Margaretha mit ihrem gemeinsamen Knaben. Du wirst die Margaretha mögen, und mit dem Kind kannst ja schon mal üben. Und weißt du was? Dort miete ich uns ein Häuschen und kauf dir Pferd und Wagen.»

«Ach Hannes, das versprichst du mir schon so lang.»

«Nein, im Ernst. Wenn das Kind kommt, sollst du schließlich ein Zuhause haben. Der Picard hat uns übrigens bescheißen wollen beim Teilen. Als er beim Pissen draußen war, hat er was beiseitegeschafft und in einem hohlen Baumstamm am Mühlgraben versteckt. Aber ich bin ihm heimlich gefolgt und hab's mir später geholt.»

Er zog einen Beutel aus seiner Jagdtasche und leerte den Inhalt auf das Bett. Im Schein des Talglichts glänzten neben einigen Gold- und Silbermünzen zwei silberne Armreifen und eine goldene Halskette.

Er streifte ihr die Armreifen über.

«Der Schmuck ist für dich, Prinzessin.»

Sie musste lachen. Die ganze Anspannung dieser Nacht fiel endlich von ihr ab.

«Dann habt ihr euch also gegenseitig beschissen.»

Sie legte den Schmuck wieder zurück in den Beutel.

«Wie man's nimmt.»

«Solltest ihm künftig besser aus dem Weg gehen. Er wird sich denken können, dass du die Sachen aus dem Baum genommen hast.»

«Denken vielleicht schon. Aber nicht beweisen.»

Er löschte das Licht, schlüpfte neben ihr unter die Decke und küsste sie auf die Wange.

«Schlaf gut, Julchen. War eine harte Nacht für uns alle.»

Doch ihr brannte noch eine letzte Frage auf der Zunge: «Habt ihr in der Poststation Gewalt anwenden müssen, um an die Beute zu kommen?»

«Wie soll ich das wissen, wo ich doch draußen Schildwache gestanden bin?», erwiderte er unwirsch. «Und jetzt lass mich schlafen, ich bin wirklich todmüde!»

## Kapitel 24

Zwei Tage später waren sie bereits wieder unterwegs. Der Ölmüller, dessen Haus nicht zum ersten Mal Räubern als Schlupfwinkel diente, war von einem vorbeiziehenden Bürstenbinder gewarnt worden: In der Nacht zuvor habe Gaunergesindel versucht, das Königsteiner Amtshaus zu erstürmen, aber durch das rechtzeitige Läuten der Sturmglocke habe die Bürgerwache die Räuber in die Flucht schlagen können. Die Obrigkeit sei sich sicher, dass dieselbe Bande dahinterstecke, die schon zuvor in Würges so viel Schlimmes angerichtet hätte: Dort habe sie alles, was nicht niet- und nagelfest war, gestohlen, den Posthalter und seine Leute halb totgeschlagen, nur eine Magd habe sich durch einen Sprung aus dem Dachfenster gerettet und dabei alle Knochen gebrochen.

Juliana, die im langen Hemd in der warmen Stube saß und ihr frischgewaschenes Reisekleid flickte, erstarrte. Auch Hannes und Christian Reinhard, der Schwarze Jonas genannt, hielten im Reinigen ihrer Waffen inne und lauschten angestrengt nach draußen. Rinkert hingegen war im Wald unterwegs, um zu wildern.

«Jetzt wird zur Jagd geblasen!» Die knarrende Stimme des Bürstenbinders draußen vor dem Fenster wurde noch lauter. «Überall stellen die jetzt Truppen auf, aus Bürgern und entlassenen Soldaten. Durchkämmen die Dörfer, Mühlen und abgelegenen Höfe, die Burgen und Wirtshäuser, bis der Letzte geschnappt ist. Das wollt ich dir nur sagen, Ölmüller. Nur für den Fall, dass dir einer der Ganoven übern Weg rennt.»

Er kicherte wie ein altes Weib, dann ging er seiner Wege.

«Verdammt!», stieß der Schwarze Jonas hervor. «Packen wir also unsern Kram. Auf nach Klein-Rohrheim.»

Ungläubig schüttelte Hannes den Kopf. «Eine Frechheit,

dass die uns den Überfall aufs Königsteiner Amtshaus in die Schuhe schieben. Da müssen rechte Anfänger am Werk gewesen sein.»

Juliana starrte ihn an. Dann sagte sie tonlos: «Ihr habt die Leute in Würges also halb totgeschlagen.»

Hannes schwieg. Er packte seine Jagdtasche, dann den Schnappsack, zog Stiefel und Jacke an. Juliana hielt ihn am Arm fest.

«Du hast gelogen!», schrie sie ihn an.

Ärgerlich zog der Schwarze Jonas sie von ihm weg.

«Hör auf zu zetern und mach dich bereit!», schnauzte er, und zu Hannes gewandt: «Du hast dein Mädchen nicht im Griff. Meine Margaretha hätt jetzt 'ne Maulschelle geerntet.»

Während sich Juliana ihr halb geflicktes Kleid überstreifte und dabei mühsam ihre längst entflammte Wut unterdrückte, stürmte der Ölmüller herein. «Ihr habt's gehört! Ich bitt euch: Verschwindet! Ich will da nicht mit reingezogen werden.»

Auch der Schwarze Jonas war inzwischen abmarschbereit angezogen.

«Wir sind schon weg.» Er schulterte sein Reisegepäck. «Und sag dem alten Bürstenbinder, er ist ein guter Mann.»

«Aber was ist mit dem Dritten, dem Rinkert? Der is doch noch im Wald. Was soll ich dem sagen, wo ihr hin seid?»

«Das werden wir dir grad verraten.» Hannes warf Juliana den Mantel zu. «Damit du zwitscherst, wenn die Gendarmen dich in die Zange nehmen.»

Im nahen Wald warteten sie noch die Dämmerung ab, dann nahmen sie, stets darauf gefasst, sich ins Unterholz flüchten zu müssen, ein schmales Sträßchen, das geradewegs nach Süden führte. Bald schon begann es sachte zu schneien.

Hannes griff nach Julianas Hand.

«Es ist nicht, wie du denkst», sagte er leise. «Ich hab draußen vor der Posthalterei die Dorfbewohner in Schach halten müssen – was drinnen passiert ist, damit hab ich nichts zu tun.»

«So hör schon auf, dein Julchen mit Samthandschuhen anzufassen», fauchte sein Kumpan ihn an. «Wo gehobelt wird, da fallen Späne.»

Juliana zog ihre Hand zurück. Sie nahm Hannes nicht ab, dass er von den Quälereien nichts gewusst haben wollte.

«Wie weit ist's überhaupt bis Klein-Rohrheim?», fragte sie, nachdem sie lange Zeit schweigend nebeneinanderher marschiert waren.

«Elf, zwölf Wegstunden werden wir schon brauchen, ohne Pause ...»

«Was?» Sie blieb stehen. «Heißt das, dass wir die ganze Nacht durch wandern müssen? Und jetzt auch noch bei Schnee?»

«Wenn wir aus der Gegend verschwinden wollen – ja! Jetzt komm schon, Julchen.» Er hakte sich bei ihr unter und versuchte zu scherzen: «So wird uns wenigstens nicht kalt. Außerdem hat der Schnee auch sein Gutes. Weil er nämlich unsre Spuren verwischt, wenn's weiter drauf schneit.»

«Dann glaubst du also, dass sie uns schon auf den Fersen sind?»

«Ach was. Viel Geschrei um nix. Da laufen jetzt ein paar Rotten aus Tattergreisen und Kriegsversehrten durch die Gegend, immer schön rund um Born und Königstein herum. Und wenn die uns tatsächlich begegnen würden, täten die gleich das Hasenpanier ergreifen. Die guten Leute nämlich, die brauchen die Landesherrn für ihre eigenen Truppen, weil jeder im Kriegszustand mit den Franzosen ist. Das ist ja der große Vorteil hier im Rechtsrheinischen – dass alle paar Meilen eine neue Herrschaft beginnt. Und die eine Hand nicht weiß, was die andre macht.»

Der Schwarze Jonas, der ihnen ein gutes Stück voraus war,

wandte sich um: «Jetzt hört endlich auf zu quatschen und beeilt euch. Wir sind noch lang nicht in Sicherheit.»

Ohne auch nur einer Menschenseele begegnet zu sein, stießen sie fünf Stunden später auf den Main. Der Schneefall hatte aufgehört, zwischen den zerrissenen Wolken leuchtete eine schmale Mondsichel. Juliana war erleichtert: Hier begann die angestammte Heimat des Schwarzen Jonas, hier kannte er sich in jedem Winkel aus. Zu ihrem Glück: Das Fährhaus, wo sie über den Fluss setzen wollten, war von einer Streife umstellt, wie sie im letzten Augenblick erkannten.

Der Schwarze Jonas zog sich den Hut tiefer in die Stirn. «Ich weiß zwar nicht, ob die auf uns warten, aber wir machen uns besser aus dem Staub. Ein Stück flussaufwärts liegen Kähne vertäut. Kommt!»

Geräuschlos zogen sie sich in den Buchenhain zurück, den sie eben durchquert hatten. Keine halbe Stunde später erreichten sie über einen wackligen Holzsteg eine schilfige Bucht am Mainufer. Unterwegs hatten sie aus einem Holzzaun breite Latten herausgerissen.

Drei Kähne lagen dort vertäut, in allen glänzte das Wasser.

«Da steig ich nicht ein!», beschied Juliana.

«Dann bleibst halt hier», erwiderte der Schwarze Jonas ungerührt, bückte sich nach einem Eimerchen, das im Heck des kleinsten Bootes lag, und begann zu schöpfen. Hannes war ihm mit den Händen behilflich.

Jetzt begriff Juliana auch, wozu die Holzlatten waren: Die Besitzer der Kähne hatten die Ruder mitgenommen. Nachdem die Männer sich versichert hatten, dass niemand in der Nähe war, machten sie die Leinen los und stießen sich vom Ufer ab. Fast geräuschlos tauchten die Hölzer in das schwarze Wasser, wobei das Boot trotz aller Kraftanstrengung zusehends flussabwärts in Richtung Fährhaus trieb. Sie hatten in etwa die Flussmitte erreicht, als einer der Gendarmen brüllte:

«He da! Wer seid ihr?»

«Halt bloß dein Maul», zischte der Schwarze Jonas Hannes zu.

«Schade! Ich hätt den Schlafhauben dort drüben gern gesagt, dass ihnen grad der Schinderhannes und der Schwarze Jonas davonschwimmen. Los jetzt, schneller.»

Da sie ohnehin entdeckt waren, ließ Juliana ihre Latte durchs Wasser platschen, dass es nur so spritzte. Da knallte der erste Schuss!

«Duck dich!», schrie Hannes vor ihr, und sie presste sich auf den Boden des Kahns. Rechts – links – rechts – links schlugen die beiden ihr Holz durch das Wasser, das rettende Ufer schien kaum näher zu kommen. Dabei hörten ihre Verfolger nicht auf zu schießen.

Plötzlich ging ein heftiger Ruck durch das Boot: Es war gegen einen Pfahl geschrammt, der dich am Ufer stand. Sie stakten vollends bis zur Böschung, und Hannes half ihr heraus. Sie zitterte vor Kälte, war nass bis auf die Haut.

«Geschafft», murmelte Hannes.

Der Schwarze Jonas schüttelte den Kopf. «Täusch dich nicht. Sie kommen uns nach.»

Tatsächlich hatten die Wächter die Fähre klargemacht und näherten sich ebenfalls dem Ufer. Sie rannten los, quer über die sumpfige Uferwiese, bis sie endlich einen geschotterten Weg erreichten.

«Ich kann nicht mehr», keuchte Juliana. Sie war nahe am Heulen – vor Anstrengung, vor Angst, vor Verzweiflung. Ihr war, als würde sie das zum zigsten Male erleben: davonlaufen, sich verstecken, wieder davonlaufen …

«Nur noch bis zu dem Wald dort vorn», beschwor Hannes

sie. «Denk an deinen Kramhandel! An Pferd und Wagen, ein kleines Häuschen mit einer Wiege für Evchen in der Stube.»

Als sie im Schutz der Bäume Atem holten, schlug er vor, die restliche Nacht bei den Kameraden im nahen Haßloch zu verbringen, doch der Schwarze Jonas war strikt dagegen.

«Aber wir sind alle klatschnass, und Julchen darf nicht krank werden. Sie ist schwanger, verdammt noch mal!»

«Bist du blöde, Bückler? Wenn diese Kerle auf uns angesetzt waren, dann wissen die womöglich auch von dem Räubernest in Haßloch.»

«Es gibt dort genug Verstecke ...»

«Nein, hab ich gesagt. Wir wandern weiter.»

«Er hat recht», mischte sich Juliana ein. «Es geht auch schon wieder.»

Im Stillen ärgerte sie sich darüber, dass Hannes vor diesem Kerl so rasch klein beigab. Anscheinend hatte er auf dieser Seite des Rheins nicht allzu viel zu sagen unter den Räubern.

Von irgendwoher schlug eine Turmuhr die sechste Morgenstunde, als sie ihr Ziel erreichten, ein kleines Dorf inmitten von Viehweiden, nicht weit vom Rheinufer. Noch immer herrschte jetzt, Mitte Januar, Dunkelheit um diese Zeit, doch in den geduckten Häusern rundum schimmerten die ersten Lichter hinter den Fensterscheiben.

Juliana spürte ihre Glieder nicht mehr, nur ihre nassen Füße fühlten sich an wie bleischwere Klumpen. Zu ihrer Überraschung blieb der Schwarze Jonas mitten auf der Dorfstraße stehen und legte ihr den Arm um die Schultern.

«Gut gemacht, Julchen. Gleich kannst dich am Feuer aufwärmen, meine Margaretha macht dir einen heißen Kaffee, und dann ab ins Bett.»

Sein Häuschen, zu dem im rückwärtigen Hof noch eine

Scheuer gehörte, befand sich in einer Seitengasse. Alles war still und dunkel, als sie eintraten, ihr Gepäck vom Rücken nahmen und sich Schuhe und Mäntel abstreiften.

In der Küche neben der winzigen Stube schwelte noch Glut im Herd, aber Julianas Finger waren zu steif, um das Feuer zu schüren.

«Lass mich machen.» Hannes nahm ihr den Schürhaken aus der Hand und schob sie auf die Küchenbank neben dem Herd. Währenddessen hatte der Schwarze Jonas von irgendwoher eine Decke geholt. Fast fürsorglich legte er sie ihr um die Schultern, dann brüllte er in seinem kräftigen Bass: «Margaretha! Wir sind zurück!»

Die Frau, die kurz darauf verschlafen und im Nachtgewand die Treppe heruntertappte, mochte nur drei, vier Jahre älter sein als Juliana. Alles an ihr war rund: der üppige Busen, die ausladenden Hüften, das rosige Gesicht.

«Wer is'n das?», fragte Margaretha Reinhard entgeistert, als sie in der offenen Küchentür innehielt.

«Das ist der berühmte Schinderhannes.» Um die Lippen des Jonas zuckte es spöttisch. «Der König des Soonwalds und Nahelands. Mitsamt seinem Weib Juliana.»

«Aha.» Sie wirkte wenig beeindruckt. «Dann hau ich mich wieder aufs Ohr. Hatte gestern Markttag und 'ne Menge Arbeit danach.»

«Nix da! Mach Kaffeewasser und Rotwein heiß, wir brauchen was Warmes zur Stärkung. – Was ist? Willst deinen lieben Mann nicht anständig begrüßen? Ich war schließlich ewig lang fort.»

«Das bin ich gewohnt von dir, Christian.»

Sie trat auf ihn zu. So ruppig ihre Worte auch geklungen hatten, so inniglich zog sie ihn nun in die Arme und gab ihm einen Kuss auf den Mund.

«Igitt, was bist du nass!», rief sie aus.

«Waren ja auch die ganze Nacht unterwegs und sind im Main fast baden gegangen. Ach ja – und die Juliana braucht gleich dein Bett. Nicht dass sie uns krank wird.»

«Auch das noch.» Sie musterte Juliana abschätzig. «Bleiben die etwa länger bei uns?»

«Kann schon sein. Sei also ein bisschen nett zu ihr.»

Von oben war Kindergeschrei zu hören, dann die beschwichtigende Stimme einer jungen Frau.

Müde hob Juliana den Kopf. «Brauchst dir keine Mühe geben. Morgen suchen wir uns was zur Miete.»

Die Suche nach einem geeigneten Heim mit erschwinglichem Mietzins gestaltete sich schwieriger als erwartet. Da es im Haus der Reinhards nur zwei winzige Schlafkammern gab, in denen zum einen ihre Gastgeber, zum andern deren fünfjähriger Sohn Peter mit der jungen Magd Elsbeth schliefen, hatten sie Quartier im nahen Gasthaus Engel genommen. Dort verkehrten allerlei fahrende Leut und Taglöhner, Viehjuden und Deserteure, kleine und große Ganoven – eine echte kochemer Bayes also. Juliana war lange genug mit Hannes zusammen, um zu erkennen, dass in diese Spelunke kein Gendarm ungestraft die Nase hereinstecken würde, was ihr zwar ein Gefühl von Sicherheit gab, zumal es auch hier einen versteckten Zugang zu einem Geheimzimmer gab. Trotzdem tat sie in manchen Nächten kein Auge zu: Bis weit in die Nacht wurde in der Schankstube nämlich gezecht, gewürfelt, gebrüllt und gestritten, und dass auch Huren aus und ein gingen, war weder zu übersehen noch zu überhören. Den Beginn ihres Lebens als Krämerin Ofenloch hatte sie sich beileibe anders vorgestellt.

Da sie es im Engel kaum aushielt, wenn Hannes mit dem Schwarzen Jonas oder anderen Kumpanen unterwegs war, überwand sie sich jeden Tag aufs Neue und ging die paar Schritte zu Margaretha hinüber, um ihr ihre Hilfe anzubieten. Im Gemüsegarten war um diese Jahreszeit nichts zu tun, doch da waren eine Schar Hühner zu versorgen, zwei Ziegen und ein gedrungenes, zottiges Pferdchen, das dreimal die Woche vor die zweirädrige Marktkarre gespannt wurde. Die Ware – zumeist Töpfe, Pfannen und Geschirr – musste sortiert und sauber gehalten werden, und Juliana brachte Margaretha auf die Idee, alle Ein- und Ausgaben auf einen Papierbogen einzutragen, um den Überblick zu bewahren.

Bald brach das Eis zwischen ihr und der schroffen Margaretha, und die beiden Frauen begannen sich zu mögen. Zumal Juliana einen wahren Narren an deren Sohn, dem blondlockigen Peter, gefressen hatte.

«Unser Kind wird zwar ein Mädel, das weiß ich gewiss – aber das nächste soll auch ein Bub werden», sagte sie ihr, als sie eines frühen Morgens das Ross einspannten.

«Schmarrn – was es wird, weiß bis zum Schluss der liebe Gott allein. Und sei froh, wenn's ein Mädel wird – die Buben werden bei unsereins eh zu Ganoven und stehn dann mit einem Bein im Kittchen.»

Juliana musste lachen. «Und die Mädchen werden zur Räuberbraut!»

Margaretha nahm das Pferd beim Zaumzeug und führte es rückwärts zwischen die beiden Stangen.

«Schläfst immer noch so schlecht im Engel?»

Juliana nickte.

«Weißt was? Wir könnten den Allendörfer fragen, den Dorfschultheiß. Du hast ihn schon gesehen – der fetteste Mensch im Flecken. Dem ist die Mutter verstorben, die hatte ein Zimmerchen über dem Stall. Immer halbwegs warm im Winter, weil der nämlich drei Kühe hat, und der Abort ist gleich unten im Hof. Er und seine Familie, die sind schon in Ordnung.»

«Der Schultes wird grad welche wie uns aufnehmen wollen.»

«Was glaubst du, wer euch die neuen Papiere besorgt hat, als Marktkrämer Ofenloch? Der is 'n guter Freund von meinem Christian.» Margaretha, die ihren Mann nur nach seinem richtigen Namen nannte, grinste und zurrte die Riemen fest. «Das Kaff hier ist ein waschechtes Räubernest. Mein Mann wusste schon, warum er sich hier festgesetzt hat. Das Gute ist auch: Hier kannst schnell mal über den Rhein! Auf der andern Seite, in Hamm, da hat nämlich die alte Witwe Seibel mit ihren Söhnen 'ne Fähre. Die sind welche von uns, da kannst bei Tag und Nacht übersetzen, und wenn Not ist, verstecken die einen auch. Brauchst bloß mit der Laterne im Dunkeln ein bestimmtes Zeichen machen, dann holen sie dich. Und überhaupt wissen die immer, was Sache ist drüben im Linksrheinischen.»

Das alles klang recht beruhigend, und wenn das mit dem Zimmer beim Schultes auch noch klappen würde, konnte Juliana sich fast schon vorstellen, in Klein-Rohrheim heimisch zu werden.

«Mir wär's trotzdem recht, wenn der Hannes erst mal eine Weile hierbleiben würde», sagte sie.

Verblüfft sah Margaretha sie an. «Ach herrje – dann hat er dir noch gar nix gesagt? Unsre Männer wollen schon bald wieder rüber, weil sie Schutzgeld von den Merxheimer Juden eintreiben wollen. Die warten nur noch auf den Rinkert und den Hannadam.»

Juliana schluckte. «Und ich hatte gedacht, der Hannes wäre vorsichtiger geworden, nach allem, was passiert ist.»

«Mach dir keine Sorgen, die wissen schon, was sie tun.

Wirst sehen: Wenn Gefahr droht, sind die ruck, zuck wieder bei uns, schneller, als wir unsere Ware verhökert haben.»

Juliana half ihr noch, die Kisten und Körbe aufzuladen, dann eilte sie hinüber ins Gasthaus Engel und holte Hannes aus dem Tiefschlaf, indem sie ihn bei der Schulter rüttelte.

«He, Julchen, was bist du so grob?»

«Du willst weg und hast mir nichts gesagt!»

«Ja, und?» Er rieb sich die Augen. «Der Rinkert und der Hannadam sind ja noch gar nicht da.»

«Die Margaretha hat's aber gewusst.»

«Die regt sich auch nicht gleich so auf. Jetzt schau nicht so böse, Prinzessin. Setzt dich her zu mir.»

Er zog sie neben sich aufs Bett, und schon war ihr Ärger halbwegs verraucht.

«Du stinkst nach Tabakqualm und Schnaps.»

Er lachte. «Und du nach Pferdestall.»

Innerlich schüttelte sie den Kopf. Sie konnte diesem Mann einfach nichts nachtragen. Wie er sie jetzt ansah, mit seinen tiefblauen Augen und dem Lächeln im bärtigen Gesicht ... Seit Wochen hatte er sich nicht mehr rasiert, sein dunkler Backenbart zog sich von den Ohren über das Kinn bis an den Hals. Er wirkte damit um einiges älter und auch finsterer, fast schon furchteinflößend, wenn er nicht gerade lachte.

«Hast du dich deshalb nicht mehr rasiert? Damit sie dich bei den Franzosen nicht erkennen?»

«War doch ein guter Einfall, oder? Jetzt seh ich aus wie ein altes Raubein.»

«Trotzdem bleibt es gefährlich.» Sie drückte seine Hand. «Warum kannst nicht hier auf Beutezug gehen? Wo dich hier kaum einer kennt.»

«Ganz einfach: Weil ich meine besten Kameraden im Hunsrück und an der Nahe hab. Weil ich dort jeden Baum und

Strauch kenne, um zu entkommen. Und hast du nicht selbst gesagt, dass ich dem Picard besser nicht ins Gehege kommen soll, wo ich sein Versteck mit der Beute gefunden hab?» Er küsste sie zärtlich auf die Wange. «Außerdem will ich meinen Vater besuchen.»

«Dann komm ich mit!»

«Hast du den Verstand verloren? Das ist viel zu gefährlich! Wenn dir und unserm Kind was zustößt?»

«Warum jetzt auf einmal? Bislang war ich auch an deiner Seite, hab mich mit dir versteckt und bin mit dir geflüchtet. Verstehst du nicht? Ich will in deiner Nähe sein, jetzt erst recht.»

«Nein, Julchen. Und der Schwarze Jonas wär sowieso dagegen.»

«Dann hat *der* jetzt also das Sagen? Ein schöner Capitaine bist du ...»

Bei ihren Worten war er zusammengezuckt, und sofort tat ihr das Gesagte leid.

«Ich würd euch auch gar nicht auf die Pelle rücken, bei euren Unternehmungen. Ich könnte ja so lange bei Leyendecker bleiben. Oder noch besser, bei meiner Familie in Weyerbach.»

Sie stockte. So oft schon hatte sie daran gedacht, dass es ihren Vater vielleicht versöhnen würde, wenn er wüsste, dass sie jetzt eine richtige Familie waren, mit Kindersegen und vor Gott verheiratet.

«Mein Vater würde sich ganz bestimmt freuen», bekräftigte sie. «Über die Neuigkeit, dass ich guter Hoffnung bin und einen Handel aufmachen werde. Da bin ich mir sicher.»

Hannes schwieg.

«Was ist? Warum sagst du nix?»

«Du kannst nicht nach Weyerbach.»

«Warum nicht?»

«Weil ... Weil ...» Gequält sah er sie an. «Als wir letzten Herbst alle zusammen auf dem Eigner Hof waren, da war ich doch mal um Martini mit Dallheimer für zwei Tage weg. Wir waren in Weyerbach, um uns den Isaac Sender vorzunehmen. Weil der doch die zwei Louisdor an Schutzgeld verweigert hatte. Na ja, wir haben ihn nicht grad mit Samthandschuhen angefasst, bis er endlich einsichtig war.»

Juliana erschrak. Der alte Isaac und seine Frau waren freundliche Leute, die sie schon von klein auf kannte! Mit ihrem einzigen Sohn, dem Mendel, hatte sie sogar als Kind am Bach gespielt. Wenn sie es recht bedachte: Bis auf Süskind Bärmann, den Geldverleiher, hatte keiner der Weyerbacher Juden Reichtümer angehäuft. Alle suchten Frieden mit ihren christlichen Nachbarn und hielten obendrein mehr auf Ordnung und Reinlichkeit als die meisten im Dorf. Jedenfalls hatte ihr Vater das immer gesagt, der rein gar nichts gegen die Juden im Dorf hatte. Hatte er doch oft genug mit ihnen musiziert, weil sie so wunderbar die Fiedel spielten.

«Dann hat dich der Isaac also erkannt?», murmelte sie.

«Schlimmer noch: Wir hatten einen jungen Kerl dabei, ein schmales Bürschchen, das an der Tür Wache stand. Der Isaac hat ihn gesehen und geglaubt, du wärst das, in Bubentracht verkleidet. Jetzt glauben alle im Dorf, du wärst dabei gewesen.»

Erschrocken sprang sie vom Bett auf. Ihr schwindelte. Niemals mehr würde sie ihrem Vater unter die Augen treten können.

*Zu Weyerbach bei Oberstein,
Ende Mai 1844*

*Juliana blinzelte gegen die Sonne, als sie vor der Tür von Emils Wirtschaft stand. Von dem Mädchen Rebecca war nichts zu sehen, nur eine Schar Hühner überquerte gackernd die Dorfstraße. Zu ihrer Linken fuhr jetzt eine leichte Kutsche in einer Staubwolke davon.*

*Gedankenverloren sah Juliana ihr nach. Was hatte das fremde Mädchen in ihrem Dorf zu suchen? Was wollte die von ihr, dass sie nun schon zum zweiten Mal in Emils Schankstube aufgetaucht war?*

*«Da schaust, gelle?»*

*Juliana fuhr herum. Im Nachbarhaus lehnte die alte Pauline im offenen Fenster und nickte ihr zu.*

*«So vornehm kommen die Leut selten nach Weyerbach gereist», rief sie und strich das Kissen auf dem Fenstersims glatt. «Und gestern war das Mädel au schon da. Ein bildhübsches Ding.»*

*«Kennst du sie etwa?»*

*«Woher denn? Aber den Kutscher kenn ich. Den sein Vadder hat mal ein Aug auf mich geworfen.» Sie kicherte.*

*«Und wo ist der Kutscher her?»*

*«Der hat zwei Mietkaleschen in Oberstein, fährt vornehme Leut umeinander. Alles vom Vadder geerbt. Hätt ich den nur mal genommen ...»*

*Pauline plapperte weiter, obwohl sich Juliana längst abgewandt hatte und zum Dorf hinausmarschierte. Hatte der junge*

*Mann, der Rebecca am Vorabend begleitet hatte, nicht gesagt, sie müssten nach Oberstein zurück? Wenn das Mädchen heute erneut hier aufgetaucht war, konnte das nichts anderes heißen, als dass sie dort übernachtet hatten.*

*Eine gute Wegstunde nur war es zu Fuß bis in das Städtchen, doch das Gehen fiel ihr heute, zu dieser warmen Mittagsstunde, schwer. Ihr schmerzte wieder einmal das linke Knie, was aber in ihrem Alter kein Wunder war.*

*Am Obersteiner Zollhaus, hoch über dem Fluss, hielt sie einen Moment inne, um ihrem Bein eine Pause zu gönnen. Der Zöllner grüßte sie kurz, dann setzte er sein Gespräch mit einem Kaufherrn fort. Juliana brauchte sich nicht auszuweisen, jeder hier kannte sie. Nur wenn die Oldenburger wieder einmal ihr Amtspersonal auswechselten, musste sie sich erklären. Das war so seit dem Sieg über Napoleon: Damals war Oberstein den Oldenburgern zugeschlagen worden, Weyerbach zunächst dem Fürstentum Lichtenberg, dann vor zehn Jahren den Preußen. Inzwischen war die eigens errichtete schmucke Oldenburger Zollstation in die Jahre gekommen, der Putz blätterte ab, der Fensterladen hing schief in den Angeln, und als die Tür jetzt von innen zugezogen wurde, knarrte es vernehmlich.*

*Genau wie bei mir selbst, dachte sie, und setzte ihren Weg fort. Vier Gasthöfe von gutem Ruf gab es in Oberstein, und sie suchte gleich als Erstes den vornehmsten auf – den «Ochsen» neben dem Amtsgericht. Über dem Kopfsteinpflaster der schattigen Hofeinfahrt lag eine angenehme Kühle, Stimmengemurmel drang durch die offenen Fenster der großen Schankstube. Womöglich war sie ja ganz umsonst hergekommen, doch sie wusste genau, dass sie das Bild des Mädchens sonst nicht mehr aus dem Kopf bekommen hätte.*

*Sie zupfte ihr Gewand zurecht, holte tief Luft und ging hinein. Die Mittagszeit war vorüber, und so waren die Tische nur noch vereinzelt besetzt. Erst auf den zweiten Blick entdeckte sie Rebecca: Das Mädchen saß zusammengesunken auf einem Stuhl, in dunkler Kleidung, ein gestreiftes Tuch über den Kopf gezogen, zu ihren Füßen standen zwei Koffer. Währenddessen bezahlte ihr Begleiter am Tresen die Rechnung.*

*Juliana blieb halb im Raum stehen und zögerte. An wen erinnerte die junge Frau sie bloß? In diesem Augenblick trat ein Postillion in Uniform ein: «Wir können los, Herr Mangold.»*

*Der junge Mann am Ausschank nickte und griff nach den beiden Koffern.*

*«Komm, Rebecca.»*

*Das Mädchen erhob sich. Und erstarrte, als sie Juliana erkannte. Dann eilte sie an ihr vorüber, doch Juliana hielt sie am Arm fest.*

*«Warum warst du in meinem Dorf? Was hast du von mir gewollt?»*

*Das Mädchen war totenblass.*

*«Lassen Sie sofort meine Frau los!», herrschte Mangold sie an. «Sonst rufe ich nach der Polizei.»*

*Juliana gehorchte und ließ sich auf den nächstbesten Stuhl sinken. Sie wusste plötzlich, an wen das Mädchen sie erinnerte. Im Türrahmen drehte es sich noch einmal um:*

*«Ich heiße Rebecca Mangold, geboren als Rebecca Wiener. Und ich wollte herausfinden, was für ein Mensch die Frau des Schinderhannes ist. Aber ich wäre besser niemals hergekommen.»*

## Kapitel 25

*I*n der ersten Zeit fühlte Juliana sich in Klein-Rohrheim oft einsam ohne Hannes und machte sich große Sorgen um ihn, wenn er wieder einmal auf Raubzug im Linksrheinischen war. Bis sie die Erfahrung machte, dass er tatsächlich alle ein, zwei Wochen zurückkehrte, wenn auch zumeist nur für wenige Tage. Er setzte immer des Nachts über den Rhein, und stets brachte er Geld und frische Ware ins Haus, mit den Worten: «Hab dir wieder was für den Handel mitgebracht, Prinzessin.» Am schönsten waren die Tage, wo er mit ihr gemeinsam auf den Markt zog, auch wenn die Trennung hernach umso schmerzlicher wurde.

Wider Erwarten gewöhnte sie sich an dieses Leben – es war nicht anders als das einer Handwerkerfrau, deren Mann die Woche über auf der Stör war. Und da war ja noch Margaretha, mit der sie die meisten Stunden verbrachte. Bereits zu Lichtmess hatte der dicke Schultes Allendörfer ihnen das komfortable Zimmer im Hinterhaus zur Verfügung gestellt, doch Juliana hielt sich dort nur zum Schlafen auf. Ansonsten versorgte sie bei den Reinhards das Kleinvieh, setzte sich in der Stube ans Spinnrad, kümmerte sich hingebungsvoll um den kleinen Peter oder fuhr mit ihrer neuen Freundin zum Markt über Land, während die Magd Elsbeth nach dem Kind sah.

Im März dann brachte Hannes ein gestohlenes Pferd über den Rhein und kaufte einen großen Planwagen, der zweispännig gefahren werden konnte und mit dem sie nun manch neidische Blicke der anderen Marktbeschicker auf sich zogen.

Jetzt brauchten sie kein Zelt mehr aufzubauen, um ihre Ware auslegen zu können, sondern verkauften gleich vom Wagen herab. Mit ihren neuen Papieren auf das Ehepaar Juliana und Jakob Ofenloch aus Altenbamberg kamen sie überall durch, auch über die zahlreichen Landesgrenzen im Rechtsrheinischen, und so fuhren die beiden Frauen die Märkte ab zwischen Rhein und Main, zwischen Odenwald und Taunus, während sich Julianas Bauch allmählich zu wölben begann.

Die zweite große Überraschung bescherte Hannes ihr, als er mit dem Schwarzen Jonas pünktlich zu Ostern zurückkehrte und sie sogar in die prächtige Kirche zu Gernsheim ausführte. Auf dem Heimweg strich er ihr über den runden Bauch und verkündete: «Du sollst ein Dienstmädchen haben für die schwere Arbeit! Und ich weiß auch schon jemanden ...»

Bereits zwei Tage später trat die junge Maria Berg in ihre Dienste und zog fortan mit ihnen von Markt zu Markt. Maria stammte aus dem Hunsrück, war erst dreizehn Jahre alt, ein aufgewecktes Ding mit blonder Lockenmähne und die jüngste Schwester von Margarethas Magd Elsbeth. Bei der zog sie denn auch in die Kammer ein, und die beiden Mädchen freuten sich, wieder vereint zu sein.

Jetzt, wo die Tage wärmer und länger wurden, konnte Juliana ihr Glück manchmal kaum fassen. Hatte sie nicht alle Freiheiten der Welt? Welche Frau wurde so gut versorgt wie sie, dazu geachtet und zärtlich geliebt? Es fehlte ihr an nichts. Es machte ihr Freude, sich jeden Morgen ordentlich zu frisieren und sorgfältig zu kleiden, ohne sich herauszuputzen – ihre kleinen Reichtümer an Schmuck verbarg sie wohlweislich unter einem Dielenbrett ihres Zimmers. Sie trug gutes Schuhwerk, nach der neusten Mode mit flachem Absatz und einem Bändel gebunden, dazu stets ein hübsches Seidenhalstuch und eine saubere Leinenschürze. Der einzige Wermutstropfen war ihre Familie. Über einen Boten hatte Hannes dem Vater ein Briefchen überbringen lassen, das sie beide gemeinsam verfasst hatten und in dem sie bei Gott schwor, nicht an dem Überfall auf Isaac Sender beteiligt gewesen zu sein. Ob er ihr wohl glaubte? Und ob er sich über die Nachricht freute, dass sie ein Kind erwarteten? Zudem sorgte sie sich um ihre Schwester Margret. Nicht einmal Hannes' engster Freund Leyendecker wusste, wo sie steckte, und Dallheimer war nie wieder bei Hannes oder dessen engeren Gefährten aufgekreuzt.

Eines Abends Ende April kehrten Hannes und der Schwarze Jonas aus dem Hunsrück zurück und brachten von einem Einbruch eine beträchtliche Summe an Silbergeld und eine ganze Handkarre voll Handelswaren mit. Margaretha war außer sich vor Freude.

«Ist das alles für uns?»

«Natürlich», brummte der Schwarze Jonas. «Die andern haben ihren Anteil schon bekommen.»

«Sieh nur, Juliana, die kleinen versilberten Löffel! Und die hübschen Sanduhren – da können wir richtig viel Moos machen mit all dem Kram!»

Vor Begeisterung fiel sie ihrem Mann um den Hals. Der winkte seinen Sohn heran, der in der Nähe des Vaters immer ein wenig eingeschüchtert wirkte.

«Schau, Peterchen – für dich ist auch was dabei. Guck mal in dem Korb dort. Die Holzschachtel.»

Der Kleine zog die Schachtel aus dem Korb und sah seinen Vater fragend an.

«Nun mach schon auf.»

Ein Strahlen breitete sich auf dem blassen Gesichtchen aus, als er die bunt bemalten Zinnsoldaten sah.

«Zum Spielen?»

«Aber ja! Dafür hab ich sie dir ja mitgebracht. Die blauen sind die Franzosen, die rot-weißen die Kaiserlichen. Aber dass du ja die Franzosen verlieren lässt, hörst du?»

Juliana saß neben Hannes auf der Bank, hielt seine Hand und hatte ihre Freude an dem Knaben. Sie war so heilfroh, dass die Männer wohlbehalten zurück waren, war der Einbruch bei Isaac Moses doch von langer Hand geplant gewesen. Immer mehr Räuber hatten sich in den Tagen nach Ostern beim Engelwirt versammelt, darunter auch ein alter, finster dreinblickender Veteran namens Butla sowie der Halbbruder vom Schwarzen Jonas, und sie hatte erfahren, dass es um ein ganz großes Ding ging. Die letzten drei Nächte hatte sie deshalb schlecht geschlafen, und Margaretha hatte sie geneckt, sie solle sich doch lieber einen Schäfer zum Mann nehmen, da tät es sich ungefährlicher leben.

«Hoffentlich bringst du dann mal unserm Evchen keine Zinnsoldaten mit», sagte sie zu Hannes. «Mädchen spielen nämlich nicht Krieg.»

Hannes nickte nur. Da erst fiel ihr auf, dass er kaum ein Wort geredet hatte seit seiner Ankunft und regelrecht bedrückt wirkte.

«Was ist mit dir?»

«Nichts.»

Ihr kam ein schrecklicher Verdacht. «Habt ihr ... habt ihr jemanden umgebracht?»

«Spinnst du?» Der Schwarze Jonas funkelte sie an. «Warst doch selbst dabei, wie wir im Engel abgemacht hatten, dass wir keine Mordtaten begehen. Der Einzige, den wir zum Schweigen gebracht haben, war der Nachtwächter, mit einem harmlosen Schlag auf den Kopf. Deinem Hannes stinkt's doch nur, dass wir nicht noch mehr rausholen konnten.»

«Darum geht's gar nicht», fuhr Hannes ihn an. «Viel

schlimmer ist's, dass für diesmal das halbe Dorf gegen uns gegangen ist.»

«Na und? Wir haben die Hasenfüße mit unseren Schüssen verjagt. Dass dann so schnell die Gendarmerie da war, ist halt Pech gewesen. Beim nächsten Mal läuft's wieder besser.»

Hannes schüttelte den Kopf.

«Weißt du, was *mich* stört?», fuhr der Schwarze Jonas fort. «Dass wir zu wenig Veteranen und zu viele Neulinge dabeihatten – die Grünschnäbel hätten doch schier den Kopf verloren. Was ist mit deinen alten Kameruschen Leyendecker und Dallheimer? Oder Blümling und Seibert? Warum machen die nicht mehr mit?»

Hannes zuckte nur die Schultern und schwieg.

Zu Julianas Freude blieb Hannes diesmal länger, für fast vier Wochen am Stück. Mit Margarethas Mann hatte er sich wohl noch ernsthaft gestritten wegen des letzten Überfalls, denn der war bald schon allein losgezogen, in sein angestammtes Gebiet, den Odenwald.

«Was hältst du davon, wenn wir eine Weile zusammen übers Land fahren – ohne Margaretha?», hatte Hannes sie daraufhin gefragt. «Schließlich lauten deine schönen Papiere auf unser beider Namen. Und genug Ware haben wir fürs Erste auch.»

«Das wäre wunderschön, Jakob Ofenloch!»

So zogen sie gemeinsam auf Einkaufsfahrt, mit Pferd und Planwagen von Markt zu Markt, als Krämersgatten Juliana und Jakob Ofenloch. Das wurden ihr die schönsten Tage seit langer Zeit, zumal das Wetter sich spürbar erwärmte und sie Maria zu Hause bei den Reinhards gelassen hatten. Nicht, dass sie etwas gegen die junge Magd gehabt hätte – das Mädchen gab sich ihren jungen Jahren entsprechend alle Mühe. Aber sie klaute, wenn sie unterwegs waren, wie ein Rabe und würde sie alle damit noch mal in Teufels Küche bringen. Und obendrein kokettierte sie mit den Mannsbildern, wo sie nur konnte – mit Hannes ganz besonders gern. Beides ärgerte Juliana gleichermaßen.

Auch aus diesem Grund genoss sie in diesen Tagen ihre sonst so seltene Zweisamkeit. Ohne jede Eile waren sie unterwegs, die Geldbeutel waren so gut gefüllt, dass sie zum Essen in bürgerlichen Gasthäusern einkehrten und ihr Nachtquartier bezahlten, wie es sich gehörte. Zweimal schliefen sie auf Hannes' Wunsch auch draußen in der Natur, am Ufer eines Baches das eine Mal, auf einer Waldlichtung das andere Mal. Spannten die Pferde aus, legten sich am Lagerfeuer mit warmen Decken unters Sternenzelt und malten sich aus, wie sie sich nach Evchens Geburt ein eigenes Häuschen kaufen würden, mit Gemüsegarten und Hühnerstall, irgendwo am Rhein. Um danach noch einen Buben in die Welt zu setzen.

Aber bereits Anfang Mai wurde Hannes unruhig, und sie konnte sich denken, warum. Sie waren gerade auf dem Heimweg vom Weinheimer Jahrmarkt, wo sie bei einem kochemen Hausierer genächtigt hatten, als er nachdenklich sagte:

«Der Schwarze Jonas hat recht. Ich muss wieder auf meine alten Leute bauen, auf die rundum Verlass ist.»

«Du willst also bald wieder fort?»

Das Vorderrad rumpelte durch ein Schlagloch, und Juliana musste sich mit beiden Händen am Kutschbock festhalten.

«Ja. Zuerst will ich zu Leyendecker nach Lauschied, und dann machen wir uns auf die Suche nach Dallheimer.»

«Und wenn du genug Leute beisammenhast, werdet ihr wieder nachts in Häuser einbrechen», stieß sie hervor.

Zu ihrer Erleichterung schüttelte er den Kopf.

«Im Augenblick wär das zu gewagt. Gescheiter ist's, mit den Schutzgeldern weiterzumachen. Und wenn sich's anbietet, hie und da ein Straßenraub. Dazu lässt sich der Dallheimer bestimmt überreden.»

«Wann willst du los?»

«Ich denke, gleich morgen.»

Sie war enttäuscht. Andererseits würde sie damit vielleicht endlich Nachricht von ihrer Schwester haben.

## Kapitel 26

Gut zehn Tage blieb Hannes diesmal fort, und Juliana wurde zusehends unruhiger. Als er sich endlich eines Sonntagnachts in ihre Kammer beim Dorfschultes schlich, lag sie noch wach und lauschte auf die Geräusche des nahen Wirtshauses.

«Hannes, bist du das?», flüsterte sie in die Dunkelheit.

Er trat an ihr Bett und umarmte sie zärtlich. «Du schläfst ja noch gar nicht.»

Hastig zog er sich aus und schlüpfte neben sie unter die Decke.

«Ist denn alles gut gelaufen?», fragte sie.

«Und ob! Vier erfolgreiche Straßenraube.» Er küsste sie. «Gutes Geld und einen nagelneuen Rock samt Hut für mich, dazu silberne Uhren und einen ganzen Sack voll Seidentücher für den Handel. Und vom Leyendecker soll ich dich herzlichst grüßen. Ach Prinzessin, ich hab dich so vermisst.»

Sie spürte deutlich, dass ihm nach Liebe war, doch sie musste zuvor noch etwas wissen.

«War Dallheimer dabei?»

Seine Hand, die ihre Hüfte gestreichelt hatte, zuckte zurück, und er drehte sich auf den Rücken.

«Ja, er war zweimal mit dabei. Auch der lange Jörgott ist

wieder bei mir und der Blümling, den du noch von unserm ersten Treffen kennst, und der Hannadam sowieso.»

Juliana sah ihn ernst an. «Du verschweigst mir doch was. Was ist mit meiner Schwester – hast du sie gesehen?»

«Sie ist dem Dallheimer auf und davon», sagte er mit plötzlich veränderter Stimme. «Zu einem von der Birkenfelder Kompanie.»

«Das ... das ist gut so», murmelte sie. «Dallheimer war nicht der Richtige.»

«Das ist gar nicht gut!», stieß er hervor. «Mit dem Neuen zusammen ist sie nämlich zu Ostern geschnappt worden!»

Sie fuhr auf. «Was sagst du da?»

In ihren Ohren begann es zu rauschen.

«Man hat sie in Kaiserslautern verhaftet. Sie hatten wohl keine Papiere dabei.»

«Wo ist sie jetzt?»

«Im ... im Zuchthaus.»

Mit einem Mal zog sich ihr Unterleib schmerzhaft zusammen, und sie stöhnte auf.

«Julchen, was ist?»

«Nichts, gar nichts. Evchen hat nur gestrampelt», log sie. Dann packte sie Hannes am Arm. «Wie weit ist es bis Kaiserslautern?»

«Zwei Tagesmärsche von hier. Warum?»

«Dann lass uns gleich morgen aufbrechen und sie besuchen.»

«Das geht nicht, Julchen. Die Franzosen haben sie nach Gent gebracht, das liegt unendlich weit von hier in Flandern.»

Da brach sie in Tränen aus, und Hannes zog sie an sich.

«Sie hält das durch, glaub mir. Wie ich gehört hab, ist's bloß für zwei Jahre. Deine Schwester ist stark, genau wie du.»

Das mit Margret war nur die erste Hiobsbotschaft für die nächste Zeit. Keine Woche nach Hannes' Rückkehr kam es im Engel zu einer wüsten Wirtshausschlägerei mit Soldaten. Hannes hatte sich dort mit dem jungen Blümling, mit Hannadam und ein paar anderen Genossen zum Zechen getroffen, was schließlich in einem blutigen Raufhandel mit drei Kurmainzer Soldaten endete. Nachdem sogar ein Schuss gefallen war, lag ein Korporal namens Franz Kleb erschlagen und mausetot auf den Dielenbrettern.

Juliana erfuhr davon, als Hannes sie mitten in der Nacht weckte, ruhig und gefasst, obwohl er angetrunken war.

«Wenn die Gendarmen auftauchen, sag ihnen, dass ich die ganze Nacht bei dir im Bett war. Und dass ich die Treppe runtergestürzt bin, als ich zum Pinkeln in den Hof wollte.»

Als er jetzt neben ihr unter die Decke schlüpfte, merkte sie, dass er einen Verband um den Kopf trug.

«Herrgott – was ist passiert?»

Im Flüsterton berichtete er ihr, dass man sich erst untereinander, dann mit den Soldaten um eine lächerliche Pistole gestritten habe, bis sie alle übereinander hergefallen seien. Noch ehe Melchior Maus, der Engelwirt, habe eingreifen können, sei der Korporal schon tot am Boden gelegen.

«Warst du das?», stieß sie hervor.

«Aber nein, ich schwör's. Der Lorenzen-Peter war's, aber halt den Mund darüber!»

«Und die Wunde am Kopf?»

«Da hab ich einen gehörigen Schlag abgekriegt, wird wohl eine Narbe bleiben. Aber der Bader hat's schon genäht.»

Sie wusste nicht, ob sie ihm glauben sollte. Als längst sein leises Schnarchen neben ihr ertönte, lag sie noch immer wach, um im Morgengrauen aus dem ersten leichten Schlaf gerissen zu werden.

Es war indessen nicht die Kurmainzer Streife, die so heftig an der Tür gerüttelt hatte, dass der Riegel absprang, sondern der dicke Allendörfer.

«Raus hier, Hannes Bückler! Packt eure Sachen und verschwindet. Alle beide!»

Der Schreck fuhr Juliana in die Glieder, während sich Hannes nur verschlafen aufrichtete.

«Was soll das, Schultes? Hast du grad was von Verschwinden gesagt?»

«Der Melchior Maus war eben hier. Bei dem sind die Gendarmen, und du müsstest eigentlich wissen, warum.»

Hellwach sprang Hannes aus dem Bett und umarmte ihn.

«Danke, dass du uns gewarnt hast. Gibt's ein gutes Versteck bei dir?»

Der Schultes schob ihn von sich weg. Seine Miene war mehr als grimmig.

«Ich glaub, du verstehst mich falsch. Ich will euch hier nicht mehr haben. Du bringst mich noch an den Galgen mit deinen ständigen Räuberversammlungen in meinem Dorf.»

Juliana starrte ihn an, die Bettdecke bis zum Hals hochgezogen. «Sind die Gendarmen noch im Engel?»

«Die sind längst weg, weil nämlich der Maus Stein und Bein geschworen hat, dass er nix gesehen hat. Keiner will euch gekannt haben, aber das ist mir wurscht. Bei mir könnt ihr nicht mehr bleiben.»

Seelenruhig kleidete sich Hannes an. «Hast du nicht immer pünktlich deinen Mietzins gekriegt?»

«Raus, hab ich gesagt!»

«Ich warn dich, Schultes. Nicht in diesem Ton mit mir. Und jetzt verschwindest *du* erst mal, oder willst du mein Weib beim Ankleiden begaffen?»

Ohne ein weiteres Wort verließ Allendörfer die Kammer.

«Was machen wir jetzt?», fragte Juliana entgeistert.

«Ins Wirtshaus ziehen, was sonst.»

«O nein – dahin kriegen mich keine zehn Pferde mehr. Und gefährlich ist's dort obendrein.»

Zunächst mit schönen Worten, dann mit Drohungen versuchte er, sie zu überreden, doch für diesmal blieb sie stur. Zum Glück nahm Margaretha sie auf, und sie durfte ein Eckchen in deren Stube in Beschlag nehmen, während Hannes mit seinem Kram zum Engelwirt zog.

«Er muss den Verstand verloren haben, wo im Engel das mit dem Korporal passiert ist», sagte sie sorgenvoll, als sie mit ihrer Freundin den Pferdewagen für den nächsten Tag mit Waren belud. «Was, wenn die Gendarmen zurückkommen?»

«Keine Angst. Der Maus hat ein Geheimversteck, und außerdem halten hier im Dorf alle dicht. Sogar der Schultes, auch wenn er euch rausgeworfen hat.»

Juliana wollte das gerne glauben. Was sie indessen fast mehr bedrückte, war, dass Hannes ihr aus dem Weg ging. Und abends mehr trank, als ihm guttat.

«Dein Hannes war gestern sturzbesoffen», berichtete der Schwarze Jonas ihr zwei Tage später, während er wieder einmal seinen Knappsack packte. «Solltest mehr ein Aug auf ihn haben.»

«Als ob das was nützen würde», murmelte sie. «Warum macht ihr beiden eigentlich nichts mehr zusammen?»

Er schulterte seine Flinte. «Das will ich dir sagen, Juliana: Weil ich nicht Kopf und Kragen riskieren will drüben bei den Franzosen. Dort bläst nämlich inzwischen ein scharfer Wind. Überall Patrouillen, sogar die Förster und Feldschütze gehen auf Streife. Dein Hannes ist wagemutig und klug wie kaum ein andrer, aber für die Wirklichkeit ist er blind.»

Und dann erläuterte er ihr, wie immer reichlich von oben

herab, warum es auf dieser Seite des Rheins so viel sicherer sei. Weil nämlich die Behörden im zersplitterten Deutschland rein gar nichts zustande brächten. Zumal man hier immer noch mit den Scharmützeln gegen die Franzosen beschäftigt sei.

«Da kann unsereins gar nix passieren, wenn man schnell genug die Grenze wechselt! Aber er will ja nicht mitkommen, dreimal hab ich ihn gestern Abend gefragt.»

«Weil du dann der Chef wärst?»

«Getroffen.»

Dass Hannes so lange nachtragend sein konnte, nur weil sie nicht mit ihm Quartier im Wirtshaus bezogen hatte, machte Juliana traurig und ärgerlich zugleich. Wenn er denn einmal bei den Reinhards auftauchte, wirkte er kühl. Doch vier Tage nach ihrem Gespräch mit dem Schwarzen Jonas schien das Eis gebrochen. Zu Mittag, als sich die Frauen mit Elsbeth, Maria und dem kleinen Peter gerade an den Tisch setzten, betrat er die Stube.

«Was riecht es hier gut! Hühnersuppe?», rief er.

«Setzt dich halt her und iss», bot Margaretha ihm an, und er sagte nicht nein. Zuvor aber nahm er Juliana in den Arm.

«Lass uns wieder gut sein miteinander», flüsterte er.

Sie nickte und zog ihn neben sich auf die Eckbank. Nachdem er seinen Teller leergelöffelt hatte, lehnte er sich zurück.

«Wir finden was Neues zum Wohnen. Der Engelwirt hört sich für uns um.»

«Aber es muss in der Nähe sein», erwiderte Juliana. «Damit Margaretha und ich den Handel weiterhin zusammen machen können, wo ihr Männer immer so oft fort seid. – Und bald schon das Kind kommt», fügte sie hinzu und sah an ihrem prallen Bauch hinunter.

«Aber ja, Prinzessin.» Er drückte ihr einen Kuss auf die Wange. «Machen wir einen Spaziergang in die Rheinauen?»

Es war bereits Anfang Juni, und die Sonne schien warm von einem fast wolkenlosen Himmel. Auf dem kurzen Stück hinüber zum Auwald geriet Juliana gehörig ins Schnaufen. Sie setzten sich im Schatten ins Gras, und Hannes nahm ihre Hand.

Er räusperte sich.

«Morgen will ich wieder nach Hamm übersetzen, will mich bei Kreuznach mit Dallheimer und dem langen Jörgott treffen.»

«Bitte, Hannes, bleib hier! Der Schwarze Jonas hat mir erzählt, wie gefährlich es unter den Franzosen geworden ist. Dass sie überall nach dir und deinen Leuten suchen.»

«Ach was, der Kerl übertreibt gewaltig. Ich bin schon auf der Hut. Hab mir neue Kleider machen lassen und schöne Schnallenschuhe und geb mich als Weinhändler aus. Außerdem, was unser Freund immer wieder vergisst: Unter den Franzosen dürfen die Bürger und Bauern keine Waffen mehr tragen, weil sie die sonst nämlich gegen die Besatzer richten würden. Das ist schon mal ein Vorteil für uns.»

«Dafür schießen dich die Gendarmen nieder. Warum kannst du nicht einfach im Odenwald auf Raubzug gehen oder im Spessart? Es muss ja nicht mit Margarethas Mann sein.»

Er schüttelte den Kopf. «Das verstehst du nicht, Julchen. Irgendwie fühl ich mich hilflos hier, weil ich nichts vorhersehen kann, weil mir alles fremd ist. Und drüben, zwischen Hunsrück und Glan, da kenn ich jeden Weg, jeden Wald, jede Mühle. Hab meine Freunde und Baldoberer und Hehler.»

Plötzlich hatte er Tränen in den Augen.

«Der, der ich bin, der Schinderhannes, der Johannes Durchdenwald, der kann ich nur in meiner Heimat sein. Das hier ist nicht meine Heimat.»

Juliana schluckte. «Meine auch nicht, Hannes! Aber wenn wir beide nur zusammenbleiben, dann ist mir das gleich.»

Aus Julianas steter Unruhe wurde Angst. Zwar kehrte Hannes, nachdem er mit Dallheimer und Jörgott fünfmal an einem einzigen Tag vorbeiziehende Wanderkrämer überfallen hatte, gleich wieder zu ihr zurück, indessen nur um zwei Wochen später erneut loszuziehen – für diesmal mit anderen Kameraden, darunter auch Leyendecker, um in Judenhäuser einzubrechen. Als er Anfang Juli endlich wieder bei ihr in Klein-Rohrheim eintraf, stand sie wenige Tage vor der Niederkunft, wie ihr die Hebamme angekündigt hatte. Und ausgerechnet in dieser Lage drohte der Schultes plötzlich damit, Hannes und den Schwarzen Jonas an die Justiz zu verraten, da die Kurmainzer ihn und sein Dorf als Räubernest im Visier hätten.

Bis zum Nachmittag luden sie ihren sämtlichen Hausrat auf Karre und Pferdewagen – Margaretha und der Schwarze Jonas zornig, Hannes und Juliana stumm vor Schreck: Am selben Tag nämlich hatten sie von den Fährleuten Seibel drüben am Rhein erfahren, dass die Franzosen nicht nur Zughetto und Seibert, sondern auch Leyendecker und Dallheimer verhaftet hätten. Die ersten drei seien nach Coblenz, Dallheimer nach Trier ins Militärgefängnis geschafft worden.

## Kapitel 27

Den zweiten Tag schon waren sie ohne größere Rast unterwegs, hatten den Odenwald durchfahren und den Neckar überquert, sicherheitshalber auf abgelegenen Wegen, die zumeist so holprig waren, dass Juliana immer wieder hatte absteigen und zu Fuß gehen müssen, um nicht eine vorzeitige Geburt heraufzubeschwören. Zur Nacht hatten sie sich bei einer einsamen Köhlerhütte Obdach erzwungen, mit vorgehaltenen Pistolen.

Juliana war erschöpft und verzweifelt zugleich. Warum das alles ausgerechnet jetzt, wo sie ihr Kind erwartete?

«Wirst du nun überall gejagt? Werden wir nirgends mehr Ruhe finden?», fragte sie, als Hannes ihr wieder auf den Wagen half. Die Straße war inzwischen besser geworden, geschottert und ohne Schlaglöcher führte sie durch das wellige, offene Kraichgau. Hinter ihnen mühte sich der Schwarze Jonas mit einem störrischen Maulesel ab, den sie auf die Schnelle dem Engelwirt abgekauft hatten, um ihn vor die zweirädrige Karre zu spannen.

Auf Hannes' Stirn zeigte sich eine steile Falte.

«Jetzt übertreibst du aber. Sichere Flecken gibt es mehr als genug. Nur weil die Kurmainzer neuerdings mit den Franzosen zusammenarbeiten und zur Räuberhatz geblasen haben. Aber die werden sich wundern, weil nämlich alle Galgenvögel längst ausgeflogen sind.»

Margaretha, die mit Peter auf dem Schoß ebenfalls auf dem Kutschbock kauerte, fluchte: «Der Schultes ist ein feiger Fettsack! Bloß wegen diesem Speichellecker haben wir weggemusst aus unserm schönen Heim. Keine Sau hätte uns nämlich verraten in Klein-Rohrheim.»

«So hört schon auf zu jammern», gab Hannes zurück. «In der Kurpfalz kennt uns keiner, und dem Blümling vertrau ich, dass die Mühle bei Sinsheim ein sicherer Ort ist.»

Juliana verspürte ein heftiges Ziehen im Unterleib, zugleich wurde ihr mit einem Schlag speiübel.

«Wann sind wir endlich da?», stieß sie hervor.

«Eine Stunde vielleicht noch.»

Das Ziehen wurde schmerzhafter, und Juliana unterdrückte ein Stöhnen.

Erschrocken starrte Hannes sie an.

«Himmel! Soll das etwa heißen, dass …»

«Unsinn», unterbrach Margaretha ihn. «Das sind Vorwehen, war bei mir auch so. Das kann noch etliche Tage dauern, bis das Kindchen kommt.»

Plötzlich krampfte sich Julianas Unterleib so heftig zusammen, dass sie aufschrie.

«Halt an», brachte sie noch hervor, dann sackte sie vornüber.

Hannes zügelte die beiden Pferde und sprang vom Kutschbock. Mit Margarethas Hilfe hob er Juliana zu Boden und bettete sie ins weiche Gras am Wegrand. Weit und breit gab es keine Ansiedlung, überall nur Felder und kleine Waldstücke.

Der Schwarze Jonas schloss zu ihnen auf. «He, was soll das? Wir müssen weiter.»

«Sieht das hier nach 'nem Mittagsschlaf aus, oder was?», erwiderte Margaretha giftig. «Bring mir unsre Wasserflasche.»

Erneut krümmte sich Juliana zusammen, auf ihrer Stirn bildeten sich Schweißperlen.

«Was ist das?», flüsterte sie. «Ich halt das nicht aus.»

«Ganz ruhig, das wird schon wieder.» Margaretha hockte sich neben sie auf den Boden. «Jetzt schnauf erst mal ordentlich durch, und dann trinkst 'nen Schluck.»

Sie betastete den Bauch und runzelte die Stirn.

«Verdammt! Vorwehen sind das keine mehr.»

Doch es geschah erst einmal gar nichts mehr, und Juliana entspannte sich, nachdem sie ihren Durst gelöscht hatte.

«Ich denke, wir können weiterfahren.»

«Nix da», widersprach Margaretha. «Das Kindchen sitzt

schon ganz weit unten und will raus. Wir helfen dir jetzt auf die Beine und bringen dich rüber in den Schatten.»

Sie wandte sich an den Schwarzen Jonas.

«Hör zu, Christian: Du spannst jetzt die Pferde aus und reitest in den nächsten Ort. Wir brauchen eine Hebamme oder einen Arzt.»

Widerspruchslos tat dieser Bär von Mann, was sein Weib ihn geheißen hatte, worüber Juliana sich nicht zum ersten Mal wunderte. Von Hannes und ihrer Freundin gestützt, wankte sie hinüber zu dem schattigen Buchenhain, Maria brachte eine Decke, saubere Tücher und die Wasserflasche, während Elsbeth den kleinen Peter hütete. Mit einem Mal kam Juliana das alles reichlich unsinnig vor, fühlte sie sich doch wieder gänzlich wohlauf, wenn auch schwerfällig wie ein Elefant.

«Wollen wir nicht doch lieber weiterfahren? Das war nur das eine Mal, jetzt ist gar nix mehr.»

Hannes, der zuvor noch ganz blass gewesen war, grinste schon wieder. «Mit welchem Wagen, bittschön?»

Tatsächlich stand das eine der Pferde friedlich grasend neben der Maultierkarre, das andere verschwand gerade mit dem Schwarzen Jonas auf dem Rücken in einer Staubwolke.

Kopfschüttelnd blickte Juliana ihm nach. «Jetzt mach ich euch solch einen Umstand wegen nichts und wieder nichts.»

«Wart's ab», murmelte Margaretha.

In diesem Augenblick rann etwas Warmes an der Innenseite von Julianas Schenkeln hinab. Sie erschrak: Hatte sie sich jetzt etwa eingenässt?

Verschämt starrte sie an sich hinab: Ein Teil ihres Rockes war klatschnass.

«Was ist das?», stammelte sie.

«Fruchtwasser. Schnell, setz dich auf die Decke.»

Margaretha half ihr, sich niederzusetzen, kauerte sich hinter ihr auf den Boden und bettete Kopf und Schultern in ihren breiten Schoß.

Juliana atmete tief durch.

«Ich geh nach den Tieren schauen», hörte sie Hannes sagen und dann hinter sich Margarethas gefasste Stimme: «Du kommst aber sofort her, wenn ich dich rufen tu. Womöglich brauchen wir deine Hilfe.»

«Der Hannes kann kein Blut sehen», flüsterte Juliana.

«Was? Das glaub ich jetzt nicht.»

Sie wollte eben zu einer Erklärung ansetzen, als stattdessen ein gellender Schrei aus ihr hervorbrach, als gehöre er zu einer anderen Person. Eine riesige Faust schien ihr den Unterleib zerreißen zu wollen. Nie zuvor hatte sie einen solchen Schmerz erlebt, und er wollte und wollte nicht aufhören.

Doch das sollte nur der Anfang sein.

«Was ist mit mir? Wo bin ich?»

Verwirrt hob Juliana den Kopf. Zu ihren Füßen kniete neben Margaretha ein wildfremdes, kahlköpfiges Männchen, ihr langer Rock war blutgetränkt, zwischen ihren Oberschenkeln fühlte sich alles taub an. Mit unverhohlener Neugier starrten die beiden Mägde Elsbeth und Maria sie aus sicherer Entfernung an.

«Das war ganz schön heftig mit deinen Wehen, Sackerment!», entgegnete Margaretha. «Hast hier aus dem Wald wahrscheinlich alle Viecher verjagt mit deinem Geschrei! Und ganz zum Schluss bist ohnmächtig geworden.»

Mit einem Schlag war Juliana wieder bei sich. «Wo ist das Kind?»

«Bei seinem Vater im Arm.»

«Ist es … gesund?»

«Nun ja, alles dran. Und ihr hattet recht: ein Mädchen!»

Sie hätte sich gern gefreut, aber aus ihrem Körper war alle Kraft gewichen. Mühsam richtete sie den Oberkörper auf.

«Wer ist der Glatzkopf?», flüsterte sie.

«Ein Chirurgus. Ohne den hätten wir's nicht geschafft.»

Jetzt erst erkannte sie, dass die Sonne schon tief stand. Dass nicht weit von ihr ein Feuer knackte, wo man offenbar Wasser heiß gemacht hatte. Und dass hinter dem Chirurgus der Schwarze Jonas mit vorgehaltener Flinte wachte.

«Wie lang dauert das hier noch?», knurrte er, da er sah, dass Juliana erwacht war. «Muss den Quacksalber schließlich noch zurückbringen vor der Dunkelheit …»

«Die Nachgeburt müsste gleich kommen», entgegnete der Wundarzt mit hoher, zittriger Stimme. «Könnte ich vielleicht noch ein Schlückchen vom Branntwein haben?»

Unwillig übergab der Schwarze Jonas ihm die Feldflasche. Nach einem tiefen Schluck reichte er sie an Juliana weiter.

«Auch Ihnen wird das guttun. Zwei, drei kleine Schluck nur. Und zu Hause lassen Sie sich Rotwein mit aufgeschlagenen Eiern reichen, zur Stärkung.»

Juliana gehorchte, obgleich sie keinen Schnaps mochte. Aber er tat gut.

«Warum schreit mein Kind nicht?», fragte sie den Chirurgus.

«Das Kleine ist etwas schwach. Aber wenn es erst mal ausreichend Muttermilch bekommt, wird das schon wieder.»

«Ah!» Juliana stöhnte auf. Schon wieder kehrten diese Krämpfe zurück, diesmal allerdings waren sie auszuhalten. Und am Ende spürte sie etwas zwischen ihren Beinen herausrutschen.

Maria stieß einen Schrei aus: «Igitt!»

«Du hast es geschafft!», rief Margaretha und umarmte sie.

Nachdem der Chirurgus die blutige Nachgeburt entfernt

und in einen Leinenfetzen gewickelt hatte, verspürte Juliana eine Mischung aus Erleichterung und Traurigkeit. Suchend blickte sie sich um.

«Wo ist Hannes? Ich möchte das Evchen sehen.»

Margaretha feixte. «Als er was von Nachgeburt gehört hat, war er verschwunden. Los, Maria, geh ihn suchen.»

Nach endlosen Minuten war Hannes endlich bei ihnen und reichte Juliana ein Stoffbündel, aus dem ein winziges rotes Gesichtchen hervorschaute. Die Augen waren geschlossen.

«Ist es tot?», fragte sie erschrocken, als sie das federleichte Etwas in den Armen hielt.

«Nein, unser Evchen schläft nur, Prinzessin.»

Hannes küsste sie auf die Stirn. Er lachte und weinte gleichzeitig.

Verwirrt betrachtete Juliana das kleine Wesen. Warum nur konnte sie sich nicht freuen?

Währenddessen hatte das glatzköpfige Männchen sich erhoben und seinen Hut aufgesetzt.

«Können wir?», fragte er seinen Bewacher.

«Halt, nicht so eilig», rief Hannes. «Sie sollen schließlich nicht umsonst Ihre guten Dienste verrichtet haben. – Hier sind drei Silbergulden.»

«Haben Sie vielen Dank, Herr … Herr …»

«Herr Schinderhannes, wenn's genehm ist. Und wie gesagt: Kein Wort zu niemandem, sonst geht's Ihnen und Ihrer lieben Frau an den Kragen.»

Anstandslos ließ sich der Mann vom Schwarzen Jonas wieder die Augen verbinden und zu dem mageren Schimmel führen, der an einem Baum angebunden stand. Kurz darauf waren sie in Richtung Straße verschwunden.

«Geht's dir besser?», fragte Hannes besorgt und setzte sich neben Juliana auf den Waldboden.

Sie nickte nur stumm.

«Freust du dich denn gar nicht, dass wir Eltern geworden sind?»

«Doch. Aber es ist alles so seltsam.»

Margaretha lachte. «Wirst dich schon noch dran gewöhnen. Und irgendwann verfluchst du diese Würmer, weil sie dauernd brüllen und in die Windeln scheißen.»

Da spürte Juliana, wie sich das Neugeborene in ihren Armen sachte bewegte. Es schlug die Augen auf und sah sie aus seinen dunkelblauen Augen auf eine merkwürdige Weise blicklos an.

«Schnell, Julchen, gib ihr die Brust!», drängte ihre Freundin.

Evchen öffnete zwar den Mund, als Juliana sie anlegte, doch sie saugte nicht. Selbst mit Margarethas Hilfe gelang es nicht, das Neugeborene zum Trinken zu bewegen.

«Was soll ich bloß machen? Sie wird verhungern.»

«Blödsinn!», schnaubte Margaretha. «Sie ist halt wieder eingeschlafen. Jetzt ruhst dich aus, bis mein Christian zurück ist, und Maria und ich räumen derweil hier schon mal auf, damit wir gleich loskönnen.»

In dieser Nacht, die sie mit den Frauen in einer kleinen Kammer bei Blümlings Vetter verbrachten, lag Juliana trotz ihrer Erschöpfung stundenlang wach. Nachdem sie bei Einbruch der Dunkelheit bei der Mühle angekommen waren, hatte sie sich im Hof am Brunnentrog mit Margarethas Hilfe von Kopf bis Fuß gewaschen und frisch eingekleidet. Um dann erneut zu versuchen, dem Kind die Brust zu geben. Da hatte sie zu ihrem Entsetzen festgestellt, dass aus ihrem Busen kaum Milch floss.

«Wir treiben eine Ziege auf. Ziegenmilch geht genauso gut» waren Margarethas Worte gewesen, und wirklich war sie eine Stunde später mit einer gefüllten Schweinsblase zurück gewesen. Tröpfchenweise hatte der Säugling getrunken, das war's dann auch schon gewesen.

Jetzt lag sie neben Margaretha auf dem Bett, Evchen neben sich im Arm, und starrte in die Dunkelheit. Morgen wollte Hannes einen Arzt kommen lassen, der ihr und dem Evchen weiterhelfen sollte – keinen hergelaufenen Viehdoktor oder Wundarzt, sondern einen richtig gelehrten Mann. Aber sie hatte so gar keine Hoffnung. Das Kind an ihrer Seite fühlte sich an wie ein Stück Holz, kraftlos und obendrein viel zu klein. Sie hatte sich so unbändig auf dieses Wesen gefreut, und jetzt war alles in ihr wie tot.

## Kapitel 28

Nicht nur der junge Blümling weilte derzeit in der Sinsheimer Mühle, sondern auch jener Müller mit dem krummen Daumen von der Niederländer Bande, den Juliana bereits vor dem Postraub in Würges kennengelernt hatte. Von ihm erfuhren sie am nächsten Morgen, dass ein Kopfgeldjäger namens Anton Keil, seines Zeichens öffentlicher Ankläger zu Köln, es sich zum Ziel gemacht habe, den Räuberbanden auch im Rechtsrheinischen den Garaus zu machen, und hierfür auf Kurmainzer Gebiet bewaffnete Truppen aufgestellt hatte. Da er den Niederländern auf den Fersen war, habe man sich vorsichtshalber getrennt: Ein Teil der Räuber habe sich nun in den Westerwald geflüchtet, der andere Teil hierher in den Süden, wo sie bei Heidelberg einen Unterschlupf gefunden hatten.

«Stell dir vor, Julchen – sie haben mich auf einen Überfall eingeladen. Der Heckmann, ein berühmter Mann, ist auch dabei. Das ist eine Ehre!»

Hannes strahlte. Er hatte ihr einen Becher mit zerschlagenen Eiern in heißem Zuckerwein zur Stärkung gebracht und ihr dabei ausführlich Bericht erstattet. Seitdem sie erwacht war, hatte Juliana das Bett nicht mehr verlassen, so erschöpft und traurig fühlte sie sich, und auch jetzt hob sie nur müde den Kopf.

«Evchen trinkt einfach nicht», flüsterte sie.

Vorsichtig berührte Hannes das schlafende Kind.

«Das wird sich schon geben, Julchen. Ich mach mich jetzt gleich auf den Weg und geh einen Arzt suchen.»

Der wird uns auch nicht helfen können, dachte Juliana. Weil nämlich Evchens Geburt unter keinem guten Stern steht.

Er strich ihr die Haare aus der Stirn. «Eines musst du mir versprechen, wenn ich fort bin: Du musst ordentlich essen, damit du wieder zu Kräften kommst.»

«Dann gehst du also mit», sagte sie tonlos.

«Nur für zwei Nächte, Prinzessin. Nach dem Mittagessen wollen wir los, der Blümling, der Daumen-Müller und ich. In diesem Wirtshaus bei Heidelberg hat sich ein ganzer Haufen von den Niederländern versammelt. Ihr andern macht euch morgen mit Pferd und Wagen auf den Weg, nach Hochhausen am Neckar. Dort gibt's eine kocheme Judenherberge, ein absolut sicherer Ort. Die Frauen einiger Niederländer sind auch da, ihr wartet zusammen, bis wir zurück sind von unserem Raubzug.»

«Bitte, Hannes, bleib bei mir.»

«Aber Julchen – ein solches Angebot kann ich doch nicht ausschlagen!»

«Ich hab Angst», sagte sie leise.

«Mir geschieht schon nichts.» Er gab ihr einen Kuss. «Alles wird gutgehen.»

Niedergeschlagen sah sie ihm nach, wie er die Kammer verließ. Er hatte sie falsch verstanden. Für diesmal hatte sie nicht Angst um ihn, sondern um ihr neugeborenes Kind, um das er sich so gar nicht zu sorgen schien. Wie stolz er war, von diesen Räubern umworben zu werden ...

Nur wenig später erschien Margaretha mit frischer Ziegenmilch.

«Wir machen's anders», beschied sie. «Wir tröpfeln die Milch auf deinen Busen, dann wird dein Evchen es schon wollen. Und wenn die Kleine auf den Geschmack gekommen ist, soll sie an der Schweinsblase saugen.»

«Aber warten wir, bis sie von allein wach wird», sagte Juliana.

Margaretha nickte. Dann fragte sie: «Hast du schon gehört, dass der Hannes heut fortgeht?»

«Ja. Aber ich versteh's nicht. Er könnte doch ein andermal auf Raubzug gehen. Wenn das Evchen übern Berg ist.»

«So sind die Mannsbilder halt. Und dann sollen wir auch noch in 'nem Judenwirtshaus auf sie warten – unglaublich! Bin nur froh, dass mein Christian sich eben grad noch anders entschieden hat und bei uns bleibt.»

Das erstaunte Juliana denn doch. «Warum will der nicht mit auf den Überfall?»

«Er hat sich 'nen Sommerkatarrh geholt, hat wohl die ganze Nacht gehustet. Und so hat er halt dem Hannes angeboten, auf dich und das Kind achtzugeben, was dem Hannes natürlich recht ist.» Sie senkte die Stimme. «Aber ich will dir sagen, was wirklich dahintersteckt. Dieser Daumen-Müller will unsre Männer nur dabeihaben, weil er Geld für Pistolen braucht. Und überhaupt will mein Christian mit den Niederländern keine gemeinsame Sach machen. Er sagt immer: ‹Wenn ich einen abmurksen muss, dann hat das seinen Grund.› Aber grad so zum Spaß quälen und meucheln, wie die das machen, und am End noch das Strohdach in Brand setzen, das findet er feig.»

Juliana schluckte. «Willst du damit etwa sagen, dass Hannes so was gut findet?»

«Aber nein, um Himmels willen!» Sie schüttelte heftig den Kopf. «Schau mal! Das Evchen hat die Augen offen. Komm, versuchen wir's.»

Bis Hochhausen am Neckar war es nur ein halber Tagesmarsch, und für Juliana und ihr Kind hatte man ein weiches Lager auf dem Pferdewagen gerichtet, mitten zwischen der Krämerware und dem Hausrat der Reinhards. Dennoch fuhr ihr jeder Stoß des Fuhrwerks hart in den Rücken, und sie wusste nicht, ob sie besser sitzen oder liegen sollte. Dazu herrschte unter der Plane eine brütende Hitze, obwohl erst Vormittag war. Einen Arzt hatte Hannes am Vortag in ganz Sinsheim nicht auftreiben können, nicht einmal einen Viehdoktor, und als er in seiner Verzweiflung einen Abdecker holen wollte, hatte sie entschieden abgewehrt.

Juliana schlug die Plane hoch und lugte hinaus. Die Landstraße schlängelte sich durch Weinberge, weit und breit spendete kein Baum Schatten.

«Frag mal nach, wie weit es noch ist», rief sie Maria zu, die missmutig neben dem Wagen herstapfte, da es weder auf dem Kutschbock noch auf der vollbepackten Maultierkarre Platz für sie gab.

Die junge Magd verschwand, und Juliana hörte sie hinter dem Planwagen mit dem Schwarzen Jonas lachen. Gut gelaunt kehrte sie zurück.

«Nur noch die Weinberge runter, dann sind wir schon am Neckar.»

Keine halbe Stunde später erreichten sie die Herberge, die

gleich am Dorfeingang an der Hauptstraße lag. Es war ein langgestreckter, flacher Fachwerkbau mit angebautem Stall und Remise. Nachdem sich der Schwarze Jonas in kochemer Sprache vorgestellt hatte, wurde ihnen das Hoftor geöffnet.

«Seid willkommen im Gasthaus des Nathan Liebermann», sagte der zahnlückige Alte freundlich zu den Frauen und half Juliana sogar vom Wagen. Dann erklärte er ihnen, dass das Mittagessen gleich fertig sei und dass die Frauen unter dem Dach, die Männer neben der Schankstube nächtigten.

Nie zuvor war Juliana in einer Judenherberge gewesen, und als sie nun mit Margaretha und den beiden Mägden eintrat, wunderte sie sich, dass die Schankstube fast genauso aussah wie jede Dorfschenke. Dabei hatte sie sich sonst etwas vorgestellt – eine von siebenarmigen Leuchtern notdürftig erhellte Finsternis, geheimnisvolle Gerätschaften auf den Fenstersimsen, Zeichen an den Wänden. Nichts davon war zu finden, stattdessen wirkte alles geräumiger, ordentlicher und aufgeräumter als in einem herkömmlichen Wirtshaus. Fremd war allenfalls, dass sich die Gäste, die sich jetzt zum Mittagessen sammelten und zumeist recht ärmlich gekleidet waren, auf Jiddisch miteinander unterhielten. Als die Frauen den Raum betraten, hielten sie allesamt inne und starrten sie an.

«Das müssen sie sein», flüsterte Margaretha ihr zu und deutete auf einen Tisch mit drei gutgekleideten Frauen und zwei Knaben. Die ältere, die schon erste graue Strähnen im Haar hatte, erhob sich.

«Ihr seid Gojim, gell?»

Margaretha nickte.

«Die Frauen vom Schwarzen Jonas und dem Schinderhannes», erwiderte sie leise.

«Aah!» Die Frau rollte die Augen – ob spöttisch oder bewundernd, vermochte Juliana nicht einzuschätzen. «Chawweruschen von unsre Leit also!»

Lächelnd deutete die Frau auf das Bündel in Julianas Arm.

«Ein Naygebornes – wie scheen!»

«Ein Mädchen, drei Tage alt. Aber sie trinkt nicht.»

«Scheener Schlimassel», nickte die Frau. «Komm mit!»

Die Fremde nahm Juliana bei der Schulter, schob sie zur Wirtsstube hinaus, dann eine steile Treppe hinauf, bis sie in einem Schlafsaal standen. Vor einem Bett, das unbenutzt schien, sagte sie:

«Setz dich, Mädchen.»

Ohne zu fragen, nahm sie ihr das Kind ab und legte es auf die Strohmatratze neben sich. Was dann folgte, war mehr als befremdlich: Die Frau, die sich ihr als Lea und Gefährtin des Daumen-Müllers vorstellte, kramte aus ihren Sachen ein Fläschchen heraus, bat Juliana, die Brüste frei zu machen und begann, ihr mit einem süßlich riechenden Öl erst die linke, dann die rechte Brust zu massieren. Juliana war das mehr als unangenehm, doch sie wagte nicht zu wiedersprechen. Neben ihr begann Evchen leise zu wimmern.

«So machst scheen weiter», befahl Lea, wickelte derweil Evchen aus und begann auch deren Bäuchlein zu streicheln. Als Juliana den nackten, mageren Leib ihres Kindes sah, brach sie in Tränen aus.

«Nu heul nich, mach weiter!»

Und dann geschah das Wunder: Nicht nur dass aus der linken Brustwarze Milch tropfte – auch begann Evchen zu saugen und zu trinken, nachdem Juliana sie angelegt hatte.

«Danke», stammelte sie, doch Lea winkte nur stumm ab und ging zur Tür. Dort drehte sie sich nochmals um:

«Vielleicht ja nimmt der Ewige das Kindchen schon bald wieder zu sich.»

Für Juliana verging der Tag zwischen Hoffen und Bangen. Sobald das Evchen wach wurde, legte Juliana es an die Brust, doch selbst das Trinken schien dem Kind zu anstrengend, und so schlief es dabei meist wieder ein. Das Mittagessen hatte sie verpasst, doch der freundliche Nathan Liebermann hatte ihr einen Teller voll Kraut mit Hammelfleisch aufgehoben, das Juliana in sich hineinzwingen musste, so wenig Appetit verspürte sie. Unablässig hatte sie Leas unheilvolle Worte im Ohr. Ihrer Freundin hatte sie davon nichts erzählt, zu sehr freute die sich nämlich, dass Juliana nun endlich stillen konnte. Da sie nicht wussten, wohin mit sich, saßen sie auch nach dem Essen mit den Frauen der Niederländer am Tisch, die zu würfeln begonnen hatten, ohne sich groß um sie zu kümmern.

Als die Mittagshitze endlich nachließ, setzten sich Juliana und Margaretha in den schattigen Hof auf eine Bank, Evchen in einem Korb neben sich, und beobachteten, wie der kleine Peter ohne Scheu mit den beiden anderen Knaben Fangen und Verstecken spielte. Juliana fragte sich, ob sie ihr Kind wohl jemals spielen sehen würde, und kämpfte abermals gegen die Tränen an.

Nein, Evchen durfte nicht einfach sterben, nicht jetzt, wo sie ganz plötzlich eine tiefe Liebe für dieses hilflose Wesen empfand. Dafür fühlte sie sich von Hannes ganz und gar alleingelassen.

«Morgen Abend ist er wieder zurück, dein Hannes», sagte Margaretha, als hätte sie ihre Gedanken gelesen. «Und heut Nacht solltest endlich mal wieder richtig schlafen, sonst kommst völlig auf den Hund.»

Doch so übermüdet sie inzwischen war, vermochte sie auch in dieser Nacht kaum zur Ruhe zu finden. Immer wieder schrak sie hoch, weil sie glaubte, dass Evchen neben ihr nicht mehr atmete, und beruhigte sich erst, wenn sie den sachten

Herzschlag unter dem Leinenwickel erspürt hatte. Dazu war es stickig unterm Dach, es stank nach menschlichen Ausdünstungen, einige Frauen schnarchten lautstark.

Irgendwann hörte sie Lärm von unten, erkannte die tiefe, polternde Stimme des Schwarzen Jonas, der offensichtlich betrunken war und sich mit den anderen Männern lautstark um einen Schlafplatz stritt. Etwas ging zu Bruch, eine Rauferei schien in Gang zu kommen, und Juliana fragte sich zweifelnd, ob Margaretha es mit diesem Mann besser getroffen hatte als sie mit Hannes.

## Kapitel 29

Am nächsten Tag kehrte die Bande am frühen Nachmittag zurück. Bis auf einen Tisch hatte sich der Schankraum geleert. Dort saßen die Frauen beim Kartenspiel, Juliana hatte eben erst wieder gestillt, wobei Evchen schon nach wenigen Schlucken wieder eingeschlafen war, als die Tür aufschwang. Daumen-Müller, einen vollbepackten Schnappsack auf dem Rücken, trat als Erster ein, gefolgt von zwei bärtigen Männern, die Juliana nicht kannte, die aber offensichtlich zu seiner Bande gehörten. Der eine, ein hochgewachsener Kerl, humpelte sichtlich. Erschöpft und verdrossen wirkten alle drei, als hinter ihnen die Tür ins Schloss fiel.

Juliana wusste sofort, dass etwas schiefgelaufen sein musste. Lea war vom Stuhl gesprungen und ihnen entgegengeeilt. Mit aufgebrachter Stimme bestürmte sie die Männer mit ihren Fragen, bald redeten alle wild durcheinander, während Esther, die jüngste der Frauen, laut lamentierte und heulte – all das auf Jiddisch, sodass Juliana kaum ein Wort verstand.

Die Kehle wurde ihr eng.

«Wo ist Hannes? Wo ist der Blümling?», stieß sie hervor.

Der Daumen-Müller zuckte die Schultern. «Weiß ich's?»

Missmutig wandte er sich ab, zerrte sich den Ranzen vom Rücken und verstaute ihn unter dem Tisch.

Mit angstvoller Stimme wandte sie sich an Lea. «Was habt ihr eben gesprochen?»

Die wiegte sorgenvoll den Kopf.

«Ein großer Schlimassel, Kindchen! Sind alle in Patrouille geraten, nur mein Mann und der Weyer – der Dicke da – konnten gleich die Fliege machen. Der Heckmann, was der Rachel ihr Macker ist, hat sich freigeschossen und dabei einen Prügel vors Bein bekommen. Und den Schnuckel, was der armen Esther ihr Macker ist, haben sie geschnappt und abgeführt und ein paar andre dazu.»

«Den Hannes auch?» Juliana sprang auf und packte den Daumen-Müller beim Arm.

«Gesehn hab ich nix», gab er unwillig zur Antwort. «Der Hannes und der Blümling sind zurück in den Wald, ein Gendarm hinterher. Was für ein gottverdammter Mist!»

Zornig spuckte er aus und ließ sich auf einen Stuhl sinken. Derweil hatte der Wirt drei Krüge Bier gebracht, und Daumen-Müller begann gierig zu trinken.

Margaretha legte ihr den Arm um die Schulter.

«Siehst du? Den beiden ist wahrscheinlich gar nix passiert.»

«Aber warum sind sie dann noch nicht hier?»

«Weil sie sich vielleicht verstecken mussten.»

«Ich ... ich lauf ihnen entgegen.»

«Blödsinn. Bleib hier und wart auf sie.»

«Gut, dann warte ich draußen.»

Sie schnappte sich den Korb mit dem schlafenden Evchen und setzte sich auf die Treppe zum Hauseingang. Die Luft hatte abgekühlt, irgendwo musste ein Sommergewitter niedergegangen sein nach diesen schwülen Tagen. Sobald sie die Augen schloss, sah sie Hannes im Wald in seinem Blut liegen oder, von Soldaten bewacht, in Ketten über die Landstraße marschieren.

Maria brachte ihr etwas zu trinken heraus.

«Das wär schlimm, wenn dem Hannes was passiert wär», murmelte die Magd und verzog ihr hübsches sommersprossiges Gesicht. «Dann wär das Evchen ja ohne Vater.»

Halt den Mund, hätte Juliana sie am liebsten angeschnauzt, verkniff es sich aber.

Eine Stunde oder länger kauerte Juliana auf der Treppe, starrte in die Ferne, bis ihr die Augen brannten. Als im Staub der Landstraße zwei Gestalten auftauchten, glaubte sie zu träumen.

«Hannes!», schrie sie und rannte los.

Er war es wirklich, Seite an Seite mit Blümling.

Müde hob er den Kopf. Dann erst erkannte er sie und lief seinerseits los, bis sie sich in die Arme fielen.

«Ich bin so froh, dass dir nichts passiert ist!» Juliana unterdrückte ein Schluchzen. «Der Daumen-Müller hat erzählt, dass ihr entdeckt worden seid.»

«Dann sind die andern schon hier?»

«Nur der Daumen-Müller, der Heckmann und der Weyer. Der Rest ist wohl verhaftet worden.»

«Ach, Julchen ... Diesmal hatten wir gehörig Pech. Aber jetzt sag schnell: Wie geht's unserm Kind?»

«Ich weiß nicht recht. Sie nimmt zwar jetzt die Brust, aber viel zu selten. – Was ist mit deinem Gesicht passiert?»

Er hatte blutige Kratzer im Gesicht und an den Unterarmen.

«Das ist vom Gestrüpp im Wald. Was für ein verdammter

Mist! Dabei ist anfangs alles so glattgelaufen. Der Blümling und ich haben auf der Schmier gestanden, die andern das Haus gehörig auf den Kopf gestellt. Und was da alles zusammenkam – mein Ranzen war ganz schwer vom Silber! In einem Wald haben wir dann die Beute aufgeteilt. Und sind dabei wie dumme Buben in die Falle getappt!» In seine Augen traten Tränen der Wut. «Der Blümling und ich haben uns den Ranzen vom Buckel gerissen und sind in den Wald zurückgerannt. Dort haben wir uns auf einen Baum gerettet und eine halbe Ewigkeit gewartet, bis die Luft rein war.»

Sie hatten die Treppe zum Gasthaus erreicht. Aus dem Körbchen war leises Wimmern zu vernehmen, und Hannes bückte sich.

«Sie ist wach.» Eindringlich betrachtete er seine Tochter. «Aber warum jammert sie so seltsam? Kann sie denn immer noch nicht richtig schreien?»

«Sie ist zu schwach. Wenn das nicht besser wird, dann ...» Juliana biss sich auf die Lippen und nahm Evchen auf den Arm. «Gehen wir rein. Ihr habt bestimmt Hunger und Durst.»

Hannes nickte. «Aber vorher will ich mich frisch machen. Wo gibt's hier einen Brunnentrog?»

«Im Hof.»

«Dann bestell schon mal ein Bier für uns.» Er boxte Blümling, der zu ihnen aufgeschlossen hatte, in die Seite. «Kommst du mit?»

Damit verschwanden die beiden durch das Hoftor.

In der Schankstube herrschte noch immer ein großes Wehklagen darüber, dass so viele verhaftet waren und ihnen kaum etwas von der Beute geblieben war. Esther schluchzte haltlos vor sich hin, vergeblich versuchten die anderen Frauen sie zu trösten.

Juliana setzte sich mit dem schlafenden Kind im Arm ein

wenig abseits. Sie fühlte sich erleichtert und erschöpft zugleich. Plötzlich zuckte sie zusammen: Trompetenstöße gellten über die Gasse. Kurze Zeit später wurde die Tür aufgerissen, und drei Männer in Tschako und Uniform, die Bajonette aufgepflanzt, stürmten herein.

«Keiner rührt sich, das Haus ist umstellt!», brüllte der vorderste. «Im Namen der französischen und kurpfälzischen Staatsmacht: Ihr seid verhaftet!»

Juliana unterdrückte einen Aufschrei. Der Erste, der sich aus der Schreckstarre löste, war der Daumen-Müller.

«Was fällt Ihnen ein, unbescholtene Bürger so zu erschrecken, Hauptmann?»

«Dass ich nicht lache! Seit Wiesloch sind wir euch auf den Fersen, euch Räuberpack!»

«Wir zeigen Ihnen gern unsere Papiere. Wir sind allesamt ehrbare jüdische Händler.»

«Juden seid ihr ganz gewiss, weil ihr nämlich zur Niederländer Gaunerbande gehört. Samt diesen Weibern und Bälgern hier.»

Wie eine Furie sprang Lea vom Stuhl.

«Mein Mann und ich sind Zunderhändler aus dem Elsass», schrie sie wütend und zerrte ein Papier aus ihrer Rocktasche. «Hier ist unser Pass, bittscheen.»

Der Anführer schubste sie von sich weg.

«Mit dem Papier kannst dir den Arsch abwischen, Weib.»

Die drei Knaben begannen vor Angst zu weinen. Ich muss Hannes warnen, schoss es Juliana durch den Kopf.

«Bitte, lassen Sie mich nach draußen», bat sie. «Ich muss mich erleichtern. Sie sehen doch, ich hab grad erst entbunden.»

«Hiergeblieben!»

Drohend richtete einer der Landjäger das Bajonett auf

sie, während der Anführer sich bückte und Daumen-Müllers Schnappsack unter dem Tisch hervorzerrte.

«Was haben wir denn da?» Er grinste.

«Finger weg von unsrer Ware!», zischte Lea, die kein bisschen eingeschüchtert wirkte. Doch der Anführer hatte schon begonnen, Silbergeschirr und Weißwäsche auf den Tisch zu packen.

«Ich will euch sagen, was das ist: die Beute aus dem Einbruch beim jüdischen Handelsmann Feist Seligmann in Baierthal. Und dabei habt ihr ihn und sein Weib und seine Magd aufs äußerste misshandelt. Pfui Deibel – was seid ihr nur für ein Volk, das die eigenen Glaubensbrüder ausraubt.»

«Die Christen sind untereinander nicht besser», sagte Heckmann verächtlich.

Da ertönte vom Hof her eine Stimme mit französischem Beiklang: «Hier draußen sind noch welche.»

«Fesselt sie und wartet vor der Tür auf uns!»

Juliana war zusammengezuckt. Jetzt hatten sie Hannes also doch erwischt. Nach allem, was er auf dem Kerbholz hatte, würde er vor ein Kriegsgericht gebracht werden, was den sicheren Tod bedeutete. Und sie selbst würde, geradeso wie ihre Schwester, auf Jahre ins Zuchthaus wandern. Vor ihren Augen begann alles zu verschwimmen

Ein Landjäger streckte den Kopf zur Tür herein: «Draußen ist alles sauber, Hauptmann.»

«Gut. Fesselt das Gaunergesindel, und dann ab mit ihnen ins Arresthaus.»

Wenig später wurden sie hinausgeführt. Juliana traute ihren Augen nicht: Vor dem Haus warteten mit hängenden Köpfen Blümling, der Schwarze Jonas und Nathan Liebermann auf den Abmarsch – von Hannes keine Spur!

Eine Stunde wanderten sie den Neckar aufwärts in den Nachbarort, wo sich das Arresthaus befand. Es war ihnen verboten, miteinander zu sprechen, allen waren die Hände gefesselt, die Männer obendrein an ein langes Seil gebunden. Nur Juliana durfte ungebunden laufen, da sie das Kind auf dem Arm trug. Immer wieder küsste sie das schlafende Mädchen auf die Stirn, redete in Gedanken auf es ein, dass sie bald schon wieder frei sein würden und mit Hannes vereint. Dabei hatte sie keine Vorstellung davon, wohin er geflohen sein könnte.

Im Arresthaus wurden sie alle zusammen in ein Kellerverlies gesperrt – sieben Frauen, sechs Männer, drei Knaben und der Säugling. Der Raum, der unterhalb der Decke ein kleines vergittertes Fensterchen hatte, war leer, ohne Betten, ohne Stühle, und als sie sich nacheinander auf dem strohbedeckten Boden niederließen, berührten sie sich gegenseitig, so eng war es. Immerhin hatte man ihnen die Fesseln abgenommen. Doch vor dem Gitter der Zellentür wanderte der Wärter die meiste Zeit auf und ab, um sie dabei mit Argusaugen zu beobachten.

Noch in den Abendstunden wurden sie unter scharfer Bewachung einzeln verhört, die Männer zuerst, und als der Schwarze Jonas zurückkehrte, mit einer tiefen Schramme an der Stirn, machte er ihr und Margaretha das geheime Zeichen, zu schweigen oder zu lügen.

Juliana verstand: Sie durfte nicht einmal zugeben, dass sie Margaretha oder den Schwarzen Jonas kannte. Hoffentlich spielten die beiden Mädchen mit.

«Du kennst nur mich, sonst keinen, verstanden?», flüsterte sie Maria zu, als die Reihe an den Frauen war. Das Mädchen nickte, wobei Juliana bezweifelte, ob es wirklich so gewitzt war, wie es sich gerne gab.

Sofort stand ihr Bewacher am Gitter. Sein zottiges langes

Haar hing ihm ins Gesicht, an seinen schäbigen Kleidern erkannte man, dass er zu den Ärmsten im Dorf gehören musste.

«Was tuschelst du?», schnauzte er in Julianas Richtung. «Ihr sollt euer Maul halten, sonst gibt's Dresche vom Korporal.»

«Das Mädchen ist meine Magd, und sie muss mal.»

«Dafür gibt's den Eimer.»

Maria streckte ihm die Zunge heraus.

Mit leisem Wimmern machte sich Evchen bemerkbar, und Juliana öffnete ihr Mieder.

«Was gibt's da zu glotzen?», fuhr sie den Wärter an, der noch immer am Gitter verharrte, dann kehrte sie ihm den Rücken zu. Wieder trank ihr Kind viel zu zaghaft, bis es matt das Köpfchen zur Seite drehte. Ein süßlicher Geruch stieg Juliana in die Nase: Evchen hatte die Windel vollgemacht, was selten genug vorkam.

Als sich der Wärter vom Gitter entfernte, flüsterte sie Margaretha zu: «Hat denn keiner was, um den Mann zu bestechen?»

Ihre Freundin schüttelte den Kopf. «Nutzt nix. Vorm Haus stehn Soldaten, sagt Christian.»

Als kurz darauf Lea von der Vernehmung zurückgebracht wurde und der Korporal auf Margaretha zeigte, bat Juliana: «Bitte nehmen Sie mich zuerst. Mein Kind hat die Windel voll.»

«Na und? Bis morgen werdet ihr genug Gestank ertragen müssen, wenn ihr den Eimer erst mal vollgeschissen habt. – Du da, aufgestanden und vorgetreten.»

Doch Margaretha blieb sitzen.

«Erst die junge Mutter», sagte sie bestimmt.

Der junge Korporal wirkte verunsichert angesichts all der finsteren Gesichter vor ihm.

«Gut. Dann komm!»

Juliana waren die Beine eingeschlafen, und das Aufstehen mit dem Kind im Arm schmerzte. Der Korporal, der kaum älter als sie selbst war, nahm sie mit dem Gewehr im Anschlag in Empfang.

«Da entlang.»

Er wies mit der Mündung auf die steile Holztreppe. Oben klopfte er dreimal an eine eisenbeschlagene Tür, bevor er sie aufdrückte und Juliana in ein Zimmer schob.

«Hier ist die Nächste von dem Gesindel, Herr Hauptmann», sagte er und nahm neben der Tür Aufstellung.

Hinter einem Schreibtisch thronte ein feister Mensch mit kugelrundem Kopf, langem Schnurrbart und runder Brille auf der Nase. Durch das Fenster hinter ihm erkannte Juliana, dass sich auf der Straße ein wahrer Menschenauflauf gesammelt hatte.

«Setzen!»

Er wies auf den Schemel vor dem Schreibtisch, und sie gehorchte.

«Bitte, Herr Hauptmann: Bevor Sie mit dem Befragen beginnen: Man hat mich hierhergebracht ohne meine Sachen, und jetzt ...»

«Schweig, wenn du nicht gefragt bist. Dein Name.»

Sie musste sich beherrschen, freundlich zu bleiben.

«Ich bin Juliana Ofenloch, Marktkrämerin, vor Gott verheiratet mit dem Wanderkrämer Jakob Ofenloch und hab weder mit Räubern noch mit Juden was zu schaffen! Und das ist meine kleine Tochter Evchen, erst wenige Tage alt und sehr schwach.»

Die Feder des Schreibers, der beim Fenster sein Stehpult hatte, kratzte auf dem Papier herum.

«Juliana Ofenloch also. Wen kennst du von all diesem Diebs- und Räubergesindel?»

«Keinen. Nur die Maria, das junge rothaarige Mädchen, das in meinen Diensten steht.»

«Hört, hört – du hast also eine Dienstmagd.»

«Ja, weil ich eine ehrbare Bürgerin bin.»

«Und was treibst du dann in dieser Spelunke von Judenherberge?»

«Dort war ich aus reinem Zufall. Weil ich nämlich auf dem Handel unterwegs war und mein Kind zu früh zur Welt kam. Ich brauchte doch ein Obdach für ein paar Tage, weil das Kind so schwach ist. Und eine andere Herberge gab es am Weg nicht. Bitte, Herr Hauptmann – lasst mich gehen. Ich bin unschuldig.»

«Das wird sich erst noch zeigen, junge Frau.»

Verzweifelt streckte sie ihm das Kind entgegen.

«Aber ich brauche eine frische Windel. Evchen wird sonst wund.»

Über den Rand seiner Brille hinweg blinzelte der Mann sie an und verzog die Nase.

«Nun ja», er zeigte die Andeutung eines Lächelns, «hab grad selbst so einen kleinen Wurm zu Haus. – Korporal, sag Er dem Amtsdiener Bescheid, er soll beim Postwirt zwei frische Leinenwindeln hole. Und ein Körbchen für das Kleine.»

«Ich ... ich danke Ihnen von Herzen.» Juliana war ehrlich gerührt.

Doch schon wurde der Blick des Hauptmanns wieder streng.

«Ist dir die Niederländer Bande bekannt?»

Jetzt nur nichts Falsches sagen, dachte Juliana.

«O ja, eine berüchtigte Räuberbande! Die hier im Rechtsrheinischen überall ihr Unwesen treibt.» Sie tat erschrocken. «Wollen Sie damit etwa sagen, dass diese Leute hier ...? O Gott!» Sie presste Evchen fester an sich.

«Dann kanntest du also keinen von denen, die hier in der Zelle sitzen, zuvor?»

«Nein, ich schwör's! Ich flehe Sie an, Herr Hauptmann, lasst mich und meine Magd frei, damit wir nicht die Nacht mit diesen Räubern verbringen müssen. Bei der Festnahme hat es geheißen, dass sie einen Kaufmann überfallen und misshandelt hätten. Da wird mir Angst.»

«Hm. Das alles soll ich dir also glauben?»

«Bitte. Ich sprech ja nicht mal denen ihre Sprache und bin überhaupt fremd hier am Neckar.»

«Aha. Woher bist du dann?»

«Aus Altenbamberg. Wie es in meinen Papieren steht.»

Er horchte auf.

«Altenbamberg also. Im heutigen Departement Donnersberg. Oder Mont-Tonnère, wie der Franzose sagt.»

Sie nickte.

«Dann kennst du ganz gewiss den Schinderhannes?»

Da erschrak sie nun doch.

«Wieso den Schinderhannes?», fragte sie verwirrt.

«Nun, es heißt, er sei ebenfalls bei dem Überfall in Baierthal dabei gewesen, mache hin und wieder gemeinsame Sache mit den Niederländern. Aber er ist flüchtig. Kennst du ihn also?»

«Nein.» Sie schüttelte den Kopf, besann sich aber eines Besseren. «Das heißt, gehört hab ich von ihm schon, weil er ja in meiner Heimat seit Jahren sein Unwesen treibt. Und …»

Sie hielt inne. Wie verlogen ihr diese Worte im Ohr klangen.

«Was – und?»

«Na ja, deshalb treiben wir unsern Handel doch jetzt hier, auf der andern Seite des Rheins. Mein lieber Mann, der Jakob Ofenloch, meinte, dass es drüben zu gefährlich ist.»

«Und wo ist dein lieber Mann nun? Sollte er nicht bei seinem Weib sein, wenn es entbindet?»

Ihr begann der Kopf zu schwirren von all diesen Fragen.

«Aber ich hab doch gesagt, dass Evchen zu früh auf die Welt kam. Wir wollten uns in ... in Heidelberg treffen.»

Das war der erstbeste größere Ort, der ihr einfiel. Dabei wusste sie nicht einmal, wo dieses Heidelberg lag.

«So, so, in Heidelberg. Zufälligerweise ist dort ein Räubernest der Niederländer Bande ausgehoben worden, und zufälligerweise», er reckte sich ihr entgegen, «sagt man vom Schinderhannes, er habe ein junges, hübsches Mädchen zur Frau.»

«Von alldem weiß ich nichts», erwiderte sie erschrocken. Zu ihrem Glück erwachte in diesem Augenblick Evchen und begann leise zu jammern.

«Sie sehen doch, Herr Hauptmann: Ich hab ganz andre Sorgen. Bitte lassen Sie mich gehen.»

Er lehnte sich wieder zurück. Mit einem Schlag sah er müde und um etliche Jahre älter aus.

«Das wird sich alles morgen entscheiden. Eine letzte Frage noch: Seit wann steht diese Maria in deinen Diensten?»

«Seit Ostern.»

«Was weißt du über sie?»

«Nicht viel.» Jetzt musste sie vorsichtig sein: Gewiss würde er Maria nach ihrer Familie ausfragen, da durften keine Widersprüche entstehen. «Sie war einfach da und hat nach einer Anstellung gefragt. Und weil ich guter Hoffnung war, meinte der ... der Jakob, sie soll mich beim Handel und beim Haushalt unterstützen. Uns hat's nicht gekümmert, woher sie kam – sie ist fleißig und freundlich, das ist das Wichtigste.»

«Gut.» Er gab dem Korporal einen Wink. «Bring Er sie zurück und hol Er das Mädchen Maria her.»

Nach einer schrecklichen Nacht auf dem Fußboden der Zelle erschien schon bald nach Sonnenaufgang der feiste Hauptmann mit zwei Soldaten, die bis auf dem Wirt Nathan Liebermann sämtlichen jüdischen Männern und Frauen die Hände fesselten.

«Auf euch wartet draußen der Leiterwagen nach Mannheim», verkündete der Hauptmann. «Das Zeug aus euerm Gepäck stammt nämlich eindeutig aus dem Überfall in Baierthal.»

Der, der Heckmann hieß, lief puterrot an.

«Aus dem seinem Gepäck vielleicht.» Er deutete auf den Daumen-Müller. «Wir andern haben damit nix zu tun. Ich kenn den gar nicht.»

Plötzlich schrien alle durcheinander, bis der Hauptmann einen Schuss gegen die Decke abgab.

«Ruhe! Das wird der Untersuchungsrichter klären.»

Zu Julianas Schrecken wurde als Letzter auch noch Blümling gefesselt.

«Für dich geht's weiter nach Coblenz, vors Kriegsgericht. In deinem Rocksaum war ein Goldring aus Baierthal versteckt. Vielleicht verrätst du ja in Coblenz, wo der Schinderhannes steckt.»

Blümling biss sich auf die Lippen und wurde leichenblass.

«Was ist mit *uns*?», fragte der Schwarze Jonas.

«Ihr könnt natürlich mit vor Gericht, wenn ihr wollt», erwiderte der Hauptmann spöttisch. «Oder ihr marschiert zurück ins Wirtshaus und holt Wagen und Karre ab. Dadrin wurde nix Verdächtiges gefunden, und außerdem warst du zur Tatnacht in der Dorfschenke beim Saufen. Zeugen gab's dafür genug.»

Damit kehrte er ihnen den Rücken zu und marschierte den Gefangenen voraus.

Margaretha und Juliana fielen sich in die Arme, genau wie Maria und Elsbeth.

«Jetzt kommt endlich», knurrte der Schwarze Jonas. «Bevor die sich's anders überlegen.»

Mit Tränen der Erleichterung in den Augen bückte sich Juliana zu dem Korb, den der Wächter ihr am Vorabend noch gebracht hatte. Als sie das Kind auf den Arm nehmen wollte, fuhr sie zurück wie vom Blitz getroffen: Der winzige Leib war steif und kalt! Ihr Evchen war tot.

## Kapitel 30

Drei Tage lang sprach Juliana kaum ein Wort. Der Tod ihres Kindes, der Schrecken der Verhaftung, die Ungewissheit, wann und ob sie Hannes jemals wiedersehen würde – das alles hatte sie verstummen lassen. Ihr war, als hätte die Welt einen Riss bekommen.

Ihr einziger Trost war, dass das Evchen seinen Frieden gefunden hatte. Tatsächlich hatte der mitleidsvolle Hauptmann der Landjäger an jenem Morgen einen lutherischen Dorfpfarrer kommen lassen, der das Kind christlich bestattet hatte. Danach war es zurück zu Nathan Liebermann in die Herberge gegangen, wo Juliana, lauthals nach Hannes schreiend, durch Haus, Stall und Scheune gelaufen war, bis sie schluchzend im Hof zusammenbrach.

Der Schwarze Jonas hatte sie bei den Schultern genommen und geschüttelt.

«Er ist nicht hier, Juliana, begreifst du das nicht? Aber der Nathan Liebermann weiß Bescheid um uns, und wir werden Blümlings Vetter in Sinsheim sagen, wohin wir fahren.»

So waren sie jetzt also auf dem Weg nach Norden, zu einem alten Freund des Schwarzen Jonas, dem kochemen Schuster

Heinrich Ritter in Groß-Zimmern. Es ging auf Mittag zu, und sie hatten den Odenwald hinter sich gelassen.

«Wie weit ist's denn noch?», maulte Maria, die mit Juliana und Margaretha auf dem Kutschbock saß. «Ich hab Kohldampf.»

«Hör auf zu jammern.» Margaretha klatschte den beiden Pferden die Zügel auf den Rücken. «Wir sind gleich da.»

Es war der Beschluss ihres Mannes gewesen hierherzufahren, da Groß-Zimmern zur Landgrafschaft Hessen-Darmstadt gehörte. «Da sind wir sicherer» waren seine Worte gewesen. «Der Landgraf wird wohl kaum mit den Franzosen gemeinsame Sache machen, wo er noch immer im Kriegszustand mit ihnen ist.»

Juliana war es einerlei, wohin sie fuhren. Ohnehin glaubte sie sich nirgendwo mehr sicher, nach allem, was geschehen war. Jetzt, wo ihr Kind unter der Erde lag und Hannes verschwunden war, hätte sie es ebenso gut im Zuchthaus ausgehalten.

«Du wirst deinen Hannes bald wiederhaben», sagte Margaretha neben ihr leise. «Ich glaub nämlich, der liebt dich wirklich und wird alles dransetzen, um dich zu finden.»

Juliana schwieg.

«Und jetzt mach endlich wieder den Mund auf. Drei Tage Schweigen sind genug. Schau, ich hab auch mal ein Kindchen verloren, gleich nach der Geburt. Und jetzt hab ich den Peter, und der ist gesund und kräftig. Du bist noch so jung.»

Juliana nickte nur. Dann stieß sie hervor: «Wo soll ich denn hin, wenn der Hannes nicht zurückkommt? Zu meinem Vater heim kann ich nicht.»

«Du bleibst bei uns, ganz einfach. Keine Marktfrau kann so gut rechnen wie du.»

Der Schuster, ein buckliger Mann mit langen grauen Haaren, war nicht gerade erfreut über die große Gästeschar. Dabei lebte er ganz allein in seinem Häuschen am Ortsrand, wo es obendrein genug Platz im Hof gab für Planwagen und Maultierkarre.

«Ein paar Tage könnt ihr bleiben, meinetwegen. Aber dann sucht ihr euch was andres.»

«He, Kerl, denk dran, wie ich dir mal aus der Patsche geholfen habe», erwiderte der Schwarze Jonas drohend. «Und für umsonst soll's auch nicht sein. Jetzt bring uns was zu essen und zu trinken, wir haben 'ne lange Reise hinter uns.»

Fast widerwillig brachte Heinrich Ritter ihnen Becher und einen Krug Rotwein, bevor er in der Küche verschwand, um etwas zu Essen zu richten.

«Dass der kein Weib hat, wundert mich nich», kicherte Elsbeth. «Allein wie der ausschaut!»

«Geh lieber zu ihm in die Küche, damit auch was Gescheites auf den Tisch kommt», wies Margaretha sie zurecht. «Und du auch, Maria.»

Die Unterstützung der Mädchen half wenig: Sie mussten sich mit einem Topf kalter Kartoffeln vom Vortag und mit aufgewärmtem Kraut und Speckrändern, zäh wie Schuhleder, begnügen.

«Wenn's euch nicht genehm ist, könnt ihr ja im Hirschen speisen», brummte Ritter.

Der Schwarze Jonas schüttelte den Kopf. «Ist schon recht. Die Frauen gehen morgen einkaufen.»

Dann besprachen sie sich, wie es in nächster Zukunft weitergehen sollte. Alle waren sie dafür, erst einmal nur auf dem Handel herumzuziehen.

«Habt ihr hier noch denselben Schultheißen wie früher?», fragte der Schwarze Jonas, und Ritter nickte.

«Dann besorg ich uns gute Papiere.»

In diesem Augenblick polterte es gegen die Haustür. Selbst der Schwarze Jonas war zusammengezuckt.

«In die Küche, rasch!» Er sprang auf. «Von dort können wir in den Hof und weiter aufs Feld.»

Während Ritter gemächlich zur Haustür schlurfte, stürzten sie aus der Stube – alle, bis auf Juliana, die reglos am Tisch sitzen blieb.

«So komm schon», drängte Margaretha.

«Nein. Ich will nicht mehr davonlaufen.»

Im Hausflur kam es zu einem Wortgefecht, dann wurde eine Stimme laut: «Jetzt mach dein Maul auf: Sind sie hier?»

Juliana fuhr in die Höhe.

«Hannes?»

Sie hörte Ritter brüllen: «He, wer bist du? Bleib stehen, verdammt noch mal!», doch da kam Hannes bereits in die Stube gestürmt: schmutzig, verschwitzt, das schmale Gesicht wieder bartlos, die Haare um einiges kürzer und ohne Zopf.

Juliana warf sich ihm in die Arme. Ihr blieb fast die Luft weg, so fest hielten sie sich umschlungen.

«Jetzt ist aber genug», rief der Schwarze Jonas, der mit den anderen in die Stube zurückgekommen war. In echter Freude schlug er Hannes auf die Schulter. «So schnell hätt ich dich weiß Gott nicht erwartet, alter Freund.»

Hannes lachte. «Hab mir einen Gaul geklaut, und der war verdammt schnell. Für den werd ich gutes Geld kriegen.»

Seine Miene verfinsterte sich.

«In der Sinsheimer Mühle hab ich erfahren, wo ihr seid. Und dass sie Blümling geschnappt haben. Erst Seibert, dann Dallheimer und Leyendecker und jetzt auch noch Blümling. Furchtbar!»

Er stutzte und sah sich um.

«Wo ist Evchen? Schläft sie?»

Julianas Augen füllten sich mit Tränen. «Sie ist tot.»

«Das ist nicht wahr!» Er wich einen Schritt zurück. «Sag mir, dass das nicht wahr ist.»

«Im Arresthaus ...» Sie ließ sich wieder auf ihren Stuhl sinken. «Am Morgen war sie tot. Der Pfarrer dort hat sie christlich bestattet.»

Wie ein gefangenes Tier begann Hannes in der Stube auf und ab zu laufen. Plötzlich schlug er sich mit der flachen Hand ins Gesicht, dreimal, viermal, und rief dabei: «Ich bin schuld! Ich hätt einen Arzt suchen müssen, einen richtigen Arzt!»

Dann rannte er hinaus.

«Dass ihn das so tief treffen würde ...», murmelte der Schwarze Jonas.

«Sagt mir jetzt mal einer, wer dieser Kerl ist?», polterte Ritter los.

«Das ist der Schinderhannes aus dem Hunsrück, und von dem solltest du schon mal gehört haben.»

«Der Räuberchef? Der König des Soonwalds?» Ungläubig schüttelte der Schuster den Kopf. «Dass der noch so jung ist, hätt ich nicht gedacht.»

Derweil hatte sich Juliana wieder einigermaßen gefasst.

«Ich geh ihm nach», murmelte sie.

Sie musste nicht lange suchen. Vor dem Haus kauerte er am Straßenrand, seine Schultern bebten. Er weinte.

Niedergeschlagen setzte sie sich neben ihn und nahm seine Hand.

«Als ich in Sinsheim erfahren hab, dass ihr bis auf Blümling freigekommen seid», schluchzte er, «da war ich so erleichtert, so glücklich! Ich hab mich so unbändig auf unsere kleine Familie gefreut.»

«Die Lea vom Daumen-Müller hatte es mir prophezeit»,

erwiderte sie tonlos. «Evchen war einfach zu schwach geboren.»

Lange Zeit saßen sie schweigend. Die Leute, die vorübergingen, glotzten sie neugierig an, doch das war Juliana gleichgültig. Fast hatte sie das Gefühl, Evchen zu verraten, über das große Glück, das sie empfand, Hannes wiederzuhaben.

Irgendwann rief der Schwarze Jonas sie ins Haus. Auf dem Tisch stand ein Teller mit frischen Eierpfannkuchen, die wohl die Mädchen gebacken hatten. Der Krug war wieder mit Rotwein aufgefüllt.

«Trink und iss!», befahl der Schwarze Jonas. «Das Leben geht weiter.»

Hannes nickte. In einem Zug trank er den Becher leer, schenkte sich nach. Dann begann er auf Margarethas Drängen hin von seiner Flucht zu erzählen: Als die Landjäger das Haus umstellten, habe er sich, im Gegensatz zu Blümling, gerade noch in die Scheune retten können, wo er sich tief ins Heu verkrochen und gewartet hatte, bis alles still war.

«Da wusste ich, dass sie euch und die Niederländer verhaftet hatten. Ich bin zum Fluss runter, bis ich einen Kahn gefunden hab, mit dem ich über den Neckar setzen konnte. Die Nacht über hab ich mich dann im Ufergestrüpp in dem Kahn versteckt, bin im Morgengrauen zur Landstraße rüber, als eine Postkutsche vorbeikam. Die hab ich angehalten und konnte für mein Silber, das ich noch im Rocksaum hatte, bis Heilbronn mitfahren. Das war näher als gedacht – bei einem Barbier hab ich dann Bart und Haare scheren lassen, bin wieder raus aus der Stadt und hab gewartet, bis es dunkel wird. In irgendeinem Kaff hab ich mir dann ein Pferd samt Sattel und Zaumzeug geklaut und bin los. Nach Hochhausen wollte ich nicht zurück, das war zu gefährlich.» Sein Blick ging zu Juliana und wurde weich. «Ich hatte so sehr gehofft, dass ihr freikommt, und bei mir gedacht, dass ihr dann bestimmt bei Blümlings Vetter in Sinsheim seid. Was bin ich froh, dass ihr ebenso gedacht habt. Ich muss euch grad mal um einen halben Tag verpasst haben!»

Daraufhin berichteten sie ihm ihrerseits, was im Arresthaus geschehen war – dass Blümling sich beim Verhör wohl verplappert hatte und aufgeflogen war, ohne indessen einen seiner Gefährten zu verraten, und dass die Niederländer mit ihrem Anhang nach Mannheim verbracht worden waren.

Je mehr Wein der Schwarze Jonas und Hannes miteinander tranken, desto überzeugter waren die beiden, dass Blümling genau wie die anderen Kameruschen aus dem Coblenzer Militärgefängnis freikommen würden. Bis zum Abend war Hannes so sturzbetrunken, dass die beiden Männer ihn mit vereinten Kräften nach nebenan in die Werkstatt schleppten und dort auf einen Strohsack betteten. Unverständliche Worte vor sich hin lallend, wälzte er sich noch lange hin und her, und Juliana wartete an seiner Seite, bis er endlich eingeschlafen war.

Als der Schwarze Jonas am nächsten Morgen mit frischen Reisepapieren vom hiesigen Schultes zurückkehrte, brachte er eine schreckliche Nachricht mit: Ihr Kumpan Dallheimer sei in Trier durch das Fallbeil hingerichtet worden!

Der Sommer neigte sich dem Ende zu, und noch immer wohnten sie, wenn sie denn nicht unterwegs übernachteten, unter Heinrich Ritters Dach, der ihnen verdrießlich Werkstatt und Stube zum Schlafen überlassen hatte.

Die Flucht aus der Hochhausener Herberge, der Tod von Evchen und Dallheimers Hinrichtung schienen Hannes mehr in den Knochen zu stecken, als er zugegeben hätte. Noch Wochen nach ihrem Wiedersehen wirkte er abwesend, vollkommen in sich gekehrt, und das obwohl die Geschäfte gut liefen und Juliana sich gewünscht hätte, dass ihr Leben als Marktkrämer immer so weitergehen würde.

«Hast du Heimweh?», fragte sie ihn leise, nachdem sie sich in Rüsselsheim in einem bürgerlichen Wirtshaus eingemietet hatten, um am nächsten Morgen den Jahrmarkt besuchen zu können. Von hier wäre es nur ein Katzensprung über den Rhein nach Mainz gewesen – oder Mayence, wie die Stadt nun hieß.

Er schüttelte den Kopf, während er an dem einzigen freien Tisch in der Gaststube Platz nahm. «Das ist nicht mehr meine Heimat, das ist jetzt Franzosenland. Departement Donnersberg – wenn ich das schon höre.»

«Mont-Tonnère, mein Lieber!» Der Schwarze Jonas setzte sich neben ihn. «Und falls du Lust verspüren solltest, über den Rhein zu gehen, rat ich dir dringend ab. Eben grad hab ich vom Wirt erfahren, dass sie drüben mal wieder die Gegend nach dir abkämmen. Südlich von Kreuznach hat's einen brutalen Straßenraub auf Kaufleute gegeben, letzten Samstag erst. *Mit einem Gruß vom Schinderhannes*, haben die Banditen zum Abschied geschrien.»

Verdutzt sah Juliana ihn an. «Da waren wir doch auf dem Jahrmarkt in Darmstadt.»

Der Schwarze Jonas grinste breit. «Und im Rechtsrheinischen rund um Neuwied, da treibt sich eine Kompanie herum, die maskiert ist und bei jedem Einbruch *Vivat Schinderhannes* brüllt. Wahrscheinlich ein Trupp Niederländer.»

«Was geht jetzt nicht alles auf mein Kerbholz …», erwiderte Hannes und rümpfte die Nase. Früher hätte Stolz mitgeschwungen in einem solchen Satz, jetzt klang es eher verächtlich.

«Mensch, Kerl!» Sein Kumpan stieß ihn übermütig in die Rippen. «Du bist wahrhaftig berühmt! Überall!»

«Hör auf! Ich kann all diese blödsinnigen Geschichten nicht mehr hören.»

Er erhob sich.

«Ich brauch frische Luft. – Kommst du mit?», fragte er Juliana.

Die Sonne stand schon tief, und die engen, ärmlichen Gassen des Städtchens lagen im Schatten. Der August war zu Ende gegangen, und selbst an warmen Tagen wie heute kühlte es gegen Abend rasch ab. Juliana war froh, dass sie ihren Umhang mitgenommen hatte.

«Wohin willst du?»

«Ins Freie. Wo es nach Gras und Wasser riecht und nicht nach Abfällen und fauligen Eiern.»

Wenig später spazierten sie in der Abendsonne die Mainwiesen entlang, auf denen gerade die Schafe zusammengetrieben wurden. Endlich waren sie wieder einmal allein, eine seltene Gelegenheit.

Hannes hob den Arm. «Schau, da vorne.»

Vor ihnen kreuzte eine Straße den Uferweg und führte weiter zum Fluss. Juliana kniff die Augen zusammen: Wie ein dunkles Band schwebte die Straße auf dem Wasser, ohne dass eine Brücke mit Pfeilern zu sehen gewesen wäre.

«Eine Schiffbrücke», erklärte Hannes. «Sehen wir sie uns an.»

Und wirklich ruhte die Fahrbahn auf zahllosen nebeneinanderliegenden Kähnen. Vor dem Häuschen am Brückenkopf stand breitbeinig ein Wächter.

«So was hab ich noch nie gesehen. Da braucht's ja gar keine Fähre mehr.»

«Komm mit. Das ist lustig.»

Ohne ihr Einverständnis abzuwarten, hatte er schon die Brückenmaut beglichen. An seiner Hand spazierte sie über die schweren Holzplanken, zwischen denen das dunkle Wasser glitzerte. Unter ihren Füßen schwankte es sachte.

Etwa auf der Mitte blieben sie stehen.

«Warte», sagte Hannes. «Da kommt ein Fuhrwerk.»

Er schob sie gegen das Brückengeländer, als sich der Zweispänner näherte. Er hatte Fässer geladen, zwei schwere Füchse zogen die Fracht. Jetzt begann sich die Brücke spürbar zu heben und zu senken.

«Zu Hilfe! Mir wird ganz schwindelig», rief sie, und Hannes lachte.

«Ist das nicht spaßig?»

Sie klammerte sich an ihn, und er lachte noch mehr. Erst als das Schwanken sich legte, ließ sie ihn wieder los.

«Und? Was sagst du?»

«Das ist ... das ist unglaublich.»

Sie schlenderten weiter, bis kurz vor das Kurmainzer Ufer. Das Wasser gleißte auf in den letzten Strahlen der Sonne.

«Weißt du, dass du eben grad zum ersten Mal seit Ewigkeiten wieder gelacht hast?», sagte sie leise. «Wie früher.»

Er blieb stehen und lehnte sich über das Geländer.

«Ich weiß selbst nicht, was das ist. Manchmal wird's mir so unheimlich. Wo ich hinkomme, hör ich von mir. Es ist, als ob die Leute Bilder von mir an die Wände malen, die viel zu groß sind, viel zu grell und bunt. Die Bilder sind mir so fremd, Julchen, das bin doch gar nicht ich. Oder bin ich's am Ende doch?»

## Kapitel 31

«Da hast dir wohl falsche Hoffnungen gemacht.» Margaretha schnürte ihren Schnappsack zu. «Aus deinem Hannes wirst nie einen Krämer machen, der ist viel zu abenteuerlustig.»

Nach den heftigen Stürmen der letzten beiden Tage hatte der Herbst Einzug gehalten, und Heinrich Ritter hatte sie nach über sechs Wochen Gastrecht endgültig vor die Tür gesetzt. Vorausgegangen war ein Trinkgelage bis tief in die Nacht – ganz unverhofft war ein junger Hausierer aus der Heidelberger Gegend namens der Schöne Schulz bei ihnen aufgetaucht, ein bildhübscher Kerl, mit dem Elsbeth und Maria sofort kokettierten. Schulz war ein alter Kumpan von Hannes und im Frühjahr bei einem Einbruch mit dabei gewesen. Außer sich vor Freude hatte Hannes ein Fässchen Wein geordert. Nicht nur die beiden, auch der Schwarze Jonas waren schließlich vollkommen betrunken gewesen und hatten die kleine Wohnstube in ein Schlachtfeld verwandelt. Bis Ritter am Ende die Faust auf den Tisch geknallt hatte: «Es reicht! Morgen will ich euch nicht mehr hier sehen!»

Juliana, die dabei war, wieder Ordnung in die Wohnstube zu bringen, lehnte den Besen an die Wand und unterdrückte einen Seufzer. Dass sie sich eine neue Bleibe würden suchen müssen, beunruhigte sie noch am wenigsten.

«Warum nur muss ausgerechnet jetzt dieser Schulz hier auftauchen? Wir hatten's so gut die letzten Wochen, und nun packt's den Hannes doch wieder.»

Von nebenan aus der Werkstatt hörte man das laute Schnarchen der Männer, und sie musste daran denken, wie Hannes gestern Abend gestrahlt hatte, nachdem ihm der Schöne Schulz eröffnet hatte: «Hab den Alten Butla mit seinem Sohn ausfindig gemacht, die wären mit dabei.»

Margaretha stemmte die Arme in die Hüften. «Der Hannes hat doch nur drauf gewartet, dass einer seiner Leute ihn hier findet. Da kommt ihm dieser Schulz grad recht.»

«Warum geht dann dein Christian nicht mit?»

«Dem würd ich eins husten, wenn er jetzt abhaut!» Margaretha lachte. «Siehst du's denn nicht?»

«Was?»

«Ich bin guter Hoffnung!»

Verblüfft starrte Juliana sie an. Ihre Freundin war ja ohnehin sehr üppig gebaut, da fiel der dicke Bauch kaum auf. Doch jetzt, wo sie es sagte ... Die Neuigkeit versetzte ihr einen Stich.

«Wie lang weißt du das schon?»

«Na ja, schon ein Weilchen. Seit dem Sommer halt.»

«Und warum hast du nie was gesagt?»

Sie zögerte. «Ich wollt nicht, dass du traurig wirst. Wo doch grad dein Evchen gestorben war.»

Juliana nickte. Ja, es hätte sie sogar sehr traurig gemacht, und auch jetzt spürte sie einen Kloß im Hals.

«Alsdann», sagte sie, «wecken wir die Männer. Damit sie ihren Kram packen und die Pferde anspannen.»

Die Tür zur Werkstatt schwang auf, und Hannes trat ein.

«Mich brauchst nicht wecken, und den andern hab ich auch schon einen Tritt gegeben.» Er fuhr sich durch die Haare. «Was brummt mir bloß der Schädel!»

«Dann hättest halt nicht so viel gesoffen», zischte Juliana verärgert. «Ist euch wenigstens noch was eingefallen, wo wir hinkönnen?»

Hannes grinste breit. «Nur bis ins Nachbardorf geht's. Semd ist ein kleines, aber feines Räubernest – alles kochem.»

«Und dann?» Lauernd sah sie ihn an, und sein Lächeln erstarb.

«Wir bringen unser Zeug dorthin, und zu Mittag machen

der Schöne Schulz und ich uns auf den Weg, damit wir in der Nacht über den Rhein setzen können. Von Klein-Rohrheim nach Hamm, wie gehabt.»

«Dann steht das also fest.»

«Ja.» Trotzig schob er die Unterlippe vor. «Ist dir vielleicht aufgefallen, dass uns so langsam der Kies ausgeht? Das sind doch Läppereien, was wir mit unserm Kram an Umsatz machen.»

«Mir reicht es. Ich muss mich nicht mit Schmuck oder schönen Kleidern rausputzen. – Auch wenn mir so was gefällt», setzte sie noch nach.

«Siehst du? Es gefällt dir. Und *ich* will auch, dass du Spaß im Leben hast.»

Sie schüttelte den Kopf.

«Weißt du, was ich denke?» Ihr Ton wurde schärfer. «Dass es dir gar nicht so sehr um mich, sondern vor allem um dich geht! Dir ist unser Leben zu fad, du langweilst dich, willst wieder wer sein vor deinen Leuten ...

«So hört doch auf zu streiten», mischte sich Margaretha ein.

Doch es war zu spät.

«Meinetwegen», fuhr Juliana fort, «kannst jetzt gleich an den Rhein mit deinem Schulz, brauchst uns nicht noch in dieses Nachbarkaff begleiten. Bin es schließlich gewohnt, ohne dich unterwegs zu sein ...»

Als Hannes sie an sich ziehen wollte, schob sie ihn von sich weg.

Kurz darauf versammelten sie sich zum Morgenessen – Hannes schweigsam, der Schwarze Jonas und der Schöne Schulz sichtlich in Katerstimmung. Nur Heinrich Ritter war angesichts ihres Abschieds fröhlich gestimmt.

«Wenn ihr wieder mal ein Obdach für ein paar Tage braucht – jederzeit», bot er gnädig an, doch niemand antwortete.

Da hob Schulz den Kopf.

«Ich glaub nicht, dass der alte Butla dir den Eid schwören wird.»

«Dann soll er halt wegbleiben», brummte Hannes. «Hab drüben genug Leute, die ihn ersetzen können.»

Fragend sah Juliana ihn an. «Was für einen Eid?»

Der Schwarze Jonas lachte laut auf. «Unser Schinderhannes will jetzt einen Räuberkontrakt einführen! Einen Eid schwören lassen auf Gehorsam und Stillschweigen. Und nur noch der Capitaine soll das Brecheisen im Tornister führen dürfen, grad so wie bei den Niederländern.»

«Lach du nur!» Hannes' Augen blitzten. «Wenn der Feind gefährlicher wird, müssen auch wir uns besser wappnen.»

«Und dafür lässt dich jetzt hofieren wie ein Picard. Du bist doch meschugge.»

Auch Juliana schüttelte innerlich den Kopf. Hannes war ihr fremd geworden, und manchmal machte er ihr inzwischen regelrecht Angst.

Da sprang Schulz vom Stuhl auf, mit erhobenen Schwurfingern: «*Ich* schwör dir den Eid! Ich schwör dir auf Tod und Teufel, deinen Befehlen als Chef der Kompanie allzeit zu folgen, in Treue, Gehorsam und in heiligstem Stillschweigen. Und jeder Kapphans soll den Kopf verlieren!»

Müde winkte Hannes ab. «Lass nur, Schulz. Hier ist nicht der rechte Ort dafür. Trink deinen Kaffee aus, damit wir loskönnen.»

Hannes hatte im Linksrheinischen ganz offensichtlich genug Getreue gefunden, denn er kehrte erst nach fast drei Wochen wieder zurück. Sie waren derweil bei Georg, dem Sohn des Schultheißen von Semd, untergekommen, und aßen gerade zu Abend, da klopfte es laut gegen die Tür.

Widerwillig erhob sich Georg, um nachzusehen.

«Wer bist du?», fragte er. «Ach so ... Ja, die sind hier.»

«Gott sei Dank. Hab schon das halbe Dorf nach ihnen abgegrast.»

Julianas Herz schlug schneller, als sie Hannes' Stimme erkannte.

«Endlich», entfuhr es ihr. Nach dem Hinauswurf bei Ritter waren sie im Zwist auseinandergegangen, ohne Kuss noch Umarmung, und Juliana hatte sich deshalb jeden Tag bittere Vorwürfe gemacht. Dennoch blieb sie jetzt abwartend am Tisch sitzen. Hannes war nämlich nicht allein gekommen.

Außer dem Schönen Schulz betraten noch zwei Fremde die Stube – ein Mann in Hannes' Alter und eine Frau, die an die fünf, sechs Jahre älter war und ein schlafendes Kleinkind auf dem Arm trug. Der Mann hatte die Statur eines Bären: massig und untersetzt, mit wildem braunem Haar und Backenbart bis zum kräftigen Kinn, das Gesicht breit und flach, mit fleischiger Nase und aufgeworfener Oberlippe. Auch die Frau war außergewöhnlich hoch gewachsen. Obgleich sie nicht schön zu nennen war mit ihrem zu großen Mund und der kräftigen Nase, hatte sie etwas Anziehendes, Geheimnisvolles – vielleicht lag es an den riesigen dunklen Augen, dem kräftigen, dunkelbraunen Haar, das sie offen trug wie eine Zigeunerin und das ihr in langen Wellen bis über die Schultern fiel. Offenbar waren die beiden ein Paar, denn jetzt übergab sie das Kind ihrem Begleiter mit den Worten: «Nimm du mal das Balg, mir fällt gleich der Arm ab.»

«Das ist der Krug-Joseph, der gehört jetzt zu meiner Gesellschaft», stellte Hannes die beiden vor, «und das ist sein Weib, die Lange Catharine. Wir haben sie an der Rheinfähre getroffen.»

Es war ihm anzumerken, wie wenig es ihm recht war, dass

diese Frau mit dabei war. Zugleich ließ ihr Name Juliana aufhorchen, doch sie kam nicht dahinter, warum.

«Freust du dich gar nicht, dass ich wieder da bin?» Hannes stellte sich vor sie hin und sah sie flehentlich an. Er wirkte abgemagert und erschöpft.

Da konnte sie nicht anders, als ihn zu umarmen. Und ob sie sich freute! So sehr hatte sie ihn vermisst, so sehr um ihn gebangt.

«Dann ist alles gut gelaufen?»

«Das erzähl ich gleich. Wie sieht's aus? Gibt's noch Bier für uns und was zu essen?»

Georg stieß hörbar die Luft aus.

«Vier Esser mehr – was zahlst du, Schinderhannes?»

Juliana erschrak, als Hannes mit kühlem Lächeln die Pistole aus dem Gürtel zog. Doch er legte sie nur auf den Tisch und schob sie dem Schultessohn zu: «Reicht das?»

Georg nickte.

«Für heut Nacht könnt ihr in der Scheune schlafen. Morgen müsst ihr euch 'ne andre Hütte suchen. Bis auf den Schinderhannes natürlich.»

Die Lange Catharine zwängte sich zwischen Juliana und Margaretha auf die Bank. «Wir wollen morgen eh weiter in den Taunus.»

Ungeniert griff sie nach Julianas Becher und trank ihn aus, wobei sie Juliana frech anglotzte.

«Wo soll ich jetzt das Klärchen hintun?», fragte der Krug-Joseph unwirsch, da Georgs junge Frau einen weiteren Topf Kartoffeln und Brot gebracht hatte. Sie war ein sanfter, allzu gutmütiger Mensch und hätte wahrscheinlich ohne Murren ein ganzes Regiment versorgt.

Catharine rollte die Augen. «So leg's halt auf den Strohsack unter der Stiege dort.»

«Das ist *mein* Schlafplatz!», erhob Juliana Einspruch.

«Na und? Wir sind nachher in der Scheune, hast ja gehört. Oder soll ich das Klärchen auf'n Tisch legen?»

Juliana biss sich auf die Lippen. Sie mochte dieses Weib nicht.

«Hast wohl keine Kinder, was?» Catharine sah sie abschätzig an.

«Das geht dich gar nichts an», fauchte Juliana.

«Oho! Man wird ja wohl mal fragen dürfen. Übrigens kenn ich deinen Hannes schon länger als du. Weil ich nämlich deine Vorgängerin bin.»

«Das ist mir wurscht.»

Dabei war Juliana das alles andere als gleichgültig. Plötzlich war ihr nämlich eingefallen, woher sie den Namen dieser Frau kannte. Zu Ostern letzten Jahres, als sie und Margret sich Hannes' Bande angeschlossen hatten, da hatte Seibert es ihr beim Lagerfeuer zugeraunt: «Sein Liebchen, die Lange Catharine, haben sie kurz vor Ostern verhaftet, und schon hat er eine Neue!» Auf dem Eigner Hof war es gewesen, wo Hannes und sein damals bester Freund Carl Benzel entdeckt worden waren, und nur Hannes hatte fliehen können.

Juliana wurde flau im Magen, als sie daran dachte, dass Hannes seinen Freund, der noch immer zu Coblenz im Kittchen saß, damals im Stich gelassen hatte. Und erst recht bei dem Gedanken, dass er sein Mädchen, nachdem es verhaftet worden war, fallengelassen hatte wie eine heiße Kartoffel. Wie schäbig von ihm! Andererseits – hatte er bei *ihr*, Juliana, nicht alles drangesetzt, sie wiederzufinden? Was aber wäre geschehen, wenn man sie nicht freigelassen hätte? Hätte er sich dann damit abgefunden und sich ebenfalls umgehend eine neue Braut gesucht?

Sie ertappte sich dabei, wie sie nun ihrerseits die Lange

Catharine anstarrte. Was hatte er bloß an dieser Person gefunden?

«Was glotzt du so?» Catharine schob sich ihre dunkle Mähne aus dem Gesicht. «Hat er dir nie von mir erzählt?»

«Doch, das hat er», flunkerte sie. «Aber es war mir nicht wichtig.»

In diesem Moment kehrte Hannes mit zwei großen Krügen Bier aus der Küche zurück und setzte sich ihnen gegenüber. Sein Blick wurde unruhig, als er sah, wer da nebeneinander saß.

«So habt ihr euch bekannt gemacht?» Er schenkte den beiden ein. «Ja, Julchen, das ist die Catharine. Mit ihr war ich früher mal zusammen.»

Catharine grinste breit. «Bis was Dummes dazwischenkam, gell, Hannes?»

«So halt doch den Mund!»

Der Schwarze Jonas schlug auf den Tisch. «Könnt ihr da drüben mal mit dem Weibertratsch aufhören? Ich will wissen, wie's bei den Franzosen gelaufen ist. Los, Hannes, erzähl.»

Und Hannes berichtete. In Sötern am Hochwald hätten sie zu siebt das Wohnhaus des Mendel Löb erstürmt. Da sie das Schloss der Kirchentür mit Dreck und Steinchen verstopft hatten, habe keiner die Sturmglocke läuten können und auch sonst sei niemand dem Löb zu Hilfe gekommen. Mit einigen Handelswaren und einer großen Menge Zaster hätten sie gute Beute gemacht, die sie in einer Höhle im Hochwald aufgeteilt hätten.

«Der Schulz und ich sind dann über den Eigner Hof für ein paar Tag nach Lettweiler, wo Hochzeit gefeiert wurde und wir unsern alten Freund Krug-Joseph getroffen haben.»

«Dort hat der Kerl also so lange gesteckt!», fiel Catharine ihm ins Wort, doch Hannes fuhr ungerührt fort: «Auf der

Hochzeit hat uns dann auch ein Baldoberer den Wink gegeben, dass beim Jekub Löb, eine Stunde weg in Staudernheim, 'ne Menge zu holen sei, wo der grad einen zünftigen Handel abgeschlossen hätt. Was auch gestimmt hat, bloß lief's dort nicht so glatt.»

Er stockte.

«Ach was!», übernahm Krug-Joseph das Wort. «Wir hatten halt Pech, dass in diesem Kaff der Maire selber dem Jud zu Hilfe gekommen ist und mit ihm sein Sohn und ein paar bewaffnete Bürger. Wer hätt das ahnen können!»

«Ihr seid angegriffen worden?», fragte Juliana erschrocken.

«Pah! Wir waren stärker! Der Schulz, der auf der Schmier stand, hat nur schreien müssen: ‹Gebt acht, hier ist der Schinderhannes!›, und schon war der Hannes im Freien und hat um sich geschossen wie der Teufel. Derweil konnten wir unsre Beute zusammenraffen und dann alle zusammen über die Gartenmauer fliehen.»

Catharine setzte ein spöttisches Grinsen auf. «Aus dem Hannes ist ja ein rechter Haudrauf geworden!»

In diesem Moment begann ihr Klärchen unter der Stiege zu schreien.

«Mist! Die Kleine hat schon wieder Hunger. Lass mich mal durch.»

Sie drückte sich an Juliana vorbei und flüsterte ihr zu: «Wo das mit dem Scheele-Carl war, hat er uns alle feige hängenlassen. Dabei war's ein einziger Gendarm nur, und der Carl hat deinen Hannes sogar um Hilfe gerufen.»

«Du lügst!», gab Juliana empört zurück. Mit halbem Ohr nur hörte sie dann den Rest von Hannes' Bericht.

«Was hat unser Capitaine sich gegrämt, wegen dieser verdammten Bürgerwehr», rief der junge Schulz schließlich in die Runde. «Dabei hat sich's mehr als gelohnt. Hundertzwanzig

Gulden, Leute! Dazu silberne Becher und Goldschmuck. Und ehrlich geteilt hat er auch, der Chef.»

Er warf Hannes einen bewundernden Blick zu.

«Jetzt spuck schon aus, Hannes, dass du mir das Leben gerettet hast!»

In Hannes' Augen begann es zu flackern. «Halt's Maul, Schulz.»

«Das tät ich jetzt aber schon gern wissen», wandte der Schwarze Jonas ein, der bisher schweigend zugehört hatte. «Los, Schulz, erzähl!»

«Na, beim ersten Überfall, beim Mendel Löb, da hat der Hundsfott mir, als wir eingebrochen sind, doch ums Haar mit der Axt den Schädel gespalten. Ich hab geschossen, aber verfehlt, doch der Hannes hat getroffen, hat den Sauhund mit 'nem einzigen Schuss tot niedergestreckt. Ich sag euch, Kameruschen: Ich säß nich mehr hier, wenn der Hannes nich wär!»

Fassungslos starrte Juliana Hannes an.

«Es war Notwehr», murmelte der und wandte den Blick ab. «Was geht dieses Aas auch mit einer Axt auf uns los!»

Der Schwarze Jonas hob seinen Becher. «Darauf trinken wir einen! Johannes Durchdenwald wird ab jetzt Spießruten laufen müssen im Hunsrück. Ach was: In ganz Deutschland werden sie dich jagen.»

«Ich hab keine Angst.» Hannes' Worte klangen trotzig.

«Sei auf der Hut, Hannes – die alte Sache mit dem Samuel Ely ist auch noch nicht vom Tisch. Die Obrigkeit schiebt's dir zu, auch wenn's vielleicht der Scheele-Carl war.»

«Was war mit dem Samuel Ely?», fragte Juliana mit bebender Stimme.

Da Hannes schwieg, antwortete der Schwarze Jonas an seiner Stelle: «Die beiden haben ihn damals auf der Landstraße überfallen und blöderweise so schwer verletzt, dass er vier Wochen später hinüber war. Jetzt läuft die Sache unter Raubmord, und den Benzel haben sie ja schon geschnappt.»

Hannes Augen wurden zu schmalen Schlitzen. «Was musste der Kerl uns auch nachlaufen und schreien: ‹Ihr Spitzbuben, gebt mir mein Geld wieder her!›»

Plötzlich sprang er vom Stuhl auf.

«Kreuzsackerment!», donnerte er in Julianas Richtung. «Hör auf, mich so anzustieren. Ich hab dir schon mal gesagt, dass ein Einbruch kein Sonntagsspaziergang ist! Und ja – da wird auch mal gestochen und geschossen. Wenn's dir nicht passt, bist falsch bei uns!»

Wortlos verließ Juliana den Tisch. Enttäuschung, Wut und Traurigkeit kämpften in ihr gegeneinander an. Sie sah, wie Catharine unter der Stiege das Kind stillte, und hockte sich dazu. Das Kind mochte ein gutes Jahr alt sein, sah rosig und gesund aus. So hätte ihre Tochter auch aussehen können.

«Sie ist hübsch, dein Klärchen.»

«Ganz der Vater», murmelte Catharine und verzog spöttisch das Gesicht – kein Wunder, wo Krug-Joseph doch alles andere als ein gutaussehendes Mannsbild war. Leise fragte Juliana:

«Warum sagst du mir, dass der Hannes feige ist?»

Die Frau zuckte die Schultern. «So halt. Weil's stimmt.»

«Aber versucht nicht jeder zu fliehen, wenn's brenzlig wird? Hauptsache ist doch, dass man keinen verrät.»

«Mag sein. Aber wenn ein Macker seine Schickse im Stich lässt und sich hinterher gleich die nächste angelt, dann ist das feige. Erst recht, wenn man ein Kind erwartet!»

«Was?»

Juliana hatte ihre Frage laut herausgerufen, und so starrte nun der halbe Tisch zu ihnen.

Plötzlich hatte Catharine Tränen in den Augen. «Ich kann froh sein, dass der Krug-Joseph mich trotzdem genommen hat. – Ja, glotzt ihr nur alle! Das Klärchen ist vom Hannes.»

In der Stube war es mäuschenstill geworden. Langsam drehte Hannes sich zu ihnen um. Er war leichenblass im Gesicht.

«Du lügst!»

«O nein. Ich hatte keinen andern wie dich damals. Aber keine Angst, der Krug-Joseph hat Klärchen als seins angenommen. Brauchst dich also um nix mehr kümmern.»

## Kapitel 32

Was Juliana von Catharine erfahren hatte, hatte ihr einen tiefen Stich versetzt: Ihr einziges Kind mit Hannes war tot, das Kind mit diesem Weib hingegen lebte und war kerngesund! Diese Enthüllung hatte ihr den Boden unter den Füßen weggezogen, sie war in Tränen ausgebrochen, hatte Hannes von sich gestoßen, war aus der Stube gerannt und hatte in ihrer Schlafkammer für die Nacht die Tür versperrt. Noch tagelang war sie Hannes aus dem Weg gegangen, bis er nach einem Markttag weinend vor ihr auf die Knie gefallen war und ihr ein ums andere Mal beteuert hatte, von diesem Kind nichts gewusst zu haben und dass er sich wünschte, es wäre andersherum. Da hatte sie ihm schließlich geglaubt. Immerhin hatte der Krug-Joseph Frau und Kind bald schon in den Taunus gebracht, zu Catharines Familie, und damit waren ihr die beiden wenigstens aus den Augen.

Doch war da noch etwas anderes, was in ihr nagte: Immer wieder fragte sie sich, wie viele Menschenleben Hannes wohl schon auf dem Gewissen hatte. War er womöglich keinen Deut besser als all diese wüsten Kerle der Niederländer Bande, die ohne Erbarmen auf ihre Opfer dreinschlugen und einstachen?

Wochen später nahm Margaretha sie beiseite.

«Hör auf, mit dem Hannes zu hadern! Du bist sein Weib, dann steh auch zu ihm! Und in einem hat er recht: Wenn du all das nicht aushältst, dann lebst du das falsche Leben. Mich tät's zwar traurig machen, wenn du fortgehen würdest, aber du bist noch jung, hast keine Kinder, kannst dir irgendwo in der Stadt eine Anstellung suchen. Und was das Klärchen betrifft: Dass der Hannes ein rechter Weiberheld war, das hast ja wohl vorher gewusst, oder?»

Diese Worte hatten noch lange in ihr nachgeklungen. Als Hannes und Krug-Joseph Ende Oktober beschlossen, erneut ins Linksrheinische zu ziehen, um dort eine größere Kompanie auf die Beine zu stellen, da wusste sie, dass sie ihn zu sehr liebte, um ihn zu verlassen.

Zum Abschied standen sie alle miteinander im Hof von Gildners Mühle am Rande des Dorfes, wo sie inzwischen Quartier genommen hatten. Unter Tränen umarmte Juliana ihn.

«Gib auf dich acht, Hannes», flüsterte sie ihm ins Ohr. «Ich will dich nicht verlieren.»

«Ich dich auch nicht, Julchen, ich dich auch nicht.» Er trat einen Schritt zurück und strich ihr über die Wange. «Du bist mir der wichtigste Mensch auf Erden. Ich tät alles für dich. Sogar sterben.»

«Jetzt komm schon!», rief Krug-Joseph und scharrte ungeduldig mit dem Fuß in der Erde. «Das Wetter schlägt bald um.»

Juliana starrte ihnen nach, bis sie hinter den Bäumen verschwunden waren. So schwer war ihr der Abschied schon lange nicht mehr gefallen.

Die Tage wurden spürbar kürzer, dunkler und kälter. In den größeren Orten fanden die letzten Jahrmärkte statt, danach würde Winterruhe einkehren. Margaretha und Juliana waren mit ihrem Planwagen nun erheblich seltener unterwegs als in den Monaten zuvor, denn sie nahmen nur noch die Wochenmärkte in der näheren Umgebung wahr. Die Einnahmen ihres Kramhandels sanken, das bare Geld wurde allmählich knapp, und der Schwarze Jonas verschwand immer häufiger für ein paar Tage, um jenseits der hessischen Landesgrenze Vieh zu stehlen und wieder zu verhökern. Obendrein hausten sie mehr als erbärmlich auf dem zugigen Dachboden von Gildners Mühle, wo nur der Küchenkamin, der mitten auf der Bühne durchs Dach führte, ein wenig Wärme abgab. Der kleine Peter hatte bereits eine Rotznase und hustete des Nachts.

«Wir brauchen dringend ein anständiges Winterquartier», lag Margaretha ihrem Mann in den Ohren, als der nach Martini von einem seiner Streifzüge zurückkehrte, mit einer Handvoll Gulden im Beutel, und den Frauen beim Ausspannen der Pferde half. Wieder einmal hatten sie kaum etwas verkauft von ihrer Ware.

«Das hat noch Zeit», brummte er misslaunig.

«Hat es nicht. Dein Sohn kriegt sonst noch die Schwindsucht. Frag morgen beim Bauer Knell nach, der hat mehr Platz auf seinem Hof.»

Sein Gesicht wurde finster.

«Der Knell verlangt 'nen Mietzins, und hier wohnen wir umsonst.»

Überrascht sah Juliana auf. Der alte Gildner und sein Weib waren arme, krummgeschaffte Leute, die mit ihrem erwachsenen und leider schwachsinnigen Sohn die Mühle mehr schlecht als recht am Laufen hielten. In halben Lumpen gingen sie, von Furunkeln und Gelenkschmerzen geplagt, im Mund nur noch braune Zahnstummel, und ernähren taten sie sich tagein, tagaus von Grumbeeren und dem bisschen Gemüse, das der Garten hergab.

«Wir wohnen seit drei Wochen hier auf der Mühle, ohne was zu zahlen?», fragte sie die Freundin.

An deren Stelle antwortete der Schwarze Jonas mit abschätzigem Blick: «Was glaubst du, Mädchen? Dafür sind sie gut beschützt und müssen nicht mal blechen dafür.»

Gemeinsam schoben sie den schweren Wagen rückwärts in den Schuppen. So war die Welt also beschaffen, dachte Juliana: Der Stärkere setzt sich durch, der Schwache zieht den Kopf ein, will er überleben.

Als sie ins Haus zurückkehrten, hielt Margaretha ihren Mann beim Arm fest.

«Es ist mir gleich, ob wir beim Knell fürs Wohnen zahlen müssen – hier bleib ich keine Woche länger. Dann ziehst halt endlich mal wieder auf einen Strauß, statt immer nur Gäule zu verscherbeln.»

Wenige Tage später kehrten Hannes, Krug-Joseph und der Schöne Schulz aus dem Pfälzer Bergland zurück. Es war schon am späteren Abend, die alten Gildners waren wie immer gleich nach dem Essen zu Bett gegangen, und Margaretha war oben bei ihrem kranken Kind. Überglücklich fielen sich Juliana und Hannes in die Arme, und selbst der Schwarze Jonas, der nicht viel hielt von Freundschaftsbekundungen, klopfte jedem der Männer freudig auf die Schulter. Da erst bemerkte Juliana, dass der junge Schulz den Unterarm verbunden hatte. Zudem wirkte er geradezu verängstigt.

«Bist du verletzt?», fragte sie ihn.

Er winkte ab. «Nichts Ernstes.»

Sie bemerkte, wie der Schwarze Jonas fragend zu Hannes blickte. Der schüttelte den Kopf.

«Muss erst mal was essen und die Beine hochlegen. Wir haben keine Pause eingelegt unterwegs.»

Juliana machte in der Küche rasch den Rest Hühnersuppe warm, dann kehrte sie in die Stube zurück. Sie ahnte, dass da wohl wieder einiges schiefgelaufen sein musste. Zumal die Beute auf dem Tisch mit ein paar wenigen Silbermünzen nicht gerade üppig ausgefallen war. Stumm, mit missmutiger Miene, löffelten die Männer ihre Suppe, und als der Wein zur Neige ging, wurde die Stimmung zunehmend gereizt.

So war Juliana fast erleichtert, als sie, mitsamt den Mägden Elsbeth und Maria, ins nahe Wirtshaus verschwanden. Manchmal sind sie wie kleine Kinder, sagte sie sich und machte sich daran aufzuräumen. Danach saß sie noch eine gute Weile allein am Tisch und dachte daran, dass das Leben an Hannes' Seite sie härter gemacht hatte. Was bei den Einbrüchen der Männer geschah, wollte sie gar nicht mehr wissen. Für sie zählte nur noch eines: dass Hannes bei seinen Unternehmungen ungeschoren davon kam.

Die Müdigkeit holte sie ein, und es wurde kalt in der Stube. Sie tappte die Stiege hinauf bis zum Dachboden, kleidete sich aus und wickelte sich fröstelnd in ihre Decke ein. Neben dem Kamin hörte sie Peter husten, die Strohsäcke von Elsbeth und Maria waren noch immer leer und würden es die Nacht über wohl auch bleiben. So manches Mal waren die beiden Schwestern schon über Nacht fortgeblieben, wahrscheinlich hatten sie unter den Dorfburschen eine Liebschaft. Auch wenn Maria noch allzu jung war für so etwas – das war eben der Lauf der Dinge.

Mitten in der Nacht schrak sie aus dem Schlaf auf. Vom Mühlrad her drangen aufgebrachte, trunkene Männerstimmen zu ihr herauf. Sie erkannte Hannes und den jungen Schulz, die miteinander stritten. Wieder einmal hatte Hannes also zu viel getrunken. Das hatte er früher niemals getan. Er war immer Herr seines Verstandes geblieben, wenn der Rest der Gesellschaft schon von den Stühlen gekippt war.

Sie zog sich die Decke über den Kopf. Zu ihr brauchte er in diesem Zustand gar nicht erst zu kommen.

«Ich will nich mehr, kapierst das nich?», hörte sie Schulz wütend rufen.

«Du bist ein feiges Waschweib, Schulz, das bist du. Und so einer hat mir Treue geschworen!»

Das Geräusch einer heftigen Ohrfeige schallte über den Hof, und Schulz jaulte auf: «Dann schlag doch zu! Los, komm her! Einen Chef, der einen bei der Beute bescheißt, den will ich eh nicht.»

«Du elender Lügner!»

Was dann folgte, war eine Abfolge dumpfer Schläge unter Kampfgebrüll und Schmerzensschreien. Juliana hielt sich die Ohren zu. Trotzdem vernahm sie mit einem Mal die zornige Stimme des Schwarzen Jonas: «Bis du übergeschnappt? Hör auf, Hannes, du schlägst ihn noch tot!»

Danach kehrte endlich Ruhe ein.

Am nächsten Morgen war Schulz verschwunden. Juliana schürte das Herdfeuer, als sie im Hof den Schwarzen Jonas zu Hannes sagen hörte: «Da wirst du dir wohl einen Haufen neuer Kumpane suchen müssen – die einen laufen dir fort, die andern bleiben aus Furcht bei dir, und der Rest sitzt hinter Gittern.»

## Kapitel 33

Die Vorweihnachtszeit bescherte ihnen eine Überraschung. Es war ein eisiger Nachmittag, ein scharfer Wind fegte über das Land und rüttelte an den Fensterläden, während es bereits dunkel wurde. Sie waren inzwischen bei Bauer Knell untergekommen und lebten halbwegs sorglos von der Beute der letzten Einbrüche, auch wenn sie sich keinen Luxus mehr leisteten. Krug-Joseph war zwei Tage zuvor zu seiner Catharine in den Taunus aufgebrochen, um dort den Winter zu verbringen, über den jungen Schulz hatte man kein Wort mehr verloren. Margaretha hatte irgendwo ein Spinnrad aufgetrieben, und so verbrachten die Frauen viel Zeit mit Handarbeiten in Knells warmer Stube, während die Männer dem Bauern und seinem Knecht zur Hand gingen, um Haus und Hof in Ordnung zu bringen.

Gerade als Hannes und der Schwarze Jonas neues Feuerholz in die Küche schleppten, polterte es von draußen gegen die Haustür.

«Herein, wenn's nicht der Leibhaftige ist!», rief Margaretha, und Juliana öffnete die Stubentür, nicht ohne sich mit einer Pistole zu bewaffnen.

Mit einem Schwall kalter Luft trat eine gänzlich verhüllte Gestalt ein, von der nur noch Augen und Nasenspitze zu sehen waren.

Juliana erschrak, aber dann sagte eine wohlvertraute Stimme: «Was für 'ne Scheißkälte!», und sie ließ die Waffe sinken.

«Leyendecker! Bist du's wirklich?»

Der schmächtige Mann nahm den Ranzen vom Rücken und nickte. Während er sich aus seinem Umhang schälte, kam Hannes aus der Stube gerannt, und die beiden Freunde fielen sich in die Arme.

«Kreuzdonnerwetter, du alter Hundsfott», Hannes wischte sich die Tränen aus den Augen, «und ich dachte, du schmorst im Coblenzer Franzosenknast.»

Leyendeckers jungenhaftes Gesicht verzog sich zu einem triumphierenden Grinsen. «Jetzt nicht mehr.»

«Rasch, komm ins Warme.» Hannes führte ihn an den Tisch. «Das ist mein guter alter Kumpan Leyendecker, von dem ich euch so viel erzählt hab.»

Bauer Knell und sein Knecht hoben nur grüßend den Kopf, während der Schwarze Jonas dem unerwarteten Gast herzlich die Hand schüttelte. «So haben sie dich also laufenlassen. Was für eine gute Nachricht.»

«Von wegen laufenlassen – wir sind ausgebrochen. Seibert, Benzel, Riep, Zughetto und ich.»

«Ich fasse es nicht!» Hannes umarmte ihn erneut. «Hab ich's doch gewusst, dass ihr's schafft! Aus diesen verlotterten Gefängnissen kommt man immer irgendwann frei.»

Auch Juliana freute sich. Sie hatte den Schuster von Anfang an gemocht, im Gegensatz zu manch anderen von Hannes' Gefährten. Mager war er geworden, und sie fand auch, dass er stärker hinkte als früher.

Sie wies Maria und Elsbeth an, einen heißen Gewürzwein aufzusetzen und Würste fürs Abendessen zu braten. Anders als in Gildners Mühle war hier die Vorratskammer gut bestückt. Dann setzte sie sich neben Margaretha an den Tisch, um Leyendeckers Bericht zu lauschen.

«Wie habt ihr's geschafft rauszukommen?», fragte Hannes als Erstes und schenkte Leyendecker aus seiner Branntweinflasche einen Becher voll.

«Nun ja», er trank ihn in einem Zug leer und schmatzte genüsslich, «das war wochenlanges Schuften. Wir hatten uns über Schmiergeld Messer besorgt, damit den Dielenboden der Zellen nach unten aufgesägt und dann wochenlang gegraben.»

«Gegraben?», fragte Juliana verdutzt.

«Die Zellen sind an die Coblenzer Stadtmauer angebaut, und wir haben uns einfach nach und nach drunter durchgegraben und auf der andern Seite, wo der Wall ist, wieder hoch. Weil nachts auf dem Wall Schildwachen stehen, mussten wir erst auf 'ne stürmische, regnerische Nacht warten, um abzuhauen, und Ende November war's dann so weit.»

«Ein Wunder», flüsterte Juliana.

Leyendecker runzelte die Stirn. «Ganz so glatt lief's leider nicht. Der Jung-Schwarzpeter war der Letzte von uns, den hat die Schildwache prompt erwischt und zurückgebracht. Und der Benzel und der Seibert, die hatten im Dunkel den Weg verfehlt und sind in den Stadtgraben gestürzt. Dabei hat sich Benzel den Arm gebrochen.»

«Verdammter Mist», fluchte Hannes. «Und weiter?»

«Sicherheitshalber haben wir uns noch in der Nacht getrennt – na ja, mit meinem Hinkefuß bin ich ja auch eher ein Bremsklotz. War immer nur im Dunkeln unterwegs, aber schon zwei Nächte später haben mich Dorfbewohner geschnappt. Die wussten von den geflohenen Gefangenen und wollten mich 'ner Streife übergeben, aber denen hab ich vorgelogen, dass mich die Franzosen nur deswegen eingeknastet hätten, weil ich ein paar Schnupftücher geschmuggelt hätte. Da haben sie mich erst bewirtet und dann laufenlassen!»

Ausgelassen klatschte Hannes in die Hände. «Das ist doch mal ein Grund, ein Fest zu feiern! Wir lassen aus der Schenke ein Fässchen Wein bringen, und Julchen spielt endlich mal wieder auf ihrer Fiedel.»

Er prostete seinem Freund zu.

«Auch wenn das mit dem Jung-Schwarzpeter natürlich ein

Riesenpech ist – aber da hätten wir ja fast schon wieder unsre alte Bande beisammen!»

Leyendeckers Gesicht wurde ernst. «Täusch dich da mal nicht. Seibert und Zughetto sind seit dem Knast unzertrennlich, die wollen rund um Simmern ihre eigene Kompanie gründen, wildern also in deinem angestammten Revier. Solltest denen besser aus dem Weg gehen, Hannes. Und was den Benzel Carl betrifft ...» Er kaute unruhig auf der Unterlippe. «Von den Brüdern Seibel in Hamm hab ich heut Nacht erfahren, dass man ihn zu Sobernheim an ein Streifkommando verraten hat. Jetzt sitzt er wieder in Coblenz ein.»

Hannes erbleichte, und Juliana fühlte mit ihm. Wusste sie doch, wie sehr er immer unter der Verhaftung seines engen Freundes gelitten hatte.

«Das darf nicht wahr sein», murmelte er. «Warum ausgerechnet Benzel?»

Der Schwarze Jonas schlug ihm auf die Schulter. «He, Kerl – Kopf hoch! Der und der Jung-Schwarzpeter werden's wieder versuchen. Da bin ich mir sicher.»

Niedergeschlagen schüttelte Hannes den Kopf. «Der Benzel schafft das nicht. Der nicht.»


## Kapitel 34

*D*er Winter kam mit Eis und Schnee, und Hannes' Anspannung nahm mit jedem Tag zu. Er sah es als ein böses Zeichen, dass kocheme Leute, denen man doch eigentlich blindlings vertrauen sollte, seinen Freund Carl Benzel verraten hatten, bildete sich schließlich ein, dass auch hier im Rechtsrheinischen längst überall Spitzel unterwegs seien. Er wirkte wie ein Getriebener, zuckte bei jedem Geräusch vor der Tür zusammen, kontrollierte nach Einbruch der Dämmerung mit geladener Waffe Hof und Garten, verwischte bei Schneefall ihre Spuren zum Haus. Tagsüber hängte er Säcke und Schürzen vors Fenster, abends stellte er in der Stube das Licht unter den Tisch, damit man den Schimmer nicht von außen sah. Längst hatte er seine fröhliche Unbekümmertheit, die Juliana so an ihm liebte, verloren. Hinzu kam, dass sie bei diesem Wetter nicht mehr auf den Handel ziehen konnten und das Geld knapp wurde.

Das einzige freudige Ereignis, zumindest für Margaretha und den Schwarzen Jonas, war die Geburt des kleinen Lenchens, das zum neuen Jahr rosig und gesund auf die Welt kam. Kaum hatte sich Margaretha indessen vom Wochenbett erholt, rückte Leyendecker mit seinem Vorschlag heraus, es wieder mit Schutzgeldern zu versuchen statt mit waghalsigen Überfällen. Und zwar rund um sein Heimatdorf Lettweiler, wo er für die Leute seine Hand ins Feuer legen würde. Zum Entsetzen der Frauen willigten Hannes und der Schwarze Jonas ein.

«Seid ihr meschugge?», brauste Margaretha auf. «Ich sitz hier mit diesem Wurm, der grad mal ein paar Tage alt ist, und ihr wollt mitten im Winter zu den Franzosen rüber, wo es von Patrouillen nur so wimmelt?»

Doch die Proteste der beiden Frauen verhallten ungehört. Beim Abschied am nächsten Tag nahm Hannes Juliana beiseite:

«Hör zu, Julchen – nur für den Fall der Fälle: Falls was schiefläuft und ich geschnappt werden sollte, dann schwöre ich bei Gott, dass du unschuldig bist und dass ich dich damals entführt habe. Und du musst umgekehrt dasselbe behaupten!»

Vier Wochen blieben die Männer verschwunden, vier endlose Wochen, in denen Juliana und Margaretha schon mit dem Schlimmsten rechneten. Wäre nicht der Säugling gewesen – ihr Wirt hätte sie mitten im Winter auf die Straße gesetzt, denn sie blieben ihm die Miete schuldig. Doch sein Weib duldete sie aus Mitleid weiterhin unter ihrem Dach, und schließlich versetzte Juliana bei einem Juwelier einen Großteil ihres Schmucks, um für Kost und Logis aufkommen zu können. Nur von der Halskette, die Hannes ihr zu Beginn geschenkt hatte, und ihrem goldenen Hochzeitsring mit dem kunstvollen Baldachin konnte sie sich nicht trennen – diese beiden Schmuckstücke hütete sie wie ihren Augapfel, und wo immer sie Unterschlupf fanden, suchte sie als Erstes ein sicheres Versteck dafür.

Mitte Februar war bereits vorüber, als kurz vor Einbruch der Dunkelheit ein Fremder anklopfte und Juliana Ofenloch zu sprechen verlangte. Juliana erschrak nicht wenig, und da der Hausherr Anweisung hatte, die Frauen vor Fremden zu verleugnen, hatte sie sich in der Speisekammer verborgen, die sich von innen verriegeln ließ. Von dort hörte sie die beiden Männer an der Haustür disputieren. Offenbar ließ sich der Fremde nicht abweisen.

Schließlich pochte es gegen die Kammer.

«Kannst rauskommen», rief Margaretha. «Der Fremde ist sauber, der ist ein Kumpan von deinem Hannes.»

Als Juliana aus ihrem Versteck trat, reichte die Freundin ihr eine Pistole.

«Nimm das mit, man weiß ja nie. Der Mann wartet draußen in der Einfahrt auf dich, er will nur dich allein sprechen.»

Mit weichen Knien holte Juliana ihren Umhang, griff nach der Lampe, die im Hausflur stand, und ging hinaus. Ein Schatten löste sich aus der stockdunklen Toreinfahrt und kam auf sie zu.

«Juliana?», flüsterte eine fremde, noch junge Stimme.

«Wer will das wissen?»

«Ich bin der Seibel Theodor, Fischer und Fährmann zu Hamm am Rhein. Soll dich vom Hannes grüßen.

«Ist ihm was zugestoßen?», stieß sie hervor.

«Aber nein. Ich soll dir was bringen. – Kannst deine Knarre wegstecken. Wo sind wir unbeobachtet?»

«Dort drüben im Schuppen.» Sie blickte sich nach Margaretha um, die in der offenen Haustür Stellung bezogen hatte. «Warte hier.»

Mit Margaretha am Arm und einer Handlampe kehrte sie zurück.

Theodor Seibel schüttelte den Kopf. «Ich soll's aber nur dir allein übergeben, hat der Hannes gesagt.»

«Das ist schon in Ordnung, jetzt komm.»

Im Schutz des Geräteschuppens übergab Seibel ihr ein zusammengefaltetes Papier und einen schweren Beutel. Sie konnte fühlen, dass er Geld enthielt, sehr viel Geld! Sie legte den Beutel zu ihren Füßen und hielt den Brief ins Licht. Mühsam entzifferte sie die ungelenke Schrift.

*«Mein Julchen, herzallerliebster Schatz: Mit diesen paar Zeilen denke ich innigst an dich. Der Seibel bringt dir einhundertzwanzig Goldgulden, zähl es nach. Sechzig sind für uns, sechzig für dem Schwarzen Jonas seine Familie, der Seibel hat sein Lohn schon gekriegt. Nur Margaretha darf davon wissen, versteckt den Beutel gut und nehmt euch, was ihr braucht. Ihr sollt nicht darben müssen, bis wir zurück sind. Ich denk zu jeder Stund an dich und vermiss dich sehr. In großer Liebe, dein Hannes.»*

Sie ließ das Papier sinken.

«Aber wo steckt er? Warum bringt er's nicht selbst?»

«Er hat's mir nach Hamm gebracht, damit's außer Landes ist. Die wollen noch mit Schutzbriefen weitermachen, da wär noch viel zu holen, soll ich dir sagen. Und in drei, vier Wochen wären sie zurück.»

Er deutete auf den Geldbeutel.

«Du musst nachzählen. Sonst heißt es, ich hätt was geklaut.»

Margaretha unterdrückte einen Aufschrei, als sie den Haufen Goldstücke auf dem Boden liegen sah.

«Himmel, was sind wir jetzt reich!», flüsterte sie, während sie sich neben Juliana niederkauerte und mit ihr zu zählen begann.

Es waren tatsächlich einhundertzwanzig Gulden, kein einziger fehlte. Zwar freute sich auch Juliana über diesen unerwarteten Geldsegen, aber die Enttäuschung, dass Hannes weiterhin fortbleiben würde, wog schwerer. Rasch schob sie die Münzen zurück in den Beutel.

«Willst nicht reinkommen? Was essen oder trinken?», fragte Margaretha den jungen Fährmann.

Seibel winkte ab. «Bin im Wirtshaus untergebracht.»

Juliana erhob sich und reichte ihm die Hand.

«Alsdann – Danke! Und eine gute Nacht.»

In der Tür des Schuppens drehte sich Seibel noch einmal um.

«Der Hannes sollte es sein lassen drüben. Das geht nimmer lang gut.»

«Was redest du da?» Verunsichert sah Juliana ihn an.

«Ich mein ja nur … In Waldgrehweiler sind sie ums Haar erwischt worden. Von Bauern und nich etwa von einer Streife. Er macht 'nen Fehler, wenn er jetzt Mühlen und Höfe von Christenmenschen überfällt. Da deckt ihn bald keiner mehr.»

Vier Wochen später kehrten die beiden Männer zurück, mit einer beträchtlichen Menge Geld im Gepäck. Doch schon während der Begrüßung spürte Juliana, wie niedergeschlagen Hannes war. Schweigend, mit hängenden Schultern, ließ er sich in der Stube auf die Bank sinken.

«Was ist los?», fragte Juliana ihn leise.

Hannes sah auf. «Mein Freund Benzel ist tot!»

Seine Stirn sank auf die Tischplatte, und er begann haltlos zu weinen.

Erschrocken nahm Juliana ihn in den Arm.

«O Gott! Das ist ja furchtbar. Was ... was ist mit ihm passiert?»

An seiner Stelle gab der Schwarze Jonas Auskunft: «Geköpft haben sie ihn in Coblenz, wegen dem toten Samuel Ely. Vorgestern haben wir's erfahren.»

Mit tränennassem Gesicht und glasigem Blick starrte Hannes sie an.

«Und der Blümling ist auch tot, im Kölner Knast am Fieber gestorben. Verstehst du?» Er packte sie bei der Schulter. «Es ist vorbei! Einen nach dem andern erwischt es. Den eigenen Leuten ist nicht mehr zu trauen, weil sie dich gegen ein paar Kreuzer verraten. Die kocheme Welt gibt's nicht mehr ...»

## Kapitel 35

Wenige Tage nach Hannes' Rückkehr wurde Juliana zur Gewissheit, was sie schon seit längerem geahnt hatte: Sie war wieder guter Hoffnung.

Schon beim Aufwachen wurde ihr speiübel, und sie schaffte es gerade noch bis zum Abort im Hof, um sich zu übergeben. Während sie sich mit flauem Magen am Brunnentrog frisch machte, rechnete sie nach: Bereits zum zweiten Mal waren ihre

Blutungen ausgeblieben! Sie wusste nicht, ob sie lachen oder heulen sollte.

«Was rennst du schon in aller Herrgottsfrüh herum?», fragte Hannes verschlafen, nachdem sie fröstelnd zurück unter die Bettdecke gekrochen war.

«Du musst aufhören», murmelte sie.

«Aufhören? Mit was?»

«Mit dem Rauben und Stehlen.»

«Ach Julchen – das mit dem Benzel und dem Blümling ist schlimm, das hat mir einen großen Schrecken eingejagt. Aber das Leben geht weiter, und ja, der Schwarze Jonas hat recht: Wir sollten künftig hier bleiben, ein neues Revier aufbauen. Hier in den deutschen Kleinstaaten ist's allemal sicherer als drüben bei den Franzosen.»

«Trotzdem. Wie schnell kann sich das ändern.» Sie richtete sich auf. «Ich will nicht jeden Tag Angst um dein Leben haben. Und dazu wochenlang allein sein, wochenlang auf dich warten müssen ...»

«Jetzt übertreibst du aber.»

«Nein. Weil nämlich – wir bekommen ein Kind, Hannes!»

«Was?» Er starrte sie an. «Das ist nicht dein Ernst.»

Im ersten Moment glaubte sie, er wäre verärgert über diese Nachricht, dann aber sprang er, nackt wie er war, mit einem Satz aus dem Bett und tanzte durch die kleine Kammer.

«Ein Kind! Julchen, meine Prinzessin – wir bekommen ein Kind!»

Prinzessin hatte er sie schon seit Ewigkeiten nicht mehr genannt.

«Diesmal wird's ein strammer Junge!» Er ließ sich auf dem Bettkasten nieder und zog sie an sich. «Das weiß ich genau.»

«Lass los, ich krieg keine Luft mehr.» Sie befreite sich aus seiner Umarmung. «Du freust dich also?»

«Und wie!»

«Dann such dir einen andern Broterwerb, ich bitt dich drum.»

Das Strahlen wich aus seinem Gesicht. «Und was, bittschön? Seifensieden, Kerzenziehen, Kesselflicken? Herrschaftszeiten – ich hab kein andres Handwerk gelernt! Und ganz davon abgesehen: Die Margaretha beschwert sich auch nicht bei ihrem Macker, dass er auf Beutezug geht, und die haben sogar zwei kleine Kinder.»

«Das ist mir ganz gleich. *Ich* will nicht, dass unser Kind eines schönen Tages ohne Vater aufwachsen muss. Bitte, Hannes: Du bist noch so jung, du bist geschickt und klug – du könntest alles Mögliche arbeiten.»

«Pah! Du redest schon daher wie mein Oheim.»

«Was für ein Oheim?»

«Der Bruder meines Vaters, du kennst ihn nicht, weil er keiner von uns ist – er lebt als Viehdoktor und Wasenmeister in Mittelbollenbach, wo auch der lange Jörgott her ist.»

«Was hast du mit ihm zu schaffen?»

«Nach der letzten Schutzgeldsache haben der Schwarze Jonas und ich beim Oheim übernachtet, und da hat er mich doch tatsächlich auf Knien angefleht, mich zu stellen. Wenn nicht um meinetwillen, dann um meines Vaters willen, der in großer Sorge um mich wär. Wo doch der neue Regierungskommissär drüben im Department Mont-Tonnerre zur Hetzjagd auf mich geblasen hätte.»

«Und was hast du ihm gesagt?»

«Ich hab gelacht.» Er verzog das Gesicht. «Weißt du was, Julchen? Das Einzige, was ich mir vorstellen könnt, wäre, zum Militär zu gehen. Aber das wirst du wohl kaum wollen, oder?»

Aus Hannes' Erzählungen wusste sie, wie hart und freudlos er seine Kindheit im Tross der Kaiserlichen oft empfunden hatte. Würde sie als Soldatenfrau, die einen Säugling, ein Kleinkind großzuziehen hatte, ein solches Leben aushalten? Hierüber dachte sie in den nächsten Tagen immer wieder nach. Zumindest würde sie an Hannes' Seite bleiben können, und gefährlicher als ihr jetziges Leben würde es nicht werden.

Einige Male noch versuchte sie mit ihm über diese Dinge zu reden, doch er schmetterte ihre Gedanken jedes Mal ab mit den Worten: «Warten wir erst mal ab!» Dann aber, Anfang April, kehrte der Schwarze Jonas von einem Ausflug nach Klein-Rohrheim zurück, wo er am Rhein bei den Fährleuten Seibel Erkundigungen über ihre Kameraden im Linksrheinischen eingezogen hatte. Was er erzählte, bestürzte nicht nur Juliana. Dank eines Netzes an Spitzeln habe man schon einige von Hannes' Helfershelfern verhaften können, selbst durch Leyendeckers Heimat streiften inzwischen permanent Kontrollen. Schlimmer noch: Der französische Polizeiminister habe die Länder auf der deutschen Rheinseite aufgefordert, gemeinsam gegen den Räuberhauptmann vorzugehen. An die Wirts- und Fährleute seien inzwischen sogenannte Signalements verteilt worden, in der eine hohe Belohnung auf Hannes ausgesetzt sei. Auch die Seibels hätten einen solchen Steckbrief in die Hand gedrückt bekommen, mit dem ausdrücklichen Befehl, alles Verdächtige zu melden.

«Wir sollten weiterziehen», schloss er seinen Bericht. «Und zwar gleich morgen früh.»

Hannes war blass geworden. «Und wohin, bitte schön?»

«In die Gegend zwischen Lahnstein und Wetzlar. Da berührt die Lahn auf zehn deutsche Meilen zwei Dutzend Herrschaften – ein Schlupfloch im Notfall findet sich da allemal.»

Juliana, die die ganze Zeit stumm zugehört hatte, murmelte: «Da sind wir also künftig nur noch auf der Flucht …»

Hannes packte sie beim Handgelenk – so fest, dass es schmerzte.

«Nein, Julchen. Ich werde mich stellen.»

Dem Schwarzen Jonas blieb der Mund offen stehen. «Hast du jetzt völlig den Verstand verloren?»

«Nein, hab ich nicht. Ich werde mir gute Papiere besorgen und Zopf und Bart abschneiden, auf dass der Steckbrief nicht mehr stimmt. So werde ich schon unbehelligt bis zu meinem Oheim kommen. Der hat bei der Obrigkeit einen guten Ruf, und mit seiner Hilfe will ich ein Gnadengesuch einreichen.»

Vor Julianas Augen begann alles zu verschwimmen. Plötzlich kam ihr ein ungeheuerlicher Gedanke.

«Du könntest das Gnadengesuch an diesen Napoleon Bonaparte senden und ihm zugleich anbieten, in seiner Armee zu kämpfen. Schreib ihm, dass du ein neues Leben beginnen möchtest, mit Weib und Kind an deiner Seite.»

Alle starrten sie verblüfft an.

«Bei den Franzosen», setzte sie nach, «wird's nicht anders sein als bei den Kaiserlichen – dass die Familie im Tross mitmarschiert, meine ich.»

«Jetzt hast *du* den Verstand verloren», murmelte Margaretha, doch in Hannes' Augen breitete sich ein Leuchten aus. «Damit wärst du einverstanden? Ach, Julchen.»

Er schloss sie ungestüm in die Arme.

«Aber ich komm mit zu deinem Oheim», setzte sie nach.

Augenblicklich ließ er sie wieder los. «Bist du noch bei Trost? Das ist viel zu gefährlich. Hast doch gehört, was drüben los ist.»

«Das ist mir gleich. Ich will bei dir bleiben. Außerdem wohnt dein Oheim ganz nah bei Weyerbach – ich möcht mich endlich mit meinem Vater versöhnen.»

## Kapitel 36

Drei Abende später standen sie mit Margaretha und dem Schwarzen Jonas am dunklen Rheinufer, während die beiden Mägde im nahen Klein-Rohrheim bei den Kindern geblieben waren und bei den vollbepackten Wagen ihrer Freunde für die Weiterreise an die Lahn. Dort, im Wied-Runkelischen, hatten sie vor, erst einmal unauffällig auf den Handel zu ziehen.

Margaretha griff nach Julianas Hand. «Ich werd dich schrecklich vermissen.»

Juliana schluckte. «Wir sehen uns wieder, eines Tages. Ganz bestimmt. Und wenn's in zehn Jahren ist.»

Hannes trat von einem Bein aufs andere. «Himmel, wo bleiben die denn?»

Als sich endlich das Boot dem hölzernen Steg näherte, der zwischen hohem Schilf zum Wasser führte, nahmen sie unter Tränen voneinander Abschied.

«Lasst die Maultierkarre mit unserem Zeug einfach beim Hasenmüller stehen», sagte Hannes zum Schwarzen Jonas. «Falls wir im nächsten halben Jahr nicht zurückkommen, dann könnt ihr alles haben.»

Der lachte auf. «Nie im Leben glaube ich, dass du dich bei den Franzosen anheuern lässt. Du wirst zurückkommen und mit mir weitermachen wie bisher.»

Zwei Nächte hindurch marschierten sie fast ohne Rast, den Tag dazwischen verschliefen sie auf Hof Iben, einem uralten Gehöft und Räubernest, wo Hannes als Knabe eine Zeitlang mit seiner Familie gelebt hatte.

Sie hatten großes Glück: Gänzlich unbehelligt erreichten sie im Morgengrauen des zweiten Tages Mittelbollenbach. Juliana wurde ganz wehmütig zumute: Dieser Landstrich war ihr nur allzu vertraut. Das kleine Dorf lag in einer Senke zwischen noch kahlen Wäldern, nicht einmal eine Wegstunde von ihrem Heimatort entfernt.

Auf der Brücke über den Bach blieb Hannes abrupt stehen.

«Ich kann's nicht, niemals! Zeit meines Lebens hab ich die Franzosen verachtet, und jetzt soll ich für sie kämpfen?»

Beschwörend sah sie ihn an. «Du hast keine Wahl, Hannes!»

«Hab ich nicht?» Er ballte die Fäuste. «Ist uns denn irgendwas zugestoßen bei unserm Marsch durchs Feindesland? Hat uns irgendwer aufgelauert? Nein! Man muss nämlich nur wissen, wie man sich bewegt und wo man sich bewegt. Taktik nennt man das, Julchen. Dann schnappt einen auch keiner.»

Sie schüttelte den Kopf. «Du glaubst immer noch, du wärst unverwundbar. Wir haben halt einfach Glück gehabt. Allein, nur mit einem Weib an der Seite, ohne Waffen, dafür in feinem Gewand kommt selbst bei einer Streife französischer Soldaten kaum Verdacht auf, das hast du selbst gesagt. Aber so wirst du ja wohl kaum auf Raubzug gehen wollen.»

Sie spürte, wie er unsicher wurde.

«Gehen wir weiter. Es ist das Haus mit dem Anbau dort oben an der Straße.»

Plötzlich überkamen Juliana große Zweifel. Wasenmeister Bückler war, wie sie unterwegs von Hannes erfahren hatte, im Dorf recht angesehen, mit einem Lehrknecht in der Abdeckerei, mit einer Schultestochter verehelicht, dazu hatte er zwei erwachsene Söhne, die beide auf anständige Weise ihr Brot verdienten. Ein solcher Mann also sollte Hannes helfen wollen, nur weil er sein Oheim war?

Auch Hannes zögerte. Dann öffnete er unter lautem Knarren das Gartentor und schlug mit der Faust gegen die Haustür. Es dauerte seine Zeit, bis sich oben ein Fensterladen öffnete.

«Du schon wieder!» Eine Frau in Schlafhaube und offenbar

noch im Nachthemd steckte den Kopf heraus. «Du weißt, dass du dich hier nicht blickenlassen sollst.»

«Ich muss den Oheim sprechen.»

In diesem Moment kam ein zottiger schwarzer Hund mit lautem Gebell um die Hausecke geschossen.

«Sitz», fuhr Hannes ihn an, und das Tier gehorchte augenblicklich. Ihm war ein hemdsärmeliger grauhaariger Mann gefolgt, um einiges kleiner und schmächtiger als Hannes, dem aber die Verwandtschaft zu ihm deutlich anzusehen war.

«Hannes!», rief er verdutzt.

«Ich brauch deine Hilfe, Oheim.»

Wasenmeister Bückler blickte sich um. «Rasch, hinein mit euch. Es braucht niemand zu sehen, dass du hier bist.»

Sie folgten ihm nach hinten in den Hof, wo die Tür zur Abdeckerei offen stand. Der hohe, luftige Raum wirkte frisch geputzt, in einem Nebenraum stapelten sich Häute, eine dritte Kammer war verschlossen. Dort klopfte der Oheim gegen die Tür.

«Niklas, raus aus den Federn, die Arbeit ruft!»

Dann erst umarmte er seinen Neffen, kurz und ein wenig kühl, und reichte anschließend Juliana die Hand.

«Du musst seine Braut sein. Hab schon viel von dir gehört, Juliana. Und die Fiedel spielen hab ich dich auch schon mal gesehen, bei einer Hochzeit hier im Dorf.»

«Wirklich?» Sie wurde verlegen. «Dann kennen Sie wohl auch meinen Vater?»

«Wer kennt den Hannikel nicht in dieser Gegend?» Sein schmales, bartloses Gesicht wurde ernst, währen er ihr den Mantel abnahm. «Ich glaub, er macht sich große Sorgen um dich. Grad so wie ich mir um meinen Neffen, diesen Tunichtgut. Aber jetzt kommt, gehen wir rauf in die Küche. Ihr seht aus, als hättet ihr Hunger.»

Hannes nickte nur wortlos.

In der Küche loderte bereits das Herdfeuer und verbreitete eine wohlige Wärme. Juliana, die nach dem langen Marsch kaum noch ihre Beine spürte, ließ sich auf die Eckbank sinken.

Derweil stellte der Wasenmeister einen Tiegel Butter, aufgeschnittenes Brot und einen großen Krug Viez auf den Tisch, von dem er ihnen einschenkte. Juliana nahm einen tiefen Schluck. Der Apfelmost schmeckte säuerlich und stark, gerade so, wie sie ihn Erinnerung hatte.

«Was also willst du, Hannes?», fragte Bückler und setzte sich zu ihnen an den Tisch. «Nur um uns dein Mädchen vorzustellen, wirst du nicht gekommen sein.»

«Wir sind verheiratet, von einem Pfarrer getraut.»

«Oho! Seit wann bist du gläubig? Nun, ganz gleich – was gibt's?»

Hannes wechselte einen raschen Blick mit Juliana, dann räusperte er sich.

«Ich will mich stellen.»

Bückler stieß hörbar die Luft aus. «Dann bist du also endlich vernünftig geworden.»

«Die Juliana und ich erwarten ein Kind. Das heißt, wir hatten schon eines, aber das ist uns weggestorben ...»

Er brach ab und sah zur Seite.

«Das tut mir leid, Hannes. Jedenfalls bin ich heilfroh, dass du meinen Rat angenommen hast. Den Jörgott Pick hier aus dem Dorf haben sie auch schon geschnappt!»

Hannes sah ihn erschrocken an. «Nein!»

«Doch. Vor wenigen Wochen erst. Drüben in Oberstein haben sie ihn dingfest gemacht und nach Trier geschafft. Aber für dich ist's noch nicht zu spät. Also – was hast du dir vorgestellt? Soll ich dich zum Friedensrichter nach Grumbach begleiten?»

Hannes schüttelte den Kopf.

«Ich will ein Gnadengesuch an Napoleon einreichen, ein schriftliches. Und du sollst mir dabei helfen. Als Fürsprecher eine Empfehlung dazuschreiben, dass ich alles bereue und ein neues Leben beginnen will und so weiter. Und als Zeichen meiner Aufrichtigkeit will ich mich dem französischen Militär andienen.»

Wider Erwarten begann der Oheim zu lachen. «Einen Haudegen wie dich könnte man dort wahrlich brauchen! Allerdings glaub ich kaum, dass ein kleines Licht wie ich was für dich ausrichten kann. Aber reden wir später drüber. Ihr haut euch erst mal aufs Ohr, deinem hübschen Weib fallen schon die Augen zu.»

Er wandte sich zu seiner Frau um, die grußlos die Küche betreten hatte. «Richte das Bett in der alten Kinderkammer. Die beiden sollen sich nach ihrem Frühstück ausschlafen, und dann sehen wir weiter. Ich schicke derweil den Knecht nach Kirschweiler, damit er meinen Bruder herholt.»

Hannes runzelte die Stirn. «Nach Kirschweiler? Seit wann wohnt Vater in Kirschweiler?»

«Man merkt, dass du schon länger nicht mehr im Lande warst. Er hat dort einen kleinen Hof gepachtet und verkauft Viecharznei. *Deine* Unterstützung braucht er nicht mehr, dem Himmel sei Dank.»

Am nächsten Tag machte Juliana sich, nachdem sie gegen Mittag erwacht war und Hannes neben ihr noch fest schlief, allein auf den Weg nach Weyerbach. Hannes' Oheim hatte ihr zum Schutz den Hund mitgegeben, und als sie jetzt an der Weyerbacher Kirche vorbeieilte, glotzten die Dorfbewohner sie an, ohne sie zu grüßen. Ihr Herz schlug schneller.

Rasch überquerte sie den Bach und bog in das holprige

Sträßchen ein, bis sie vor ihrem einstigen Zuhause innehielt. Zwei Jahre war sie nicht mehr hier gewesen, und schon kam es ihr fremd vor. Aber vielleicht lag das auch an dem neuen Schindeldach oder daran, dass der Birnbaum neben dem kleinen Stall in die Höhe geschossen war.

Hinter dem Fenster sah sie einen Schatten vorbeihuschen. Sie nahm all ihren Mut zusammen und klopfte gegen die Haustür.

Es war Mariechen, ihre jüngste Schwester, die ihr öffnete.

«Du?»

Sie verzog ihr hübsches Gesicht, als stünde der Leibhaftige vor ihr.

«Du bist groß geworden», murmelte Juliana. «Eine richtige junge Frau.»

«Was willst du hier?»

Der Hund begann leise zu knurren, und Juliana nahm den Strick kürzer.

«Ist Vater da?»

«Nein!»

«Und die Mutter?»

«Die liegt krank im Bett und will dich sowieso nicht sehen. Scher dich also weg mit deinem Köter.»

In diesem Augenblick rief eine Männerstimme aus der Stube: «Wer ist da draußen, Mariechen?»

«Ich bin's, Vater. Die Juliana.»

Schwere Schritte näherten sich, dann tauchte die untersetzte Gestalt des Vaters im Türrahmen auf. Er schob Marie zur Seite und starrte Juliana an. Der kurze Anflug eines Lächelns wandelte sich zur eisigen Miene.

«Hat dich wer gesehen?»

«Ja ... warum?»

«Geh!»

«Aber ... ich bin gekommen, weil ...» Sie blickte sich um, und obwohl niemand in der Nähe war, begann sie zu flüstern. «Weil ich dir sagen wollt, dass der Hannes sich stellt. Er will aufhören mit der Räuberei, will sich den Franzosen als Soldat anbieten.»

Der Vater sah sie einen Moment lang prüfend an. «Dann komm wieder, wenn's so weit ist», sagte er schließlich. «Bis dahin will ich dich nicht mehr sehen.»

«Aber Vater, ich war nicht dabei bei der Sache mit dem Dorfjuden! Ich schwör's!»

«Und wennschon. Das ändert nichts.»

Mit diesen Worten zog er ihre Schwester ins Haus zurück und warf die Haustür ins Schloss.

Juliana stand wie gelähmt da. In ihrer Verzweiflung hätte sie gegen die Tür hämmern können, doch sie kannte ihren Vater gut genug.

Das Haus würde ihr verschlossen bleiben. Und dabei hatte sie ihm nicht einmal sagen können, dass sie ein Kind erwartete.

## Kapitel 37

Bereits am nächsten Tag wollten sie wieder aufbrechen, am späten Nachmittag, um bis in die Nacht hinein zu laufen. Ihr Ziel war Münster am Stein, ein kleines Dorf an der Nahe, wo aus Solequellen Salz gewonnen wurde. Der Inspektor der Salinen war ein gewisser Lichtenberger, auf dem nun Julianas ganze Hoffnung lag.

Es war der Einfall von Hannes' Vater gewesen, diesen Mann aufzusuchen. Tatsächlich war der alte Bückler nämlich bald nach Julianas Rückkehr aus Weyerbach bei seinem Bruder eingetroffen, außer sich vor Freude über das Wiedersehen und erst recht über Hannes' Entscheidung.

«Du sagst dich vom Räuberleben los», hatte er ein ums andere Mal gerufen. «Dass ich das noch erleben darf!»

Allerdings war auch er ratlos gewesen, wie Hannes zu helfen sei.

«Was können wir beide schon tun – dein Oheim und ich als dumme, alte Abdecker und Viehheiler? Da muss sich schon jemand weitaus Vornehmeres für dich bei dem Napoleon einsetzen.»

«Der Schultes von Griebelschied vielleicht?», schlug Hannes vor und lächelte Juliana aufmunternd zu, der nach dem Wiedersehen mit dem Vater noch immer zum Heulen zumute war. Ihr Vater würde sich noch wundern, hatte Hannes sie bei ihrer Rückkehr zu trösten versucht, eines Tages werde er noch stolz sein auf Tochter und Schwiegersohn. Doch seine Worte waren vergebens gewesen.

«Bist du von Sinnen? Griebelschied ist ein Räubernest, und der Schultes hat Dreck am Stecken. Das wissen die Franzosen längst.» Der alte Bückler kratzte sich am Kopf. «Nein, da muss wer anderes her.»

Er blickte seinen Sohn nachdenklich an.

«Ich hab's! Der Salineninspektor von Münster am Stein. Du kennst ihn von früher, als du in Bärenbach Abdeckerknecht bei Meister Nagel warst. Jetzt ist er ein reicher Mann und einflussreich obendrein.»

«Der Lichtenberger?» Hannes hob überrascht die Brauen. «Das könnte gehen. Der mochte mich als Knaben recht gern.»

Auch Juliana war verwundert. «Ludwig Lichtenberger? Der kommt doch aus Weyerbach. Die Familie hatte das schönste Haus im Dorf.»

Hannes' Vater nickte. «Ganz recht, der ist's.»

«Ich kenne ihn», wandte sie sich an Hannes. «Ein ganz feiner Mensch, der den Ärmsten im Dorf oft Almosen gegeben hat. Bei uns war er auch manchmal.»

«Siehst du – die Welt ist klein.»

Hannes lachte, und ihr wurde es ein klein wenig leichter ums Herz.

Um Mitternacht erreichten sie bei sternenklarem Himmel den kleinen Ort Oberhausen, wo sie die Nahe überqueren und im Fährhaus den Rest der Nacht zubringen würden. Die stillen, wie im Schlaf versunkenen Häuser ließen sie links liegen, um unbesehen zum Fluss zu gelangen. Zum Glück kannte sich Hannes auch in dieser Gegend aus wie in seiner Westentasche.

«Dann ist's dir also wirklich ernst, das mit dem Aufhören?», fragte Juliana, die dicht hinter ihm den schmalen Fußweg herstapfte. Er blieb stehen und drehte sich um.

«Ja. Weil's mir ernst ist mit *dir*.» Nach einem kurzen Moment des Schweigens fuhr er fort: «Vielleicht müssen wir gar nicht zu den Soldaten. Der Lichtenberger hat so viel Einfluss bei der Obrigkeit, dass er einfach so ein Pardon bei den Franzosen bewirken kann. Indem er mir eine ehrliche Arbeit verschafft. Und dein Vater wird sich dann auch mit dir versöhnen.»

«Vielleicht», murmelte sie. Sie selbst hatte sich schon damit abgefunden, die nächsten Jahre als Soldatenfrau zu verleben. «Gehen wir weiter, mir ist kalt.»

Am Fluss angekommen, deutete Hannes auf einen schwachen Feuerschein am anderen Ufer.

«Das ist das Fährhaus von Peter Haas. Mit Ausschank und Schlafkammern. Der Haas ist mit Sicherheit kein Verräter.»

Letzteres betonte er mit so viel Nachdruck, dass seine Unsicherheit zu spüren war. Juliana hatte längst bemerkt, dass er hier im Linksrheinischen niemandem mehr traute.

Er formte die Hände zu einem Trichter.

«Setz über, Peter Haas!», rief er mit lauter Stimme.

Erschrocken sah sie ihn an. «Warum gibst du kein geheimes Zeichen? Wenn uns nun jemand gehört hat?»

«Na und? Vergiss nicht: Wir sind die Schmuckhändler Ofenloch aus Darmstadt und auf dem Heimweg, weil wir ausgeraubt worden sind. Außerdem braucht der Haas nicht gleich zu wissen, dass *ich* hier stehe.»

«Weil er dann nicht kommen würde?»

Darauf gab Hannes keine Antwort. Bald darauf hörten sie kräftige Ruderschläge, und ein Boot mit Licht an Bord näherte sich ihrem Steg. Juliana erkannte einen bärtigen Mann an die fünfzig. Als er anlegte, entrang sich ihm ein Fluch.

«Potzblitz, der Schinderhannes!»

«Ja, ich bin's mal wieder. Hast einen guten Wein im Fass und ein freies Bett?»

«Hör zu, Hannes», flüsterte der Fährmann. «Du weißt, wir sind gute Freunde, aber über Nacht kannst nicht bleiben. Andauernd schnüffeln Gendarmen bei uns rum.»

«Ha! Ein wahrlich guter Freund bist du! Und ein Feigling obendrein», rief Hannes zornig aus.

«Schrei hier nich rum. Ist doch auch zu *deiner* Sicherheit. Geht zur Ölmühle vom Wilhelm Bollenbach, kennst ja den Weg. Den Alt-Schwarzpeter hab ich auch schon dorthin geschickt. Und morgen Abend bring ich euch über den Fluss.»

«Der Alt-Schwarzpeter ist auch hier?»

«Sag ich doch. Mit ein paar anderen. Bis morgen also.»

Damit stieß er sich vom Steg ab und ruderte davon.

Besagte Ölmühle lag einsam und dunkel in einem Seitental zur Nahe, doch das Gelächter, das aus dem Wohnhaus drang, verriet, dass hier noch kräftig gefeiert wurde.

Juliana blieb stehen. «Ich will da nicht hinein. Lieber schlaf ich in dem Schafstall, an dem wir grad vorbei sind.»

«Auf dem blanken Boden und ohne Decken? Nein!»

«Aber du wolltest aufhören mit alldem – stattdessen treffen wir uns jetzt mit diesem Alt-Schwarzpeter und einem Dutzend anderer Ganoven. Das fängt ja gut an.»

«Ach Julchen, lass mich ein letztes Mal mit ihnen feiern, Abschied nehmen von alten Freunden. Ein, zwei Stündchen vielleicht, dann legen wir uns schlafen bis morgen Mittag. Und wolltest du den großen Räuberfürsten nicht immer mal kennenlernen?»

«Nein. Ganz bestimmt nicht. Ich jedenfalls werd dadrinnen nicht übernachten.»

«Wie du meinst ...»

Er ging voraus und schlug ein Klopfzeichen gegen die Tür. Wilhelm Bollenbach wirkte nicht allzu erfreut, als er ihnen öffnete.

«Noch einer von der Bande», knurrte er nur.

«Bring uns zwei Decken, dann legen wir uns im Stroh schlafen. Und kein Wort zu den andern, dass ich hier bin.»

Der Müller schlurfte wortlos davon, und Juliana drückte Hannes dankbar die Hand.

Als sie sich wenig später mit ihren Decken ins Stroh der Scheune betteten, liebten sie sich so zärtlich wie schon seit langem nicht mehr. Im Wohnhaus drüben war Ruhe eingekehrt, und nachdem Juliana glücklich und erschöpft eingeschlafen war, träumte sie davon, zusammen mit Hannes einen kleinen Bauernhof zu bewirtschaften, mit einer Schar Hühner samt prächtigem Gockel, zwei Milchkühen und einem Obst-

und Gemüsegarten hinter dem Haus. Tatsächlich erwachte sie von lauten Hahnenschreien.

Draußen war es bereits taghell, durch die Bretterwand fielen warme Sonnenstrahlen auf ihr Lager.

Wieder krähte der Hahn, durchdringend laut, dann folgte Gelächter.

«Raus aus den Federn, Schinderhannes! Wir wollen deine Braut sehn!»

Hannes fuhr in die Höhe.

«Dieser Mistkerl von Ölmüller», murmelte er. «Der sollte doch sein Maul halten.»

Kurz darauf standen sie im sonnenbeschienenen Hof, wo Hannes von einem guten Dutzend Männern ausgelassen begrüßt wurde; von einem starken, bärtigen Kerl mit langem kohlschwarzem Kraushaar gleich mehrfach. Als Einziger trug er gute, modische Kleidung und hätte vom Alter her fast Hannes' Vater sein können.

«Und du bist also das berühmte Julchen», donnerte der Mann mit tiefer Stimme und küsste ihr galant die Hand. «Wär ich noch jung und so schön wie einst, dann tät ich dich dem Hannes glatt ausspannen. Mir sind die Frauen nämlich zu Füßen gelegen, in jungen Jahren.»

Eitel wiegte er sich in der Hüfte, und Juliana musste an sich halten, nicht die Nase zu rümpfen. Was für ein eingebildeter Mensch.

«Dann bist du der Alt-Schwarzpeter», sagte sie kühl.

«Sag Peter zu mir, das *Alt* klingt gar zu schrecklich.» Er stieß Hannes freundschaftlich in die Seite. «Wegen diesem herrlichen Weibsbild hast dich also vor uns versteckt. Wolltest es uns vorenthalten.»

Hannes grinste gutmütig und auch ein wenig stolz. «Wir wollten einfach unsere Ruhe haben vor euch Bagage.»

«Papperlapapp! Du kommst grad recht. Wir planen nämlich 'nen großen Bruch.»

Hannes schüttelte den Kopf.

«Ich mach nicht mehr mit», sagte er bestimmt.

«Häh? Bist du meschugge?»

«Der Boden wird mir zu heiß unter den Füßen, und außerdem erwartet das Julchen ein Kind.»

Alt-Schwarzpeter lachte schallend. «Na und? Ich hab neun Kinder großgezogen! Nie und nimmer glaub ich, dass du aussteigst.»

Er klatschte in die Hände.

«Ölmüller, komm her! Du schlachtest jetzt drei Hühner und lässt aus dem Dorf ein Fässchen Roten kommen. Wir feiern dem Schinderhannes sein Abschied.»

Der Müller, der aus der Stalltür getreten war, schüttelte den Kopf.

«Ich hab nur noch zwei Hühner. Ihr fresst mir die Haare vom Kopf.»

Drohend hob Alt-Schwarzpeter die dunklen Brauen. «Schlag verdammt noch mal den beiden Hühnern den Kopf ab.»

Plötzlich spürte Juliana, wie zuwider ihr das alles wurde. Es war immer dasselbe: Nicht besser als marodierende Soldaten nisteten sich Hannes und all seine Spießgesellen auf solcherlei Mühlen und Gehöften ein, bis die letzten Vorräte aufgezehrt waren, das letzte Schwein abgestochen. Und danach zog man einfach weiter zum nächsten Hof …

«Hannes bezahlt dir die Hühner», rief sie dem Müller zu. «Ganz bestimmt.»

«Hoppla!», grinste Alt-Schwarzpeter. «Bei euch hat das Weib die Hosen an.»

Wenngleich mit finsterer Miene, zog Hannes doch zwei

Silbermünzen aus seiner Jackentasche und drückte sie dem Ölmüller in die Hand. Danach kehrten sie alle zusammen ins Haus zurück, um sich von Bollenbachs Frau einen Kaffee aufkochen zu lassen.

Bei der Tür hielt Hannes sie fest und zog sie zur Seite. Sein Blick war eisig.

«Ich sag dir eins, Juliana: Mach mich nicht zum Affen vor den Männern!»

«Dann wärst halt selbst draufgekommen mit dem Bezahlen», gab sie patzig zurück. Sogleich taten ihr ihre Worte leid. «Denk doch mal an die armen Leut. Die stehen zu euch, und ihr presst sie aus.»

«So ein Stuss», schnauzte er. «Und jetzt halt dich zurück. Einmal noch wenigstens will ich mit meinen Kameraden feiern.»


Schon am frühen Nachmittag waren die Männer in der Stube mehr oder weniger betrunken, auch Hannes. Enttäuscht setzte sich Juliana auf eine Bank draußen im Hof und ließ sich von der warmen Frühlingssonne das Gesicht bescheinen.

Mit einem Mal hatte sie Angst. Angst, dass Hannes gar nicht erst den Salineninspektor aufsuchen würde. Dass er so weitermachen würde wie bisher, immer weiter, bis man ihn erwischen und vors Militärgericht bringen würde. Dass er auf dem Schafott enden würde wie sein Freund Benzel. Seit dem ersten Krug Wein nämlich redeten der Alt-Schwarzpeter und die anderen, von denen Juliana im Übrigen noch nie gehört hatte, auf Hannes ein, er solle sie anführen bei ihrem Einbruch. Waren die denn alle blind? Sahen sie nicht, dass sich die Schlinge um ihren Hals immer enger zuzog? Von Leyendecker hieß es, er sei untergetaucht, habe sogar seine Werkstatt verkauft aus Angst vor der Verhaftung. Er schien der einzige

Vernünftige zu sein. Gerade der Alt-Schwarzpeter müsste es doch besser wissen, wo sein Sohn beim Ausbruch aus dem Gefängnis gleich wieder geschnappt worden war. Als dies irgendwann zur Sprache gekommen war, da war der Alt-Schwarzpeter sogar wie ein Weib in Tränen ausgebrochen und kaum zu beruhigen gewesen.

Innerlich schüttelte Juliana den Kopf. Es war ausgemacht, dass sie nach Sonnenuntergang ans Ufer der Nahe gehen würden, um die Fähre zu rufen und dann schnurstracks weiterzuwandern in dieses Münster am Stein. Zwei Stunden Fußmarsch waren es nur noch bis zu Lichtenbergers Saline, aber ob sie je dort ankommen würden, bezweifelte sie inzwischen.

Sie schrak zusammen, als die Horde plötzlich zum Haus herausgestürmt kam, lautstark das Wetterauer Räuberlied grölend. Alle trugen sie Gewehre oder Pistolen, die meisten schwankten beträchtlich. Als Letzter erschien Hannes, mit dem Ölmüller im Arm, und auch er trug ein Gewehr.

«In Reih und Glied aufmarschiert!», brüllte er im Kasernenton. «Bollenbach, nimm die Parade ab! Nein? Dann tu ich's.»

Er schritt mit erhobener Waffe die Reihe ab.

«Gewehr präsentiert! Feuer!»

Die Schüsse knallten durch das stille Tal und hüllten es in eine Pulverdampfwolke. Als sich der Qualm verzog, sah Juliana einen alten Mann mit einem Bündel Reisigholz auf dem Rücken am Waldrand stehen, die Hände erschrocken in die Luft gereckt.

Hannes winkte ihm fröhlich zu.

«He, Alter! Sag deinen Leuten im Dorf, dass der Schinderhannes ein neues Regiment aufstellt – hundert Mann stark! – Feuer!»

Bei der zweiten Salve war Juliana aufgesprungen und losgerannt, den Zufahrtsweg der Mühle hinauf und weiter auf das Sträßchen am Waldrand. In ihren Augen standen Tränen der Wut – diese alberne Räuberparade zeigte ihr, wie wenig ernst Hannes seine Lage nahm. Ja, schlimmer noch: wie wenig sie selbst und das ungeborene Kind ihm bedeuteten. Sollte er doch weitermachen wie bisher, aber dann ohne sie! Sie würde diesen Peter Haas bitten, sie überzusetzen, im Fährhaus würde sie versuchen, ihre Halskette zu versetzen, um ausreichend Reisegeld zu haben.

«Julchen!», hörte sie Hannes hinter sich brüllen, und sie begann, noch schneller zu laufen.

«Bleib doch stehen, verdammt!»

Sie strauchelte, als er auch schon bei ihr war und sie mit festem Griff am Arm packte.

«Was soll das? Wo willst du hin?»

«Nach Hause!», stieß sie hervor.

«Und wo soll das sein, in Teufels Namen?»

«Jedenfalls nicht bei dir und diesen Dummköpfen.»

«Herr im Himmel, das war doch nur ein kleiner Spaß unter Freunden.»

«Ein Spaß? Die ganze Gegend hier weiß jetzt, dass der Schinderhannes da ist und seine Leute sammelt. Wie närrisch bist du eigentlich?»

Er starrte sie aus rot geränderten Augen an. Plötzlich fiel er vor ihr auf die Knie: «Ich versprech dir alles, was du willst.»

«Dann halt dich fern von diesen Leuten.»

Er nickte ein ums andere Mal. «Gut. Wir gehen jetzt zurück, damit ich meine Tasche holen kann, und dann verbergen wir uns, bis es dunkel wird, in diesem Schafstall. Morgen früh sprech ich beim Lichtenberger vor. Du wirst sehen, alles wird gut.»

## Kapitel 38

*I*n einem Gehölz unweit der Saline warteten sie auf den Inspektor. Es war früher Vormittag, und zu Julianas Empörung hatte der Alt-Schwarzpeter sie mit drei jungen Komplizen herbegleitet. «Wir kommen mit», hatte er verkündet. «Damit euch nix passiert unterwegs.» Aber vermutlich wollte der alte Fuchs lediglich sichergehen, dass Hannes nichts Falsches sagte. Jedenfalls hatte er sich nicht abwimmeln lassen und wartete nun gemeinsam mit ihnen im Morgennebel auf die Ankunft Lichtenbergers.

Dem hatte Hannes durch einen Bauernjungen ein Brieflein überbringen lassen, in dem er um ein dringliches Gespräch unter vier Augen bat. Für den Fall, dass Lichtenberger in Begleitung von Gendarmen eintreffen würde, hatten der Alt-Schwarzpeter und dessen Begleiter die Gewehre geladen und standen nun wie eine Schildwache dicht bei Hannes auf der kleinen Lichtung vor der Holzarbeiterhütte.

Ruhelos trat Hannes von einem Bein aufs andere. Juliana hatte er angewiesen, in der Hütte zu bleiben, falls es zu einer Schießerei käme – dann solle sie sich flach auf den Boden werfen. Dass diese Ganoven mit dabei waren, machte die Lage tatsächlich weitaus gefährlicher, und so lugte sie angespannt zwischen den halb geöffneten Fensterläden hinaus. Wenigstens löste sich der Nebel allmählich auf.

«Das ist er!», hörte sie Hannes den anderen aufgeregt zuraunen.

Sofort hatten die ihre Flinten im Anschlag, da der Salineninspektor nicht, wie verabredet, allein kam, sondern in Begleitung von zwei Männern. Obendrein war er mit einem Jagdgewehr bewaffnet. In etwa zehn Schritt Abstand blieb er stehen.

«Bist du es wirklich, Hannes?»

«Ja, ich bin's, Bürger Lichtenberger.»

«Dann sag deinen Leuten, sie sollen die Waffen weglegen. Meine Begleiter sind brave Bauern und unbewaffnet.»

Die beiden Männer in ihren einfachen grauen Kitteln hoben zum Beweis die Arme. Langsam näherten sie sich der Hütte. Als Juliana den Wohltäter ihrer Kindheit erkannte, tat ihr Herz einen Sprung. Lichtenbergers Haar war grau geworden, aber sonst war der hochgewachsene, schlanke Mann mit dem stets freundlichen Lächeln kein bisschen gealtert.

Jetzt legte er sein Gewehr zu Boden und schüttelte Hannes die Hand.

«Es freut mich sehr, dich zu sehen, Hannes. Gut siehst du aus.»

Den anderen schenkte er keine Beachtung.

«Danke, dass Sie gekommen sind.» Hannes Stimme klang wieder gefestigt.

«Ach, mein Junge – ich hab dich niemals vergessen. Du warst so ein munterer, blitzgescheiter Knabe damals.» Lichtenberger schien einen Seufzer zu unterdrücken. «Und deine junge Frau, die Juliana Blasius aus Weyerbach? Wo ist sie?»

Da stieß Juliana die Tür auf und trat hinaus.

«Ein schönen guten Tag, Bürger Lichtenberger.»

Ein Leuchten ging über das schnauzbärtige Gesicht des Inspektors.

«Das Julchen! Eine richtige junge Frau ist aus dir geworden, und eine hübsche dazu.»

Freudig reichte er auch ihr die Hand. Juliana entging nicht, wie Alt-Schwarzpeter abwechselnd auf die silbernen Schuhschnallen und die Goldkette der Taschenuhr starrte, die aus Lichtenbergers Westentasche hing. Unter anderen Umständen hätte er sich wahrscheinlich ohne Skrupel auf den wehrlosen Mann gestürzt, um ihn kurzerhand auszurauben.

Auch Lichtenberger schien dessen gierige Blicke zu bemerken, denn seine Miene wurde ernst.

«Schade nur, dass ihr zwei unter die Falschen geraten seid. Aber es ist nie zu spät, glaubt mir.»

Hannes nickte dazu. Er ließ sich von Lichtenberger ein Stück zur Seite führen, und Juliana folgte ihnen. Grimmig blickte Alt-Schwarzpeter zu ihnen herüber.

«Ich will von der Räuberei Abschied nehmen», sagte Hannes ruhig und sah dabei dem Inspektor freimütig in die Augen. «Will mit Julchen in die rechtschaffene Gesellschaft zurückkehren und fortan keinen schlechten Streich mehr begehen. Aber wenn ich das tu – wer erfährt schon davon? Man wird mich weiterhin jagen. Könnten Sie also nicht bei den französischen Behörden Pardon erwirken?»

Lichtenberger ließ sich seine Überraschung kaum anmerken. Eine gute halbe Stunde unterhielten sich die beiden miteinander, in höflichster, respektvollster Weise. Über Hannes' Kindheit und Jugend sprachen sie, dann fragte Lichtenberger nach Hannes' Familie und gab zu verstehen, wie sehr er dessen Vater, den Oheim, den jüngeren Bruder schätze. Am Ende legte er sogar den Arm um Hannes Schulter und meinte, dass er auch auf Hannes damals, als er noch ein schmächtiger junger Knecht gewesen sei, große Stücke gehalten habe.

«Du bist nicht verstockt und verdorben, das sagt mir meine Menschenkenntnis. Leichtsinnig und durch schlechte Einflüsse entflammbar – das ja. Aber dein scharfer Verstand und dein Herz werden dir helfen, diesem Sumpf zu entkommen und ein besserer Mensch zu werden.»

Er räusperte sich und trat einen Schritt zurück.

«Ich will mich noch heute Abend mit einem guten Freund besprechen, dem französischen Steuereintreiber Perard. Er kennt die Befindlichkeit der französischen Obrigkeit am besten und hat Kontakte bis zum Militärtribunal. Bleib also bis morgen in der Nähe mit deinem Julchen, meinetwegen unter falschem Namen. Wo finde ich dich?»

«Auf der andern Flussseite, auf dem Trombacher Hof.»

Damit verabschiedeten sie sich, fast so herzlich wie gute Freunde.

Alt-Schwarzpeter indessen fluchte. «Kreuzsackerment! Wie blöde bist du, unsern Unterschlupf zu verraten? Die werden uns heut Nacht noch holen kommen! Zum Hampelmann hast du dich gemacht vor diesem Salzsiederkönig.»

«Dann haut doch ab und lasst uns in Ruh!»

«Das werde ich, darauf kannst du Gift nehmen.»

Voller Hoffnung erwartete Juliana am anderen Tag die Ankunft des Salineninspektors. Hannes' ehemalige Komplizen hatten sich aus Angst vor einer Verhaftung tatsächlich aus dem Staub gemacht, nach einem hässlichen, lautstarken Streit, in dem sie Hannes einen Speichellecker, räudigen Verräter und Schlimmeres geheißen hatten. Obendrein hatten sie gedroht, im ganzen Hunsrück dieses schändliche Treffen bekannt zu machen. Niemand würde dann noch zu ihm stehen.

«Vielleicht war es doch ein Fehler», murmelte Hannes, als sie nach dem Frühstück vor das Tor des Trombacher Hofes traten.

Juliana schüttelte den Kopf. «Nein, war es nicht. Oder hat dir dieses Großmaul etwa Angst eingejagt?»

«Das meine ich nicht. Der Alt-Schwarzpeter hat nie zu meinen Freunden gehört.» Er stieß mit der Stiefelspitze ein Steinchen an den Wegrand. «Aber jetzt hab ich mich diesen Franzosen als Beute ausgeliefert, wie ein waidwundes Reh, das demnächst der Jäger holt. Was ist bloß aus mir geworden …»

Ein einzelner Reiter kam den Weg heraufgetrabt. Es war Lichtenberger. Kurz vor ihnen zügelte er sein Pferd.

«Ihr seht, ich bin allein gekommen», rief er und stieg aus dem Sattel.

«Wir auch, Bürger Lichtenberger», erwiderte Hannes und reichte ihm die Hand. «Meine Kumpane hab ich weggeschickt.»

«Das ist gut so. Ich hab dir nämlich was Wichtiges zu sagen.»

Julianas Herz schlug schneller.

«Mein Freund Perard», fuhr er fort, «wollte, dass ich dich ausliefere, und es hat mich viel Mühe gekostet, ihm das auszureden. Du siehst also, wie ernst es mir mit dir ist. Und keine Sorge, niemand weiß, wo ihr steckt.»

«Was nun?» Hannes' Stimme zitterte ein klein wenig.

«Eines vorweg: Du hättest mir gestern mit deinen Spießgesellen nach dem Leben trachten und mich ausrauben können, und ich gebe zu, dass mich der Gang in den Wald viel Mut gekostet hat. Jetzt solltest du allerdings auch Mut zeigen.»

«Sagen Sie mir, was ich tun soll, und ich tu's.»

«Wir werden versuchen, durch den Präsidenten des Militärgerichts Pardon für dich zu erwirken. Und zwar bei keinem Geringeren als beim Regierungskommissär Jeanbon de Saint-André. Dafür musst du deine Bande auflösen und dich stellen. Ich meinerseits würde dir eine ehrliche Arbeit in meiner Saline anbieten.»

Juliana tastete nach Hannes' Hand und drückte sie fest.

«Wenn's aber schiefgeht?», sagte er nach einigem Zögern. «Wenn man mich stattdessen einsperrt und aufs Schafott bringt?»

«Garantieren kann ich dir nichts, mein junger Freund. Wie gesagt: Dein Mut ist gefordert. Aber glaub mir, das ist der einzige Weg in die Freiheit. Schau dir die junge Frau an deiner Seite an, sie trägt ein Kind von dir unterm Herzen – und dann schau *dich* an, der du längst ein Gefangener deiner selbst bist. Der Opfergang lohnt sich allemal. Denk also darüber nach und komm morgen Mittag zu der Köhlerhütte im Wald von Münster, du kennst sie.»

Hannes nickte. «Die Hütte vom alten Ludwig?»

«Genau. Der Ludwig ist ein Mann meines Vertrauens, ihm richte deinen Entschluss aus, ganz gleich, wie er ausfällt. Ist es dir ernst mit dem Abschied, so wird er mich hinzuholen.»

Wie schon am Vortag legte der Inspektor ihm den Arm um die Schulter.

«Hör auf dein inneres Gefühl, Hannes. Es ist noch in dir, das Gefühl für Menschlichkeit, Recht und Gerechtigkeit. Du hast es nicht verloren, das spüre ich.»

Lichtenberger hatte tatsächlich Tränen in den Augen. Dann fasste er nach dem Knauf seines Sattels, schwang sich auf und trabte davon.

Sie schauten ihm nach, bis er nicht mehr zu sehen war.

«So wirst du dich also stellen?», fragte Juliana leise. Sie hatte plötzlich selbst eine Heidenangst, dass Hannes mit dieser Sache in die Fänge der Justiz geraten könnte. Aber es gab keinen anderen Weg.

Er zuckte die Schultern und schwieg.

«Schau, Hannes, wir müssen einfach fest dran glauben, dass alles gut geht. Wir hätten dann endlich ein richtiges Zuhause für uns und unser Kind, bräuchten uns nicht mehr vor dem nächsten Tag fürchten, du hättest Arbeit …»

«So könnte es sein», unterbrach er sie tonlos. «Oder auch nicht.»

Dann wandte er sich um und betrachtete den Wald, wo jetzt um Ostern die ersten Triebe an den Laubbäumen sprießten.

«Wie gut ich sie kenne, diese Wälder in meiner Heimat», murmelte er. «Wenn die Bäume frisches Laub ansetzen, bieten sie wieder Schutz und Unterschlupf – wie gute alte Freunde.»

## Kapitel 39

Margaretha und ihr Mann waren außer sich vor Freude, als Juliana und Hannes wenige Tage später in dem kleinen Fürstentum Wied-Runkel eintrafen, und selbst Elsbeth und Maria strahlten und umarmten sie.

«Ich hab's gewusst, dass du zurückkommst! Ich hab's gewusst!», triumphierte der Schwarze Jonas und ließ umgehend aus dem nahen Städtchen Runkel ein Fässchen mit Branntwein kommen, während die Frauen in der Küche das Abendessen richteten.

Juliana war kein bisschen nach Feiern zumute, im Gegenteil: Sie war traurig wegen ihres Vaters und maßlos enttäuscht von Hannes. Er hatte nicht einmal mehr diesem Köhler namens Ludwig Bescheid gegeben, sondern war schnurstracks mit ihr nach Hamm gewandert, ja regelrecht gehetzt, um sich dort von den Seibels über den Rhein setzen zu lassen. Ihre gefahrvolle Reise zu den Franzosen war also ganz und gar umsonst gewesen.

«Ich kann doch nicht mir nichts, dir nichts meine Kameraden verraten! Nur um den eigenen Hals zu retten», hatte er sich unterwegs immer wieder verteidigt, bis er schließlich in brütendes Schweigen verfallen war. Mochten seine Gewissensbisse auch gerechtfertigt sein – für Juliana war ein Traum zerplatzt, der Traum von einer besseren Zukunft.

Auf der Hasenmühle dann hatten sie Maultier und Karre abgeholt und sich von Andreas Kowald erklären lassen, wo der Schwarze Jonas zu finden sei. So waren sie auf der Schwarzmühle bei der Amtsstadt Runkel angekommen, wo ihre Freunde mitsamt den beiden Mägden im ehemaligen Gesindehaus untergebracht waren. Auf dem Weg dorthin hatte sie Hannes das Versprechen abgerungen, dass er mit ihr fortan ein unauffälliges Leben als Marktkrämer führen würde, ganz gleich, auf welche Einfälle der Schwarze Jonas oder ein anderer seiner alten Komplizen auch kommen würde. Aber sie wusste nicht, ob sie ihm überhaupt noch glauben konnte.

Verstohlen beobachtete sie, wie er immer wieder ins Leere starrte. Vom Schnaps hatte er noch keinen Tropfen angerührt, während der Schwarze Jonas und dessen Schwager, Johann Georg Zerfaß, nach dem Essen gehörig zu zechen begonnen hatten. Zerfaß und seine Frau Elisabeth wohnten ebenfalls im Gesindehaus, und wenn sie es richtig verstanden hatte, war Elisabeth die Halbschwester des Schwarzen Jonas. Besonders angenehm fand Juliana beide nicht, zudem starrte es in der Stube wie in der Küche vor Dreck.

«Habt ihr zwei euch zerstritten?», fragte Margaretha leise und legte ihr Strickzeug zur Seite. «Ihr freut euch so gar nicht, dass ihr wieder bei uns seid.»

«Doch, doch, ich freu mich», erwiderte Juliana. Mit einem Blick auf die laute Runde und den Tabaksqualm, der unter der niedrigen Decke stand, sagte sie: «Gehen wir hinaus? Ich brauch frische Luft.»

Sie holten ihre Mäntel und spazierten zu den Wiesen am Bachufer. Es war fast Vollmond, die Luft kühl und klar, der Wind trieb helle Wolkenfetzen über den nachtschwarzen Himmel.

«Jetzt red schon», drängte Margaretha. «Ihr habt fast gar nix erzählt von eurer Reise.»

«Da gibt's nicht viel zu erzählen. Mein Vater will nichts

mehr mit mir zu schaffen haben, und das Angebot eines überaus großherzigen Menschen, der uns behilflich sein wollte beim Neuanfang, hat Hannes ausgeschlagen.»

In wenigen Sätzen berichtete Juliana von den beiden Treffen mit Lichtenberger.

«Dieser Mann hätte alles für uns getan, aber trotzdem hat Hannes sich dagegen entschieden», schloss sie.

«Und daran hat er recht getan. Menschenskinder, Juliana – begreifst du nicht? Glaubst du im Ernst, ihr hättet dort in Frieden leben können, Hannes als Salzsieder, du als Mutter von einer Schar Bälger? Eines Tages hätten sie deinem Hannes hinterrücks die Kehle durchgeschnitten, aus Rache!»

«Aber er hätte doch keinen verraten! Er hätte gelogen oder nur die angegeben, die schon tot sind, was weiß ich ...»

«Nein, nein.» Margaretha schüttelte den Kopf. «Es ist schon recht so, wie es ist. Ein Butla, Alt-Schwarzpeter oder Seibert und wie die Kerle alle heißen, hätte das Schlimmste von ihm gedacht. Wer mit der Obrigkeit paktiert, dem wird's heimgezahlt.»

Hannes hielt sich an sein Versprechen, sich nur noch dem Handel zu widmen, und so zogen sie bei mildem Frühlingswetter über die Märkte im Lahntal, zusammen mit ihrer Magd Maria und dem Schwarzen Jonas, während Margaretha mit Elsbeth zu Hause bei den Kindern blieb. Vorsichtshalber hatten sie ihren alten Krämernamen Ofenloch aufgegeben und sich auf Jacob Schweikard mit Ehefrau Liese falsche Papiere beschafft, während die Reinhards sich nun Johann und Grethe Platter nannten, ihres Zeichens Fayence-Händler. Im Gegensatz zu ihren Freunden wirtschaftete Juliana äußerst sparsam, da mit dem Kramhandel nicht allzu großer Gewinn zu erzielen war. Umso mehr Wert legte sie auf ein gepflegtes Äußeres, flickte und wusch sorgfältig ihre gute Kleidung, frisierte sich jeden Morgen und stutzte auch Hannes regelmäßig Bart und Haare, wobei sie peinlichst darauf achten musste, dass die Stirnhaare bis zu den Augenbrauen reichten, um die Narbe von seiner Schlägerei damals beim Engelwirt zu verdecken. Allmählich glaubte sie ihm, dass es ihm ernst war mit der ehrlichen Arbeit, und auch wenn sie noch immer ein unstetes Leben führten, hätte sie zufrieden sein können.

Stattdessen machte sie sich große Sorgen um Hannes: Auf dem Markt zuckte er nicht nur zusammen, wenn eine Streife in die Nähe ihres Wagens kam, sondern auch, wenn er von irgendeinem Fremden angesprochen wurde. Er wollte keine Wirtschaften mehr besuchen, und als sie einmal in der Nähe von Runkel auf eine Hochzeit eingeladen wurden, weigerte er sich mitzukommen. Wenn sie abends noch bei einem Krug Wein zusammensaßen, ging er als Erster zu Bett, des Nachts wälzte er sich im Traum hin und her oder wachte schweißgebadet auf. Hinzu kam, dass er häufiger hustete, ohne dass er Fieber gehabt hätte oder sonst irgendwie krank gewesen wäre.

«Wovor hast du Angst?», fragte sie ihn eines Nachts, nachdem er mit einem Schrei vom Kopfkissen aufgefahren war und gerufen hatte: «Nein! Ich hab dich nicht verpfiffen!»

«Es ist nichts, Julchen», versuchte er sie zu beruhigen. «Hab nur einen großen Mist geträumt.»

Doch schon am nächsten Tag klagte er über Enge in der Brust, die ihn kaum atmen lasse.

Zweimal in diesem Frühjahr verschwand der Schwarze Jonas für einige Tage, doch weder Juliana noch Hannes wollte wissen, wohin er ging und was er trieb. Nach dem zweiten Mal, es war bereits im Monat Mai, kehrte er mit der Nachricht zurück, er habe in Glashütten ihren alten Kumpan Rinkert getroffen und von ihm erfahren, dass drüben im Linksrheinischen die meisten ihrer Hehler verhaftet worden seien. Juliana konnte Hannes ansehen, wie betroffen ihn diese Nachricht machte – saßen doch bald alle, die ihm nahegestanden waren, im Gefängnis, waren tot oder spurlos verschwunden, wie etwa Leyendecker, von dem es hieß, er habe sich von seinem kleinen Vermögen eine Schiffspassage nach Amerika gekauft.

«Und denkt euch», fuhr der Schwarze Jonas fort, «selbst in Kurmainz und in der Landgrafschaft Hessen-Darmstadt sind jetzt Steckbriefe gegen den berüchtigten Räuber Johannes Bückler, genannt Schinderhannes, aufgetaucht. Mir scheint, du bist inzwischen weltberühmt.»

Hannes kniff die Augen zusammen. «Macht dir das Angst? Sag's frei heraus, wenn wir verschwinden sollen.»

«Kerl, beruhig dich wieder. So war das nicht gemeint.»

«Nein? Dann gib doch endlich zu, dass wir euch eine Last sind: Seitdem ich nichts mehr auf die Beine stelle, kommt auch kaum noch Kies rein. Ihr füttert uns mehr oder weniger durch, so sieht's aus. Und jetzt bin ich auch noch eine Gefahr für uns alle.»

«So hör schon auf, Hannes», fuhr Margaretha ihn an. «Oder hast du vergessen, dass *du* Pferd und Planwagen gekauft hast? Außerdem sind wir Freunde.»

«Dann schenk ich euch hiermit Pferd und Wagen. Damit wir nicht länger in eurer Schuld stehen. Die Maultierkarre reicht für unsern Geschirrhandel allemal aus.»

Der Schwarze Jonas schlug ihm lachend auf die Schulter. «Das ist doch mal ein Wort! Und jetzt mach endlich wieder ein freundliches Gesicht. Hab auch einen ganz besonders guten Birnenfusel mitgebracht. Und grüßen soll ich dich auch vom Rinkert. Er lässt dir ausrichten, dass du das nächste Mal gefälligst wieder mitkommen sollst.»

Doch das, was sie von Rinkert erfahren hatten, schien

Hannes nur vollends aus der Bahn geworfen zu haben. Weder vom Birnenschnaps noch vom Abendessen rührte er etwas an, wechselte mit keinem ein Wort, selbst mit Juliana nicht, begann auf einmal, lautlos die Lippen zu bewegen und mit den Fingern auf die Tischplatte zu trommeln, bis er endlich aufsprang und hinausrannte.

Erschrocken starrte Juliana ihre Freundin an. «Er hat den Verstand verloren.»

«Geh ihm nach!»

Sie fand ihn im strömenden Regen am Mühlbach, wo er reglos ins Wasser starrte.

Juliana war verzweifelt.

«So geht das nicht mehr weiter», stieß sie hervor.

«Du hast recht», entgegnete er. «Ich muss es tun.»

«Was?»

«Ich muss zurück zu Lichtenberger.»

«Zu Lichtenberger? Jetzt auf einmal?»

Er nickte. «Ich bin zu allem entschlossen. Ich werde mich von meinen Leuten lossagen und jeden Streich, den ich selbst begangen habe, gestehen. Wenn man mich nur pardonniert und unter das Militär aufnimmt.»

«Also doch zum Militär», murmelte sie. Diese Vorstellung war längst in weite Ferne gerückt.

«Ja, aber du musst mir sagen, ob du noch immer damit einverstanden bist. Dem Lichtenberger hatte ich das gar nicht erst vorschlagen wollen, weil mir der Gedanke so zuwider war, dass unsre Kinder unter Soldaten groß werden und meine Frau andauernd diesen gierigen Männerblicken ausgesetzt ist, wie damals meine Mutter. Aber dort würde uns wenigstens keiner nachstellen. Also, was sagst du?»

«Tu es, Hannes. Das ist allemal besser, als immer in Angst zu leben.»

Schon am folgenden Tag brach er auf, und zwar allein. Er wollte Juliana nicht noch einmal der großen Gefahr aussetzen, entdeckt zu werden, und hatte stattdessen vor, sich unterwegs ein Pferd zu beschaffen, um im Falle einer Flucht schnell und wendig zu sein. Während er fort war, tat Juliana nachts kein Auge zu, und als er endlich wohlbehalten zurückkehrte, sah er blass und erschöpft aus. Es sei umsonst gewesen, berichtete er mit belegter Stimme, der Staat könne einen Räuberhauptmann nicht begnadigen, hätte der französische Regierungskommissär beschieden, und so habe Lichtenberger ihm geraten, nie mehr das linke Rheinufer zu betreten.

«Unter Tränen haben wir uns verabschiedet, und ich hab ihm versprochen, auf immer vom Diebstahl und Verbrechen abzulassen.»


## Kapitel 40

Der Schrecken über die Verhaftung steckte Juliana wie auch Margaretha den ganzen Abend in den Knochen, auch wenn die Männer mehr Glück als Verstand gehabt hatten: Bei einem Ausflug in den drei Wegstunden entfernten Marktflecken Wolfenhausen waren Hannes und der Schwarze Jonas nämlich in die Fänge eines wied-runkelischen Streifkommandos geraten und tatsächlich nach Runkel abgeführt worden, da ihre Pässe zum ersten Mai abgelaufen waren. Dann aber hatte man sie, wohl ihres höflichen Auftretens und ihrer ordentlichen Kleidung wegen, gehen lassen, ihnen aber beschieden, Wied-Runkel künftig nicht mehr zu betreten. Ansonsten wären ihnen fünfzig Stockschläge und zwei Jahre Karrenstrafe gewiss.

«Dieser Kretin von Schultes!», hatte der Schwarze Jonas bei

ihrer Rückkehr über den Schwager des Hasenmüllers geflucht. «Uns für einen Haufen Kohle solch miese Papiere auszustellen – und das, wo nächste Woche großer Jahrmarkt in Wolfenhausen ist. Das werd ich dem Kerl heimzahlen.»

«Untersteh dich!», hatte Margaretha gefaucht. «Außerdem hättet ihr selbst merken müssen, dass die Pässe nur für ein paar Wochen gültig waren.»

Notgedrungen setzten sie sich also ins nahe Kurtrier ab, wo sie sich für die nächsten Tage in Niederselters, weithin berühmt für seine Mineralquellen und dadurch stets von zahlreichen Fremden bevölkert, auf einem Einödhof einquartierten. Der Schwarze Jonas hatte sich bereit erklärt, derweil zu Rinkert nach Glashütten zu reiten und über ihn neue Papiere zu besorgen, und so konnten sie bald schon mit ihren neuen Königsteiner Pässen ins Gesindehaus der Schwarzmühle zurückkehren. Johann Georg Zerfaß war hiervon allerdings keineswegs erbaut, da sie als Freunde und Verwandte bislang keinen Kreuzer Mietzins an ihn bezahlt hatten.

Dann, es ging schon auf Ende Mai zu, kam alles Schlag auf Schlag. Zunächst hatten sie auf dem Wolfenhauser Jahrmarkt einen außergewöhnlich guten Handel gemacht und nicht nur das: Hannes hatte dort einen Schmucksteinhändler aus Frankfurt kennengelernt, der auf der Suche nach zuverlässigen und geschäftstüchtigen Unterhändlern war. Diese sollten seinen Schmuck auf Kommission verkaufen, in kleineren Orten wohlgemerkt, da er selbst sich auf die großen Handelszentren konzentrieren wolle. Bereits kommende Woche wollte er Hannes in Limburg eine kleine Kollektion übergeben.

Nach diesem erfolgreichen Tag gönnten sie sich zum Abend ein Spanferkel am Spieß. Beim zweiten Krüglein Wein schlug sich Hannes, ausgelassen wie in alten Zeiten, auf die Schenkel.

«Das Ganze beginnt mir Spaß zu machen! Wirst sehen, Julchen, eines Tages ernennt der Händler mich noch zu seinem Partner.»

«Du wirst zur richtigen Krämerseele», knurrte der Schwarze Jonas fast unwillig, und Hannes grinste.

In diesem Augenblick krachte es gewaltig von der Haustür her, Holz splitterte, und schon stürmten vier Soldaten mit aufgepflanzten Bajonetten in die Stube. Elisabeth Zerfaß stieß einen entsetzten Schrei aus, die anderen saßen wie gelähmt.

«Kruzifix», fluchte der Schwarze Jonas leise. «Dieselben Affen wie letztes Mal.»

Die Bajonette richteten sich auf ihn und Hannes.

«Johann Platter, Jakob Schweikard – mitkommen!», brüllte der Leutnant, ein Riese von Mann mit semmelblondem Haar. «Und du, Weib, geh mir aus dem Weg!»

Juliana war vom Tisch aufgesprungen und hatte sich schützend vor Hannes gestellt. Der kleine Peter und sein Schwesterchen begannen zu heulen.

«Die Männer haben nichts Unrechtes getan. Wir alle sind ehrenwerte Marktkrämer», rief sie mit zitternder Stimme.

«Halt's Maul. – Los jetzt, hinaus mit euch. Im Namen des Fürstentums Wied-Runkel: Ihr seid verhaftet.»

Der Schwarze Jonas erhob sich als Erster. «Und warum, bittschön?»

Es fiel ihm sichtlich schwer, sich zu beherrschen.

«Wir hatten euch gewarnt und des Landes verwiesen.»

«Aber wir haben inzwischen gültige Papiere. Hier – sehen Sie doch.»

«Pfoten in die Luft!» Das aufgepflanzte Bajonett des Leutnants näherte sich bedenklich seiner Brust, noch bevor er nach seiner Jacke greifen konnte. «Das wird sich auf der Wache klären. Abmarsch!»

Hannes erhob ebenfalls die Hände. «Lass gut sein, Johann

Platter», sagte er beschwörend zum Schwarzen Jonas, «in spätestens einer Stunde sind wir wieder zurück bei unseren Frauen.»

Die heftig pulsierende Ader an seinem Hals verriet Juliana, dass er alles andere als unbesorgt war.

Da der zuständige Amtsrichter zu dieser späten Stunde nicht mehr anzutreffen war, mussten sie die Nacht in der Arrestzelle auf der Runkeler Wache verbringen. Indessen war an ihren guten Königsteiner Pässen nichts auszusetzen gewesen, und so hatte man sie am nächsten Vormittag wieder laufenlassen.

Schon gleich nach Sonnenaufgang hatten Juliana und Margaretha sich an diesem Morgen auf den Weg gemacht und sich vor dem imposanten Amtshaus die Beine in den Bauch gestanden. Beide rechneten sie mit dem Schlimmsten, wollte der Amtsdiener sie doch weder auf die Wache lassen noch ihnen Auskunft geben. Als sich für ihre Männer endlich das Tor zur Freiheit öffnete, warf sich Juliana mit Tränen der Erleichterung Hannes an den Hals.

«Ich bin so froh! Die ganze Nacht hab ich wach gelegen.»

Der Schwarze Jonas trennte die beiden. «Bloß weg hier, schnell! Bevor die sich's anders überlegen.»

«War's arg schlimm?», fragte sie, während sie stadtauswärts eilten.

Hannes schüttelte nur den Kopf.

«Kommod war's nicht grad, im Stroh auf dem Boden zu pennen», erwiderte der Schwarze Jonas. «Aber immerhin hat keiner Verdacht geschöpft, wer wir wirklich sind.»

Als sie die Schwarzmühle erreichten, sahen sie zu ihrem großen Schrecken, dass ihre Ranzen und Schnappsäcke draußen an der Hauswand lehnten. Karre und Planwagen standen mitten im Hof.

«Was soll das jetzt?» Verdutzt blieb Margaretha stehen. Dann stemmte sie die Arme in ihre ausladenden Hüften und schrie: «Elisabeth!»

Zerfaß trat auf die Schwelle der Haustür, hinter ihm erschienen die beiden Mägde mit den Kindern auf dem Arm. Mit grimmiger Miene zerrte er sie hinaus auf den Hof.

«Nehmt eure Bälger und Mägde, spannt die Gäule an und verschwindet. Hier ist kein Platz mehr für euch.»

«Hat dir der Teufel das Hirn gewaschen?», brüllte der Schwarze Jonas ihn an. «Du bist mein Schwager, kannst uns nicht einfach auf die Straße setzen.»

«Das kann ich sehr wohl. Wir wolln hier nur in Ruhe leben, stattdessen ham wir ständig das Soldatenpack im Haus.»

«Jetzt übertreibst du maßlos», protestierte Margaretha. «Und haben wir euch nicht gestern erst Kostgeld gegeben?»

Doch es war nichts zu machen. Wie eine Schar Landstreicher wurden sie vom Hof gejagt. Die Bewohner aus dem Haupthaus gegenüber lehnten sich aus den Fenstern und glotzten ihnen mit Häme im Gesicht nach.

«Wohin also?», rief Hannes seinem Freund zu, der mit dem Planwagen voraus den Weg zur Hauptstraße hinaufrumpelte. Er selbst saß auf der vollbepackten Maultierkarre, während Juliana freiwillig zu Fuß ging. Ihr Bauch begann sich bereits sichtlich zu runden, und sie war der Meinung, dass die Stöße auf holprigen Wegen ihrem Ungeborenen schadeten.

Der Schwarze Jonas drehte sich auf dem Kutschbock nach ihnen um. «Zurück nach Niederselters. Und denkt dran: Keine Streife kann uns was anhaben – wir sind fahrende Krämer und haben saubere Papiere.»

«Zu Befehl, Capitaine», maulte Hannes, noch eben so laut, dass Juliana ihn verstehen konnte. Dann fügte er hinzu: «Ständig hin und her, wie die Hasen auf dem Acker ...»

Nach Niederselters war es nicht allzu weit. Eine warme Maisonne schien über die lichte, wellige Landschaft des Hintertaunus mit seinen Streuobstwiesen, Feldern und Laubwäldern in frischem Grün. Juliana, die mittlerweile auf der Karre zwischen all ihrem Kram kauerte, bemerkte mit Sorge, wie Hannes' Blick ruhelos umherschweifte. Plötzlich zügelte er das Maultier.

«Halt an, Jonas!», rief er. «Da vorne – Gendarmen!»

«Blödsinn. Das sind einfache Leut, Bauern oder Handwerker. Komm weiter.»

Hannes schüttelte den Kopf.

«Ich schaff das nicht mehr», murmelte er, mehr zu sich selbst als zu Juliana. «Jetzt haben die hier in fast jedem Kaff Kommandos aufgestellt und streifen über die Dörfer. Irgendwann schnappen die uns.»

Juliana biss sich auf die Lippen. Hannes' Mutlosigkeit drückte sie nieder. Wie sollte das erst weitergehen, wenn das Kind da war? Sie dachte daran, wie fröhlich Hannes noch am Abend zuvor gewesen war, als er davon sprach, bei diesem Schmucksteinhändler einzusteigen, den er kommende Woche vor dem Limburger Werbhaus treffen wollte.

Sie schlug sich gegen die Stirn: Das war die Lösung!

«Hör zu, Hannes: Lass dich in Limburg von den Kaiserlichen anwerben, als Jakob Schweikard, der du grade bist, und ich als deine Frau Liese komm mit dir!»

«Was sagst du da?» Verwirrt drehte er sich zu ihr um. «Zu den Kaiserlichen? Und was wird dann aus meinem Schmucksteinhandel?»

«Bitte, Hannes! Wir wären dann endlich weit weg – weg von deinen alten Komplizen, weg von den französischen Behörden.»

Er blickte sie an. «Vielleicht hast du recht. Verraten müsst ich dann auch keinen, weil ich keine Gnade mehr brauch.» Er seufzte. «Aber die Freiheit wär dahin.»

«Freiheit? Was für eine Freiheit?» Sie schrie die Worte beinahe heraus, und Margaretha drehte sich erstaunt zu ihnen um.

«Gut, gut, Julchen. Morgen bring ich die Fuhre mitsamt der Ware zum Verkauf, dann haben wir schon mal ein Auskommen bis zum ersten Sold. Aber ich sag's dir gleich: Es ist ein hartes Leben unter den Soldaten.»

Als sie wenig später auf dem Einödhof angelangten, nahm Juliana als Erstes ihre Freundin zur Seite und berichtete von ihren Plänen.

«Auch wenn das jetzt wohl endgültig heißt, dass wir von euch Abschied nehmen», sie drückte Margarethas Hand, «so bin ich doch froh drum, dass wir's tun.»

«Ach Juliana, weißt du, was ich grad denk? Ich wollt, ich könnt auch meinen Mann dazu überreden. Es heißt, die Kaiserlichen nehmen gern Soldaten mit Weib und Kind, weil sie nämlich glauben, die wären zuverlässiger und standhafter als all die jungen, ledigen Burschen.»


Unruhig marschierte Juliana vor der Einfahrt zum Einödhof auf und ab. Mittag war längst vorbei, und noch immer war von Hannes und dem Schwarzen Jonas nichts zu sehen. Dabei waren sie schon im Morgengrauen aufgebrochen, um Karre und Waren zum Verkauf anzubieten – Hannes in seinem besten Gewand mit dem neuen grünen Hut und den guten Rindslederstiefeln, das Haar sorgfältig frisiert. Zu ihrer Erleichterung hatte der Schwarze Jonas darauf bestanden, den Freund zu begleiten, da vier Augen unterwegs mehr sehen würden als zwei.

«In ein paar Stunden sind wir wieder zurück. Dann packen

wir unsere Siebensachen auf den Maulesel und marschieren gradwegs nach Limburg ins Werbhaus!», hatte Hannes ihr beim Abschied gesagt und sie auf die Wange geküsst.

Das war mindestens acht Stunden her. Etwas war geschehen, das spürte sie. Der Hof lag an einem Hang, hinter hohen Bäumen versteckt, doch von hier, vom Gatter der Zufahrt her, konnte man weit übers Land blicken. Zwischen den Hügeln schlängelte sich die Straße zu den nächsten Dörfern, wo Hannes ihre Ware anbieten wollte, und zwei, drei Male hatte sie schon geglaubt, die Männer entdeckt zu haben. Aber es waren nur Landarbeiter gewesen, die auf einen Feldweg abbogen. Jetzt lag die Straße menschenleer unter der Nachmittagssonne.

Unschlüssig blieb sie stehen, spähte noch eine Zeitlang in die Ferne, dann schlüpfte sie zwischen Gatter und Pfosten hindurch und ging zurück zum Hof. Bis nach Limburg waren es gut drei Wegstunden, und wenn Hannes nicht bald zurück war, würden sie erst morgen aufbrechen können.

Aus dem offenen Stubenfenster winkte Margaretha ihr zu.

«So komm schon herein – die sind auch nicht schneller zurück, wenn du draußen herumstehst.»

Juliana schüttelte den Kopf und setzte sich auf die Bank neben der Haustür. Ihre beiden Schnappsäcke standen bereits fertig gepackt im Flur, sie trug ihr Reisekleid, in dessen Rocksaum sie die beiden Schmuckstücke nebst drei Karolinen als Notgroschen eingenäht hatte.

Sie musste wohl eingedöst sein, als das Knarren des Hoftors sie aufschrecken ließ: Es war der Schwarze Jonas, der die Einfahrt heraufhastete – barhäuptig, schmutzig, mit gerötetem Gesicht, das dunkle Haar klebte ihm verschwitzt in der Stirn. Er war allein.

Erschrocken sprang sie auf.

«Wo ist Hannes?»

Er schüttelte den Kopf, rang nach Luft.

«Wo ist er? Was ist mit ihm geschehen?»

Sie musste geschrien haben, denn sogleich erschien Margaretha auf der Türschwelle.

«Diese Dreckskerle ... von runkelischen Soldaten ...», keuchte er und ließ sich auf die Bank sinken.

Juliana packte ihn bei den Schultern. «So red schon!»

«Nicht weit vor Wolfenhausen ... da haben die uns aufgelauert ... derselbe Leutnant wie schon zweimal. Das ist wie Hexerei!»

Juliana, die spürte, wie ihr die Knie weich wurden, hielt sich am Türrahmen fest.

«Und der hat Hannes gefasst?», fragte sie tonlos.

«Nein, der doch nicht.»

Allmählich kam er wieder zu Atem. Stockend berichtete er, wie sie die Karre samt Maultier kurzerhand am Wegesrand hatten stehen lassen und davon gestürzt waren, querfeldein, bis sie wieder auf die Landstraße gestoßen waren. Dort hätten sie erst einmal Luft geschnappt, als eine Handvoll Reiter um die Ecke getrabt kamen.

«Die waren nicht in Uniform, und so haben wir halt freundlich gegrüßt. Denen ihr Chef hat sich uns als Kurtrierer Amtsverwalter Fuchs vorgestellt und wollte unsere Papiere sehen, aber da ist der Hannes keck geworden. ‹Wir haben keine nötig, weil wir hier zu Hause sind›, hat er geantwortet, und das war sein Fehler.»

Er hielt inne und betrachtete seine Hände, die plötzlich zu zittern begannen.

«Haben die ... haben die auf Hannes geschossen?», stieß Juliana hervor.

Heftig schüttelte er den Kopf. Dann fuhr er in seinem Bericht fort: Dieser Amtsverwalter Fuchs habe gerufen, sie seien wohl Spitzbuben, auch wenn sie nicht so aussehen täten, und auf seinen Befehl hin hatten seine Leute sie festgehalten. Der Hannes habe in seiner Verwirrung zuerst den alten Pass auf Jakob Ofenloch gezeigt und dann den neuen auf Jakob Schweikard, was der zweite Fehler gewesen sei.

«Dauernd hat er gejammert, dass oben am Berg die Fuhre mit seiner Ware steht, die ihm die Wied-Runkelischen abgenommen hätten, und dass er die doch verkaufen müsste, weil er unter die kaiserlichen Soldaten will. Aber das hat diesen Fuchs nur noch misstrauischer werden lassen. Er hat Befehl gegeben, uns zu binden und nach Wolfenhausen zu bringen, um uns dem runkelischen Streifkommando zu übergeben. Da hab ich meinem Bewacher die Faust gegen die Nase geschlagen und bin ins Gebüsch gesprungen, bin kreuz und quer durch ein Wäldchen gerannt, wo ich mich dann in einer Erdhöhle verkrochen hab. Die haben mir sogar hinterhergeschossen.»

Der Schwarze Jonas, dieses gestandene Mannsbild, sah aus, als würde er gleich in Tränen ausbrechen.

«Sag mir, Weib – bin ich schuld? Ich hätt dem Hannes helfen sollen! Sag mir doch, was ich tun soll …»

Margaretha verschränkte die Arme vor der Brust. «Du tust gar nichts. Du versteckst dich im Haus und rührst dich nicht vom Fleck. Was glaubst du – haben die irgendeinen Verdacht, wer ihr in Wirklichkeit seid?»

«Ich weiß nicht … Ich glaub, eigentlich nicht. Aber dass wir mit falschen Papieren unterwegs sind, das wird sich dieser Leutnant schon denken.»

«Auf jeden Fall ist noch nichts verloren. Ich nehm mir die Elsbeth mit und marschier jetzt gleich nach Wolfenhausen.»

«Bist du noch bei Trost? Wenn sie dich gleichfalls einsperren?»

«Warum sollten sie? Ich kann mich ausweisen und werd

nach Jakob Schweikard fragen, der mir einen Handel angeboten hat. Und ich will bei Gott schwören, dass der Gefangene ein ehrenwerter Wanderkrämer ist.»

Juliana fiel ihr in die Arme. «Danke, Margaretha. Aber ich will mit dir kommen.»

«Nein. Sonst wird alles nur noch schlimmer.»

So erfuhr Juliana noch am selben Abend, dass Hannes in die Amtsstadt Runkel überführt worden war, wo er einem kaiserlichen Werber übergeben und von diesem am nächsten Tag nach Limburg ins Werbhaus gebracht werden sollte. Sein eheliches Weib werde man dann von dort aus über den Verbleib des Rekruten Jakob Schweikard benachrichtigen. Im Übrigen sollte er in Runkel sogar seine Fuhre versteigern dürfen.

Juliana war unsagbar erleichtert. Alles würde gut werden, denn gleich am nächsten Morgen wollten die Reinhards sie, als Liese Schweikard und Gattin des künftigen Soldaten Jakob Schweikard, nach Limburg begleiten.

## Kapitel 41

«Warum dauert das alles so lange? Wir können nicht ewig die teure Miete fürs Gasthaus und für den Stall bezahlen.» Margaretha schlug aufgebracht mit der flachen Hand auf die Theke. «Es hat geheißen, in drei, vier Tagen wär Abmarsch, und jetzt hocken wir schon 'ne ganze Woche in diesem Limburg.»

Der schmächtige junge Soldat im Vorraum des Rekrutierungsbureaus warf ihr einen vernichtenden Blick zu.

«Mäßige Sie sich, gute Frau. Der Marsch verzögert sich eben, es gibt da einige Komplikationen.»

«Was für Komplikationen?», fragte Juliana misstrauisch.

«Ich bin nicht befugt, darüber Auskunft zu geben.»

«Und warum werden unsere Männer bewacht wie Schwerverbrecher? Warum dürfen wir sie nicht mehr sehen?», setzte Margaretha nach.

«Sie stiehlt mir die Zeit, merkt Sie das nicht? Man wird Ihnen beiden Nachricht geben, wenn's so weit ist. Und nun adieu!»

Der Soldat wies unmissverständlich zur Tür. Widerstrebend verließen die Frauen das Bureau und fanden sich vor der prächtigen Fachwerkfassade des kaiserlichen Werbhauses zu Limburg wieder.

«So ein Bockmist – jetzt regnet's auch noch», schimpfte Margaretha. Das schäbige Wirtshaus, wo sie seit Tagen mit ihren Mägden, den Kindern und zwei fremden Weibern in einer dunklen Kammer hausten und auch Pferd und Wagen untergestellt hatten, befand sich ganz am anderen Ende der Stadt.

Juliana machte keine Anstalten weiterzugehen, starrte stattdessen gedankenverloren auf die vor Nässe glänzenden Pflastersteine. Wenn man nun doch Verdacht geschöpft hatte und den Hannes längst stundenlang verhörte? Oder gar marterte?

Dabei war alles so hoffnungsvoll angelaufen. Schon auf dem Weg nach Limburg gab es die erste Überraschung, indem der Schwarze Jonas ihnen eröffnete, dass auch er sich rekrutieren lassen wolle: «Schließlich bin ich der Sohn eines preußischen Soldaten!» war seine Begründung gewesen, und Juliana hätte ihn vor Freude am liebsten umarmt. Ohne jeden Argwohn hatte der Limburger Werbeoffizier ihn denn auch als Johann Platter, Fayence-Krämer, in die Musterungsliste eingetragen. Bevor man ihn auf die Rekrutenstube führte, hatte er sich von Margaretha und den beiden Kindern verabschieden dürfen, und da Juliana als eheliches Weib des Rekruten Jakob Schweikard vorstellig geworden war, hatte man auch Hannes hinzugeholt, der bis über beide Ohren strahlte. Unter den gelangweilten Blicken des wachhabenden Soldaten waren sie sich im Besuchsraum alle vier in den Armen gelegen. «Bald sind wir wieder zusammen, Julchen. Und dann beginnt unser neues Leben», hatte Hannes frohlockt. «Obendrein hab ich vom Verkauf unserer Fuhre ein kleines Vermögen im Gürtel.» Als der Soldat schließlich den Befehl gab abzutreten, hatte er sie ein letztes Mal geküsst und dabei ins Ohr geflüstert: «Keine Sorge, keiner hier weiß, wer ich bin! So, wie's jetzt gekommen ist, ist's auch recht.»

Das war vor sieben Tagen gewesen. Am zweiten Tag hatte es geheißen, man warte, bis zwei Dutzend Rekruten beisammen seien. Am dritten Tag dann: Man wisse noch nicht, welchem Regiment die Neuen zugeführt werden sollten. Das war auch der Tag gewesen, wo ihre beiden Mägde sie Knall auf Fall verlassen hatten: Elsbeth und Maria hatten von Beginn an keine Lust auf ein Leben im Soldatentross gehabt, und die beiden jungen Ganoven aus dem Westerwald, die sie in der Wirtsstube kennengelernt hatten, waren da gerade recht gekommen. Allzu traurig war Juliana hierüber nicht, wo sie mit der naseweisen Maria nie richtig warmgeworden war. Mit dem Kinderhüten würden sich Margaretha und sie eben abwechseln müssen. Am vierten Tag schließlich hatten sie ihre Männer zum letzten Mal sehen dürfen – und Hannes hatte ihr die wunderbare Nachricht überbracht, dass der sogenannte Heirats-Consens, die schriftliche Erlaubnis zur amtlichen Eheschließung, gebilligt worden sei.

Von diesem Zeitpunkt an war indessen gar nichts mehr geschehen. Man ließ ihre Männer nicht mehr zu ihnen, und obgleich man inzwischen wusste, dass sie zur Grenzinfanterie in Slawonien abkommandiert würden, wo immer das auch liegen mochte, verzögerte sich der Abmarsch täglich aufs Neue. Und wenn das nun doch mit Hannes zu tun hatte?

Margaretha stieß sie in die Seite. «Willst du hier Wurzeln schlagen? Bin schon ganz nass geregnet.»

«Da stimmt was nicht im Werbhaus», murmelte Juliana.

«Jetzt mal den Teufel nich an die Wand! Die sind halt nicht die schnellsten dort. Freu dich lieber, dass du deinen Hannes von Amts wegen heiraten darfst. Dann wird schon bald euer Kleines zur Welt kommen, mit unserm Planwagen ziehen wir im Tross einen kleinen Handel auf, und in Slawonien oder wie das heißt sind wir vor der Obrigkeit wie auch vor den alten Komplizen sicher.»

Zwei Tage später fanden sie sich morgens zur vereinbarten Zeit vor dem Werbhaus zum Abmarsch ein. Trotz der frühen Stunde brannte die Sonne vom Himmel wie an einem Hochsommertag. Margaretha war noch immer zornig, da der Bote ihnen am Vortag beschieden hatte, dass die Mitnahme eines eigenen Fuhrwerks nicht gestattet sei. In aller Eile hatten sie sich auf die Suche nach einem Käufer gemacht und das Fuhrwerk samt der Ware schließlich an ihren Gastwirt weit unter Preis verkaufen müssen.

«Was für eine Frechheit», schimpfte Margaretha, während sie mit dem Nötigsten im Ranzen darauf warteten, dass sich das Tor zum Werbhaus öffnen würde. «Hätten diese Dummköpfe uns das früher gesagt, hätten wir wenigstens keinen Verlust gemacht.»

«Ist doch ganz gleich», erwiderte Juliana, die das kleine Lenchen auf dem Arm trug. «Hauptsache, wir haben unsre Männer wieder und es geht endlich los.»

«Na, dann will ich dich auch nich jammern hören, wenn wir

jetzt tagelang marschieren müssen. Du sagst doch selbst, dass dir das Schnaufen mit dem dicken Bauch langsam schwerfällt.»

In diesem Moment öffnete sich ächzend das Tor, und drei Gendarmen sowie ein kaiserlicher Soldat, alle mit Säbel und Pistole bewaffnet, führten die Rekruten auf die Straße.

Juliana traute ihren Augen nicht: Den Männern waren nicht nur die Hände vor den Bauch gefesselt, überdies waren sie auch noch mit einem langen Seil miteinander verbunden! Außer Hannes und dem Schwarzen Jonas waren da noch ein junger Kerl sowie ein einäugiger, schon älterer Mann.

Sie drückte ihrer Freundin das Kind in den Arm und lief auf Hannes zu.

«Warum seid ihr gefesselt?»

Der grinste schief. «Das frag mal unseren Herrn Hauptmann.»

Er sah blass aus, schien in den wenigen Tagen auch abgenommen zu haben.

«Ich würd dich ja gern umarmen, Julchen», fügte er hinzu, «aber wie du siehst, geht das leider nicht.»

«Was soll das?», wandte sie sich aufgebracht an den Soldaten mit der rot-weißen Schärpe der Kaiserlichen. «Warum sind die Männer gebunden wie Diebesgesindel?»

Der breitschultrige Mann betrachtete sie von oben herab.

«Du bist Liese Schweikard, vermute ich. Nun, es hat schon alles seine Richtigkeit. Erfahrungsgemäß machen sich die Rekruten gerne mal mit den fünfzehn Gulden Handgeld aus dem Staub. Das gilt es zu verhindern. Im Übrigen hast du mich, wie die Rekruten auch, mit Herr Hauptmann anzusprechen.»

Juliana schluckte eine Entgegnung herunter. Dass dieser Mann sie wie eine hergelaufene Vagabundin duzte, war eine Unverschämtheit.

Hannes warf den Kopf in den Nacken.

«Alsdann, Herr Hauptmann, machen Sie mich los! Ich trag in meinem Leibgurt hundert und einige Gulden. Nehmt ihn mir ab – das sollte zur Sicherheit für uns alle genügen.»

Doch der Hauptmann beachtete ihn gar nicht. Vier gesattelte Pferde wurden herbeigeführt, und ihre Bewacher saßen auf.

«Hintereinander aufgestellt und Abmarsch!», befahl der Hauptmann. «Weib und Kind halten sich hinten.»

«Eine Frage noch, Herr Hauptmann.» Juliana stellte sich ihm in den Weg. «Wo sind all die anderen Rekruten?»

«Auf dem Weg nach Slawonien – diese vier hier werden in eine deutsche Garnison verbracht.»

Jetzt erst fiel ihr auf, dass Margaretha ununterbrochen den Einäugigen anstarrte.

«Kennen wir uns nicht?», fragte sie ihn in diesem Moment.

Der Mann sah zu Boden. «Nicht dass ich wüsste.»

«Rekruten, marsch!», brüllte der kaiserliche Hauptmann so laut, dass Juliana zusammenzuckte. Er setzte sich an die Spitze, die Kurtrierer Gendarmen blieben dicht an der Seite der Rekruten, dann folgten Juliana und Margaretha mit den Kindern. Sie verließen die hübsche Fachwerkstadt in südlicher Richtung, von den Bürgern neugierig beäugt.

Peter fragte ängstlich: «Muss der Vater ins Gefängnis?»

«Was redest du da?», erwiderte Margaretha unwirsch.

«Weil er doch gefesselt ist.»

«Das ist immer so bei den neuen Soldaten. So lauf halt ein bissel schneller.»

«Ich will aber nicht den ganzen Tag laufen. Ich will auf unserm Wagen fahren.»

«Der ist verkauft. Und jetzt halt den Mund.»

Der Knabe tat Juliana leid. Mehr noch aber die Freundin, die nun den ganzen Weg über ihr Kind schleppen musste.

Dass den Männern die Hände gefesselt waren, damit hatte keine von ihnen gerechnet.

Sie überholte den jungen rotbärtigen Gendarmen vor ihr, der mit starrem Blick auf seinem Ross saß.

«Wohin genau marschieren wir?»

«Nach Frankfurt», gab er einsilbig zurück.

«Ist dort die Garnison?»

«Nein, die Kaiserlich-Königliche Werbedirektion.»

«Ruhe dahinten!», kam es vom Hauptmann in barschem Ton. «Schwatzen könnt ihr bei der nächsten Rast.»

Nachdem sie die schattigen Gassen der Stadt hinter sich gelassen hatten, gerieten sie in der waldarmen Hügellandschaft bald gehörig ins Schwitzen. Schon nach der ersten kurzen Rast an einem Bachlauf, wo sie sich erfrischten und Margaretha ihr Kind stillte, löste sich die bislang strenge Formation auf, nur der Hauptmann behielt die Spitze bei. So gelang es Juliana und Margaretha, hin und wieder leise Worte mit ihren Männern zu wechseln, ohne dass ihre Bewacher dazwischengegangen wären. Juliana hatte den Eindruck, dass Hannes' gelassene Miene nur gespielt war, und das beklemmende Gefühl, das sie seit ihrem Wiedersehen am Morgen verspürte, verstärkte sich.

Zu Mittag begann Lenchen zu schreien.

«Wir müssen anhalten, Herr Hauptmann», rief Margaretha nach vorne. «Das Kind hat Hunger.»

«Wie? Schon wieder?», kam es unwillig zurück.

«So hättet ihr uns halt Pferd und Wagen gelassen.»

Sie nahm Juliana beim Arm. «Gehen wir dort in den Schatten.»

Fernab der Männerblicke setzten sie sich unter das Blätterdach einer Buche, wo Margaretha Lenchen die Brust gab. Sie strich sich den Schweiß von der Stirn.

«Der Einäugige heißt Adam Zerfaß und ist der Bruder von

Johann Georg.» Ihre Stimme klang besorgt. «Der Christian hat's mir bestätigt.»

«Der Bruder von eurem Schwager?»

«Genau das. Ein übler Ganove, und er kennt nicht nur meinen Christian, sondern auch den Hannes von früher.»

«Du meinst, er könnt eine Gefahr für uns sein?»

«Ich weiß nicht. Der Zufall hat ihn ins Limburger Werbhaus gebracht, und angeblich hätt er geschworen, nix zu verraten.»

«Deswegen also wirkt der Hannes so unruhig.» Juliana spürte, wie es sich ihr im Magen zusammenzog. «Hör zu, Margaretha – ich hab gar kein gutes Gefühl. Das ist alles so … so undurchschaubar.»

Immerhin ließ sich der junge Rotbärtige irgendwann erweichen und nahm den maulenden Peter vor sich in den Sattel. «Hab selbst so 'nen kleinen Rotzlöffel als Bruder» waren seine Worte, und Peter strahlte. Wenig später, es war bereits Nachmittag, blieb der Schwarze Jonas plötzlich stehen.

«Was soll das?», herrschte der Hauptmann ihn an.

«Wollt ihr uns auf den Arm nehmen? Das hier ist die Gegend von Taunusstein – der schnellste Weg nach Frankfurt führt aber über Glashütten und Königstein.»

«Das sollte euch egal sein. Los, weiter!»

Fluchend setzte sich der Schwarze Jonas in Bewegung. Juliana tippte dem freundlichen Rotbärtigen ans Knie.

«Wie weit ist es noch? Ich bin guter Hoffnung, wie Sie sehen, und die Beine werden mir langsam schwer.»

«In Wiesbaden wird übernachtet. Is nich mehr weit.»

Hannes' Kopf fuhr herum.

«Wiesbaden? Verdammt!», zischte er. «Kastel liegt gleich dahinter, dort sitzen die Franzosen.»

Juliana erschrak bis ins Mark. Hatte dieser Adam Zerfaß also doch gesungen? Wenn man Hannes den Franzosen auslieferte, dann war das sein Todesurteil!

Sie starrte hinüber zu dem Einäugigen, der mit gesenktem Kopf vor sich hin schlurfte. Den ganzen Tag über hatte dieser Mann kein einziges Wort gesprochen, gerade so, als wäre er stumm.

«Bitte, Herr Gendarm», flüsterte sie dem Kurtrierer zu. «Lassen Sie unsere beiden Männer hier im Wald laufen. Ich hab drei Karolinen im Rock, die geb ich Ihnen dafür.»

«Schweigst du wohl!», fauchte er. «Außerdem: Das tät dir nix helfen – selbst wenn *ich* euch laufenlassen tät, dann würden halt meine Kameraden scharf schießen.»

Hannes, der sie beobachtet hatte, schüttelte nur müde den Kopf. «Lass gut sein», schien sein Blick zu sagen. Oder vielleicht auch: «O weh! Wir sind verloren!»

Als die Nachmittagshitze endlich nachließ, sah Juliana von den Taunushöhen herab die Mauern und Türme der Stadt Wiesbaden liegen. Zu ihrer Überraschung wartete vor einem herrschaftlichen Jagdhaus ein Trupp kaiserlicher Feldjäger auf sie, wie an den Abzeichen auf der dunkelgrünen Uniform zu erkennen war. Nach einer kurzen, geflüsterten Unterredung zwischen deren Feldwebel und dem Hauptmann wurden ihre bisherigen Bewacher mit kräftigen Fanfarenstößen auf dem Waldhorn verabschiedet. Dann galoppierten die vier bergwärts davon.

«Die Rekruten Schweikard, Platter, Zerfaß und Ebel – vorgetreten!», befahl der Feldwebel, der als Einziger hoch zu Ross saß. Die dichten, über der Nasenwurzel zusammengewachsenen Brauen verliehen seinem Blick etwas äußerst Finsteres.

Die Männer gehorchten.

«Ich bin Feldwebel Wagner. Unsere Brigade kaiserlicher Jäger hat die Aufgabe, euch sicher nach Frankfurt zu bringen. Angesichts der fortgeschrittenen Tageszeit werden wir in Wiesbaden Nachtquartier nehmen. Jeder Versuch der Desertion wird mit gezielten Gewehrsalven beantwortet.»

Wie zum Beweis nahmen seine Männer, ein gutes Dutzend an der Zahl, die Gewehre von der Schulter und luden sie nach.

«Dies gilt selbstredend nicht für die anwesenden Damen.» Wagner grinste breit. «Patrouillenführer Heinrich hat Wasser, Brot und Speck für euch zur Stärkung, dann geht es weiter. – Setzen!»

Mit Heißhunger stürzte sich der kleine Peter auf den unerwarteten Imbiss, und die Jäger grinsten dazu. Juliana versetzte es einen Stich, mit ansehen zu müssen, wie die Männer mit ihren gefesselten Händen umständlich den Proviant zum Munde führen mussten. Sie gab sich einen Ruck und trat vor den Feldwebel, der es nicht für nötig hielt, zum Essen abzusteigen, sondern es sich von seinem Patrouillenführer hinaufreichen ließ.

«Sehr geehrter Herr Feldwebel», begann sie. «Führt unser Weg morgen tatsächlich durch Kastel?»

«Und wennschon», gab er mit vollem Mund zurück. Dann pulte er sich ein Stück Speck aus den Zähnen. «Wenn ich mich recht entsinne, leben wir derzeit in Frieden mit den Franzosen.»

«Ich bitte Sie, Herr Feldwebel: Mein Mann, der Jakob Schweikard, ist doch im Linksrheinischen aufgewachsen und hat große Furcht vor den Franzosen, wie Sie sich denken können. Wär nicht auch ein andrer Weg nach Frankfurt möglich?»

«Möglich schon, indessen unbequemer. Aber keine Sorge,

junge Frau: Ich werde ihn sogleich enger an seinen Kameraden Platter binden lassen, damit er uns bei den Franzosen nur ja nicht verloren geht!» Er lachte dröhnend.

Erschrocken trat sie einen Schritt zurück und versuchte das Zittern ihrer Hände zu verbergen. Mit einem Mal war sie felsenfest davon überzeugt, dass sie in Kastel den Franzosen übergeben werden sollten. Ganz kurz überlegte sie, ob sie diesem Mann ihre Goldmünzen anbieten sollte. Aber dann hätte er wahrscheinlich sogar *sie* in Fesseln gelegt.

War jetzt alles aus?

«Zum Abmarsch bereit machen!», hörte sie ihn brüllen.

Sie hob die Hand.

«Verzeihen Sie, Herr Feldwebel, aber ich müsste mich noch erleichtern.»

«Wenn's denn sein muss. Patrouillenführer Heinrich wird dich begleiten.»

«Das ist nicht Ihr Ernst! Ich lass mich nicht dabei beobachten.»

Er runzelte verblüfft die Stirn.

«Nun gut. Patrouillenführer Heinrich bleibt am Waldrand und wartet.»

Sie eilte durch das Unterholz, bis sie einen geeigneten Platz gefunden hatte: dichtes Buschwerk vor einer alten Eiche mit Hohlraum im Stamm. Hinter den dichten Zweigen hockte sie sich nieder – ihr Bewacher würde allenfalls ihre Umrisse wahrnehmen. Sie trennte ein Stück ihres Rocksaums auf und zog das Leinensäckchen mit ihrem Schmuck und den drei Karolinen hervor. Nachdem sie Wasser gelassen hatte, reinigte sie sich mit Blättern, nahm weiteres Laub und versenkte es zusammen mit dem Säckchen in der tiefen Höhlung des Baumstamms. Sollten ihre Männer je an die Franzosen ausgeliefert werden, so würde sie versuchen zu fliehen und hätte zumindest ihr kleines Vermögen gerettet. Hatte sie nicht gelernt, dass alle Wächter der Welt bestechlich waren?

Die Erleichterung stand Hannes ins Gesicht geschrieben, als er sich zu Juliana umwandte und ihr mit seinen gebunden Händen zuwinkte: «Bald ist's geschafft, Julchen, bald bist du eine wachechte Soldatenfrau.»

Auch ihr fiel ein Stein vom Herzen. Gänzlich unbehelligt waren sie nämlich, nach einer schrecklichen Nacht auf fauligem Stroh im Wiesbadener Uhrturm, durch das französisch besetzte Kastell geführt worden und befanden sich jetzt auf der Landstraße nach Frankfurt. Da hatte sie diesen Einäugigen wohl doch zu Unrecht verdächtigt.

Es ging gegen Mittag, und wieder wurde es drückend heiß. Doch die Hitze störte sie nicht, auch nicht die Müdigkeit. Bald würde sie an Hannes' Seite ein neues Leben beginnen – schlechter als ihr jetziges konnte es nicht sein.

## Kapitel 42

Das letzte Stück am Main entlang war es bereits Nacht geworden, und zwei der Feldjäger hatten Laternen entzündet. Juliana wunderte sich: Wären sie zeitiger in Wiesbaden aufgebrochen und hätten nicht so oft gerastet, wären sie bei Tageslicht in Frankfurt angekommen. Jetzt lagen die Gassen der Vorstadt dunkel und still vor ihnen, die Haustüren und Werkstatttore rundum waren verschlossen.

Aus einem offenen Fenster rief jemand: «Bringt ihr Gefangene?», und ihr Anführer rief zurück: «Nein, nur Rekruten fürs kaiserliche Heer. Gehen Sie schlafen, Mann.»

«Warum, Herr Feldwebel», fragte Hannes misstrauisch, «führen Sie uns kreuz und quer durch die Vorstadt? Ich kenn mich aus in Frankfurt, das Werbhaus ist im Roten Ochsen, in der Schäfergasse. Dorthin gibt's einen viel schnelleren Weg.»

«Halt Er den Mund, Schweikard!»

Nachdem sie ein düsteres, nur eben schubkarrenbreites Seitengässchen hinter sich gelassen hatten, standen sie endlich vor dem Roten Ochsen. Das Banner der Österreicher über dem Eingang zeigte ihnen, dass sie am Ziel angelangt waren. Auf ein Klingelzeichen hin ließ ein uniformierter Wächter sie durch das Hoftor ein und nahm Feldwebel Wagner das Pferd ab. Dann wurden sie im Haupthaus durch verwinkelte Flure hindurch in eine Art Stube gebracht, deren Tür eine kleine, vergitterte Öffnung aufwies. Entlang der Wände waren Bänke aufgestellt, ein Haufen zerschlissener Decken lag bereit, auf dem Boden fanden sich auch zwei Strohsäcke sowie ein sauberer Eimer für die Notdurft.

Ohne eine weitere Erklärung löste der Feldwebel den langen Strick, der die Rekruten zusammenhielt, gab seinen Leuten Anweisung, im Wechsel vor der Tür Stellung zu beziehen, dann schickte er sich an, den Raum zu verlassen.

«Können Sie uns nicht endlich diese verdammten Handfesseln abnehmen?», brauste der Schwarze Jonas auf, der die letzten Stunden gänzlich verstummt gewesen war. «Wir sind Rekruten und keine Strafgefangenen.»

«Nein!» war die knappe Antwort. Die Tür fiel ins Schloss, ein Riegel wurde vorgeschoben. Die Tranlampe am Wandhaken gab nur spärlich Licht.

Der junge Rekrut Ebel begann zu fluchen: «Kruzitürken! Hätt ich gewusst, was für ein Affentheater die machen, hätt ich mich nicht werben lassen.»

«Schrei nicht rum, das Kind schläft.» Margaretha legte

Lenchen vorsichtig auf einem der Säcke ab und deckte es zu. «Besser als im Turm letzte Nacht ist's hier allemal. Ich jedenfalls bin hundemüde und will nur noch schlafen.»

Die beiden Frauen schoben die Strohsäcke zusammen, um sich dort später mit den Kindern schlafen zu legen, während sich die Männer gegenseitig die Schnappsäcke abschnallten und sich auf den Bänken ausstreckten.

«Hoffentlich bringen die noch was zu essen und zu trinken. Sonst schlag ich Krach», begann Ebel erneut.

«Hab auch Hunger!», krähte Peter, doch niemand achtete auf ihn.

Juliana stellte den Eimer nach hinten in die Ecke und setzte sich zu Hannes auf die Bank. An seinen Handgelenken hatten die Fesseln bereits rote Abdrücke hinterlassen. Er hielt die Augen geschlossen, doch als sie über seine sonnengebräunten Hände strich, huschte ein Lächeln über seine Lippen.

«Hauptsache, wir sind beisammen», sagte er leise. «Ganz gleich, was da kommt.»

Juliana nickte stumm. Sie hätte ihn gern gefragt, was er von all dem Affentheater hielt, wie Ebel es genannt hatte, doch sie durften sich weder vor dem jungen Rekruten und Zerfass noch vor dem wachhabenden Feldjäger ein falsches Wort erlauben.

Eine Zeitlang sprach keiner im Raum ein Wort. Auch draußen war, von den Bewegungen ihrer Wächter abgesehen, alles still. Irgendwo schlug eine Turmuhr die elfte Stunde.

Dann aber wurden plötzlich Rufe laut, dazu Hufgetrappel auf Kopfsteinpflaster, das Knarren eines Hoftors, das Geräusch einer vorfahrenden Kutsche. Türen im Haus wurden unter Stimmengemurmel geöffnet und wieder geschlossen. Mitten in der Nacht schien die Kaiserliche Werbedirektion zum Leben zu erwachen.

«Was hat das zu bedeuten?», fragte sie leise.

Auch Hannes hatte sich aufgerichtet und lauschte. «Ich weiß es nicht.»

Da sprang der Schwarze Jonas von der Bank und lief zu Adam Zerfaß, der abseits der anderen in seine Decke gewickelt an der Wand hockte.

«Hast du uns was zu sagen, Zerfaß?», zischte er.

«Ich? Wieso? Aber nein ...», stotterte der.

«Das will ich dir auch geraten haben!»

Wider Erwarten hatte Juliana auf ihrem Strohsack geschlafen wie ein Stein. In der Nacht hatte ihnen noch jemand einen Korb mit Brot und einen Krug Wasser hereingebracht, dann war es auch im Werbhaus ruhig geworden. Sie erwachte erst von den warmen Sonnenstrahlen, die durch das winzige Fensterchen auf ihr Gesicht trafen. Hannes beugte sich über sie und gab ihr einen Kuss auf die Wange.

«Wie schön du bist, wenn du schläfst», flüsterte er.

Da polterte Patrouillenführer Heinrich herein.

«Rekrut Ebel – aufgestanden!»

Schlaftrunken rappelte sich der Junge auf. Heinrich löste ihm seine Fesseln, hieß ihn, den Ranzen aufzusetzen, und wies zur Tür.

«Wo bringen Sie mich hin?»

«In die Garnison von Brünn. Beeil dich, der Wagen wartet.»

Wenig später wurde auch Zerfaß geholt.

«Kommt der jetzt nach Wien?», rief der Schwarze Jonas. «Verteilt ihr uns jetzt wie die Spielkarten, oder was?»

Doch er erhielt keine Antwort. Hannes kauerte zusammengesunken auf der Bank und blickte den beiden nach. Auf Julianas Frage, ob ihm nicht gut sei, schwieg er, starrte nur unablässig auf die Tür, bis sie keine halbe Stunde später wieder aufschwang.

Es war tatsächlich Zerfaß, der mit zusammengepressten Lippen zurückkehrte, unter Bewachung zweier Infanteriesoldaten, die Bajonette aufgepflanzt. Die Hände hatte er frei. Hastig zerrte er seinen Schnappsack unter der Bank hervor und schnallte ihn sich auf den Rücken.

Hannes wollte sich ihm in den Weg stellen, doch die Bajonettspitzen hinderten ihn daran. Da begriff Juliana: Zerfaß wurde von den Soldaten nicht bewacht, sondern geschützt.

«Ich warne dich, Zerfaß», fauchte Hannes ihn an, «wenn da irgendwas gegen uns im Gange ist, reiß ich dir bei der nächsten Begegnung eigenhändig dein anderes Auge aus!»

Die Tür fiel ins Schloss, und sie waren unter sich. Juliana fühlte sich plötzlich mehr als unbehaglich.

«Denkst du, was ich denke, Hannes?», fragte der Schwarze Jonas leise.

«Was redest du?», fragte sie ihn bang, doch er legte die Finger auf die Lippen und deutete zur Tür.

Sie schwiegen. Von draußen hörte man Türen schlagen, eilige Schritte, Pferdegetrappel von Reitern, die kamen und gingen. Margaretha stillte ihr Kind, Peter saß auf seines Vaters Schoß, was er sonst nie tat, und kaute am restlichen Brot. Zum ersten Mal fiel Juliana auf, dass der inzwischen sechsjährige Junge mit seinem langen dunklen Haar und dem kantigen Gesicht dem Vater schon verblüffend ähnlich sah.

Erneut wurde die Tür aufgerissen, und in Begleitung zweier Soldaten trat ein aristokratisch wirkender Mann ein, in blendend weißer Uniform mit blauen Abzeichen.

«Major Lamboy, in Vertretung des Kaiserlich-Königlichen Werbedirecteurs. Wer von euch beiden ist Jakob Schweikard?»

«Meine Wenigkeit, Herr Major.» Hannes' Stimme klang dünn.

«Mitkommen zum Verhör.»

Hannes nickte nur und folgte ihm mit schleppendem Schritt nach draußen.

Erschrocken schlug sich Juliana die Hände vors Gesicht.

«Beruhig dich», flüsterte Margaretha. «Das ist gewiss ganz normal. Der Major ist einer vom Werbhaus und kein Amtsrichter.»

Keine halbe Stunde später kehrte Hannes zurück, wieder in Begleitung der Soldaten und des Majors. Er warf ihnen einen beschwörenden Blick zu und machte mit den gebundenen Händen das Zeichen zu schweigen. Diesmal war noch ein betagter weißhaariger Bürgersmann dabei, der beim Gehen einen Stock benutzte.

«Ich bin Kriminalrat Doktor Siegler, Vorsitzender des Peinlichen Verhöramts zu Frankfurt.» Er deutete mit dem Gehstock auf den Schwarzen Jonas. «Wer ist Er, und woher stammt Er?»

Der Schwarze Jonas setzte seinen Sohn auf dem Boden ab und nahm Haltung an.

«Bürger Johann Platter, Fayence-Krämer aus Kelsterbach. Dies hier sind mein Weib Grethe und meine lieben Kinder Peter und Lenchen.»

Doktor Siegler kniff die Augen zusammen. «Er trägt nicht zufällig auch den Namen Christian Reinhard? Oder Schwarzer Jonas?»

«Nein, Herr Kriminalrat. Diese Namen hab ich nie gehört.»

«Auch nicht den Namen Schinderhannes?»

«Den schon, Herr Kriminalrat. Der ist ja weithin bekannt.»

Der Schwarze Jonas war verblüffend ruhig geblieben, und der Alte nickte nur, bevor er sich an Juliana wandte.

«So gehört Sie also zu Jakob Schweikard?»

«Ja, Herr Kriminalrat.» Ihr war, als würde ihr jemand die Kehle zudrücken. «Ich bin Liese Schweikard, verehelicht mit

Jakob Schweikard. – Und ich bin guter Hoffnung», fügte sie mit Tränen in den Augen hinzu.

Sieglers Miene wurde weich. Dann räusperte er sich.

«Soweit ich weiß, ist Sie von Amts wegen noch keineswegs mit Jakob Schweikard verehelicht.»

«Vor Gott aber schon», stieß sie hervor.

«Nun gut. In Kürze wird eine wichtige Zeugin hier eintreffen, dann sehen wir weiter.» Er wandte sich an den Major. «Wie steht's mit dem Signalement aus Mainz?»

«Wir haben den Boten gleich letzte Nacht losgeschickt. Er müsste jeden Augenblick mit dem Steckbrief des Schinderhannes zurück sein.»

«Bitte, Herr Kriminalrat», warf der Schwarze Jonas ein, «wer soll diese Zeugin sein?»

«Die Wirtin vom Riedhof nahe Frankfurt. Dort sollen der Schinderhannes und der Schwarze Jonas mehrfach Unterschlupf gefunden haben.»

Am Nachmittag wussten sie: Bereits in Limburg hatte der einäugige Zerfass sie verraten. Hatte dem Kurtrierer Amtsverwalter Fuchs sogar zugesteckt, man brauche nur auf der Schwarzmühle seinen Bruder und dessen Frau Elisabeth, Schwester des Schwarzen Jonas, zu befragen, was dann auch geschehen war. Allein, deren prompte Bestätigung hätte man auch als böswillige Verleumdung auffassen können, und aus diesem Grund hatte man sie zusammen mit dem Zerfaß hierher nach Frankfurt gebracht, um den ungeheuerlichen Verdacht durch das Frankfurter Kriminalgericht untersuchen zu lassen. Rekrut Ebel war nur zur Ablenkung mitgeführt worden. Im Übrigen hatte man Hannes nun aufgrund des Mainzer Steckbriefs und nicht zuletzt seiner Narbe unter den Stirnfransen eindeutig als den gesuchten Schinderhannes erkannt.

All das hatte Hannes von Siegler erfahren, als er ein zweites Mal zu ihm ins Verhörzimmer gebracht worden war. Zuvor nämlich war die Wirtin des Riedhofs zu ihnen geführt worden und hatte sie alle vier ohne mit der Wimper zu zucken verraten. Obendrein hatte sie den Schwarzen Jonas beschimpft, er habe sie mehrfach auf übelste Weise mit der Pistole bedroht.

Als Hannes mit schmerzvoll verzogenem Gesicht vom Verhör zurückgekehrt war, Fußgelenke und Hände in Ketten statt in Stricken, hatte Juliana sofort gewusst, dass er sich preisgegeben hatte.

«Was geschieht jetzt mit uns?», flüsterte sie, nachdem Hannes in stockenden Worten berichtet hatte.

Hannes zuckte die Schultern. Er sah aus, als hätte er keinen Funken Kraft mehr in sich.

Aufgebracht spuckte der Schwarze Jonas aus. Auch ihn hatte man in Eisen gelegt.

«Jetzt fangt nicht gleich alle zu flennen an!», schnauzte er, um dann, mit Blick auf die Tür, im Flüsterton fortzufahren: «Ja, wir sind entlarvt, aber das heißt noch lang nicht, dass wir aufgeben. Wir alle haben wohl noch genug Kies im Gewand versteckt, um damit heut Nacht den Wärter zu bestechen. Das Werbhaus ist kein Gefängnis – da finden wir allemal raus.»

«Spinnst du?», zischte Hannes. «Wie sollen wir mit einem krähenden Säugling und einem kleinen Bub unerkannt durch die Gassen kommen? Kannst mir das mal verraten?»

«Hannes hat recht», mischte sich Margaretha in ihrer besonnenen Art ein. «Ihr haut allein ab. Uns Frauen wird man schon mit Milde behandeln, schließlich sind da die Kinder, und Juliana ist schwanger.»

Doch diese Hoffnung wurde ihnen genommen, als keine Stunde später Major Lamboy eintrat.

«Ihr werdet auf die Hauptwache verlegt. Aus dem Schanzerloch ist noch keiner entkommen. Da werdet ihr nämlich doppelt kreuzweis an einen Stein geschlossen. Übrigens trefft ihr im Loch auf alte Bekannte: auf den Fetzer und den Amschel von der Niederländer Bande.»

«Aber ihr könnt uns Frauen doch nicht in Ketten legen!», protestierte Margaretha. «Ich muss mein Kind stillen.»

Der Major lächelte abfällig. «Keine Sorge – für Frauen und Kinder sind auf der Hauptwache die schönen Mansardenkammern reserviert.»

Er gab den beiden Soldaten einen Wink. Die Männer mussten ihre Schultertaschen ausleeren und alles ablegen, was sie bei sich trugen. So landeten in dem bereitgelegten Leinensack beider Geldgürtel, wobei der von Hannes keine hundert, sondern nur zwölf Goldgulden enthielt, aber auch ihre gefälschten Papiere, ihre Messer und Feuerstahle, ihre schwarzen Seidenhalstücher, Hannes' Schreibtafel und Gebetbuch, ja sogar das silberne Amulett, das Juliana ihm einmal geschenkt hatte, und sein schmaler goldener Ehering. Anschließend mussten sie sich bis aufs Hemd ausziehen, und dort, wo die Soldaten etwas ertasteten, wurden die Säume aufgetrennt. Da kamen noch Münzen aus aller Herren Länder hinzu: niederländische Kronen und französische Taler, Dukaten, Konventionstaler, Karolinen und frischgeprägte Franken. Die Heiratsbewilligung steckte der Major in seine Rocktasche.

«Darf ich nun die gnädigen Damen bitten? Aus Gründen der Schicklichkeit dürfen Sie das Gewand selbstredend anbehalten.»

Der Major selbst bückte sich und befühlte erst bei Juliana, dann bei ihrer Freundin jede Rockfalte, jeden Saum. Juliana, die noch immer wie gelähmt stand, dachte daran, dass nun alles, was sie noch besaßen, in einem hohlen Eichenstamm nahe Wiesbaden ruhte. Bei Margaretha indessen fanden sie Goldschmuck und mehrere Silbertaler.

«Eure Habe ist hiermit konfisziert!», sagte der Major, während die Soldaten den Sack zubanden und zu ihren Schnappsäcken stellten. Dann wandte er sich an Margaretha. «Was braucht Sie für die Kinder? Windeln, Kleidung?»

«Ist alles in meinem Ranzen da drüben.» Margarethas Stimme zitterte.

Damit wurde Hannes' Schultertasche bepackt, und ein Soldat drückte sie Margaretha in die Hand.

«Fertig, Herr Major.»

«Fast.» Der Major zog den Heiratskonsens aus der Rocktasche, hob das Papier in die Luft und zerriss es in kleine Fetzen. In einer Welle von Wut ballte Juliana die Fäuste.

«Bereit zum Abmarsch», brüllte er nach draußen.

Schon während dieser ganzen Prozedur waren draußen im Flur schwere Stiefelschritte zu hören gewesen. Als jetzt die Tür aufschwang, wartete eine ganze Schar schwer bewaffneter Rotröcke auf sie.

«Das Kommando der Frankfurter Stadtgarnison wird euch zur Hauptwache bringen.» Der Major schob Hannes zur Tür. «Und wir Kaiserlichen sind euch damit endlich los. – Abmarsch!»

In ihrer Verzweiflung hielt sich Juliana dicht bei Hannes, ihre Schultern und Arme berührten sich. Als sie die Schäfergasse betraten, blinzelte sie gegen das grelle Tageslicht und sah sich um. Zwölf Mann hatte man für sie abbestellt, zwölf Mann für zwei in Ketten gelegte Männer, zwei Frauen und zwei kleine Kinder. Dazu versammelten sich die ersten Schaulustigen – wahrscheinlich hatte es sich bereits herumgesprochen, wer den Frankfurtern da ins Netz gegangen war.

«Wenn sie uns bloß nicht den Franzosen ausliefern», flüsterte Hannes ihr zu, und sie spürte, wie er zitterte. «Lieber will ich alles gestehen, was der Siegler hören will.»

Dann gab er sich einen Ruck.

«Nein, Julchen, wir geben nicht auf, niemals.»

Er fuhr herum und schnauzte einen der gaffenden Bürgersleute an: «Herr! Bin ich Ihm etwas schuldig, dass Er mir so ins Gesicht starrt?»

Da begannen Juliana die mühsam zurückgehaltenen Tränen über die Wangen zu fließen.

Es war aus und vorbei. Nur noch ein Wunder konnte sie retten.

Vier Tage später, den 16. Juni des Jahres 1802, wurden sie zusammen mit den Niederländer Banditen Fetzer und Amschel um drei Uhr in der Nacht in einen zweispännigen Leiterwagen verfrachtet, die Männer in Ketten und Daumenschrauben, die Frauen mit den Kindern im Arm. Bewacht wurden sie von dreißig städtischen Soldaten zu Fuß und neun berittenen Franzosen unter Capitaine Derousse. Hinter der Stadtgrenze kamen noch ein Kurmainzer Kommando und acht Husaren hinzu.

Vergebens hatte Hannes bei den weiteren Verhören den Kriminalrat Siegler angefleht, ihn in Frankfurt zu bestrafen. Er wolle seine ganze Lebensgeschichte offen und der Wahrheit gemäß bekennen, wenn man ihn nur nicht den Franzosen ausliefere. Die seien nämlich schuld daran, dass er so schlimme Taten begangen habe. Und habe er sich nicht die letzten Wochen und Monate von seinem schlechten Leben abgewandt und sich nichts mehr zuschulden kommen lassen? Habe er nicht deshalb auch den Entschluss gefasst, sich bei den Kaiserlichen zu engagieren, mitsamt seiner lieben Frau, die bald ein Kind erwarte? All seine Worte waren umsonst gewesen.

Als sie zur elften Vormittagsstunde auf der Schiffbrücke den Rhein überschritten und in die französisch besetzte Festungsstadt Mainz gelangten, war kaum noch ein Durchkommen. Zu Hunderten und Aberhunderten drängten die Menschen herbei: Ein jeder wollte den berüchtigten Räuberhauptmann Schinderhannes begaffen, und das von so nahe als möglich.

*Zu Weyerbach bei Oberstein,*
*Ende Mai 1844*

*Julianas Inneres war in Aufruhr, als sie sich auf den Heimweg nach Weyerbach machte. Anstatt in Emil Fritschs Wirtsstube zurückzukehren, nahm sie den schmalen Pfad hinauf zum Judenfriedhof auf dem Knappenberg. Von hier oben hatte man einen ungehinderten Blick auf ihr kleines Heimatdorf, das friedlich und ein wenig verschlafen zwischen den bewaldeten Hügeln lag.*

*Seitdem auch der letzte der Weyerbacher Juden abgewandert war, in eine der großen Städte wie Mainz oder Frankfurt, lag deren letzte Ruhestätte von Unkraut und Gestrüpp überwuchert. Juliana suchte nach dem Grab von Isaac Sender. Der Stein mit seinem Namen zwischen geheimnisvollen hebräischen Schriftzeichen stand schief im Erdreich und war mit Moos bewachsen, wie die meisten anderen Steine auch. Die jüdische Gemeinde, die Hannes einstmals ausgepresst hatte wie der Grundherr seine Hörigen, gab es nicht mehr und somit auch keinen, der diese heilige Stätte pflegte.*

*Sie kauerte sich vor Isaacs Grabstein nieder. Gedankenverloren zupften ihre Finger das Moos von den Schriftzeichen. Was war sie eigentlich für ein Mensch? Hatte sie als junges Ding noch geglaubt, dass das Leben es gut mit ihr gemeint hatte, war sie längst eines Besseren belehrt worden. Ja, wenn sie es recht bedachte, war ihr das Leben zur reinen Mühsal geworden. Hätte sie nicht ihre beiden Töchter großziehen müssen, diese braven Mädchen, die so gut geraten waren und rechtschaffene Männer geheiratet hatten –*

*sie wäre wahrscheinlich schon früh vor Kummer gestorben. Stattdessen hatte sie fast alle überlebt, war zu einem verbitterten alten Weib geworden, dem der Branntwein der beste Freund war. Das war der Preis für das Leben, das sie in jungen Jahren geführt hatte.*

*Nun aber war etwas Neues geschehen. Die Begegnung mit dem Mädchen Rebecca, einer geborenen Wiener, war ein Zeichen, und sie wusste jetzt auch, an wen ihr Gesicht sie erinnerte: An das in Todesangst verzerrte Gesicht des kleinen jüdischen Jungen am Fenster, als Hannes und seine Leute das Haus von Wolff Wiener überfallen hatten. Über vierzig Jahre war das nun her, doch dieses Bild würde niemals verblassen.*

*Vom Gastwirt in Oberstein hatte Juliana erfahren, dass Rebecca in Mainz lebte, in jener Stadt, die damals von den Franzosen Mayence genannt wurde und die Hannes und ihr zum Schicksal geworden war.*

*Sie sprang auf. Sie wusste, was zu tun war.*

## Kapitel 43

Schon bald nach Festsetzung der Gefangenen in den Zellen des Mainzer Holzturms wurden die ersten Untersuchungen in Sachen Schinderhannesbande an das eigens gegründete französische Militärgericht übergeben, auch Spezial-Criminal-Tribunal genannt. Zum leitenden Richter ernannte man den ehemaligen pfalz-zweibrückischen Schultheißen Johannes Wilhelm Wernher, einen rundlichen Mann mit kindlich-weibischen Gesichtszügen, und begann eilends mit den Verhören. Unterstützt wurde Wernher von zahlreichen gelehrten Herren, so dem noch recht jungen, ehrgeizigen Kirner Friedensrichter Johann Nikolaus Becker und dem scharfzüngigen Professor der Rechte Anton Keil. Alle paar Tage suchten sie die Zelle der Männer auf, zugleich wurden zahlreiche Zeugen und weitere Verdächtige aufgespürt, führten die Fahndungen doch in alle Himmelsrichtungen bis hin nach Stuttgart, Nürnberg oder Köln.

Von alldem blieben die Frauen, die ihre Zelle unmittelbar unter der ihrer Männer hatten, zunächst unbehelligt. Gleichförmig, wie ein träger Strom, flossen die Tage dahin. Das Licht vor dem kleinen vergitterten Fenster zeigte an, ob es Tag wurde oder Nacht, zum Morgen brachte der Wärter Brot und Wasser, tauschte den Eimer mit der Notdurft gegen einen sauberen aus, zu Mittag und zu Abend gab es für jeden einen Napf voll Brei oder Suppe. Tisch und Stuhl gab es nicht, als Bettstatt dienten zerschlissene Strohsäcke, frische Windeln für Lenchen erhielten sie nur einmal am Tag, der kalte Boden war mit Häcksel bestreut – weil man wohl befürchtete, aus Stroh ließen sich Stricke drehen. Und einmal die Woche, jeden Samstagmorgen, durften sie sich waschen und kämmen und frische Wäsche anlegen. Der kleine Peter litt am meisten, er heulte und quengelte viel, bis ein mitleidiger Wächter ihm zwei Holzpferdchen zum Spielen schenkte: «Der arme Bub kann schließlich nichts dafür.» Von da ab hörte Peter auf zu weinen, aber er sprach kaum noch ein Wort.

Zum einzigen Halt in diesen Wochen wurden Juliana die Stunden, in denen Hannes und der Schwarze Jonas zu ihnen in die Frauenzelle gebracht wurden, unter strenger Bewachung, Hand- und Fußgelenke kreuzweise mit schweren Ketten verbunden. Zweimal die Woche nur war ihnen dieses kleine Glück beschieden, und dann setzten sich Hannes und Juliana, einander die Hände haltend, auf den Strohsack und reisten in die Vergangenheit, um die Gegenwart zu ertragen: «Weißt du noch, unsere erste Nacht in der Schlosskapelle der Schmidtburg? Unsere Hochzeit mit dem besoffenen Pfaffen? Wie diese Tänzerin aus Paris für uns in Griebelschied tanzte?» Die stickige Luft im Turmzimmer, das Rascheln der Ratten, der Gestank der feuchten Strohsäcke und ihrer eigenen Notdurft – all das war dann für eine Stunde vergessen. Die übrige Zeit blieben ihnen nur die geheimen Klopfzeichen, die sie über die niedrige Decke aus Dielenbrettern austauschten. Mal sprach man sich gegenseitig Mut zu, mal sollte das Zeichen sagen: «Ich liebe dich», oder mitteilen, dass in der Zelle über ihnen ein neuer Gefangener hinzugekommen war.

«Glaubst du, wir werden jemals wieder Wolken oder Sterne sehen?», fragte Juliana eines Morgens Margaretha, als sie von ihrem eigenen Schluchzen erwacht war.

Margaretha beobachtete ihren Buben, wie er aus dem Häcksel am Boden kleine Häufchen formte. Ihr einst so rosiges Gesicht war fahl und hager geworden, das Haar strähnig, ihre Gestalt hatte alles Rundliche verloren. Juliana wollte gar nicht wissen, wie sie selbst inzwischen aussah.

«Willst du etwa aufgeben?», erwiderte die Freundin schließlich. «Ich selbst, ich geb nicht auf. Nicht solange unsere Männer es nicht tun. Dass der Fetzer es fast geschafft hat abzuhauen, zeigt, dass nichts unmöglich ist. Unsere Macker schmieden doch längst ihre Pläne, aber das braucht seine Zeit. Hast du nicht verstanden, was sie uns beim letzten Mal sagen wollten? Sie haben Nachricht bekommen, dass der Alt-Schwarzpeter Geld erpressen will, um hier die Wärter zu bestechen. Noch haben unsre Männer treue Freunde da draußen.»

Juliana nickte zweifelnd und spürte, wie sich das Kind in ihrem Bauch bewegte. Sie wusste, dass es ein Junge war, und würde ihn Johannes Christian nennen – nach Hannes und nach ihrem älteren Bruder Christian, den sie seit ihrer Kindheit nie wieder gesehen hatte.

«Du hast recht, Margaretha. Wir dürfen nicht aufgeben.»

Ihre Hoffnung auf Befreiung zerstob zu nichts, als wenige Tage später auch die Frauen vernommen wurden. Es war an einem Samstag, nachdem sie sich hatten frisch machen dürfen und die Zelle reinlich ausgefegt worden war. Drei Stühle und ein Tischchen wurden plötzlich hereingetragen, der Wärter versprühte Lavendelduft, und dann traten zwei vornehme Herren ein, die sich als Untersuchungsrichter Wernher und Doktor Becker vorstellten.

Juliana wurde als Erste auf den freien Stuhl gebeten und dabei ganz förmlich als Bürgerin Blasius angesprochen. Von Hannes wusste sie, dass Wernher nicht zu trauen war, der junge Becker hingegen sei zwar ein eitler Geck, zeige aber immerhin Mitgefühl. Zu ihrer Verblüffung brachte der Wärter einen

Krug Wein mit vier Bechern, und sie wurden aufgefordert, mit den Herren zu trinken. Der Wein schmeckte köstlich, süß und stark. Genau wie Margaretha trank sie den Becher in einem Zug leer. Danach fühlte sie sich ruhiger.

Derweil hatte sich Wernher eine Pfeife gestopft.

«Was hat die Inquisitin vorzubringen?», begann er mit der Befragung, nachdem Becker seine Schreibutensilien auf den Tisch gepackt hatte, und stieß genüsslich eine Wolke Tabakrauch in die Luft.

Juliana tauschte einen raschen Blick mit ihrer Freundin aus. «Es geht uns nicht gut hier, wir können uns nicht reinlich halten, wie wir's gewohnt sind, auch leiden wir unter den Ratten und Flöhen, sodass wir nachts nicht schlafen können, das Essen ist schlecht ...»

«Da hat Sie mich falsch verstanden», unterbrach Wernher sie mit kaltem Lächeln. «Was hat die Inquisitin zu den Verbrechen des Johannes Bückler vorzubringen?»

«Davon weiß ich nichts. Ich kenn meinen Hannes als rechtschaffenen Mann, der mit mir auf den Handel gezogen ist. Er ist ein guter Ehemann und ganz gewiss auch ein guter Vater, wenn unser Kind erst mal auf der Welt ist.»

Wernhers Lächeln wurde breiter. «Wir sind hier nicht am Dorfgericht, gute Frau, dem Sie irgendwelche Märchen auftischen kann. Wir wissen von Zeugen, dass Sie selbst einige Male mit dabei gewesen ist – so bei dem Überfall auf die Betteljuden bei Thalböckelheim.»

«Das ... das war nur ein dummer Scherz, ein harmloser Streich.»

«Ein Scherz, o ja! Der Bückler hat auch herzhaft gelacht, als er uns hiervon berichtet hat. Aber das Lachen wird ihm schon noch im Hals steckenbleiben.»

Juliana war verunsichert. Was durfte sie zugeben, wie viel

hatte Hannes bereits verraten? Sie beschloss, das Versteckspiel aufzugeben, indessen so wenig als möglich zu verraten.

«Aber nur weiter, Bürgerin. Sie war auch dabei, als die Familie Wolff Wiener in Hottenbach von der Bande überfallen und aufs niederträchtigste gequält wurde. Wer alles war noch anwesend von diesen Spitzbuben?»

«Das weiß ich nicht mehr, aber der Hannes hat das Schlimmste verhindert, dass müssen Sie mir glauben!»

«Dito war Sie beim Überfall auf den Juden Isaac Sender zu Weyerbach, dem Heimatdorf der Bürgerin, mit dabei.»

«Das ist nicht wahr! Davon wusste ich gar nichts.»

Sie schlug die Hände vors Gesicht.

«Sei Sie vernünftig, Bürgerin. Der Bückler hat uns schon einiges gestanden. War Sie auch dabei, als seine Bande im Januar dieses Jahres die Kratzmühle bei Merxheim überfallen hat? So nehm Sie die Hände vom Gesicht, damit ich Sie verstehe!»

Erschrocken gehorchte sie.

«Im Januar? Aber nein, da hatten wir doch unser Winterquartier bei Bürger Wetzel, in der Grafschaft Ysenburg. Ganz gewiss.»

«So hör Sie auf zu lügen! Der Adam Kratzmann und seine Familie wurden übelst geschlagen und misshandelt, bis er das Versteck seines Vermögens preisgegeben hat. Der Schwiegermutter wurde der Daumen verbrannt, dann das Hemd am Leib angezündet. Kann Sie sich die Qual der armen alten Frau vorstellen?»

Entsetzt starrte sie ihn an. Niemals hätte Hannes so etwas zugelassen, geschweige denn getan!

Ungerührt fuhr Wernher fort: «Bückler und Reinhard haben diesen Überfall bereits gestanden und drei ihrer Mittäter angegeben. Nur über seinen Erzfreund, den Schuster Leyendecker, schweigt Bückler sich aus, obwohl der vor Ort erkannt worden ist. War dieser also auch dabei? Bedenke Sie: Es geht um Mord, denn Adam Kratzmann ist an den Folgen der Freveltat inzwischen verstorben.»

«Bitte, Herr Richter, glauben Sie mir: Von all diesen Dingen weiß ich nichts.»

Dann brach sie in Tränen aus. Trotz ihrer Verzweiflung wusste sie: Es gab nur noch einen einzigen Ausweg.

«Ich bin da unschuldig hineingeraten», stammelte sie. «Ich bin als junges Ding vom Schinderhannes entführt worden.»

Wernher starrte sie mit seinen großen runden Augen an. «Nun gut, dann berichte Sie. So genau als möglich.»

«Es war nach Ostern, vor zwei Jahren», brach es aus ihr hervor, «da war ich im nahen Wald spazieren. Dabei traf ich auf einen ansehnlichen jungen Mann, der mit seinen Freunden am Lagerfeuer saß. Er hat mir schöne Worte gemacht und kleine Geschenke, und dann hat er verlangt, dass ich meine Eltern verlasse und ihm folge. Ich wollte nicht, und so hat er gedroht, mich umzubringen. Also wurde ich mit Gewalt dazu gebracht, bei ihm zu bleiben. Erst lange nachher, als ich schon weit weg von zu Hause war, hab ich erfahren, dass er der sogenannte Schinderhannes war. Aber da ... da hatte ich längst mein Herz an ihn verloren, war guter Hoffnung von ihm, auch wenn das Kindchen bald gestorben ist ...»

Ihr Schluchzen wurde stärker.

«Wenn ich mich schuldig gemacht habe, so bitte ich um Vergebung. Ich bin doch noch so jung, und jetzt erwarte ich wieder ein Kind von Hannes.»

«Mit Verlaub, werter Herr College», wandte Becker ein und strich sich über das Haar, «ganz ähnlich hat es der Bückler auch geschildert.»

«Nur dass da noch von einer weiteren Blasiustochter die

Rede war.» Wernher schenkte sich und Becker Wein nach. «Alsdann, Bürgerin?»

«Ja, ich vergaß ... meine ältere Schwester Margret ... sie wollte mich nicht allein lassen ...»

«Weiß Sie, wo diese Schwester steckt?»

Juliana entging nicht, wie Becker die Stirn runzelte. «Im Zuchthaus von Gent?», fragte sie vorsichtig.

«Dann will ich's Ihr sagen: Auf dem Armenfriedhof. Sie hat sich im Zuchthaus das Leben genommen.»

Der Schreck über diese Nachricht hatte Juliana zusammenbrechen lassen, und man hatte das Verhör mit Margaretha fortgesetzt. In der Trauer um die Schwester begriff Juliana erst allmählich, dass ihre Hoffnung auf Befreiung nun zunichtegemacht war: Hannes gab nach und nach seine Komplizen preis. Für einen Verräter wie ihn würde ohnehin niemand mehr einen Finger krümmen. Dass er weiterhin geständig war, wenn er auch jegliche Beteiligung an Mord und Totschlag abstritt, erfuhr Juliana bei dem zweiten Verhör eine Woche später, bei dem diesmal auch der Franzosenfreund und Räuberjäger Anton Keil anwesend war. Wieder gab es Wein, noch dazu mit frischem Weißbrot, und Keil lachte und scherzte mit ihnen, sogar in der kochemen Sprache.

Für diesmal wurde vor allem Margaretha befragt, da ihr Mann wohl bislang hartnäckig geleugnet hatte, den Schinderhannes schon früher gekannt zu haben. Er habe ihn nämlich erst als Geschirrkrämer im Rechtsrheinischen kennengelernt. Margaretha indessen hielt den bohrenden Fragen nicht lange stand und rückte mit der Wahrheit heraus.

«Wenn Sie uns nur die Haft erleichtern, will ich alles sagen» waren ihre Worte. «Und bringen Sie meinen Mann dazu, dass er nur alles verrät. Um unserer Kinder willen.»

«So ist's recht.» Zufrieden blinzelte Keil hinter seinen Brillengläsern. «Für die Wahrheit und die Reue ist es nie zu spät. Wir werden sehen, was wir für euch Frauen tun können.»

«Im Übrigen», mischte sich Becker ein, «ist der Bückler da schon einen gehörigen Schritt weiter. Er tut alles, damit sein Julchen und sein Vater Milde erfahren.»

«Sein Vater?», fragte Juliana erschrocken.

«Gewiss. Der alte Bückler sitzt seit gestern ebenfalls hier ein, in einer getrennten Zelle unterm Dach.»

Die Herren erhoben sich. Dabei klopfte Untersuchungsrichter Wernher dem jungen Becker auf die Schulter.

«Sie sind zu weich, Herr College. Lassen Sie sich doch nicht immer wieder blenden von diesem Schinderhannes.»

Anton Keil nickte zustimmend.

«So ist's. Der Bursche hofft doch nur, dass er dem Tod entgeht und mit sechs, acht Jahren Kettenstrafe davonkommt, wenn er den reuigen Sünder spielt.» Er zwinkerte Juliana zu. «Er hat hierfür sogar ein Gnadengesuch eingereicht, mit ganz wohlgesetzten Worten. Verspricht darin seine Teilnahme am Kampf gegen die Engländer.»

«Ein Gnadengesuch an die Franzosen?», wagte Juliana zu fragen. Mit einem Mal kehrte ein Schimmer Hoffnung zurück.

«Ganz recht», bestätigte Untersuchungsrichter Wernher. «An Napoleon Bonaparte, den Ersten Konsul der französischen Republik. Sollte Bückler weiterhin so gut mit uns zusammenarbeiten, werden wir es wohl an den Regierungskommissär Saint-André weiterleiten.»

Er gab dem Wächter ein Zeichen, ihnen die Tür aufzusperren. Dann drehte er sich noch einmal um.

«Ach ja: Künftig wird es hier keine Besuche der Delinquenten Bückler und Reinhard mehr geben. Angesichts der fortgeschrittenen Ermittlungen wäre die Gefahr nun doch zu groß, dass geheime Absprachen stattfinden.»

## Kapitel 44

𝒟ie Zeit selbst wurde den Frauen zur Marter. Seit zwei Monaten saßen sie nun schon in diesem Loch, fühlten sich zunehmend schmutzig und zerlumpt. Läuse hatten sich ins Haar genistet, Flöhe zerkratzten die Haut, die karge Kost und das Nichtstun taten ein Übriges. Mit dem Hochsommer war schwüle Hitze übers Land gekommen, und die schlechte Luft in der Zelle wurde zum Schneiden. Dann wieder entluden sich draußen so heftige Gewitter, dass die Kinder um die Wette weinten. Hin und wieder steckte man junge Frauen mit ihren Bälgern oder alte, zahnlose Weiber aus dem fahrenden Volk zu ihnen in die Zelle, die wenige Tage später wieder abgeholt wurden. Diejenigen, die der Hehlerei für die Räuber verdächtigt wurden, blieben länger, verschwanden dann aber auch irgendwann. Nur mit Juliana und Margaretha geschah nichts.

Derweil war Julianas Leib schwer und rund geworden. Sie geriet allmählich in einen Zustand von bleierner Trägheit, die sie die meiste Zeit des Tages verstummen und des Nachts immerhin tief und fest schlafen ließ. Die Klopfzeichen von oben wurden seltener, dafür hörte man beinahe täglich Stühlerücken, wenn wieder einmal die Herren Richter anwesend waren.

Hatten sich ihre Männer die Zelle zu Anfang nur mit Fetzer, Amschel und einem Hehler geteilt, so waren längst etliche Komplizen aus dem Hunsrück, der Wetterau und dem Odenwald hinzugekommen, wie der junge und der alte Butla, der schöne Schulz oder der Hannadam. Über Seibert hatten sie schon im ersten Verhör erfahren, dass er in Liebshausen von einem Streifkommando erschossen worden sei, inzwischen war auch Zughetto tot, von einer Bürgerwehr regelrecht gelyncht.

Das alles berührte Juliana kaum. Der Einzige, der sie dauerte, war der kränkliche alte Bückler, der nun in seiner Zelle darben musste, wo er doch nie etwas Schlimmeres getan hatte, als für seinen Sohn hin und wieder Ware zu verhökern.

Sie hätte nicht in Worten ausdrücken können, wie sehr sie darunter litt, Hannes nicht mehr sehen zu dürfen. Sie litt stumm, ohne Tränen und ohne Klagen. Nur manchmal, wenn sie glaubte, über sich Hannes weinen zu hören, wäre sie am liebsten mit dem Kopf gegen die Wand gerannt.

Margaretha indessen verlor immer häufiger die Fassung. Einmal warf sie dem Wärter den vollen Napf vor die Füße. «Den Schweinefraß kannst selber fressen. Ich werd mich beschweren!»

Ein andermal lief sie eine halbe Ewigkeit in dem kleinen Raum auf und ab. «Ich verlier noch den Verstand!», begann sie plötzlich außer sich zu schreien, mit hoher, schriller Stimme. «Wann kommen wir endlich vor Gericht? Wollen die uns hier elend verrecken lassen?»

«So beruhig dich doch! Du erschreckst die Kinder», versuchte Juliana sie zu besänftigen. Sie hatte längst begriffen, was hier vor sich ging: Die gesamte Räuberbande, jeden Komplizen, Helfershelfer und Hehler auch aus frühesten Zeiten wollte man zusammenfinden, und das brauchte seine Zeit. Die französische Staatsmacht war dabei, in Mainz den größten Strafprozess aller Zeiten auf die Beine zu stellen.

Als Peter in diesem Moment wimmernd über Bauchschmerzen klagte, kam Margaretha wieder zu sich. Sie hielt im Laufen inne und betastete seinen Bauch.

«Hart wie ein Stück Eisen», murmelte sie. Dann hämmerte sie gegen die Zellentür. «Aufmachen! Sofort aufmachen!»

Es war Bernhard, der den Kopf hereinsteckte – derselbe Wärter, der dem Jungen die Holzpferdchen geschenkt hatte. Bei ihm hatte Juliana sich oft gedacht: Den Bernhard könnt man bestechen, hätt man nur irgendwo noch einen Taler versteckt.

«Was ist los?»

«Der Bub ist krank. Wir brauchen dringend einen Arzt.»

Was die Frauen nie für möglich gehalten hätten: Noch am selben Abend sah der Mainzer Gefängnisarzt Doktor Röder bei ihnen vorbei, ein hagerer, nachlässig gekleideter Mann mit fleckigem Filzhut und einem Zwicker auf der riesigen Hakennase. Er blieb nicht lange, schimpfte dabei die ganze Zeit, wie man zwei Frauenzimmer mit ihren Kindern in solch einem Dreck verderben lassen könne, und hielt sich wie zur Bekräftigung immer wieder sein blütenweißes Taschentuch über Mund und Nase.

«Der Mensch braucht frische Luft», dozierte er. «Frische Luft und ausreichend Betätigung. Ein Gesetzesbrecher erst recht muss ordentlich untergebracht und genährt werden und im Gegenzug sinnvolle Arbeit verrichten – nur dann kann er wieder ein nützliches Glied unserer Gesellschaft werden. Diese Art Unterbringung in einem Straturm ist unserer heutigen Zeit unwürdig!»

Er holte ein dunkles Fläschchen aus seiner Arzttasche, träufelte einige Tropfen auf ein Stück Zwieback und schob es dem Jungen in den Mund.

«Das wird die Krämpfe zum Stillstand bringen. Der Junge soll heute und morgen nur noch abgekochtes Wasser bekommen und Haferbrei. Ich werde hierzu entsprechende Anweisungen geben.»

«Danke, Herr Doktor.» Margaretha deutete einen Knicks

an. «Und bitte sagt auch, dass das Essen gar zu kärglich ist. Nicht mal sonntags gibt's ein Stücklein Speck oder Fleisch.»

Doch der Gefängnisarzt schien ihr gar nicht zuzuhören. Stattdessen musterte er Juliana über den Rand seines Zwickers hinweg.

«Im wievielten Monat ist Sie?»

«Ich weiß es nicht. Aber meine Freundin meint, es könnt schon in wenigen Wochen kommen.»

Kopfschüttelnd blickte er sich um, dann hielt er wieder sein Schnupftuch vor die Nase.

«Ich werde beim Präsidenten des Tribunals eine Verlegung beantragen. Damit gibt's hier im Turm auch wieder mehr Platz. Die Männer oben in den Zellen sitzen ja schon wie die Heringe im Fass aufeinander.»


«Aufstehen und mitkommen! *Allez, en marche!*»

Die beiden Soldaten stießen mit der Fußspitze gegen ihre Strohsäcke. Peter war als Erster auf den Beinen.

«Sind wir jetzt frei?», fragte er verschlafen.

«*Mais non.*» Der jüngere Soldat lachte und wollte dem Jungen schon übers Haar streichen, zuckte dann aber zurück. «Wir euch bringen in Maison de Force.»

Juliana erhob sich mühsam. «Maison de Force?»

«Das ist das Zuchthaus hinter den Augustinern.» Im Türrahmen erschien Doktor Röder, in Begleitung von zwei weiteren französischen Soldaten. «Und jetzt beeilt euch, ich hab nicht den ganzen Morgen Zeit.»

«Dürfen wir uns von den Männern verabschieden?», fragte Margaretha.

«Das ist nicht vorgesehen.»

«Bitte, Herr Doktor – ich flehe Sie an! Das sind unsere Ehemänner, die Väter unserer Kinder.»

«Nun gut. Aber nur auf einen Augenblick.»

Sie traten hinaus ins Treppenhaus des Strafturms. Anders als in ihrer stinkenden Zelle roch es hier nach Holz und Bohnerwachs. Die Treppe knarrte gewaltig unter ihren Schritten. Auf dem oberen Absatz blieben die Soldaten stehen und brachten ihre Gewehre in Anschlag.

«Die Gefangenen Bückler und Reinhard sollen austreten», beschied Röder dem Zellenwärter. Unwillkürlich strich Juliana sich das Haar zurecht – es fühlte sich strähnig und fettig an. Dann kamen die beiden auch schon herausgewankt, verschlafen, hemdsärmelig und in Ketten um Hand- und Fußgelenke. Beide hatten sie an Gewicht verloren, Hannes noch mehr als sein Kumpan. Sein hohlwangiges Gesicht war bleich, fast schwarz traten die Bartstoppeln hervor. Doch seine tiefblauen Augen strahlten.

«Julchen!»

Sie fielen sich in die Arme, so gut das eben ging mit seinen Ketten.

«Wir müssen ins Zuchthaus», sagte sie schluchzend. «Fort von dir, und bestimmt ist's dort noch schlimmer.»

«Das glaub ich nicht, ganz bestimmt nicht. Und bald schon wird man euch Frauen freilassen, ich hab nämlich Napoleon um Gnade angeschrieben.»

«Ich weiß, Hannes, ich weiß.»

«Wirst du dann auf mich warten, bis ich meine Strafe abgearbeitet habe?»

Sie blickte ihn an.

«Und wenn es zehn Jahre sind! Und wenn du in den Krieg gegen die Engländer ziehen musst, dann komm ich mit dir.»

«Ach, meine Prinzessin.»

«Es reicht!», brüllte Röder mit heiserer Stimme. «Auseinander und Abmarsch!»

Auch Margaretha löste sich nur widerwillig von ihrem Mann. Nachdem die Soldaten die Männer in ihre Zelle zurückgetrieben hatten, stolperten sie beide tränenblind die schmale Treppe hinab.

«Sehen wir den Vater jetzt nie wieder?», fragte Peter.

«Unsinn, Junge. Es wird nur seine Zeit dauern.»

«Gibt's im Zuchthaus noch mehr Kinder?»

«Ganz bestimmt.»

«Dann freu ich mich drauf.»

Sie traten vor das Tor, umringt von den Soldaten, der Gefängnisarzt schritt voraus. Unwillkürlich blieb Juliana stehen und reckte das tränennasse Gesicht in die Morgensonne – wie schön sich das anfühlte! Nach dem Gewitter von letzter Nacht war die Luft rein und klar, sie duftete nach nassem Laub und feuchter Erde.

«Weiter jetzt, kommt!», trieb Röder sie an.

Die Stadt war bereits erwacht. Krämer zogen ihre Ware in Handkarren hinter sich her, Taglöhner eilten zur Arbeit, Mägde und Hausfrauen zum Einkauf. Und ein jeder blieb stehen und glotzte sie an. Plötzlich rief ein Weib: «Die eine – das ist die Braut des Schinderhannes!», und sofort bildete sich eine Menschentraube.

«Weg da!» Der dürre Gefängnisarzt schwang drohend seinen Spazierstock. «Aus dem Weg, sonst machen wir von der Schusswaffe Gebrauch!»

Zum Glück war es nur ein kurzes Stück bis zur Maison de Force. Vorbei an den Resten der Mainzer Stadtmauer ging es durch eine schmale, schattige Gasse mit Schenken, Stallungen und einfachen Handwerkerhäusern, in einer Seitengasse sah man auffällig geschminkte Weibspersonen müßig an den Hauswänden lehnen und Tabak rauchen. Eine nicht eben feine Gegend, und an der nächsten Kreuzung, an der sie links abbogen, befand sich wie zum Beweis ein Triller, doch das Rundgitter des Drehhäuschens war leer. Gleich darauf standen sie unter dem Torbogen des Zuchthauses, auf dem ein seltsames Bild in Stein gemeißelt war: Eine Schar Menschen hockte zusammengepfercht auf einer vierrädrigen Karre, die von Wildschweinen, Löwen und Hirschen gezogen wurde – wahrscheinlich Vagabunden, die man ins Zuchthaus verfrachtete.

Als sie nach mehrmaligem Läuten eingelassen wurden, war sich Juliana sicher, dass sie vom Regen in die Traufe gelangt waren: Ein düsteres Gemäuer mit allseits vergitterten Fenstern umgab im Viereck einen kahlen Hof, den sie im Gefolge zweier mit Knüppeln bewehrter Wächtern rasch durchquerten. Die Soldaten hatten bereits nach Öffnen des Tores kehrtgemacht, jetzt erwartete sie auf den Stufen einer breiten Treppe ein ganz in schwarz gekleideter Herr mit strengem Blick.

Röder schüttelte ihm die Hand. «Bon jour, Herr Direktor Kronfeld. Hiermit übergebe ich Ihnen die Züchtlinge Margaretha Reinhard und Juliana Blasius.»

Der Direktor nickte. «Gehen wir hinein und erledigen wir die Formalitäten.»

In einer Art Schreibstube mussten Juliana und Margaretha ein Papier unterzeichnen, dessen Worte Juliana in der Eile nicht lesen konnte. Margaretha setzte drei Kreuze an die entsprechende Stelle, Röder unterschrieb ebenfalls, dann läutete der Direktor eine Glocke. Ein schwarzbärtiger, vierschrötiger Kerl, der Juliana an den Alt-Schwarzpeter erinnerte, trat ein. Er wurde ihnen als Zuchtmeister Albrecht vorgestellt, dessen Befehlen absoluter Gehorsam zu leisten sei.

«Wenn ich Sie nun in meiner Wohnung auf ein Tässchen Chocolade einladen dürfte, Herr Doktor?» Direktor Kronfeld legte Röder den Arm um die Schultern.

«Sehr gern.»

Damit verschwanden die Männer durch eine mit Leder gepolsterte Tür.

«Mitkommen zum Willkomm!», schnauzte der Zuchtmeister.

Juliana zuckte zusammen. Sie hatte davon gehört, was den Neuen bei der Ankunft im Zuchthaus drohte. Als sie jetzt in den Hof zurückkehrten, war dort tatsächlich mittendrin ein hölzerner Prügelbock aufgebaut. Daneben wartete der Stockknecht, einen Stiel mit Lederriemen in der Faust, und grinste breit.

«Das können Sie nicht machen», stotterte sie. «Ich erwarte ein Kind.»

«Halt's Maul, wenn du nicht gefragt bist. Los», Albrecht deutete auf Margaretha, «hinknien! Oberkörper auf die Bank, die Hände in die Riemen.»

Margaretha lächelte gequält und drückte Juliana ihr Kind in den Arm.

«Keine Angst», flüsterte sie. «Is nich mein erstes Mal.»

Während die Freundin sich vor den Prügelbock kniete, sah sich Juliana hilfesuchend um. Das konnte Röder, als guter Christenmensch, doch nicht zulassen! Sie entdeckte ihn und den Direktor am offenen Fenster über der Schreibstube, beide mit ihren Tassen in der Hand. Kronfeld nickte dem Zuchtmeister zu, Röder trat vom Fenster weg.

«Sieben Karbatschenhiebe zum Willkomm!», beschied Albrecht mit dröhnender Stimme. Schon beim ersten Schlag auf Margarethas Rücken klammerte sich Peter heulend an Julianas Rockzipfel. Sie drehte ihn zur Seite, damit er das schmerzvolle Spektakel nicht mit ansehen musste. Dafür glotzten aus einer Reihe von Fenstern im Erdgeschoss, die wohl zu einem Saal gehörten, Dutzende Weiber zu ihnen herüber.

Von Margaretha war kein Laut zu hören, selbst beim letzten Schlag nicht. Als sie wieder losgebunden wurde und sich schwankend aufrichtete, war ihre Unterlippe blutig gebissen.

Verschreckt hielt Juliana das schlafende Lenchen fest an sich gepresst. So standhaft würde sie niemals sein.

Doch wundersamerweise ging der Kelch an ihr vorüber. Angesichts ihres Zustandes wurde sie nur mit einem symbolischen Streich auf den Rücken willkommen geheißen, und sie ahnte, dass hierfür der Gefängnisarzt verantwortlich war.

Fortan lebten sie in Gesellschaft von gut fünfzig Frauen und einem guten Dutzend Kindern. Der Schlafsaal war damit übervoll belegt, und sie mussten zu zweit in einem Bett schlafen. Aber immerhin hatten sie Betten, auch wenn es jeden Morgen gotterbärmlich nach Ausdünstungen und vollen Nachttöpfen stank. Gesichert war der langgestreckte Saal durch eine schwere Eichenholztür mit einer Klappe und mehreren eisernen Riegeln, die Fenster lagen in großer Höhe und waren mit Eisenstäben besetzt.

Gleich nach dem Willkomm hatten sie ihr gelb-braun gestreiftes Sträflingsgewand erhalten, das Haar wurde ihnen auf Daumenbreite kurz geschnitten, gewaschen und nach Läusenissen durchkämmt. Von da an gehörten sie dazu: Allesamt waren sie ein heimatloses, liederliches Volk, wie sie sich täglich von den Wärterinnen und dem Zuchtmeister sagen lassen mussten – ein Volk von Bettlern und Zigeunern, von Vagabunden und Diebsgesindel, von Waisen, Huren und Irrsinnigen, die man allesamt erfolgreich von der Straße geholt habe, um ihnen Disziplin, Anstand und Arbeitsfleiß zu lehren.

Hierfür mussten sie zwölf Stunden täglich arbeiten: Vormittags ging es in die Spinnstube zum Wollekrempeln, Spinnen, Seidehaspeln oder Garnstreichen, nachmittags in die

Tretmühle, wo Mehl für die Stadt Mainz gemahlen wurde. Trotz ihrer fortgeschrittenen Schwangerschaft wurde Juliana nur wenig geschont. Für Lenchen hatte man eine Wiege hergeschafft, Peter kam in die Kinderstube zu den Kindern anderer verbrecherischer und vagabundierender Mütter, um dort einfache Flecht- und Papierarbeiten zu verrichteten. Schläge waren an der Tagesordnung. Die gab es bereits, wenn man beim Fluchen, Singen und Kartenspiel erwischt wurde oder wenn man vor den Aufsehern Rotwelsch sprach, was fast alle Züchtlinge beherrschten.

So vergingen die Tage im immer gleichen Trott: Morgens um vier schlugen die Aufseher mit ihrem Schlüsselbund gegen die Tür, dann hieß es aufstehen, ankleiden, Betten machen. Nach dem gemeinsamen Gebet wurden sie zur Arbeit geführt, wo sie schufteten bis zur Nachtruhe, nur unterbrochen von den kurzen Mahlzeiten im Speisesaal. Die immerhin waren etwas reichhaltiger als im Gefängnisturm: Zum Morgenimbiss gab es Brot mit etwas Butter, mittags und abends dann warme Suppen. Am Sonntag war sogar ein wenig Wurst oder Fleisch dabei. Wer allerdings mit Stockschlägen bestraft worden war, dem blieb für diesen Tag obendrein das Essen versagt.

Im Speisesaal traf man auch auf die Männer, die nur halb so viele an der Zahl waren. Sie arbeiteten, in Ketten gelegt, zumeist im Straßenbau oder Steinbruch, und Juliana beneidete sie fast darum, dass sie wenigstens täglich hinauskamen. Nur des Sonntags, nach dem Gottesdienst, war ihnen der Hofgang erlaubt: In Zweierreihen marschierten die Frauen und Kinder eine Stunde lang brav im Kreise, um dann von den Mannsbildern abgelöst zu werden. Doch selbst am Tag des Herrn mussten sie nach dem Mittagessen wieder arbeiten, auf dass man nur ja nicht auf dumme Gedanken kam.

Unter den Züchtlingen hatte sich blitzschnell herumgesprochen, dass Margaretha das Weib eines berüchtigten Räubers war und Juliana gar die Braut des Schinderhannes, dessen Namen auch hier jeder kannte. Anfangs war die Häme der anderen Weiber, dass man sie erwischt und gefangengesetzt hatte, groß gewesen, doch Juliana kümmerte das nicht. In Gedanken war sie stets bei Hannes, und dass Margaretha an ihrer Seite war, gab ihr Halt. Vor allem aber hielt sie eisern an der Hoffnung fest, dass das Gnadengesuch Erfolg haben würde.

## Kapitel 45

Das heisere Schreien des Neugeborenen ließ Juliana vor Glück erschauern. Vergessen waren die Wehenschmerzen, vergessen die große Angst, die sie vor der Stunde der Niederkunft gehabt hatte. Überraschend schnell war alles gegangen, und als das kleine Wesen jetzt, frisch gewaschen und in ein Wolltuch gewickelt, in der Wiege neben ihrem Bett lag, liefen ihr die Tränen übers Gesicht. Kerngesund und kräftig war ihr Sohn, ganz anders als das Evchen damals.

«Ja, heul nur! Noch so ein unnützes Balg auf der Welt», knurrte die Hebamme und zog unter Julianas Leib das blutige Leintuch hervor. «Los jetzt, raus aus den Federn, der Doktor Röder kommt gleich vorbei. Wie soll ich sonst die Wäsche wechseln?»

Mühsam kletterte Juliana aus dem Bett. Beine und Unterleib fühlten sich ganz taub an. Verena, die junge Frau, die mit ihr auf der kleinen Krankenstation lag, weil sie alle paar Stunden Blut hustete, kam ihr zu Hilfe. Sie stützte sie, bis die Hebamme fertig war und das Bett frisch bezogen. Dann nahm sie den Säugling aus der Wiege und legte ihn Juliana in die Arme. Mit leisem Schmatzen begann er an der Brust zu trinken. Juliana stieß einen Seufzer der Erleichterung aus. Alles schien so einfach diesmal.

«Ein hübsches Kind», sagte Verena anerkennend. «Wie soll's denn heißen?»

«Johannes Christian.»

«Nach dem Schinderhannes, gell?»

Juliana nickte. «Und nach meinem Bruder.»

«Häng bloß nid zu arg dein Herz dran. Sie werden's dir wegnehmen, genau wie mir im Frühjahr.»

Erschrocken starrte Juliana sie an. «Das würd ich nicht zulassen. Niemals.»

Niemand machte Anstalten, ihr das Kind wegzunehmen. Im Gegenteil: Der Direktor selbst, der am dritten Tag bei ihr vorbeischaute, sicherte ihr zu, dass sie mit dem kleinen Johannes Christian ganze zehn Tage auf der Krankenstation bleiben durfte, mit gesonderter Kost und von der Arbeit befreit.

«Dem Mainzer Standesbeamten haben wir angezeigt, dass die Bürgerin Juliana Blasius zum 9. Vendémiaire im Jahre zwölf, sprich: nach alter Zeitrechnung zum ersten Oktober des Jahres 1802, einen gesunden Jungen zur Welt gebracht hat. Ist dies korrekt?»

«Das stimmt», stammelte Juliana, den schlafenden Jungen an ihre Brust gebettet. «Und danke für alles!»

«Da gibt's nichts zu danken», erwiderte Kronfeld kühl. «Wir haben Weisung vom Gericht, dich bis zum Prozess gesund zu erhalten.»

Er ging zur Tür, wo er sich nochmals umdrehte.

«Am ersten Sonntag nach dem Wochenbett wird der Junge in unserer Kapelle getauft. Unser ehrenwerter Maire der Stadt,

Franz Konrad Macké, der die Geburtsurkunde gegenzeichnet, wird bei der Taufe ebenfalls anwesend sein. Benimm dich also entsprechend.»

«Ein so hoher Herr kommt?», fragte Juliana überrascht. «Wie kann das sein?»

«Ganz einfach: Unser großherziger Maire will die Patenschaft des Jungen übernehmen.»

Er klopfte gegen die Tür, damit die Wärterin ihn hinausließ.

«Bitte, Herr Direktor, warten Sie. Mein Mann, der Hannes Bückler, muss auch zur Taufe kommen. Der Junge ist sein Sohn, er muss ihn doch sehen dürfen ...»

Er runzelte die Stirn. «Das liegt nicht in meinem Ermessen.»

«So taufe ich dich denn auf Franz Wilhelm Blasius. Im Namen des Vaters, des Sohnes und des Heiligen Geistes.»

Das Kind gab einen empörten Laut von sich, als ihm das Taufwasser über die Stirn rann. Es trug ein blendend weißes Taufkleid, das der Bürgermeister zu diesem Anlass hatte schneidern lassen.

«Aber warum Franz Wilhelm?», entfuhr es Juliana, die Hannes' Hand fest umschlossen hielt. «Er heißt Johannes und nicht Franz.»

«Still», raunzte der Zuchtmeister sie an. Er und zwei bewaffnete Soldaten waren zur Bewachung abgestellt.

Da warf Hannes ihr einen besänftigenden Blick zu, der zu sagen schien: «Lass gut sein. Wir können glücklich sein, dass wir heute beisammen sind.»

Tatsächlich hatte Gefängnisarzt Röder bewirkt, dass Hannes unter starker Bewachung zur Taufe in die Zuchthauskapelle geführt worden war. Als Röder sie nämlich am Ende des Wochenbetts für gesund und arbeitsfähig erklärt hatte, hatte

Juliana ihn unter Tränen angefleht, dass Hannes als Vater des Kindes bei der Taufe dabei sein müsse. Zu fünft standen sie nun also um das Taufbecken der kleinen Kapelle versammelt: Maire Macké, Direktor Kronfeld, der Herr Pfarrer, sie selbst in ihrer schrecklichen Sträflingskleidung mit den noch immer kurzen Haaren und Hannes in einem schäbigen Leinenkittel über dem fleckigen Hemd. Immerhin hatte man ihm an diesem heiligen Ort die Ketten abgenommen. Er war erbärmlich mager geworden und das braune Haar stumpf, hin und wieder hustete er, doch auf dem hohlwangigen Gesicht lag ein beseligtes Lächeln.

Nach dem gemeinsamen Gebet nickte der Mainzer Bürgermeister, der als Pate den Täufling gehalten hatte, voller Befriedigung.

«So ist nun der neue Erdenbürger in die Gemeinschaft der Christen aufgenommen. Auf dass er wohl gerate.»

Juliana warf dem behäbigen rotgesichtigen Mann einen dankbaren Blick zu, doch er beachtete sie gar nicht.

«Ich schlage vor», sagte er, «wir gehen auf einen Schoppen in den Ratskeller. Begleiten Sie uns, Herr Pfarrer?»

Der Pfarrer überreichte Juliana das Kind und nickte.

«Ehrenwerte Herren», sie strich ihrem Sohn über die feuchten Wangen, «ich flehe Sie an: Lassen Sie meinen Mann noch ein wenig bei mir und dem Kind sein.»

Die Herren tauschten verdutzte Blicke aus, dann zogen sie sich an den Altar zurück, um im Flüsterton zu beraten.

«Nun denn», beschied der Direktor schließlich von oben herab, «aus christlicher Barmherzigkeit sei euch eine Stunde gewährt. Zuchtmeister, legen Sie dem Delinquenten wieder die Ketten an und führen Sie die beiden in den Garten. Die Soldaten bleiben Gewehr bei Fuß.»

Das war mehr, als Juliana gehofft hatte. Aus dem vergitterten Fenster der Krankenstube hatte sie viele Male den hübschen Obst- und Gemüsegarten bewundert, in dem zu arbeiten ein großes Privileg darstellte. Ihr und Margaretha war dies leider nie gewährt worden.

Wenig später betraten sie im Beisein ihrer Bewacher den von zehn Fuß hohen Mauern begrenzten Garten und durften sich auf die Bank setzen. Eine milde Herbstsonne schien, und zwischen den Beeten arbeiteten tief gebückt drei Frauen, die sich plötzlich aufrichteten und tuschelnd zu ihnen herüberglotzten. Sofort knallte die Peitsche der Wärterin durch die Luft: «Weiterschaffen, sonst setzt es was!»

«Willst du ihn mal in den Arm nehmen?», fragte Juliana. Jetzt, wo die Taufzeremonie vorbei war, fühlte sie sich befangen vor Hannes. Als ob sie sich in den Wochen seit ihrem Abschied schon fremd geworden waren. Dabei hatte sie nichts mehr herbeigesehnt als ein Wiedersehen.

«Aber wenn ihn meine Ketten nun drücken?»

«Warte.» Sie band ihre Schürze ab, faltete sie zusammen und legte sie ihm auf den Schoß. «Jetzt drückt es nicht mehr.»

Als Hannes seinen Sohn, zum ersten Mal überhaupt, nun in den Händen hielt, darauf bedacht, dass die Ketten den Kleinen nicht berührten, schossen ihm die Tränen in die Augen.

«Wie klein er ist. Wie zerbrechlich.»

«O nein, er ist stark. Schau nur, jetzt ist er eingeschlafen.»

Schweigend beugten sie sich über das kleine Gesicht. Juliana zog es das Herz zusammen: Würde Hannes sein Kind jemals aufwachsen sehen, miterleben, wie es laufen und sprechen lernte?

Er hauchte ihr einen Kuss auf die Stirn.

«Wie geht es dir im Zuchthaus?»

«Nicht schlecht. Wir müssen hart arbeiten, aber dafür geht der Tag schneller vorbei. Wie ist es bei euch?»

«Wir werden immer mehr. Weit über fünfzig sind wir schon, dafür haben wir doppelt so viele Wärter wie zuvor. Nur den Leyendecker können sie nicht finden, wahrscheinlich ist der wirklich ab nach Amerika.» Er schien zu überlegen, was er ihr sagen sollte. Schließlich brach es aus ihm heraus. «Der Holzturm ist überfüllt, und etliche sitzen schon im Eisernen Turm ein. Es ist dreckig, es stinkt bestialisch, das Essen ist zum Speien, da hungerst du lieber. Der junge Butla ist schwer krank und ins Spital verschafft worden. Den Husten und die Krätze haben fast alle, und der Wundarzt ist bald jeden Tag da. Auch meinem Vater geht es schlecht, aber dafür hat er jetzt viel Gesellschaft. Er sitzt mit einem Dutzend anderer in eurer kleinen Zelle.»

Ein Hustenanfall unterbrach seine Rede.

«Ich hab Angst um dich», sagte sie, nachdem er wieder zu Atem gekommen war. «Du bist so dünn geworden, dieser Husten – wie lange hältst du noch durch?»

Da lachte er. «Um mich brauchst dich nicht sorgen, Julchen. Mir geht's gut. Seit letzter Woche sitz ich allein in der Kammer oben im Dach, da, wo vorher mein Vater war, und hab den Gefängnisfraß für mich allein.»

«Du bist ganz allein? Aber warum nur?»

«Wahrscheinlich hatten sie Angst, dass ich die Gitterstäbe rausbrech und aus dem Fenster klettere. Oder dass mir meine lieben Kameruschen aus Rache den Hals umdrehen.»

Er lachte so laut, dass sich die beiden Soldaten nach ihnen umdrehten.

«Jetzt schau nicht so erschrocken. Ich hab meinen Frieden, kann meine Gedanken ordnen. Hab sogar Feder, Tinte und Papier bekommen, um alles aufzuschreiben. Am Tage schreib ich, und wenn's dunkel wird, zerreiß ich wieder alles.»

«Ich würde das nicht aushalten, so ganz allein», murmelte sie.

«Aber warum denn? *Du* bist doch Tag und Nacht bei mir. Und unser Sohn jetzt auch.»

Er hob den Kopf und lächelte sie versonnen an. Ihr war, als würde er durch sie hindurchsehen. Als wäre er ganz weit weg von ihr. Was, schoss es ihr durch den Kopf, wenn er allmählich den Verstand verlor, so allein in seiner Zelle?

«Versprichst du mir was?», fragte sie.

«Alles, meine Prinzessin.»

«Du darfst die Hoffnung nicht aufgeben. Dieser Napoleon wird dich begnadigen, du wirst nicht sterben.»

«Aber natürlich werd ich sterben.» Er grinste breit. «Wir alle werden sterben, eines Tages.»

Dann wurde er ernst.

«Hör zu, Julchen: Selbst wenn man mich aufs Schafott führt – ich hab vor diesem Wernher auf die Bibel geschworen, dass du unschuldig bist! Dir und dem Kind wird nichts geschehen.»

## Kapitel 46

Es sollte ein ganzes Jahr dauern, bis Juliana und Margaretha ihre Männer wiedersehen würden. So lange brauchte es nämlich, bis die Untersuchungen abgeschlossen und nach und nach alle Verdächtigen eingekerkert waren – am Ende über neunzig an der Zahl. Hunderte von Zeugen wurden vorgeladen, Schriftstücke mit anderen Gerichtsorten ausgetauscht, Widersprüche mussten geklärt, neuen Hinweisen nachgegangen und sämtliche Aussagen in die Amtssprache Französisch übersetzt und gedruckt werden. Bis dahin waren drei der Räuber gestorben, einer dem Wahnsinn verfallen.

In dieser Zeit wuchs der kleine Johannes, wie Juliana ihn weiterhin nannte, zu einem hübschen blonden Buben heran, er lernte krabbeln, sitzen und laufen, war bis auf die Leibblähungen der ersten Monate niemals krank, lachte viel und entlockte mit seinen strahlenden blauen Augen sogar den Aufseherinnen hin und wieder ein Lächeln.

Für Juliana zählte nur noch ihr Kind, ansonsten hatte die Welt für sie an Bedeutung verloren. Von ihren Mitgefangenen nahm sie kaum noch Notiz – die kamen und gingen, manche starben im Kindbett, an Fleckfieber oder an der Schwindsucht, so wie Verena, die immer Blut gespuckt hatte. Auch Juliana war einmal auf der überfüllten kleinen Krankenstation gelegen, dann aber überraschend schnell wieder auf die Beine gekommen. Sie hatte schon immer eine gute körperliche Verfassung besessen. Margaretha hingegen wurde auf diesen zweiten Herbst hin immer matter, die Knochen schmerzten ihr, und bereits drei Zähne waren ihr ausgefallen. Doch selbst das berührte Juliana erschreckend wenig.

Fast eineinhalb Jahre waren sie eingekerkert gewesen, als man sie nun an diesem kühlen, windigen Tag Ende Oktober zum Prozess abholte. Statt zum Frühstück wurden sie in die Badstube im Keller geführt, wo bereits eingeheizt war und warmes Wasser im Zuber auf sie wartete. Zu ihrem großen Erstaunen lag auf einer Bank ein Stapel Kleider für sie und die Kinder bereit – aus einfachem Leinen und Kattun geschneidert, dafür aber nagelneu. Für die Kleinen gab es helle, wadenlange Kleidchen mit Spitzenkragen und braun gemusterte Mützchen, die am Kinn gebunden werden konnten, für die Frauen lagen geblümte Röcke, Samthauben mit schwarzem Spitzenband, feine Brusttücher in lichtem Grau sowie eine nachtblaue und eine weinrote Jacke bereit.

«Hat der Herr Direktor all die schönen Sachen gebracht?»,

fragte Margaretha die Wärterin ungläubig, während sie sich ihrer hässlichen Sträflingskleidung entledigte.

«Nee, unser Bürgermeister», knurrte die Wärterin und reichte ihr mit verächtlichem Blick Bürste und Seife. «Was für ein Geschiss man um euch Diebsgesindel macht. Als wärt ihr was Besonderes.»

Juliana achtete nicht auf die gehässige Bemerkung. Ihre Gedanken kreisten darum, was mit diesem Prozess auf sie zukommen mochte. Wie viele Tage würde er wohl dauern? Würde man sie und das Kind zu Hannes lassen? Und hatte er womöglich schon eine Antwort von Napoleon Bonaparte erhalten?

Wie ordentliche Bürgersfrauen sahen sie aus, als die Wärterin sie wenig später wieder nach oben führte. Deren schmallippiges Gesicht verzog sich zu einem Grinsen. «Ich hab gehört, die Särge für eure Männer sind schon bestellt.»

«Hören Sie auf!», herrschte Juliana sie an.

Direktor Kronfeld erwartete sie bereits in seinem Bureau. Er erklärte ihnen, dass der Prozess im Akademiesaal des ehemals Kurfürstlichen Schlosses stattfinde und mindestens zwei Wochen in Anspruch nehmen werde. Hin und wieder werde er ebenfalls anwesend sein. Dann gab er in seinem herablassenden Befehlston Anweisungen, sich während der Audienz nur ja höflich und zurückhaltend zu betragen.

«Von euerm Benehmen wird einiges abhängen, das könnt ihr mir glauben.»

Er brachte sie vor das Haupttor, wo sie von drei französischen Soldaten in Empfang genommen wurden. In Anbetracht ihrer Kinder ließ man sie ungebunden, doch an Flucht hätte Juliana ohnehin keinen Gedanken verschwendet. Sie dachte nur noch daran, dass sie heute endlich Hannes wiedersehen würde. Vom nahen Holzturm war bereits das Stimmengemurmel einer großen Menschenmenge zu hören.

Das kurze Stück bis zum Rheinufer sprachen die Freundinnen vor Anspannung kein Wort, und auch die Kinder wirkten verängstigt. Dann sahen sie den Zug der Gefangenen auch schon kommen: Langsam und feierlich, von zahlreichen Neugierigen am Wegesrand begafft, näherte er sich ihnen auf der Uferstraße. Bewacht wurde er von einem Korps Infanterie und vier Gendarmeriebrigaden, zu je zweit nebeneinander waren die Gefangenen an eine lange Kette geschlossen, die Fußfesseln hatte man ihnen für den Marsch abgenommen.

Julianas Herz begann wie rasend zu schlagen, als sie Hannes erkannte, der den Reigen anführte. Zu seiner Linken schleppte sich sein alter, kranker Vater, einen Leinenverband um den Kopf, und stützte sich, so gut es ging, auf Hannes' Schulter. Hinter ihnen schritten der Schwarze Jonas mit dem alten Butla, gefolgt vom Husaren-Philipp mit Hassinger, dazu der Schöne Schulz, der Jung-Schwarzpeter, der Messerschmied Jakob Stein, der Ackersmann Peter Schneider aus Langweiler, der Pächter Ludwig Rech vom Kallenfelser Hof, der junge Fährmann Seibel aus Hamm und viele weitere, die Juliana nicht kannte oder nicht wiedererkannte. Die einen schritten trotzig im Mut der Verzweiflung voran, manche lachten gar und trieben ihre Scherze, andere hielten den Kopf gesenkt. Hannes ging aufrecht wie ein Stock, suchend schweifte sein Blick über die Menge.

«Hannes! Hier sind wir!», schrie Juliana und winkte ihm zu. Augenblicklich versperrten die Soldaten ihr den Weg mit ihren Bajonetten.

*«Arrêtez-vous!»*

Sie ließen den Zug vorüberziehen bis zum Ende, wo eine Handvoll Weiber marschierte. Die alte Witwe Seibel war die Einzige, die Juliana kannte.

«Bleib bloß weg von uns», zischte die ihr zu. «Dein Schinderhannes ist ein elender Verräter!»

Juliana nahm ihren Jungen auf den Arm und hielt größtmöglichen Abstand zu den Frauen.

«Denkst du auch, dass Hannes ein Verräter ist?», fragte sie Margaretha leise.

Die schüttelte den Kopf. «Jetzt geht's nur noch drum, dass wir unsern Kopf retten. Um nix andres mehr. – Bleib nah bei mir, Peterchen. Nachher darfst dann zu deinem Vater.»

«Will aber gar nicht zu meinem Vater», maulte der Knabe.

Juliana schluckte. *Ihr* Kind wusste nicht einmal, wer von all diesen Männern sein Vater war.

War der Weg am Rhein entlang schon dicht mit Menschen besetzt gewesen, so drängten sich nun vor dem Alten Schloss Tausende. Selbst auf den Booten und den nahen Schiffmühlen im Rhein stand man dicht an dicht. Ein weiteres Aufgebot an bewaffneten Soldaten bewachte die Zugänge zu dem herrschaftlichen Bau.

«Seht nur, wie viele es sind!», wurden Rufe laut. «Der da ist der Schinderhannes!» – «Was für ein schmächtiges Bürschlein!»

Durch einen Seiteneingang wurden die Gefangenen ins Innere geführt, die Frauen als Letzte. Noch immer unter starker Bewachung, durchquerten sie einen Flur, dann die Eingangshalle, von der eine prachtvolle breite Treppe hinaufführte. Ganz offensichtlich hatte man dort oben in einem der Gemächer einen Kaffeeausschank eingerichtet, denn es duftete nach frisch aufgebrühtem Kaffee und heißer Chocolade. Noch war dort alles ruhig, nur ein paar wenige Neugierige starrten zu ihnen herunter.

«Hier hinein! Los, los!», trieb ein Offizier sie an. Juliana folgte den anderen in einen schmucklosen Raum, wo sich die noch immer aneinandergeketteten Männer auf den Boden niedersetzen mussten. Um die wenigen Frauen kümmerte sich niemand.

Margaretha stieß sie in die Seite. «Komm mit!»

Sie bahnten sich ihren Weg durch den überfüllten Raum, stiegen über ausgestreckte Beine hinweg, mussten sich manch frechen Spruch anhören, auch seitens der Soldaten, die nun müßig herumstanden. Wie sie selbst waren auch die Männer allesamt neu eingekleidet worden – Hannes trug eine taubenblaue Jacke mit weißen Knöpfen und sauberer heller Weste darunter, lange grüne Beinkleider und um den Hals ein schwarzes Seidentuch. Den schlichten dreieckigen Hut hatte er neben sich auf den Boden gelegt, und wäre da nicht die schwere, grobgliedrige Eisenkette um sein Handgelenk gewesen, hätte man ihn für einen jungen Handwerker halten können, der sich von der Arbeit ausruhe.

Umso mehr schmerzte Juliana, die in einiger Entfernung von ihm stehen geblieben war, dieser Anblick. Sie selbst hatte längst alle Hoffnung auf Gnade aufgegeben. Stumm beobachtete sie, wie Hannes leise auf seinen Vater einredete, der erschöpft an der Wand lehnte, wie Margaretha dem Schwarzen Jonas das Lenchen in die Arme drückte, um ihn dann zu küssen, wie Peter sich ängstlich hinter dem Rock der Mutter versteckte und aussah, als ob er gleich zu weinen beginnen würde.

Hannes hob den Kopf. «Julchen!»

Er streckte ihr die gebundenen Hände entgegen und lachte.

Befangen stellte sie den kleinen Johannes auf dem Boden ab, gab ihm einen Kuss auf die Wange und sagte: «Das dort ist dein Vater. Und das daneben dein Großvater. Jetzt geh schon.»

«Ich fass es nicht!», rief Hannes und klatschte so laut in die Hände, dass alle Köpfe herumfuhren. «Das Kerlchen kann schon laufen. Seht nur alle her!»

Unsicher tapste der Junge auf ihn zu, blieb kurz vor ihm stehen und machte wieder kehrt.

«He, du Hasenfuß, jetzt komm schon her. Schau, Vater, das ist der Johannes, dein Enkelsohn! Er heißt wie du und ich.»

Doch der alte Bückler hob kaum den Kopf, seine Augen waren rot entzündet.

Juliana schnürte es die Kehle zu. Sie hätte Hannes gern etwas Liebes gesagt, ihm von ihrem Sohn erzählt, ihm Mut zugesprochen, aber sie brachte kein Wort heraus. So kauerte sie sich zu den beiden auf den Boden und zog den Kleinen auf ihren Schoß.

«Wann geht es los?», fragte der alte Bückler plötzlich mit brüchiger Stimme.

«Bald, Vater, bald. Zuerst werden die Leute vom Gericht in den Saal gelassen, dann die Zeitungsschreiber und Honoratioren und am Ende wir, wo wir doch die Hauptpersonen sind.» Hannes' Miene wurde ernst. «Hältst du es durch, Vater?»

Der Alte nickte.

In diesem Augenblick brandeten Beifall und lautes Johlen auf. Verdutzt blickte Juliana sich um und traute ihren Augen nicht: Eine Schar Gerichtsknechte verteilte Becher mit Wein und Kaffee zur Stärkung, dazu für jeden ein feines helles Milchbrötchen. So viel Menschlichkeit hätte Juliana niemals erwartet. Und es sollte nicht bei dieser einen Geste bleiben. Als sie wenig später hinauf in den prächtigen Akademiesaal geführt wurden und hinter ihnen die Tür ins Schloss fiel, wurden die Männer von der langen Führkette gelöst. Von ihren Handschellen abgesehen, konnten sie sich nun frei bewegen. Auf der Galerie, wo sich bereits die Zeitungsschreiber und einige Vornehme versammelt hatten, wurde ein Raunen laut. «Das ist das neue Gesetz!», rief ein junger Mann von oben. «Sogar den Meuchelmörder lässt man vor Gericht frei laufen!»

«*Vive la liberté et l'egalité!*», schallte es zurück.

«Ruhe!», brüllten die Gerichtsdiener, dann wiesen sie den

Gefangenen ihre Plätze zu. Juliana hielt sich dicht an Hannes. Angesichts der Größe und unbeschreiblichen Pracht dieses Saales, der von allen Seiten mit Militär besetzt war, fühlte sie sich klein wie ein Wurm: Die Säulen und Balustraden der umlaufenden Galerie waren aus hellem Marmor, die Stuckdecke zierte ein riesiges Deckengemälde, in den herabhängenden Kronleuchtern steckten zahllose Kerzen, von denen jetzt bei Tag nur wenige angezündet waren. Der lange, durch ein Podest erhöhte Eichenholztisch an der Stirnseite des Saales, der mit einer Schranke gegen die Angeklagten abgetrennt war, stand noch verwaist, nur an der Seite hatte sich bereits der Gerichtsschreiber niedergelassen, neben ihm zwei Männer, die sich auf Französisch unterhielten. Dem Richtertisch gegenüber saßen in einiger Entfernung neun Bürger in weitem schwarzem Rock wie die Luthergeistlichen, mit schwarzer runder Mütze und weißer Halsbinde über der Brust.

Für die Gefangenen waren rechts und links des Tribunals jeweils drei Bankreihen vorgesehen, die tribünenartig anstiegen. Hannes und dem Schwarzen Jonas wurden die vorderen Plätze zugewiesen, und wie selbstverständlich durften die Familien zusammenbleiben. Den alten Bückler indessen musste man auf seinen Platz tragen, so geschwächt war er mittlerweile.

Ein Glöckchen ertönte. Zwischen den Marmorsäulen hinter dem Richtertisch öffneten sich die Türflügel, und die Herren des Tribunals traten ein. Sofort herrschte Stille im Saal, und alle erhoben sich. Drei der Richter trugen französische Militäruniformen, die anderen drei scharlachrote Mäntel über einem schwarzen Gewand und runde schwarze Samtmützen mit goldenen Tressen. Zuletzt trat ein hagerer Mann in schwarzer Robe an den Tisch.

«Das ist Tissot, der öffentliche Ankläger», flüsterte Hannes Juliana zu. Er hielt ihre Hand fest umschlossen, trotzdem begann sie zu zittern. Diese Herren dort würden also über ihr Schicksal beschließen.

Nachdem die Richter zunächst auf Französisch, dann auf Deutsch vorgestellt worden waren, sollte der Vormittag mit endlosen Reden vergehen, die im Wechsel in beiden Sprachen vorgetragen wurden – von einem der Dolmetscher, die neben dem Tisch standen, jeweils übersetzt. Den Anfang hatte der Gerichtspräsident gemacht, ein wohlbeleibter Herr mit Doppelkinn und fleischigen Lippen, der auf einem erhöhten Lehnstuhl thronte. Wie Juliana nun wusste, war das der bekannte republikanische Publizist und Jurist Georg Friedrich Rebmann, der beider Sprachen gleichermaßen mächtig war – ein guter Mann, wie Hannes ihr leise versichert hatte. In aller Förmlichkeit eröffnete er die Hauptverhandlung gegen die vierundsechzig Hauptangeklagten. In seinen bedächtig vorgetragenen Sätzen ging es vor allem um Vorschriften und Ablauf des Prozesses. Der alte Bückler neben Hannes war eingeschlafen und lehnte an der Schulter seines Sohnes. Auch Juliana hörte kaum zu, doch oben auf der Galerie wurde eifrig mitgeschrieben. Erst als Präsident Rebmann sich unmittelbar an Hannes wandte und dabei ins vertraute Du überging, horchte sie auf:

«Blicke nun also, Johannes Bückler, frei und kühn ins Angesicht deiner Mitschuldigen, deiner Verführer und Verführten, und unterstütze durch deine Bekenntnisse die Aussagen der Zeugen. Welches auch alsdann dein Los sein mag, so wirst du die süße Beruhigung genießen, dir selbst sagen zu können: Ich war verführt, ich war Verbrecher, aber nun suchte ich der Menschheit und der Gerechtigkeit Dienste zu leisten und war gewillt, meine verbrecherische Laufbahn mit einer guten Handlung abzuschließen.»

Sie spürte, wie Hannes' Hand zuckte. Dann wurden den

Angeklagten ihre Verteidiger zugeteilt, jene neun Männer im schwarzen Rock gegenüber dem Richtertisch. Damit hatte Juliana nicht gerechnet: Es gab also wahrhaftig Menschen bei Gericht, die sie verteidigen würden, die in ihnen nicht nur ehrloses Räubergesindel sahen!

Anschließend las der öffentliche Ankläger Tissot mit schnarrender Stimme und auf Französisch aus einer dicken, in Leder gebundenen Akte. Es war die nicht enden wollende Anklageschrift, und immer wieder fiel der Name «Jean Buckler». Hannes schien angestrengt zuzuhören, während Juliana so gut wie nichts verstand. Geistesabwesend beobachtete sie den kleinen Johannes, der von ihrem Schoß geklettert war und zusammen mit Lenchen mitten auf dem gefliesten Fußboden vor dem Richtertisch spielte, ohne dass es die hohen Herren zu stören schien. So unbekümmert waren diese beiden Kinder, dass es Juliana fast die Tränen in die Augen trieb.

Sie schrak zusammen, als plötzlich die Worte in Deutsch an ihr Ohr drangen, Worte wie «räuberischer Einbruch mit Todesfolge» oder «Erpressung mit Freiheitsberaubung». Die Namen von Komplizen, die sie sehr wohl kannte, prasselten in schneller Folge auf die Zuhörerschaft nieder, dazu Ortsnamen wie Hottenbach, Liebshausen, Würges und ja, auch Weyerbach, die sofort Bilder vor ihrem inneren Auge entstehen ließen. Schon nach kurzer Zeit hätte sie sich am liebsten die Ohren zugehalten. Hannes aber blieb ganz ruhig, blickte dem Ankläger offen ins Gesicht.

Die Feindseligkeit seiner Mitgefangenen konnte Juliana spüren, noch bevor deren Proteste zu hören waren. Je mehr Anklagepunkte nämlich verlesen wurden, desto häufiger wurden empörte Zwischenrufe laut, bis die Gerichtsdiener mit Hilfe der Soldaten für Ruhe sorgen mussten. Hannes konnte von Glück sagen, dass er in seiner Einzelzelle vor den Kumpanen geschützt war, dachte sie erschrocken, als die schreckliche Litanei endlich zu Ende war. Woher bloß nahm er seine Gelassenheit?

Zu ihrer Überraschung verlas Richter Wernher zum Abschluss dieses ersten Verhandlungstages Hannes' Geständnis, das er wohl schon ein halbes Jahr zuvor zu Protokoll gegeben hatte. Aus dem Munde des Richters klangen Hannes' Worte fremd und vertraut zugleich. Offenherzig bekannte er sich darin zu mancherlei Raub, Einbruch und Schutzgelderpressung, es war viel von unglücklichen Umständen, von Reue und Einsicht die Rede, indessen nie von roher Gewalt.

«Ich bekenne, dass ich Strafe für all diese Verbrechen verdient habe, aber man wird mir keine Grausamkeit vorwerfen können.» Wernher griff nach dem letzten Blatt. «Und wenn meine Mitschuldigen deren begangen haben, so tat ich alles, um sie davon abzuhalten. Lange Zeit nährte ich schon die Hoffnung in mir, dieses schimpfliche Leben endlich zu verlassen, und Bürger Lichtenberger, Inspektor der Salinen in Münster, wird bezeugen können, dass ich mich an ihn gewendet habe, ob denn kein Mittel für mich wäre, in die menschliche Gesellschaft zurückzukehren. Als ich jedoch sah, dass mir alle Hoffnung zur Rückkehr untersagt war, so verließ ich das linke Rheinufer, um mich in Deutschland bei den kaiserlichen Truppen anwerben zu lassen. Aber es entdeckte jemand meinen wirklichen Namen, und ich wurde den französischen Behörden ausgeliefert.»

Wernher machte eine bedeutungsvolle Pause und nahm Hannes scharf ins Visier.

«In dem aufrichtigen Geständnis meiner Verbrechen», fuhr er fort, «ersah ich das einzige Mittel, die Übel, welche ich der Menschheit zugefügt habe, zu verbessern. Ich überlasse denjenigen, die mich urteilen werden, zu erwägen, ob ich diese Verpflichtung erfüllt habe. Und welches auch mein Schicksal sein mag: Ich werde mich ihm mit Standhaftigkeit unterziehen. Alles, was ich möchte, ist, durch rechtschaffene Handlungen die Aufrichtigkeit meiner Reue beweisen.»

Es war mäuschenstill im Saal geworden. Gerichtspräsident Rebmann nickte dem Richter freundlich zu, und Wernher setzte sich.

«Es sei mir erlaubt, für heute das Schlusswort zu sprechen», sagte Rebmann und musterte Hannes. «Citoyen Jean Buckler, erheben Sie sich.»

Hannes tat, wie ihm geheißen. Für einen kurzen Augenblick spielte ein Lächeln um seine Mundwinkel, doch Juliana konnte sehen, wie sich seine Kiefermuskeln verkrampften.

«Wie eben zu hören war, ist in Ihrem Geständnis viel von Einsicht zu hören. Nun liegt es ganz bei Ihnen, Jean Buckler, uns während dieser Verhandlungstage zu beweisen, wie ernst Ihnen die Reue ist. Jedes einzelne Verbrechen wird hier zur Sprache kommen, etliche davon vor geladenen Zeugen und Opfern. Gestehen Sie, was zu gestehen ist, entlarven Sie Ihre Komplizen, wann immer es Zweifel gibt. Kurzum: Halten Sie sich an die Wahrheit, an nichts als die Wahrheit. Nur dann erweisen Sie sich als der Gnade würdig, um die ich den Ersten Konsul gebeten habe. Haben Sie dem noch etwas hinzuzufügen?»

«Nur dass ich Ihnen von Herzen danken möchte, Herr Präsident.» Jetzt lächelte Hannes wirklich, und Rebmann lächelte zurück. «Und wenn es das hohe Gericht erlaubt, wage ich eine Bitte vorzutragen.»

«Es sei Ihnen erlaubt, Citoyen.»

«Mein armer, kranker Vater ist sehr geschwächt. Der Marsch vom Holzturm hierher geht über seine Kraft – wäre es denn nicht möglich, ihn in einer Karre zu fahren?»

Die Verblüffung war den Herren Richter deutlich anzusehen. Auf der Galerie klatschte jemand zustimmend Beifall. Die Richter berieten sich im Flüsterton, dann nickte Rebmann.

«Für Ihren Vater wird eine Karre bereitgestellt.»

Das Tribunal verließ den Saal, und noch bevor Hannes wieder an die lange Kette geschlossen wurde, nahm er Juliana bei den Händen und küsste sie vor aller Augen.

«Die Gnade kommt, Julchen. Ganz bestimmt.»

## Kapitel 47

Auf ähnliche Weise verging nun fast jeder Werktag. Des Morgens wurden sie zum Alten Schloss gebracht, wo nach einer Stärkung die Verhandlungen im größten Strafprozess aller Zeiten begannen, um ein Uhr Mittag wurde ein weiterer Imbiss gereicht – den Prozessteilnehmern und Zuschauern im Kaffeeausschank, den Gefangenen unten im Erdgeschoss, wobei den Männern sogar erlaubt war, ihre Pfeife zu rauchen –, und gegen drei Uhr ging die Audienz zu Ende.

Der kleine Johannes verlor rasch die Scheu vor seinem Vater. Wenn er nicht mit den anderen Kindern spielte und dabei unbekümmert in diesem prunkvollen Saal herumlief, kletterte er auf dessen Schoß, zupfte ihm an den Haaren oder am Halstuch, und Hannes scherzte und spielte mit ihm.

Mittlerweile waren die Verhandlungen öffentlich, und das Interesse des Publikums am Prozess um den Räuberführer Schinderhannes und seine Bande war schier unglaublich. Es hieß, man reiße sich um die Eintrittskarten, die von Tag zu Tag teurer würden, und tatsächlich war die Galerie jedes Mal bis auf den letzten Platz besetzt. Unter den Zuschauern fanden sich längst nicht mehr nur die Honoratioren der Stadt oder die Schreiber der Gazetten und Intelligenzblätter. Bürger in eleganter Garderobe wie einfache Bauern, armes Volk wie feine Damen drängten sich auf der Galerie, um aus sicherer Entfernung und gewiss mit wohligem Gruseln diese angeblich so blutrünstigen Räuber zu besichtigen.

Juliana fühlte sich oft unbehaglich, ausgestellt wie auf einem Jahrmarkt. Hannes aber, den man eindeutig als Hauptakteur sah, enttäuschte die Erwartungen nicht. Erhobenen Hauptes betrat er jedes Mal den Akademiesaal, wandelte so heiter dahin, «als wenn es zum Tanze gehen würde», wie Juliana einmal einen Gerichtsdiener hatte raunen hören. Wenn er sie und den Jungen dann um sich hatte, strahlte er vor Glück. Inzwischen hatte er auch ein wenig an Gewicht zugenommen, dafür hustete er wieder mehr, und seine Stimme war noch heiserer als sonst.

So niederdrückend der Anlass auch war, so sehr sehnten Juliana und Margaretha jeden dieser Tage herbei. Waren sie dann doch wenigstens für ein paar Stunden mit ihren Männern, mit den Vätern ihrer Kinder, vereint. Selbst der alte Bückler schien allmählich wieder Kraft zu schöpfen.

Zweimal, am vierten und fünften Verhandlungstag, wurden sie sogar gemalt. Wie immer waren sie gut und reinlich gekleidet vor Gericht erschienen, Hannes wie jeden Morgen frisch rasiert, als Präsident Rebmann nach dem Mittagsimbiss den Künstler Karl Matthias Ernst in den Saal führte, einen zierlichen Mann, der sich still neben die Schranke zum Richtertisch stellte und seine Staffelei aufbaute. Auf die grimmige Bemerkung seines Kumpans Hassinger, dass er nicht gemalt werden wolle, erwiderte ihm Hannes schroff: «Wer sich fürchtet, mag sich wegdrehen. *Ich* hab ein ehrliches Gesicht, das sich nicht zu verstecken braucht.»

Ausgerechnet als Juliana an der Reihe war, begann ihr Kind lautstark vor Hunger zu quengeln – auch wenn es inzwischen an Brot und Brei gewöhnt war, verlangte es noch ein-, zweimal am Tag nach der Brust. Als Juliana dies als Einwand vorbrachte, winkte der Maler lachend ab: «Lass Sie ihn nur trinken! Für den Betrachter des Bildes ist der Anblick nur umso rührender. Und schau Sie nur recht traurig drein.»

Das fiel ihr weiß Gott nicht schwer. Was anders als hoffnungslos war ihre Lage? Je mehr Tage ins Land gingen, desto beklemmender empfand sie nämlich den Prozess. Zu Anfang wurden noch alte Sachen verhandelt, aus Hannes' Jugendjahren, die auf der Galerie nicht selten Heiterkeit hervorriefen: kleine Betrügereien und die ersten Bubenstücke mit den jungen Kameraden, wie sie etwa Fleisch und Brot von französischen Proviantwagen stahlen oder am helllichten Tag Bienenstöcke entwendeten und zwei Meilen weiter wieder verkauften. Dann die zahlreichen Diebstähle von Pferden und Vieh oder von Weißzeug, das sie von der Wäscheleine stibitzten. Mitangeklagt waren junge Männer, von denen Juliana nie zuvor gehört hatte und die nun vor Gericht und den vorgeladenen Zeugen alles abstritten.

Hannes aber blieb ruhig und gelassen. Auf jede Frage antwortete er schnell und ohne zu leugnen, gab sich weder frech noch feige. Nur einmal wurde er spöttisch, als Tissot die Räuber als verworfene Brut beschimpfte. Da hatte er grinsend entgegnet: «Ja, wir sind eine Landplage, aber wenn wir nicht wären, wozu bräuchte man dann all die Herren Richter und Ankläger?» Er schonte sich nicht, forderte seine Kameraden immer wieder zur Wahrheit auf und wurde von Rebmann sogar mehrfach gelobt für seine schnelle Auffassung und sein ausgezeichnetes Gedächtnis. Juliana spürte, wie viel Sympathie er beim Publikum innehatte, und nur wenn schlecht von ihr oder seinem Vater geredet wurde, brauste er auf. Aber auch das schien bei den Zuschauern gut anzukommen.

Dann aber war plötzlich von dem ersten Toten die Rede, dem Hunsrücker Landstreicher und Pferdedieb Niklas Rauschenberger, genannt Plackenklos – einem nach Tissots Worten Strolch übelster Sorte. Vor sechs Jahren, ließ Tissot den Dolmetscher übersetzen, sei dieser Gauner in seinem Hause brutal zu Tode geprügelt und gestochen worden, und zwar von Jakob Fink, Johann Seibert, den hier anwesenden Philipp Heidens und Johannes Bückler. Letzterer sei auf dem Sterbenden so lange herumgetrampelt, bis ihm vollends alle Knochen gebrochen waren.

«Mon Dieu!» war als spitzer Schrei von der Galerie zu hören, und Juliana starrte Hannes an.

«Leider gibt es für diese infame Tat keinerlei Zeugen» war prompt von Hannes' Verteidiger zu hören. «Und die Beschuldigten Seibert und Fink sind mittlerweile tot.»

Hannes' Oberkörper straffte sich, als ihm das Wort erteilt wurde. «Der Plackenklos war ein Hundsfott, er hatte ein blutjunges Mädchen, die Amie Schäfer, bedroht. Hernach hatte die Mutter des Mädchens uns gebeten, die Sache in die Hand zu nehmen, und das ist dann aus dem Ruder gelaufen. Wenn der Seibert nun im Koblenzer Gefängnis solcherlei Lügen über mich verbreitet hat, so mag er das getan haben, um seine eigene Haut zu retten. Aber nichts daran ist wahr.»

Er drehte sich zu einem rotgesichtigen Burschen um, der zwei Reihen hinter ihnen saß.

«He, Philipp – sag du den Herren Richtern, ob ich am Tod vom Plackenklos schuld hab oder nicht.»

Der Rotgesichtige nickte heftig. «Es ist, wie's der Hannes sagt: Es sollte bloß 'ne gehörige Abreibung werden, aber der Seibert und der Rote Fink haben den Kerl ja gleich mausetot schlagen müssen. Der Hannes und ich haben nix damit zu tun. Das schwör ich bei Gott.»

Erleichtert atmete Juliana auf. Sie glaubte Hannes, auch wenn Tissots Miene mehr als Zweifel ausdrückte.

Doch dabei blieb es nicht. Nur einen Tag später ging es um einen weiteren Mord: Im August vor fünf Jahren habe der Hauptangeklagte zusammen mit dem derzeit flüchtigen Peter Petri, genannt Alt-Schwarzpeter, den jüdischen Viehhändler Simon Seligmann im Wald bei der Thiergartenhütte hinterrücks zu Tode gestochen und all seiner Habe beraubt.

«Der Alt-Schwarzpeter war damals sturzbetrunken gewesen», brachte Hannes zu seiner Verteidigung vor, «und ich hab ihn nicht abhalten können. Er hatte schon zugestochen, bis ich bei ihm war. In rasender Wut, weil der Mann ihn nämlich in einer Weibergeschichte verraten hatte.»

«Aber Sie geben zu, dass Sie sich die Beute geteilt haben», warf Rebmann ein.

«Nur insofern, als ich die Jacke und die Schuhe des Toten an mich genommen habe. Das Geld und die Kuh von Seligmann hat der Alt-Schwarzpeter für sich behalten.»

Mit einem Mal erinnerte Juliana sich daran, wie bei ihrem Marsch durch den Soonwald kurz vor der Thiergartenhütte die Rede vom Alt-Schwarzpeter und einem toten Viehhändler gewesen war. «Ein Unglück, eine dumme Sache» war damals die Antwort auf ihre bange Frage gewesen. Verunsichert starrte sie zu Boden. Wie gut kannte sie eigentlich den Mann, an dessen Seite sie seit über drei Jahren lebte?

Was in den nächsten Tagen folgte, verunsicherte sie noch mehr. Mit einem Mal war sie mitten dabei in den Geschehnissen, kannte die Namen der Opfer, erinnerte sich an die Schauplätze der Überfälle und Einbrüche. Mal zitternd vor Wut, mal verängstigt traten täglich neue Zeugen und Opfer an die Schranke des Tribunals und legten vor dem Präsidenten ihren Eid ab, nichts als die Wahrheit zu sagen.

Mit den fortschreitenden Verhandlungstagen verschwand Hannes' anfängliche Munterkeit. Zumeist saß er mit gekrümmtem Rücken auf der Bank, das Gesicht in die Hände gestützt, und wirkte vollkommen abwesend.

Zu Julianas Schrecken war auch Isaac Sender aus Weyerbach vorgeladen. Mit zittriger Stimme beschrieb der Mann, wie zwei Räuber gewaltsam bei ihm eingebrochen waren und ihn und sein Weib so lange gemartert hätten, bis er endlich sein kärgliches Vermögen herausgerückt hätte. In einem der Räuber hätte er den Herrn Hannes zweifelsfrei erkannt, weil der ihn nämlich ein halbes Jahr zuvor schon einmal auf offener Straße beraubt hatte. Und von dem Burschen, der an der Tür Wache hielt, habe er damals geglaubt, es sei das Julchen aus seinem Dorf in Bubentracht.

«Das Glauben überlass Er den Christenmenschen», versetzte Julianas Verteidiger scharf. «Hier sitzt die Bürgerin Blasius vor Ihm – war sie also dabei?»

Verlegen musterte Sender sie, und Juliana konnte seinem Blick kaum standhalten. Unwillkürlich musste sie an ihren Vater denken. Was er wohl von ihr gedacht hätte, wenn er hier unter den Zuschauern säße? Sie hatte niemals mehr von ihm gehört, obwohl sie nach der Geburt ihres Sohnes die Erlaubnis erhalten hatte, ihm eine Nachricht zukommen zu lassen.

«Nu ja», Sender kratzte sich am Kopf, «so ganz sicher bin ich mir nimmer, ob's dem Hannikel sein Julchen war.»

Hannes schnellte in die Höhe. «Das kannst auch gar nicht! Weil der an der Tür nämlich ein junger Kerl aus Bärenbach war.»

«Hinsetzen, Citoyen Buckler!», herrschte Rebmann ihn an.

Hannes gehorchte, fuhr aber noch immer aufgebracht fort:

«Allein der Dallheimer und ich sind bei dem Sender eingebrochen. Niemals hätt ich zugelassen, dass Julchen bei unseren Raubzügen mitmacht. Sie ist unschuldig.»

«Ruhe jetzt!» Rebmann wandte sich an Juliana. «Sie haben das Wort zu Ihrer Verteidigung, Citoyenne.»

«Ich schwöre bei Gott, dass ich zu der Zeit auf dem Eigner Hof war, zusammen mit meiner …», sie schluckte, «… mit meiner lieben Schwester Margret. Der Pächter kann das bezeugen, meine Schwester leider nicht mehr. Ich bitte Sie, Isaac Sender: Sagen Sie das auch meinem Vater, dass ich's nicht war!»

Der Jude wie auch die Richter schienen ihr zu glauben, denn von Weyerbach war künftig nicht mehr die Rede. Dafür von zahlreichen anderen Überfällen aus Zeiten, in denen Juliana und Hannes bereits ein Paar waren. Sie musste sich Dinge anhören, die sie sich niemals auszudenken gewagt hätte: so die Sache mit dem Wanderschuster, den Hannes und Dallheimer auf der Straße beraubt und nackend ausgezogen haben sollten. Dutzende Schuhnägel hätten die beiden dem armen Mann ins Hinterteil geschlagen, bevor sie ihn laufenließen. Zu Hannes' Glück hatte es das Opfer nicht gewagt, vor Gericht zu erscheinen, und Zeugen für diese Misshandlung waren keine aufzutreiben.

Als Zeugin des räuberischen Einbruchs in Hottenbach war indessen die Magd von Wolff Wiener erschienen – der jüdische Tuchhändler selbst war ein Jahr nach der Tat verstorben, seine Familie zu Verwandten an die Mosel verzogen. Diese hatten dem Gerichtsboten ausrichten lassen, dass man mit der Sache nichts mehr zu schaffen haben wolle, da ihnen als Juden ohnehin keine Gerechtigkeit zuteilwürde. Auch hier verlas Tissot in allen schrecklichen Einzelheiten die Anklagepunkte, von seinem Übersetzer ins Deutsche übertragen, und Juliana hatte das Bild der misshandelten Kinder, das sie damals hinter der Fensterscheibe zu sehen bekommen hatte, sofort wieder vor Augen. Von sieben Räubern war die Rede, und die Magd erkannte unter den anwesenden Angeklagten zweifelsfrei Hannes als Chef und den jungen Christian Denig, der schräg hinter Hannes saß, als einen der gnadenlosen Angreifer. Damit war Hannes überführt, doch zu Julianas großer Erleichterung sagte die Magd aus, dass durch dessen Eingreifen das Schlimmste habe verhindert werden können. Auch wenn sie alle grässliche Angst vor ihm gehabt hätten, so sei sie ihm hierfür dankbar. Hannes' Miene blieb wie versteinert, als die Frau ihm bei ihren letzten Worten auch noch zulächelte.

Als Nächstes aber erschien im Zeugenstand Maria Kratzmann, das Weib des Kratzmüllers aus Merxheim, zusammen mit ihrem ältesten Sohn und ihrer Mutter, die bei dem räuberischen Einbruch in die Mühle ums Haar verbrannt worden wäre.

«Da kommen meine Todesboten», entfuhr es Hannes erschrocken, als die drei in den Akademiesaal geführt wurden. Während Maria Kratzmann mit stockenden Worten schilderte, wie die Räuber sie gequält und misshandelt hatten, weil sie nicht mehr als dreißig Gulden im Haus gehabt hätten, packte Juliana das Entsetzen. Ihrer armen, alten Mutter hätten diese Teufel sogar brennenden Zunder auf den Daumen gebunden und ein Wachslicht unter die Achsel gehalten, bis sich eine tiefe Wunde gebildet hatte. Und ihr hernach das Nachthemd angezündet! Bei diesen Worten begann die Alte neben ihr zu schluchzen, ein Gerichtsdiener musste ihr einen Stuhl bringen.

«Meine Mutter war dann lange Zeit krank daniedergelegen, und auch mein lieber Mann hat sich von dem Schrecken nie erholt.» Hasserfüllt starrte Maria Kratzmann Hannes an, der kreidebleich geworden war. «Letzten Monat ist er dann verstorben.»

Jetzt fing auch sie zu weinen an. Erst nachdem sich die beiden Zeuginnen einigermaßen beruhigt hatten, konnte Richter Wernher fortfahren. Er wandte sich an die alte Frau.

«Im Verhör hatte der Angeklagte Johannes Bückler vermeldet, er sei eingeschritten gegen seine vom Branntwein trunkenen Kameraden und habe einen Eimer Wasser über das brennende Nachthemd geschüttet. Ist dem so, Zeugin?»

«Das stimmt, das war der da, der Anführer der Räuber.» Sie zeigte auf Hannes. «Aber derselbe war's auch, der mir zuvor das Wachslicht unter den Arm gehalten hat und der den Einfall mit dem brennenden Zunder hatte.»

Plötzlich sprang sie auf und ballte die Fäuste.

«Der ist eine Bestie und gehört aufs Rad geflochten!»

Juliana schlug die Hände vors Gesicht. Oben auf der Galerie war es totenstill geworden. Als Hannes wenig später seine Verteidigung erlaubt wurde, schüttelte er nur den Kopf und schwieg.

Da bat der alte Bückler ums Wort.

«Ihr Herren Richter», flehte er mit dünner Stimme, «so bedenken Sie doch, dass das Soldatenleben einen schlimmen Einfluss auf das Kind gehabt hat. Es hat einen wilden Buben aus ihm gemacht, der niemandem folgen wollte. Wenn böse Beispiele alsdann sein Herz verdorben haben, so bleibt mir nichts, als sein Schicksal zu bedauern. Aber im Kern ... im Kern ist mein Sohn kein schlechter Mensch!»

Als nun von der Galerie Schmährufe laut wurden, sackte er wieder in sich zusammen und sagte nichts mehr. Juliana wusste: Spätestens nach der Sache mit den Kratzmüllers, diesen rechtschaffenen Christenmenschen, hatte Hannes das letzte Wohlwollen bei den Zuschauern verspielt.

So ging die Verhandlung, in der nun auch immer häufiger die Verbrechen des Schwarzen Jonas ans Licht kamen, in die vierte Woche. Wie ein Tier in der Falle kauerte Hannes inzwischen auf seinem Platz, seine Knie zitterten, die Augen waren gerötet. Im Gegensatz zu seinem Freund gab er jedes Verbrechen zu, blitzschnell kamen aus seinem Mund die Namen der Mittäter. In den Pausen musste er längst von Soldaten vor seinen Kumpanen geschützt werden, nachts fand Juliana keinen Schlaf mehr. Und ihre beste Freundin Margaretha versagte ihr mittlerweile den Trost, da Hannes nichts als ein feiger Verräter sei.

Was hätte Juliana ihr auch entgegnen sollen? Als schließlich der Mordraub zu Södern zur Sprache kam, an dem reichen Handelsmann Mendel Löb, gab Hannes ohne Zögern zu, dabei gewesen zu sein. Aber geschossen hätte aus Notwehr der Georg Friedrich Schulz.

«Du lügst!» Der Schöne Schulz war aufgesprungen und drängte auf ihn zu. Seine Ketten rasselten, als er die Faust zum Schlag hob. Hannes konnte eben noch ausweichen.

«Nicht ich hab geschossen, als der Jud mir mit der Axt den Schädel spalten wollte, sondern du!», brüllte Schulz, während die Soldaten ihn gewaltsam auf seinen Platz zurückbrachten. Der kleine Johannes hatte sich erschrocken unter den Richtertisch geflüchtet.

Da geschah etwas Unfassbares: Der Schwarze Jonas, der in seinen Aussagen bislang jedes Wort sorgfältig bedacht hatte, bat um Gehör.

«Der Bückler hat geschossen, das hat er uns selbst hinterher erzählt. Sein Weib und mein Weib sind Zeugen.»

Juliana erstarrte, als Rebmann nun Margaretha zur Aussage aufforderte.

«Ja, es ist wahr», murmelte diese und starrte zu Boden.

«Was ist mit Ihnen, Citoyenne Blasius?»

Der Verteidiger ging dazwischen. «Die Bürgerin muss nicht gegen ihren Mann aussagen.»

Mit Schwindel im Kopf nickte Juliana ihrem Verteidiger zu und schwieg.

Doch der Schwarze Jonas war noch nicht fertig. Ganz offensichtlich wollte auch er seine Haut retten und belastete Hannes obendrein mit dem Mord am Kurmainzer Korporal Franz Kleb in Klein-Rohrheim – Juliana erinnerte sich plötzlich genau, wie Hannes damals den Lorenzen-Peter der Tat beschuldigt hatte. Sie zog ihren Sohn auf den Schoß und begann zu weinen.

Es war aus und vorbei.

Als dieser schreckliche Nachmittag zu Ende ging und die Herren Richter ihre Akten, die Schreiber ihre Utensilien zusammenpackten, stürmte Hannes zum Richtertisch.

«Herr Gerichtspräsident – auf ein Wort noch!»

«Nehmt ihn fest!», brüllte der diensthabende Kommandant den Soldaten zu. Doch Rebmann winkte ab.

«Sprechen Sie.»

«Ist es wahr», Hannes fasste nach der Hand seines Sohnes, der ihm nachgerannt war, «dass ich gerädert werden soll? Ich hör es von allen Seiten...»

Rebmann räusperte sich. «Nun, die Franzosen haben diese grausame Todesart dem Himmel sei Dank abgeschafft.»

«Aber wenn ich doch sterben muss?»

«So haben Sie keinen andern Tod als den unter der Guillotine zu fürchten, einer äußerst humanen Art der Hinrichtung.»

«Darauf bin ich gefasst, Herr Präsident. Ich seh doch, wie es um mich steht. Aber mein Weib, das Julchen, das hab ich verführt, sie ist ganz und gar unschuldig!» Leise fügte er hinzu: «Wenn ich trotzdem zu leben wünsche, dann nur deswegen, weil ich doch noch ein ehrlicher Kerl werden könnte, ein treuer Vater und guter Ehemann.»

Juliana, die dicht hinter ihm stand, wollte Rebmann ebenfalls um Gnade für Hannes anflehen, aber sie brachte kein Wort heraus.

## Kapitel 48

Seit zwei Tagen schon strömten die Menschen aus weitem Umkreis in die Stadt, zu Wasser und zu Lande, um Urteilsverkündung und Vollstreckung mitzuerleben. An diesem Sonntagmorgen des 20. November 1803 nämlich sollte der Stab über die vierundsechzig Angeklagten gebrochen werden. Dichter Nebel stand in den Gassen, als die Gefangenen gegen zehn Uhr vor Gericht gebracht werden sollten. Die Mainzer Gendarmerie hatte Mühe, die Schaulustigen zur Seite zu drängen, und vor dem Alten Schloss gab es vollends kein Durchkommen mehr.

Die ganze Nacht hatte Juliana um Gnade gebetet, bevor sie dann doch noch in einen kurzen, unruhigen Schlaf gefallen war, ihren Sohn fest im Arm. Wäre da nicht das Kind – sie hätte sich dem Tod nicht mehr verweigert. Am letzten Verhandlungstag nämlich hatte am Ende der Mainzer Regierungskommissär beantragt, auch Juliana und den alten Bückler mit dem Tode zu bestrafen. Daraufhin war Hannes in Tränen ausgebrochen, und sein Vater hatte gerufen: «Das wär mir grad recht, ich mag nicht mehr.»

Wie immer betraten die Frauen – neben Juliana und Margaretha waren das mittlerweile nur noch die alte Landfried und das Weib des Schönen Schulz – an diesem Morgen als Letzte den Gefangenenraum. Juliana fand Hannes mit seinem Vater abgesondert in einer Ecke, umringt von vier Bewachern. Ganz elend sah er aus mit seinen hohlen Wangen und den tiefen Schatten unter den Augen. Als der kleine Johannes ihn entdeckte, wackelte er los auf seinen dicken Beinchen, ruderte mit den Armen und rief plötzlich laut und deutlich: «Papa! Papa!»

Ein Leuchten breitete sich auf Hannes' Gesicht aus. Er lachte und streckte ihm die gebundenen Hände entgegen: «Er kann's! Er spricht!»

Juliana lief ein Schauer über den Rücken. All die Tage hatte Hannes im Gerichtssaal mit dem Kleinen das französische Wort Papa geübt, und heute plötzlich vermochte er es zu sprechen. Ob das ein Zeichen war?

Das Frühstück fiel üppiger aus als sonst. Zu den Milchbrötchen wurde Käse und Speck gereicht, Wein wurde nachgeschenkt, wenn der Becher leer war. Hand in Hand mit Hannes betrat Juliana schließlich den Akademiesaal, vor ihr ging Margaretha, die seit dem Weckruf am Morgen noch kein Wort mit ihr gewechselt hatte. Juliana wusste auch, warum: In seiner Schlussrede am Vortag hatte Ankläger Tissot die Bosheit besessen, darauf hinzuweisen, wie bereitwillig Hannes in den Voruntersuchungen ohne Not und Folter seine Komplizen entlarvt habe. Woraufhin unter den Angeklagten ein wahrer Tumult ausgebrochen war. Seither zeigte sich nicht nur Margaretha voller Verachtung für Hannes.

Nachdem die Saaltüren fest verschlossen und mit starker Bewachung versehen waren, wurden die Männer von der Kette gelassen und nahmen ihre Plätze ein. Die meisten starrten stumm zu Boden, nur einige wenige, wie der Husaren-Philipp oder der Schwarze Jonas, plauderten und kauten dabei an ihren Brötchen, die sie mit hereingebracht hatten, als säßen sie im Wirtshaus.

Juliana sah hinauf zur Galerie. Die erste Reihe war heute ausschließlich mit Honoratioren besetzt, darunter Bürgermeister Franz Konrad Macké, der die letzten beiden Wochen mehrfach mit seiner Frau im Zuchthaus aufgetaucht war, um sich vom Wohlergehen seines Patenkindes zu überzeugen. Zu Julianas Empörung hatte er Johannes unablässig Franz Wilhelm genannt. Jetzt winkte er dem Knaben zu.

Hannes war ihrem Blick gefolgt.

«Dieser Franzosenschleimer! Der soll bloß unser Kind in Ruh lassen.» Dann erstarrte er, und Juliana erkannte hinter dem Bürgermeister Hannes' Mutter und seine kleine Schwester Maria Catharina. Beide hatten sie kreidebleiche Gesichter.

Auch der alte Bückler hatte sie entdeckt, und augenblicklich rollten ihm die Tränen über die Wangen. «Wehe mir! Das hätten sie besser nicht tun sollen.»

Zuschauer wie Angeklagte erhoben sich, als nun die Herren des Tribunals in den Saal einzogen. Zum Erstaunen aller ergriff als Erster der Regierungskommissär das Wort und nahm seinen Antrag auf Todesstrafe für die Angehörigen des Hauptangeklagten zurück. Speziell im Fall der Citoyenne Julie Blasius plädiere er auf Milde, in Ansehung ihrer Jugend, ihres Wesens und ihrer Liebe für den Vater ihres Kindes. Daraufhin folgten noch einige andere Punkte zur Bestrafung der Schuldigen, doch Juliana hörte nicht mehr zu. Hannes, der den Jungen auf dem Schoß hielt, weinte vor Freude, und einmal mehr schickte sie ein Stoßgebet zum Himmel, dass auch Hannes ein gnädiges Urteil zuteilwürde.

Nach einer kurzen Rede des Gerichtspräsidenten wurden erst die Verteidiger, dann die Angeklagten befragt, ob sie vor der Urteilsfindung noch etwas vorbringen wollten, doch von den Gefangenen schüttelten die meisten den Kopf. Hannes' Worte waren: «Ich überlass mein Schicksal dem Gewissen der

Richter», während der Schwarze Jonas rief: «Wenn's der Tod sein muss, dann hätt ich gern zuvor einen Krug Branntwein.»

Das Tribunal zog sich zur Beratung zurück. Nach einem Augenblick der Stille kam Leben in den Saal: Hannes setzte sich mit dem Kleinen auf den Boden und spielte mit ihm, wobei er ihn zwischendurch immer wieder liebkoste, andere begannen umherzulaufen oder schlossen, wie der alte Bückler, müde die Augen. Auch Jonas und Margaretha beschäftigten sich mit ihren beiden Kindern – Juliana, die unmittelbar neben ihnen saß, straften sie mit Missachtung.

Die Zeit schien stillzustehen. Auf der Galerie wurden die ersten Tabakspfeifen gestopft, junge Frauen sammelten Geld für die Angehörigen der Todeskandidaten, Knechte steckten die Kerzen auf dem Richtertisch an, da es draußen bereits zu dunkeln begann. Endlich kehrten die Herren zurück. Wohl für den Fall der Fälle pflanzten die Soldaten im Saal ihre Bajonette auf.

Juliana wurde es eiskalt. Sie zog den Knaben zu sich auf den Schoß und presse ihn fest an sich.

Mit ausdrucksloser Stimme und in raschem Tempo verlas Präsident Rebmann die Einzelurteile zunächst in französischer Sprache. Da selbst die Namen der Angeklagten auf Französisch vorgebracht wurden, verstand Juliana so gut wie nichts. Ihr schmerzte der Kopf, im Licht der flackernden Kerzen verschwamm ihr alles vor Augen. Hannes saß neben ihr wie gelähmt, sie ahnte, dass er mehr verstand als seine Mitangeklagten. Auch auf der Galerie wurden hie und da unterdrückte Schreie des Erschreckens wie des Erstaunens laut.

Rebmann legte das Schriftstück vor sich ab.

«Nun will ich mich kurzfassen für die, die der hiesigen Landessprache nicht mächtig sind. Das Tribunal ist übereingekommen, aus Gründen der Menschlichkeit zunächst die

Strafen für die weiblichen Angeklagten bekanntzugeben.» Er räusperte sich. «Im Namen des Volkes und der französischen Republik werden verurteilt: Die Bürgerin Julie Blasius, an die zwanzig Jahre alt, Musikantin und Kleinkrämerin aus Weyerbach, Beischläferin des Schinderhannes, wegen Annahme von Diebesgut, Landstreicherei und Mithilfe bei Diebstählen zu zwei Jahren Zuchthausstrafe. Die Kleinkrämerin Landfried dito zu zwei Jahren Zuchthausstrafe wegen ...»

Julianas Herz tat einen Sprung. Sie hatte viel Schlimmeres erwartet, der Alltag im Zuchthaus schreckte sie nicht mehr. Wenn nun auch Hannes Gnade erfuhr, so mochte dies ein Neuanfang sein.

Margaretha wurde, ebenso wie das Weib des Schönen Schulz, lediglich der Landstreicherei beschuldigt und mit Landesverweis bestraft. Doch ihre Miene verriet keinerlei Erleichterung. Im Anschluss folgten zwanzig Freisprüche, nicht aus Unschuld, sondern aus Mangel an Beweisen, wie Rebmann betonte, darunter waren der Sohn der alten Landfried, der Hehler Peter Schneider aus Langweiler und Ludwig Rech vom Kallenfelser Hof. Hannes' Vater wurde nicht genannt. Sein Name fiel erst, als die Kettenstrafen verlesen wurden: Er und zwei andere wurden wegen Mitwisserschaft zu 22 Jahren an der Kette verdammt – acht Jahre mehr sogar als der Ganove Jung-Schwarzpeter.

«Das überlebt der Vater nicht», murmelte Hannes, sichtlich betroffen.

Im Anschluss wurden die restlichen Ketten- und Zuchthausstrafen verlesen, und da erst wurde Juliana bewusst, dass Hannes' Name nicht gefallen war. Ihre Hand krampfte sich um seine. Man hätte eine Maus im Saal rascheln hören können, so still war es geworden. Dann fielen die entsetzlichen Worte: «Zum Tod durch die Guillotine werden verurteilt: Johannes Bückler der Sohn, genannt Schinderhannes, zu Miehlen im Hintertaunus geboren, vierundzwanzig Jahr alt, schuldig gesprochen in zweiundfünfzig Verbrechen, die da sind Diebstahl, Straßenraub, räuberischer Einbruch, Erpressung und Teilnahme an Meuchelmord. Desgleichen Christian Reinhard, genannt Schwarzer Jonas, zu Berlin gebürtiger Musikant, achtundzwanzig Jahre, schuldig gesprochen in sechs Verbrechen, teils Straßenraub, teils Einbruch. Desgleichen Philipp Klein, genannt Husaren-Philipp ...»

So ging es weiter, bis zwanzig Namen aufgeführt waren. Hannes' Oberkörper war vornübergesunken, Julianas Hand hatte er losgelassen.

«Die Hinrichtung wird vollzogen am morgigen Tag zur ersten Mittagsstunde, oben bei der ehemaligen Favorite. Am Tage hernach werden die in die Ketten verdammten Mannspersonen vor dem Weisenauer Tor sechs Stunden lang öffentlich auf einem Podest ausgestellt. Die vier verurteilten Weibspersonen werden morgen bei Tagesanbruch aus der Stadt gefahren.»

Juliana erwachte aus ihrer Lähmung.

«Das Gnadengesuch», rief sie, und ihre Stimme überschlug sich dabei. «Sie haben doch bei Napoleon ein Gnadengesuch eingereicht!»

«Der Erste Konsul hat hierauf nicht geantwortet», erwiderte Rebmann schmallippig. «Nun denn: Allen zum Tode Verurteilten steht selbstredend geistlicher Beistand zu.»

«Was soll mir ein Pfaffe?», brüllte der Schwarze Jonas.

«Genau!», bekräftigten andere. «Bringt uns lieber eine gute Flasche Fusel, bevor ihr uns den Kopf abschlagt.»

«Die Sitzung ist hiermit geschlossen», donnerte Rebmanns Stimme über sie hinweg. «Kommandant, schließen Sie die Gefangenen an die Kette und führen Sie sie ab!»

Der junge Butla und der Schöne Schulz begannen zu schluchzen, andere fluchten lautstark. Hannes indessen hatte sich wieder gefasst. Er hob die Hände.

«Warten Sie, Herr Präsident. Einen großen Wunsch habe ich noch.»

Rebmann nickte ihm zu. «Sprechen Sie, Citoyen Bückler.»

«Wenn man mir doch nur die Handschellen abnehmen würde, damit ich mein Julchen und mein Kind zum Abschied in die Arme schließen darf? Ich flehe Sie an, hohes Gericht.»

Unter dem Publikum baten nicht nur die Frauen mit ihren Zwischenrufen um Zustimmung.

«Die Bitte sei Ihnen gewährt. Drei Mann Wache zu Jean Bückler!»

Hannes rieb sich die Handgelenke, nachdem ihm Eisen und Kette abgenommen waren. Sein Blick aus den umschatteten Augen traf Juliana wie ein Pfeil ins Herz, dann lagen sie sich in den Armen. Es tat so schrecklich weh, ihn ein letztes Mal zu spüren, aber sie hatte die vergangenen Tage und Nächte so viel geweint, dass keine Tränen mehr übrig waren.

«Ich bin froh, dass du morgen nicht dabei sein musst», flüsterte er ihr ins Ohr und zog sie ein letztes Mal fest an sich. «Das hätt ich nicht ertragen.»

Er küsste sie sachte auf den Mund, nahm den Knaben auf den Arm, herzte auch ihn.

«Es ist so jammerschade, mein Kleiner …» Seine Stimme erstarb.

Als sie sich wieder voneinander trennten, brandete Beifall auf, und Juliana nahm benommen wahr, wie sich die Menschen auf der Galerie an der Balustrade drängten und ihnen zuwinkten. Hannes' Mutter und Schwester waren nicht mehr zu sehen.

Als Hannes seinen Bewachern die Hände hinstreckte, um

sich an die Kette schließen zu lassen, liefen ihm die Tränen übers Gesicht.

«Ja, betrachtet mich nur recht», rief er ins Publikum. «Denn heut und morgen ist es zum letzten Mal.»

Ein Soldat musste Margaretha gewaltsam von ihrem Christian trennen, der plötzlich voller Verzweiflung an seinen Ketten zerrte. Dabei heulte und fluchte er gleichzeitig.

Juliana wich zurück, als auch auf sie ein Bewaffneter zukam.

«Die Frauen und Kinder warten heute, bis die Gefangenen abgeführt sind», beschied der Kommandant.

«Aber warum?», schrie die junge Frau von Schulz, der ebenfalls zum Tode verurteilt war. «So lasst uns in Gottes Namen noch mit ihnen gehen.»

«Nichts da! Ihr werdet getrennt zurückgeführt. Jegliches Aufsehen auf der Straße muss heute vermieden werden.»

Erschöpft ließ sich Juliana auf die Bank sinken. Der kleine Johannes rieb sich die Augen und schmiegte sich in ihren Schoß. Das Kind muss ins Bett, dachte Juliana, es hat den ganzen Tag keine Ruhe gehabt. Draußen war schon finstere Nacht, die Rufe der Menschenmassen vor dem Alten Schloss waren bis hierher zu hören.

In Tränen aufgelöst, setzte sich Margaretha ebenfalls, in großem Abstand zu Juliana.

«Margaretha?»

Die einstige Freundin und Gefährtin rührte sich nicht.

«Wo können wir uns wiederfinden, nach meiner Entlassung? In deinem Heimatdorf im Westerwald?»

«Besser, wir sehen uns nie wieder», gab sie mit eisiger Stimme zurück.

In diesem Augenblick schwang eine Nebentür auf, und der Zuchthausdirektor betrat den Saal, gefolgt vom Mainzer Bürgermeister Macké.

«Morgen früh geht es los für euch Frauen», sagte Kronfeld und klopfte mit seinem silbernen Spazierstock auf den Boden. «Die beiden Kutschen sind auf acht Uhr bestellt. Die Verbannten werden in ihre Heimatgemeinden verbracht, für Blasius und Landfried geht es nach Gent ins Korrektionshaus.»

«Gent? Was soll ich in Gent?», brauste die Landfried auf. «Will hier in Mainz bleiben.»

«Was Sie will oder nicht will, interessiert hier keinen», erwiderte Kronfeld kühl.

Juliana war das vollkommen gleichgültig. Ihretwegen hätte man sie auch nach Paris oder Amerika bringen können. Wie hinter einem Nebelschleier bemerkte sie, dass der Maire eine bunte Rassel aus der Rocktasche zog, in die Hocke ging und das Spielzeug ihrem Sohn entgegenstreckte.

«Na komm, mein Kleiner. Schau mal, was ich für dich habe.»

Der Knabe starrte neugierig auf die Rassel, dann ließ er Julianas Rock los und schnappte sich das Geschenk.

«So ist's recht, Franz Wilhelm.» Der Maire lachte und erhob sich wieder. Dann wandte er sich an die Landfried. «Im Übrigen ist die Einweisung ins Korrektionshaus Gent ein Zeichen großer Milde seitens des Hohen Gerichts. Diese Besserungsanstalt ist seit der Regierungsübernahme durch die Franzosen überaus fortschrittlich eingestellt. Nirgends haben Verwahrloste ein milderes Schicksal als hier, manch einer will gar nicht entlassen werden. Wird doch die Strafe sozusagen zur Wohltat, mit dem Ziel, den Zögling wieder zu einem nützlichen Glied der Gesellschaft zu machen! Der moralisch kranke Mensch gesundet mittels sinnvoller Arbeit an Spinnmaschinen und Webstühlen, mittels Leibesertüchtigung an der reinen flandrischen Luft, mittels strenger, aber gerechter Zucht. Nicht zuletzt sind Krankenpflege und Ernährung vorbildlich, und

Geistliche beiderlei Konfessionen stehen als Trost zur Verfügung.»

Kronfeld, der sichtlich ungeduldig wurde, wandte sich an den Maire. «Ich denke, der Pöbel draußen hat sich verzogen.»

«Nun denn, bringen wir's hinter uns.»

Der Maire drängt sich vor ihn und griff nach der Hand des Kindes. «Kommst du mit mir, Franz Wilhelm?»

«Was soll das?» Juliana wurde es heiß und kalt zugleich. «Wo wollen Sie hin mit ihm?»

«Er wird es gut haben, glauben Sie mir.»

«Nein!»

Sie stürzte sich auf ihren Jungen, sank dabei in die Knie und hielt ihn fest umklammert.

«Lass Sie ihn los, verdammt!» Der Zuchthausdirektor versuchte, sie wegzuzerren. «Er kommt zu ehrbaren Leuten, damit er nicht so verdorben wird wie seine Eltern!»

Aber Juliana gab ihn nicht frei, und Johannes begann vor Schreck zu weinen.

«Lasst mir mein Kind!», schrie sie, während der Direktor ihre Handgelenke packte. Zwei Soldaten kamen ihm zu Hilfe, sie schlug um sich, kratzte, tobte, schrie aus Leibeskräften, als sie plötzlich einen schmerzhaften Schlag gegen die Schläfe bekam und mit einem Aufschrei zu Boden ging. Ihr Blick traf sich mit dem Margarethas, die gelähmt vor Entsetzen über ihr stand, jemand riss ihr die Arme auf den Rücken und fesselte sie. Das Letzte, was sie von ihrem Sohn sah, war, wie er in Mackés Armen zappelte und mit ihm durch die Tür verschwand.

## Kapitel 49

*Zurück in der Heimat, Ende Mai 1844*

In späteren Jahren hatte Juliana immer wieder bei sich gedacht, dass ihr Leben nicht mit dem Tod enden würde, sondern dass es bereits an jenem nebligen Novembertag des Jahres 1803 sein Ende gefunden hatte. Was danach folgte, war nur noch ein Vegetieren gewesen, ein Wechsel aus Schlafen und Wachsein, aus Essen, Arbeit und Notdurft. Die Menschen, die ihr begegneten, blieben ihr fremd, die Jahreszeiten, die einander ablösten, gingen sie nichts mehr an. Ihre Weggefährten von einst hatte sie nie wiedergesehen, weder Margaretha noch einen von Hannes' Komplizen, die dem Prozess zu entkommen vermochten – ein schlagkräftiges, straffes Polizeiwesen hatte die Banden im Hunsrück, Odenwald oder Taunus zerschlagen und die durchs Land streifenden Räuber vom Erdboden verschwinden lassen. Irgendwann war dann auch Napoleon besiegt und ihre Heimat wieder deutsch, man zahlte wieder mit Gulden und Kreuzer, wenn auch die Sprache der Besatzer ihre Spuren hinterlassen hatte. Die Sommer wurden zusehends trostloser und kälter, bis nach dem Jahr ohne Sommer überall verheerende Missernten zum großen Vieh- und Pferdesterben, zu Hungersnöten und bitterer Armut führten und die Menschen in Scharen nach Amerika oder Bessarabien auswandern ließen. Vom Land drängten die Menschen in die Mietskasernen der Städte, wo große Manufakturen das Handwerk niederdrückten, und es hieß, dass bald schon in ganz Deutschland dampfbetriebene Lokomotiven die Reisenden befördern würden. So vieles hatte sich verändert in diesen vier Jahrzehnten, dass einem hätte schwindlig werden können. Aber Juliana fühlte sich wie durch eine Wand von der Welt getrennt.

Schon an die Zeit im Korrektionshaus zu Gent hatte sie kaum noch eine Erinnerung, und wenn sie denn einmal daran zurückdachte, erschien ihr alles wie ein grauer, träger Fluss. Nur zwei Momente von ganz zu Anfang ihrer Zuchthausstrafe hatten sich in ihr festgebrannt. So ihr Versuch, sich mit der aufgetrennten Schürze am Fensterkreuz des Schlafsaals zu erhängen und somit dasselbe Ende zu suchen wie ihre Schwester. Die alte Landfried hatte ihren Freitod im letzten Augenblick verhindert und ihr hernach noch zwei kräftige Maulschellen verpasst. Das war am Morgen gewesen, nachdem der Oberzuchtmeister, ein bulliger Mann aus dem Pfälzer Wald, sie am Tag zuvor beim Hofgang zur Seite genommen und einen gelblichen Bogen Zeitungspapier aus dem Gürtel gezogen hatte. Auch diesen Moment würde sie nie vergessen.

«Die Schinderhannesbande ist nicht mehr», hatte er mit fast genüsslichem Leuchten in den Augen zu lesen angesetzt.

«Bitte nicht», hatte Juliana gefleht, doch schon waren zwei ihrer Mithäftlinge zur Stelle gewesen, um sie festzuhalten.

«Halt's Maul und hör mir zu:

Zum Mittag des 28. Brumaire im Jahre XII der Republik wurden im französischen Mayence, dem ehemals deutschen Mainz, der Räuberführer Johannes Bückler, genannt Schinderhannes, und neunzehn seiner Spießgesellen mit dem Fallbeil gerichtet, nach einem Schauprozess ohne Beispiel in der Geschichte der napoleonischen Justiz. Erstmals in unseren Landen kam hierfür die hochmoderne Köpfmaschine des französischen Arztes Joseph-Ignace Guillotin zum Einsatz.
Gleich dem Verfasser dieser Zeilen waren bereits in den frühen Morgenstunden Tausende Schaulustige zum Richtplatz geströmt, draußen vor den Festungswerken

über dem Rhein, auf erhöhtem Ort, damit das Schauspiel auch bequem sichtbar sei. Die zwanzig Särge aus rohen Brettern waren bereits herangeschafft, eine dreihundert Mann starke Infanterie schirmte das Schafott ab. Stundenlang harrte die auf gut vierzigtausend Neugierige anwachsende Menge aus, darunter auch zahlreiche Frauenzimmer aller Stände, die ungeachtet ihres zarten Geschlechts dem Schreckensspektakel entgegenfieberten. Endlich, gegen zwölf Uhr, ertönten Trommelschläge, Rufe pflanzten sich fort: ‹Sie kommen, sie kommen!› Doch zunächst waren es nur die Kutschen der Richter und Beamten, denen im Innern des Zirkus die Ehrentribüne vorbehalten war – so dem Maire von Mainz, Franz Konrad Macké, und dem Präfekten des Départements Donnersberg, Jeanbon de Saint-André. Eine Stunde später dann: Glockengeläut vom nahen Turm! Unter starker militärischer Bedeckung näherte sich der Zug von fünf Leiterwagen mit den Verbrechern obenauf, die Hände hinter dem Rücken an die Wagenleitern gebunden, die Mörder unter ihnen in roten Hemden. Schinderhannes bestieg das Blutgerüst zuerst. Er schien seine Gegenwart des Geistes auch auf dem Schafott nicht verloren zu haben, hatte noch auf dem kurzen Weg dorthin einem Bekannten gute Nacht gewünscht und ihm Grüße an sein Julchen aufgetragen. Aufmerksam betrachtete er alle Teile der Mordmaschine, sprach dann zum Volke: ‹Ich sterbe gerecht, aber zehn von meinen Kameraden verlieren das Leben unschuldig.› Mit ruhiger Fassung stellte er sich dem Tode, derweil über dem Richtplatz eine düstere Stille lag. Widerstandslos ließ er sich auf das Brett binden, legte das Haupt auf den Block, bis das zentnerschwere Messer mit lautem Schlag den Kopf vom

Rumpf trennte. Sein Erzfreund Christian Reinhard, genannt Schwarzer Jonas, folgte ihm als nächster in den Tod, mit den Worten: ‹So hol euch und mich der Teufel!› In rascher Folge wurden auch die übrigen achtzehn hingerichtet, bis das blutige Beil zu dampfen begann und überall Blut vom Holzgerüst herabrann.

Diese moderne und, wie man wohl sagen darf, humane Hinrichtungsmaschine arbeitete so effektiv, dass das ganze schauerliche Trauerspiel in sechsundzwanzig Minuten ausgespielt hatte. Viele Damen weinten am Ende, und einen vornehmen Herrn hörte der Verfasser dieser Zeilen seufzen: ‹Rinaldo Rinaldini ist nicht mehr!›»

Mit lautem Rascheln wurde die Gazette wieder zusammengefaltet.

«Du bist ja ganz grün im Gesicht, Juliana Blasius. Übrigens hab ich heut erfahren, dass Napoleon Bonaparte das Gnadengesuch von deinem Schinderhannes abgelehnt hat. Zwei Tage nach der Hinrichtung.»

Diesen Satz des Oberzuchtmeisters hörte Juliana schon kaum noch, da eine Ohnmacht sie niedersinken ließ.

## Kapitel 50

Auf dem langen Weg von Weyerbach zu Rebecca nach Mainz, das mittlerweile zur Hauptstadt der Provinz Rheinhessen geworden war, hatte Juliana alle Zeit der Welt, um über ihr Leben nachzudenken. Sie wollte es nicht, aber die Vergangenheit drängte sich ihr bei jedem Schritt durch die frühsommerliche Hitze auf wie ein Fluch. Gleich nach Sonnenaufgang war sie losmarschiert, mit ihren kümmerlichen Ersparnissen in der Rocktasche und dem goldenen Hochzeitsring, den sie nach ihrer Rückkehr aus Gent im Wald bei Wiesbaden gesucht und wiedergefunden hatte.

Sie musste sich endlich der Wahrheit stellen. Davor, dass die große Liebe ihres Lebens kein Ehrenmann, sondern ein Verbrecher war, hatte sie bis ins hohe Alter immer die Augen verschlossen. Jetzt aber, wo Rebecca in ihr Leben getreten war, war sie sich ihrer eigenen Mitschuld bewusst geworden. Sie hatte Angst vor der Begegnung mit der jungen Frau, doch um diesen Sühnegang kam sie nicht herum. Nur dann könnten ihre nächtlichen Albträume ein Ende finden, das spürte sie.

Wie erbärmlich war es doch, nur um zwei, drei Schnäpse willen mit ihrer Zeit als Räuberbraut zu prahlen! Nichts als ein schöngefärbtes Trugbild waren die Erinnerungen an ihre Jugendzeit gewesen, die umso bunter und fröhlicher wurden, je leerer und freudloser die Gegenwart war. Und freudlos waren so ziemlich alle Jahre gewesen, die nach Hannes' Hinrichtung folgten, dachte sie, als sie jetzt auf der Landstraße an der Nahe ostwärts wanderte.

Hatte nach ihrer Entlassung aus der Besserungsanstalt, versehen mit einem Postkutschenbillet bis Mainz und ihrem von der Anstalt angesparten Taglohn, in ihr noch die Hoffnung geschwelt, ihren Sohn zurückzugewinnen, sollte sie bald schon eine böse Überraschung erleben. Es war schlimm genug gewesen, durch diese Stadt zu irren, die sie kaum kannte und die dennoch Hannes und ihr zum grausamen Schicksal geworden war. Als sie zunächst in die falsche Richtung gegangen war, hatte sie sich plötzlich vor dem Mainzer Zuchthaus wiedergefunden und war den ganzen Weg zurückgerannt. Am Erthaler Hof, wo sich auch die Mairie befand, hatte die Wache sie erst gar nicht zu Macké vorgelassen, sondern sie mit dem Gewehr im Anschlag verjagt. Doch so schnell hatte sie nicht aufgegeben und sich nach dem Wohnhaus des Gerichtspräsidenten Rebmann durchgefragt, jenem Mann, den sie als Einzigen bei dem Prozess als menschlich empfunden hatte. Aber auch dort hatte das Dienstmädchen sie nicht eingelassen.

«Der Herr Gerichtspräsident ist nicht zu Hause.»

«Dann warte ich hier.» Sie setzte sich auf die Treppe. Ein eisiger Herbstwind fegte durch die Straße, und es dämmerte bereits. «Bis er mit mir spricht.»

Keine halbe Stunde später stand sie in seinem Bureau. Die Regale waren über und über mit Büchern und in Leder gebundenen Akten bestückt. Rebmann war bass erstaunt, sie wiederzusehen, bot ihr aber sogar einen Platz auf einem Stuhl an.

«Ich will mein Kind zurück», sagte sie ohne Umschweife. «Ich hab meine Strafe abgebüßt, und damit ist gut.»

Bekümmert sah er sie an und setzte sich hinter seinen Schreibtisch.

«Das Kind ist dir per Gesetz abgesprochen worden. Ich darf dich doch duzen, Juliana? Der Kleine ist bei guten Menschen und entwickelt sich prächtig. Sei vernünftig: Du stehst vor dem Nichts, bist mittellos und musst erst wieder auf die Beine kommen. Es sei denn», seine grauen Augen schienen sie zu durchbohren, «du hast irgendwo Beutegut versteckt.»

Sie dachte an den Schmuck und die drei Karolinen, die sie im Wald bei Wiesbaden versteckt hatte und baldmöglichst holen wollte. Damit würde ein Neuanfang gelingen.

«Ich komm schon auf die Beine», sagte sie müde. «Wenn ich eines im Zuchthaus gelernt habe, dann das Arbeiten. Ich flehe Sie an, Herr Richter: Ein Kind gehört zu seiner Mutter.»

«Franz Wilhelm hat eine Mutter. Der Zollwächter und Steuereinnehmer Johannes Weiß hat den Knaben adoptiert, und seine Frau, der eigene Kinder leider verwehrt sind, kümmert sich rührend um ihn. Es tut mir leid, Juliana, aber daran ist nichts zu rütteln.»

«Er ist jetzt drei Jahre alt», murmelte sie. «Drei Jahre und fast zwei Monate. Darf ich ihn sehen?»

«Ich weiß nicht ...» Rebmann starrte auf seine blütenweißen Manschetten.

«Dann bleibe ich so lange in der Stadt, bis ich ihn wiedersehe.»

Ein Anflug von einem Lächeln zeigte sich auf Rebmanns fleischigem Gesicht.

«Du hast einen starken Willen. Das habe ich schon damals bemerkt.»

«Damals ...», wiederholte sie und wunderte sich selbst, dass sie nicht in Tränen ausbrach.

«Nun, der Knabe bleibt bei seinen Adoptiveltern, bis er mündig ist. Damit musst du dich abfinden. Vergiss nicht, dass du selbst diesen unglückseligen Lebensweg eingeschlagen hast. Aber ich will sehen, was ich tun kann.»

Sie glaubte ihm, musste ihm glauben, wenn sie nicht ihre letzte Hoffnung verlieren wollte. Dann fiel ihr Blick auf ein Buch, das wie achtlos hingeworfen auf dem Schreibtisch lag. Mühsam entzifferte sie: *Der berühmte Räuberhauptmann Schinderhannes, Bückler genannt. Ein wahrhaftes Gegenstück zum Rinaldo Rinaldini.*

«Ist das ein Buch über Hannes?», fragte sie ungläubig.

«O ja, davon gibt es eine ganze Menge, und leider werde ich damit gerne beschenkt.» Fast ärgerlich griff Rebmann nach dem Band, stand auf und trug ihn zum Regal. «Volksbücher, Schauspiele, Puppenspiele, mehr oder minder erbauliche Romane – das meiste schlimmster Schund.»

«Aber ... warum schreibt man über den Hannes Bücher?»

«Weil er berühmt ist. Und weil die Leute alles Mögliche in ihn hineinphantasieren und nichts aus dem Prozess gelernt haben. Selbst der brave Bürgersmann verschlingt solchen Mist. Ich geb dir einen Rat: Steck niemals deine Nase in eins dieser Bücher.»

«Ich kann nicht gut lesen.» Sie erhob sich ebenfalls. «Danke, dass Sie mich empfangen haben. Darf ich wiederkommen wegen meinem Sohn?»

«Wie gesagt – ich mag nichts versprechen. Wo willst du jetzt hin?»

«Mir in Mainz ein Zimmer suchen. Ein bisschen was hab ich in Gent verdient.»

«Heb dir dein Geld auf. Für diese Nacht bezahle ich. Es gibt da ein kleines Gasthaus bei der alten Judenwache, mein Sekretär bringt dich hin.»

«Danke, Herr Richter.» Sie spürte, wie sie schwankte. «Da ist noch was: Wo ist das Grab von Hannes?»

Rebmann zuckte erst zusammen, dann räusperte er sich.

«Es gibt kein Grab.»

«Aber er muss doch irgendwo bestattet sein.»

Da holte er tief Luft. «Eben nicht. Seine sterblichen Überreste befinden sich, wie auch die der meisten anderen Räuber, in der anatomischen Sammlung. Unmittelbar nach der Hinrichtung, noch gleich an Ort und Stelle, hatte man Versuche unternommen.»

«Versuche?», stammelte sie.

«Nun ja, galvanische und elektrische Versuche bezüglich Reaktionen der Muskeln, Nerven oder Augen. Auch ob das Gehirn noch zu Empfindungen fähig ist unmittelbar nach dem Tod ...»

Ihrem Mund entrang sich ein Schrei. Rebmann konnte sie gerade noch auffangen, brachte sie zum Stuhl zurück, stotterte: «Das tut mir leid, Juliana, verzeih. Warte, ich hole dir was zu trinken ... eine Stärkung ... Nein, wie dumm von mir.»

Was Juliana niemals für möglich gehalten hätte: Rebmann besorgte ihr eine Anstellung als Magd im Hause des Steuereinnehmers Johannes Weiß, da dessen Dienstmädchen gerade gekündigt hatte. Sie selbst wohnte nahebei in einem dieser schäbigen Häuser, in denen jede Kammer einzeln vermietet war, doch bis auf die Sonntage arbeitete sie ohnehin von Sonnenaufgang bis in den Abend für die Familie Weiß, putzte, kochte und machte die Wäsche.

Das erste Wiedersehen mit ihrem Sohn würde sie nie vergessen. Der Steuereinnehmer hatte sie durch sein Haus geführt, und in der guten Stube schließlich saß ein blond gelockter Knabe auf dem Dielenboden und spielte hingebungsvoll mit seinen Zinnfiguren. Weiß hatte ihr einen warnenden Blick zugeworfen, doch ihr war die Kehle ohnehin wie zugeschnürt. Als der Junge schließlich aufsah, erst recht: Er hatte Hannes' strahlend blaue Augen und dessen Mundpartie.

«Wer ist die Frau, Papa?», hatte er gefragt.

«Die neue Hausmagd, mein Junge. Sei brav zu ihr!»

Da hatte sie gerade noch ein «Guten Tag, mein Kind» herausgebracht und sich abgewendet.

Das anfängliche Glück, ihrem Sohn nah zu sein, war nicht von Dauer. Allein schon dass die Hausherrin entsetzt war über diesen Umstand. Zwar hatte Rebmann der Frau erklärt, dass es auf Juliana als leibliche Mutter einen erzieherischen Effekt habe, wenn sie sehe, wie gut es ihrem Kinde ging – Juliana hatte schwören müssen, sich vor dem Knaben niemals als seine Mutter auszugeben –, doch Agnes Weiß begegnete ihr mit purer Feinseligkeit. Noch schlimmer aber war, dass der Junge, ein aufgewecktes Kerlchen, sehr an seiner Adoptivmutter hing, Juliana hingegen mit Misstrauen begegnete. Einmal hatte er sie sogar gefragt, warum sie ihn immer so blöde anstarren würde, und sie war weinend aus der Stube gerannt.

Ein halbes Jahr hielt sie durch, unter widrigsten Umständen. Der Junge, von seiner Ziehmutter umsorgt und verwöhnt wie ein kleiner Prinz, wurde ihr immer fremder, die Mansarde war zugig und kalt, Johannes Weiß und sein Knecht stellten ihr nach: Die anfänglichen Komplimente über ihren jugendlichen Liebreiz waren bald übergegangen in anzügliche Worte, schließlich in handfeste Zudringlichkeiten. Als Weiß sie in der Vorratskammer zum Kuss zwang und ihr dabei unter den Rock griff, schrie sie um Hilfe, bis die Hausherrin herbeieilte. Damit war ihre Anstellung beendet. Zum Abschied durfte sie Franz Wilhelm umarmen, war nahe dran, ihm die Wahrheit zu verraten, ließ es dann aber sein. Er hatte es gut hier, warum also sollte sie alles zerstören? Zugleich dachte sie erstmals, dass dies die Strafe sein könnte für ihr bisheriges Leben. Was sie nicht ahnte, war, dass sie den Jungen nie wiedersehen sollte: Zwanzig Jahre später sollte Rebmann ihr nämlich in einem Schreiben mitteilen, dass Franz Wilhelm als Corporal im hessischen Dragoner-Regiment bei einem Manöver ums Leben gekommen sei.

Die Erinnerungen an ihren dreijährigen Sohn, der sie nicht als seine Mutter erkannt hatte, gehörten mit zu den schmerzvollsten. Was waren dagegen schon ihre Ehejahre in Weyerbach? Dorthin war sie zurückgekehrt – wohin sonst hätte sie auch gehen sollen. Das Einzige, was sie fürchtete, war die Begegnung mit den Dorfjuden gewesen, doch die waren allesamt fortgegangen.

Dass die Leute im Dorf ihr als Zuchthäuslerin zunächst mit Verachtung begegneten, war ihr gleich. Spätestens nach dem zweiten Abschied von ihrem Sohn hatte sie das Lachen endgültig verlernt, war wortkarg und abweisend geworden. Von der Mutter war sie mit bösen Worten empfangen worden: «Was willst du hier? Scher dich weg!» Auf die Frage nach dem Vater musste sie erfahren, dass er tot war. Der Kummer über sie und Margret habe ihn ins Grab gebracht.

Wie zum Trotz blieb sie. Ihre Schwester Kathrin war inzwischen mit dem Musikanten Adam Bossmann verheiratet und lebte ebenfalls im elterlichen Haus, das man mit dem Ersparten des Vaters von der Gemeinde käuflich erworben hatte. Mariechen, die Jüngste, war die meiste Zeit bei ihrem Bräutigam Peter, einem entfernten Vetter, der als Taglöhner und Viehhirte in einer Hütte am Waldrand lebte. Als Juliana hiervon erfuhr, hatte sie bitter aufgelacht: Da hatte Mariechen es nicht weit gebracht, wo sie doch immer in die große Stadt gewollt hatte, um dort reich zu heiraten!

Juliana bezog die schäbige Kammer über dem Kuhstall und fand eine Stelle als Magd beim Dorfgendarmen Heinrich Uebel. Der hatte damals auf Hannes' Lohnliste gestanden, hatte geschwiegen, wenn Hannes von den Juden in Weyerbach und rundum Schutzgeld erpresst hatte. Juliana mochte ihn nicht, er war hässlich mit seinem verwachsenen Buckel und seinen vorstehenden Augen, gewalttätig im Suff und obendrein um etliches älter als sie. Dennoch war sie froh, tagsüber bei ihm zu arbeiten, denn zu Hause gab es unablässig Streit mit Kathrin oder der Mutter, die im Alter noch unerträglicher in ihren Launen geworden war. So nahm sie schließlich Uebels Angebot an, zu ihm zu ziehen, und zwei Jahre nach ihrer Ankunft in Weyerbach gaben sie sich vor dem Dorfpfarrer das Jawort. Da endlich hörte das böse Geschwätz gegen sie auf, da vor dem Dorfgendarmen jedermann Respekt hatte. Er ließ sie weiterhin schuften wie seine Magd, und jeden Samstag, nachdem sie ihm ein Bad bereitet hatte, legte er sich im Bett auf sie. Sie ließ es zu, schloss dabei die Augen und dachte an die sonnigen Wiesen und schattigen Wälder, die sie Hand in Hand mit Hannes an der Seite durchwandert hatte ...

Auch wenn sie keinen Mangel litt, war es eine schreckliche Zeit im Haus von Heinrich Uebel. Umso rosiger färbten sich ihre Erinnerungen an Hannes, zumal Uebel sie anfangs sogar schlug, wenn sie ihm nicht gleich zu Willen war. Zum Glück hörte das auf, als sie schwanger wurde und Susanna gebar. Trotzdem war sie erleichtert, als er sich für die Befreiungskriege gegen Napoleon rekrutieren ließ, spürte keinerlei Trauer darüber, als er bereits ein Jahr später fiel. Nach nur fünf Jahren Ehe fand sie sich nun als Witwe mit einer dreijährigen Tochter wieder. Auch ihr Vetter Peter war inzwischen Witwer, hatte doch Julianas jüngere Schwester im Sommer zuvor das Kindbett nicht überlebt, und der Säugling war ihr nur wenige Tage später in den Tod gefolgt. Genau wie ihre Mutter, die des Abends mit dem üblichen Gejammer zu Bett gegangen und des Morgens nicht mehr erwacht war.

Peter kümmerte sich als Einziger im Dorf um Juliana. Mal brachte er ein geschlachtetes Huhn, mal ein Kaninchen vorbei oder hütete Susanna, wenn sie dem Wollweber von Oberstein das gesponnene Garn brachte. Als er um ihre Hand bat, willigte sie ein: In diesen Zeiten, wo die Franzosen auf dem Rückzug waren und durch das Land marodierten, brauchte eine Frau Schutz. Und Peter war bärenstark, wenn auch sonst nicht der Hellste. So heiratete Juliana im Sommer des Jahres 1814 im Alter von mehr als dreißig Jahren diesen erzbraven, etwas tumben Mann. Von Uebel hatte sie dessen Häuschen geerbt, hatte anfangs auch gedacht, dass Peter sie nur deshalb wollte. Aber er mochte sie wirklich: Er soff nicht, wurde niemals gewalttätig gegen sie, begehrte sie auf fast schüchterne Weise.

Nach dem endgültigen Abzug der Franzosen brachen harte

Zeiten an, erst recht nach jenem Jahr ohne Sommer. Noch im Mai war das Wasser im Brunnen gefroren, der Juni brachte Regen ohne Ende, bis die Frucht auf den Feldern verfaulte, und was noch geblieben war, wurde im Juli von Hagel vernichtet. Erst starben die Tiere, weil es kein Futter mehr gab, dann hungerten die Menschen. Man verkochte Gras, Moos und Heu zu Suppe, verbackte Baumrinde, Stroh und Kleie zu Brot. Vieh gab es im Dorf keines mehr zu hüten, und so war auch für Peter und sie das Leben voller Entbehrungen. Aber sie schafften es immerhin, nicht von der Armenfürsorge zu leben, wie so viele in diesen Jahren, denn Peter war ein fleißiger Mensch, der sich für keine Drecksarbeit zu schade war und nach seinem Tagwerk noch stundenlang umherstreifte, um streunende Katzen und Hunde zu jagen. Unter ihrem neuen deutschen Herrn, dem Herzog von Sachsen-Coburg, wurde er sogar zum Armenvogt ernannt, der fremde Bettler zu verjagen oder im Arresthaus festzusetzen hatte, denn auf das Jahr ohne Sommer war das Jahr der Bettler gefolgt. Sieben Kinder gebar sie ihm, von denen jedoch nur ein Mädchen, die Emilia, das Kleinkindalter überlebte. Juliana gab sich alle Mühe, eine gute Ehefrau, Hausfrau und Mutter zu sein, doch oftmals fragte Peter sie bekümmert, warum sie so schweigsam sei und niemals lache.

Irgendwann verbot sie es sich, an Hannes zurückzudenken, und auf diese Weise wurde ihr das Leben an Peters Seite erträglicher. Einmal nur, als sie mit ihren Töchtern Susanna und Emilia den Jahrmarkt zu Kirn besuchte, waren sie nach dem Einkauf auf einen Trupp Gaukler gestoßen, die vor dem Rathaus ihren Bühnenwagen aufgebaut hatten. Unter einer Leinwandtafel mit bunten Bildern gab ein Bänkelsänger gerade seine Moritat zum Besten:

*Gut Nacht, ihr lieben Schönen,*
*die ich so oft besucht,*
*vergießet keine Tränen,*
*bei meiner letzten Flucht.*
*Mein Julchen! Ach, ich scheide*
*Von dir, mein liebes Kind,*
*zu End ist unsre Freude,*
*weil wir getrennet sind.*
*So wandern wir dann stille*
*Zur Guillotine hin ...*

Juliana stand wie vom Blitz getroffen. Auf der Bildtafel erkannte sie einen lachenden jungen Burschen in Jägerrock und Federhut, mit Pistole und Flinte bewaffnet.

«So kommt zuhauf, ihr Leute», begann der Gaukler zu brüllen, «heut Abend auf die sechste Stund in unser Schauspiel! Wir geben den Räuberhauptmann Schinderhannes – ein schaurig-lustiges Drama in sechs Akten, bisher nirgends agiert und aufgeführt! Das Blut wird in Strömen fließen!»

Erschrocken schlug sie sich die Hände vors Gesicht. Sie hatte davon gehört, dass Hannes' Geschichte in Liedern und Balladen, Theaterstücken und Puppenspielen vorgeführt wurde, doch nie zuvor war sie Zeuge dessen geworden. Seit ihrer Rückkehr hatte sie Weyerbach nur, wenn es denn nötig war, verlassen – vielleicht auch weil sie sich vor unliebsamen Begegnungen fürchtete.

«Was ist, Mutter?» Emilia zerrte an ihrem Rock. «Du weinst ja.»

«Das ist nur der Staub in den Augen. Kommt rasch – wir müssen nach Hause.»

Erst verließ Susanna, dann Emilia das Haus – die Ältere heiratete nach Kaiserslautern, die Jüngere nach Herrstein. Dann verstarb Peter an einer Lungenentzündung, und sie trauerte von Herzen um ihn. Erspartes hatte er ihr kaum hinterlassen, das bisschen Spinnen ernährte sie mehr schlecht als recht. Umso dankbarer war sie für das Angebot von Emil Fritsch, in seiner Wirtschaft zu bedienen. Nur die Bedingung missfiel ihr, nämlich den Gästen ein wenig von ihrer Zeit als Räuberbraut zu erzählen. «Verstehst du? Nicht nur der Schinderhannes ist berühmt, auch sein Julchen! Die Leut werden uns das Haus einrennen!» Nach anfänglichem Widerstreben begann es ihr zu gefallen, die alten Zeiten zu verklären, zumal nach reichlich Wein oder Schnaps. Da fand sie dann auch ihre Sprache wieder.

Seit drei Jahren ging das nun schon so. Waren die Abende lang geworden und der Alkohol reichlich geflossen, erwachte sie morgens mit schwerem Kopf und in tiefer Traurigkeit. Dann hatten sie wieder ihre Albträume gequält, die sie inzwischen als Strafe für ihre mannigfache Schuld ansah. Für ihre Schuld am Leid von Rebeccas Familie, am Leid der Weyerbacher Juden, am Leid all der anderen Opfer, deren gewaltsam geraubtes Hab und Gut ihr an Hannes' Seite zum Wohlstand gereicht hatte.

Ganz gleich, ob sie in Mainz Rebecca wiederfinden mochte oder nicht – eines wusste sie: Nie wieder würde sie sich vor fremden Leuten die Blöße geben und sich mit dem Leben an der Seite des berühmten Räubers Schinderhannes brüsten.

## Kapitel 51

Auf dem Markt zu Mainz entstieg sie der Postkutsche, die sie sich in Kreuznach, wo sie übernachtet hatte, ihrem schlimmen Knie wegen gegönnt hatte. Bis heute wusste sie nicht, wo genau vor den Toren der Stadt Hannes sein gewaltsames Ende gefunden hatte, und wollte es auch nicht wissen. Dass sein Leichnam keine Ruhestätte gefunden hatte, schmerzte sie indessen noch immer.

In der Garnisonsstadt wimmelte es nun von deutschen Soldaten statt französischen, auf dem Rhein verkehrten moderne Raddampfer. Es war nicht allzu weit vom Markt bis zu dem kleinen Gasthof an der Judenwache, in den Rebmann sie damals hatte bringen lassen, aber die Sonne stand schon tief. Dennoch machte Juliana einen Umweg, da sie das Viertel, in dem ihr Sohn aufgewachsen war, meiden wollte. Im Gasthaus angekommen, fragte sie nach der Familie Wiener.

«Wiener?» Der Schankwirt runzelte die Stirn. «Die Juden gehen bei mir zwar aus und ein, aber ein Wiener ist mir noch nicht untergekommen.»

«Und Mangold?»

«Der junge oder der alte Mangold?»

Julianas Herz schlug schneller. «Ein junger Mann, mit Rebecca Wiener verheiratet.»

«Der wohnt in der Vorderen Judengasse, gleich hier um die Ecke. Über der Weinhandlung Goldschmidt.»

Sie bedankte sich und ließ sich gleich noch ein Bett für die Nacht reservieren. Dann machte sie sich auf den Weg. Ihre Schritte verlangsamten sich, als sie in die Vordere Judengasse einbog. Alles hier wirkte eng und gedrängt, hoch ragten die schmalen vier- und fünfstöckigen Häuser in den Abendhimmel. Trotz der späten Stunde herrschte noch reges Leben auf der Straße. Bärtige Männer in langen dunklen Mänteln standen plaudernd beieinander, Frauen mit Tüchern oder kleinen modischen Hüten auf dem Haar trugen gefüllte Körbe nach Hause, wie überall auf der Welt spielten kleine Kinder Fangen, Verstecken oder mit Reifen und Murmeln. Mit dem Unterschied, dass ihr Deutsch mit jiddischen Wörtern durchsetzt war, von denen Juliana viele vom Rotwelsch her kannte.

«Vorsicht, gute Frau!», rief ihr ein hemdsärmliger Mann zu, der ein Fass auf ein offenes Tor zurollte.

«Ist das die Weinhandlung Goldschmidt?»

In diesem Moment trat der junge Mangold aus dem Tor. Er kniff die Augen zusammen.

«Ich glaub's nicht – sind Sie nicht dieses Weib vom Schinderhannes?»

«Juliana Blasius, ja.»

«Was wollen Sie hier?», zischte er. «Hauen Sie ab, aber auf der Stelle.»

Drohend kam er auf sie zu. Er war um einiges größer und kräftiger, als sie ihn in Erinnerung hatte.

«Sei verflucht und verschwinde.»

Die Umstehenden glotzten neugierig herüber.

«Hören Sie, Herr Mangold», Julianas Hände krampften sich ineinander, «ich muss mit Rebecca reden, es ist wichtig.»

Er packte sie am Arm, als oben ein Fenster aufgerissen wurde.

«Lass sie, Jakob.» Rebecca beugte sich aus dem Fenster. «Bring sie herauf.»

Mangold zögerte, dann bedeutete er Juliana wortlos und mit finsterer Miene, ihm zu folgen. Im Treppenhaus waren von überall her Stimmen und Kindergeschrei zu hören. Wie viele Menschen wohnten bloß in diesem einzigen Haus? Julianas Nerven waren zum Zerreißen gespannt, als sie mit schmerzendem Knie hinter Mangold die Stufen hinaufhumpelte. Oben kam ihnen Rebecca entgegen. Ihr Gesicht war blass.

«Lass uns bitte allein, Jakob.»

Sie führte Juliana in die winzige Wohnküche, wo auf dem Herd ein Eintopf köchelte.

«Darf ich mich setzen?», fragte Juliana leise, «mein Knie ... es will nicht mehr so recht.»

Rebecca wies auf die Küchenbank. «Warum sind Sie hergekommen?»

«Sie gehören doch», Juliana merkte, wie ihre Stimme zitterte, «zur Familie von Wolff Wiener aus Hottenbach, nicht wahr?»

«Ja, und?»

«Ich will Sie um Verzeihung bitten, junge Frau. Für alles, was wir Ihrer Familie angetan haben.»

«Da sind Sie umsonst den weiten Weg gekommen.» Rebecca ließ sich auf einen Schemel sinken und starrte zum offenen Fenster. Im Hinterhof schrie eine Katze auf.

«Ich bitte Sie: Verwehren Sie einer alten Frau nicht diesen letzten Wunsch.»

Rebecca schwieg. Plötzlich stieß sie hervor: «Waren Sie dabei damals?»

«Ja», murmelte Juliana und betrachtete ihre abgearbeiteten Hände. «Ich stand draußen am Fenster ... Es tut mir alles so leid. War Wolff Wiener Ihr Vater?»

«Dazu wäre er wohl zu alt.» Die junge Frau lachte bitter auf. «Ich durfte meinen Großvater nie kennenlernen.»

Mit einem Mal begann sie zu erzählen, ruhig und mit belegter Stimme. Dass Wolff Wiener an den Folgen seiner Verletzungen schließlich gestorben und die verarmte Familie zu Verwandten an die Mosel übergesiedelt sei. Dass sein älterer Sohn Aaron, Rebeccas Vater, bei dem schrecklichen Überfall erst neun Jahre alt gewesen sei. Die Gewalt gegen ihn und seine Eltern und Großeltern habe er nie verwunden, er sei seither immer wieder krank geworden und von Schlaflosigkeit und schlimmen Träumen gepeinigt. Als Rebecca und ihre Geschwister erwachsen waren, habe er ihnen einmal erzählt, dass er eine junge Frau am Fenster gesehen habe, bevor er von den Schlägen ohnmächtig wurde. Nur ihr Onkel Mordje, der damals noch ein Säugling war, könne sich an nichts erinnern, zu seinem großen Glück.

Juliana wandte sich ab. Schlagartig hatte sie wieder das Bild der gequälten Kinder vor Augen. Es würde sie wohl für immer verfolgen.

«Ich hab's nie glauben wollen», schloss Rebecca, «aber als ich dann davon gehört habe, dass eine seltsame Alte in ihrem Heimatdorf sich mit ihrer Zeit als Räuberbraut brüstet, da bin ich nach Weyerbach gefahren. Jetzt wissen Sie Bescheid – Sie und dieser Verbrecher mit Namen Schinderhannes haben meine Familie zerstört!»

Juliana stiegen die Tränen in die Augen.

«Ich wollte, ich könnte es rückgängig machen», stieß sie hervor.

«O nein, das können Sie nicht. Mein Vater sieht mit seinen rund fünfzig Jahren aus wie ein uralter Greis. Kann kaum noch gehen, hat Angst, das Haus zu verlassen, hat sogar das Sprechen aufgegeben, seitdem ...» Sie brach ab und begann zu weinen.

Juliana wäre gern aufgesprungen, um sie in die Arme zu nehmen, aber sie blieb wie gelähmt sitzen.

«Glauben Sie mir, Rebecca – ich schäme mich unendlich. Ich war noch so jung damals, wie Sie jetzt. Und ich habe den Hannes so sehr geliebt.»

«Hören Sie auf!», schrie Rebecca sie an. «Gehen Sie jetzt. Ich will Sie nie wieder sehen.»

Mühsam erhob sich Juliana. «Wo lebt Ihr Vater jetzt? Kann ich ihn treffen?»

«Niemals. Das brächte ihn ins Grab. Gehen Sie endlich.»

«Dann geben Sie ihm das hier.» Sie zog aus ihrer Rocktasche den goldenen Hochzeitsring und legte ihn auf den Tisch. «Das Einzige, was noch geblieben ist von der Beute.»

Rebecca wischte sich die Tränen ab.

«Das ist ... das ist unser Familienring, von dem Vater immer erzählt hat.» Sie betrachtete das Schmuckstück lange. «Wie wunderschön er ist», flüsterte sie.

«Geben Sie ihn Ihrem Vater zurück.» Juliana hatte Mühe durchzuatmen. «Und sagen Sie ihm, wie leid mir alles tut.»

«Das kann ich nicht.»

«Bitte!»

Rebecca schüttelte müde den Kopf. «Er spricht nicht mehr mit mir, seitdem ich nach Mainz gegangen bin.»

Erstaunt sah Juliana sie an. «Wegen Jakob Mangold? Ihrem Mann?»

Sie nickte, und Juliana verstand. «Sie hätten also einen anderen heiraten sollen ...»

Wieder nickte die junge Frau. «Den Rabbiner aus Zeltingen», sagte sie leise.

«Hören Sie, Rebecca: Wenn Sie mir auch nicht verzeihen können, so bitte ich Sie um etwas anderes. Bringen Sie ihrem Vater den Ring und versöhnen Sie sich mit ihm, bevor es zu spät ist. Bei meinem eigenen Vater kam ich zu spät. Wir haben uns jahrelang nicht gesehen, und dann war er tot.»

Da Rebecca nur schweigend auf den Ring starrte, ging Juliana zur Tür. Dort drehte sie sich noch einmal um. «Werden Sie es tun?»

«Ich weiß nicht. Vielleicht.» Aus ihren großen dunklen Augen sah sie sie an.

«Dann leben Sie wohl, Rebecca. Ich wünsche Ihnen und Ihrem Mann alles Gute. Und Ihrem Kind auch.»

«Woher wissen Sie …?»

Juliana unterdrückte einen Seufzer. «Ich war schon so viele Male guter Hoffnung, dass ich das sehen kann.»

Sie wollte schon die Tür hinter sich schließen, als Rebecca rief: «Warten Sie.»

«Ja?»

«Es ist gut, dass Sie hergekommen sind.»

Erschöpft sank Juliana an diesem Abend ins Bett. Morgen würde sie ihre Arbeit als Schankfrau aufkündigen. Und dann die Gräber auf dem Weyerbacher Judenfriedhof richten. Längst wäre es auch wieder einmal an der Zeit, ihre Jüngste in Herrstein zu besuchen, die genau wie Rebecca ihr erstes Kind erwartete. Bei diesem Gedanken musste sie lächeln, zum ersten Mal seit langer Zeit: Bald würde sie Großmutter sein. Das Leben ging weiter.

## Nachwort der Autorin

Juliana Blasius war noch sehr jung, als sie auf ihre große Liebe traf. Sie stammte aus einfachsten Verhältnissen, war also nicht gerade zimperlich, was das Leben auf der Straße, was Verstöße gegen das Gesetz betraf. Meine fiktive Juliana habe ich mir als junge Frau vorgestellt, die sich ein Leben als Räuberbraut zwar ausgesucht hatte, indessen die Augen davor verschloss, dass ihr Hannes auch brutal sein konnte bis hin zum Meuchelmord. Und die nach dem legendären Mainzer Schauprozess gegen die Schinderhannesbande allmählich an Schuldgefühlen leidet.

Über Johannes Bückler kursierten schon zu Lebzeiten zahlreiche Geschichten, und noch während seiner Gefängniszeit erschienen vier Biographien über ihn. Nach seiner Hinrichtung wurde er bald schon in Romanen, Balladen und Bühnenstücken regelrecht verklärt – als edler Räuber, als fröhlicher Hallodri, als Freiheitskämpfer gegen die französischen Besatzer. Hinzu kam: Er starb so jung, dass bei den Zeitgenossen der Eindruck blieb, von den oftmals verhassten französischen Besatzern sei ein blühendes Leben gefällt worden. Dass er an einigen kaltblütigen Morden zumindest beteiligt war, ließ man gerne außer Acht. Erst recht, dass seine Opfer zu einem großen Teil wehrlose Juden waren, die sich laut Gesetz nicht bewaffnen durften. Letzteres verschaffte ihm sogar Sympathien bei der häufig antisemitisch eingestellten Landbevölkerung: Gerade im Hunsrück und Naheland lebten nämlich zahlreiche Juden, und wie anderswo auch waren ihnen bis ins 19. Jahrhundert Bürgerrechte und Landerwerb verwehrt, hatten sie sich ihre Nischen im Vieh- und Kleinhandel oder im Kreditgeschäft gesucht. Und hier wie anderswo wurden ihnen wucherische Geldgier und heimliche Reichtümer unterstellt – dabei lebten 10 bis 25 Prozent als Hausierer ohne festen Wohnsitz, als Betteljuden geschmäht.

Die fast schwärmerische Verehrung eines an sich gewöhnlichen Verbrechers – Bücklers Vorgehen gegen die Juden war nicht nur raffiniert kalkuliert, sondern im Grunde auch feige – ist vor dem Hintergrund der Epoche der Romantik zu sehen, mit ihrem Faible für das Exotische, Abenteuerliche, Schaurige. Nicht zuletzt hatten literarische Figuren dem Schinderhannesmythos den Boden bereitet – angefangen bei Karl Moor in Friedrich Schillers *Die Räuber* (1781) bis hin zu *Rinaldo Rinaldini, der Räuberhauptmann* (1799), dem Romanbestseller von Goethes Schwager Christian August Vulpius. Ritter- und Räuberromane hatten beim Bürgertum zu Beginn des 19. Jahrhunderts eine wahre Lesewut und Bücherflut hervorgerufen, das Genre des Unterhaltungsromans war geboren. Sogar zu nationalistischen oder chauvinistischen Zwecken ließ sich der Schinderhannesstoff später missbrauchen, mit deutlich antisemitischen und frankophoben Tendenzen.

Juliana Blasius überlebte den Schinderhannes um 47 Jahre und starb am 3. Juli 1851 im Alter von fast 70 Jahren in ihrem Geburtsort Weierbach an den Folgen der Wassersucht. Auch sie war nach Bücklers Hinrichtung rasch Teil dieser Legende geworden. Allerdings ist sie, außer in ihrer Heimat, inzwischen weitgehend in Vergessenheit geraten. Was zum einen daran liegen mag, dass sie als Frau lediglich im Schatten des legendären Schinderhannes stand. Zum anderen sind über sie weitaus weniger Fakten bekannt, während zu Bückler neben Steckbriefen, Aussagen von Zeitgenossen oder Zeitungsartikeln auch die kompletten Ermittlungsakten vorliegen, in denen Juliana naturgemäß nur sporadisch vorkommt. So spielt das «Julchen» auch in den zahlreichen Verarbeitungen des Schinderhannesstoffes allenfalls eine Nebenrolle, etwa in Zuckmayers Schauspiel *Schinderhannes* (1927). Zur Hauptfigur wurde sie indessen in Clara Viebigs Roman *Unter dem Freiheitsbaum* (1922), wobei sich die Autorin recht weit von den Fakten entfernt hat. Während der 1990er Jahre schließlich wurde in der Naheregion mehrfach das Theaterstück *Julchen oder das zweite Leben* von dem Weierbacher Autor und Künstler Armin Peter Faust aufgeführt.

Bei der Ausgestaltung meiner Hauptfigur habe ich mich, soweit mir bekannt, an die historischen Quellen gehalten. So wurde Juliana Blasius am 22. August 1781 als viertes Kind des Musikanten und Tagelöhners Johann Nikolaus Blasius, genannt Hannikel, und dessen Frau Katharina Louisa in Baden-Weierbach geboren (der heutige Ortsteil von Idar-Oberstein gehörte im damaligen deutschen Flickenteppich zur Markgrafschaft Baden). Schon als Kind war sie mit ihrem Vater und den älteren Schwestern als Musikantin und Bänkelsängerin unterwegs – ihre Familie war also durchaus zu den gesellschaftlichen Randgruppen zu zählen und zumindest zeitweise, wie eine Quelle berichtet, von Almosen abhängig. Eine Beteiligung Julianas an Bücklers Gewalttaten war aber schon unter den Richtern des Mainzer Prozesses umstritten – daher kam sie mit einer relativ milden Zuchthausstrafe davon.

Das meiste, was man von ihr weiß, entstammt den Prozessakten. Doch auch nach dem Prozess hinterlässt sie noch einige Spuren: So ist sie nach ihrer Haft in Gent zunächst nach Mainz zurückgekehrt, um dort ihren kleinen Sohn, der zur Adoption freigegeben worden war, ausfindig zu machen. Gerichtspräsident Rebmann vermittelte ihr sogar eine Stelle bei den Adoptiveltern. «Gute Menschen», lässt Rebmann in Aufzeichnungen von 1811 wissen, «die auch schon für ihr Kind gesorgt haben, erboten sich, sie als Magd bei sich zu behalten, aber dieses prosaische, gemeine Leben war ihr gar bald zuwider.» Juliana also arbeitsscheu? Andere Quellen berichten, dass die Männer des Hauses ihr nachgestellt haben, zudem braucht es nicht viel Phantasie, um sich die seelische Belastung vorzustellen, im Haushalt des eigenen Sohnes die Rolle der Dienstmagd zu spielen.

Danach verliert sich die Spur erst einmal, doch man weiß von ihrer Rückkehr nach Weierbach und dass sie dort, nacheinander und jeweils bis zu deren Tod, mit zwei Männern verheiratet war und weitere sieben Kinder gebar, von denen aber nur zwei überlebten. Angeblich sollen in den 1990er Jahren noch mindestens acht Nachfahren von ihr in Weierbach gelebt haben.

Letzte zeitgenössische Quellen beschreiben sie als eine wortkarge Witwe, wenngleich rüstig und gepflegt oder, wie in einer Quelle aus dem Jahre 1844 ausgedrückt, «reinlich gekleidet und noch gut konserviert». Bei Wein oder Schnaps breche sie ihr Schweigen, um von ihrem Schinderhannes zu schwärmen. Ganz offensichtlich litt Juliana noch immer unter dem traumatischen Verlust ihrer großen Liebe – und womöglich auch unter Schuldgefühlen, hatte sie doch im Prozess, durch die Worte des Anklägers wie auch der vorgeladenen Zeugen, erfahren müssen, welcher Verbrechen Johannes Bückler fähig war.

Manche Leser meines Romans mögen sich übrigens über einige modern anmutende Begriffe wie Feez, Schund, Stuss, Kittchen oder malochen gewundert haben – diese entspringen der Gaunersprache Rotwelsch und haben über den Umweg von Studenten und Schülern Eingang in unsere heutige Sprache gefunden. Auch nannten die damaligen Räuberbanden ihren Anführer Chef oder Capitaine und nicht etwa Hauptmann, wie heute oftmals überliefert.

Mehr Informationen und historische Hintergründe und einiges über den Schreiballtag der Autorin finden Sie auf www.astrid-fritz.de

# Glossar

*Achatschleife* – mit Wasserkraft betriebene Mühle, in der der Schmuckstein Achat geschliffen wurde; in der Region um Idar-Oberstein sehr verbreitet
*allez, en marche!* – frz.: vorwärts marsch!
*arrêtez-vous!* – frz.: stehen bleiben!
*arretieren* – gefangen nehmen, in Arrest setzen
*Audienz* – hier: Gerichtssitzung
*Aushebung* – Rekrutierung von Soldaten
*Bagage* – Gesindel, Pack (aus frz.: Gepäck)
*Bajonett* – am Lauf von Gewehren befestigte Stichwaffe
*Baldachin* – zeltartiges Sonnen- oder Zierdach
*Baldoberer* – *Rotwelsch* für Informant (ausbaldowern)
*Bayes* – über das Jiddische «bajis» (Haus) ins *Rotwelsch* übernommen für Herberge; im süddeutschen Sprachbereich entstand daraus der Begriff Beiz, Beisl für Kneipe
*Beischläferin* – Konkubine, uneheliche Frau
*Bessarabien* – historische Landschaft in Südosteuropa (heute zu Moldawien; ab 1813 von zahlreichen deutschen Auswanderern besiedelt)
*Betteljuden* – verarmte, wohnsitzlose Landjuden
*Biberhut* – aus Biberhaar gefertigter Filzhut; Vorläufer des Zylinders
*Bleedköpp* – Mundart: Blödköpfe
*Blutrunst* – blutige Verletzung
*bon voyage* – frz.: gute Reise
*Born* – alter Name von Schloßborn im Hohen Taunus

*Brigade* – Einheit der Gendarmerie von fünf bis zehn Mann
*Brigadier* – Anführer einer *Brigade*
*Brumaire* – zweiter Monat (Nebelmonat) des republikanischen Kalenders der Französischen Revolution; dauert etwa vom 23. 10. bis 21. 11.
*Büchsensack* – Jagdtasche, Reisetasche zum Umhängen
*Bühne* – süddeutsch auch für Dachboden
*Büttel* – gerichtliche Hilfsperson, Vorläufer von Schutzmann/Gendarm
*Buschklepper* – veraltet für Strauchdieb
*Chaise* – leichte Kutsche
*Chapeau* – frz.: Hut; hier im Sinne von: Hut ab! Kompliment!
*Chawweruschen* – siehe *Kameruschen*
*Chemise* – mehr oder weniger langes Frauenhemd, auch als Unterkleid getragen
*Chérie* – frz.: Liebling
*Citoyen* – frz.: Bürger; typische Anrede nach der frz. Revolution
*Delinquent* – jemand, der straffällig geworden ist
*Department* – Verwaltungseinheit unter der französischen Besatzung; die linksrheinischen deutschen Gebiete waren in vier Departements aufgeteilt
*dito* – lat.: ebenso, ebenfalls
*enchanté* – frz.: sehr erfreut
*égalité* – frz.: Gleichheit
*Erthaler Hof* – altes Mainzer Adelspalais, unter den Franzosen Verwaltungssitz
*et voilà* – frz. Floskel, in etwa: Schau, hier! Oder auch: Das wär's!
*Favorite* – ehemaliges kurfürstliches Lustschloss in Mainz; während der französischen Besetzung abgerissen
*Fayence* – glasierte und bemalte Keramik

*Feez* – *Rotwelsch* für Spaß
*Felleisen* – lederner Rucksack; entstammt dem frz. «valise» für Koffer
*Flecken* – mundartlich für Dorf, kleine Ortschaft
*Fleckfieber* – durch Läuse oder Flöhe übertragene Infektionskrankheit
*formez-vous!* – frz.: formiert euch! In Reih und Glied!
*Franken, Franc* – erste europäische Dezimalwährung: ein Franc ergab von Anfang an 100 Centimes; wurde im Zuge der Frz. Revolution 1795 eingeführt, im Rheinland dann um 1801
*Franzosenzeit* – Periode der Besetzung linksrheinischer Gebiete durch die Franzosen zwischen 1794 und 1813/1814
*Friedensrichter* – nach frz. Vorbild eingesetzte Richter für die niedere Gerichtsbarkeit
*Fuhre* – versteckte Schürzen- oder Rocktasche für Diebesgut
*Fuß* – altes Längenmaß, je nach Region um die 30 cm (auch: Schuh)
*Gazette* – veraltete Bezeichnung für Zeitung
*Goi, Pl. Gojim* – Nichtjuden
*Gängler* – Wanderkrämer, Hausierer
*Gallon* – *Rotwelsch* für Mond
*Geck* – siehe *Stutzer*
*Glan* – Nebenfluss der Nahe
*Gliederschwamm* – veraltet für Gelenkschmerzen, Gelenkentzündung
*Gockel* – mundartlich für Hahn; siehe auch *roter Gockel*
*Greiferei* – *Rotwelsch* für Polizeistreife
*Grumbeeren* – mundartlich für Kartoffeln
*Hahn* – hier: Abzug einer Feuerwaffe
*haspeln* – Garn zu einem Strang drehen
*Hebräer* – zeitgenössische Bezeichnung für (Handels-)Juden
*Heiratskonsens* – Heiratsbewilligung

*Hirschfänger* – beidseitig geschliffene Stichwaffe für die Jagd
*Hochwald* – südwestlicher Teil des *Hunsrücks*
*Hollmusch* – *Rotwelsch* für Sturm
*Hunsrück* – linksrheinisches Mittelgebirge im heutigen Rheinland-Pfalz
*Inquisit(in)* – Untersuchungshäftling
*Jahr ohne Sommer* – bezeichnet das Jahr 1816; zu einer Kleinen Eiszeit war im Vorjahr noch ein heftiger Vulkanausbruch in Indonesien gekommen, der in Teilen der USA und Europas zu einer Klimakatastrophe mit kompletten Ernteausfällen geführt hatte
*Jaspis* – mehrfarbiger Schmuckstein
*Judenwache* – einstiges Wachhaus am Eingang zum Mainzer Judenviertel
*Kaiserliche* – Armee des römisch-deutschen Kaisers (bis 1803); da zumeist die Habsburger die Könige und Kaiser stellten, wurde sie auch Österreicher genannt, obwohl die Soldaten im ganzen deutschen Reich rekrutiert wurden
*Kalesche* – leichte vierrädrige Reisekutsche
*Kameruschen* – *Rotwelsch* für Kameraden, Genossen
*Kamuffel* – mundartlich: Dummkopf, Grobian
*Kanonenofen* – gusseiserner Kohleofen
*Kanton* – kleinere Verwaltungseinheit unter der französischen Besatzung
*kapores gehen* – *Rotwelsch* für kaputtgehen, zugrunde gehen
*Kapphans* – *Rotwelsch* für Verräter
*Karbatsche* – aus Lederriemen oder Seilen geflochtene Peitsche mit kurzem Holzstiel
*Karolin* – deutsche Goldmünze nach dem Vorbild des französischen *Louisdor*
*Karrenstrafe* – Zwangsarbeit beim Festungs- und Straßenbau
*Kassiwer* – Kassiber, Geheimbotschaft unter Gefangenen

*Kassne-Malochen* – *Rotwelsch* für einen offenen, gewaltsamen Einbruch

*Kastel* – gemeint ist die alte Festungsstadt Mainz-Kastel, damals wie Mainz (auf der anderen Rheinseite) französisch besetzt

*Katarrh* – umgangssprachlich für starke Erkältung

*Kattun* – glattes, bedrucktes Baumwollgewebe

*kess* – *Rotwelsch* für klug, eingeweiht, dazugehörig

*Kettenstrafe* – Haftstrafe in Ketten mit Zwangsarbeit (zumeist im Straßen- und Festungsbau)

*Kies* – hier: Geld. Wie Moos oder Zaster stammt das Wort aus der Gaunersprache und ist noch heute gebräuchlich

*Knackert* – *Rotwelsch* für Wald

*Knappsack* – siehe *Schnappsack*

*kochem, Kochemer* – *Rotwelsch* für eingeweiht, Dieben und Gaunern zugehörig. Im ehemaligen Hunsrücker «Räubernest» Bruschied gibt es heute noch eine Erhebung namens «Kochemeberg»

*kocheme Penne* – Räubernest, Räuberherberge

*Kohlenmeiler* – kegelförmig geschichteter Holzhaufen, der zur Erzeugung von Holzkohle in Brand gesetzt wird

*kommod* – aus dem Frz.: bequem, gemütlich

*Korporal* – alter militärischer Rang

*Krachert* – *Rotwelsch* für Gebüsch

*Kretin* – aus dem Frz.: Dummkopf, Idiot

*Kronentaler* – große Silbermünze, vor allem in Süddeutschland im Umlauf

*kujonieren* – quälen, schikanieren

*Kurmainz* – eines der drei geistlichen Kurfürstentümer im Heiligen Römischen Reich (bis 1803), mit dem Erzbischof von Mainz als geistlichem wie weltlichem Herrscher

*Kurtrier* – eines der drei geistlichen Kurfürstentümer im Hei-

ligen Römischen Reich (bis 1803), mit dem Erzbischof von Trier als geistlichem wie weltlichem Herrscher
*Lakai* – Diener in einem herrschaftlichen Haushalt
*liberté* – frz.: Freiheit
*Lichtmess* – Datumsangabe: 2. Februar; traditionell Beginn des Bauernjahres
*Lindwurm* – schlangen- und drachenartiges Fabelwesen
*Lein marschieren* – *Rotwelsch* für den Weg finden
*Louisdor* – französische Goldmünze («Ludwig aus Gold», nach den französischen Königen); wurde in den Revolutionsjahren abgeschafft
*Lützelsoon* – Teil des Mittelgebirges *Hunsrück*
*lupfen* – oberdeutsch für anheben, hochheben
*Luppert* – *Rotwelsch* für Pistole
*Magazin* – Lagerraum
*Mähren* – historische Landschaft im heutigen Tschechien
*Maire* – frz.: Bürgermeister
*Mairie* – frz.: Bürgermeisteramt
*mais non* – frz.: aber nein
*Martini* – Datumsangabe: 11. November (Martinstag); traditionell Ende des bäuerlichen Wirtschaftsjahres
*Mayence* – französischer Name für Mainz; nach der Eroberung durch die Franzosen 1797 wurde Mainz Hauptstadt des Departements du Mont-Tonnerre (Donnersberg)
*Meile, deutsche* – altes Längenmaß, um die 7,5 km
*Meiler* – siehe *Kohlenmeiler*
*Menage* – frz.: Haushalt
*meschugge* – nicht bei Verstand, verrückt; aus dem jiddischen über das *Rotwelsch* in die deutsche Umgangssprache
*meucheln* – hinterrücks ermorden
*Moos* – *Rotwelsch* für Geld
*Moselbande* – Vorgängerbande der Schinderhannesbande

*Muhme* – Tante, weibliche Anverwandte

*Naheland* – Landstrich beiderseits der Nahe, eines linken Nebenflusses zum Rhein

*Niederländer* – Niederländer Bande; berüchtigte Räuberbande, die um 1800 vor allem die nördliche rechtsseitige Rheingegend heimsuchte. Die Bande hatte zahlreiche jüdische Mitglieder

*nid* – mundartlich für nicht

*Nordfrankenlegion* – eine von Napoleon im ehemals deutschen Linksrheinischen gegründete Armee

*Oberstein* – ehemals selbständiger Stadtteil von Idar-Oberstein

*Obolus* – kleinerer Geldbetrag, Gebühr, Spende (ursprünglich griechische Münze)

*Palas* – großer Saalbau mittelalterlicher Burgen, Wohnsitz der Burgherren

*Pardon, pardonnieren* – aus dem Frz.: Gnade, begnadigen

*peinlich* – hier im alten juristischen Wortsinn: Leibes- und Todesstrafen betreffend

*Penne* – *Rotwelsch* für Haus, Herberge, Nachtquartier; pennen für wohnen, nächtigen. Siehe auch *kocheme Penne*

*Picard, Abraham* – einer der Anführer der *Niederländer*

*Rabbiner* – geistliches Oberhaupt einer jüdischen Gemeinde

*rangez-vous!* – frz. ordnet euch!, in Reih und Glied!

*Rammbock* – milit. Gerät zum Einreißen von Türen, Mauern

*Rekrut* – frischgeworbener Soldat

*Remise* – Wirtschaftsgebäude für Kutsche und Wagen

*Rinaldo Rinaldini* – literarische Figur (italienischer Räuberhauptmann) aus dem gleichnamigen Roman von Christian August Vulpius (1762–1827), Goethes Schwager

*Römer* – traditionelles Weinglas

*roter Gockel* – den roten Gockel / Hahn aufs Dach setzen: das Haus anzünden

*Rotwelsch* – Gaunersprache, Geheimsprache von gesellschaftlichen Randgruppen

*salaire* – frz.: Lohn

*Saline* – Anlage zur Salzgewinnung durch Verdampfen/Sieden einer salzhaltigen Quelle

*Salve* – gleichzeitiges Abfeuern mehrerer Gewehre oder Geschütze

*Sattelblatt* – Teil des Reitsattels; überdeckt die Schnallen des Sattelgurts

*Schiffbrücke* – sog. Pontonbrücke: auf Booten montierte Brückenfahrbahn

*Scherfenspieler* – *Rotwelsch* für Hehler; von verscherfen (hehlen) entstammt das heutige Wort verscherbeln

*Schickse* – *Rotwelsch* für Freundin, Lebensgefährtin; entstammt der gleichlautenden jiddischen Bezeichnung für nichtjüdische Frauen

*Schildwache* – bewaffneter Wachtposten

*Schlimassel* – jiddisch für: Unglück; auch in Gaunersprache aufgenommen

*Schnappsack* – auch Knappsack, Tragsack, Ranzen: alte Bezeichnungen für Rucksack

*Schnurengurt* – Sattelgurt aus Schnurmaterial

*Schottenfellen* – *Rotwelsch* für Diebstahl von ausliegender Ware auf Märkten, meist durch Frauen praktiziert

*Schuh* – altes Längenmaß, siehe *Fuß*

*Schultes, Schultheiß* – Ortsvorsteher, Dorfbürgermeister

*Schund* – *Rotwelsch* für Mist, Dreck

*Schweizerhose* – lange, weitgeschnittene, zumeist bunt gestreifte Hose jener Zeit

*Schwindsucht* – veralteter Ausdruck für Tuberkulose, aber auch Krebs

*Sicherheitskarten* – Garantien für freies Geleit und Schutz vor Einbrüchen; vom historischen Schinderhannes oft auf Spielkarten geschrieben

*Sien* – Gemeinde bei Idar-Oberstein

*Simri* – altes Hohlmaß von rund 22 Litern

*Slawonien* – ehemals habsburgisch-österreichisches Gebiet im heutigen Kroatien

*Sol* – auch «Sou»: alte französische Silber-, später Kupfermünze. Wurde mit Einführung des *Franc* durch Centimes abgelöst, wobei 5 Centimes weiterhin «Sou» genannt wurden

*Sold* – Soldatenlohn

*Soonwald* – Teil des Mittelgebirges *Hunsrück*

*Sore* – *Rotwelsch* für Beute, Diebesgut

auf der *Stör, Störschuster* – mobile Handwerker auf dem Land, die zum Kunden ins Haus kamen; zumeist Schuster, Schneider, Kesselflicker, Messerschleifer u. ä.

auf einen *Strauß* ziehen – *Rotwelsch*: auf Raubzug gehen

*Stutzer* – eitler Mensch, der sich übertrieben modisch kleidet; auch Geck genannt

*Thalböckelheim* – heute: Schloßböckelheim an der Nahe

*Tortur* – Folter

*tout est en ordre* – frz.: alles in Ordnung

*Treff* – Spielkartenfarbe Kreuz (von frz. trèfle: Klee)

*Tribunal* – Gerichtshof, Sondergericht

*Triller* – Drehkäfig zur Ausstellung und Bestrafung an öffentlichen Plätzen, ähnlich einer Prangerstrafe

*Tschako* – militärische Kopfbedeckung in zylindrischer Form

*Vendémiaire* – erster Monat (Weinlesemonat) des republikanischen Kalenders der Französischen Revolution; dauert etwa vom 23. 9. bis 22. 10.

*Verleger* – im ursprünglichen Sinne: Auftraggeber für in Heimarbeit hergestellte Produkte, der auch das Material «vorlegt» (zumeist im Textilbereich)

*verscherfeln* – siehe *Scherfenspieler*

*Viez* – moselfränkisch für sauren Apfel- oder Birnenwein

*visitieren* – Kleidung, Gepäck usw. eines Verdächtigen durchsuchen

*voilà* – siehe *et voilà*

*Waldglas* – grünlich gefärbtes Glas aus Pottasche

*auf der Walz* – auf Wanderschaft; walzen auch für: vagabundieren

*Wasenmeister* – auch Abdecker, Schinder. War von Amts wegen verantwortlich für die Beseitigung und Verwertung von Tierkadavern

*Welsche* – alte Bezeichnung für romanische Völker, im übertragenen Sinne für alle Fremden

*Wetterau* – hessische Landschaft nördlich von Frankfurt/Main und östlich des Taunus

*Winkelehe* – heimliche Ehe

*Wochenbett* – auch Kindbett: Erholungszeit der Mutter unmittelbar nach der Geburt

*Zehnt* – Abgabe (Geld oder Naturalien) an Kirche oder weltlichen Grundherrn

*Zichorienkaffee* – Ersatzkaffee aus gerösteter Wurzelzichorie (seit Mitte des 18. Jh.)

*Zinken* – Geheimzeichen des fahrenden Volks und von Räubern

*zweispännig* – mit zwei Zugtieren/Pferden versehen

*Zweispitz* – Hutmode der napoleonischen Zeit, bei der die Krempe zwei Spitzen bildet

*Zwicker* – bügellose Brille

## Weitere Titel von Astrid Fritz

Das Mädchen und die Herzogin

Der Hexenjäger

Der Pestengel von Freiburg

Der Ruf des Kondors

Die Bettelprophetin

Die Himmelsbraut

Die Räuberbraut

Die Vagabundin

Henkersmarie

Unter dem Banner des Kreuzes

Wie der Weihnachtsbaum in die Welt kam

### *Die Hexe von Freiburg*

Die Hexe von Freiburg

Die Tochter der Hexe

Die Gauklerin

### *Serafina*

Das Aschenkreuz

Hostienfrevel

Das Siechenhaus

Tod im Höllental